版编目(CIP)数据

横/赵睿才著.—济南:山东大学出版社,

大学儒学高等研究院教授自选集)
78-7-5607-7632-3

唐... Ⅱ. ①赵... Ⅲ. ①唐诗-诗歌研究 Ⅳ.
2

本图书馆 CIP 数据核字(2022)第 191085 号

辑 张彩芸
计 王秋忆

纵横
HI ZONGHENG

行 山东大学出版社
址 山东省济南市山大南路 20 号
码 250100
线 (0531)88363008
销 新华书店
刷 山东新华印务有限公司
格 880 毫米×1230 毫米 1/32
20 印张 449 千字
次 2023 年 3 月第 1 版
次 2023 年 3 月第 1 次印刷
价 98.00 元

赵睿才 著

SHANDONG UNIV
·济

图书
唐诗
2023.3
（山东
ISBN

Ⅰ.①
①I207.

中国

责任
封面

唐诗
TANG

出版
社
邮政
发行
经
印
规

版
印
定

总 序

山东大学素以文史见长,人文学科为山东大学学术地位和学术声誉的铸就做出了极为重要的贡献。而在目前山东大学的人文学科集群中,2012年重组的儒学高等研究院当之无愧地位于第一方阵,是打造"山大学派"的一支生力军。山东大学儒学高等研究院已成为目前国内规模最大、实力突出的国学研究机构。而儒学高等研究院的前身和主体是2002年成立的文史哲研究院。如此说来,儒学高等研究院已然走过了20年的岁月,恰如一个刚刚走出懵懂、朝气蓬勃的青年。

在这20年的生命历程中,儒学高等研究院锻造形成了鲜明的学术特色,即以中国古典学术为重心,以古文、古史、古哲、古籍为主攻方向。本院学者在中国古典学术领域精耕细作,取得了一批具有时代高度的标志性成果,受到学术界广泛赞誉。这一学术特色使儒学高等研究院积极融入了当代学术主流。20世纪90年代以降,中国人文学术发展的大趋势是从西方化向本土化转型,而古典学术是实现本土化的一项重要资源。儒学高等研究院顺应时势,合理谋划,全力推进,因此成为近20年来中国古典学术研究复兴与前行的重要参与者和推动者。

儒学高等研究院的另一特色是横跨中文、历史、哲学、社会学(民俗学)四个一级学科,并致力于打破学科壁垒,在合理分工的基础上力求多学科协同融合。儒学高等研究院倡导和推行的儒学研究实质上是广义的国学,不以目前通行的单一学科为限。在这种开放多元的学术空间中,本院学者完全依据自身的兴趣和能力进行自主探索、自由创造,做到术业有专攻。目前,本院在史学理论、文献学、民俗学、先秦两汉文学、杜甫研究等若干领域创获最丰,居于海内外领先地位。今后的工作重点是在学科协同和学科整合上做进一步探索尝试,通过以问题为轴心的合作研究产生新的学术优势和学术生长点。

在20年的发展中,儒学高等研究院一方面继承前辈山大学者朴实厚重、精勤谨严的学风,一方面力图贯彻汉宋并重、考据与义理并重、沉潜与高明并重、传世文献与出土文献并重、国学与西学并重、历史与现实并重、基础研究与开发应用并重、个人兴趣与团队合作并重、埋头做大学问与形成大影响并重的科研方针,致力于塑造一种健康、合理、平衡的新学风。本院学者中,既有人沉潜于古籍文献的整理考释,也有人从事理论体系的创构发明,他们能够得到同等的尊重和支持。古典学术研究的学派或机构具有自身特色或专长无可厚非,但必须克服偏颇和极端倾向,摒弃自大排他心态。唯有兼顾各种风格、路向的平衡,才能更好地契合学术发展规律,更大限度地释放学术创造力。

当下，古典学术研究正面临五四以来百年未有的历史机缘。中央高度重视中华优秀传统文化的创造性转化、创新性发展，注重发挥传统文化在提升国家文化软实力、推动世界文明交流互鉴、为社会治理提供历史智慧等方面的独特功用。儒学高等研究院将顺势而为，与时俱进，将现有的学术优势与国家重大需求相对接，在古典文献整理研究、儒家思想理论阐释、传统文化精华推广普及等领域齐头并进，努力为古典学术研究的全面繁荣做出新的贡献。

2005年的“山东大学文史哲研究院专刊”第一辑出版说明中曾提出：“‘兴灭业，继绝学，铸新知’，是本院基本的科研方针；重点扶持高精尖科研项目，优先资助相关成果的出版，是本院工作的重中之重。”这是当年我们这项学术事业“筚路蓝缕，以启山林”时的初心。而今机构名称虽已更易，但初心不变。“山东大学儒学高等研究院教授自选集”即是这一事业的赓续和拓延。这套书是本院33位专家学者历年学术成果的集中盘点和展示，有的甚至是毕生心血之结晶。这同时也是对文史哲研究院成立20周年暨儒学高等研究院重组10周年的一个纪念。期待学界同行的检阅和批评。

山东大学儒学高等研究院
教授自选集编辑委员会
2022年10月

绪　言

《唐诗纵横》,是从多维度、多视角透视唐诗乃至唐代文学,这里有哲学的、诗学的、史学的、民俗学的、心理学的,也有乾嘉朴学的、域外汉学的,即使不怎么系统,也往往各有所得。杜甫当年在谈自己的创作经验时曾说:"文章千古事,得失寸心知。"本人于此特有会心,从最早发表于《文史哲》的《李白与陶潜诗风比较研究》(2000 年第 1 期),到发表于《天府新论》的《杜甫人格论——以"五伦"关系为中心》(2022 年第 1 期),所发论文凡 50 余篇,都是呕心沥血的结晶。本书选录其中 30 余篇(均以第一作者发表),主要涉及杜甫研究、唐诗与民俗关系研究,以及唐代经典作家如李白、王维、李贺等的专门研究,都是利用扎实的文献资料解决具体的学术问题的尝试,部分论文已上升到了一定的理论高度。

本书的第一个重点是关于杜甫研究的,既考镜了《宋本杜工部集》的版本源流和《咏怀古迹五首》的作地系年问题,又阐述了闻一多、冯至先生的学术贡献,还综合论析了杜甫的节令诗,重要的是收录了五篇域外的杜诗学研究成果。例如《〈宋本杜工部集〉版本源流考辨》一文,从避讳学角度探讨了这样的问题:嘉祐本(即二王本)掺入了它前后其他行世杜集的成分,绍兴本(即吴若本)也掺入了它前后其他杜集的成分,而问题就出在毛钞本上,运用要慎重。《咏怀古迹五首》非作于一时一地,时间跨度大概是从永泰二年(766)暮春至大历三年(768)春末,地点是从夔州经归州到江陵,最终定稿于江陵。《圣贤寂寞与时代精神》一文,通过梳理大历前后部分诗人对杜诗的四次呼应,发现李白、杜甫在这一时期虽被排斥在人们的视野之外,可是二人所代表的文学精神此时仍不绝如缕,是时代精神使然。

针对闻一多先生的杜甫研究,写成了《治杜的态度:了解之同情》和《治杜的结果:真了解》两文,闻先生既以坚实的旧学作其依托,又有新眼光、新方法及新文艺的感染力,于杜多有发明,最精辟的观点是杜甫代表了"文学与良心兼备"的盛唐文学。冯至先生的杜甫研究独树一帜,他以先进的文学史观、开阔的学术视野,把杜诗"当作一个整个的有机体来研究",在具体操作中,不被烦琐的考证与论据所累,又不轻视考据。《杜甫节令诗论析》(上、下)从风俗画卷与时代精神、情圣的嗟叹与稷契之志两个方面展开,全面探析了杜诗高不可攀的境界和贯穿其中的"天地良心"。域外杜诗学研究的五项成果是《朝鲜李朝正宗李祘所纂中国文献类考》《古代乐观主义的恢复——吉川幸次郎的杜甫研究》《追求融汇和超越——程抱一先生的杜诗研究》《杜诗在朝鲜半岛的传播》《津阪孝绰〈杜律详解〉与〈夜航诗话〉互证类考》,虽不含欧美的成果,却足以证明:杜甫是世界文化名人,杜诗为全人类共同的文化遗产,其固然是以博大精深的诗歌内容和魅力无限的艺术造诣影响世界,但更离不开其人格的感召。例如《杜甫人格论——以“五伦”关系为中心》一文,不论是从“天伦”关系看,还是从“人伦”关系看,杜甫都堪称典范,父子、君臣、夫妇、兄弟、朋友“五伦”关系昭示着他平凡而又伟大的人格。在杜甫追求诗艺的最广阔的多样性和最深层的真实性之际,杜甫个人代表了最广大的同情和最高的伦理准则,而且找到了表现仁、义、礼、智、信的特殊方式,即人格表现模式。

本书的第二个重点是关于唐诗与民俗研究的,从一个新的视角阐释唐诗繁荣的原因。例如《唐诗:唐人文化生活与生活文化的结晶》一文观点明确,结论可靠。对于唐代士人习业山林寺观风尚的分析,近现代以来一直有零星的研究,如严耕望先生的《唐人读书山林寺院之风尚》属拓荒之作。《在功名与学术之间》一文在此基础上探讨了此风尚的成因、特点,论析了它与“子学”的关系:唐代士人在追逐功利的同时,有意无意地刺激了学术的繁荣和唐代士阶层的自觉。盛唐的嗜酒风尚和奔腾诗风的关系历来为人们所津津乐道。可是,中唐以后出现的好茶风尚对内敛诗风的影响,却少有人论及,《中晚唐茶、诗关系发微》一文,则对二者关系挖得相当深透:茶的“清新”特性与中唐诗歌的“变新”,在趋新尚异的社会背景与时代精神中、在文人与僧道的共同努力下走向融合,使得中晚唐诗呈现出前所未有的以“清省”为主特征的审美趣味,具体表现为清、寒、瘦、硬、苦,并对尚理主意的宋诗产生了影响。与前代的挽歌相比较,唐人的挽歌本质上说是赠献挽诗,它成熟的标志是程式化,《赠献挽诗之程式化——解读唐代挽歌》一文对此做了深入的解读,并归纳了四个特点。纸钱,在上千年的中华祭祀文明中扮演了特别的角色,《“纸钱”考略》一文考察了纸钱的源起、计量、称谓,对其功用和存在的意义做了富于人情味的解析。敦煌是座文化宝库,敦煌民间婚俗是中国古老的华夏文化与胡族遗风的产物,既古朴又活泼。《敦煌写本〈下女夫词〉的民俗解读》一文经过分析认为,《下女夫词》便是其中一朵“婚俗奇葩”。《释“槐花黄,举子忙”》一文依据可靠史料,条分缕析地梳理了唐代举子为应试进士、明经等科经历的“槐花黄”的几个阶段,解决了唐代进士科、明经科的考试时间和放榜时间问题,对明经科考试时间和放榜时间的考定是一个发明。长江流域的水运贸易历史悠久,唐代长江贸易异常繁荣,其主干线可以概括为“三点一线”,即以长江干流为主线,自东向西连缀三个繁华的大都市——扬州、江陵、益州,在中唐经济重心南移的过程中,它起到了不可忽视的作用。《利在舟中——唐诗视域下的长江水运贸易》一文,即以唐诗为中心,勾勒出唐代长江流域的贸易状况,唐诗可补史料之不足。

本书的第三个重点是对李白、王维、李贺、王国维等经典作家进行的专门研究。《“饮中八仙”的演化与李白为“翰林供奉”的时间问题》一文考证了李白在开元、天宝间两入长安的史实与“饮中八仙”的演化互为佐证,分野于开元二十六年(738)的“翰林供奉”与“翰林学士”,及此年前后李白仍在长安为“翰林供奉”的史实告诉我们:开元间李白确实到过长安,寓居时间在十年左右。李白与陶渊明的诗风很少有人做过比较研究,似乎无可比性,可是《李白与陶潜诗风比较研究》一文认为,李以狂为主、陶以狷为主的人格分别孕育出了“清真”与“真”的诗风,“真”是其共同点。“情真”“性真”的差异,表现出“清水芙蓉”与“清雄奔放”和“平淡之真”与“豪放之真”两个对立统一的艺术追求。《李白〈临路歌〉探骊》一文从内容、形式两方面比较论述了李白《临路歌》与孔子“临终歌”的渊源联系。李白在临终之前引孔子为知音、以孔子思想为旨归的表白是较可信的,则孔子之“泣麟”与李白之“悲鹏”出于同一机杼:生不逢时,壮志难酬,字里行间昭示着悲壮之美,其悲壮不亚于一首英雄史诗。《妙慧:空寂与贞定体验的指归——王维诗歌松石意象发微》一文揭示了王维诗中的“松石”意象深受佛、道典藏譬喻、暗示的影响,象征着一种与喧嚣抗衡的静止的贞定的力量,是诗人契道的心灵语言。这种贞定妙境的获取,经历了由喧嚣到空寂,再由空寂到贞定的宗教、审美体验过程,是经验此美感的主体生命所经历的抽象体验之呈现,即牟宗三先生所谓的“妙慧”。《发掘自己的灵魂:长吉诗理之阐释》一文以具体的李贺诗意象证明,长吉歌诗是一个天才诗人的自叙传,其诗理则是自我发掘了被残酷现实扭曲了的灵魂,因而美感与道德相悖,妍丽与可怖并存,美与丑对出,构成了长吉诗理的审美内核。《先生之学说,或有时而可商——四辨〈人间词话〉之论李煜词》一文强调须在静安先生的整个美学理论体系中来考察他论李煜词的言论,四则材料只是作为其“境界”之

“真”的几个论据出现的，有意拔高不是科学的态度，即使放在其美学体系中也存在着某些不可回避的矛盾。

除以上三个重点之外，还有三篇：《〈孟子〉与宋明理学关系刍议》《〈教坊记〉作者崔令钦生平事迹新考》和《实录·追忆·反思——唐代诗人对“安史之乱”的书写与反思》。“刍议”围绕《孟子》、宋明理学的核心内容展开一定关联性的探讨，从中看到唐代“五经正义”或“九经正义”的“疏不破注”的经学传统，以及谶纬之学的渗入，都潜移默化地影响着唐代诗学。《教坊记》作者崔令钦，一个做过唐代刺史的人，其生平事迹可资稽考的文献却非常有限。传统以为他生活在玄、肃宗二朝，我们以可靠的材料证明他生跨玄、肃、代、德宗四朝，他的履历基本上梳理清楚了。李唐王朝出现过两个盛世——“贞观之治”和“开天盛世”。盛极必衰是自然法则，也适用于人类社会，“安史之乱”的爆发就是应验。《实录·追忆·反思》一文分三个阶段进行了研究：从亲身经历“安史之乱”的杜甫、李白、元结、颜真卿，到追忆马嵬事变的白居易和元稹，再到晚唐诗人的大量吟咏反思，他们的主观情感的变化正好可以诠释上述观点。

杜甫当年期望与李白“细论文”：“何时一樽酒，重与细论文。”本人也期待着诚心关怀我、帮助我的师友多给以教诲，鞭策我前行。

赵睿才

壬寅年梅月

目　录

杜诗学研究(一)

杜诗学研究(二)

域外杜诗学研究

唐诗与民俗关系研究（一）

唐诗与民俗关系研究（二）

唐诗与唐史互证蠡测

诗学与哲学的交融

杜甫人格论*

——以“五伦”关系为中心

人格是“源于个体身上的稳定行为方式和内部过程”①。杜甫人格的行为方式是什么样子？其内部过程是怎样运行的？我们应该怎样评价？洪业先生说，杜甫“是孝子，是慈父，是慷慨的兄长，是忠实的丈夫，是可信的朋友，是守职的官员，是心系家邦的国民。他不但秉性善良，而且心存智慧”②。不论是从“天伦”关系看，还是从“人伦”关系看，杜甫都堪称典范，父子、君臣、夫妇、兄弟、朋友“五伦”关系昭示着他平凡而又伟大的人格。

“五伦”是人与人之间五种基本的道德关系及其相应的道德规范的统称。孟子说：“父子有亲，君臣有义，夫妇有别，长幼有序，朋友有信。”③“五伦”就是五爱：亲子之间为恩爱，夫妻

---

* 原载《天府新论》2022年第1期。选入本书时有改动，以下诸篇不再一一注明。

① ［美］Jerry M. Burger：《人格心理学》第七版，陈会昌等译，中国轻工业出版社2010年版，第3页。

② ［美］洪业：《杜甫：中国最伟大的诗人》，曾祥波译，上海古籍出版社2011年版，第252页。

③ （汉）赵岐注，（宋）孙奭疏：《孟子注疏·滕文公上》，《十三经注疏》，中华书局1980年影印本，第2705页。

之间为挚爱,兄弟之间为友爱,朋友之间为信爱,君臣之间为忠爱。当杜甫追求诗艺的最广阔的多样性和最深层的真实性之际,“杜甫个人则代表了最广大的同情和最高的伦理准则”①,其影响也是深远的,是绝大多数史学家、哲学家把他置于最高殿堂的原因之所在。唐君毅先生说:“吾人道德生活中最大之问题,盖在吾人如何知一至当不易的表现仁义礼智之特殊方式。”②杜甫以他心爱的诗歌找到了这一“特殊方式”。洪业先生认为:“在成千上万的中国诗人当中,杜甫也是独一无二的。他是唯一一位随着时间流逝而声名与日俱增的诗人。”③究其原因是复杂的,其人格力量无疑是重要的。“人格评价是人格研究的核心。”④人格研究的方式有多种,本文以“五伦”关系来研究杜甫的人格。

一、君仁臣忠关系中的君子人格

君子人格是中国传统社会中的理想人格,不仅停留在先哲们的言论中,更体现在具体的为人风格上。在中国古代,有一些人一生都在践行君子人格,最终也真正成为一名“君子”,杜

① [美]洪业:《杜甫:中国最伟大的诗人》,曾祥波译,上海古籍出版社2011年版,第1页。

② 唐君毅:《中国文化之精神价值》,广西师范大学出版社2005年版,第158页。

③ [美]洪业:《杜甫:中国最伟大的诗人》,曾祥波译,上海古籍出版社2011年版,第1页。

④ [美]Jerry M. Burger:《人格心理学》第七版,陈会昌等译,中国轻工业出版社2010年版,第19页。

甫就是其中名副其实的一位。君子人格思想最早出现在《周易》中，指的是一种道德人格，如《周易·乾卦·文言传》释卦辞“元亨利贞”时说：“元者善之长也，亨者嘉之会也，利者义之和也，贞者事之干也。”①此四德是君子人格的根源特质，孟子概括出“四端”——“恻隐之心，仁之端也；羞恶之心，义之端也；辞让之心，礼之端也；是非之心，智之端也。”②汉儒董仲舒又加上了“信”，是谓“五常”。“五常”的介入极大丰富了人伦关系的道德内涵，一定程度上缓和乃至消弭了人际关系中自然性与社会性的紧张。杜诗作为中国文化精神的第一个要义，即是“仁者心”。杜甫的《过津口》诗直契孟子心源，其中有云：“物微限通塞，恻隐仁者心。”③常存恻隐之心的伟大诗人并不孤独，他的每一根生命之丝，都绵绵延伸出去，与其他生命之丝发生关联，织成生命之茧，生命之茧便是孕育人性、人格的人伦世界。

杜甫其人是“诗圣”，其诗是典范，是集大成。圣，是圣人，是圣贤；是神圣不可亵渎，不可侵犯，要存有敬畏之心。杜甫是“五伦”关系的忠实实践者，堪称典范。“诗圣”地位主要建立在杜甫对苍生黎民广大而深挚的同情上，这种悲天悯人的博爱精神，历来解杜者多以“忠君”说冠之，且有夫子自道：“上感九庙焚，下悯万民疮。斯时伏青蒲，廷争守御床。”(《壮游》)其忠

① (三国魏)王弼注，(唐)孔颖达疏：《周易正义》，《十三经注疏》，中华书局1980年影印本，第15页。

② (汉)赵岐注，(宋)孙奭疏：《孟子注疏·公孙丑下》，《十三经注疏》，中华书局1980年影印本，第2691页。

③ 本文所引杜诗均出自萧涤非主编《杜甫全集校注》，人民文学出版社2012年版，以下不再标注。

实属可嘉！宋人早有认识，如南宋理学大家朱熹对历史人物的评价是非常严格苛刻的，可是他认为宋以前五位人物堪为世人楷模，这五位人物是诸葛亮、杜甫、颜真卿、韩愈和范仲淹，被誉为“五君子”。他们都有伟大的灵魂、超强的人格力量，在道德和人格层面都有伟大的建树，具备“绝对坚强之意志与伟大之才气”①。朱熹接着说：“此五君子，其所遭不同，所立亦异，然求其心，则皆所谓光明正大、疏畅洞达、磊磊落落而不可掩者也。”②所举君子品格十分闪亮。

这种君子人格体现在君臣关系上，或者说君臣之爱上，就是臣下报答君上的忠义与君上同情臣下的忠爱结合体。最初语涉杜甫“忠君”思想的是《新唐书·杜甫传》：“（甫）数尝寇乱，挺节无所污，为歌诗，伤时桡弱，情不忘君，人怜其忠云。”③很明显，“情不忘君”“人怜其忠”是宋人对杜甫忠于君上、心忧家国形象的初步设计。这才有了苏轼的评价：“古今诗人众矣，而杜子美为首，岂非以其流落饥寒，终身不用，而一饭未尝忘君也欤？”④苏轼看重的是臣子对君王的眷恋与效忠。当理学家们把杜甫的“忠君”思想固化为臣必须忠于君的时候，杜甫的“忧国忧民”之思就被无形弱化了。好在有一部分宋人看重其忧国忧民之心，以为杜诗中表现的“志士仁人之大节”，出

---

① 唐君毅：《中国文化之精神价值》，广西师范大学出版社 2005 年版，第 292 页。

② （宋）朱熹：《王梅溪文集序》，《朱文公文集》卷七五，四部丛刊本。

③ （宋）欧阳修、宋祁等撰：《新唐书》卷二一〇《杜甫传》，中华书局 2013 年版，第 5738 页。

④ （宋）苏轼：《王定国诗集叙》，孔凡礼点校：《苏轼文集》，中华书局 1986 年版，第 318 页。

于“困踬流离而不忘君”①，即“不忘君”乃是“志士仁人”的价值依归；“不忘君”就是“爱君”，而且是出于“天性”，杜甫的人格与诗作必与之环环相扣、处处相合，成为不可或缺的必然元素。这是对杜甫“忠君”思想较为全面的理解。

有关杜甫忠君忧民思想的研究成果汗牛充栋。下面重点辨析一下“一饭未尝忘君”的问题。关于君臣关系，杜甫始终有着清醒的认识，并在诗文中再三致其意焉，如《自京赴奉先县咏怀五百字》中表明了自己的心迹：“葵藿向太阳，物性固难夺。”忠君在杜甫这里成了一种本性，根源于“奉儒守官”的家传和自己的一颗赤子之心。即使在漂泊流离之际，也是“每依北斗望京华”（《秋兴八首》其二）。他越是身处离乱生活中，对国家统一、安定太平的渴望越是强烈，而且成为支撑其生命延续的强大而内在的动力，“闻道长安似弈棋”“故国平居有所思”云云，都是诗人“漂泊西南天地间”时的心思。正因为如此，当事关国家时，他不仅能苛求自己“济时敢爱死”（《岁暮》），而且叮嘱朋友严武：“公若登台辅，临危莫爱身。”（《奉送严公入朝》）这一送别赠言，看似不大吉利，却凝聚着儒家“君子爱人以德”的精神。杜甫爱君、忧国之心何其浓烈，与严武之友情又是多么醇厚（详见下文）！可知，杜甫一心想着天下太平，宿夜匪懈：“不眠忧战伐，无力正乾坤。”（《宿江边阁》）“万国城头吹画角，此曲哀怨何时终。”（《岁晏行》）自己虽有心无力整顿乾坤，只能寄希望于“二三豪杰”能“整顿乾坤济时了”（《洗兵马》），即便是垂垂暮年时仍在慨叹：“战血流依旧，军声动至今。”（《风疾舟中，伏枕书怀三十六韵，奉呈湖

---

① （宋）李纲：《梁溪集》卷十七，四库全书本。

南亲友》）须知，此时的杜甫以舟为屋，漂泊在潇湘一带。朗朗乾坤，竟容不下一个子美！然而子美心中仍放心不下君与国。

杜甫“一饭未尝忘君”的另一个表现是，他身陷长安，拼力逃脱，“麻鞋见天子”，可见他的“忠”近乎痴迷。在人生的最困难时期，他“无饭亦不忘君”，更见其忠。诗人离蜀赴夔州，又从夔州到江陵，本想从江陵绕道赴京为国效力，预想“即从巴峡穿巫峡，便下襄阳向洛阳”（《闻官军收河南河北》），终未能成行。他哭诸葛亮的诗句：“出师未捷身先死，长使英雄泪满襟。”（《蜀相》）没想到竟成了自己的谶语！在滞留江陵时期，他甚至面临断炊的惨状：“童稚频书札，盘餐讵糁藜。”（《水宿遣兴奉呈群公》）即使是这样，他仍在等待朝廷的消息，关注着君国。此两句，历来有多解：一谓老杜右臂偏枯，儿子代书（王嗣奭）；一谓留舟中的儿子给偶经异县的老杜写信（李因笃）；一谓粮绝致书亲友（张远）；一谓故乡少辈来书促归（张溍）。我们以为，老杜初来江陵，就把家安置在了当阳。现在家中断炊，儿子频频来信求救，才有老杜大热天冒雨到异县求援的突发事件。然而，“异县惊虚往”，没有借到，只好求助于江陵友人，“同人惜解携”，已是近乎乞求了。可是，中国的士人自孔子以后，个人人格之自尊自觉之心已甚强，诗人的乞求得需鼓足多大的勇气！杨伦解此二句云：“公在江陵时，妻子或留当阳，故家人以困乏来告。”[①]杨说近于诗意，透露“妻子或留当阳”的信息。有人说“杜甫功名心很强，连虚荣心都发展到了

---

① （清）杨伦笺注：《杜诗镜铨》卷十九，上海古籍出版社 1980 年版，第 922 页。

可笑的程度”①,未免过于尖苛。

另一方面,杜甫的忠君是以“道高于君”为原则的,是以君有道为现实目标的,绝不是愚忠。这里既有对肃、代两朝君主政治失道的严肃批评,也有微妙的暗讽,如关于玄、肃父子矛盾问题,黄庭坚说过:“臣结《舂陵》二三策,臣甫《杜鹃》再拜诗。安知忠臣痛至骨,世上但赏琼琚词。”(《书摩崖碑后》)这里,黄庭坚将元结的《舂陵行》《大唐中兴颂》与杜甫的《杜鹃行》诗并举,对其寓意加以开发,可谓眼力独到。元结《大唐中兴颂》有云:“事有至难,宗庙再安,二圣重欢。”“二圣重欢”的微言是“二圣失欢”“二圣不欢”,是揭露肃宗事亲不孝的罪状。杜诗“谁言养雏不自哺”,更是为明皇的处境担忧:上元元年(760)九月三日,大太监李辅国带兵执剑胁迫上皇从南宫搬到西宫,极其嚣张傲慢;没有主子肃宗的授意,家奴哪敢如此猖狂!元颂说“事有至难”,乃用荀悦“为善、立业之至难,莫难于人主”之典,暗讽人主肃宗不能向善,不能“为善”,不能善待上皇。杜诗与元颂可谓异曲同工!

二、父慈子孝关系中的仁者人格

骨肉之爱与“五常”中的“仁”对应,故称之曰“仁者人格”。日本汉学家儿岛献吉郎说:“儒教底二大目的在忠君与孝亲二方面。忠君即所以爱国,孝亲即所以忠君。由来忠孝是一致,是殊途同归的。故眷眷君国心在魏阙的,一方面尝恋恋

---

① 郭沫若:《李白与杜甫》,人民文学出版社 1971 年版,第 164 页。

于父母妻子,云山万里,一日也不忘家乡。"[①]儒家讲"仁",而"为仁"形之于日常生活中,就是"孝悌忠信"的应用。杜甫为人子则孝,为人父则慈。

(一)骨肉之爱之一:对长辈的孝

王绍玺先生说,在注重父子关系的中国社会,"十分强调父子相继,也就必然派生出子孙要'肖'乃父乃祖的观念,'肖'其父祖,恪守祖宗成法、家业,不改父祖之道,就是好儿孙,不然的话,就是'不肖子孙',就是家门的最大不幸"[②]。杜甫对"肖"与"不肖"的认识当然很清楚,如他说"自先君恕、预以降,奉儒守官,未坠素业"(《进雕赋表》),这就是家族传统。"吾祖诗冠古"(《赠蜀僧闾丘师兄》)的创作成就和自信,对"不敢忘本,不敢违仁"(《祭远祖当阳君文》)的杜甫势必有着不可低估的影响。因而,当杜甫认定"诗是吾家事"(《宗武生日》)、"吾人诗家流"(《同元使君舂陵行》)、"例及吾家诗"(《八哀诗·赠秘书监江夏李公邕》)的创作意义的时候,儒家理想与诗歌创作便成了杜氏一族的荣耀徽章和维系家族光辉的精神血脉。身在老释风靡之时,杜甫承祖先之素业,鼓吹六经:"先鸣数子,至于沉郁顿挫,随时敏捷,扬雄、枚皋之徒,庶可企及也。"(《进雕赋表》)这就是杜甫"未坠素业"的事迹和自信。

如果说先祖杜预、祖父杜审言主要从事业上影响了杜甫,那么二姑则主要从人格、气节上影响了他。二姑是杜审言第一

---

① [日]儿岛献吉郎:《中国文学通论》(下),孙俍工译,山西人民出版社2015年版,第141页。

② 王绍玺:《东方两性论》,辽宁教育出版社1989年版,第83页。

次婚姻所生的第二个女儿（裴荣期夫人），“可能是对杜甫影响最大的女性”[1]，杜甫十分崇敬地称她为“有唐义姑”：

> 甫昔卧病于我诸姑，姑之子又病，问女巫，巫曰：“处楹之东南隅者吉。”姑遂易子之地以安我。我用是存，而姑之子卒，后乃知之于走使。甫尝有说于人，客将出涕，感者久之，相与定谥曰义。[2]

这一细节向世人昭示，二姑足以担得起“义”字。我们知道，杜甫生母崔氏早亡，其由二姑养大。二姑对他的决定性影响之大，我们从杜甫一生的许多抉择中能清晰看到，诸如“麻鞋见天子”、疏救房琯等，“在那些决定中杜甫都有意选择了自我牺牲”[3]，事关出处大节。有其姑，必有其侄儿。孔子说：“三军可夺帅也，匹夫不可夺志也。”“岁寒，然后知松柏之后凋也。”[4]杜甫确实学到了孔子的刚健坚固的精神。学到了，方不可拔，这就是自立，“虽九死其犹未悔”（《离骚》）！须知，有唐一代的士风是浮华的，社会风气是浊靡的，为后世所诟病，如安史之乱中，宰相李希烈、驸马张垍（张说之子）等相继投降，忠义之缺乏到了何等地步！像颜真卿、颜杲卿兄弟，还有张巡，甚

---

① ［美］洪业：《杜甫：中国最伟大的诗人》，曾祥波译，上海古籍出版社 2011 年版，第 21 页。

② （唐）杜甫：《唐故万年县君京兆杜氏墓志》，（清）仇兆鳌注：《杜诗详注》，中华书局 1979 年版，第 2231 页。

③ ［美］洪业：《杜甫：中国最伟大的诗人》，曾祥波译，上海古籍出版社 2011 年版，第 21 页。

④ （魏）何晏集解，（宋）邢昺疏：《论语注疏 · 子罕》，《十三经注疏》，中华书局 1980 年影印本，第 2489 页。

至杜甫这样的仁人志士是很少见的。当然,就对时局的“无力”感而言,他只能慨叹“无力正乾坤”(《宿江边阁》)。孔子当年念念不忘体天德之仁,最恶同流合污;杜甫之“进取”“有所不为”,是唐代典型的“狂狷者”,直接有契于孔子人格中淳厚的本性,而遥承孔子。

杜甫不仅有“义姑”,还有“义叔”。杜甫叔父杜并十六岁①时在吉州厅馆袖刃刺父仇敌周季重,自己亦见害,“士友咸哀并孝烈,苏颋为墓志,刘允济为祭文”②。某天,“则天召见审言,甚嘉叹异”③。他的先祖杜叔毗也有类似威武之举。这种侠义精神或“顶天立地之汉子精神”④,对杜甫的影响很大,时刻感召着他。可以毫不夸张地说:杜氏满门忠烈。正因有此家风,才有冒死疏救房琯之“大丈夫”之举。须知,此时的杜甫已自身难保,旋即贬为华州司功参军。特别是在惊魂未定之时,其悲情何以堪!这正是儒家君子人格“勇”的表现。孔子说:“仁者必有勇,勇者不必有仁。”⑤孔子是将“勇”视为君子“三达德”之一的(其他二德是“仁”与“智”)。时至荀子,进一步

---

① (宋)欧阳修、宋祁等撰《新唐书》卷二〇一《杜审言传》说“并年十三”(中华书局2013年版,第5735页),《旧唐书·杜审言传》亦云。一云“十六岁”,苏颋《大周故京兆男子杜并墓志铭并序》言,杜并“春秋一十有六”。后者较为可靠。

② (后晋)刘昫等撰:《旧唐书》卷一九〇上《杜审言传》,中华书局2013年版,第4999页。

③ (唐)刘肃:《大唐新语》卷五《忠烈第九》,古典文学出版社1959年版,第89页。

④ 唐君毅:《中国文化之精神价值》,广西师范大学出版社2005年版,第295页。

⑤ (魏)何晏集解,(宋)邢昺疏:《论语注疏·宪问》,《十三经注疏》,中华书局1980年影印本,第2510页。

拓展了孔子“勇”的内涵和外延，特别标举“士君子之勇”①。杜甫一次又一次践行的“勇”当然是“士君子之勇”，可以说是从思想、精神、人格等多方面继承了儒家文化精华。

（二）骨肉之爱之二：对儿女的慈

清人俞犀月说：“杜公至性人，每于忧国思家，各见衷语。若徒为一饭不忘君，而不动心骨肉者，必伪人也。”②“动心骨肉”乃是天性或人的本性使然。

杜甫爱儿子，昵称为“娇儿”，如《羌村三首》其二中的“娇儿不离膝”、《北征》中的“平生所娇儿”、《茅屋为秋风所破歌》中的“娇儿恶卧踏里裂”等。在父子相伴的日子里，父子的互动内容甚为丰富，如“呼儿”这一互动方式，“呼儿正葛巾”“呼儿日在掩柴门”“呼儿具纸笔”“呼儿觅纸一题诗”“呼儿间煮鱼”“呼儿问朔风”等，还有“呼童”“遣儿”“令儿”“问儿”等，既可看出父亲的权威性，又可见亲昵的日常生活常态。杜甫还喜用一“从”字，如“失学从儿懒”“书从稚子擎”“失学从愚子”“从儿具绿樽”等，含有顺任、放纵、娇惯之意。

晚辈人格的培养是父爱的关注重点。例如云“人生贵是男，丈夫重天机”（《咏怀二首》其二），以孟子所谓的“大丈夫”培养其人格；又如“男儿性命绝可怜”（《偪侧行赠毕曜》）、“男儿生无所成头皓白”（《莫相疑行》）、“丈夫多英雄”（《牵牛织女》）等，告诫儿子珍惜男儿的尊严，而且在诗中多方面地挖掘

① （清）王先谦撰，沈啸寰、王星贤点校：《荀子集解》，中华书局1988年版，第56页。

② （清）杨伦笺注：《杜诗镜铨》卷三引，上海古籍出版社1962年版，第129页。

了“大丈夫”的内涵；再如对优秀的男儿（包括自己的儿子）以“千里骏”“天马”“骅骝”“骐骥儿”“骥之子”“麒麟儿”“騄骥”“汗血种”等赞美之，又以“九霄鹏”“皂雕”“雕鹗”“凤之子”等赞誉之；等等。“天才”与“地才”兼备是其教子目标。

可是，生逢乱世，人生无常，父子缘分来之不易，特别是在“几人全性命”（《述怀》）的危境中，在“恒饥稚子色凄凉”（《狂夫》）、“糠籺对童孺”（《雨》）、“妻孥未相保”（《别李秘书始兴寺所居》）等艰难的困境中，与妻儿的团聚相守就显得尤为珍贵。更有甚者，如果说“痴儿不识父子礼，叫怒索饭啼门东”（《百忧集行》）的哭闹，“痴女饥咬我”的惨状，还可以忍受的话，那“幼子饿已卒”，就已是“所愧为人父”了。当然，父子间的互动也有儿子对老父的关爱，如“小儿强解事，故索苦李餐”（《彭衙行》）、“儿扶犹杖策”（《别常征君》）等，可见亲子互动的自然亲切和孩子早熟的性格。

我们从杜甫这类诗中看到的是父亲存在于儿女之中、儿女存在于父亲之中的互爱。杜甫这类诗将亲情置于动乱岁月、人人苟活的处境中，不仅表现出自己生命幸存的可贵、一家人相聚的不易，更强烈地表现出在极端非人性的背景中，人性的高贵和生命相依相赖的美。这类诗不是靠想象力与美感交流的对话，而是直抵人性的深处，充分展现出杜甫的“仁者心”。

三、夫义妻顺关系中的智者人格

夫妻之爱与“五常”中的“智”相对应，因之曰“智者人格”。杜甫一方面要致君主于尧舜之上，一方面为室家安危而伤心，为妻儿饥寒而流涕。继李白之后，杜甫作了大量的“妻子诗”，习惯称“妻”“老妻”“瘦妻”“妻子”“山妻”的诗三十多首。杜甫笔下的妻子，大抵是以老瘦贤慈、沉默牺牲的大地之母的形象出现的，承载着贫困流离的生活重担，在忍辱负重中实现了作为妻子、母亲的道德价值。

诗人有意突出妻子的枯瘦憔悴。杜甫的妻子乃司农少卿杨怡之女，从《客夜》“老妻书数纸，应悉未归情”看，杨氏受过教育。“老”与“瘦”看似毫无审美情趣，却洋溢着真情实感。当时，杨氏三十岁左右，何以称“老”？老者，瘦者，并非耄耋垂垂之貌，而是饱受生活沧桑之苦的写照。杜诗中屡屡写之，如“老妻寄异县”（《自京赴奉先县咏怀五百字》）、“老妻画纸为棋局”（《江村》）、“昼引老妻乘小艇”（《进艇》）、“老妻睹我颜色同”（《百忧集行》）、“老妻书数纸”（《客夜》）、“偶携老妻去”（《寄题江外草堂》）、“飘飘愧老妻”（《自阆州领妻子却赴蜀山行三首》其二），还有“瘦妻面复光”（《北征》）等，都是对“糟糠之妻”的真情书写，这才有了王安石《杜甫画像》中的“瘦妻僵前子仆后”的慨叹。其中多是有对妻儿生活无着苦况的担忧，如“妻子衣百结”（《北征》）、“长贫任妇归”（《屏迹三首》三）、“老妻忧坐痹”（《遣闷奉呈严公二十韵》）、“妻儿待米且归去”（《别李秘书始兴寺所居》），皆是写衣食不足的困窘。而“囊虚把钗钏，米尽拆花钿”（《秋日夔府咏怀奉寄郑监审李宾客之芳一百韵》）中“把钗钏”“拆花钿”的细节，即当卖钗钿购买柴米的举动，是何其动人！又如“晒药能无妇”（《秦州杂诗二十首》二十），“藉糟分汁滓，瓮酱落提携。饭粝添香味，朋来有醉泥”（《孟仓曹步趾领新酒酱二物满器见遗老夫》），既有自给或补家用的晒药，也有操持家务的繁杂，又是多么勤劳！

同时还可以看到母爱满满:"世乱怜渠小,家贫仰母慈。"(《遣兴》)"学母无不为,晓妆随手抹。"(《北征》)"女病妻忧归意急,秋花锦石谁能数?"(《发阆中》)诸诗中的母亲既是娇憨女儿模仿的对象,也是为儿女罹病忧心不已、对儿女的温柔呵护的慈母,在在可见母亲角色的伦理定位。

杜甫型的夫妻关系,"从妻子的角度而言,虽然一生勤勉操劳不已,但在某种意义上也可以说是十分幸福的,因为她也许认为世间的生活大都如此,况且她是伴随在视自己为一生中唯一的女性的丈夫身旁"①。下面再看诗人与妻儿的隔绝之苦:"从此出妻孥,相视涕阑干。"(《彭衙行》)"去年潼关破,妻子隔绝久。"(《述怀》)"妻孥隔军垒,拨弃不拟道。"(《雨过苏端》)诗人只身在外奔波劳顿之时,放心不下,然而,诗人更多的还是自责、内疚:"叹息谓妻子,我何随汝曹。"(《飞仙阁》)"何日兵戈尽,飘飘愧老妻。"(《自阆州领妻子却赴蜀山行三首》其二)"随汝曹""愧老妻"云云,特别是在幼子死于饥寒、老妻不饱于糟糠的日子里,消息杳然,半夜怀家对月,时时昭显着诗人温柔敦厚的人性美、人格美。这里不可回避,杜甫经常写哭、写泪,综观诗人的一生,一语"穷途那免哭"(《暮秋将归秦》)道出了多少血和泪:或"吞声哭",或"双泪垂",或"两行泪",或"双泪痕",或"涕涟涟",或"泪数行",或"涕泪零"……试问,在那个以男子为中心的"家长制"社会里,有谁这样善于解剖自己?

当然,杜诗中也有与"老妻""瘦妻"相对的"女神"的书

① [日]笕久美子:《以"女性学"观点试论李白杜甫寄内忆内诗》,《唐代文学研究》第3辑,广西师范大学出版社1992年版,第259—260页。

写，如《月夜》诗："香雾云鬟湿，清辉玉臂寒。"《一百五日夜对月》诗："仳离放红蕊，想像嚬青蛾。"《进艇》诗："俱飞蛱蝶元相逐，并蒂芙蓉本自双。"可是在"老瘦""瘦妻"的巨大冲击下，始终处于不显的一面。两种书写的结合，方可见血肉饱满的杜甫，人格健全的杜甫！

四、兄友弟恭关系中的礼者人格

兄弟之爱与"五常"中的"礼"相对应，因之称"礼者人格"。礼者，敬人，乃天地之序。如果说孝者是无违，以礼事之，持谦卑心，那么悌者则是友爱，以礼亲之，持仁爱心。例如《月夜忆舍弟》："戍鼓断人行，边秋一雁声。露从今夜白，月是故乡明。有弟皆分散，无家问死生。寄书长不达，况乃未休兵。"字字忆弟，句句有情。又如《忆弟二首》《遣兴三首》等，关爱、惦念之情溢于言表。陶开虞《说杜》说："乱离中骨肉之思更切，老妻幼子，弟妹诸侄，依依婉恋，正见其笃于天伦也。"①

粗略检索，杜甫所作的思念弟、妹的诗有三十余首。从天宝四载(745)的《临邑舍弟书至苦雨黄河泛滥》至大历三年的《远怀舍弟颖观等》《续得观书迎就当阳居止》等，历时十余年间。儒家伦理强调"兄友弟恭"或"兄良弟悌"，杜氏兄弟做出了近乎完美的诠释，兄弟、兄妹的手足之情、友爱思念，不时跃然纸上。多数学者认为，杜甫有四个弟弟(颖、观、占、丰)和一

① (清)仇兆鳌注:《杜诗详注》附编引，中华书局1979年版，第2238页。

个妹妹,他们常常被深情地写到,虽是同父异母,但看不出一点隔阂。作为老大的杜甫,示范作用做得更好(同时代人称其"杜二"可能是家族中的排行)。这类诗很有特点,或以问候的方式,或遥想弟妹所在的空间,或揣测弟妹行踪的时间,或开篇即叙牵挂之情,都是置于战乱的大背景下,在亲情流注于空间与时间之际,将人伦之情丝编织成生命共同体的情茧。杨伦有这样的评论:"公忆弟寄弟诸诗无不佳,以其从真性情流出也。"①例如《元日寄韦氏妹》云:"近闻韦氏妹,迎在汉钟离。郎伯殊方镇,京华旧国移。秦城回北斗,郢树发南枝。不见朝平使,啼痕满面垂。"此诗作于至德二载(757)元日,是乱中思妹之作。诗中钟离县、"郢树",是妹妹所在;"秦城",是杜甫所居。斗回枝发,点出元日春景;朝使路梗,道出哀音信莫通。特别是"郢树"化用《楚辞·哀郢》"望长楸而太息兮,涕淫淫其若霰"诗意,尤其加重了他们不得相聚之悲意,而且揭示出战乱为不得相聚之源。又如《同谷七歌》"有妹有妹在钟离,良人早没诸孤痴"云云,让读者悲泣。如果说上一诗抒发的主要是不得相聚之苦,那么此诗所表达的还多一层思念在里面,因为"十年不见"且其"良人早没诸孤痴"。可是终因豺狼肆虐,不得相见,也不知妹妹托带着诸孤挣扎到了什么地步。两句"四歌兮歌四奏,林猨为我啼清昼",千载以后仍催人泪下!

"每逢佳节倍思亲",在不能同弟妹一起去插茱萸的重阳,诗人"独酌杯中酒","抱病起登江上台",感慨万千,愁情万种,

---

① (清)杨伦笺注:《杜诗镜铨》,上海古籍出版社 1962 年版,第 542 页。

首先想到的应是弟妹。然而,有酒不得同饮,有菊不能同赏,遥想弟妹在处应是:“殊方日落玄猿哭,旧国霜前白雁来。”真此处彼处两茫茫!再加上“干戈既侵,衰谢又迫,恐两相催逼,终无聚首时也”①,诗人才十分悲切地道出:“弟妹萧条各何在,干戈衰谢两相催。”(《九日五首》其一)在清明佳节里诗人道出了同样的情怀:“古时丧乱皆可知,人世悲欢暂相遣。弟侄虽存不得书,干戈未息苦离居。”(《清明》)——纵情恣游的人们晚归而去了,自己同弟侄一样在飘零中,再加干戈阻绝,音信全无,好生悲凉!然而现实毕竟是“梅花欲开不自觉,棣萼一别永相望”(《至后》),“不见江东弟,高歌泪数行”(《元日示宗武》),是“第五弟漂泊江左,近无消息”逼出的数行泪,亦是血泪倾诉“不见”之悲苦。这同《同谷七歌》其三“有弟有弟在远方,三人各瘦何人强。生别展转不相见,胡尘暗天道路长”一样表达“生别展转不相见”的凄凉。而“弟妹悲歌里,乾坤醉眼中”(《九日登梓州城》)所展示的家国两样愁更为浓烈。

五、友爱之中的信者人格

朋友之德与“五常”中的“信”相对应,因之曰“信者人格”。自古以来,中国人伦思想就极重视友情,并列入“五伦”之中,是儒家讲究言之忠信、行之笃敬的体现。朋友之伦的建

---

① (清)仇兆鳌注:《杜诗详注》卷二十,中华书局 1979 年版,第 1764 页。

立不同于其他“四伦”，乃是立足于人的自由选择与人情的真实关切。作为一个十分珍视友情的“圣者”，杜诗中表现的友情深厚真诚、圆润广大，所谓“由来意气合，直取性情真”（《赠王二十四侍御契四十韵》），“同心不减骨肉亲”（《戏赠阌乡秦少翁短歌》），“来因孝友偏”（《九月一日过孟十二仓曹十四主簿兄弟》）。可见，“意气合”“性情真”和“孝友偏”是诗人的交友之道。因而杜甫就交下了系列友人：“重与细论文”（《春日忆李白》）的李白，“思君令人瘦”（《九日寄岑参》）的岑参，“欢娱两冥漠”（《九日五首》其三）的苏司业、郑广文，“喜结仁里欢”（《晦日寻崔戢李封》）的崔戢、李封，还有艰难困苦中有一饭之德的孙宰（《彭衙行》）及与之“泥饮”的“田父”“田翁”（《寒食》《遭田父泥饮美严中丞》），也有那些“失业徒”“远戍卒”“天下寒士”，更有平等视之的家仆伯夷、辛秀、信行、阿稽、阿段，在在体现着诗人的仁者、信者人格。

考察杜甫一生，特别是在他困难时期，给予他经济援助的主要有高适、严武、李之芳等人，杜甫与他们的友情是矢志不渝的，下文重点谈之。回想杜甫与高适的友谊，从开元末年的“汶上相逢”（《奉寄高常侍》），到宋州重逢时的“昔者与高李，晚登单父台”（《昔游》），再到天宝十一载（752）秋的“同诸公登慈恩寺塔”，交情越来越深。直到高适为官彭州、蜀州，特别是上元元年（760）九月二人在成都相会，交往渐趋频繁，高适对杜甫的经济援助才多起来，杜甫多依之。例如杜甫寄高适诗求助：“百年已过半，秋至转饥寒。为问彭州牧，何时救急难？”（《因崔五侍御寄高彭州一绝》）乃以兄弟情求助，可见二人交情非同一般。在这段特殊的日子里，杜甫先后作有《奉简高三十五使君》《王十七侍御抡许携酒至草堂，奉寄此诗，便请邀高三十五使君同到》《王竟携酒，高亦同过共用寒字》《李司马桥成，承高使君自成都回》等诗。合观以上诸诗，知杜甫与高适晚年情好甚洽。永泰元年（765），高适在长安去世。远在西南的杜甫听闻噩耗，睹物思人，肝肠寸断："归朝不相见，蜀使忽传亡。虚历金华省，何殊地下郎。致君丹槛折，哭友白云长。独步诗名在，只令故旧伤。"（《闻高常侍亡》）还有一首诗将杜高友谊推向了高峰——《追酬故高蜀州人日见寄》。高适去世六七年后的大历五年（770）正月，杜甫偶开文书帙中，得高适任蜀州刺史时的"人日相忆见寄诗，泪洒行间，读终篇末"，遂追酬一诗悼友兼自悼，"潇湘水国傍鼋鼍，鄠杜秋天失雕鹗"，乃写己在生命的最后阶段漂流潇湘一带的苦况；"东西南北更谁论，白首扁舟病独存"，叹己虽"百年多病"、白首扁舟却还活着。杜甫所云"叹我凄凄求友篇"，正道出他与高适交情之真醇，对"忘形故人"感念至深。

梁启超曾说杜甫"是一位极热肠的人，又是一位极有脾气的人。从小便心高气傲，不肯趋承人"①。就是这样一位"不肯趋承人"的杜甫，曾为老友严武的安危而担忧："九日应愁思，经时冒险艰。不眠持汉节，何路出巴山。"（《九日奉寄严大夫》）杜甫与严武的友谊诗大致有 35 首，是杜甫赠友诗中最多的。杜、严二家是世交，二人早就是朋友。可是，二人生死之交的缔结还是在杜甫定居浣花溪、严武为东川节度使和剑南节度使期间。在这期间，严武给予杜甫不少的接济，并表奏杜甫为尚书工部员外郎，杜甫先后写下《奉送严公入朝十韵》《奉济驿

① 梁启超：《怡情之美：梁启超美学精选集》，吉林人民出版社 2021 年版，第 100 页。

重送严公》《九日奉寄严大夫》《奉待严大夫》《将赴成都草堂途中有作先寄严郑公五首》等诗，可见其友情之深挚。直至严武病逝，身在忠州的杜甫写下了《哭严仆射归榇》诗，深致悲悼。在《诸将五首》其五中，诗人深情回忆了严武在成都“共迎中使望乡台”的情景，对严武镇蜀的卓越功绩和超人才略给予了高度评价。特别是在《八哀诗·赠左仆射郑国公严公武》中，回顾了严武的一生，对他的文治武功，尤其是“四登会府地，三掌华阳兵”的卓越建树，倍加推崇；对严武“小心事友生”的深情厚谊感激涕零。在杜甫广泛的交游中，关系最密切而又相处时间最久的，当推严武。所以浦起龙说“公所至落落难合，独于严有亲戚骨肉之爱，是亦宿世缘分”①，从而断言：“严系知己中第一人，自尔情至。”②至于酒后二人对骂，严欲杀之之事，盖小说家言，不足信。

关于杜甫与李之芳的友谊，最早可以追溯到天宝初年李为齐州司马、杜甫壮游齐鲁时。例如天宝四载（745），杜甫《同李太守登历下古城员外新亭》诗原注：“时李之芳自尚书郎出齐州，制此亭。”宝应二年（763）三月，李之芳使吐蕃，至其境，被扣留。杜甫《王命》诗“血埋诸将甲，骨断使臣鞍”，即写此事。诗云：“深怀喻蜀意，恸哭望王官。”忧国忧友之深以致“恸哭”。大历二年（767），杜甫在夔州，有《秋日夔府咏怀奉寄郑监李宾客一百韵》诗，时之芳在峡州，诗云：“音徽一柱数，道里下牢千。”三年春，杜甫来到江陵，与郑、李盘桓多日，屡有唱酬。重

---

①　（清）浦起龙注：《读杜心解》卷四之一《七律》，中华书局 1961 年版，第 635 页。

②　（清）浦起龙注：《读杜心解》卷一之五《五古》，中华书局 1961 年版，第 149 页。

要的是，如前文所述，在杜甫家断炊的情况下，正是郑、李等友人的援助，才帮杜家挺过一段极其艰辛的日子。本年秋，李卒于江陵，杜诗《登舟将适汉阳》《哭李尚书之芳》记下二人最后的友谊，可见“二人一生的友谊使得生者一定要在死者的棺椁前为永远的离别至哀”①。

六、余论：杜甫性格缺陷辨

性格和人格是两个非常复杂的心理学概念，这里无暇进行分辨。我们以为，性格偏重本能，人格侧重伦理、道德。两唐书的《杜甫传》对杜甫的微词主要在其性格方面。② 总体而言，宋人的微词不外傲诞、不羁、傲岸、矜诞、不自检诸说，实皆古今诗人之常习，不足为怪，更何况人无完人。宋人所讥“高而不切”主要是就杜甫“窃比稷与契”而发的。究竟怎样看待此一问题？一方面是杜甫在书写个人怀抱，如李白“使寰区大定，海县清一”（《代寿山答孟少府移文书》）一样，是“盛唐气象”孕育出来的颇具盛唐时代特色或时代精神的思想性格与精神境界。盛唐人强烈的建功立业愿望，促使他们以出将入相自期，

---

① ［美］洪业：《杜甫：中国最伟大的诗人》，曾祥波译，上海古籍出版社 2011 年版，第 232 页。

② （后晋）刘昫等撰《旧唐书》卷一九〇下《杜甫传》云：“（甫）性褊躁，无器度，恃恩放恣”，“与田畯野老相狎荡，无拘检”，“傲诞”。（中华书局 2013 年版，第 5054、5055 页）（宋）欧阳修、宋祁等撰《新唐书》卷二〇一《杜甫传》云：“甫旷放不自检，好论天下大事，高而不切。”（中华书局 2013 年版，第 5738 页）

倾慕稷、契、范蠡、张良、谢安之类帝王师式的人格风范，而且成为盛唐人积极进取的最突出的表现，是彼时的士子们普遍表现出的一种强烈的社会群体意识，也是衡量个体生命价值的重要尺度。杜甫饱受这一熏染，才有了“窃比稷与契”的志向。另一方面，我们又可视为这是杜甫生命的最高境界，即现实关怀与终极关怀的统一。这既是将苍生社稷系挂于胸中，而且是“老大意转拙”；又是对孟子“饥溺”观的体悟：“禹思天下有溺者，由己溺之也；稷思天下有饥者，由己饥之也。”[①]这一最寻常、最真实意义的体悟，几乎贯穿了杜甫的一生。杜甫一生不顺，经纶之志不遂，奔走衣食，席不暇暖，突不得黔，始终郁郁不得志，又尝自比“天地一沙鸥”（《旅夜书怀》）、“一浮萍”，真是命运捉弄人！

“窃比稷与契”还可以放在《自京赴奉先县咏怀五百字》所勾勒的上古圣君贤臣谱系中来解读。在这里，诗人把稷与契、尧舜君、巢与由并置在一起，耐人寻味，即将宽厚仁德、万民拥戴的明君尧舜，勤勉有为、施惠于民的贤臣稷契，同抗志守节、高蹈不仕的隐士巢与由并列，来诠释君臣大义，看似不大协调，因而有注杜者认为“尧舜君”为唐玄宗，或赞美杜甫志向远大，或嘲笑杜甫自比“稷契”，均属皮相之见，实是诗人有意构建一个完整的理想政治模式。巢与由是大隐士，孔子原本尊重隐士，隐士的坚守节操亦是儒家精神的一个方面；隐士的存在有时并不因为政治苛酷，恰恰缘于政治开明，尧曾让天下于许由便是明证，巢与由应预设于理想政治模式中。这种理想政治模

---

① （汉）赵岐注，（宋）孙奭疏：《孟子注疏·离娄下》，《十三经注疏》，中华书局1980年影印本，第2731页。

式从天人关系看，又成为人道的和谐与进取的一个象征，是杜甫的政治蓝图。因而，一切风云际会中的贤臣如诸葛亮都可拟之以稷与契，杜甫也渴望成为其中的一员。

总之，从哲学的高度上说，杜甫的人格可能担不起“尽善尽美”，尽心、尽性、尽伦、尽理都做到了才称得起；但如果从文学的角度看，他能尽才、尽情、尽气、尽伦理地挥洒、尽生命地挥洒，是可以尽美又尽善的。何以言之？杜甫是情感丰富的人，是多泪的诗人，或痛哭，或悲愤，仰为忠君之情，俯为怀乡之念，其诗苦心经营不忘君国，堪称“诗史”。唐君毅先生说：“因为杜甫是一个性情醇朴的人，他对于人类万物，有真诚的爱好，所以他的作品中，充满着热烈的情感，流露出生命真实的意义，显示着人生真正的价值，这是合得称做诗人的。……杜甫所注意的，却是注意人类向上的善的方面。”①杜诗中“人类向上的善的方面”，是通过“五伦”关系体现出来的五种人格来践行的。唐君毅先生又说：“中国儒家之圣贤者，天人之际之人格，持载人文世界与人格世界之人格。儒家精神，乃似现实而极超越，既超越而又归于现实。然儒家之精神，在开始点，乃纯为一理想主义之超越精神。”②深植于儒家“理想主义之超越精神”的杜甫人格，迈过一千三百多年，至今仍闪耀着光辉。

---

① 唐君毅：《中华人文与当今世界补编》（一），广西师范大学出版社2005年版，第22—23页。

② 唐君毅：《中国文化之精神价值》，广西师范大学出版社2005年版，第303页。

妙慧:空寂与贞定体验的指归*

——王维诗歌松石意象发微

从人与自然的关系看,中国古代文人大致可分为两种类型:从自然中体悟一切奥秘,在纵浪大化中达到天人冥契的和谐境界,陶渊明堪为代表;在自然面前发现自我的孤寂与无助,与自然形成貌合神离甚至格格不入的局面,阮籍、谢灵运堪为代表。而王维,特别是中年以后的他远离世怀,走向自然以寻求精神上的安顿,其动机和态度跟陶渊明、阮籍、谢灵运等人不同,他以其对佛理、道味特别的体悟,在这两种类型之外走出了"第三条道路",即亦官亦隐的"居士"生活。个中原因极其复杂,当然不能排除"报恩""净涤自赎"等类的自我消解。也许正是以此为契机,加上他对佛、道典藏的会心与参悟,使他在儒、释、道互有消长的人生体验中,过滤喧嚣,实现了由空寂到贞定的审美飞跃。而展示这一飞跃的标志性诗歌意象是"松石",即王维以"松石"所象征的淡泊宁静,消解那令人焦躁烦厌的无常梦魇,以求获得心灵上的静定。当然,这一转变经历了一个艰难的宗教体验与审美体验的过程:由喧嚣而入空寂,再由空寂而入贞定。

---

* 原载《齐鲁学刊》2005 年第 5 期。

一、空寂体验的艰难历程

王维对空寂的体验既是宗教的又是审美的,经历了一个艰难而曲折的过程。我们知道,一个封建时代的士子最起码的追求就是如何去完成他的人生实践,生逢盛唐的王维又何尝不是这样。青少年时的王维以三首《少年行》表现了他的游侠精神,以《老将行》《燕支行》《送陆员外》等诗作展示了他驰骋纵横的豪气。同时,一种烟云缥缈的哀愁也笼罩在王维心头,如《陇西行》《陇头吟》等诗作便凝结着一种遇合不定、聚散无常的悲剧意识与寂寞,如《陇头吟》从"长安少年游侠客,夜上戍楼看太白"与"关西老将不胜愁,驻马听之双泪流"的对比中,强调他对功名的渴望与失落。也许这种渴望与失落决定了他解决不同矛盾的方式是一方面进行着他的人世间追求,另一方面又搞着他的自然向往。而中晚年以后的他连遭丧妻、"负罪"等事变的打击,使得他一度昂扬的进取精神大打折扣,于是,《庄子·缮性》倡导的"存身之道",使他走向自我闭锁的深忧,其结果便是"隐于朝市"了——晋王康琚《反招隐诗》云:"小隐隐陵薮,大隐隐朝市。"因此,王维的隐逸山水与陶渊明的返归田园,虽是都为自己找到了一个自足的世界,为惶惶不安的灵魂找到了栖居之所,以自然景物为描写对象,可是他们的心态及作品的主题是不同的:陶氏借着躬耕的实际劳动去体悟"生"的淳美与可贵,其诗具有朴素的人情味;王氏则是借着游览山水去体察"生"的厌倦与孤独,其诗具有不食人间烟火的"仙味"——而以"贞定"为基本内涵的"松石"意象足以证明这一切。

（一）本体空寂不离现象之喧嚣

参禅的人们都知道，本体之空寂离不开现象之喧嚣，以耳根来说，王维曾说："耳非驻声之地，声无染耳之迹。"（《与魏居士书》）这种尘与耳根之间的细微体会，王维早已从禅佛中得到深刻启悟，而色尘的阴荫与光影也是如此，眼耳都是观照的凭借，只有从六根与六尘的对应加以观照，方能细密觉知其中的喧寂或碧绿、浅绿的素彩等。

王维的诗歌多处表现着这一参禅的心迹。例如："松风"之"吹解带"，"山月"之"照弹琴"（《酬张少府》）；"摇霞上"之"草色"，"泛月边"之"松声"（《游悟真寺》）；"直似秋"之"松风"（《过感化寺昙兴上人山院》）；还有那"长松响梵声"（《登辨觉寺》）、"松含风里声"（《林园即事寄舍弟紞》）等，都是六根与六尘对应观照方能觉察出的喧寂。而"可怜磐石临泉水，复有垂杨拂酒杯。若道春风不解意，何因吹送落花来"（《戏题磐石》）中的"磐石"临"泉水"之所以"可怜"，就是因为它能承接住"春风"中的"落花"，而人们手中的"酒杯"也能和"垂杨"一样可以"拂"于"春风"之中——也是耳目观照六尘的结果。"谷静惟松响，山深无鸟声"（《游感化寺》）及"鸟来还语法，客去更安禅。昼涉松路尽，暮投兰若边。洞房隐深竹，清夜闻遥泉"（《投道一师兰若宿》），以"松响"对"鸟无声"，以"鸟来"对"客去"，不仅是六根与六尘对应观照觉察出的喧寂，而且明显地运用佛经中的"飞鸟喻"，表现出"乍明乍灭、若即若离、将尽未尽的自然美形象"①。

---

① 陈允吉：《王维〈华子冈〉诗与佛家"飞鸟喻"》，《文学遗产》1998 年第 2 期。

以法眼观之,上列王维诗中所描绘的景色再美也无非是黄昏前的短暂现象,因缺乏固定性而不能常驻。然而,重要的是,面对虚化不实的景象,即"即色达于真际",王维以"松石"来加以观照,使得诸法空相终归寂灭的谛义益明,而与之相抗衡的"松石"的贞定意义益显,如"岂惟山中人,兼负松上月。……好依磐石饮,屡对瀑泉歇"(《留别山中温古上人兄并示舍弟缙》),以"松"对"月",以"磐石"对"瀑泉";"瀑泉吼而喷,怪石看欲落"(《燕子龛禅师》),以"怪石"对"瀑泉",以"松"对"月";"泉声咽危石,日色冷青松"(《过香积寺》),以"危石"对"泉声",以"青松"对"日色";"清川与悠悠,空林对偃蹇。青苔石上净,细草松下软"(《戏赠张五弟諲三首》其一),以"清川"对"空林",以"青苔"对"细草"等等,一方面都是以六根与六尘对应观照而觉察出的自然的或生命的碧绿、浅绿的色彩,一方面则是以现象之喧嚣体现本体之空寂,又以本体之空寂体现"我心"之贞定。因此,上云"悟真寺""感化寺""辨觉寺""燕子龛"与"香积寺"等五个相对于流动喧嚷的时间与生命的有生世界中的另五个无时间、沉默冷静的无生世界,正是佛家修为、王维追求的最高境界——喧嚣消退,空寂而生;由于"松石"的制衡,空寂趋于贞定。在这里王维的高妙之处是,熔触觉、视觉、味觉于一炉(synaesthesia),不着痕迹地将"物质空间"(material continuum)变成"想象空间"(mental continuum)①,变成其生命安顿的处所,其中有他的现实世界,也有他的理想世界。

---

① 参见陈润棠:《从电影手法角度分析王维的自然诗》,《中西比较文学论集》,(台北)时报文化出版社 1980 年版,第 159 页。

（二）忧惧心境

从上面的分析中我们可以看出，王诗中的瀑泉流水、风雨明月等，本质上都是时间的暗示，都是“无常”的，终归“寂灭”的；那依荫松石的行为就喻示着对于流动的时间与生活的掌握或超脱；“松石”则喻示着超脱的归宿，这可能是因为松涛确实有类于“梵声”（按：“梵声”不拘泥于“诵经声”），“磐石”有似于“金刚”吧！虽然不是每一个“松石”意象都是如此，但上举例句中的则明显是以之暗示佛教、道教的贞定。王维在他品味山水的过程中，通过对佛、道之理的特别体悟，以“禅定”制止妄心，从而发现了自己的“桃花源”——这正是“松石”意象描写的归宿：或指王维的辋川别业或终南山，是住着安贫乐道、与世无争的人的田园；或指他心目中的神仙乐土；或指佛门圣地。这与陶渊明心目中的“桃花源”存在着明显的差异：陶氏笔下的“桃花源”只是一个逃避乱世的、没有兵灾人祸的空想乐园，一个政治乌托邦；王氏笔下的“桃花源”则是一个属于宗教的、哲学的乌托邦，一个仙人乐土或佛家极乐世界。不管是哪种境界，都与“松石”意象的衬托与暗示有关。

取有形物态表现或隐寓无形佛教、道教哲理，是唐人在拓宽山水诗形象功能上的一项卓越成就。其间，般若空观常被士人拿来察看风云月露的变幻，涅槃理论则扩展到遍及一切无情物悉有佛性的程度，正如《神会禅语录》所云：“青青翠竹，尽是法身；郁郁黄花，无非般若。”而道教的空前发达，更使自然景物失去了原汁原味。诗人们可以借佛典的譬喻沟通抽象理念与富有道教意味的自然景物。在这方面，王维堪为唐代诗人的代表，我们只从他的“松石”意象及与之相对的“水月”“流泉”

“飞鸟”等意象中就可体悟到;然而,王维毕竟不是一位高僧,也不是一位高道,他只是一个杂糅二者的士子而已。所以,随着时光的悄悄流逝,他面对水中之月、汩汩的流泉、不定的飞鸟等的“无常”,“松石”的贞定,也就不再是永恒的,于是忧从中来。因为王维毕竟是一个眷恋现世生活的人,他栖身浮屠或道观主要是为了求得心灵的慰藉,而不是准备全面履行释、道的宗教主张,特别是在生命的最后归宿问题上,当推究到杳不可测的未来走向时,他常常感到生命近蹙的惆怅与孤寂;他虽然这样来安慰早已涅槃的高僧,或身后的自慰:“当观水月,莫怨松风。”(《大唐大安国寺故大德净觉禅师碑铭》)正因为王维毕竟是人,他当然就不可避免地仍存有如海德格尔所说的“忧思”心境。袁保新先生曾诠释海氏这种忧惧心境说的意涵:“唯有在忧惧心境中,此有之存在结构才能在整体的方式中呈现。”“一切了悟都伴随着一种心境。……在忧惧中,此有发现自己正面对着他存在底可能的不可能性——无(the nothing of the possible impossibility of its existence)”,这就是“朝向死亡的存有本质上就是忧惧”。[①] 这种忧惧是“存在”体验中必然产生的。如其《孟城坳》之“空悲昔人有”、《华子冈》之“惆怅情何极”等,都是面对生命根本存在所产生的忧惧心境。

然而,王维皈依禅佛的修养,使他能从此“忧惧”之惊中很快回复本位,以有限之忧寄寓无限的理想世界中。因为,自然毕竟是可以与之通感的普遍生命的载体,具有随遇而化的灵妙之力,并充满价值的启示;而被赋予佛理、道味的自然对于仕途

---

① 袁保新:《忧惧心境在海德格基本存有学中的地位》(下),《鹅湖》1977 年第 2 期。

受挫的士子而言,其吸引力之大也就可想而知了。正是基于此,王维在大自然中自能体会到那种圆融和谐的灵慧之境,同时反映出一种孤寂的觉醒,这在他的“松石”类诗中有很好的体现。这种“松石”类诗中所反映出的人之归返山林的背后或许有其他用意,如视为“终南捷径”的用心,王维基本上寻求的还是如其诗“山中习静观朝槿”所说的一种“静”,一种逃避社会生活中的奔竞纷扰之后方能达到的内心的和平状态。因为这类诗中的孤寂不仅是一种追求的结果,而且其本身就是一种目的。因为他寻求的正是这种能免除特殊的情欲羁绊,因而能让心灵面对一切开放的自由,一种在孤寂时才能品尝,必须把自我安放在圆心而把万物安置在等距离的圆周上才能体味的自由,一种绝对的自我存在的意识,这正如《维摩诘经·入不二法门品》所云:“有为、无为为二,若离一切数,则心如虚空,以清净慧,无所碍者,是为入不二法门。”①即是讲,在清净智慧的鉴照下,没有一切颠倒妄想,自亦无所滞碍,于是自然与绝对湛然常寂的性体得到契合。

二、贞定体验的不懈追求

如上所言,王维诗中的“松石”意象不是单纯的景物描写,也不是诗歌的装饰,而是一种特殊的象征,它们代表一种隐居山中的特殊生活与贞定之境。在接近自然的山居生活中,“松

① 赖永海主编,赖永海、高永旺译注:《维摩诘经》,中华书局 2010 年版,第 144 页。

石”是被当作一种与自然节奏相抗衡的静止的安定的力量使用的,它含融着王维对无常、无我、生灭世界的观照。我们知道王维素熟内典,对《法华》《维摩》《般若》《涅槃》《华严》等一批譬喻极多的大乘经典造诣特深,其诗画创作中喜欢吸收、熔炼佛经譬喻题材,塑造富于神悟意味的艺术形象,如他的“雪中芭蕉”(《袁安卧雪图》),即据《维摩》《涅槃》所载的“芭蕉喻”措思经营的——以芭蕉之类易于解剖之植物比于人身,说明阴蕴俱空、内体可厌之意,寄寓着人身空虚的佛教思想。而“松石”的象征义则与之相对抗,即象征断绝世间烦恼而成就涅槃所致的精神境界——贞定,或禅定——它来自对“空寂”的体认,又是空寂的结果。

(一)贞定是松石意象的基本内核

王维这种空寂的审美体验,其尽头必是贞定——这种贞定有似于佛家的涅槃。王维《六祖能禅师碑铭》就说道:“无有可舍,是达有源;无空可住,是知空本;离寂非动,乘化用常。……五蕴本空,六尘非有,众生倒计,不知正受。……至人达观,与物齐功,无心舍有,何处依空。不着三界,徒劳八风,以兹利智,遂与宗通。……”在这里,王维主要是谈了“空”与“有”之间的辩证关系。由此看来,王维的禅学观是既包含了“闲居净坐”的北宗禅法,也包括了“至人达观,与物齐功,无心舍有,何处依空”的南宗禅法。将这两种禅法结合起来,就形成了王维特有的“以寂为乐”“空有不二”的禅观修习方式。

因为与这种贞定相对应的“空寂”并非死寂或冷寂,而是活泼万有、空灵自足的。例如,《金刚经》“金刚六喻”所云“一切有为法,如梦幻泡影,如露亦如电,应作如是观”,《大智度论》卷六云“解了诸法，如幻、如焰、如水中月……如镜中像”，《维摩诘经·观众生品》亦云“如智者见水中月……如水聚沫，如水上泡”，等等。所言无非是以“水中月”等意象表示万法皆空，一切无常之义理。因为水中本无月，“水月”因缘和合成此幻相，喻“缘生无性”的要义。例如唐太宗《大唐三藏圣教序》云：“松风水月，未足比其清华；仙露明珠，讵能方其朗润。”而“瀑流”意象则喻生死轮回中前生后灭的种种烦恼及功德无常之苦，因为“瀑流”由于奔泻无休，其中的水滴不断代谢，与佛教所宣扬的事物缘起中的“刹那灭”和“相续生”本质相似。王维诗中的“水月”“流泉”“飞鸟”等寓有万法皆空、一切无常之佛理，而“松石”则是贞定的。

王维的贞定体验亦有出于佛教而吸纳道教的东西，他所谓的“中岁颇好道，晚家南山陲”（《终南别业》）中的“道”似乎不必拘泥于“佛理”。他以道家思想为基础，渐渐融合佛教的“缘合妄相有，性空无所亲”（《山中示弟》），成为他永生渴望的追求。他对于自然的向往是道家思想与佛教实践的产物，而且是互补的，因为佛教不像道家只是提供一种顺于自然生活的观点，它有着道家所没有的救赎信仰，从中可以获得一切罪恶的解脱，得到心灵上的安宁，能面对死亡与虚无的安静。基于此，王维在对自然的向往、钟情中，将自己的思想寄寓于大量的自然意象之中，其中“松石”意象象征一种宁静贞定的意义，能够较为突出地显示王维的审美追求与心灵轨迹。他的隐居弃世本身就具有一种伦理意义，既成就一种“高节”，又可“遂性”“和天倪”，从而达到物我合一，浑然交融于大化之中，故而又是老子小国寡民无政府理想的实现。

王维亦兼收了儒家的思想，如为了突出松的“贞定”意义，王诗又往往以“石”强化之,而石之贞定意义应当源自《周易》“豫”卦的“介于石,不终日,贞吉”,强调“明祸福之所生,故不苟说;辨必然之理,故不改其操介如石焉”。而王诗则守其“亦官亦隐”之志,如石之不动。因此,我们认为“松石”含有王维清修的理想寓托,是王维的心灵寓所,也是王维的心中净土。“松石”不只是山水自然意象,而是作者契道的心灵语言。

(二)王维、陶潜贞定体验的异同

我们知道,陶渊明“归去来”之后基本上是一个“心有常闲”①的高人,他关心的是自然与内心底层相契的令人神往的精神,从而能够获得一种个人泯化于自然之中两相交融的安顿感。例如“结庐在人境,而无车马喧”(《归园田居》其一),表现的是一种把生命落实于世俗,又超乎俗情的贞定,它并非古井无波的死寂,而是充满生生不息的汩汩活泉,这正如《读山海经》其一所昭示的,是一种不断滋长的丰盈鲜活的世界,万物在这里“欣有托”,成为交融无间的和谐世界,这当然是“心远”使然。因为“心远”意味着面对任何景况皆能以一种适当的距离体会出它的美感,从而消化一种可能的压力或障碍。因此,自然之于人,便处处充满令人深省向往的欣欣生意,这也正是诗人内心企求完成的生命之趣。比如,“山气日夕佳,飞鸟相与还”透露的乃是诗人内心在“悠然见南山”的启示下,油然生起的不能自已的祥和仁厚之情:“山气”是陶渊明胸中的一

① 陶渊明《自祭文》云:“勤靡馀劳,心有常闲。”逯钦立校注:《陶渊明集》,中华书局1979年版,第197页。本文所引陶氏诗文只标题目,不另出注。

片天机灵气，而“飞鸟”归返于此佳趣横生的“山气”中，正暗示着人之生命与自然生命的呼应共鸣，浑然一体。

陶渊明所追求并达到的贞定的境界即是他夫子自道的“真”——“真情”“真性”与“真意”，是无须“辨”而自明的。现在以陶渊明笔下的“飞鸟”意象简论之。此一“飞鸟”是自由的象征：或羡飞鸟之自由，或怜羁鸟之受困。热爱自由是陶诗的重要内涵，诗人有感于“久在樊笼里”（《归园田居》其一），才自责“望云惭高鸟，临水愧游鱼”（《始作镇军参军经曲阿》），并有意突出鸟属于自然、热爱自由的天性，这是愿与大自然求得和谐一体的诗人自己的写照。与之相反，不自由的鸟当然是可怜的，所以“羁鸟恋旧林，池鱼思故渊”（《归园田居》其一），便从反面展示了充满生机的生命意象：鸟飞鱼跃。在诗人看来，人的生活本应如飞鸟般自由自在；然而事实并非如此，人们为了名利常常失却了精神家园。也正是由于对精神乐园的向往，陶潜才特别珍视“归鸟”这一意象，进而庆幸鸟之“有托”，正如吾之有庐一样：“众鸟欣有托，吾亦爱吾庐。”（《读山海经》其一）搞清了这种同病相怜的心理机制，也就不难领悟他为什么那么愉悦地描写“归鸟”了。

而王维获罪之后的仕宦既非阮籍的虚与委蛇，亦非谢灵运的故作狂态，亦非陶渊明的归去来，而是希望在戒慎惭愧的心诚下“报恩”，即如其《谢除太子中允表》中所谓：“臣得奉佛报恩，自宽不死之痛。”以这种心情走向自然，其山水或田园意象除了实景的观照和欣会外，还隐含着一份净涤自赎的微意，即那种负罪意识不容许自己再做过多的追求，于是将自己送给了大自然。王维那首《终南别业》：“中岁颇好道，晚家南山陲。兴来每独往，胜事空自知。行到水穷处，坐看云起时。偶然值林叟,谈笑无还期。”很能说明他与自然的关系,亦可对其“松石”意象所代表的贞定意义做一注脚:如果说宗教的启示意味着心灵惭愧的超越,那么这里的“家”则具有精神归宿的深意。“兴”来之独往,“胜事空自知”,暗示着一切悟境完全建立在个人的“只堪自怡悦”的追求与契合。而“行到水穷处,坐看云起时”的境界,同阮籍之“时率意独驾,不由径路,车迹所穷,辄恸哭而反”①相比,两种面对自然不同动态的人的对应行为是不同的,即同是到“穷处”,但之后的表现不同,一是“恸哭而反”,一是“坐看云起”,人的心路历程迥然不同。

王维也用“飞鸟”意象,却与陶氏之“飞鸟”不同,如其《华子冈》云:“飞鸟去不穷,连山复秋色。上下华子冈,惆怅情何极。”就是诗人将寓目所见景象同佛经譬喻的感触相融通、相交叉,“依靠创作主体直觉和经验的挪移,便隐藏地将上述‘飞鸟喻’的理性内涵引入其间”,提示了“无常”“无我”“寂灭”的佛理。此一“飞鸟喻”,佛经多有采撷,如《增一阿含经·高幢品》叙佛陀曾坐尼拘律树下给众弟子现身说法,因设多重譬喻示彼神足境界,其中一喻为:“或结跏趺坐,满虚空中,如鸟飞空,无有罣碍。”这便是取飞鸟在空中自由翱翔一端,揭示世尊借之使弟子通达神灵、完全摆脱世间染著缚结的法道。② 再如《维摩诘经·观众生品》:“如盲者见色,如入灭尽定出入息,如空中鸟迹,如石女儿,如化人烦恼,如梦所见已寤,如灭度者受身,如无烟之火,菩萨观众生为若此。”湛然在《维摩诘经略疏》

---

① (唐)房玄龄等撰:《晋书·阮籍传》,中华书局 1974 年版,第 1361 页。

② 参见陈允吉:《王维〈华子冈〉诗与佛家“飞鸟喻”》,《文学遗产》1998 年第 2 期。

中曰:"'如空中鸟迹'者,肉眼不见,说言无迹,《鸯掘经》云:'天眼之人,见空中鸟迹。'"这种"无常""无我""寂灭"境界为"一切有为法"的归宿,即佛家之"空"。

再如,王维与陶渊明都善于用"松"这一意象营造一种贞定之境,亦有思想渊源的不同。王维由于长期同道士、僧人交往,特有的生活环境连同他对佛道典藏的参悟,泉、松、雨等意象便构成了他以幽静为主特征的贞定境界。不论是"山静泉逾响,松高枝转疏"(《赠东岳焦炼师》),还是"瀑布杉松常带雨,夕阳苍翠忽成岚"(《送方尊师归嵩山》);不论是"犹羡松下客,石上闻清猿"(《瓜园诗》),还是"飒飒松上雨,潺潺石中流"(《自大散以往,深林密竹,磴道盘曲四五十里至黄牛岭,见黄花川》);抑或是他也像道士一样餐过松、饮过松叶酒:"昔余栖遁日,之子烟霞邻。共携松叶酒,俱篸竹皮巾。攀林遍岩洞,采药无冬春。"(《过太乙观贾生房》)向松求过长寿:"世上皆如梦,狂来止自歌。问年松树老,有地竹林多。药倩韩康卖,门容尚子过。翻嫌枕席上,无那白云何。"(《游李山人所居因题屋壁》)等等,简直就是成都双流县兴唐观道士吴子来所谓"白石青松便是家"①了。这与传统儒家心目中的"松"的象征意义不同,因为"松"在儒家心目中象征道德的崇高与人格的高洁,如《论语·子罕》:"岁寒,然后知松柏之后凋也。"而陶渊明笔下的"松"却正寄寓了孔子之义:强调松树的可贵,即不畏天寒地冻的高尚品格,如"终怀在壑舟,谅哉宜霜柏"(《乙巳岁三月为建威参军使都经钱溪》),即突出其雄健之操守;"青松在东

---

① (清)彭定求主编:《全唐诗》第八五二卷,中华书局 1960 年版,第 9640 页。

园，众草没其姿；凝霜殄异类，卓然见高枝”（《饮酒》其八），亦是借写松以寄托自己的耿介拔俗之高标、潇洒出尘之雄姿。如果说王维以松表达的贞定是源于“意”的话，那么，陶潜以松写出的贞定则是源于“心”的。

三、妙慧：空寂与贞定审美体验的归结

宗白华先生《中国艺术意境之诞生》云：“以宇宙人生的具体为对象，赏玩它的色相、秩序、节奏、和谐，借以窥见自我的最深心灵的反映：化实景而为虚境，创形象以为象征，使人类最高的心灵具体化、肉身化，这就是艺术境界。”①这种“艺术境界”是介于学术境界与哲学境界之间的，是一个境界层深的创构。王维以“松石”意象所达到的正是这样一种“艺术境界”，即通过空寂的宗教与审美体验，为自己找到了聊以栖身的贞定之所。

（一）空寂：体验的初级阶段

上文已言，空寂之于王维，不仅是一种宗教体验，重要的是一种审美体验。下面再以“松石”意象切入且加以论说。佛教典籍中的“松”意象，大致说来有两个特点：一是与禅境密切相关，二是与禅意密切相连。当然，禅境与禅意是不可分割的，只是为了说明“松”在禅佛的作用强分之而已。禅境的意思是，

---

① 林同华主编：《宗白华全集》第1卷，安徽教育出版社1994年版，第327页。

以“松”表示某某寺(或宗)之境,实际上就是象征禅境,现在以《五灯会元》为例略作说明:

> 问:“如何是南台境?”师曰:“松韵拂时石不点,孤峰山下垒难齐。”
>
> 僧问:“如何是龙华境?”师曰:“翠竹摇风,寒松锁月。”
>
> 问:“如何是万安境?”师曰:“一塔松萝望海青。”
>
> 僧问:“如何是兴阳境?”师曰:“松竹乍栽山影绿,水流穿过院庭中。”
>
> 僧问:“如何是琅邪境?”师曰:“松因有恨萧疏老,花为无情取次开。”
>
> 僧问:“如何是大阳境?”师曰:“羸鹤老猿啼谷韵,瘦松寒竹锁青烟。”
>
> 问:“如何是乐净境?”师曰:“有工贪种竹,无暇不栽松。”①

当然,上引都是禅师回答弟子的“机锋”语,其用意主要在于启发弟子的根机悟性,以便去领悟这样一个思想,即这是佛,那是佛,到处是佛,个个是佛,佛法无处不在,正所谓“青青翠竹,尽是真如;郁郁黄花,无非般若”②。佛家特别标举“松境”,而且以“松”之贞定象征佛境、禅境,是很值得研究的一个课

---

① (宋)普济:《五灯会元》卷六、八、八、八、十二、十四、十五,中华书局1984年版,第350、468、470、510、740、871、968页。

② (宋)普济:《五灯会元》卷十五,中华书局1984年版,第945页。

题。而禅境与诗境是相通的,皎然《诗式·取境》说:“取境偏高,则一首举体便高;取境偏逸,则一首举体便逸。”可见“取境”对诗歌创作至关重要,正如佛境的修练习得之不易一样;权德舆《左武卫胄曹许君集序》云:“凡所赋诗,皆意与境会,疏导情性,含写飞动,得之于静。”而要会意,非神悟难以极其致,这就十分自然地把诗人推向注重悟解的参禅之路。从这个意义上说,诗禅联姻实非诗人的主观爱好,而是由于二者之间存在着一种必然的、内在的联系。如王诗“明月松间照,清泉石上流”(《山居秋暝》),“谷静唯松响,山深无鸟声”(《游化感寺》),“谷静秋泉响,岩深青霭残。清灯入幽梦,破影抱空峦。恍惚琴窗里,松溪晓思难”(《东溪玩月》),这里的“明月照”“清泉流”“松响”“鸟声”“泉响”云云,都是借生灭变化之“色”来诠释“空”。人住于世其实不曾真正“居住”,不曾实有,因为此世界因缘生灭,非永恒之地,只有“松”是永恒的。

禅意的意思是,以“松”或“松风”表达或象征禅意,如:

风穴延沼禅师被问“如何是诸佛行履处”时回答:“青松绿竹下。”

鼎州梁山缘观禅师被问“如何是和尚家风”时回答:“益阳水急鱼行涩,白鹿松高鸟泊难。”

处州南明日慎禅师被问“祖意教意是同是别”时回答:“松竹声相寒。”①

僧问:“如何识得自己佛?”(黄州齐安禅)师曰:“一叶

① (宋)普济:《五灯会元》卷十一、十四、十六,中华书局1984年版,第676、864、1019页。

明时消不尽，松风韵罢怨无人。”①

以上所引也是以“机锋”的形式出现的，禅师们注重的不是诗、偈语句本身，而是语外之意，所强调的不是经说言教，而是根机悟性。然而，都是以“松风”“松韵”来回答禅境，亦是以松境之贞定来象征禅境之贞定的，换言之，即是在贞定这一意义上，禅师们找到了松境与禅境的契合点。王诗云：“松风吹解带，山月照弹琴。君问穷通理，渔歌入浦深。”（《酬张少府》）松风吹带、山月照琴这一贞定之境，是通向“穷通之理”——“渔歌入浦深”的绝好铺垫。

（二）贞定：体验的高级阶段

从《诗经》中的“乐土”到陶渊明笔下的“桃花源”，再到王维心中的“桃源”，中间经历了一系列的变异。例如南朝诗歌中的桃源意象，其内容完全为游仙和山水所取代，初唐时期诗歌中的桃花源，一方面继承仙化的余绪，一方面回归到田园、隐逸的原始用意，造成由方外到方内、由彼岸到此岸的大幅转向，而完成其过渡到盛唐的阶段性贡献。盛唐乃是个性化原则被充分实践的时代，桃花源也在各大诗人手中焕发出独特的意义。例如孟浩然提出“坐忘心”和“尘外心”的贞定，使桃花源的乐园追求由道教式的外在超越转向道家式的内在超越；接着王维便充分发挥了此种内在超越的精神，表现出空灵无执的心灵自由，同时更由道入佛、由仙而僧，建构了“桃源-佛门”的崭

① （宋）道原撰，顾宏义译注：《景德传灯录译注》，上海书店出版社2010年版，第713页。

新体系。

王维有一首著名的《桃源行》诗,他笔下的“桃源”可视为永生的象征,他把永生的意蕴与无政府的自然生活融为一体,与人世间成功仕宦的追求相对比,这与陶渊明式的“乌托邦”有些不同——王氏强调的是自然静谧的“居士”生活环境,侧重的是“心闲”;陶氏强调的是“靡王税”的自由自在的生活,侧重的是生活的“怡然自得”。我们尤可注意的是“桃源”在王诗中一再出现,如《蓝田山石门精舍》之“老僧四五人,逍遥荫松柏……笑谢桃源人,花红复来觌”,《酬比部杨员外暮宿琴台朝跻书阁率尔见赠之作》之“桃源迷汉姓,松树有秦官”,《送钱少府还蓝田》之“草色日向好,桃源人去稀”,《和宋中丞夏日游福贤观天长寺寺即陈左相宅所施之作》之“桃源勿遽返,再访恐君迷”,《春日与裴迪过新昌里访吕逸人不遇》之“桃源一向绝风尘,柳市南头访隐沦”,等等,都具同样的象征意蕴——这“桃源”中的人物或是老僧,或是官员,或是逸人,而非“乌托邦”中自由的“百姓”。如果从时间与空间的关系看,陶、王理想的“桃源”亦有区别,陶的超越了时间,将之放在“不知有汉,无论魏晋”这一超乎时序的特殊空间里,一旦引进“晋太元中”这一时间意识,这存在于特殊状态的“桃源”便立刻消逝;而王维心目中的“桃源”,如上云云,除化用陶氏成典外,似乎也在追求“时间的超越”,而这些空间形象如“瀑流”“月”“泉”等,往往是前生后灭的,而“松石”似是永恒的,如“月明松下房栊静,日出云中鸡犬喧”(《桃源行》)。其高妙之处是将空间时间化,以传达美感体验,如“山静泉逾响,松高枝转疏”(《赠东岳焦炼师》),以“泉响”将“山”“松”“泉”构成的三维空间时间化,以凸显焦炼师所居之处与其心迹之“静”。又如“孙登长啸台，松竹有遗处”（《偶然作》其三），又将“长啸台”“松竹”构成的空间以一个“啸”字使其时间化，以凸显隐士孙登的贞定境界。孙登为魏晋时隐士，《晋书·阮籍传》记其不俗云：“籍尝于苏门山遇孙登，与商略终古及栖神道之术，登皆不应，籍因长啸而退。至半岭，闻有声若鸾凤之音，响乎岩谷。乃登之啸也。”总之，“时间的超越”是人与自然浑然交融的主要契机之一，陶渊明做到了，王维也做到了，而且体察更深，因为在佛教圆融的世界里，宇宙空寂而万有，时间上无始终，空间上无际涯，诸法不能孤立独存，互相之间相即相入，万有一体。由空间上来看，一切现象同时同处，具足相应。现象世界有大小远近之别的空间，在华藏世界则事事无碍，小能容大，广狭相即。时间也一样，时间的差别只是主观的形式而已，《华严经·不思议法品》云：“一微尘中普现三世诸佛之事。”过去之中能容现在未来，现在之中能容过去未来……一刹那中能容永远，所谓“一夕之梦，翱翔百年”“一尺之镜，见千里影”即此。① 这也就是华藏世界里的超时空性。只有三界之内的存在生命才受此时空变异之苦。王维诗透过时间、空间变异映显出来的生命，正是他努力超越时间限制的痕迹。因此，他在《青溪》中很自觉地指出“垂钓将已矣”，在《瓜园诗》中才有这样的心灵悸动：“犹羡松下客，石上闻清猿。”虽有《斤竹岭》《木兰柴》《南垞》诗中写到的“不可知”“无所处”“不相识”，但他应有他最终的趋向，个中的出离感是相当强烈的，这也正是王维源于禅佛影响的世界观。

---

① 参见李世杰：《华严的世界观》，张曼涛主编：《华严思想论集》，（台北）大乘文化出版社 1978 年版，第 17—32 页。

我们认为，宗教体验与审美体验其所以能在王维这里得到高度融合，除了宗教体验本身就具有审美体验的内涵这一因素之外，还与王维本人对解脱方式的认识有关。他在《叹白发》诗中说："一生几许伤心事，不向空门何处销？"又在《山中示弟》诗中说："山林吾丧我。"而《饭覆釜山僧》诗更明确地说："一悟寂为乐，此身闲有余。"可见他是有意将自己一生的烦恼痛苦消除泯灭于佛教这个精神王国和幽寂净静的山林自然境界之中的。换言之，空门、山林、寂静之乐就是他解脱烦恼痛苦的最好方式，这样，他就必然要通过宗教体验与审美体验才能实现自己的目的。我们知道，无论在宗教体验还是审美体验中，主体都能获得一种解脱、自由、轻松、愉悦、和谐的感受，都能消除心中的矛盾、痛苦。禅悟这种中国特有的宗教体验的目的即是为了明心见性，而中国文人徜徉于大自然中优游山水之审美体验也往往是为了得到一种"与天和者，谓之天乐"的"天人合一"的至高和洽之境界。

这种境界是由"空寂"而入"贞定"这一宗教体验与审美体验的结晶，而王维"松石"诗的空灵，其意境幽淡渺漫，其美感不只是意象本身，而是经验此美感的主体生命所经历的抽象体验（此即"道"）之呈现，这个抽象体验即牟宗三论审美品鉴时所谓的"妙慧"："审美品鉴只是这妙慧之静观、妙感之直感，美以及美之愉悦即在此妙慧妙感之静观直感中呈现。"[①]即是他在其宗教体验与审美体验的融合中，以静穆的观照感受到宇宙万物与自己那清寂而又灵动的生命。

---

① ［德］康德：《判断力之批判》，牟宗三译，西北大学出版社 2008 年版，第 61 页。

发掘自己的灵魂:长吉诗理之阐释*

——从李贺“白玉楼”梦谈起

千余年来,“鬼才”李贺的诗歌之“理”,一直是争论的焦点,如最早为李贺集作序的杜牧评之曰“骚之苗裔”,“少加以理,奴仆命骚可也”。自宋以来,多数评论者对杜牧之赞誉不以为然,如陆游说:“贺词如百家锦衲,五色炫耀,光夺眼目,使人不敢熟视,求其补于用,无有也。杜牧谓之‘稍加以理,奴仆命骚可也’。岂亦惜其词胜!”①杨慎引《孙器之评诗》云:“李长吉如武帝食露盘,无补多欲。”②李东阳说:“通篇读之,有山节藻棁而无梁栋,知其非大道也。”③陆时雍亦云:“贺有异才,而不入于大道,惜乎其所之之迷也。”④这些论述都有创见,亦失之偏颇。长吉歌诗之“理”究竟指什么?一言以蔽之曰:发掘自己的灵魂。

---

* 原载《安徽大学学报》(哲学社会科学版)2008 年第 6 期。

① (宋)范晞文:《对床夜语》卷二,丁福保辑:《历代诗话续编》(上),中华书局 1983 年版,第 422 页。

② (明)杨慎:《升庵诗话》卷八,丁福保辑:《历代诗话续编》(中),中华书局 1983 年版,第 791 页。

③ (明)李东阳:《麓堂诗话》,丁福保辑:《历代诗话续编》(下),中华书局 1983 年版,第 1381 页。

④ (明)陆时雍:《诗镜总论》,丁福保辑:《历代诗话续编》(下),中华书局 1983 年版,第 1422 页。

一

古今论长吉诗者,如上所述,较多地着眼于杜牧的《李长吉歌诗序》,而忽视了李商隐的《李长吉小传》,即使提到亦多以荒诞不经或附会之说视之。笔者以为对此应重加认识,本文即从其"小传"入手:

> 长吉将死时,忽昼见一绯衣人,驾赤虬,持一板书若太古篆或霹雳石文者,云:"当召长吉!"长吉不能读,欻下榻叩头,言阿㜷老且病,贺不愿意去。绯衣人笑曰:"帝成白玉楼,立召君为记,天上差乐不苦也!"长吉独泣,边人尽见之。少之,长吉气绝。……王氏姊非能造作谓长吉者,实所见如此。①

关于李贺临终的"白玉楼"传说,其来龙去脉(即李商隐所记,李贺姐所言)本身具有较高的可信性,内容方面与李贺好做超越时空的幻想相对应,与杜甫临终说"牛肉白酒死"→"溺死"→"舟中病死"的变化相比,此"白玉楼"的传说却是一以贯之,没有变化,这意味着从李贺时代至今,对李贺的诗与人生的印象和评价基本上没有变化。"白玉楼"传说的主要成因,无疑源自李贺的性格与作品的个性。作为诗歌天才与病态畸形

---

① (清)王琦等评注:《三家评注李长吉歌诗》,上海古籍出版社1998年版,第14页。本文所引李贺诗文皆出该版本,以下只标题目。

儿的结合,李贺性格乖戾而感情胜于理智,而其作品个性即是对幽冥世界等于鬼的世界的共鸣与关注。其性格与作品个性为“白玉楼”传说——象征李贺具有与死后世界灵魂交往能力——的形成与流传起到了决定性作用。其可信性在于它有存在的基础:李贺自负地相信,自己非凡的才能终会赢得赏识,“即使得不到统治人间的天子的青睐,也会得到统治上天的天帝的激赏。他临终梦产生的幻觉(天帝召他为新建的玉楼题记),正是他多年期冀于人君的,不过把召唤者从世间改到了天上而已”①。

据我们掌握的材料,解析此梦之得要领者当推20世纪创造社成员洪为法,朱自清《李贺年谱》引洪为法语云:“贺惟畏死,不同于众,时复道及死,不能去怀;然又厌苦人世,故复常作天上想。《李传》所记,曰白玉楼,应是贺意中乐土,召之作记,则贺向之全力以赴之者,乃有自见之道。濒死神志既亏,种种想遂幻作种种行,要以泄其隐情,偿其潜愿耳。”②洪氏所论甚是,只是对贺之“意中乐土”“隐情”“潜愿”未加详析,对李贺真面目的认识还存在着模糊性。

那么,李贺的“意中乐土”“隐情”“潜愿”到底是什么呢?弗洛伊德说:“昼梦是幻想的产物,是很普遍的现象,在健康的或病人身上都可以看到……这些幻想的内容很明显受动机的指挥,昼梦中的情景和事件,或用来满足昼梦者的野心或权位

---

① 袁行霈:《苦闷的诗歌与诗歌的苦闷》,《中国诗歌艺术研究》,北京大学出版社1987年版,第307页。

② 朱自清:《朱自清古典文学论文集》(下),上海古籍出版社2009年版,第521—522页。

欲,或用来满足他的情欲。”[1]又说:“我们可以把梦的元素与对梦的解释的固定关系,称之为一种象征的关系,而梦的元素本身就是梦的隐意的象征”[2],并断言“象征作用或许便是我们梦的理论中最引人注目的部分”[3]。李贺此梦的核心是:一绯衣人驾赤虬持板,召之为帝之白玉楼作记。这一梦是皇上颁旨召见某人实况的翻版,综合考量,其实质就是象征功名利禄与荣华富贵。李贺的这一梦想本有实现的可能,而且甚为自负。可是在现实生活中,他到处碰壁,功成名遂的宏愿只剩下一个“精神胜利”,那“客帐梦封侯”的热望只好到梦境里去寻求达成了。因而,沉溺于梦境、幻想以及种种神秘的内心体验,乃是李贺在日常生活当中的一个重要方面。

李贺在弥留之际单单梦见“绯衣人”,而非绿衣人、青衣人或白衣人,很值得深思。翻开《旧唐书·舆服志》,我们可见唐代的品服制度异常精细,如“文武三品已上服紫,金玉带。四品服深绯,五品服浅绯,并金带。六品服深绿,七品服浅绿,并银带。八品服深青,九品浅青,并鍮石带”,“自(开元九年)后恩制赐赏绯紫,例兼鱼袋,谓之章服,因之佩鱼袋、服朱紫者众矣”。至中晚唐,皇上赐绯紫之举更是泛滥成灾,唐宋典籍中多有记载,兹不列举。稍懂得点服饰史的人都知道,以紫、绯、绿、青四色定官品之高卑,乃唐服饰之一大特色。因之,服“紫

---

① [奥地利]弗洛伊德:《精神分析引论》,高觉敷译,商务印书馆1984年版,第70页。

② [奥地利]弗洛伊德:《精神分析引论》,高觉敷译,商务印书馆1984年版,第112页。

③ [奥地利]弗洛伊德:《精神分析引论》,高觉敷译,商务印书馆1984年版,第113页。

绯”就成为高官的替代物，成为荣华富贵的象征，正是杜甫所谓“服饰定尊卑”。

我们知道，李贺是唐高祖从父郑孝王李亮的后裔，这一支疏淡了的血脉，当然不可能给李贺家多少沾溉。不过，在长吉的眼里，远祖的阔绰就意味着自身的尊严，家境的困顿则易生怀旧的热情，这一份光荣家世终究是值得矜夸的。因此，他力图挽回一个皇室后裔理应享有的待遇的努力，一刻也未停止过，他每以唐王孙自居，并加以炫耀：“眼大心雄知所以，莫忘作歌人姓李。”（《唐儿歌》）“欲雕小说干天官，宗孙不调为谁怜？”（《仁和里杂叙皇甫湜》）并在《铜雀仙人辞汉歌》的序里自称“唐诸王孙李长吉”，即使是在谋求仕进受挫，局蹐愁苦返回故里时也未曾忘却：“刺促成纪人，好学鸱夷子。”（按：汉将军李广为陇西成纪人，唐主李氏系出于李广，李贺诗中用郡望，自称成纪人）可知，他个性高傲，即使在穷愁潦倒之中还在摆空架子。康骈《剧谈录》记载，元稹明经擢第以后去拜访他，李贺竟然揽刺而不答，这种行为不仅是礼仪上的失检，而且还反映了这位贵族青年的虚荣轻慢和天真的势利心。李贺唯恐别人忘记他高贵的身价，便一再以“唐诸王孙”“皇孙”“宗孙”自称，对自己的诗歌亦极尽其吹嘘之能事，像他这样兼有诗人和贵公子双重身份的，只有曹植方能与之比拟：“峨鬟醉眼拜诸宗，为谒皇孙请曹植。”（《许公子郑姬歌》）在娇艳的女性面前夸扬自己的才气与身价，显然被长吉视为一件最得意的事。

不仅如此，因为那佩有“金鱼”者，其服饰非紫即绯，一定是高官，所以李贺每每对佩戴“金鱼”的贵人流露出艳羡之情：“金鱼公子夹衫长，密装腰鞓割玉方。”（《赠答二首》其一）并对“脉脉辞金鱼”的老臣深表惋惜，因为“羁臣守迍贱”（《还自会稽歌》），即此臣“白发身老，不堪再仕，当永辞荣禄，守贫贱以终身也”。可是吴正子却这样来注释：“金鱼，袋也。《炙毂子》云，鱼袋，古之算袋，魏文帝易以龟，唐改以鱼。长吉咏梁事用金鱼，恐是用别事。”看来清人已不知“金鱼”之真实意义。其实，“金鱼”就是一种“明贵贱”、防止冒名作假的金制的鱼符，如《新唐书·车服志》所记：“随身鱼符者，以明贵贱，应召命，左二右一，左者进内，右者随身。……亲王以金，庶官以铜，皆题某位姓名。官有二者加左右。皆盛以鱼袋，三品以上饰以金，五品以上饰以银。刻姓名者，去官纳之，不刻者传佩相付。”又记：“武则天天授二年，改佩鱼为龟。其后三品以上佩龟袋，饰以金，四品以银，五品以铜。中宗初，罢龟袋，复旧以鱼。”张鷟《耳目记》：“……至伪周武姓也，玄武，龟也。”《唐会要》卷三十一“鱼袋”云：“景云二年四月二十四日敕文：鱼袋，着紫者金装，着绯者银装。”所以有鱼袋、龟袋、金龟、龟紫、金紫等多种称法。所谓“龟紫”“金紫”就是金龟袋或金鱼袋与紫袍，是三品以上服饰。《欧阳文忠公集》卷九五《回贺环庆师天章滕待制谢赐龟紫启》云：“伏以龟紫之重，唐制所难，武元衡、牛僧孺为宰相，裴度为中丞，李宗闵为学士，方有是赐。”可见其尊贵。

李贺不仅对金紫充满艳羡之情，还常常慨叹自己的“衣如飞鹑”（《开愁歌》），并以“葛衣”“葛布”“麻衣”“白衣”“青袍”“绿衣”等来对抗“紫绯”，如“葛衣断碎赵城秋，吟诗一夜东方白”（《酒罢张大彻索赠诗时张初效潞幕》），而对“博罗老仙”赠给的“欲剪湘中一尺天，吴娥莫道吴刀涩”的“葛布”显出无奈的喜爱（《罗浮山人与葛篇》）。例如“麻衣黑肥冲北风，带酒日晚歌田中”（《野歌》），这里所写“麻衣”乃唐时举子所着之白衣，用苎葛料子制成，所谓“白衣秀才”是也。例如“太行青草上白衫，匣中章奏密如蚕”（《酒罢张大彻索赠诗时张初效潞幕》），这里用“白衫”写张彻初释褐入仕。例如“青袍瘦白马，草简奏东阙”（《秋凉诗寄正字十二兄》），诗中所写“正字”为从九品官，当服“青袍”。例如“凭轩一双泪，奉堕绿衣前”（《洛阳城外别皇甫湜》），这时皇甫湜为侍御，为七品官，当衣浅绿，故云“绿衣”。

从上面的诗例中可以看出，这种能够分别地位尊卑的服色深深地刺激着李贺本来就已受伤了的心，在其心灵深处造成了极大的反差。“因此，这个心理成分本身即可视为一个情结的派生物，所以我们若假定梦的各成分的联想即为产生这一特殊成分的情结所决定，从而由这些成分便可发现这个情结，就不算是异想天开的了”，而“含有强烈的情感价值的思想和兴趣”的“情结”。① 对李贺来说是什么呢？这就是他的自负：“帝家玉龙开九关，帝前动笏移南山。独垂重印押千官，金窠篆字红屈盘。”（《沙路曲》）即宰辅之位的炙手可热与豪奢。可是他的自信心本来就是一种虚假现象，就是为了掩盖他的怯懦。笔者觉得，那个衣绯、驾赤虬、持一板、书若太古篆或霹雳石文、召李贺为帝白玉楼作记的看似荒诞不经的梦，从这里可以直接找到解释和答案：衣紫绯，佩金鱼袋，“帝前动笏”，“独垂重印”，是他梦寐以求的，是其“思想变为视象”并且“呈现了一种异样的形态”罢了。② 李贺的这一心态，在“秦王不得见”，“不得与之

① ［奥地利］弗洛伊德：《精神分析引论》，高觉敷译，商务印书馆1984年版，第80、79页。

② 参见［奥地利］弗洛伊德：《精神分析引论》，高觉敷译，商务印书馆1984年版，第132页。

游”的煎熬中尤显突出,难怪他深叹“歌成鬓先改”(《长歌续短歌》)。李贺临终之梦的隐念,正是这一心态的曲折反映,其“价值和任何精神的冲动及理智的活动不相上下。我想给这些隐念以一种较前更有限制的名称,而称之为‘前一天的遗念’(the residue from the previous day)”,“前一天的遗念之外,还有一种强有力而被压抑的潜意识欲望的冲动,正是这个冲动使梦有造成的可能。因为,这个欲望的冲动对那所谓的遗念在起作用,所以隐念的其他部分,即非醒时所可理解的部分,也就随而造成了”。[1] 这“前一天的遗念”,对李贺来说,大概具有“我们先前阔多了”的“潜意识欲望的冲动”吧。

二

与同时代柳宗元、刘禹锡、白居易等富于政治理想的作家相比,李贺的功名愿望明显带有一些近乎本能冲动的性质。他尽管一再自我标榜“先前阔多了”,有时甚至会招致别人的厌烦,但这无疑是他的一剂兴奋剂。当这个生活得很不如意的“唐诸王孙”在确切体认自身的价值时,就极易进入一个由他自己心造的境界,专断而固执地认为,致身通显并享受与之相称的物质待遇,本来就是他理所当然的一份人身权利。他的歌诗集子中宫体乐词较多,如《难忘曲》《贵公子夜阑曲》《夜饮朝眠曲》《梁台古意》《贾公闾贵婿曲》等,都专意摹写五光十色的

---

① [奥地利]弗洛伊德:《精神分析引论》,高觉敷译,商务印书馆1984年版,第177、178页。

贵胄宴游生活,夸扬形容,淋漓尽致,真好像置身其中而所有的感官都充分扩张开来一样。因此,李贺诗"隐念"的其他部分就突出表现在一些与宫词有关的诗歌意象上,诸如龙、凤、鸾、玉、金等细致入微的描写中所展示的热望之情。

一看龙。龙,在李贺诗歌中是一个重要意象,其诗句中共出现60次。或用作"麟、凤、龟、龙,谓之四灵"之一的龙,限于篇幅,有的只得以词语的形式来表现,诗题也省略,如"斩龙子""鸿龙玉狗""赤帝骑龙来""迂龙辔""呼龙耕烟""吟古龙""龙为愁""水中龙""斩龙足""嚼龙肉""鱼龙死""蛇作龙""悲龙梭""青龙去""龙惊起"等。或以龙喻皇帝(或帝子),如"直犯龙颜""赤龙子""帝家玉龙""雌龙怨吟"等。或以龙喻非常之人,如"龙头人""龙材"等。或以龙代指骏马,如"走龙媒""解龙马""龙脊贴连钱""如今不豢龙"等。或以龙喻宝剑,如"提携玉龙为君死""舞蛟龙""剑龙夜叫将军闲"等。或以龙为纹饰,如"绕堤龙骨冷""龙堂""龙头泻酒邀酒星""龙帐""烟雾湿画龙""铜龙啮环""台前斗玉作蛟龙"等。或与"脑"字连用,表示名贵的香料,如"钿合碧寒龙脑冻""龙脑入缕罗衫香"等。另外,诗题中出现龙的还有《假龙吟歌》和《龙夜吟》,按李贺存诗240首计,平均每4首诗中就出现一次。

二看凤(凰)。"凤"在李贺诗中出现21次。关于凤凰,《说文解字》卷四上《鸟部》这样解释:"凤,神鸟也。天老曰:凤之象也,鸿前麐后,蛇颈鱼尾,鹳颡鸳思(腮),龙文(纹)虎背,燕颔鸡喙,五色备举,出于东方君子之国。翱翔四海之外,过昆仑,饮砥柱,濯羽弱水,莫(暮)宿风穴,见则天下大安宁。"在李贺诗中,凤的原始文化意义几乎全无踪影了,而多数成了富贵享乐的附属品，这同李白、杜甫诗中颇具原始文化内涵的凤鸟意象——暗示出李、杜崇高的使命感和责任心以及圣君贤臣风云际会、实现理想的社会图式——大为不同。李贺诗的凤（凰）意象大致有以下几种类型。或以凤饰繁华、贵重物品，如“金凤刺衣”“鸾裾凤带”“宫如凤凰翅”“凤扇迎秦素”“奁镜幽凤尘”“捍拨装金打仙凤”等。或以凤鸣喻乐声之美妙，如“昆山玉碎凤凰叫”“蜀国弦中双凤语”等。或以凤喻美味，如“丹穴取凤充行庖”“烹龙炮凤玉脂泣”等。或以凤喻美人，如“花楼玉凤声娇狞”“离鸾别凤烟梧中”“钱塘偕凤羽”“夜光玉枕栖凤凰”等。从中我们可以看出，李贺诗中的凤很好地反映了他的趣味与追求。

三看鸾。“鸾”这一意象在李贺诗中出现 20 次，先看《说文解字》卷四上《鸟部》怎样解释鸾：“亦神灵之精也。亦色五采，鸡形，鸣中五音，颂声作则至。”可见鸾之文化内涵与凤极为相似，而在李贺诗中，有关鸾的表现与凤亦大致相当，多用于贵人，尤其是贵族女性所用物品上的装饰，如“鸾佩相逢桂香陌”“银鸾睒光踏半臂”“彩鸾帘额著霜痕”“正室劈鸾钗”“铜镜立青鸾”“鸾篦”“舞佩剪鸾翼”“为君挑鸾作腰绶”“双鸾开镜”等。另外，还有几个特例，如“孤鸾惊啼商丝发”，喻李夫人死后，相思中的汉武帝；“离鸾别凤烟梧中”，喻舜之二妃；“随鸾撼玉珂”，喻天子的车辇；“玉鸾声断续”，喻铃声。从中又可看出李贺的心态与好尚。

四看玉。玉这一诗歌意象在李贺诗中出现 96 次，平均两首半诗中就出现一次。先看《说文解字》卷一上《玉部》的解释：“石之美。有五德润泽以温，仁之方也；䚡理自外可以知中，义之方也；其声舒扬专以远闻，智之方也；不桡而折，勇之方也；

锐廉而不技,挈之方也。”这里,许慎既析出玉之本质特征,又以玉比德兼比美。李贺诗中所用之玉固然离不开这两层内涵,但他更多的还是侧重于以下几点。或用作修饰物,以增强其洁美豪华之气,如“玉钩”“玉碗”“玉轸”“玉沙”“玉肌”“夜天如玉砌”“玉壶银箭”“天官玉琯灰剩飞”“玉宫桂树”“漏催水咽玉蟾蜍”“寒鬓斜钗玉燕光”“玉锦堪截云”“玉藕”“玉漏”“玉衣寒”等。或以之直接描绘富贵、美好,如“长安玉桂国”喻富贵、豪奢,“昆山玉碎凤凰叫”喻乐声清越,“帔拂疏霜簟秋玉”喻竹簟之清凉,“神光欲截蓝田玉”喻宝剑之光芒,“玉冷红丝重”喻鞭柄之华贵,“风过池塘响丛玉”喻丛竹之葱葱,“叠玉生文翰”喻富有文采,“春营骑将如红玉”以“红玉”喻美人,“江山团团贴寒玉”喻月之晶莹剔透,等等。其《贵公子夜阑曲》“袅袅沉水烟,鸟啼夜阑景。曲沼芙蓉波,腰围白玉冷”四句诗,分别写了诗中主人公嗅觉、听觉、视觉、触觉等诸多方面的感受,而最后“腰围白玉冷”一句摹述的触觉尤其灵敏真切,非常符合李贺的生理特点与虚荣心理。

与玉相联系,李贺对与之有关的意象也特别感兴趣,其诗中用玉的别名的意象特别多,如“琅玕”,或单用“琅”:“热粉生香琅玕紫”“军装武妓声琅珰”。“玦”出现5次,如“宝玦”“宝玦光”“宝玦麒麟起”“金玦”“佩玦”等。“珠”出现15次,如“真珠裾”“珠帷”“明珠”等。“瑶”出现11次,如“琼瑶台”“瑶席卷香葱”“罗床倚瑶瑟”等。“珮”出现9次,如“水为珮”“珮珠断”“舞珮剪鸾翼”“垂珮缨”等。另,“玲”出现1次,“珂”1次,“珍”1次,“珀”3次,“玳”2次,“珊”2次,“玻”1次,“璧”2次,“环”11次,“琼”4次,“珑”4次,“琥珀”3次,“琉璃”3次,等等。而作为乐器的琵琶琴瑟也有所用,如“金槽琵琶夜枨帐”“湘神弹琴迎帝子”“玉瑟调青门”等。从李贺对玉及与玉有关的描绘中,我们同样可以看出他的心态与好尚——虽穷困潦倒,却处处闪烁着惨淡的珠宝之气。

五看金。先看《说文解字》:“五色金也。黄为之长,久薶不生衣,百炼不轻,从革不违西方之行。”“金”这一意象在李贺诗中出现 86 次,其用法主要表现为以金作质地,修饰他物,以示其贵重,如“金钗”“金鱼”“金镜”“金泥”“金鳞”“黄金台”“金翘”“金塘”“金铺”“金井”“金凤刺衣”“金屈卮”“金鹅屏风”“金鞭”“金络脑”“金甲”“金门”“金虫”“金墉”“金炉”“金斗”“金鞍”“金铃”“金屋”“金楼子”“金蟾”“金风”“金环”“黄金轭”“金丝裙”“金窠”“金枪”“金爪”“金印”“金流苏”“金丸”“金盘”“金翡翠”等。“金”作为独立意象使用的,在李贺诗中极为少见,现择其罕例:“掷置黄金解龙马”“堆金买骏马”。李贺诗中还有几个特殊的用法,如“横茵突金隐体花”中的“突金”指金线刺绣的花纹,“新诏垂金曳紫光”中的“金”指金印(紫指紫绶带),“寒金鸣夜刻”中的“金”指军中所用的刁斗之类的警器,“舞席泥金蛇”中的“金蛇”指用金画的蛇形的花纹。在这几例中,“金”所饰之物省略。李贺看到的好似一金饰的世界,金对其吸引力是不小的。

还有一种有趣的现象是,李贺烦厌鬓发斑白和凋落这一缺陷,他特别倾心于摹写青年女子美好的头发。例如《恼公》之“发熏疑盘雾”,《咏怀二首之一》之“春风吹鬓影”,《兰香神女庙》之“密发虚鬟飞”,《残丝曲》之“绿鬓年少金钗客”,《大堤曲》之“青云教绾头上结”,《洛姝真珠》之“寒鬓斜钗玉燕光”,《湖中曲》之“蜀纸封巾报云鬓”,《屏风曲》之“将鬟镜上掷金蝉”,《江楼曲》之“晓钗催鬓语南风”,《追赋画江潭苑四首之一》之“小鬟红粉薄”,《冯小怜》之“鬟湿杏花烟”,《神仙曲》之“垂雾妖鬟更转语”,《夜来乐》之“绿蝉秀黛重拂梳”等,大都属于上述所说的这种情况。又《美人梳头歌》一篇,则专以细致摹状少女浓密沉腻的美发而著称,其中所谓“双鸾开镜秋水光,解鬟临镜立象床”,“一编香丝云撒地,玉钗落处无声腻”,“纤手却盘老鸦色,翠滑宝钗簪不得”,真是把人体这一装饰性的部分写得美极了。此诗全篇“奇藻蒨艳,极尽形相”,固然是出自他耽欲的天性,急于品尝一下男欢女爱所带来的快乐,亦凝聚着生活枯槁而又受疾病侵害的李贺多方面的欣羡和渴望。

与此相联系,李贺好用六朝的艳丽记闻来刺激自己的灵魂,这些艳体乐府诗所做的大胆轻亵的艺术描摹,一定程度上也代表着他那好奇的狎昵欲望在幻景中的实现,如《宫娃歌》《荣华乐》《上云乐》《秦宫诗》《牡丹种曲》等,极力铺陈前朝宫闱及豪贵之家的生活场面,在羡慕的同时带有几分嘲诮,他深恨这样的奢侈生活属于他人而非自己。这类诗中曾写到许多宫嫔姬妾,诗人对她们任人摆布的遭遇不无同情,但隐含着的“潜愿”则是全让她们归属自己。至于《天上谣》和《梦天》两首游仙诗,则是从更高层次上升华自己的世俗欲望:神游于没有死亡胁迫的寥廓天界,并有遇合弄玉、嫦娥等仙姝的赏心乐事,他似乎已进入一个体现着其人生憧憬的理想乐园。于是,诗人在实际生活里碰到的各种矛盾和苦恼似乎得到了片刻的调和,贵胄的失落也得到了片刻的平衡,可视为“白玉楼”梦的自我阐释。

上举几个诗歌意象都是李贺情有独钟的。可是,一般说来,这几个作为物品或其象征意义的意象是为皇家所垄断的,而李贺却俨然当成自家物,他那享受唐诸王孙应有的荣耀的美好期盼的心态已跃然纸上,在想象中他俨然就是皇孙了。可此情此景毕竟与他的实际生活隔着一堵高高的墙,而他一生也总处于幻想和现实的无休止的对撞之中,时刻流露着浓重的末世情调。

三

像李贺这样的世家子弟,仕宦当然是其理想的晋身之阶,而且唯因其迫切希望改变家庭的没落境遇,所以他的功名欲望要比一般士子更为强烈:他需要获得一般人所得不到的高官厚禄,以便让他能亲自体验人世间最豪华的生活方式,即如上文所说的金玉珠宝、如云美女,对能否得到这一切,他并不怀疑;在他看来,这一切应是属于他的。

于是,李贺于元和五年(810)参加河南府试,赋成《十二月乐词并闰月》十三首获隽,被选送长安参加当年举行的进士考试。这一阶段,是他一生中难得的快意生活的高涨期。但这种踌躇的心情未能维持多久,他的入仕通道马上就被一件意外的事情堵塞了——李贺应避父讳(李晋肃之"晋"与进士之"进"同音),不能参加进士试。韩愈为之鸣不平,作《讳辩》申诉也没起作用。李贺最后被剥夺应试的权利,这是他平生所遇到的一大挫折,其内心潜抑着的不安全感在此时又重新占据了上风。

就在名讳事件创伤未愈时,李贺的仕途出现了小小的转机。元和六年(811)春,朝廷征召他去长安担任奉礼郎一职,掌执朝会、祭祀和巡陵活动仪式的调排,在百官跪拜时充任赞导。这一品阶低下、委琐刻板、容不得半点自由的职务,对于内心世界异常躁动活跃，又一向自视甚高的李长吉来说，简直是一种屈辱。况且这几年来他为追逐功名不辞辛劳，身上的宿疾有增无减，苦于体力方面的衰竭，也会对丝毫不感兴趣的职事感到厌倦，于是大发牢骚："礼节乃相去，憔悴如刍狗。风雪直斋坛，墨组贯铜绶。臣妾气态间，唯欲承箕帚。"（《赠陈商》）这些话出自一位屡好矜夸的"宗孙"之口，听起来未免太寒酸了，但同样也是他虚荣夸诞心境的诚实鸣响。李贺一方面妄自尊大，强烈要求确立自己的独立人格，另一方面又顾影自怜，冀求别人的提携和保护，这对矛盾是他求仕过程中病态心理的主要特征。他在自大和自卑这两个极端中间，始终没有找到一个真正的平衡点。

将自己的生命和诗歌完全地融为一体，于光怪陆离中凸现出自我精神、性格，是李贺的特长。与其像清代某些论诗家那样把长吉歌诗当作中唐时代的"诗史"来读，毋宁将其视为诗人不断震荡着的心灵活动轨迹的记录与自叙传。其实，李贺的襟怀是比较浅的，他过多地注意自己的感觉，理性思维则欠成熟，他不可能像杜甫那样赋予其作品严肃的政治、伦理色彩，而其天才主要是用来表现自己精神上的伤痕和缺陷，去发掘自己的灵魂，把深藏在自己心灵深处的东西充分解剖给读者。

一般说来，贵族观念是很容易和享乐思想连在一起的。李贺的欲望表现出孩子般的热烈与固执，诸如他企羡丰盛豪华的物质享受，冀望获得荣宠的际遇，把功名视为一种人生权益，同时他有紧迫的求生意志，面对着不断逝去的光阴反应至为敏感，一想到人有死亡这个大限就惶恐不安，留有对人世的深挚眷恋。诗人这种生命的惶惑，不仅体现在《秋来》《感讽》《浩歌》《苦昼短》《日出行》《铜驼悲》《相劝酒》等感叹生年短促的诗篇里，而且像《公莫舞歌》《雁门太守行》《老夫采玉歌》等现实性较强的作品，也隐匿着诗人对于生死问题所做的思考。我们从《恼公》《蝴蝶舞》《荣华乐》《花游曲》等一连串宫体诗歌中，也可见出他对贵公子的纵欲生活十分向往，甚至由于得不到他应得的一份而产生愤激和嫉恨。李长吉的思想是朝着这个方向流淌的，即不能合理地调节自己的感情，内心深处绝少顾及伦理道德的约束，而是肆志任性地让功名、长生、衣食、男女等各种欲望充斥着他整个灵魂。然而，人生这个疑团委实不是靠敏感心灵的思考就能解开的，习惯于从消极方面去透露宇宙人生消息的思维方式，是永远不能正确地看待现实与理想之间存在的巨大反差和矛盾的。为了更好地揭示长吉歌诗之“理”或其灵魂，这里再援引李贺死后，其母亲的一个梦：

> 其先夫人郑氏，念其子深，及贺卒，夫人哀不自解。一夕，梦贺来，如平生日，白夫人曰：“某幸得为夫人子，而夫人念某且深，故从小奉亲命，能诗书为文章。所以然者，非止求一位而自饰也；且欲大门族，上报夫人恩。岂期一日死，不得奉晨夕之养，得非天哉！然某虽死，乃上帝命。”夫人讯其事，贺曰：“上帝神仙之居也，近者迁都于月圃，构新宫命曰白瑶。以某荣于词，故召某与文士数辈，共为《新宫记》。帝又作凝虚殿，使某辈纂乐章。今为神仙中人，甚乐，愿夫人无以为念。”既而告去。①

① （唐）张读：《宣室志》，（宋）李昉等编：《太平广记》，中华书局1961年版，第304页。

这个故事可能亦是小说家言,可是它不仅照应了“白玉楼”之梦,重要的是进一步表露了李贺的心迹。李贺纵然无法在现实生活中实现自己的宏愿,也决不会放弃通过诗文创作来寻求某种缺陷的补偿,他又具有惊人的创造象征的能力,善于借助幻想和直觉,把自身的特长或缺陷以一种想象性的愿望形态敏锐地传达出来。

因而,我们会发现,长吉歌诗中的梦幻世界来源于他心灵极度苦闷而产生的幻影,标志着诗人的精神冲突发展到了最后的迸裂。因为不论李贺怎样沉湎于丰富的梦幻,这些凭主观愿望臆想出来的乐土毕竟缺少生命力,一旦从幻觉中清醒过来,他就会感到失魂落魄,不能指望生命的长在,就把自己的注意力转移到死亡的神秘体验中去。因为“梦因愿望而起,梦的内容即在于表示这个愿望,这就是梦的主要特征之一。此外还有一个不变的特性,就是梦不仅使一个思想有表示的机会,而且借幻觉经验的方式,以表示愿望的满足”①。此“白玉楼”梦,李贺在临终的一刹那间,仿佛感到通向天上乐境的大门已向他洞开,自己久藏在心中的隐情和愿望得到了满足,同时也反衬出诗人一生遭遇的不幸和悲惨。

进而,我们会发现,以唐诸王孙自居的李贺对荣华富贵有一种病态的热爱;但是他的愿望和追求终归一梦,无奈之下,他在艳羡与描写人间豪奢的同时,把希望寄托给了上天,并以他想象中的天上仙境来幻化人间,有时甚至是对抗,这是一个天才诗人被扭曲了的心灵的诗化再现,正是诗人的“自叙传”;李

---

① [奥地利]弗洛伊德:《精神分析引论》,高觉敷译,商务印书馆1984年版,第95页。

贺临终之梦与李白的《临路歌》非常相似,既是坎坷一生的总结,亦是对不平命运的最后的抗争。正基于此,美感与道德相悖,妍丽与可怖并存,美与丑对出,三者构成了长吉歌诗之“理”的审美内核。

《孟子》与宋明理学关系刍议*

孟子，姓孟名轲，战国时期邹国人，他生活的年代大约是公元前 372 年至前 289 年，是著名的思想家、教育家。孟子的思想继承和发展了孔子学说，对后世经学特别是宋明理学有深刻的影响，是中国经学发展中的重要一环。从赵宋以前的文献看，当时提到儒家或儒学一般是“周孔”或“孔颜”并提，很少见“孔孟”合称，如《史记》以孟、荀合传，《汉书·艺文志》把《孟子》置于“诸子略”。在这个相当长的时期内，孟子其人其书与“圣”与“经”是不沾边的。汉代赵岐虽已尊孟子为“亚圣”，可是这“亚圣”的封号正式被官方认可则是在元朝文宗至顺元年(1330)(事见《元史》卷三十四《文宗本纪三》、卷七十六《祭祀志五》)。李唐安史之乱前后，特别是中叶以后，孟子受到重视，这就是杜甫、韩愈、李翱等人的扬孟运动。而孟子首次受到官方封爵，是在宋神宗元丰六年(1083)，诏封“邹国公”(事见《宋史》卷十六《神宗本纪三》、卷一百五《礼志八》)。之后，其人跻身“圣贤”之列，其书由“子”升为“经”，成为“四书”之一，成为必读的官定教材。与此同时，孟子也受到不少非议，形成

---

* 原载郑杰文、傅永军主编:《经学十二讲》，中华书局 2007 年版，第 289—310 页。

了一股非孟思潮,但并没有阻止孟子的升格。基本上说,《孟子》在宋代成为经书,王安石和朱熹居功为大,与王氏新学、程朱理学两个流派在当时的影响力有密切关系。"《孟子》与宋明理学"是一个庞大而复杂的问题,本文难以面面俱到,只好围绕《孟子》、宋明理学的核心内容,通过知识点的绍述,参考时人先贤的观点,提出一点粗浅的看法。

(一)《孟子》简介

《孟子》是"十三经"中最后一"经"。今本《孟子》七篇,每篇分为上、下篇。《汉书·艺文志》著录《孟子》十一篇,《史记·孟子荀卿列传》则说"《孟子》七篇"①。东汉末年应劭在《风俗通义·穷通》中说,孟子作书中、外十一篇。与应劭差不多同时的赵岐,撰《孟子章句》,他在《题辞》中说,"又有外书四篇:《性善辩》《文说》《孝经》《为正》",乃"后世依放而托之者"②,所以在注解《孟子》时弃而未注,以后也就亡佚了。明代又出现了所谓的《孟子外书》,是明人伪作,就更不足为凭了。

清人阎若璩撰有《孟子生卒年月考》,对孟子的生平及其游历情况做过详细考订,同时也谈到了《孟子》成书经过,他说:"七篇为孟子自作,止韩昌黎故乱其说,亦莫妙于朱子曰:'观七篇笔势如熔铸而成,非缀缉可就。'余亦有一证:《论语》成于门人之手,故记圣人容貌甚悉;七篇成于己手,故但记言语或出处耳。"③

---

① (汉)司马迁:《史记》,中华书局1982年版,第2343页。

② (汉)赵岐注,(宋)孙奭疏:《孟子注疏·题辞解》,《十三经注疏》,中华书局1980年影印本,第3页。

③ (清)阎若璩:《四书释地·三续卷下·孟子生卒年月考》,文渊阁四库全书影印本,台湾商务印书馆1989年版。

澄清了某些歧义，力主孟子自作一说。首主此说者是《史记·孟子荀卿列传》："退而与万章之徒序《诗》《书》，述仲尼之意，作《孟子》七篇。"①大致说来，历代学者赞同《孟子》七篇为"自著"者较多，赞同"非自著"者较少；两说均有万章、公孙丑等人的参与。我们觉得，与《论语》相比，《孟子》的思想观点和行文风格都有较强的一致性，有可能是由孟子口授，万章、公孙丑等人执笔记录而成的。《孟子》一书在早期的编订流传过程中，掺杂了少量孟子弟子及其再传弟子的见闻，也是可能的。

《孟子》的主要内容：记载了孟子的政治活动、政治学说及其哲学伦理、教育思想等。孟子继承了孔子学说，进一步把孔子的"仁学"思想发展为"仁政"学说，并提出"性善论"作为其理论基础；孟子主张宗法尧舜禹，实行"王道"政治；在君民关系上，孟子提出"民贵君轻"的思想。从经学上说，孟子有四大功："道性善""明浩然之气""辟杨、墨""黜五霸而尊三王"。"是四者发孔氏之所未谈，述六经之所不载，遏邪说于横流，启人心于方惑"，"开悟后世者至深矣"②（南宋施德操《孟子发题》）。这个评价是相当中肯的。

当然，孟子主体哲学的核心是心性之学。在这里，尽心、知性、知天和存心、养性、事天是这一哲学的重要范畴和内在逻辑。从总体上说，在孟子思想中，心、性、天是密切相关的，尽心到了极致就会显示出"赤子之心"③，正是这种"心"证明了人

---

① （汉）司马迁：《史记》，中华书局1982年版，第2343页。

② （清）黄宗羲等撰：《宋元学案》，《四部备要》本，中华书局1936年影印本，第476—477页。

③ （汉）赵岐注，（宋）孙奭疏：《孟子注疏·离娄下》，《十三经注疏》，中华书局1980年影印本，第62页。

性是善的,这种“性”就是与生俱来的天性。因此,心性是孟子哲学体系的核心内容。宋明理学主要是从孟子“心”“性”入手,发明其义理的。韩愈说“求观圣人之道必自孟子始”[①],宋明理学家就是借《孟子》这个旧瓶装自家新酒的。

(二)《孟子》的政治思想

孟子的政治思想主要表现在两个方面:一是“王道”(对“霸道”而言),一是“民本”(对“君本”而言)。孟子崇尚“王道”政治,以“王道”为最高政治理想,而贬黜“霸道”,分别以尧舜禹、“春秋五霸”为代表。孟子所说的“王”,就是“以德行仁”[②],让人“心悦诚服”[③]。他所说的“霸”是“以力服人”,结果是“非心服”[④]。孟子要求行“仁政”,讲“民本”,其落脚点都在“王道”上。他向往尧舜禹先王之治,实质上是希望道德主体与政治主体合一,即以尧、舜、禹等圣王实践过的理想政治这个“类型”作为自己的精神支柱,通过对圣王历史与业绩的诠释,批判他所处的纷乱的战国时代,目的是引导历史的走向。

孟子的政治思想体系以“民本”为基础,这与两千多年来中国以“君本”为基础的政治传统是形同水火的,如朱元璋读

---

① (唐)韩愈:《送王秀才序》,马其昶注:《韩昌黎文集校注》,上海古籍出版社1986年版,第262页。

② (汉)赵岐注,(宋)孙奭疏:《孟子注疏·公孙丑上》,《十三经注疏》,中华书局1980年影印本,第25页。

③ (宋)朱熹集注:《孟子集注·滕文公上》,《四书章句集注》,中华书局1983年版,第253页。

④ (汉)赵岐注,(宋)孙奭疏:《孟子注疏·公孙丑上》,《十三经注疏》,中华书局1980年影印本,第25页。

《孟子》至“土芥”“寇雠”之语而大怒，于洪武三年(1370)废黜孟子祠，并于洪武二十七年(1394)命大学士刘三吾删节《孟子》，就是明显的水火不相容的例子。综观两千多年来中国甚至东亚儒者正面诠释或者反驳孟子的论述，我们会发现，在中国或东亚各国的专制制度下，《孟子》成了为苦难民众伸张正义的书，它召唤着历代读书人的良心，如“诗圣”杜甫的“致君尧舜上”，为民呐喊，忧国忧时。

要讲“仁政”，就要以民为本，这就是传统的“民为邦本，本固邦宁”的理念。从这一理念出发，孟子阐述了自己的“仁政”学说。这一学说，简单说来，包含了礼贤下士和保民爱民这两方面的内容。孟子说：“君行仁政，斯民亲其上，死其长矣。”① 就是说，君王若能行仁政，那他的臣民就会亲其上，乐其君，轻其死，为其长上。孟子一直以为，国君和社稷都是可以变换的，这就是改朝换代，而民众是不变的，民心的向背与政权的稳定与否直接相关，这是孟子民本思想的核心内容。在这里，“仁”是施政的基础，仁君是理想的国君，如尧、舜、禹，德治是理想的政治。可是，孟子高标的以民为本的“王道”理想，毕竟与中国甚至东亚的专制现实落差过大，孟子其人其书对专制政治的冲击力之大，后世的不少帝王望而生畏，原因就在这里，《孟子》成“经”之难也可见一斑了。

孟子主张“民为贵，君为轻，社稷次之”②。孟子的这一思想，是对春秋以来“以民为本”人文主义思潮的继承和发展，在

---

① (汉)赵岐注，(宋)孙奭疏：《孟子注疏·梁惠王下》，《十三经注疏》，中华书局 1980 年影印本，第 17 页。

② (汉)赵岐注，(宋)孙奭疏：《孟子注疏·尽心下》，《十三经注疏》，中华书局 1980 年影印本，第 110 页。

中国思想界是破天荒的,是前无古人、后无来者的,对中国政治思想和文化思想的影响都是不可估量的。当然,这个思想是得来不易的,是孟子将古代“天视自我民视,天听自我民听”①的思想,以及孔子由“书教”中所导出的天下为公思想做进一步的融会、发展后提出的。

如果说孟子言心言性,是侧重于哲学思想的话,那么谈君谈民,就是偏重于政治思想了;二者密切相关,因为孟子的理想是道德主体与政治主体的合一,这就是“王道”。一般说来,哲学思想的研究离政治较远,学者们敢于说话,有时还会畅所欲言,形成流派,出现高潮,如宋明理学的产生(详见下文),就是一个明显的例子。而政治思想研究就不同了,常常触及一些敏感问题,如具体制度、政策、君民关系等。我国的中央集权从秦汉定型以后逐渐加强,到明清达到高峰。在这个时期内,各代学者一般都避而不谈君民关系问题,更不敢发挥孟子的“民贵君轻”思想,就连将《孟子》推上“经”位的宋明理学家们也不能例外,他们看重的是“内圣”,而对“外王”有所淡化,这是不争的事实。

上文说过,孟子“仁政”说的哲学基础是“性善论”(详见下文)。“性善”论,简言之就是:“人之初,性本善;性相近,习相远。”②孟子以为,仁爱基于善性,这个善性是人与生俱来的天

---

① 《万章下》引《尚书·泰誓》语,对周初的民本思想有概括性。(汉)赵岐注,(宋)孙奭疏:《孟子注疏·万章下》,《十三经注疏》,中华书局1980年影印本,第73页;又《尚书正义》,《十三经注疏》,中华书局1980年影印本,第34页。

② 《三字经·百家姓·千字文·蒙求》,中华书局2005年版,第1页。

性。孟子“道性善，言必称尧舜”[1]，其目的是要为他的“仁政”说找依据。他“道性善”，即说善性人皆有之，应当不断加以扩充，达之于天下。善性既然人皆有之，那他的“仁政”说就不是无源之水，无本之木，而是深植于人的本性之中。这样一来，“仁政”说就有了一种天然的合理性、普遍的可行性。他“称尧舜”，即是称道尧舜的德治天下，不失为仁义之道。德治天下是人们的理想政治，孟子的机智之处就在于，他把自己的“仁政”说托制于人们理想中的圣王，这样说服力、可信度都会增强。然而，孟子虽然为“仁政”说找到了“性善论”这个内在依据，不过在当时崇尚“霸道”的形势下，这种“性善论”“仁政”说是很难有市场的。难怪到西汉，司马迁就说孟子的“仁政”说“迂远而阔于事情”[2]了。

（三）《孟子》的哲学伦理思想

《孟子》既讲伦理学意义上的仁、义、礼、智、心、性等观念，也谈哲学意义上的义、心、性。在孟学中，人的心性是一切之源。这对宋明理学产生了很大的影响，宋明理学中两个最重要的命题“性即理”“心即理”，在孟子这里都可以找到直接的源头；起码，在他们看来是这样。下面是与心性有关的几个重要问题。

《孟子》关于“性”。从文字学的角度看，“性”的本字是“生”，是草木生出土上的意思，引申为发生、生育，又可进一步

---

① （汉）赵岐注，（宋）孙奭疏：《孟子注疏·滕文公上》，《十三经注疏》，中华书局 1980 年影印本，第 37 页。

② （汉）司马迁：《史记·孟子荀卿列传》，中华书局 1982 年版，第 2343 页。

引申为生命的存在。告子在提出“生之谓性”①时,就是依顺这个意思或思路说的,他侧重的是人的自然之“性”。孟子在反驳告子时,他的立足点是人的精神存在之“性”。这种“性”,来自人内在的道德意识或道德心。孟子说人之异于禽兽者“几希”,毕竟还是不同。其不同就在“知义与不知义”的差别,人能“知义”,故不同于动物。牟宗三先生说,“几希”还是个价值观念。如果不从这个价值观念来说“性”,就不足以把人在价值上异于犬牛的地方标举出来,以示人的尊严。所以当孟子反诘告子“牛之性犹人之性欤”②时,就不仅看到了告子说“性”原则的根本弱点,而且明白了人与动物“几希”的所在。孟子的功绩在于扭转“生之谓性”的老传统,把“性”区分为自然法则的“性”与属于精神存在的“性”,把人性由感性层面推进到超越层面。这种作为本体的“性”,牟宗三先生称之为“性体”。孟子所说的“几希”就指这个“性体”。要进一步理解它还可以从“心体”来说明,这就涉及了孟子“心”的问题。

《孟子》关于“心”。孟子以“心”论“性”,把“恻隐之心”“羞恶之心”“辞让之心”“是非之心”看作仁、义、礼、智“四端”。孟子哲学中的“心”是人区别于禽兽的那一部分“性”的关键所在。从这个意义上说,孟子的“性”是由“心”来显现的,所谓仁义内在,性由心显。如果说孟子的“心”是超越层面的道德心,是道德上的一种能力,那么告子的“心”则是经验层面的认知心,还是心的原始阶段。这里不得不提一下“心之官

① (汉)赵岐注,(宋)孙奭疏:《孟子注疏·告子上》,《十三经注疏》,中华书局1980年影印本,第84页。

② (汉)赵岐注,(宋)孙奭疏:《孟子注疏·告子上》,《十三经注疏》,中华书局1980年影印本,第84页。

则思”[①]中的“思”。这个“思”并不是指通常意义上的思考，而是指“心”超越感性之上而明朗其自身，不为感性所掩蔽又能够主宰感性。孟子又说“思诚者人之道也”[②]，也不是去思考一个摆在那里的叫作“诚”的对象，而是表现此“诚体”。这个“思”与“心之官则思”的“思”一样，具有创辟朗润之意。[③] 另外，“四端”之情也不同于“七情”之情。“四端”是孟子的本心，随机自发，呈露某些端倪，也可以缩回去乃至长期被湮没。要想自觉地让它必然地呈现出来，就需要不断存养扩充，去体证本心。陆九渊、王阳明就是在孟学“心”的基础上，发明“心即理”的（详见下文）。

《孟子》“性善论”问题。孟子所处的战国时代，关于人性问题的观点有代表性的至少有三种：一为性善论（孟子）；一为性恶论（荀子）；一为中性论，即无善无不善，有善有不善论（告子）。孟子上承孔子“性相近”[④]、“性与天道”[⑤]及《中庸》“天命之谓性”[⑥]等命题，进一步发展出“性善论”，不仅为

---

① （汉）赵岐注，（宋）孙奭疏：《孟子注疏 · 告子上》，《十三经注疏》，中华书局 1980 年影印本，第 89 页。

② （汉）赵岐注，（宋）孙奭疏：《孟子注疏 · 离娄上》，《十三经注疏》，中华书局 1980 年影印本，第 57 页。

③ 关于《孟子》的“心”“性”问题，本文主要采用了牟宗三先生的观点。参见牟宗三：《心体与性体》第一册，（台北）正中书局 1968 年版，第 319—340 页。

④ （魏）何晏集解，（宋）邢昺疏：《论语注疏 · 阳货》，《十三经注疏》，中华书局 1980 年影印本，第 68 页。

⑤ （魏）何晏集解，（宋）邢昺疏：《论语注疏 · 公冶长》，《十三经注疏》，中华书局 1980 年影印本，第 18 页。

⑥ （唐）孔颖达正义：《礼记正义》，《十三经注疏》，中华书局 1980 年影印本，第 397 页。

自己的"仁政"说找到了依据,而且将儒家的心性论奠定在新的基础之上。上文已说,孟子认为,"善"是人与生俱来的本性,如他标举的"恻隐之心""羞恶之心""辞让之心""是非之心"等"四心",就是人生而固有的,所谓"非由外铄我也,我固有之也"①。可是,这"人皆有之"的"四心"只是一种萌芽状态,要使这"四心"显露出来,不下存养功夫是不行的。人的善"心"、善"性"显露不出来,人就不能成为真正的人。孟子与告子关于仁义、心性的争论,实际上就是要找回、纠正长期堕失的世道人心(当然是善心)。

养气与成德。这是孟子的心性论与功夫论,即把人的价值根源与修养功夫都归结到心性的"充实"上,"养气"是手段,"成德"是目的。"浩然之气"这个概念,从哲学上说,是孟子将"仁"本体论贯通形上之德与形下之气而提出的。孟子认为,人都有良心正气,怎样让它生长起来,需要以"心"为主宰,下"存养"的功夫,所谓"心勿忘,勿助长"。这种"浩然之气"一旦养成,就会"至大至刚","塞于天地之间",而能"配义与道"②,就会形成一种巨大的力量,凝聚为大丈夫人格。而仁义道德的养成(所谓"成德")也需要一个长期积累的功夫,不能揠苗助长,不能一曝十寒。孟子主张"养气",而且把"勇"与"气"连成了"勇气",这就不仅仅是一个道德问题,也是一个关于生命力的问题。孟子的"养勇""养气",落实到生活世界里,就是"不动心",简言之就是保持自我。当然,在孟子那里,"舍

---

① (汉)赵岐注,(宋)孙奭疏:《孟子注疏·告子上》,《十三经注疏》,中华书局1980年影印本,第85页。

② (汉)赵岐注,(宋)孙奭疏:《孟子注疏·公孙丑上》,《十三经注疏》,中华书局1980年影印本,第21页。

生取义”是人生的最高境界，是“养气”“养勇”的必然结果，是“成德”的表现之一。

《孟子》关于“天”。一般认为，《孟子》中的“天”有四种含义：一是神化意义之“天”，这个“天”类似于西方宗教中的上帝。二是自然意义之“天”。如天地之“天”。三是道理意义之“天”。四是命数、命运之“天”。杨伯峻先生认为，孟子所说的“天”也包含民意在内。① 第四种说法中的“天”可以解释为“天命”。从这个意义上说，尽心可以知性，知性可以知天。由于心性论是孟子的理论基础，不是先将“天”作为价值源头而下贯于人之性命，而是坚持以人看“天”，以人之善心、善性去诠释“天”，并通过对这种善心、善性的不断提升与扩展而使“天”价值化、形上化，从而使其成为呈现人的本心、本性的精神境界。

总之，在“人”与“天”、“天”与“心”、“性”与“生”以及精神和生命的联系中，“天”代表着超越层面，也象征着某种道德必然，而“心”代表着自由意志，只要推广天赋的良知良能，尽了作为人的本心、本性，人就圆满实现了“天”所赋予的生命的意义，达到了人生的终极境界。学术界有人认为孟子的“天”是义理之天，其实真正的义理之天，是到理学家手里才完成的。

（四）《孟子》由子学到经学变迁中的几个重要环节

前文已言，《孟子》最初是以子学的形式出现的，历经汉、唐至宋，由子而传而经，与《论语》《大学》《中庸》并列为“四书”，最

---

① 参见杨伯峻译注：《孟子译注》，中华书局 2006 年版，导言。

终取得了经学的地位，这就是周予同先生所说的“孟子升格运动”[①]。《孟子》地位的变迁，原因很复杂，主要是后世儒学息邪说、尊孔孟、立道统的需要。从经学本身来说，是《孟子》和后儒的理论观点有很多契合之处，换句话说，是后世经学需要《孟子》思想的滋养，更需要这面旗帜。下面是几个重要环节。

汉初，《孟子》已受到重视，被列入“传记博士”[②]。王充说，“杨、墨之学不乱传义，则孟子之传不造”[③]，《孟子》由“子”成“传”，是与其“辟杨、墨”之功分不开的。而赵岐作《孟子章句》，已私淑孟子为“亚圣”。

由盛唐转入中唐之际，出了一个“诗圣”杜甫，也是一位思想家。他是原始儒家思想即孔孟思想的继承者和实践者，以诗歌形式阐释和恢复了原始儒家道统的思想，此举在韩愈之前。杜甫继承和恢复的是原始儒家思想的积极方面，不像韩愈那样精华与糟粕兼收并蓄。原始儒家的政治思想，包含民本与仁政、君臣关系相对性、君权有限合法性三层核心意义，到孟子发展到高峰。杜甫的诗歌与行为表明，在政治思想上，他继承着孟子和隋代王通一系传统，真正继承、体现了儒家思想特别是《孟子》的真精神。而原始儒家人性思想的核心是人性源于大道、人性本善、人性普遍平等，其发展高峰是孟子直指人性本善、恻隐之心为仁的思想。杜甫直接继承了这三层意义，以诗

---

① 周予同：《群经概论》，中国书籍出版社 2006 年版，第 163—164 页。

② （汉）赵岐注，（宋）孙奭疏：《孟子注疏·题辞解》，《十三经注疏》，中华书局 1980 年影印本，第 3 页。

③ （汉）王充：《论衡·对作篇》，《诸子集成》，上海书店出版社 1986 年版，第 280 页。

歌的形式对孟子的恻隐之心为仁的思想做了重新发明,他认为恻隐之心就是对民众疾苦的同情心,是“仁政”思想的根本。他将自己的那颗“恻隐仁者心”推向人伦世界,就酿成了天地间一段元气;将之推向君臣、推向世用,就变成了天地良心。这与孟子“四心”的扩展是一脉相承的。宋人黄彻说,“《孟子》七篇,论君与民者居半,其馀欲得君,盖以安民也”,观杜陵诗篇,见“其心广大,异夫求穴之蝼蚁辈,真得孟子所存矣”,“愚谓老杜似孟子,盖原其心也”。[①] 的确是这样。可是,杜甫在经学史上的贡献被低估了。

时到中唐,《孟子》地位日隆。清赵翼说:“宋人之尊孟子,其端发于杨绾、韩愈,其说畅于日休也。”[②]杨绾之事是指,唐代宗初年,杨绾上《条奏贡举疏》,建议把《孟子》与《论语》《孝经》并列为“兼经”。虽未获允许,可已是由“子”入“经”的先声。韩愈重视《孟子》,把孟子与“古贤圣王”相提并论。他在《原道》中倡儒家道统论:尧、舜、禹、汤、文、武、周公、孔子、孟子。之后,韩愈弟子李翱在其《复性书》中,多次申述《孟子》《大学》中的观点,并大量征引两部书中的文字。韩、李已开

---

① (宋)黄彻:《䂬溪诗话》卷一,人民文学出版社 1986 年版,第 5—6 页。

② (清)赵翼《陔馀丛考》卷四《尊孟子》云:“《孟子》书,汉以来杂于诸子中,少有尊崇者。自唐杨绾始请以《论语》《孝经》《孟子》兼为一经,未行。韩昌黎又推崇之。其后皮日休请立《孟子》为学科,其表略云:圣人之道,不过乎经;经之降,不过乎史;史之降,不过乎子。不异道者,《孟子》也。舍是而子者,皆圣人之贼也。请废庄、老之书,以《孟子》为主。有能通其义者,其科选同明经。则宋人之尊孟子,其端发于杨绾、韩愈,其说畅于日休也。日休又尝请以韩文公配享太学,则尊昌黎亦自日休始。”(中华书局 1963 年版,第 79 页)

"四书"之先河。晚唐皮日休尊崇《孟子》，以《请孟子为学科书》上奏朝廷，将它与经传并提，要求在科举中增设《孟子》一科。可是，由于多种原因，韩、李等人虽走对了路径，无奈学说不够精密，在修养或学识上又不能超越高道、大僧，因此，孟子升格运动没有结果。可是，他们的工作启迪了宋人。

时到赵宋，情况就不同了。以胡瑗、孙复、石介为代表的宋初学人认为，孟子是道统的唯一传人。三先生作为宋初的经学家和教育家，他们的言行在当时具有很强的号召力和影响力。孙复、石介重在宣扬道统，胡瑗则开宋代"内圣外王"学风之先，他在教学中侧重"经义"与"治事"，研究致用之学，"内圣"与"外王"并重。在"内圣外王"问题上，宋儒对孟子是心向往之的。他们的努力使孟子超越了荀子、扬雄、董仲舒、王通、韩愈等人，成为孔子道统的传人。这一步工作很重要。

宋学中"新学"代表人物王安石越过韩愈而直接孟子。王安石对科举制度的改革，直接促成了《孟子》的由"子"入"经"，这就是立《孟子》于学官、升《孟子》为"兼经"之事。我们知道，宋神宗时期，王安石领导了一场轰轰烈烈的变法运动。他认为原有的科举制度弊端很多，必须改革，而改革的重点是撤销"明经"科，代之以经义策论，将《孟子》与《论语》并列为"兼经"，成为必考内容，与选《论语》《孟子》之外的"五经"中的一经"修治"不同，《论语》《孟子》必须全修全考，可见《论语》《孟子》的重要性。从此，《孟子》在官学中牢牢占据了一席之地。宋哲宗时，《孟子》成为公立学校的主要教材，成为士人举子的必读之书，在社会上产生了前所未有的影响。可以说，孟子能受封晋爵，配享孔庙，《孟子》升入经书，王安石功不可没。

理学家们在全面吸收《孟子》精髓为我所用的同时，把《孟子》变成了科举教育的必读教材。例如张载分析了"四书"(顺序尚不固定)在思想上的内在联系,"四书"所传都是孔子之道,"性与天道"是其共同主题。至此,"四书"学的基本理论框架已初步形成。二程进一步推崇"四书",把《孟子》与《论语》并列,要求学生读此二书。经二程的大力推举,《孟子》在中国思想史上的地位有了根本性的转变。朱熹集理学之大成,在二程基础上极为推尊《孟子》,将《孟子》与《论语》并列,要求学生先须读之,掌握圣人之意。到南宋孝宗时,朱熹又从《礼记》中析出《大学》《中庸》两篇,与《论语》《孟子》首次集结在一起,称为"四书",并作"集注",推向社会,其次序是《大学》《论语》《孟子》《中庸》,分别"以定其规模","以立其根本","以观其发越","以求古人之微妙处"①。特别是其《孟子集注》,在孟子升格运动中起着极为重要的作用,是朱熹对中国经学发展的重要贡献。

当然,孟子升格运动成功,是多代特别是两宋学者努力的结果。朱熹等人所起的作用固不可怀疑,可是,若没有两宋帝王一定的支持(唐代的杜甫、韩愈、李翱、皮日休就没有这么幸运),都是徒劳的。例如宋真宗大中祥符五年(1012)十月,下诏国子监,令校勘《孟子》。宋神宗听从王安石的建议,将《孟子》列入"兼经",立为官方教材。孟子受封"邹国公",配享孔庙,也是在神宗朝完成的。可是,在孟子地位不断上升的同时,也出现过一些"疑孟""非孟"思潮,但最终也没有阻止《孟子》成"经"。

① (宋)黎靖德编,王星贤点校:《朱子语类》卷十四《大学·纲领》,中华书局1994年版,第249页。

（五）宋明理学简介

宋明理学的概貌，从朱熹和吕祖谦合编的《近思录》中可以窥知。此书集录周敦颐、张载、二程等人的言论六百二十二条，分十四卷：(1)道体；(2)为学大要；(3)格物穷理；(4)存养；(5)改过迁善，克己复礼；(6)齐家之道；(7)出处进退辞受之义；(8)治国、平天下之道；(9)制度；(10)君子处事之方；(11)教学之道；(12)改过及人心疵病；(13)异端之学；(14)圣贤气象。作为理学入门之书，从章节的确定，到材料的取舍，都体现了道学思想。此书以道体为核心，以穷理为精髓，以居敬、明诚为存养功夫，以齐家、治国、平天下为实质，以成圣成贤为目的，基本上包容了宋明理学的内涵。理学讨论的主要问题概括起来有理气、心性、格物、致知、主敬、主静、涵养、知行、道心人心、天理人欲、天命之性、气质之性等。而理、气、心、性是理学中最重要又较易引起混乱的概念和范畴。

作为一种哲学、社会思潮，宋明理学分为主流派和非主流派。濂（周敦颐）、洛（程颢、程颐）、关（张载、张戬）、闽（朱熹），加上邵雍、张栻、陆九渊、王阳明等为主流派；王安石的"新学"，苏轼、苏辙的"蜀学"，吕祖谦的"婺学"等为非主流派。他们要解决的主要问题是儒学在当时社会条件下如何存在和发展，特别是如何确立儒学的正统地位及落实儒家的思想价值。可是，宋明理学的名称，由于历史或流派演变等方面的原因，出现过不同的称谓，如：

道学。这是理学起源时期的名称，专指周敦颐、二程、张载为主的伊洛学派，后来也将朱熹纳入此派。此派注重正心诚意等修养功夫，是宋代儒学道统发展的新阶段，是理学的主流派。

朱熹编过《伊洛渊源录》,论述“道学”源流,并不包括王安石的“新学”,陈亮、叶适的“功利之学”,陆九渊的“心学”,苏氏兄弟的“蜀学”,吕祖谦的“婺学”等学派,不能以其称整个宋明理学。

理学。早在宋代就用来概括当时的儒学,后来指两宋、明代的新儒学。朱熹说,“理学最难”①(《朱子语类》卷六十二《中庸·纲领》),陆九渊说,“惟本朝理学,远过汉唐”②。此理学指义理之学,与汉唐训诂之学不同。到了明代,既指宋代新儒学,也指本朝的新儒学。明末清初之际,总结宋明学术之书颇多,如孙奇逢的《理学宗传》、黄宗羲的《明儒学案》、黄宗羲与他人合撰的《宋元学案》,都以“理学”作为宋明儒学之总称。

性理学。此术语源于明清两代官方编定的理学读物。明成祖永乐年间,朱棣敕令胡广等纂修《五经大全》《四书大全》《性理大全》,以“性理”为中心,把程朱道学与九渊心学合编一起。清康熙年间,官方又编《性理精义》,选宋代“性理”学者三十九人言论入内。“性理”也有调和汇总朱、陆之意,含有陆氏心学“尊德性”③与朱子“格物穷理”④的为学宗旨。可以指宋明理学,也指称与中国理学特征相似的以李退溪为代表的朝鲜半岛的儒学。

新儒学。此术语英文为 Neo-Confucianism,兴起于海外,

---

① (宋)黎靖德编,王星贤点校:《朱子语类》,中华书局 1994 年版,第 1485 页。

② (宋)陆九渊:《陆九渊集》卷一《与李省干》,中华书局 1980 年版,第 14 页。

③ (宋)陆九渊:《象山语录　阳明传习录》,上海古籍出版社 2000 年版,第 24—25 页。

④ (宋)黎靖德编,王星贤点校:《朱子语类》卷八《学二·总论为学之方》,中华书局 1994 年版,第 141 页。

流行于现代。海外一些汉学家,首先采用“新儒学”一词,指称与此前研究方法、学术风格不同的宋明儒学。它关注的是经书内在理念的探讨,不同于此前的文字训诂、名物制度等的考察。20世纪二三十年代以来形成的“现代新儒学”,也是接着这一说法而来的。

上面的不同称谓也有约定俗成的意思。现在看来,宋明理学兴起的原因极为复杂,与《孟子》的关系极为微妙(详见下文)。从主体上说,它是宋明知识分子自觉的表现,他们自觉人的尊严,体悟到个人对国家、民族、社会、文化的使命。如他们注重心性修养,以期成圣成贤;主静主敬,以收敛翕聚生命而外抗物欲;注重道德修养,为人表率和楷模。他们努力的结果是,经他们改造的儒家思想成为中国的正统思想,“良心”“天理”等观念超越法律习俗成为人心的主宰,伦理纲常成为维系社会秩序的重要力量——这些东西后来走向了极端,如“存理灭欲”“三纲”“五常”等成为社会、思想发展的桎梏,是宋明理学的经典作家所始料不及的。当然,理学产生在禅佛发达的时代,理学家们虽然不承认,但是他们的“内圣”功夫难免要受其影响;又产生在长期战乱之后,“外王”的工作偏重于社会伦理的重建,而缺乏孔、孟积极参政并寄希望于政治实践理想的热忱。因此,他们希冀上接孔、孟精神的理想就打了折扣。

(六)《孟子》与宋明理学的关系

在经学发展史上,孔子重视教化,孟子重视内心体悟,对后世经学,特别是宋明理学产生了深远影响,《孟子》的政治思想和哲学伦理思想无不如此。

宋明理学家对于孟子政治思想的争辩，主要集中在孟子不尊周王并游说诸侯以一统天下的行为上。可是，《孟子》的“王道”“仁政”等思想对理学家们还是有较大影响的。如朱熹纳子思、曾子于孔子、孟子道统中，以他自己的哲学立场诠释孔、孟旧说，于孔、孟格局之外另创一新天地。

在这个道统下，在“仁政”的理想模式上，朱熹也崇尚“王道”政治。和孟子一样，他认为“王道”政治是被尧、舜、禹实践过的理想政治。为了进一步论说此问题，朱熹以汉唐君主推行过的“霸道”来反证“王道”，指出二者不同的根源在于，三王推行的是义理之心，汉唐君主追求的是个人私欲。在王与霸的问题上，孟子严于“王霸之辨”，他说：“以力假仁者霸，霸必有大国；以德行仁者王，王不待大。”即说霸者以大国之力，借仁义之道可以霸；以己之德，行仁政于民，小国可以王。二者相较，孟子肯定后者。朱熹对此问题的阐释是：“假仁者，本无是心，而借其事以为功者也。”“以德行仁，则自吾之得于心者推之，无适而非仁也。”因而，“王霸之心，诚伪不同”①。意思是说王则诚，霸则伪，伪就应该否定。可见，朱熹对王与霸的分析是相当深刻的。

前文说过，孟子的“仁政”说的哲学基础是“性善论”，而朱熹“仁政”说的哲学基础是“理”，赋予“仁政”说以形而上学的依据。朱熹以为，国家之“理”是先王践行的“仁政”“治道”，而圣王的“治道”与英雄豪杰的“治国”又有不同。圣王的“治道”是依“理”而行，是“王道”，是为了民众的利益；英雄豪杰如

---

①　(宋)朱熹集注：《孟子集注·公孙丑上》，《四书章句集注》，中华书局1983年版，第235页。

汉唐君主的“治道”是“霸道”,是为了一己的私利。在这里,朱熹给孟子的“仁政”说赋予了形而上的新根据。

在实现“王道”政治的途径上,孟子主张“施仁政于民”①,重民心,重民意,若能做到这一点,自然可以“王”。朱熹主张“王道”政治的实现,关键在于有实行“仁政”的人,主要是君主与官员,君主的作用尤为重要。朱熹本着“人存政举,人亡政息”的想法,寄希望于君主,以挽救当时南宋的颓局。上文谈到,孟子要求行“仁政”,讲“民本”,其落脚点在“王道”上。称“王”于天下,实现“王道”,是孟子政治理论的基本目标。为实现这一目标,孟子提倡的手段不是“力”,而是“德”,所谓“以力服人者,非心服也”,“以德服人者,中心悦而诚服也”②。

在对待君与民的关系问题上,孟子以民为本,主张“民贵”而“君轻”,要求“制民之产”。朱熹的民本思想主要体现在“恤民”“富民”上。如前文所说,孟子之后的思想家们很少敢谈君民关系,朱熹涉及此问题时也很含混。朱熹主张“为政以德”,就要做到“不生事扰民”③,君主应该为民着想,国家“理财以养民为本”④,“爱养民力”,限制徭役赋税。怎样“恤民”?朱熹提出了足食为先的思想,衣食足才能守礼节,这就是管子所说

① (汉)赵岐注,(宋)孙奭疏:《孟子注疏·梁惠王上》,《十三经注疏》,中华书局1980年影印本,第3页。

② (汉)赵岐注,(宋)孙奭疏:《孟子注疏·公孙丑上》,《十三经注疏》,中华书局1980年影印本,第215页。

③ (宋)黎靖德编,王星贤点校:《朱子语类》卷二十三《论语五·为政篇上·为政以德章》,中华书局1994年版,第537页。

④ (宋)黎靖德编,王星贤点校:《朱子语类》卷一百八《朱子五·论治道》,中华书局1994年版,第2628页。

的“仓廪实则知礼节，衣食足则知荣辱”①。可以说，孟子、朱熹的“仁政”学说都贯穿着一条“以民为本”的主线，差别在于孟子对君主的要求更大胆、更直接，朱熹则温和得多；孟子更重民，朱熹较重君。

在对待义与利的问题上，理学家的观点不尽相同。义利观，是如何对待道德与利益的基本观点。孔子重视“仁”，孟子重视“义”，“仁”和“义”成为最高的价值标准。孔子说“杀身以成仁”②，孟子说“舍生而取义”③。仁人志士愿死其身而成之者、愿舍其生而取之者，唯“仁”与“义”能当之，这比生命都重要的东西自然是最高的伦理道德标准。孟子赋予义、利以道德价值，坚持重义轻利，反对“先利后义”，对后世产生不小的影响。例如永康学派的陈亮是讲“功利之学”的，他认为孟子的“义利之辨”、荀子的“王霸之分”，并未引起汉唐诸儒的重视。与伊洛理学家们严于义利、王霸之辨不同，陈亮等人以汉高祖、唐太宗的实例证明，义利、王霸应该双行、并用。与陈亮的观点相对立，朱熹认为，汉高祖、唐太宗舍“王道”而求“霸道”，合义理者少，不合者多；即使是合者也是暗合，不合者是利欲作祟，有违圣贤教训。基本上说，汉唐是人欲战胜天理，远不能与古代圣贤相比。以上主要谈了孟子政治思想与理学的关系。

综观理学的发展历程以及与《孟子》的关系，我们觉得，

---

① （清）戴望校正：《管子校正·牧民第一》，《诸子集成》，上海书店出版社1986年版，第1页。

② （魏）何晏集解，（宋）邢昺疏：《论语注疏·卫灵公》，《十三经注疏》，中华书局1980年影印本，第61页。

③ （汉）赵岐注，（宋）孙奭疏：《孟子注疏·告子上》，《十三经注疏》，中华书局1980年影印本，第88页。

《孟子》给予宋明理学的影响，或者说宋明理学对《孟子》的接受、改造，主要体现在哲学伦理思想方面，因为《孟子》一书，重在正人心，教人存心养性，收其放心。这其中，“心”“性”两个范畴尤为明显。

性与理。如上所言，孟子的心性说形式上属于心性本体论，偏重于以心性哲学来思考人的问题。孟子言“心”“性”，他的“尽心知性”①，就是从心上直接去体悟性、规定性，心就是性。牟宗三先生说，从心的本体意义上说，孟子的“心”分为两层：经验层面的心和超越层面的心。理学家们主要还是顺着超越层面的心发挥下去的，如张载多次提到“尽心”而“成性”，“成性”则成圣，或者说“成性”谓之圣。这个“成”就是“实现”的意思。他以为，性是本有的、先天的、潜伏的，由潜伏的变成现实的须靠孟子所说的“尽心”。这个思想影响了后来的刘宗周。可是，张载的思想是建立在他的“心”“性”是一的宇宙论模式上的。他先是“心”“性”分设，以“性”为前提，然后再转回来用孟子的“尽心”来了解“性”的真实内容。不过，张载的说法并没有背离“心体”与“性体”统一的孟子传统。其实，道德本心本来就是“性”的自觉。

程颢、程颐哲学最重要的贡献是“天理”的发现。“天理”，在《礼记·乐礼》中已提到，张载、邵雍也已提及，可是主要指的还是“天性”之意。② 到了二程，“天理”才成为超越现象的

---

① （汉）赵岐注，（宋）孙奭疏：《孟子注疏·尽心上》，《十三经注疏》，中华书局1980年影印本，第99页。

② 如《礼记·乐记》是这样说的：“人生而静，天之性也。……好恶无节于内，知诱于外，不能反躬，天理灭矣。”《礼记正义》，《十三经注疏》，中华书局1980年影印本，第301页。

理性世界。如程颢说："吾学虽有所授受，天理二字，却是自家体贴出来。"①说的就是这个意思。按照二程的说法，任何事物的形成都有它依据的"理"。这个"理"超越实体而自然存在，所以叫"天理"。"天理"怎样表现出来？必须借助适当的物质和形式，由于受到形质的限制往往无法全部显现出来。而气质限制"天理"主要表现在人的情欲上，于是"惩忿窒欲"②，成为"变化气质"的重要工作。孟子"性善论"强调人具有先验的道德理性，荀子的"性恶论"强调自然情欲是人的本性。二程用"理"来规定人性，便是发展了儒家的性善论，形成了理学的人性论："性即理也。所谓理，性是也。"③"性即理"，通俗地说，就是以社会的道德原则为人类永恒不变的本性。

作为程颐哲学的后继者，朱熹对"性即理"又有新的发展。本来，在《孟子》中，"理"解作义理、道理的只有一次，即《告子上》："心之所同然者何也？谓理也，义也。圣人先得我心之所同然耳。故理义之悦我心，犹刍豢之悦我口。"④这个"理"，从严格的意义上来说，还不能算是一个抽象的哲学概念。可是，理学家们却拉上孟子以做大旗，如朱熹以"理"来阐释孟学，以旧瓶装新酒，阐发自己的观点；可以说"理"贯通于朱子哲学的整个体系中，而且是其哲学的内核。

---

① （宋）程颢、程颐：《二程外书》卷十二，《二程集》，中华书局 1981 年版，第 424 页。

② （唐）孔颖达疏：《周易正义 · 下经咸传》，《十三经注疏》，中华书局 1980 年影印本，第 41 页。

③ （宋）程颢、程颐：《二程遗书》卷二十二上，上海古籍出版社 2000 年版，第 347 页。

④ （汉）赵岐注，（宋）孙奭疏：《孟子注疏》，《十三经注疏》，中华书局 1980 年影印本，第 85 页。

如朱熹以“理”阐释《孟子》的仁、义、礼、智等观念。此四者都根源于人心,人心固有此“四端”。我们需要注意的是,孟子言此“四端”时,多以具体的人和事来立论,未曾涉及抽象的原理。可是,理学家们却出于自己的需要硬要往他们的“理”上靠,如朱熹这样来阐释“仁”“义”:“仁者,心之德,爱之理。义者,心之制,事之宜也。”从这个注释中看出,朱熹把“理”作为宇宙万物共有的普遍原则。接着他以“天理”与“人欲”对立的观点进一步解释孟子的“义”“仁”:仁义根于人心,是人所固有,是“天理之公也”;好利之心生于物我之相形,是“人欲之私也”。[①] 他的结论便是:人若依天理而行,则不求利而自无不利;如从人欲而行,则求利未得而害又随之。可见,“理”是朱学的核心,他注《孟子》处处见此“理”。在他看来,整个宇宙就是一个客观理则秩序,人类应当努力研究这个“理”、遵从这个“理”。

朱熹又以“理”阐释《孟子》的“性”。如注“生之谓性”章时,他说,“性者,人之所得于天之理也”,“人之性,所以无不善、而为万物之灵也。告子不知性之为理,而以所谓气者当之”[②]。这当然不是孟学的原意,而是借孟学来表现自己的观点。又如注“滕文公为世子”章时,他认为《孟子》中的“性”就是“人所禀于天以生之理也”[③],这就明显地把“性”等同于“理”了。经他这样一解,孟学中以“性”为德性主体的意义,一

---

① 上引参见(宋)朱熹集注:《孟子集注·梁惠王上》,《四书章句集注》,中华书局1983年版,第201—202页。

② (宋)朱熹集注:《孟子集注·告子上》,《四书章句集注》,中华书局1983年版,第326页。

③ (宋)朱熹集注:《孟子集注·滕文公上》,《四书章句集注》,中华书局1983年版,第251页。

下子变成了客观存在的外在秩序。孟子的"性善论",本来肯定的是价值意义内在于自觉心这一点上,朱熹以客观存在的外在秩序来解释"性",他的立足点就与孟子截然相反了。

理学家们特别是朱熹、陆九渊等根据《孟子》的心性、仁义等理念,阐释理与气、天理与人欲、性与情(或才)、心与理的关系,表现自己的观点。

理与气。在理与气的关系上,理学家们的观点是不一样的,如张载强调气,忽视理,二程重视理,忽视气。朱熹认为,一切事物都是由理与气构成的,气是构成一切事物的材料,理是事物的本质和规则。可是,从本源上说,理先于气而存在。不过,晚年的朱熹意识到,理在气先容易引起某些不易解决的矛盾,所以主张理与气实际上无所谓先后。可二者在逻辑上又的确有一种先后的关系,尽管这种关系不是在时间上的,如他注《孟子》"人之所以异于禽兽者几希"章,认为人类和动物之生,同时得到了天地之理以为"性",同得天地之气以为"形"。而人与动物的不同就在于:人得形气之正者,能保全他们天赋的本性,动物只能得气之偏,这种差异非常细微。虽然细微,但是已将人类和一般动物区分开了;这与孟子以"心"作为区别于人和动物的标准就很不对路了。在朱熹这里,"理"是本体,"气"为现象,这就是他"理""气"对跖的宇宙观。这再一次证明了我们的观点:理学家往往借《孟子》这个旧瓶装自家之新酒。

天理与人欲。上文说过,孟子很少谈及"天理",可是他讲"寡欲",即寡人欲。他说:"养心莫善于寡欲。其为人也寡欲,虽有不存焉者寡矣;其为人也多欲,虽有存焉者寡矣。"①这是

---

① (汉)赵岐注,(宋)孙奭疏:《孟子注疏·尽心下》,《十三经注疏》,中华书局1980年影印本,第115页。

孟子的教人养心之术，教人清净寡欲；寡欲，人就不会为外物所汩没。看来，孟子讲“寡欲”，并未讲“无欲”。可是，理学家们则根据自己学说的需要，对孟子的“寡欲”说各取所需，如张载标举“存理灭欲”而反对“灭理穷欲”。朱熹把心分为人心道心，人心得其正为“天理”，不得其正为“人欲”。那么，“天理”与“人欲”皆内在于人的心性中，人须去“人欲”存“天理”，怎样去、存，这就是后天的功夫。陆九渊认为，人之所以会失去本心而与“天理”乖隔，就是因为陷溺于“利欲”“意见”。周敦颐将孟子的“寡欲”说发挥为“无欲”论，他在《通书·圣学章》中说，学圣人要在“一”，“一者，无欲也”[①]。由此“无欲”论发展出的“存天理，去人欲”之说，是宋明理学的基本命题。而理学末流将此命题推向了极端。这招来了李贽、戴震的猛烈攻击，所谓“以理杀人”。戴震著《原善》《孟子字义疏证》，认为理气不二，并非理在气上。宋明理学讲“存天理，去人欲”，问题就在他们忽视了这样一个事实：欲望与血气俱有，没有欲望，也就等于没有了生命。当然，戴震并没有反对整个的理学价值体系。

性与情（或才）。孟子很少谈“情”，在他这里，“才”与“性”是两个不同的概念，属于不同的存在领域。“才”与“能”才是同义词，如孟子说“尊贤育才”[②]，又说“尊贤使能”[③]，所以，“才”是某种潜“能”，“才”是人性善的现实依据，又意味着

---

① （宋）周敦颐：《周子通书》，上海古籍出版社2000年版，第38页。

② （汉）赵岐注，（宋）孙奭疏：《孟子注疏·告子下》，《十三经注疏》，中华书局1980年影印本，第95页。

③ （汉）赵岐注，（宋）孙奭疏：《孟子注疏·公孙丑上》，《十三经注疏》，中华书局1980年影印本，第26页。

一种潜能，即有待现实化的可能性。所以说，孟子并没有把“才”当作道德范畴的概念，而是把道德性的“贤”与非道德性的“才”并列使用。而朱熹在注《孟子》时，赋予了“情”“才”以独立的含义，有意以“才”“情”与“性”相对举、相对言。例如朱熹在注“性无善无不善”一章时，就表达了这样的观点：相对于“性”来说，“情”是“性”的运动状态；人性本来就是善的。关于“才”这个概念，朱熹说：“才，犹材质，人之能也。”[①]是在孟子原义的基础上独立出来的。朱熹以为，性之本体是善，“发出来是情，会或能这样去发的是才”[②]。重要的是，朱熹在二程观点的基础上，主张“理”是天生而有的，而“才”是“气”赋予的，因“气”有清浊之别，得“气”之清者成为圣人，得“气”之浊者成为愚人。不论是贤是愚，人最终都可以达到善的境界而回归到“性”的本然状态上去。这实际上是对上文中所说的以“理气”区分人与禽兽的进一步发展。

心与理。陆九渊是心学的开创者。其学术无渊源可寻，简易直截是其特色。九渊自称“因读《孟子》而自得之”[③]，即是说《孟子》是他最得力的地方，这很合陆学的精神。可是，上文说过，孟子很少谈“理”，即使是谈也多就人的天性而说，是人心之所同然，还没有宇宙规律与社会规范的意义。可是到陆九渊这里，“心”和“理”建立了一种必然的联系，他认为“理”充

---

① （宋）朱熹集注：《孟子集注·告子上》，《四书章句集注》，中华书局 1983 年版，第 328 页。

② 牟宗三：《心体与性体》第三册，（台北）正中书局 1969 年版，第 420 页。

③ （宋）陆九渊、（明）王守仁：《象山语录　阳明传习录》，上海古籍出版社 2000 年版，第 98 页。

塞于天地之间,这个“理”发露在人心上,“理即心”;人只要恢复其本心——本心是道德原则的根源,就与理不隔,“心即理”,本心之“理”与宇宙之“理”是同一的。“理”既然是人固有的,正如“心”一样,所以不用外求。学问之道无他,就是把这个“理”发露出来。要发露此“理”,其实不难,只要把蒙蔽于本心上的私欲、意见去掉就行了,这就是孟子说的“求其放心”。这就是他读《孟子》的结果。本心既已万“理”具备,读书只不过是一种印证的功夫,就是“六经皆我注脚”①。多么简易直截的陆学!总之,“心即理”,就是生命与天理不二,理与气为一。这与朱熹的“理”与“气”二分观念不同。而陆学的“心”是宇宙的本体,又是主宰的义理心,此“心”一明,便与天地同流。王阳明顺着这一路数发展得更为精密。

作为心学的继承者,王阳明吸取了孟子“本心”的概念,同时否定了孟子的“心之官则思”②之说。他说“心即理”或“心外无理”,这个命题中的“心”,并不是泛指知觉意识活动,而是指“心体”或“心之本体”。从这点来看,王阳明对于“心”的认识,从实质上说,与孟子的思想是一脉相承的,即这个“心之本体”也就是从孟子到陆九渊的“本心”的概念,它不是现象意识层面经验的自我,而是先验的纯粹道德主体。同时,他又以为,“心”不是如孟子所说的具有思维功能的“心”,它只是一种具有意识活动的精神实体,是一种由感觉引起的知觉。从“心”的形式说,阳明把“心”也理解成一种知觉,这说明阳明对“心”

---

① (宋)陆九渊、(明)王守仁:《象山语录　阳明传习录》,上海古籍出版社2000年版,第19页。

② (汉)赵岐注,(宋)孙奭疏:《孟子注疏·告子上》,《十三经注疏》,中华书局1980年影印本,第89页。

的本质的认识,比孟子前进了一步。他一再强调"格物穷理"是由外在事物引向主体自身,只要在"心"上下功夫,意念所在即是所格之物、所格之地,因而"格物"变成了格心、求心,从而把心学推向了极致。

总之,宋明理学家通过对孟学特别是其心性论的体认,提出了或同或异的思想,如朱熹的"性即理"和陆九渊的"心即理"。不同流派之间基本上本着"旧学商量""新知培养"的态度,共同把经学推向了一个新的发展阶段。在这阶段中,孟子的思想重新被发掘、被发展,理学家们甚至借孟学为自己立说,这也是不争的事实。今天,我们反省宋明理学发展的历史,看到了宋明知识分子对民族文化的使命感与人的庄严的自觉,现在仍有启发意义。理学家们上继往圣绝学,以重振儒家"内圣外王"之学为己任,下为生民立命,外辟佛老,以期建立起真正的民族文化。他们的理想崇高,工作辛苦,成果伟大。可是,他们固守道统,专宗孔孟,抵斥佛老;虽然在修养方法上吸收了不少禅佛的东西,在形上学上汲取了道家道教的不少营养,但是作为一种思潮、学说,特别是其末流,具有明显的缺陷:失于狭隘,失于迂阔;故步自封,忽略人生实际,讲性情而不通人情。这正是清代经学大师颜元、戴震等人指责他们的地方。

经典作家作品选论

“饮中八仙”的演化与李白为“翰林供奉”的时间问题*

饮中八仙，又称“酒中八仙”“酒八仙人”，是指唐代善饮的八位名士，以杜甫名诗《饮中八仙歌》而流传。这八人究竟指谁呢？从现存的文献资料看有两种说法：一是杜甫《饮中八仙歌》所歌之贺知章、李琎、李适之、崔宗之、苏晋、李白、张旭、焦遂八人，一是范传正《唐左拾遗翰林学士李公新墓碑并序》所谓“时人又以公及贺监、汝阳王、崔宗之、裴周南等八人为酒中八仙”。这里，范氏没有举全，裴周南一人是杜诗中没有的。杜甫是李白好友，范传正是李白好友范伦之子，且与李白后代有交往，故所举均应不虚。为什么会出现这种情况呢？而“饮中八仙”的演化，又涉及李白入长安的次数与为“翰林供奉”的时间问题。

一、“饮中八仙”是“醉态盛唐”时代俗传的产物

八仙，一般认为是汉、晋以来神仙家们所幻设的一组仙人。

---

* 原载《山东大学学报》(哲学社会科学版)2008年第5期。

到了唐代，“淮南八仙”的故事仍在社会上流传，文人墨客的诗文中亦多以此为典故说神仙长生之事，如武则天《升仙太子碑》提到“淮南八仙”。此八仙，实是汉淮南王刘安的八位才高的谋士或弄臣，一般认为是这八人：苏非、李尚、左吴、陈由、伍被、毛周、雷被、晋昌，号曰“八公”。魏晋以后，道教徒将之附会为神仙，称作“八仙”。在道教空前发达的唐代，可能是受了“淮南八仙”或“某某八仙”的影响，盛唐时期出现了“饮中八仙”。这“八仙”与唐代以后出现的“蜀中八仙”“下八洞神仙”“上八洞神仙”（即现在民间传说的“八仙”）等，是没有必然联系的。

浦江清先生以为：“汉、六朝已有八仙一名词，所以盛唐有‘饮中八仙’。既言饮中，则此外别有可知……据李阳冰说，当时李白浪迹纵酒，以自昏秽，与贺知章、崔宗之等目为八仙之游。朝列赋谪仙人诗凡数百首。所以‘饮中八仙’一名目非杜甫所创，而且杜甫诗中有苏晋而无裴周南。一说有裴周南。而八仙之游在天宝初，苏晋早死了。要之，唐时候有八仙一空泛名词，李白等凑满八人，作八仙之游，而名录也有出入。”①即谓，“饮中八仙”不一定是固定的哪八个人，而且并非同时都在长安；“八仙之游”也不是严格意义上的八仙一同交游、游赏。由此，我们也不妨推断，这不固定的八人，乃至杜甫和他们，也不一定彼此都是朋友，都有往来。

再联系《饮中八仙歌》的主旨来看，此歌不在“豪饮”，不在“八仙”本身，而是借慨叹诸子之不得志而自遣，即如清人何焯所云，八仙歌“通章皆叹诸子之不得志，有托而逃言外，亦自寓

---

① 浦江清：《浦江清文录》之《八仙考》，人民文学出版社 1958 年版，第 3 页。

己之沉饮，聊自遣也。八人中焦遂独无官位，诗亦以是终，犹之‘杜陵有布衣’也”；“以太白为纲领。白传因此诗而附会八人，未尝如昔人为‘竹林之游’也”。[①] 此亦非如李白等人的“竹溪六逸”——开元二十八、二十九年（740、741），李白在山东与孔巢父、裴政、韩准、张叔明、陶沔隐于徂徕山之事。因此说“八仙”是松散的，不是很固定的。

从字源上讲，八，本为古代斗贯数目，源于四方四隅，古之“八卦”最为形象。称事物曰：八风、八节、八柱、八洞、八景、八极、八阵、八方。称神曰：八神、八蜡、八灵。称人物曰：八元、八恺，分别为高辛氏、高阳氏的八位才德之士（参见《左传·文公十八年》）。汉代出现了八俊、八公之称。而佛家有八大金刚、八正道、八戒、八功德水，道教有八仙。我们知道，李唐前后，八仙观念是道家的，而且非常空泛，用任何八个仙味较重的人充实之都是可以的。盛唐之时出现“饮中八仙”，可谓前有所承，又带有鲜明的时代特色，杜甫之所歌咏便是顺应了时代要求，又凝聚了自己的情志。王琦撰《李太白年谱》云：

> 八仙之名，李《序》举其二，曰贺知章、崔宗之，与太白而三。范《碑》举其四，曰贺知章、汝阳王、崔宗之、裴周南，与太白而五。《新唐书》本传云，白与知章、李适之、汝阳王琎、崔宗之、苏晋、张旭、焦遂为酒中八仙人，盖据杜子美《饮中八仙歌》而记之耳。钱牧斋讥其既云天宝初供奉，又云与苏晋同游为自相矛盾。盖苏晋以开元二十二年

---

① （清）何焯：《义门读书记》卷五一《杜工部集》，光绪六年（1751）重修本。

先卒，见《旧唐书》，而谓于天宝初与李白同游，恐其误也。然子美与太白同时，遍举其人，自必不妄。或者天宝初苏晋尚存，《旧书》二十二年之下"卒"字之上尚有缺文，遂致滋误，亦未可知。其裴周南一人，不入杜诗所咏之数，意者如今时文酒之会，行之日久，一人或亡，则以一人补之，以致姓名流传，参差不一，其以此欤？①

作为当朝稍后之人，李《序》、范《碑》均未举全"八仙"之名，其本身就有问题。我们可以推测，所谓"八仙"当时是松散的、不固定的，甚至是有些混乱的，不好遍举，并不是为了惜墨。而出于宋人之手的《新唐书·李白传》所举之八人，其依据当是杜甫的"八仙歌"。我们还可以推测，"八仙歌"所咏八人之佳话韵事，在杜甫与李白、李琎等交往之前早已风闻天下，他们以"酒仙"而出名的地点就是时为政治、文化中心的长安。杜甫入长安之前曾"壮游"天下，且风华正茂，对前辈的"风流韵事"也许更有会心吧！当杜甫与"八仙"中人，如李白、李琎交往的时候，自可加以核实、补充了。因此，经过较长时间的演化，甚至是民俗性的流传，杜甫把他们裁汰成了此八人：贺知章、李琎、李适之、崔宗之、苏晋、李白、张旭、焦遂。

二、长安会饮是不可能的

我们以为，为人们所津津乐道的"八仙之游"或"长安会

① (清)王琦注:《李太白全集》，中华书局 1995 年版，第 1587 页。

饮”是不太可能的。下面从《饮中八仙歌》的作年谈起。黄鹤曰：

> 蔡兴宗《年谱》云天宝五载，而梁权道编在天宝十三载。按史，汝阳王天宝九载已薨，贺知章天宝三载、李适之天宝五载、苏晋开元二十二年并已死，此诗当是天宝间追旧事而赋之，未详何年。盖李白自知不为亲近所容，与知章、李适之、汝阳王琎、崔宗之、苏晋、张旭、焦遂为“酒八仙人”，公所以有此作也。①

我们以为，黄氏云“此诗当是天宝间追旧事而赋之”是较公允的，所云李适之天宝五载死则不确，实是六载正月。杜诗描绘李适之时即化用了李诗：“避贤初罢相，乐圣且衔杯；试问门前客，今朝几个来？”再联系两唐书之《李适之传》及《玄宗纪》考察，李适之罢相在玄宗天宝五载（746）四月，七月贬宜春太守，六载（747）正月死于贬所。则杜诗最早亦必作于天宝五载四月之后，最晚在六载正月之前。陈贻焮先生推断“这诗似乎只应作于李适之罢相之初、贬官惨死之前”②。李适之被贬、惨死之后，杜甫写此戏谑性较强的诗作是不太可能的。“而子美十载方以献赋得官，疑非相与周旋者，盖但记能饮者耳。”③杜甫是天宝五载（746）秋才入长安的，未能与适之谋面是可能的。下面再列举“八仙”中的几个重要人物加以说明。

---

① （宋）黄希、黄鹤注：《补注杜诗》卷二，四库全书本。

② 陈贻焮：《杜甫评传》上卷，上海古籍出版社1982年版，第138页。

③ （宋）叶梦得：《避暑录话》卷上，中华书局1985年版，第1页。

李琎（？—750），此人“与贺知章、褚庭诲为诗酒之交”①，而且是“八仙”中少数与杜甫有交往的人之一，“八仙”的事迹肯定就有李琎口授的东西。苏晋（676—734），开元二十二年（734）卒是确切的。上举李谱云：“钱牧斋讥其既云天宝初供奉，又云与苏晋同游为自相矛盾。盖苏晋以开元二十二年先卒，见《旧唐书》，而谓于天宝初与李白同游，恐其误也。”钱谦益所讥者乃《新唐书·李白传》，确实有其道理，已死之人怎能与活人同游！这是“长安会饮”不可能的一个重要依据。也许正是看出了此一破绽，范碑才不举苏晋，而代之以裴周南。

贺知章（659—744），天宝三载（744），因病恍惚，上疏请度为道士，求还乡里，仍舍本乡宅为观。玄宗许之，至乡无几，寿终。贺知章为李白一生最重要交游之一，为前辈知己，又为酒友。据《本事诗·高逸》记，李白初自蜀入京，贺读其所作《蜀道难》，叹为“谪仙”，见《乌栖曲》，叹其“泣鬼神”，且“解金龟换酒，与倾尽醉”。我们以为，李白这次自蜀入京当在开元年间，可能就是开元十八、十九年（730、731）的这一次，而不是天宝年间那一次。请注意，孟启这里用了一个“初”字，当是第一次；我们设想，天宝初年贺知章已垂垂暮年，几于寿终，不可能与李白共创此千古佳话。这起码说明，在天宝年间，“八仙之游”已是不可能了。

崔宗之（？—751），天宝六载（747），为李林甫所忌，以侍御史谪官金陵，与李白诗酒唱和，李白作有《月夜江行寄崔员外宗之》《酬崔五郎中》《赠崔郎中宗之》《忆崔郎中宗之游南

---

①　（后晋）刘昫等撰：《旧唐书》卷九五《让皇帝宪传》，中华书局2013年版，第3014页。

阳遗吾孔子琴抚之潸然感旧》等诗。今检太白的集子，可知这些诗酒唱和是李白被“放还”以后的事。李白既已离开长安，“八仙之游”就不可能了。

李白(701—762)，《新唐书》本传以为，天宝元年(742)，由东鲁南陵奉诏入京，为翰林学士。这次入京如果是真的，则是在名声大振以后，而且是第二次入长安，依旧是当他的开元年间当过的“翰林供奉”，而不是“翰林学士”。天宝三载(744)，遭谗见疏，“赐金放还”，便客游梁宋。三五月间，在洛阳与杜甫相会，结为莫逆之交。两人相约为梁宋之游，迨至宋中，又遇高适。三人相善，性格皆属豪放，日日登高怀古，射猎游宴，赋诗论文，甚是惬意。天宝四载(745)春，与杜甫同在东鲁，“行歌泗水春”。秋，二人又在兖州相会。秋末冬初，杜甫欲西归长安，李白亦将去江东，二人在石门作别。此后，两人再也没有见面。据我们掌握的材料，李白不仅是“八仙”中少数与杜甫有交往的人之一，而且亲如兄弟，关于“八仙”之事，杜甫经由李白获得一手材料是很有可能的。开元年间，李白寓居长安相当长一段时间，天宝初年又恰在长安，与其他“仙人”的交游是有可能的，同为“八仙之游”亦不好做到。

综上所述，据我们所掌握的材料：杜诗之八仙之间，李白与贺知章、张旭、崔宗之有交往，李琎与贺知章有交往。杜甫与八仙之李琎、李白有交往，可能与焦遂有交往，故而杜诗所咏八仙之事迹，大致是可信的。八仙中个别人之间有交往、少数人有会饮是可信的，而八仙之长安会饮，或“八仙之游”是不太可能的。

三、“八仙”的演化与李白为“翰林供奉”的时间

前文何焯云，八仙歌“以太白为纲领”，可谓灼见。“八仙”当然也以李白为中心。因此，搞清李白开元、天宝年间的行止，对理顺“八仙”的演化是很有帮助的。郭沫若先生在谈到“饮中八仙”的异说时即云：

> 前人以为“八仙”各有异说，故范、杜所举不同。但仅知其然，而不知其所以然。我的看法是：杜甫所咏“八仙”是早期开元间形成的；范传正所言则是后期天宝年间的演变。杜甫所咏的苏晋死于开元二十二年（见《唐书·苏珦传》）。他被列入“八仙”是在李白以开元十八年第一次入长安时事。苏晋去世后，世人又以裴周南代替了他，故范、杜所举不一致。①

郭老的结论隐含并首肯着一个先决条件，这就是“八仙之游”是存在的，是发生过的。郭著《李白与杜甫》即断言“‘八仙之游’缔结于开元十八、九年”②，即李白初入长安时。我们觉得，问题并非如此简单。综合考量，杜甫所咏“八仙”，他们主

---

① 郭沫若：《李白与杜甫》，人民文学出版社 1971 年版，第 44—45 页。

② 郭沫若：《李白与杜甫》，人民文学出版社 1971 年版，第 18 页。

要活动在开元至天宝初年,这是没有问题的。为“李白以开元十八年第一次入长安”而找佐证,硬将杜诗所咏之“八仙”说成“是早期开元间形成的”,是没有必要的。要证明李白开元间入过长安可以找到其他证据。传统以为,李白入京,只有天宝元年(742)奉诏入长安的那一次。可是,稗山《李白两入长安辨》一文首倡“两入长安”说①,稗文抓住“时间上的疑问”,与思想感情的矛盾结合起来进行考察,估计李白第一次入长安的时间大约在开元二十六年(738)夏至二十八年(740)春之间,结论是李白不止一次到过长安。

继稗山发现李白在开元年间曾到过长安之后,郭沫若《李白与杜甫》引证李白《与韩荆州书》“三十成文章,历抵卿相”那段话,并推断说:“李白在三十岁时要‘历抵卿相’与‘王公大臣’等交游,只有到西京去才有可能。这就肯定着,李白在三十岁时断然去过一次西京。”②此后,安旗、郁贤皓等先生均撰文补充郭老的观点,认为李白第一次入长安是在他 30 岁时,即是开元十八年(730)的事。

我们以为,李白在开元年间确实到过一次长安,他获赐“翰林供奉”也正在此时:

> 玄宗初,置“翰林待诏”,以张说、陆坚、张九龄等为之,掌四方表疏批答、应和文章。既而又以中书务剧,文书多壅滞,乃选文学之士,号“翰林供奉”,与集贤院学士分

① 参见稗山:《李白两入长安辨》,中华书局上海编辑所编辑:《中华文史论丛》第 2 辑,中华书局 1962 年版,第 125 页。

② 郭沫若:《李白与杜甫》,人民文学出版社 1971 年版,第 18 页。

掌制诏书敕。开元二十六年，又改翰林供奉为学士，别置学士院，专掌内命。①

按：这里明言“翰林待诏”设于“玄宗初”，有学者以为是在唐初，似乎不确。“既而”又设“翰林供奉”，没有标明确切时间，有学者以为是在开元十年（722）前后，可通。

马端临云：

开元以前，犹未有“学士”之称，或曰“翰林待诏”，或曰“翰林供奉”，如李太白犹称供奉，自张垍为学士，始别建学士院于翰林院之南，则与翰林院分而为二。然犹冒翰林之名，盖唐有弘文馆学士、丽正殿学士，故此特以翰林别之，其后遂以名官，讫不可改，然院名至今但云学士，而不冠以翰林，则亦自唐以来沿袭之旧也。②

按：此言“开元以前，犹未有‘学士’之称”，不确。虽是开元二十六年（738）始有“翰林供奉”与“翰林学士”之分野，则开元二十六年（738）就不是“开元”吗？为区别此学士与弘文馆学士、丽正殿学士的不同，特冠以“翰林”，分析是很正确的。马氏所云“李太白犹称供奉”是下面这段话：

臣伏见前翰林供奉李白，年五十有七。天宝初，五府

① （宋）欧阳修、宋祁等撰：《新唐书》卷四六《百官志一》，中华书局 1997 年版，第 1183 页。

② （元）马端临：《文献通考》卷五四《职官考八·学士院》，中华书局 1986 年版，第 489 页。

交辟，不求闻达，亦由子真谷口，名动京师。①

综合考量上述三段文字，我们以为，从"翰林待诏"到"翰林供奉"，再到"翰林学士"，有明显的演变的痕迹，即从开元初到开元末，有此三个不同时间段的称谓，不能混淆，而后二者的转化有明确的年限，即"开元二十六年"，连李白都自称为"翰林供奉"，则李白入长安并为"翰林供奉"的时间可断为开元十八年（730）以后、二十六年（738）以前；二十六年（738）以后仍在"旧翰林院"当"翰林供奉"（见下文）。李白五十七岁（至德二载，757）时犹自称"前翰林供奉"，这就是铁证。

李白压根就没当过"翰林学士"，这里还有一个依据，李肇《翰林志》云：

开元二十六年，刘光谦、张垍乃为学士，始别建学士院于翰林院之南。又有韩翃、阎伯玙、孟匡朝、陈兼、李白、蒋镇在旧翰林院，虽有其名，不职其事。至德宗已后，翰林始兼学士之名。代宗初，李泌为学士，而今"壁记"不列名氏，盖以不职事之故也。②

此言开元二十六年（738），"始别建学士院于翰林院之南"之后，李白等仍在"旧翰林院"，与上述马端临观点相符。从这段记载，我们还可以发现，开元二十六年（738）以后，李白仍在

---

① （清）王琦注：《李太白全集》卷二六《为宋中丞自荐表》，中华书局1995年版，第1217页。

② （唐）李肇：《翰林志》，收入（宋）洪遵《翰林群书》卷一《翰林三书》（一），辽宁教育出版社2003年版，第1页。

长安。这不仅证明李白在开元年间确实到过长安,而且再次证明正在这时他荣获“翰林供奉”。可是,如果天宝元年(742)秋,李白自南陵奉诏入京属实的话,那么他第二次入长安与第一次离长安的时间会很短。而且,仍是“旧翰林”,与刘光谦、张垍等“学士”有着区别,从“虽有其名,不职其事”看,“翰林供奉”之地位显然逊于“翰林学士”。而从马端临、李肇两段文字看,开元二十六年(738)之后,“翰林供奉”与“翰林学士”分院建制,是并存的。因此,李白天宝元年(742)二次奉诏入京,为“翰林供奉”,当是“二进宫”,开元年间、天宝初年的“饮中八仙”之席位就一定都有他的。

既然李白没有当过“翰林学士”,那么李华《故翰林学士李君墓志》、范传正《唐左拾遗翰林学士李公新墓碑》、刘全白《唐故翰林学士李君碣记》中为什么称他为“翰林学士”?这是因为一方面说明唐人自己对“翰林待诏”“翰林供奉”“翰林学士”三者的认识就很混乱;另一方面,由于“翰林学士”在三者之中为高,他们拿来送给李白,是不是有“私谥”的意思?这就是碑记谀美的特性。至于后来一些笔记小说、章回小说中常常称李白为“翰林学士”,那是作者、读者的偏爱,或者是习惯使然,就更不足为学术依据了。

范传正所言“八仙”,是苏晋去世(开元二十二年,734)之后的事。苏晋死了以后,“八仙”不全,好事者又以裴周南代替了他。这一观点大致可信。范传正是中唐人,其《碑序》撰于元和十二年(817),且与李白“有通家之旧”,他将裴周南列入“八仙”应有依据。我们初步推测,裴周南之入“八仙”是在苏晋死后至安史之乱爆发前夕。因为,离开“精神自由雄放而清雅脱俗的‘理想国’,一个富有魅力的‘醉态盛唐'"①,"八仙"就失去了赖以存在的社会基础,安史之乱爆发后更不可能有了。当然,解决这一问题的一个重要环节就是搞清裴周南何许人也。清人徐文靖撰《管城硕记》卷十九史类二云:

> 范传正《李翰林墓碑》云:与贺监、汝阳王、崔宗之、裴周南等八人为酒中八仙。按杜《饮中八仙歌》无所谓裴周南者,惟《旧唐书·李白传》:少与鲁中诸生孔巢父、韩准、张叔明、裴政、陶沔隐于徂徕山,号竹溪六逸。裴周南,当即是裴政也。

此将裴周南视为"竹溪六逸"之一的裴政,似是太武断了。

郭沫若说:"裴周南既与李白有这样深厚的交谊,他和裴图南是否就是一个人?我看是很可能的。'周'与'图'字形极相近,二者必有一误,论理以'图南'为更适。"②郭说的依据是李白集中有与裴图南交往的诗作。可是,考《新唐书·宰相世系表一上》中眷裴氏可知,巴州刺史裴思训二子:皎然、修然。皎然三子:周南,监察御史;邵南;士南。修然一子:国南。又考《唐御史台精舍题名》卷三亦有裴周南,其所引材料有三个,即《新唐书·宰相世系表一上》中眷裴氏、范传正《唐左拾遗翰林学士李公新墓碑并序》、《旧唐书·高仙芝传》。后者云,天宝九载(750),高仙芝"入朝,拜开府仪同三司。寻除武威太守、河西节度使,代安思顺。思顺讽群胡割耳剺面,请留,监察御史

---

① 杨义:《李杜诗学》,北京出版社2001年版,第72页。

② 郭沫若:《李白与杜甫》,人民文学出版社1971年版,第45页。

裴周南奏之，制复留思顺，以仙芝为右羽林大将军”。如果说此一裴周南与后期“八仙”之裴周南为同一人的话，则非“图南”之误，而是确有其人。初步推断，裴周南入“八仙”的时间是在开元二十二年(734)苏晋去世之后、李白天宝三载(744)离京之前；李白一走，“八仙”也就随之解体了。

萧涤非先生以为，八仙歌之“八人中，苏晋死于开元二十二年，贺知章、李白，天宝三载已离长安，可见他们虽都在长安待过，但并不是同时都在长安，是杜甫把他们结合起来的，是追叙”，“特别是李白和张旭，同时也可作史料看”。[1] 陈贻焮先生以为“这种估计是可信的”，进而说，“只因为是一时佳话，口耳相传，‘八仙’姓名不尽相同，这是很自然的”，“当时人们争着写的谪仙歌已失传，杜甫入长安后一定还见到过这些诗篇，他的《饮中八仙歌》就是根据这风行一时的题材创作的”。[2] 杜甫在当时可谓赶了一个大时髦；现在看来，实是干了一件不朽的盛事。我们觉得，“饮中八仙”姓名不尽相同，正说明它有一个演化的过程。不管怎样演变，“饮中八仙”都是“醉态盛唐”特有的产物，蕴含着某些俗传的成分和不确定因素，因有异说；也暗示着杜甫“好奇”的创作心理。重要的是，这个演变过程涉及李白入长安的次数与为“翰林供奉”的时间问题：如果李白开元十八年(730)第一次入长安、天宝元年(742)第二次入长安都属实的话(一、二次之间可能有短时间的离京)，那么开元二十六年(738)前后李白在长安为“翰林供奉”的史实

---

① 萧涤非选注：《杜甫诗选注》，人民文学出版社 1979 年版，第 14—15 页。

② 陈贻焮：《杜甫评传》上卷，上海古籍出版社 1982 年版，第 137 页。

告诉我们,李白第一次寓居长安的时间得有十年左右,学术界以开元二十年(732)左右李白离京的说法就靠不住了,而这段时间李白的作品就得重新编年,重新研究,《新唐书·李白传》亦应修正。

李白与陶潜诗风比较研究*

李白与陶潜以其独特的诗歌创作,为中国诗坛塑造了两座不朽的纪念碑。李以狂为主、陶以狷为主的人格,分别孕育了相应的审美历程:沉醉→孤愤→悲壮;沉醉→孤愤→悲壮→"逃走"。同时创造出了相应的诗风:李诗"清真"统摄下的"清水芙蓉"(柔美)和"清雄奔放"(壮美),陶诗"真"前提下的"平淡之真"与"豪放之真"。"清真"与"真"的不同点是前者侧重于情真,后者偏重于性真;相似点是表现于创作客体的真朴自然和创作主体的"真意""真心""真骨""真趣"和"真情"。李白以奔放的狂气抒发"真情",陶潜用内敛的意趣舒扬"真情",二人都用心灵感知自己,对排斥"真情"的儒家诗教做了强有力的反拨。

一、狂与狷的人格取向

狂与狷属于同一伦理及审美大范畴,源自孔子"不得中行而与之,必也狂狷乎?狂者进取,狷者有所不为也"(《论语·子路》)。孔子对"进取""有所不为"的品格是并重的,难怪朱

---

* 原载《文史哲》2000年第1期。

熹这样阐释:“狂者,志极高而行不掩;狷者,知不及而守有余。”[①]狂者的可贵在于高扬“行不掩”(“不掩”即不符)的异端人格,偏重于道德自由的追求;狷者的可贵在于不肯同流合污而逃向自然,偏重于审美自由的追求。李白与陶潜堪称二型诗人之代表,其“狂”与“狷”根植于传统文化的人格模式中,又是诗人各自所处时代与社会以及个人性格合乎逻辑的发展结果。

（一）李白之狂且狷

李白生当“大道如青天”的盛唐,却“独不得出”(《行路难》其二)[②]。可他“心雄万夫”(《与韩荆州书》),屡以吕尚、鲁仲连、张良、谢安自况。据统计,李白诗文中出现的历史人物(唐代不计)凡158位,出现10次以上的26位,其中政治人物就11位。[③] 黑格尔说,抒情诗特有的内容是“心灵感知心灵自己”,即“倾听自己的‘心声’”。[④] 所以,李白大量展示英雄就明显带有英雄崇拜意识:或对英雄功业的钦敬,如景慕吕尚“投竿佐皇极”(《赠坊州司马与阎正字对雪见赠》),赞赏张良“终与安社稷”(《赠韦秘书子春》),倾倒谢安“一起振横流”(《赠常侍御》);或对英雄才具与人格的崇仰,如对既有济世之才,又有功成身退之志的范蠡、鲁仲连、张良推崇备至;或对英

① (宋)朱熹集注:《论语集注》,《四书五经》(上),中国书店1985年版,第57页。

② (清)王琦注:《李太白全集》,中华书局1977年版,第190页。本文所引李诗只标题目,不另出注。

③ 参见裴斐:《李白与历史人物》,《文学遗产》1990年第3、4期。

④ [德]黑格尔:《美学》第三卷下册,朱光潜译,商务印书馆1997年版,第190页。

雄机运的羡慕,如起自布衣的吕尚、郦食其等,一旦“虎变”,便可出将入相,大济苍生。李白的这种英雄崇拜,本质上是一种英雄自居心态,即自我崇拜。然而,把李白视为政治家或英雄却是迂阔的、可笑的。正是基于此,李白狂者的形象才显得特出,而其狷的一面就相对内敛了。

检太白集,咏及渊明处凡20次,所咏主要囿于琴书与酒,于其不为五斗米折腰极为赞赏,对其毅然返归自然不以为然。他一方面欣赏、玩味陶潜的平和洒脱:“素琴本无弦,漉酒用葛巾。”(《戏赠郑溧阳》)“我醉欲眠卿且去,明朝有意抱琴来。”(《山中幽人对酌》)另一方面又嘲讽陶的归隐,在表示不羡慕渊明“桃花源”的同时,明言“龌龊东篱下,渊明不足群!”(《九日登巴陵置酒望洞庭水军》)之所以言渊明“龌龊”,是因为以天下英雄非我莫属的李白,连尧舜之事都不足惊,还能让谁呢?而崔宗之的《赠李十二》更给了我们答案:以其袖中匕首剑、“怀中茂陵书”,来分明“王霸道”;天下太平之后用礼乐治之:“季父拥鸣琴,德声布云雷。”(《陪族叔当涂宰游化成寺升公清风亭》)王琦引《说苑》注云:“宓(按:宓当为虙)子贱治单父,弹鸣琴,身不下堂而单父治。”这是李白功成身退思想的体现,是其狂中之狷、奔腾中见内敛和理性反思的有力展示!

(二)陶潜之狷且狂

陶潜生当“八表同昏,平路伊阻”(《停云》)[①]之世,带着“质性自然,非矫厉所得”的体悟而“归欤”(《归去来兮辞》),

① 逯钦立校注:《陶渊明集》,中华书局1979年版,第11页。本文所引陶氏诗文只标题目,不另出注。

他不与物竞,以沉静的心情,去追求内心理想的世界。在这转向过程中的一件大事是他与佛教净土宗创始人慧远的交游论道,儒家出身的陶潜从而“形成他自己独得的人生见解,在他文学作品中充分表现出来”①。他在《饮酒》其十一中竟提出“裸葬”的思想:“死去何所知? 称心固为好。”“裸葬何必恶,人当解意表。”这“人当解意表”很是发人深思:若没有透视人生,他就不会放弃彭泽令甘心归田,也不会提出“裸葬”思想。观其《拟挽歌辞》《自祭文》,见其更透视死亡,“这三首诗一篇文,绝不是像寻常名士平居游戏故作达语”,而是彻悟之语。他既已透视人生与死亡,看穿富贵荣辱则属必然了,其《饮酒》其一所论秦时的邵平以东陵侯沦为种瓜人便是明证。这种洞察,恐怕比出家人还透彻,因为出家人只是一个人,而陶潜还得使家小生活无忧,但他居然能如此安贫若素! 古《谥法》云:“宽乐令终曰靖,好廉自克曰节。”颜延之询诸友好,谥渊明为“靖节征士”。此“靖节”得来,岂非偶然!

然而,陶潜始终直面人生,正视现实。虽缺少了李白“长剑一杯酒,男儿方寸心”(《赠崔侍御》)的狂气,可他笔下出现了这样两种形象:一种是报国济民的贤士和勇士,如功成自去的二疏,从主而死的三良,视死如归的荆轲,冒死托孤的程婴、公孙杵臼等;另一种是不安于命运摆布而敢于反抗的斗士,如追日的夸父、填海的精卫、舞干戚的刑天等。这不能不让我们深味:陶潜身上自有其江湖侠骨、金刚怒目、愤激不平。正是基于这种体认,龚自珍《舟中读陶诗》才称赞他“酷似卧龙豪”,“二分梁父一分骚”。但他这种狂与李白的有行动的狂是不同

① 梁启超:《陶渊明》,商务印书馆1929年版,第7页。

的,也难确定为他人格的主要方面。

德国文论家威廉·威克纳格《诗学·修辞学·风格论》曾说,布封的名言"风格就是人"是指风格的主观方面。诗人们无论具有怎样的同族相似,总是跟其他诗人有所区别,审美批评首先应抓住这一点去比较并区别他们。此说甚是。风格是人,人格亦是风格。李与陶把整个生命都融入诗里,他们的诗真率地展示着他们的人格;他们的人格又孕育出了"清真"与"真"的诗风。这是从狂与狷的比较着手,辨出"清真"与"真"诗风异同的切入点。

二、悲壮与"逃走"的审美律动

李诗以气夺人。李白"受五行之刚气,叔夜心高;挺三蜀之雄才,相如文逸。瑰奇宏廓,拔俗无类"(《唐左拾遗翰林学士李公新墓碑》),这里气的充沛与浩大是李诗风格的重要内涵。陶诗以趣摄人。"渊明最有性情,使加藻饰,无异鲍、谢,何以发真趣于偶尔,寄至味于澹然?"①趣的隽永与厚朴是陶诗风格的重要内涵。气与趣的审美律动一经升华,便演绎出了相应的审美层次及其核心。

(一)李诗审美层次及其核心:沉醉→孤愤→悲壮

尼采认为,古希腊悲剧的本质是酒神状态,"把它比拟为

---

① (明)谢榛:《四溟诗话》卷二,丁福保辑:《历代诗话续编》(下),中华书局1997年版,第1161页。

醉乃是最贴切的”①,又认为,酒神状态是一种痛苦与狂喜交织的癫狂状态。醉是日常生活中的酒神状态。李白在诗学上追求和实践着这一沉醉悲壮的境界,这首先表现于美酒的沉醉:“巴陵无限酒,醉杀洞庭秋。”(《陪侍郎叔秋游洞庭醉后》其三)又是一种迷狂,杜甫曾惊叹李白的醉里英姿:“痛饮狂歌空度日,飞扬跋扈为谁雄。”(《赠李白》)②李白亦谓酒为“狂药”:“昨遇故人,饮以狂药,一酌一笑,陶然乐酣。”(《上安州李长史书》)但是,美酒沉醉只是其人生审美的表层的东西,不是其核心所在。李白的沉醉又是诗意的沉醉。他一生都在山光水色中纵情诗酒,豪兴干云,妙语连珠,顷刻万言。因为他认为自然美体现了造化本身自由创造的本质力量,因此他欲“罄宇宙之美,殚造化之奇”(《代寿山答孟少府移文书》)。在自然与酒兴的相互促动中,诗人往往对山水之美作静观的契悟:“宴坐寂不动,大千如毫发。湛然冥真心,旷劫断出没。”(《庐山东林寺夜怀》)由群动万象的众妙静观,进入本体至乐的体验:“灭见息群动,猎微穷至精。”(《秋夕书怀》)李白这种对自然本体的审美,归根结底是主体对自我人格的真善内涵的体味,即“清水芙蓉”和“清雄奔放”的统一,从而创造出“清真”的艺术美来。

李白的诗酒审美中,充满了痛苦人生的愤怒与呼号,这正是诗人酒诗的旨归。请听李白的呐喊与悲号:“烈士出玉壶,壮心惜暮年。”(《玉壶吟》)孤愤之情何其深沉!“心寂历似千

---

① [德]尼采:《悲剧的诞生》,周国平译,生活·读书·新知三联书店1986年版,第5页。

② (清)仇兆鳌注:《杜诗详注》,中华书局1979年版,第42页。

古，松飕飗兮万寻。中见愁猿吊影而危处兮，叫秋木而长吟。”（《幽涧泉》）诗人又多么孤哀，茕茕孑立，形影相吊，只好与月为伴：“举杯邀明月，对影成三人。”（《月下独酌》其一）这种孤愤的根源在于诗人人生价值的幻灭。李白平生最珍惜孤洁豪放的人格，最致力于对自由平等的追求，并以此作为人生的审美理想：“出则以平交王侯，遁则以俯视巢、许。”（《冬夜……送烟子元演隐仙城山序》）这种走向极端的狂或狷的人格实践必然导致他匡扶社稷理想的失败，个人生命价值的被否定、被毁灭。因此他发出这样的悲慨：“误逐世间乐，颇究理乱情。……学剑翻自哂，为文竟何成！”（《经乱离后……赠江夏韦太守良宰》）将自我价值全盘否定，这种否定本质上是对自我人格的肯定与对现实社会的愤激批判。现实人生的幻灭，使他面对苍茫的宇宙，更觉人生的短促与惆怅：“白日何短短，百年苦易满。”（《短歌行》）正是对人生的悲慨，他才在诗酒中长歌当哭：时而悲怆壮怀，时而唏嘘轻叹，时而扼腕冲冠，时而万念俱灰，时而悲歌自怜、孤愤难托，时而……也正是这种悲剧人生，使李白的沉醉成为悲壮的审美沉醉，而且外射着不可遏止的壮大之气：“精神回飞扬，如出天地间。”（《游泰山》其三）这种悲壮豪放恰恰构成他生命沉醉的核心：进取的、审美的，而非消极的、纯享乐的。

（二）陶诗审美层次及其核心：沉醉→孤愤→悲壮→“逃走”

陶潜，不管他如何接受“独化”观、彻悟观，他的充实始终没有泯灭过，甚至能于接受中获得一种充实，他的“逃走”（返璞归真）也有他自己的充实在。明乎此，也就不难理解陶潜的酒中“深味”了。渊明的人生沉醉有喜乐。或抚琴饮酒，或忘乎所以、没有伦序，或酒中沉醉，都是审美的精神享受：“挥兹一觞，陶然自乐。”（《酬丁柴桑》）可谓“深味”无穷：当他见南山、观飞瀑、数星辰、赏松菊、望稚子归、与朋友饮时，心旷神怡、了无窒碍、灵想奔涌、忘忧忘失，人与物、人与人、大我与小我，界限泯灭，有不胜其乐之慨。难怪他一方面透视人生，一方面又感叹不已：“但恨在世时，饮酒不得足。”（《拟挽歌辞》其一）陶潜的沉醉也表现出孤旅之悲。在“气变悟时易”之体悟中，他只好“挥杯劝孤影”（《杂诗》其二）。在广袤而瞬息万变的宇宙面前，他只能慨叹：“鬓边早已白。”（《饮酒》其十五）人生有涯、宇宙无限在他心理上造成极大的反差与巨大的“空洞”，其诗歌中自然也就流露了无常的感伤与对虚幻的某种程度的认可，正如萧统所谓的“逆旅”。在隐怀填海志的渊明面前，这种孤旅之悲与“逆旅”之叹发展成了悲壮。

陶诗的悲壮，集中表现在一个哲人对人生和宇宙的透彻的洞察，一个诗人为了保全独立人格进行的悲剧性挣扎：填海志难酬，归鸟变冤禽。从这一挣扎中，不难探掘出两个信息：一是其诗化人生经历了一个深刻的变化：“大济苍生”的“猛志”由强烈、信仰到怀疑、动摇再到减弱、幻灭；“始得返自然”的“归去来”由弱小、次要到强化、主要再到信仰、依归。二是这个转化是不甘心的，归鸟是“归去来”了，却是冤禽。一个“冤”字足以凸显渊明的悲剧人生！如《饮酒》其四连用了“失群”“独飞”“徘徊”“无定”来写“失群鸟”的孤悲，这一最终栖息在“孤生松”上的“失群鸟”，正是诗人自身的写照。另外，陶诗中的“寒风”意象——或惨、或凄、或悲、或哀，也都有力地加剧了这种悲壮。陶潜的悲壮，更表现在他的“逃走”上：由一种人生追求的幻灭转向另一种人生境界的向往与企盼，或者说他终于逃离了那条污秽的川流（"尘网"），进入了一个天性不泯的审美天地，同时获得了一种充实。诚如尼采所说，在新价值的创造者的生命中，"必有许多痛苦之死"，"需要许多苦痛与转变"，但是，"创造——这是痛苦的大解脱与生命的希望之光。"①于是，如同涅槃的凤凰，陶潜在痛苦的超越中也获得了永生。这种创造，不仅透出了他"贞刚自有质，玉石乃非坚"（《戊申岁六月中遇火》）的伟大人格，也新增了审美对象、新拓了审美领域，使人生更丰富、更广阔、更具诗趣。

三、清真与真的艺术追求

"清真"不仅是李白的政治理想、诗歌主张，也是他的诗歌风格；"真"既是陶潜的社会理想、人生真谛，又是他的诗歌风格。就诗风而言，李白的"清真"，主要是指超凡脱俗、自然清新、反对粉饰的创作心理与艺术追求。"清"与"真"是两个平行的概念，"清"主要是指审美倾向，"真"主要是指感情真实，二者均含有乐观向上、蓬勃自信、知其不可为而为之的意蕴，是较为典型的狂者之"真"（也不排除其狷趣）。陶诗之"真"，则主要是对人的自然本性、静穆和平生活的反映，是对人生真谛的体悟，是与伪薄、矫厉相对立的淳朴，是"有所不为"的狷者之"真"（也不排除狂气）。这种"性真"与李白的"情真"具有

---

①　陈鼓应：《悲剧哲学家尼采》，生活·读书·新知三联书店 1994 年版，第 362 页。

明显的差异，而以非事功作为“真”的前提，把“真情”作为诗歌的生命二人则是相同的。

（一）清真论

论者论李诗风格，喜用“清水芙蓉”或“清雄奔放”（或“豪放飘逸”），这只论及了李诗风格的一面，不若以“清真”统摄二者为佳。

先论清水芙蓉之美。李诗云：“清水出芙蓉，天然去雕饰。”（《经乱离后……赠江夏韦太守良宰》）此二句是平行的：“天然去雕饰”是一个完整的意象，倡天然而斥雕饰；“清水出芙蓉”也是一个完整的意象，其中，“清水”象征“清真”，指感情真实，主体高扬，自然天成和意象流朗，而“芙蓉”则喻示明丽和柔美。《南史·颜延之传》云：“延之尝问鲍照，己与灵运优劣，照曰：‘谢五言如初发芙蓉，自然可爱。君诗若铺锦列绣，亦雕缋满眼。’”①这里鲍照突出“自然可爱”一义，正道出了“出水芙蓉”（或“清水芙蓉”）的完整内涵。

李白往往直接以“清水芙蓉”表现明艳女性化的柔美：“芙蓉娇绿波，桃李夸白日。偶蒙春风荣，生此艳阳质。”（《古风》其四十七）由此我们想到了李诗中的女性，不论是宫女、征妇，还是民间庶女，都具清新自然之美。如《玉阶怨》为典型的宫怨诗。此宫女虽满怀幽怨，虽不见人物姿容，诗人也似乎无动于衷，却美丽、可爱、可怜，而且不露丝毫脂粉气，可谓不着一字，尽得风流。再如《子夜吴歌》其三，这是典型的征妇诗。此

① （唐）李延寿：《南史》第三十四卷，中华书局2013年版，第881页。

思妇可视为长安女子群像的代表，她的善良美好跃然纸上：月照长安万户，风送砧声，化入玉门关外荒寒的月景，插入美好的愿望："何日平胡虏，良人罢远征。"而李白笔下的庶女形象，如《越女词》其三则是抓住"采莲女"见客后的三个动作："棹歌回""笑入荷花去""佯羞不肯来"，巧妙展示她的羞怯之美。

次看有力展示"清水芙蓉"美的重要意象：月。李白对月情有独钟，咏及月的诗特多。据统计，在李白现存千首诗中，涉及月的凡 382 首，月及其别称如金魄、顾兔、金波、明镜、白玉盘等，凡 499 个，平均每两首一个，又常常与色彩、形状、周围其他景物、所游之地名、节候四时等相联系，构成新的意象。尤其美妙可爱者在于对月施加了主体的举动，如"清风朗月不用一钱买"(《襄阳歌》)的"买月"，"湖心泛归月"(《陪侍郎叔游洞庭》其二)的"泛月"，"举杯邀明月，对影成三人"(《月下独酌》其一)的"醉月"，"暮从碧山下，山月随人归"(《下终南山》)的"步月"，"耐可乘明月，看花上酒船"(《秋浦歌》其十二)的"乘月"和"我寄愁心与明月，随君直到夜郎西"(《闻王昌龄左迁龙标遥有此寄》)的"寄月"等。从诗人对月的热爱中，我们能体味出李诗"清真"的特色。

再论清雄奔放之美云："李白之文，清雄奔放，名章俊语，络绎间起，光明洞彻，句句动人。"(《上安州裴长史书》)我们借用"清雄奔放"作为"清真"的另一面似乎异常贴切。李白在展示其"清雄奔放"之美时，运用了特有的意象群，如大鹏、凤鸟、槛中虎、鞲上鹰、騄骥、酒、黄河、雄峰、大江、瀑布等，现以大鹏、凤鸟论之。

李白在大鹏身上倾注了极大的热情，寄托了自己的理想："大鹏一日同风起，扶摇直上九万里。"(《上李邕》)这具有雷霆万钧之力的大鹏就是“清雄奔放”的李白的化身,它“怒无所搏,雄无所争”,它“蹶厚地,揭太清……激三千以崛起,向九万而迅征”(《大鹏赋》)。可知,大鹏这一意象寄寓了诗人雄放的个性,即使在“中天摧兮力不济”“游扶桑兮挂左袂”的绝望中,也没有忘却曾经奋飞“振八裔”的大鹏。正因为大鹏意象象征了李白纵横慷慨、不可一世的宏伟抱负和直上云霄的壮志,古人才这样评价他的《大鹏赋》:“太白盖以鹏自比……又以豪气雄文发之,事与辞称,俊迈飘逸,去骚颇近。”

如果说大鹏主要表现李白放旷的情怀、不羁的个性、高蹈的志趣,具有反个性异化的冲击力量,那么,凤鸟则暗示出李白崇高的使命感和责任心以及圣君贤臣风云际会、实现理想的社会图式。据统计,李白诗中仅以“凤”字单独构成的句子就有20多个,另有“孤凤”“高凤”“鸣凤”“彩凤”等意象10多个。在数以千计的李白诗文奇禽王国中,凤鸟可谓独占鳌头。之所以如此,是因为:“凤,神鸟也。天老曰:凤之象也,鸿前麐后,蛇颈鱼尾,鹳颡鸳思,龙文虎背,燕颔鸡喙,五色备举,出于东方君子之国,翱翔四海之外,过昆仑,饮砥柱,濯羽弱水,莫宿风穴,见则天下大安宁。”①李白用这个神性意象寄寓他峻洁的人格和崇高的理想,凤鸟已超出了其原型特点,而闪耀着李白个性化的光辉。

（二）真论

论者论陶诗多侧重于自然平淡,似有偏颇,不如以“真”统摄“平淡之真”与“豪放之真”为佳。这同他以狷为主、狷中有

---

① (汉)许慎:《说文解字·鸟部》,中华书局1987年版,第72页。

狂的人格及尚趣、"逃走"的审美意念相一致。

先论平淡之真。"平淡之真"就是于平淡之中表现出"真意""真情"。其创作态度是"常著文章自娱","忘怀得失"(《五柳先生传》),其生活理想和艺术追求是"无心于非誉、巧拙之间"(《碧溪诗话》卷五),陶潜为了展示其诗的"平淡之真",也用了特有的意象群,如琴、书、松、菊、酒、鸟、风等,现仅以鸟、风二意象说明之。

先看鸟这一意象。陶诗中的鸟是自由的象征:或羡飞鸟之自由,或怜羁鸟之受困。热爱自由是陶诗的重要内涵,诗人有感于"久在樊笼里"(《归园田居》其一),才自责"望云惭高鸟,临水愧游鱼"(《始作镇军参军经曲阿》),并有意突出鸟属于自然、热爱自由的天性,这是愿与大自然求得和谐一体的诗人自己的写照。与之相反,不自由的鸟当然是可怜的,所以"羁鸟恋旧林,池鱼思故渊"(《归园田居》其一),便从反面展示了充满生机的生命意象:鸟飞鱼跃。在诗人看来,人的生活本应如飞鸟般自由自在;然而事实并非如此,人们为了名利常常失却了精神家园。也正是由于对精神乐园的召唤,陶潜才特别珍视归鸟这一意象,进而庆幸鸟之"有托",正如吾之有庐一样:"众鸟欣有托,吾亦爱吾庐。"(《读山海经》其一)搞清了这种同病相怜的心理机制,就不难领悟他为什么那么愉悦地描写归鸟了。

次看风这一意象。风是一种自然现象,陶潜信手拈来,融入诗中,平淡中寓有妙趣。风在陶诗中基本上呈现着两种情感方式:一种是暖风,有"好风""暄风""南来风""和风""凯风""南飔"等表现形式,以暗示心灵的抚慰与自我的获得。可是,在陶潜一生中,"和风不洽"(《归鸟》)、"露凄暄风息"(《九日闲居》)的遭际还是纷至沓来,于是出现了表示寒风的意象:“凉风”“惨风”“长风”“凄风”“寒风”“悲风”“哀风”“肃风”“西来风”等,它们常常暗示陶潜生活的印迹和不幸的遭际以及同自我内修美的对立、无奈的感喟,在“四时相催迫”“玄鬓早已白”的情势下,身“如当去客”的诗人只好躲进“南山旧宅”了。所以我们能从“酒能祛百虑,菊解制颓龄”(《九日闲居》)的心态下,通过对风这一意象的品味,体认出一个真率而又平淡的陶渊明。

再论豪放之真。论者论陶诗的豪放爱引朱熹的论述,而忽视了与李白的“和缓”作对比的一句话:“李太白诗不专是豪放,亦有雍容和缓底。”①此一反衬实在使陶潜的“豪放”更有力量。《咏荆轲》一诗把陶潜的豪情壮志表现得淋漓尽致,荆轲那“提剑出燕京”的英气、“饮饯易水上”的悲壮、“豪主正怔营”的壮举、“千载有余情”的震响,激发后人由衷地赞叹:“何等感慨!何等豪宕!”陶潜真乃“伉爽高迈之人,易与入道,夫子言‘狂者进取’正谓此耳”②。就连力主“温柔敦厚”诗教的沈德潜也评批此诗云:“英气勃发,情见乎词。”③再如《拟古》其二所写“生有高世名”的田畴,更是“节义为士雄”。至其其《拟古》其八与《杂诗》其五所激赏的“抚剑独行游”的“猛志”,以及《读山海经》之“夸父诞宏志”“精卫衔微木”的俯仰慷慨,

① (宋)黎靖德编,王星贤点校:《朱子语类》卷一四〇,中华书局1994年版,第3325页。

② 顾炎武:《菰中随笔》,北京大学、北京师范大学中文系教师同学编:《古典文学研究资料汇编·陶渊明卷》,中华书局1962年版,第177页。

③ (清)沈德潜编:《古诗源》,中华书局1984年版,第209页。

幽愤沉郁，更体现出陶诗“豪放之真”。因此，施补华才云：“陶公诗，一往真气，自胸中流出，字字雅淡，字字沉痛。”①而“雅淡”与“沉痛”并举也暗示我们论陶诗切不可将其“平淡之真”与“豪放之真”割裂开来。

元代陈绎曾云：“（陶渊明）心存忠义，心处闲逸，情真景真，事真意真，几于《十九首》矣，但气差缓耳。至其工夫精密，天然无斧凿痕迹，又有出于《十九首》之表者。盛唐诸家风韵皆出此。”②所论言简意赅，它一方面揭橥了陶诗“平淡之真”与“豪放之真”的成因；一方面隐约道出了李诗与陶诗的承传关系：李诗的“清真”“风韵”中灵动着陶诗“情真景真，事真意真”的影子。一个“真”字将李、陶推向了不朽。

---

① （清）施补华：《岘傭说诗》，丁福保辑：《清诗话》下册，上海古籍出版社1999年版，第977页。

② （元）陈绎曾：《诗谱》，丁福保辑：《历代诗话续编》，中华书局1983年版，第630页。

李白《临路歌》探骊*

李白被称为“诗仙”，大概主要着眼于其人其诗的仙风道骨。我们觉得李白虽有如此大志：“奋其智能，愿为辅弼，使寰区大定，海县清一。”（《代寿山答孟少府移文书》）①虽然崇拜英雄、崇拜自我，可是他更像一个失败的英雄——据裴斐先生统计，李白诗文中出现的历史人物凡158位（不含唐代的），出现10次以上的26位，其中政治人物就有11位；孔子出现23次。② 同时，我们发现中间很少出现失败的英雄。面对种种失败，李白终不甘心，因而，在“独不得出”“遭人弃”的时代，终生进击不懈，因有《临路歌》的产生。李白的《临路歌》，无论是内容，还是形式，都是脱胎于孔子的“临终歌”的。孔子被后人比作泰山北斗，他一生以“平天下”为己任，对自己的“道”信心十足，自称“天生德于予”（《论语·述而》）。其弟子将他比作惊醒世人的“木铎”（《论语·八佾》），韫匮而善贾的“美玉”（《论语·子罕》），孔子临终前将自己比作“泰山”。简言之，虽然两歌分别只有六句、三句，但都以感叹或

---

* 原载《甘肃社会科学》2017年第2期。

① （清）王琦注：《李太白全集》，中华书局1977年版，第1225页。本文所引李白诗文只标题目，不另出注。

② 参见裴斐：《李白与历史人物》（上），《文学遗产》1990年第3期。

疑问的语气、比兴的手法表现自己病危之前的“不甘心”与万般无奈，其悲壮不亚于一首英雄史诗。“泣麟”是两歌的联系纽带。本文无意全面评判李白的思想，着眼点只在这首仅有六句的《临路歌》，焦点问题是，他在“仙宫两无从”的绝望中，最终偏向了孔儒。

一、《临路歌》脱胎于“临终歌”

唐代宗宝应元年（762）十一月，李白病卒于当途（今属安徽）。之前留下绝笔诗《临路歌》一首①：

> 大鹏飞兮振八裔，中天摧兮力不济。余风激兮万世，游扶桑兮挂左袂。后人得之传此，仲尼亡兮谁为出涕？

此歌的焦点是李白的“临终关怀”问题。李白一生以大鹏自喻，故临终前也以大鹏中天被摧自比。王琦认为：“诗意谓西狩获麟，孔子见之而出涕。今大鹏摧于九天，时无孔子，遂无有人为出涕者，喻己之不遇于时，而无人为之隐惜。太白尝作《大鹏赋》，实以自喻，兹于临终作歌，复借大鹏以寓言耳。”②此解大致公允，因为李白在大鹏身上，始终倾注了极大的热情，寄

---

① 李白《临路歌》，一作《临终歌》。本文以为，从民俗学的角度看，以《临路歌》为佳：这个“路”即黄泉路、归路，李白《拟古十二首》其九有云：“生者为过客，死者为归人。”“归人”当然要有归路。

② （清）王琦注：《李太白全集》上册，中华书局 1977 年版，第 453 页。

托了自己的理想："大鹏一日同风起，扶摇直上九万里。"（《上李邕》）这具有雷霆万钧之力的大鹏就是"清雄奔放"的李白的化身，它"怒无所搏，雄无所争"，它"蹶厚地，揭太清……激三千以崛起，向九万而迅征"（《大鹏赋》），可知，大鹏这一意象寄寓了诗人雄放的个性，即使在"中天摧兮力不济""游扶桑兮挂左袂"的绝望中，也没有忘却曾经奋飞"振八裔"的大鹏。正因为大鹏意象象征了李白纵横慷慨、不可一世的宏伟抱负和直上云霄的壮志，古人才这样评价他的《大鹏赋》："太白盖以鹏自比……此显出《庄子》寓言，本自宏阔，太白又以豪气雄文发之，事与辞称，俊迈飘逸，去骚颇近。"①但他毕竟是在哀鸣：大鹏正当振动八裔、飞越九天之时，翅膀竟然折断，挂在扶桑树上；大鹏虽有非凡的能力，却无法在人世间生活下去，这是慨叹自己游仙或从政的失败，为大志的未酬而悲号，最后落到了圣人孔子身上，很是耐人寻味。李白说："大雅久不作，吾衰竟谁陈。"（《古风》其一）"吾衰"者，指自己，也指孔子。这首《临路歌》，可以说是《大鹏赋》的简要总结与升华，一歌一赋都以神游为前提，赋是逍遥无边，歌因大鹏"挂左袂"而挫败，而有了归宿：为之"出涕"者指自己，也指孔子，像孔子"泣麟"一样。

一千多年以前，《礼记·檀弓上》有这样一段文字：

孔子蚤作，负手曳杖，消摇于门。歌曰："泰山其颓乎！梁木其坏乎！哲人其萎乎！"既歌而入，当户而坐。

---

① （明）祝尧：《古赋辨体》卷七，此书不易找，且用《李太白全集》卷一第 11 页引语。

> 子贡闻之,曰:"泰山其颓,则吾将安仰?梁木其坏,哲人其萎,则吾将安放?夫子殆将病也。"遂趋而入。①

元人陈澔释云:"作,起也。负手曳杖,反手却后,以曳其杖也。消摇,宽纵自适之貌。泰山为众山所仰,梁木亦众木所仰,而放者,犹哲人为众人所仰望而放效也。"②放,通"仿"。我们姑且称之为孔子的"临终歌"。此歌,《史记·孔子世家》所记比《礼记》更为简练:

> 孔子病,子贡请见。孔子方负杖逍遥于门,曰:"赐,汝来何其晚也?"孔子因叹,歌曰:"太山坏乎!梁柱摧乎!哲人萎乎!"因以涕下。谓子贡曰:"天下无道久矣,莫能宗予。夏人殡于东阶,周人于西阶,殷人两柱间。昨暮,予梦坐奠两柱之间,予始殷人也。"后七日卒。③

此歌的焦点是孔子的"临终关怀"问题。在这里,孔子用"泰山颓"或"太山坏"来拟喻己之将亡,应是汉代形成并对后世产生深刻影响的泰山掌管人的生死的信仰或观念的滥觞。当然,孔子临终慨叹的不仅是泰山之坏、梁柱之摧、哲人之萎,更是天下"莫能宗予",即伤己道之不行也。己道既已不行,己身即将故亡,其悲苦与无奈应是无以复加了。从形式上看,泰山颓、梁木坏是比兴,都是为突出哲人萎而发的。这就是孔子

---

① (汉)郑玄注,(唐)孔颖达疏:《礼记正义》,《十三经注疏》,中华书局1980年影印本,第1283页。

② (元)陈澔注:《礼记集说》,中国书店1985年版,第35页。

③ (汉)司马迁:《史记》,中华书局1982年版,第1944页。

临终前的悲歌。

这一悲歌，是一位垂垂老者的悲叹，是一位哲人的挽歌。以救世主自许的孔子，其晚境寂寞苍凉如此，自己禁不住凄然涕下。因此，狭义地说，这是一个“自然哲人”的悲歌，也是一个“肉体凡人”的悲歌。

此歌既是比兴体，我们是否也可以这样理解：泰山，以比周王朝；梁柱，则比周王朝分封的各路诸侯。时到孔子，周王室与诸侯之间信赖、稳定、统一的政治契约关系已经荡然无存，所谓“礼崩乐坏”，而文化摧裂，中原板荡，像孔子这样的贤明智慧者真的是越来越时乖命蹇、郁郁不得志了，这就是“哲人萎乎”！

据资料显示，孔子之后，模仿孔子“临终歌”较明显的要数汉广陵王刘胥，他死前作歌有云：“奉天期兮不得须臾，千里马兮驻待路。黄泉下兮幽深，人生要死，何为苦心。”①即以“千里马驻待路”比拟己之将死。到了李白，其《临路歌》亦有意效仿孔子“临终歌”，并引孔子为知音，顶礼膜拜。这一膜拜，李白曾多次表露过：“礼乐大坏，仲尼不作，王道其昏乎？”（《崇明寺佛顶尊胜陀罗尼幢颂》）“仲尼大圣也，宰中都而四方取则。”（《武昌宰韩君去思碑》）孔子为鲁人获麟而流涕，为自己的命运而悲痛；李白为大鹏的命运而哭泣，为自己的命运而哀叹，空抱雄心大志，白白活了六十多年。松浦友久可谓析出了此歌的要旨：“此时此刻，他是多么需要一个象孔子理解麒麟一样真正地理解自己的人啊，多么需要一个能够为自己痛哭流涕的真正理解自己的人啊，可以说，这才是他发自内心的

---

① （汉）班固：《汉书》，中华书局1964年版，第2762页。

真实愿望。”①

因此，我们有理由认为，《临路歌》所表示的主要是孔儒与仙道的矛盾，甚至是隐逸与出仕的矛盾，经过痛苦的思想斗争，李白在为自己的一生做出总结的同时，明确表示孔儒战胜了仙道（亦隐含着佛释），隐逸与出仕都失败了（这里我们无意综合评价李白的思想）。这是王琦等注释家们所没有注意到的。而且，这一“临路歌”不像李白本人及其多数诗歌一样天马行空，而是渊源有自，即是有意模仿孔子的“临终歌”（我们不赞同据李白的只言片语说李白是反儒非孔代表的观点）。

二、宗师与岱宗的对话

中国远古时期的自然崇拜以各种形式发展演变，一直在延续，而对泰山的崇拜就属于自然崇拜的残余。重要的是，越往后，这种崇拜加进来的人文的东西就越多。张华《博物志》云：“泰山一曰天孙，言为天帝孙也。”②张说《大唐封禅颂》进一步说：“泰山者，圣帝受天官之宫，天孙总人灵之府。”③是说泰山既与天神密切联系，又归天子直接管辖。应劭曰：“东方泰山，诗云‘泰山岩岩，鲁邦所瞻。’尊曰岱宗。岱者，长也。万物之

---

① ［日］松浦友久：《李白——诗歌及其内在心象》，张守惠译，山西人民出版社 1983 年版，第 198 页。

② （西晋）张华撰，范宁校证：《博物志校证》，中华书局 1980 年版，第 10 页。

③ （唐）张说撰，熊飞校注：《张说集校注》，中华书局 1980 年版，第 145 页。

始，阴阳交代，云触石而出，肤寸而合，不崇朝而遍雨天下，其惟泰山乎！故为五岳之长。王者受命易姓，改制应天，功成封禅，以告天地。孔子曰，封泰山，禅梁父，可得而数，七十有二。"①将泰山比作一个崇高的、正直的、忠于职守的代言人，代表天上及人间的最高权威（天帝、天子）监督臣民，考课功德。孔子素来向往西周盛世，尊周王，羡周公，主张"礼乐征伐自天子出"，让周天子发号施令，臣民唯命是从，于是把泰山统辖大地比作天子统辖全国。出于此种目的，孔子一直为维护泰山的崇高地位而不懈努力。

孔子登临泰山，应是不成问题的，这在许多典籍中都有记载。我们以为，孔子与泰山的关系与意义，不在于孔子登临的实际行为，而在于它的象征意义。泰山，作为王权的象征，在孔子之前就已确立了。时到孔子，泰山与王权的关系尤被看重，如鲁国季孙氏要"旅于泰山"，孔子视为僭权的"滥祀"行为，大为不满。

孟子说："孔子登东山而小鲁，登泰山而小天下。"（《孟子·尽心上》）孔子登临泰山而"小天下"，则不仅言其胸怀之宽广，目光之远大，而且写其王者之风范、思想之深邃广博，足以君临天下。特别是"烈士暮年"的孔子，他既然已经"闻道"，便一定是"长而有述""得其死然"，死而无憾了吧。可是他还是为天下"莫能宗予"而涕下，为何？还是子贡了解其师："夫子之不可及也，犹天之不可阶而升也。夫子之得邦家者，所谓立之斯立，道之斯行，绥之斯来，动之斯和。其生也荣，其死也

① （汉）应劭撰，王利器校注：《风俗通义校注》，中华书局 1981 年版，第 447 页。

哀,如之何其可及也。”(《论语·子张》)“其生也荣”属于孔子本人,“其死也哀”则不仅属于孔子,还属于后人;这“后人”中自然包括千年后引为知音的李白了。司马迁曰:“《诗》有之:‘高山仰止,景行行止。’虽不能至,然心向往之。”①这一评论太有意义了,唯有作为“哲人”的孔子才会具有如此迷人的道德风范和人格魅力。

孔子以泰山自况,也得到了其弟子的承认。弟子们不仅仰望他如尊贵的“宫墙”(《论语·子张》)、高悬的“日月”(《论语·子张》),更是仰望他如泰山,有若赞曰:“岂惟民哉!麒麟之于走兽,凤凰之于飞鸟,泰山之于丘垤,河海之于行潦,类也。圣人之于民,亦类也。出于其类,拔乎其萃,自生民以来,未有盛于孔子也。”(《孟子·公孙丑上》)麒麟为毛虫之长,凤凰为羽虫之长,丘垤为土封,行潦为道上无源之水。这里以类比法将孔子比作麒麟、凤凰、河海、泰山,此言自古圣人本皆异于众人,然未有如孔子之尤甚者也。自汉武帝“罢黜百家,独尊儒术”以后,这段类比的意蕴就更显突出了,孔子其人为万代宗师,其思想为立国之本。李白在病危之时,想到孔子,想到“西狩获麟”是有他的良苦用心的。

三、游扶桑与李白的神游意识

神游,是李白生命体验的重要组成部分,它的核心问题是慕道求仙;“游扶桑”是他最后一次,也是富有争议的一次神

① (汉)司马迁:《史记》,中华书局1982年版,第1944页。

游，在这次神游中，李白的思想、灵魂、诗魂结合在了一起，这是我们理解《临路歌》的金钥匙。为了便于说明问题，下面先将《临路歌》作一简析：首二句言大鹏之奋飞振动八裔，无奈何已中天摧折力不济了。八裔，八极、八荒，极言其高远。三、四句紧承上二句，言力虽不济，若得馀风之助，犹能激扬万世而游于扶桑。馀风，乃相对从下而上之扶摇而言。左袂，即左袖，应指鹏翼而言。激万世、游扶桑、挂左袂，均为虚拟假设之辞。二句要言雄心尚在，馀勇可贾。五、六句亦接首二句，言大鹏摧折于中天，为后人（实指当今世人）所得，而当世并无知音孔子，故无人怜惜之。此效法孔子因西狩获麟而出涕、伤其“非出其时而见害”之事而自伤自怜。这里，李白就是大鹏，大鹏就是李白。李白有《大鹏赋》，不特赞大鹏之旷荡纵适而不拘守常，亦赞其“不矜大而暴猛”，此正可与麟之为仁相若。出涕，《公羊传·哀公十四年》有云：“春，西狩获麟……孔子曰：孰为来哉！孰为来哉！反袂拂面，涕沾袍。”孔子所涕，非涕肉体之生死，而涕大道之废，哲人之无。从两歌的行文看，其遣词造句亦有一定的源流关系，孔子闻获麟时“反袂拂面”，李白“游扶桑”失败时而言“挂左袂”，就有因袭的痕迹。

李白一向爱以大鹏自比，把它看作自己精神的化身。我们知道，李白自视甚高，在《大鹏赋》中，年轻的李白以激昂的笔触抒发了自己要让“斗转而天动，山摇而海倾”的非凡抱负。后来长安官场失意，受朝中权贵排挤，被唐玄宗“赐金放还”之后，大鹏的形象仍然活跃在他的诗歌创作中，如《上李邕》中：“大鹏一日同风起，扶摇直上九万里。假令风歇时下来，犹能簸却沧溟水……”可是，现在的大鹏已经很难奋飞了，他便为大鹏也为自己吟上了一首悲壮的《临路歌》，可以说这是李白人生的总结，是自撰的墓志铭。李白的一生，执着于理想、为实现自己的理想追求了一生，这首《临路歌》让我们看到：他在对自己一生回顾与总结的时候，流露的是对人生的无比眷念和才能未尽其用的深沉遗憾，于是，在无限感愤中结束了自己浪漫而又悲壮的一生。

《临路歌》的一头一尾出现的两个意象，一个是大鹏，一个是孔子，分别是理想世界和现实生活中的杰出代表，这是历来注家或评论者重点释解的，而中间一个重要的活动，即"游扶桑兮挂左袂"，对理解李白思想的最终转变很有意义。"游扶桑"一句直接承袭了汉代严忌《哀时命》"衣摄叶以储与兮，左袪挂于榑桑"之句法、之意义。严氏之意是："言己衣服长大，摄叶储与不得舒展，德能弘广不能施用，东行则左袖挂于榑桑，无所不覆也。"①（王逸评语）即哀己之时艰命舛，李白用此，除"哀时命"之外，尚有游仙及游仙失败甚至是从政失败等含义。

"游扶桑"很好地体现了李白的神游意识。扶桑，在中国文献中有以下几个意思：一是神话中木名。例如《山海经·东山经》："至于无皋之山，东望幼海，东望榑木，无草木，多风。"②二是与此神木相联系，谓日出于扶桑之下，拂其树杪而升，因谓为日出处，亦代指太阳。例如《山海经·海外东经》："下有汤谷。汤谷上有扶桑，十日所浴，在黑齿北。居水中，有大木，九日居下枝，一日居上枝。"③又《山海经·大荒东经》云："上有扶木，柱三百里，其叶如芥，有谷曰温源谷。汤谷上有扶木。一

① 黄灵庚疏证：《楚辞章句疏证》，中华书局2007年版，第2665页。

② 袁珂校注：《山海经校注》，上海古籍出版社1980年版，第112页。

③ 袁珂校注：《山海经校注》，上海古籍出版社1980年版，第251页。

日方至,一日方出,皆载于乌。”①粗检太白集,“扶桑”出现十余处,多数用上二说,如《大鹏赋》“晞扶桑之朝暾”、《拟恨赋》“扶桑晓兮白日飞”、《短歌行》“吾欲揽六龙,回车挂扶桑”。其实,由以上《山海经》中诸语可知,扶桑与太阳的联系是观测日出日落规律建立起来的,扶桑树是中国上古宇宙观的直接体现。李白的宇宙观也未逃出此藩篱。三是由上二说产生了第三说,古人将太阳作为君主的象征,这里的“游扶桑”暗喻到了皇帝的身边,“挂左袂”则是指从政的失败。四是与道教挂上了钩,《文选·思玄赋》注引《十洲记》云:“扶桑,叶似桑树,长数千丈,大二千围,两两同根生,更相依倚,是以名之扶桑。”葛洪《枕中书》云:“扶桑大帝住在碧海之中,宅地四面并方三万里,上有太真宫,碧玉城万里。多生林木,叶似桑,又有椹,树长数千丈、二十围,两同根偶生,更相依倚,名为扶桑。宫第象玉京也,众仙无量数,玄洲、方丈诸群仙未升天者在此。去会稽六万里,大清仙伯、太上丈人所。”②可以说,与道教有关的典籍如《十洲记》《枕中书》中的扶桑都是仙家之地。这自然也是李白的神游之地。他在去世前的春天,曾前往当涂的横望山与道友吴筠告别,留下《下途归石门旧居》诗,诗中说:“余尝学道穷冥筌,梦中往往游仙山。”病危之际,李白仍在神游,这次“游扶桑”的结果是“挂左袂”,这与《下途归石门旧居》所云“云游雨散从此辞”是一样的。郭沫若说,这是李白六十二年生活的总结:“这里既解除了迷信,也不是醉中的豪语。人是清醒的,诗

① 袁珂校注:《山海经校注》,上海古籍出版社 1980 年版,第 354 页。

② 《枕中书》,旧题葛洪著,此书未见单行本,此据马骏良辑《龙威秘书》第一集第七册第 5—6 页语,可详参津田文库本。

也是清醒的。天色‘向暮’了，他在向吴筠诀别；生命也‘向暮’了，他在向尘世诀别。”①这就是李白道教迷信的最后的觉醒。李白说：“清都绿玉树，灼烁瑶台春。攀花弄秀色，远赠天仙人。香风送紫蘂，直到扶桑津。”（《拟古十二首》其四）李白研究者将“扶桑津”解为日出之处，似乎不确，应是神仙境地。重要的是这首（前半）：“生者为过客，死者为归人。天地一逆旅，同悲万古尘。月兔空捣药，扶桑已成薪。”（《拟古十二首》其九）可谓大彻大悟，否定了仙道、长生的存在，这“扶桑成薪”，比“扶桑挂袂”否定得更坚决而彻底。三首诗对读，方可理解李白神游或游仙的要旨。

孔子历经磨难，终未“乘桴浮于海”，李白则有过游仙的经历，而且曲折漫长。如果说“游扶桑”就是李白求仙问道或长安为翰林供奉的暗示，则“游扶桑”时的“挂左袂”就是游仙失败或从政失败的象征了。

李白的道教信仰是存在过的。他从小生活在蜀中这个道教十分活跃的地方，唐初著名道士王玄览、王太霄、王仙卿、赵仙甫都在蜀中传道，这种宗教环境对年轻的李白当然会产生很大的影响。赐金放还之后，请北海高天师授道箓于紫极宫（老子庙），这是李白生活中的一件大事，他的《奉饯高天师如贵道士传道箓毕归东海》一诗留下了记录。他的道箓还是安陵道士盖寰替他书写的，他也有诗记其事，《访道安安陵，遇盖寰为予造真箓，临别留赠》便是。他正式入道，应该说是向神仙之道更接近了一些。重要的是，在很长一段时间里，他好神仙、信神仙，他常同一些神人、仙人形象交流，一同神游，自然就相信

① 郭沫若：《李白与杜甫》，人民文学出版社 1971 年版，第 98 页。

神仙居所存在,如三山、扶桑等。

泰山是道教圣地之一,李白天宝元年(742)登过泰山,作有《游泰山》六首纪其事,他在那里遇着了“玉女”(其一)、“羽人”(其二)、“青童”(其三)、“众神”(其四)、“鹤上仙”(其五)、“仙人”(其六),首首都在同神仙打交道,他“稽首再拜”“叹息”“踌躕”“恍惚不忆归”,然而终是可望而不可即。“清斋三千日,裂素写道经;吟诵有所得,众神卫我形。”(其四)还有其六,都很虔诚。他相信神仙,相信人可以成仙,因而也相信丹药,相信服了丹药的人可以长生不老、可以生出羽翼而高飞:“安得生羽毛,千春卧蓬阙?”(《天台晓望》)“安得不死药,高飞向蓬瀛?”(《游泰山》其四)这是他经常提出的问题,也就是迷信神仙者所常提出的问题。问题的答案是李白在《题雍丘崔明府丹灶》概括的两句:“九转但能生羽翼,双凫忽去定何依?”只要有了“九转神丹”,服用了便能生出羽翼,一双草鞋也就成为一对水鸟,可以载着人白日自由飞升。可是没有成功,也不可能成功。纵观李白的一生,他的第一目标是以布衣而取卿相。他隐居名山,主要目的是想走“终南捷径”。虽曾炼丹学道,可是身体的衰竭等原因让他有一定程度的觉醒。直到临终之前,可算是彻底觉醒了,他以“游扶桑”而“挂左袂”暗示自己的多种失败:游仙的、隐逸的、从政的。

四、李白心目中真实的孔子

裴斐先生说:“李白终生崇敬孔子从无非议,但他自己并不是个循规蹈矩的儒生。对孔子删诗修史制礼作乐的推崇不过耳食之论，真正牵动他感情的乃是‘泣麟老人终困厄’（《鞠歌行》），终生困顿而初志不渝。或引以自比，或尊称为大圣而甘居小儒，莫不以此。他主要是把孔子视为生又逢时的异代同调与知己。”①二人终生困顿而矢志不渝，这是时隔千年而成同调的主因。

上文已言，大鹏“不矜大而暴猛”的仁的一面与麒麟有相似之处，李白故有仲尼亡谁为出涕的疑问；这里，明显是将大鹏当作麒麟了。因此，我们说，麒麟是联系李白与孔子的重要一环。我们知道，麒麟是我国历史上传说的瑞兽，为走兽之长。《礼记·礼运》云：“麟、凤、龟、龙，谓之四灵。”又说：“山出器车，河出马图，凤凰麒麟皆在郊棷。”②这是太平盛世时才可能出现的祥瑞。故刘向《说苑·辨物》这样说：“凡六经帝王之所著，莫不致四灵焉。德盛则以为畜，治平则时气至矣。故麒麟，麕身牛尾，圆顶一角。含仁怀义，音中律吕。行步中规，折旋中矩。择土而践，位平然后处。不群居，不旅行。纷兮其有质文也，幽闲则循循如也，动则有容仪。”③麒麟在“德盛”“治平”时出现，其“含仁怀义”的仁性再次被强调。

为了说明这一问题，下面再援引孔子泣麟事：“鲁哀公十四年春，狩大野。叔孙氏车子钼商获兽，以为不祥。仲尼视之，曰：‘麟也。’取之。曰：‘河不出图，洛不出书，吾已矣夫！’……及西狩见麟，曰：‘吾道穷矣！’”此段文字反复说明：“麟非时所

① 裴斐：《李白与历史人物》（上），《文学遗产》1990年第3期。

② （汉）郑玄注，（唐）孔颖达疏：《礼记正义》，《十三经注疏》，中华书局1980年影印本，第1425页。

③ （汉）刘向撰，向宗鲁校证：《说苑校证》，中华书局1987年版，第454—455页。

常见，故怪之，以为不祥也。仲尼名之曰‘麟’，然后鲁人乃取之也。明麟为仲尼至也。”（服虔注）其所以言“非时所常见”“以为不祥”，是因为：“麟者，太平之兽，圣人之类也。时得而死，此天亦告夫子将殁之证，故云尔。”（何休注）“圣人受命，则河出图，今无此瑞。‘吾已矣夫’者，伤不得见也。”①（孔安国注）在这里，麒麟，作为太平之兽，实际就是圣人的化身；麒麟所出非时，暗示孔子将殁。则盛世、孔子、麒麟三者就联系在一起了。

因此，我们可以说孔子之“泣麟”与李白之“悲鹏”出于同一机杼：生不逢时，大志未酬，匆匆命之将休，不悲而何？李白在“临路”，即命归黄泉之前以孔子为知音、以孔子思想为旨归的表白应当是异常可信的。这对正确认识李白的思想很有帮助。请看有关“麟”的描写：“泣麟老人终困厄”（《鞠歌行》），终生困顿而初志不渝；“希圣如有立，绝笔于获麟”，“西过获麟台，为我吊孔丘”（《古风》其一），或引以自比，或尊称为大圣而甘居小儒，莫不以此。他主要是把孔子视为生不逢时的异代同调与知己。

请看李白心目中的孔夫子。在他的一千多首诗篇里，共涉及460多个历史人物（含唐代的），出现最多的就是孔子，达二三十次。特别是从长安走出来的李白，一步步走近了孔子。李白虽说过“我本楚狂人，凤歌笑孔丘”（《庐山谣》），但他骨子里是尊敬孔子的，只是不盲目崇拜而已。他有时称孔子为“大圣”：“仲尼，大圣也，宰中都而四方取则。”（《武昌韩君去思颂碑序》）有时在“大圣”面前自谦为“小儒”：“君看我才能，何似

① （汉）司马迁：《史记》，中华书局1982年版，第1944页。

鲁仲尼？大圣犹不遇，小儒安足悲？"(《书怀赠南陵常赞府》)而且相似的命运——怀才不遇，使得李白屡引孔子为同调："仲尼七十说，历聘莫见收。……时哉苟不会，草木为我俦。"(《赠崔郎中宗之》)这里用了《淮南子·泰族训》所记典实："孔子欲行王道，东西南北七十说而无所偶。"[①]偶，与"遇"相通。李白为孔子，更为自己鸣不平，而且归咎于"时不会"。又云："宋人不辨玉，鲁贱东家丘。我笑薛夫子，胡为两地游？"(《送薛九被谗去鲁》)"鲁贱东家丘"句，沈约《辩圣论》云："当仲尼在世之时，世人不言为圣人也。伐树削迹，干七十君而不一值。或以为东家丘，或以为丧家犬。"即言天下人特别是鲁人不识孔子为圣人，极轻之。李白就是用孔子见轻于当时之典，为朋友薛九被谗去鲁，亦为自己不受重于时而鸣不平；为了加深这层不平，诗人反用"宋愚夫亦宝燕石"[②]之典。李白又云："鲁国一杯水，难容横海鳞。仲尼且不敬，况乃寻常人！"(《送鲁郡刘长史迁弘农长史》)以"鲁终不能用孔子"来宽解"刘长史"等"寻常人"之不见用于时，借以自慰、自嘲。

李白对孔子充满了崇敬之情和同情之心，重要的一点是李白常将自己与之相比或自况："君看我才能，何似鲁仲尼？大圣犹不遇，小儒安足悲。"(《书赠南陵常府赞》)"我志在删述，垂辉映千春。希圣如有立，绝笔于获麟。"(《古风》其一)意谓自己有鲁仲尼之才，有志于效法孔子从事"删述"经典之业，要为一代文化作出贡献。"时命或大谬，仲尼将奈何。"(《纪南陵

---

① 何宁集释：《淮南子集释》，中华书局 1998 年版，第 1935 页。

② (南朝宋)范晔撰，(唐)李贤等注：《后汉书》，中华书局 2013 年版，第 613 页。

题五松山》)“仲尼欲浮海,吾祖之流沙。”(《古风》其二十九)“西过获麟台,为我吊孔丘。”(《送方士赵叟之东平》)以上诸诗中,李白对孔子一生不得志表示极大同情,感愤自己与孔子一样,生不逢时。直到《临路歌》中还无限感慨:“后人得之传此,仲尼亡兮谁为出涕?”正如郁贤皓先生说:“这是他为自己的理想最终未能实现而唱的悲歌。值得注意的是,他以仲尼之亡比拟自己之死,表明了他对积极用世的儒家创始人的敬仰。”①

上文已言,两歌从思想上看也有千丝万缕的联系,因为李白《临路歌》的落脚点或云其思想归宿已经明确落到了孔儒上,这正可与其《古风》的第一首相对读,在这首诗里,“删述六经”而“辉映千春”,既是对孔子的崇高评价,也是他自己的奋斗目标。可是,在即将走到生命尽头的时候,回顾、反思自己的一生,发现自己既没有完成当初欲“删述六经”的宏愿,甚至连一个真正的知音都没有,内心的悲凉当然也是无人能够理解的。因此,“他想到了孔仲尼泣麟:‘希圣如有作,绝笔于获麟’;在这首《临路歌》里,他又想到了孔仲尼泣麟。他一方面在自比仲尼,一方面又在叹息时无仲尼,而却寄希望于‘后人’”②。李白之后的“后人”们认识到了李白的价值,许为中国最伟大的诗人之一;李白地下有知,可以倍感欣慰了。可是,他的《临路歌》所隐含的东西尚未完全被开发出来,他恐怕又要笑话“后人”们了。

---

① 郁贤皓:《李白与唐代文史考论》,南京师范大学出版社 2008 年版,第 568 页。

② (汉)刘向撰,向宗鲁校证:《说苑校证》,中华书局 1987 年版,第 84 页。

李白想做官，很认真；饮酒，很认真；作诗，很认真；好神仙，很认真；临终之前皈依孔子，也很认真。李白引孔子为知音是可以理解的，他的《临路歌》的主旨就是道教与孔儒、隐逸与从政的矛盾。在这里，可以看到他对道教长生不老、神仙追求的抛弃，即所谓对游仙的抛弃，对儒家创始人孔子的尊敬、儒家治世思想的向往；同时，也可看到隐居与从政的双重失败。我们以为，从本质上说，孔子、李白是中国知识分子的两种不同类型的代表。可是，孔子安天下的宏志，光辉的思想和独立的意志，尤其是孔子追求一生却不为世用的悲剧命运，都从一生充满挫折的李白身上得到了发自灵魂深处的回应。这种回应，愈到暮年愈趋清晰与强烈，直至吟出与孔子“临终歌”手法相似、主旨相似的《临路歌》，才算是到了极致。这时，两个性格迥异的天才，在遥隔一千多年的时空里，其命运也趋于相似：悲壮。

先生之学说，或有时而可商*

——四辨《人间词话》之论李煜词

我们现在看到的《人间词话》（以下简称“词话”），通行的版本是人民文学出版社出版的，包括“词话”六十四则、“词话删稿”四十九则、“词话附录”二十九则。它反映了静安先生三十岁以前的学术思想，以“词话”的形式写出了诸如“人生”的话题、苦痛的内涵、解脱的憧憬、慰藉的渴望等问题。在这里，静安先生以老庄哲学为基石，吸纳了叔本华的“纯粹无欲之我”、康德的“美丽之心”、席勒的“审美之境”、尼采的“血书”说，作为诠释中国传统词学的一项工具，表现出明显的二元对立：重赋体轻比兴、重疏淡轻密丽、尚自然斥琢炼、主直露贬“间隔”，造成的结果是：扬韦（庄）抑温（庭筠），尊后主；扬欧（阳修）秦（观）苏（轼）辛（弃疾），抑贺（铸）吴（文英）王（沂孙）张（炎），于周（邦彦）前后矛盾；尚晚唐五代北宋，抑南宋。“词话”论及李煜词有八则，较为集中的有四则，体现的心态是焦虑、矛盾和紧张。“词话”用语省简率意，易引起一些误解，

---

* 原载《甘肃社会科学》2018 年第 3 期，题目作《四辨〈人间词话〉之论李煜词》，编入此集时临时加上陈寅恪先生语“先生之学说，或有时而可商”。

不免有“过度阐释”之嫌。

一、尊尚李煜，扬韦抑温

“词话”对李煜、韦庄、温庭筠的观点分别是“神秀”“骨秀”和“句秀”，崇李倾向非常明确。“词话”精义固然很多，但亦有片面性，如云周介存（济）语为“颠倒黑白”，即非公允之论。

> 词至李后主而眼界始大，感慨遂深，遂变伶工之词而为士大夫之词。周介存置诸温韦之下，可谓颠倒黑白矣。“自是人生长恨水长东。”“流水落花春去也，天上人间。”《金荃》《浣花》，能有此气象耶？（十五）①

静安先生说，“词至李后主而眼界始大，感慨遂深”，这主要是讲李煜亡国之后的感旧之作，是对“花间派”词作的变革：从涂饰浮艳的词风中自拔出来，用清丽的语言，白描的手法，高度的概括力，让词走上了抒情之路，这是他在词的发展史上的主要贡献。他变伶工之词为士大夫之词，经历了一次由“俗”到“雅”的改造和制作功夫。静安先生追求自然神妙的词作与充满人生哲学之思的“大”的词学，这是与他忧生忧世的人生态度、重视人生普泛性哲学之思分不开的，李煜其人其词正是

① （清）况周颐、王国维：《蕙风词话　人间词话》，人民文学出版社1984年版，第197页。

静安先生理想的例证。

静安先生分析其成因说，李煜“不失其赤子之心”，“后主之词，天真之词也；他人，人工之词也”。静安先生判断李煜的第一着眼点是从人类精神方式的类型角度出发的，有“赤子之心”，是非功利的审美气质，是孕育诗性“天才”的胚胎。可是，混迹宫闱者多矣，不见得个个皆能成为后主。再说李煜若日子很好过，未遭人生跌宕，未从国君沦为阶下囚，大概也不会“感慨遂深”的。这就是说，胸怀“赤子之心”者虽可写出幽美小诗，“阅世愈浅则性情愈真”；但想写出“眼界始大”的李煜词，则无血泪淋漓的人生感悟，恐难矣。这亦即说，人生感悟之遥深虽以“赤子之心”作基石，但基石不是纪念碑。天真少儿无所谓“感慨遂深”，若遇灾变，号啕大哭而已，只有饱经风霜的真性情者才能从生命逆境中悟出真谛。于是，静安先生在强调李煜词为“天真之词”的同时，又申明李煜词为“以血书者也”，并拿宋徽宗《燕山亭》词作比较，大赞“后主则俨有释伽、基督担荷人类罪恶之意”，这无非点明戚个人身世与感人人悲哀之不同。李煜词亦涉“身世之戚”，但由于感悟深于道君，这就使其词境越出了个体性自怜自悯，而赢得更为阔大隽永的艺术气象，升华为人类体悟生命厄运时的一般诗哲符号。静安先生喜欢李煜词的原因就在这里。

下面讨论一下温、韦、李词高下的问题。周济《介存斋论词杂著》云：“毛嫱、西施，天下美妇人也。严妆佳，淡妆亦佳，粗服乱头，不掩国色。飞卿，严妆也。端己，淡妆也。后主则粗服乱头矣。”周济的比拟用得非常好，因为温庭筠词浓艳，是“画屏金鹧鸪”，故以“严妆”拟之；韦庄词秀淡，是“弦上黄莺语”，故以“淡妆”拟之；李后主词则不加雕饰，自然真切，是“神秀”，故以“粗服乱头”拟之。这与静安先生所论：“温飞卿之词，句秀也。韦端己之词，骨秀也。李重光之词，神秀也。”①可谓异曲同工，说不定静安先生之论还受了周济的影响。周济之所以先叙论温庭筠、韦庄，后叙论李煜，一则是因为温、韦在李煜之前，二则是因为词的正变关系。温、韦的“严妆”“淡妆”原属于词之雅正一派，而后主的“粗服乱头”相对而言则为其变调。虽如此，正与变原不足以定优劣、分长短，然而就周济评语而言，实可视为褒扬李煜。因为既同为美妇佳人，一靠“严妆”，一靠“淡妆”，已有所粉饰；而后主“粗服乱头”尚能“不掩国色”，尤能显其丽质生资。因此，周济之见并无不当，更无将李煜“置诸温韦之下”之意。静安先生以文学史家的敏锐眼光看到了李煜以其特殊的经历和独到的词作给予宋代文人词的影响，即“眼界始大，感慨遂深，遂变伶工之词为士大夫之词”（《人间词话》），出语虽有夸张，却不失真知灼见，后来之论李煜词者多承之而有发挥，如刘毓盘《词史》云：“（后主）于富贵时能作富贵语，愁苦时能作愁苦语，无一字不真，无一字不俊，温氏以后，为五季一大宗。”②

可是，静安先生称周济“颠倒黑白”则明显是一种误解。这一误解的造成，可能是静安先生对“粗服乱头”的理解与周济的用法大有出入所致，也是审美者各自“识”的不同的表现。不过我们从一个侧面可以看到这一误解的成因。静安先生论词重神而不在貌，较少专注于形貌技法，而重在人生论、境界

---

① （清）况周颐、王国维：《蕙风词话　人间词话》，人民文学出版社1984年版，第197页。

② 刘毓盘：《词史》，上海书店1985年影印本，第46页。

说。再者,静安先生喜李煜而不喜“花间派”词人,他在周济《词辨》中曾加这样的眉批:“予于词,五代喜李后主、冯正中而不喜《花间》。”在他看来,那“画屏金鹧鸪”的温词、“弦上黄莺语”的韦词,自不能在“和泪拭严妆”的冯词及“神秀”的李煜词之上。他在“词话”删稿四十这样说:“唐五代之词,有句而无篇。南宋名家之词,有篇而无句。有篇有句,唯李后主降宋后之作,及永叔、子瞻、少游、美成、稼轩数人而已。”①静安先生论词重名句,他认为,句和格一样,是词人是否“有境界”(或“最上”)的一个基本标准。而“有篇有句”自然要在“有句无篇”“有篇无句”之上,作为“有篇有句”的“李后主降宋后作”当然要在“有句无篇”的温韦之上。静安先生又从艺术“气象”上来判分后主与温韦的差异,更能看出他对李煜的喜爱。我们知道,艺术鉴赏本身不可避免地带有主观好恶的偏差,所以由偏爱而生出过激或误解言论也是可能的。

二、“赤子说”之长短

《人间词话》的“境界论”,是由“自然神妙”而生发出的。真即“自然”,“自然”便不“矫揉”,不“矮揉”便“不隔”;所谓“赤子之心”,最为“合乎自然”。

> 词人者,不失其赤子之心者也。故生于深宫之中,长

---

① (清)况周颐、王国维:《蕙风词话　人间词话》,人民文学出版社1984年版,第240页。

于妇人之手,是后主为人君所短处,亦即为词人所长处。(十六)①

静安先生本是"简单人",天性简默。他的"赤子"说,以中国传统哲学为基石,又吸纳了西方哲学的营养。例如《老子》云:"含德之厚,比于赤子。"又如《孟子·离娄下》曰:"大人者,不失其赤子之心也。"也有李卓吾《童心说》所云"绝假纯真,最初一念之心"的影子。到了《文学小言》便结成此说:"胸中洞然无物,而后其观物也深,而其体物也切。"可是其直接的源头是叔本华和尼采。既本于叔本华"天才者,不失其赤子之心者也"②,又采自尼采"精神如何变成骆驼,骆驼如何化为狮子,狮子怎样终于变为婴孩"的"精神三变"③,即静安先生所译"灵魂三变"。静安先生以叔本华"天才"的"直观"和康德所谓天才的"自然性"为起点,一"变"而为尼采"英雄们"的"意志",再"变"而为李煜的"赤子之心",最后达到纯粹而又纯粹的艺术"忠实"。这种推理,虽不能说天衣无缝,也可谓顺理成章;所以他接着说,后主"生于深宫之中,长于妇人之手,是后主为人君所短处",可谓偏激之论中含有真理:其风格之自然率真,与其为人之纯真确实有着相通之处,一个处于自由状态的"自我",就是"赤子之心"。人只有保持那颗赤子之心(非功利之

---

① (清)况周颐、王国维:《蕙风词话 人间词话》,人民文学出版社1984年版,第198页。

② (清)王国维:《叔本华与尼采》,《王国维遗书》第五册,上海书店出版社1983年版,第615页。

③ [德]尼采:《苏鲁支语录·精神之三变》,徐梵澄译,商务印书馆1994年版,第19页。

心），才能对人生有一种审美的态度，提升人生的境界。

因而，静安先生的“赤子”说，实含有个性“自由”、艺术“自由”的要求，有鲜明的时代特色。例如推尊屈原及其楚辞乃“思想之游戏，更为自由”（《屈子文学之精神》）。历史上的一些人君，一旦沉溺于酒色，小则荒于朝政，致奸佞弄权；大则身罹厄运，酿成祸国殃民之局。后主之前的唐明皇、隋炀帝、陈后主等无不如此；后主亦重蹈覆辙：他无政客们的权谋机变，也不懂人世间的狡诈、虚伪、恶浊，保有纯正的童心、善心。因而，静安先生强调了后主之“赤子之心”、之“忠实”，谓后主“生于深宫之中”，“亦即为词人所长处”则有“可商”之处。固然，后主长养于深宫，是他保持其“赤子之心”的得天独厚的条件，孕育了不少素材，而且留下了不少传诵之作，如《一斛珠》（晚妆初过）、《菩萨蛮》（花明月黯飞轻雾）等，而“红日已高三丈透，金炉次第添香兽，红锦地衣随步皱”（《浣溪沙》）；“晚妆初了明肌雪，春殿嫔娥鱼贯列”（《玉楼春》）对宫廷生活与气象感受之深，实非普通人所能道来。甚至归宋之后之作，亦多由眷念妃嫔之情而引发，如“晚凉天净月华开，想得班楼瑶殿影，空照秦淮”（《浪淘沙》），“梦里不知身是客，一晌贪欢”（《浪淘沙》）等。席勒说，“美是现象中的自由”，“自由就是美”（《论美书简》第一封信）。后主在对自由的渴望中找寻着他的美，这一点静安是看到了。可是，席勒又说，要正确区分“幼稚的纯洁与童真的纯洁”，极不容易。不可怀疑，静安在后主这里没有弄清这两种“纯洁”。

因为他将后主的主要成就归之于“生于深宫之中，长于妇人之手”。要真是这样，就不会有“几曾识干戈”“人生愁恨何能免”“自是人生长恨水长东”的感叹，后主那些“眼界始大，感慨遂深"的"神秀"之作,不是成就于深宫的优游时期,而是完成于国破家亡之后。不可否认,后主优游于深宫之时,其艺术才能得以涵养,但是这种才能的提升和发挥,是他脱离小朝廷之后,过着"以泪洗面"的生活时才臻于登峰造极的。虽说他扩大了生活圈子,完全出于被迫无奈,却也足以说明只有生活的体验、多方面的人生经历,创作才有源泉。后主若是长期厮守深宫,而要有"眼界始大""感慨遂深"之作,则无异于缘木求鱼。后主的艺术才能主要得力于其家学渊源:其父中主李璟是位名词人,喜读书、通音律,且"妙于笔札,好求古迹,宫中图籍万卷,钟、王墨迹尤多"(陈彭年《江南别录》),在这种家庭氛围熏染下,他得以"精究六经,旁宗百氏",甚至"洞晓音律,精别雅郑"和"酷爱文辞,多所述作","于弧矢之善,笔札之工,天纵多能,必造精绝"(徐铉《大宋右千牛卫上将军追封吴王陇西公墓志铭》)。另外,他自幼勤学,摈弃一般公子王孙的纨绔习气,养成了"神气清粹,言动有则"(徐铉《大宋右千牛卫上将军追封吴王陇西公墓志铭》)的风度,实非只因"长于妇人之手"所致然。设若此说无可挑剔,那么,它与《人间词话》其十五及其十九所云"冯正中词虽不失五代风格,而堂庑特大,开北宋一代风气。与中后二主词皆在《花间》范围之外,宜《花间集》中不登其只字也"相矛盾。袁行霈先生说:"李后主如果没有长期宫廷生活的经验,固然写不出反映宫廷生活的作品;但正因为他只有宫廷的经验,而与广阔的社会生活很隔膜,所以他的词题材境界都较狭窄。这怎么能说是词人之长处呢?"①可

---

① 袁行霈:《中国古典诗歌的意境》,《中国诗歌艺术研究》,北京大学出版社1987年版,第44—45页。

谓得之。后主的“赤子之心”应属于“幼稚的纯洁”而非“童真的纯洁”。

三、主客观诗人与阅世深浅

《人间词话》主张,写真景物,真感情者,谓有境界。

> 客观之诗人,不可不多阅世。阅世愈深,则材料愈丰富、愈变化,《水浒传》《红楼梦》之作者是也。主观之诗人,不必多阅世。阅世愈浅,则性情愈真,李后主是也。(十七)①

客观诗人、主观诗人一说,是静安先生对诗人类型的划分,其依据是:“文学中有二原质焉:曰景,曰情。前者以描写自然及人生之事实为主,后者则吾人对此种事实之精神的态度也。故前者客观的,后者主观的也;前者知识的,后者感情的也。”② 真情实景是文学特别是抒情文学的要素。静安先生的意思是说,阅世太深,心灵易蒙尘,为人易世故。静安先生以“主观诗人”的准则来评议后主词,也是对尼采所谓“婴孩乃天真,遗忘……一神圣底肯定”的阐发和引申。叶嘉莹进一步申说:“后主之真则是全无所谓阅世”和“无反省自觉而只是出于本

---

① (清)况周颐、王国维:《蕙风词话 人间词话》,人民文学出版社1984年版,第198页。

② (清)王国维:《文学小言》,《王国维作品精选集》,山西人民出版社2020年版,第27页。

能的一种表现”。[1] 此一主张从表面上看不无道理，正如完璧无瑕的儿童全无所谓阅历，性情最真；成年人阅历深厚，往往有不得已之矫饰。其所谓“真感情”的抒发尤显重要，因为他们抒发的对象是自己的内心世界，正如黑格尔所云，抒情诗特有的内容是“心灵感知心灵自己”，即“倾听自己的‘心声’”。[2] 然而文学创作非有阅历和学识不可。诚然，真、善、美、圣是文艺的要求，尤以“真”为其基础，即如况周颐所云：“‘真’字是词骨。情真、景真，所作必佳，且易脱稿。”[3]可是情真之作，是否即为“不必多阅世”（当然，“不必多阅世”并不等于“无须阅世”）、阅世浅者所为，则大有问题。

不可否论，“阅世”说本是倡导和追求词与诗的一种理想美，一种天真自然而又近乎童贞的婉约美。可是，翻开文学史，不管是“客观之诗人”，还是“主观之诗人”，没有哪位诗人不是阅历深、性情真者，如屈原、司马迁、陶渊明、李白、杜甫、苏轼、辛弃疾、关汉卿、曹雪芹、鲁迅等。一位不能体验现实人生的“不必多阅世”者，是产生不了多少灵感的。虽诗人的创作有赖于他的心灵，但一位“不必多阅世”者，他的心灵庶几等于一张白纸，不可能写出什么东西来。所以，凡能成为诗者，必是诗人的经历或对某事物的体验领会达到一定境界，这种体验只有深厚与浮浅之别，而没有有无的问题。李后主所感悟的“人生

---

① 叶嘉莹：《从〈人间词话〉看温韦冯李词的风格》，《迦陵论词丛稿》，上海古籍出版社 1980 年版，第 119、122 页。

② ［德］黑格尔：《美学》第三卷下册，朱光潜译，商务印书馆 1997 年版，第 190 页。

③ （清）况周颐、王国维：《蕙风词话　人间词话》，人民文学出版社 1984 年版，第 6 页。

长恨”的见解与他的身世经历是息息相关的。他二十五岁即位,这时南唐实质上已属宋之藩国。他登位之时即遣使至汴京奉表陈袭位、纳贡金银器和丝罗,而且易紫袍见宋来使。他虽过着“燕燕交音,洋洋接色”(《昭惠周后诔》)的优安生活,但他清楚,宋太祖虎视眈眈于江南,南唐之覆灭随时就会到来,而自己又无力拯救国家之颓势,只好厚纳财物,忍辱称臣,犒师修贡以讨好宋主。这对他心灵的冲击是不小的。可是,修宴买贡还是不能满足宋太祖。外受奇耻大辱,内则群臣放诞无能,败坏纲纪,结党营私,虽有少数忠臣要他励精图治,然而拙于治国的后主,面对佞臣的跋扈放肆也毫无办法。虽也戚戚于怀,但他唯一的出路还是修贡求存,苟且偷生。更有后主二十八岁那年,他的二公子仲宣夭折,事隔一月,爱妻昭惠后染疾而殁。第二年,其母圣尊后钟氏过世。后主这一连串亲人的遽然西归,自然也是促成他悲唱“人生长恨”的原因之一。还有,开宝四年(971)十月,宋灭南汉,后主深惧池鱼之殃,遣弟郑王从善入朝,请自去唐号,改印文为江南国主,但这一系列退让屈膝之举仍不能满足太祖,太祖遂扣押郑王,准备攻伐南唐,后主手疏请求从善回国,并乞求缓兵,均遭太祖拒绝,国家岌岌如日暮途穷,其凄惨悲痛之怀可由其《却登高》文见之,可谓“万绪缠悲”:“怆家艰之如毁,萦离绪之郁陶。”“空苍苍兮风凄凄,心踯躅兮泪涟洏。”(陆游《南唐书·李弘茂传》)

开宝八年(975),在宋将曹彬、潘美水陆侵迫下,后主希冀宗祀的幻梦终于破灭,他又无勇气堆柴自焚,于是白衫纱帽,肉袒出降,是为最凄惨的经历。其亡国之耻,囚徒之辱,精神肉体备受折磨,而有几件事尤其让他“沉腰潘鬓消磨”:一是归宋后的第二年,被掳至汴梁城,待罪于明德楼,太祖封他为“右千牛卫上将军违命侯”；二是太宗罔顾人伦，逼幸小周后，王铚《默记》有记载，元人有《熙陵幸小周后图》；三是身困囹圄，行动全无自由。宋主无旨，外人不得往见。一日徐铉奉旨趋访，后主“相持大哭”，他给金陵旧宫人书有言“此中日夕只以泪洗面”，正是亡国后的写照。

总之，内忧外患、阶下囚生活都加深了他的人生经历，诸如“眼泪洗面”、“玉楼瑶殿”之悲、“一江春水”之恨、杀“潘佑、李平”之悔等。可见静安先生说“阅历愈浅，性情愈真”之强调有些过头，为了“情真”，忽视“阅历”，或者说有将二者对立起来的嫌疑。静安先生既已强调情与景对文学的重要，怎么刻意忽视“阅历”呢？再者，“阅历浅”也未必是产生“赤子之心”的必要途径。叶嘉莹说“后主就正是以他的赤子之心体认了解人间最大的不幸”①倒是事实。看来，静安先生所对用的“主观之诗人”与“客观之诗人”，连同《人间词话》中出现的“写境”与“造境”、“理想”与“写实”等美学范畴，只是借用席勒的“现实”与“理想”、“朴素的诗人”与“伤感的诗人”的概念来标举他的“境界”说，来强调其“理想”与“写实”的“二派之分”，这在近代中国文学批评中，其启蒙性的开创意义是巨大的，而他对康德和席勒所用的“主观”与“客观”的关系的把握则有出入，甚至在某种程度上人为地加以对立，也应正视之。按康德的观点，“主观的”是没有一种客观的规则可以判断美与不美；“客观的”就是美的概念具有普遍性，凡符合美的概念的对象都是美的。受康德与歌德的影响，席勒主张美在于主观与客观

① 叶嘉莹：《从〈人间词话〉看温韦冯李词的风格》，《迦陵论词丛稿》，上海古籍出版社1980年版，第98—99页。

的具体统一,强调美的整体性要表现人的整体性。其实,“主观”与“客观”虽各有偏向,实际上并不冲突。

四、李后主之担荷问题

“担荷人类罪恶”,必当“邻于理想”。

> 尼采谓:“一切文学,余爱以血书者。”后主之词,真可谓以血书者也。宋道君皇帝《燕山亭》词亦略似之。然道君不过自道身世之戚,后主则俨有释迦、基督担荷人类罪恶之意,其大小固不同矣。(十八)①

叶嘉莹说,静安先生所说的后主词“以血书”,是说他用最真挚的感情写出来的,是把所有人的无常的悲苦都写进去了。因而有了释迦、基督担荷人类罪恶之比。自有词人以来,恐未有人拥有这份殊荣。静安先生是在将宋徽宗的《燕山亭》词与后主的亡国后词做比较后,有感而发的。《燕山亭》词是赵佶被金人掳往北行途中忽见如火的杏花,百感交集所作,题为《北行见杏花》,“这是他生活遭遇最悲惨的实录,也可以说是一篇血书”②。这与后主那些“以泪洗面”的作品在感人程度上虽不尽相同,但在生平遭际上却极为相似,在艺术技巧上亦有

---

① (清)况周颐、王国维:《蕙风词话 人间词话》,人民文学出版社1984年版,第198页。

② 唐圭璋主编:《唐宋词鉴赏辞典》,江苏古籍出版社1986年版,第632页。

异曲同工之妙,所以静安先生方有此说。需要指出的是,静安先生所引"尼采谓:'一切文学,余爱以血书者'"云云,是意引尼采论断:"凡一切已经写下的,我只爱其人用其血写下的。用血写:然后你将体会到,血便是精义。""谁写着心血,写着格言,是不要人读过便完,却是要人背诵的。"①尼采的论述同时包含了以"血"写成的著作与以"血"思维的诵读者这两方面的要义,静安先生是后主词以"心"思维的诵读者,称后主词是以"血"写成的,因有"后主俨有释迦、基督担荷人类罪恶之意"之喻论。其前提是:承认后主关心的是人类,不是个人。正是静安先生所谓:"真正之大诗人,则又以人类之感情为其一己之感情,彼其势力充实不可以已,遂不以发表自己之感情为满足,更进而欲发表人类全体之感情。"(《人间嗜好之研究》)静安先生是这样的诗人,李后主也是。

静安这一喻论,本于尼采"坚强底负重底精神";在这样的"负重精神"中,外在的世界虽然消失了,但是,"为创造的游戏,必须神圣底肯定",于是,"英雄们"获得了"自我的意志""自己的世界"。静安先生借用尼采理论论证其"词人之忠实"、之"自然",其本意盖谓后主词能道尽人间的一切悲苦,在追求着真的"境界",而这种真的"境界"最高的表现就是"忠实"。那么,什么样的作品才算达到了"忠实"呢?这就是神真而非貌真的"血书"。在他看来,李后主词很好地达到了这一"忠实",即其词所表现的已不再是一个亡国之君一己的悲哀,而是一种既悲又美的具有极大普遍性的人类的感伤。静安先

---

① [德]尼采:《苏鲁支语录·读与写》,徐梵澄译,商务印书馆1994年版,第34页。

生与李煜惺惺相惜，他正是“担荷”着“人类罪恶”来创作的，力求达到这一“忠实”的“境界”，如他的《人间词话》正是借“人间”来写出他曾经倾心过的“血书”。他的深沉的悲哀，跟李后主一样：“人间地狱真无间，死后泥洹枉自豪。”（见其《平生》诗）这种大悲痛，不仅使他们彻底厌弃了自身所处的“人间世”，而且更完全地失去了可能出现于他们的梦幻中的“欢”或“乐”的理想追求。从这个角度来理解“后主俨有释迦、基督担荷人类罪恶之意”似尚讲得过去，然而须知这是静安愤激情怀的迸发，是对叔本华“引据”佛典中之“涅槃”而“沾沾自喜”“意志寂灭说”的有力反驳；但总觉有些他所谓的“隔”。有些学者早就看出了这层比喻的不和谐处，似乎有点拟于不伦。

现在让我们来看一下“后主精神”与“释迦、基督精神”之异同。有论者说，后主有“忍辱含垢，委曲求全”的精神，耶稣更是如此。后主“忍辱含垢”乃是求自身短暂的安宁，这短暂的安宁被毁灭以后，就只有哀吟“醉乡路稳宜频到，此外不堪行”（《锦堂春》）了。这一悲调，与耶稣的“忍辱含垢，委曲求全”相同，为人类谋求长久安宁，随时准备牺牲自己，而且在忍辱负重的过程中从不唱悲调迥异其趣。后主的忍辱是出于不得已，为了一己的私欲；耶稣的忍辱负重则是出于自愿，为了人类。若说后主的作品写出了人生的苦痛，可以借喻为“担荷人类罪恶”的话，这借喻本身也有问题。因为他对自己的哀苦尚且“担荷”不了，又怎能“担荷”人类的哀苦？在国破家亡时，他百般无奈，悲歌“最是仓皇辞庙日，教坊犹奏别离歌，挥泪对宫娥”（《破阵子》）。在囚禁生活中，哀叹“问君能有几多愁，恰似一江春水向东流”（《虞美人》），“流水落花春去也，天上人间”（《浪淘沙》）。这与耶稣的从容就义，背负十字架为人类舍生赎罪的精神是不可同日而语的。当然,我们不能苛责后主的亡国,但若把他比为救世主,似乎有点亵渎了耶稣和释迦。再说,后主对自身的哀愁痛苦,总是百般无奈地等待“何时了”,长叹“销魂独我情何限”,“壮气蒿莱”;而耶稣对自身的受刑和痛苦,从无怨言和哀叹。总之,后主所表现的精神是悲观沮丧的、力图逃避的,而耶稣则是乐观的、勇于担负的,他们之间似乎没有什么相似点可比。

的确,后主也笃信佛教,开宝三年(970)曾改宝公院为开善道场,与周后顶僧伽帽,衣袈裟,诵佛经,拜跪顿颡,至为赘瘤,甚至首都金陵被宋军围困时,他还在净居室听讲《楞圆觉经》。后主之信佛,往高处说,是为了修身养性,保全其所谓的“赤子之心”。即使是这样,他与释迦也不可作比。因为,释迦为得到道——“救苦救难”“普度众生”,远入深山,历尽千辛万苦,倍受劳顿折磨,以致身形消瘦,有若枯木,去修他的“菩萨行”,但他从不作后主式的哀叹,如“一旦归为臣虏,沉腰潘鬓消磨”(《破阵子》);而是如《报恩经》所云,“菩萨乃至自丧身命,终不于诸生衣、财、饮食,生于劫夺之心”,“菩萨乃至丧失身命,终不杖石楚毒,拷掠众生”,“菩萨乃至丧失身命,终不枷锁系闭扭械众生”。代表释迦精神的菩萨,为了担荷人类的一切痛苦和罪恶,不惜“自丧身命”,这种舍我救众的“担荷”,自然是“心事莫将和泪说”的后主所没有的,也是不可能有的。

又有论者附会静安先生说,言后主“没有怨恨过谁,也没有怨恨过自己”,这似与史实大相径庭。后主在汴京软禁期间曾悔恨杀了潘佑、李平等能臣。据史料记载,开宝六年(973),中书舍人潘佑鉴于后主外则修贡习宴,屈辱求和,苟延残喘;内则“力蔽奸邪,曲容谄伪,遂使家国愔愔如日将暮”(陆游《南唐书·潘佑传》),遂上书历诋大臣将相之“充位无所为”,“后主遂发怒,以佑素与李平善,意佑之狂直多平激之。而平又以建白造民籍为所排。乃收先平属吏,并使收佑,佑闻命自到”(陆游《南唐书·潘佑传》),潘佑以直谏被逼死,他的好友户部侍郎李平也被李后主“暴其罪而诛之”(陈彭年《江南别录》),后主又曾毒死南都留守林仁肇,这三人都是建牙开府、慷慨激切、希冀后主一悟的贤臣,后主为求苟安,竟怒杀之。后主若不怨恨谁,哪会下手?这举措又岂是释迦、基督之所愿为?若没有怨恨谁,哪来的悔恨?

总之,静安先生以“能写真景物、真感情”的后主词作为范例之一来论述他的“血书者也”的“境界”之“真”,进而以艺术之“真”来取代“文以载道”之“道”,以“真情”“真景”(包括“自然及人生之事实”)(《文学小言》)的“传达”之“忠实”,达到而且产生“不隔”的艺术“感染”,这无疑是中国文学批评从“古典”进入“近代”的一个重要标志。在这样一个大的理论框架下,他立足于中国固有的哲学、美学、文学原理,“拿来”康德、席勒、叔本华、尼采、托尔斯泰等人的西方理论,试图将二者结合起来,论述李煜这一特殊的文学现象,其深刻性当然超越了以往所有论后主者,这一点是毫无疑问的。然而不仅仅是因为“食洋未化”的复杂性,更重要的是“立脚点”的错误,他在将后主词作为论证其“境界”之“真”的最好也是最有力的例证的同时,出现了艺术品评主观好恶的偏差,在强调后主“不失其赤子之心”的“以血书”的前提下,有意拔高了后主。当我们将这些观点放在静安的整个理论体系中重新加以考量时,就会发现其主观臆测的成分大大超过了客观分析,精彩的见解与审美缺失并存,似乎有失李煜之真面目。彭玉平说,经典不只是用来膜拜的,盲目地崇拜固然没有意义,随性而发、浅尝辄止的否定又何尝有意义?(《静安先生词学与学缘研究》)既体悟《人间词话》"拨乱反正"的作用,又明辨其不可调和的矛盾,这才是对待经典的正确态度。

杜诗学研究（二）

《宋本杜工部集》版本源流考辨*

目前我们见到的《宋本杜工部集》是作为《续古逸丛书》之四十七，由上海商务印书馆影印刊行的。传统以为，此本包含三个方面：一是绍兴初年浙江覆刻嘉祐四年(1059)王琪覆刻宝元二年(1039)王洙编定原本，二为绍兴初年吴若本，三是今人张元济据北京图书馆藏清钱曾述古堂钞本增补部分。我们以为，由于年代久远，成书跨度千余年，其版本源流异常复杂，现从其避讳用字梳理之。

避讳学，陈垣先生称之为“史学中一辅助科学”，“宋时避讳之风最盛，故宋人言避讳者亦特多”①。事实上，其适用范畴不限于史部，也是辞章、考据、辨伪常用的钥匙，我们若能以此为工具，涵咏于史林文苑，必能左右逢源，获益良多。避讳，作为我国古文化中的一种特有现象，其产生年代久远，成因复杂，极具时代性。利用避讳鉴定古籍版本也是一种简捷且行之有效的方法，同时也可以作为其他鉴定方法的补充，济其他方法之所穷。上海商务印书馆1957年影印刊行的《宋本杜工部集》是后来所刊行的各种杜集的祖本。因它把“王洙、王琪本”

---

* 原载《图书馆杂志》2013年第3期。

① 陈垣：《史讳举例》，上海书店出版社1997年版，第1页。

的基本面貌保留至今,所以在杜诗学史上有着特殊的地位。可是,《宋本杜工部集》并不纯,而是由数种版本组合而成的,它的最后完成是张元济等辑的《续古逸丛书》本的《宋本杜工部集》。其特点是驳杂,再加上后世刊刻者如毛扆等在补充钞写过程中,掺进了二王本、吴若本之外的东西,又没有严格注意避讳问题,其文献学价值是要打折扣的。从避讳学的角度重审此书,我们会发现它的刊刻、传布脉络。

一、《宋本杜工部集》的组成部分

据张元济先生考证,较为完整的杜集是由两种南宋翻刻本和毛扆补钞本合璧而成的。旧为毛晋汲古阁所藏,递传至于潘祖荫滂喜斋,今归上海图书馆。1957 年,上海商务印书馆根据上海图书馆所藏宋本影印,阙叶根据北京图书馆藏钱曾述古堂影宋本增补,收入《续古逸丛书》第四十七种,名曰《宋本杜工部集》。书后有毛扆题识,张元济跋。检校全集,计二十卷,其中诗十八卷,文赋杂记两卷,裴煜《补遗》一卷。这个杜集祖本来之不易,据张氏跋文,主要由以下几个刻本组成。

其一,为绍兴初年浙江覆刻嘉祐四年(1059)王琪覆刻宝元二年(1039)王洙编定原本,共十五卷。卷一第三、四、五叶和卷十七至卷二十补遗为刻本;卷一第六叶起至卷九、卷十五、卷十六为毛氏补钞影宋本。版心有刻工洪戴、张逢、史彦等人姓名,半叶十行,行十八字至二十一字。其行款为:每卷第一行均为大题,第二行为作者题衔,第三行为卷目总数,第四行以下为详目。详目之后,紧接第一首题目及正文。

其二，为绍兴初年吴若本。计五卷，卷十至十二为刻本，卷十三至十四为毛钞影宋本。版心有刻工杨茂、言清、言义等姓名，每半叶十行，行二十字。该刊本的行款为：第一行为大题，第二行为作者题衔，第三行为卷目总数，第四行以下为详目。详目之后，又重复大题，卷目总数，然后紧接第一首题目及正文。

其三，卷一第一、二叶，卷十二第十二、第廿一后半叶，卷十九第一、二叶，《补遗》第七、八叶，这些阙页由张元济据国家图书馆藏清钱曾述古堂钞本增补。

这里有必要介绍一下钱曾（1629—1701），清代藏书家、版本学家。字遵王，号也是翁，又号贯花道人、述古主人。虞山（今江苏常熟）人。父亲钱裔肃和族曾祖钱谦益都是藏书家，受其影响，钱曾年轻时即有志于收藏古籍，访求图书不遗余力。他入清后便无意仕途，顺治十八年（1661）在江南奏销案中因欠赋被革去生员。他继承了其父的藏书，后来又得到了钱谦益的绛云楼焚余之书，使藏书聚至4100余种，其中有很多宋元刻本和精钞本，成为继钱谦益绛云楼和毛晋汲古阁之后的江南藏书名家。钱曾的藏书室先后命名为述古堂和也是园。他重视宋元刻本及旧钞本，并认真校书，为古籍存真起了一定的作用。他还与当时的毛晋、毛扆父子以及陆贻典、季振宜、冯舒、冯班兄弟、叶奕、顾湄等藏书家互通有无，易书钞校，从而使一些珍本秘籍得以流传。他于杜集的贡献是留下了述古堂钞本《杜工部集》。

二、《宋本杜工部集》杂入了二王本前后其他杜集的成分

研究二王本对当朝皇帝赵禎(祯)的避讳用字问题,以此梳理其各个组成部分特别是毛钞本的补钞情况,这是一个有效的捷径。三代以来,历朝皆有避讳,宋代避讳尤为复杂,堪称历代之首。太祖自陈桥兵变黄袍加身后,重文轻武、大力推行文治,避讳自然也成为一种统治手段。在政治方面,帝王、外戚、皇父、权臣等皆是避讳对象。太祖登基后即颁令避四代祖先,尔后又避世祖玄朗,乃至远祖黄帝讳名,企图超越唐朝尊老子为远祖的前例。这种严格的避讳,不但要避当代皇帝的名讳,同时也要避赵氏圣祖的名讳、庙讳、旧讳,而且“正名”“嫌名”均避。即不仅形、音、义完全相同的字要避讳,而且只要是音同乃至只是音近的字也要避讳。例如宋仁宗赵禎,“禎”字要绝对避讳,如贞观作正观,与“禎”同音的“蒸”字也要避讳,蒸干饭的“蒸”字,得改为“炊”。看一下陈垣先生的《史讳举例》第112—116页“宋讳例”的各帝庙号以及《淳熙文书重修式》《绍熙重修文书令》的规定,就明白了为什么“貞,徵”必须避讳。这一点是我们写作此文的诱因。

我们以为,仁宗以前,起码是宝元年间王洙编定杜集前后应有本子传布,而且掺入了这个本子之中,毛钞影宋部分就存在这种现象。从避讳学角度看,毛钞影宋本没有同二王本协调一致,对宋仁宗赵禎的用字没有完全遵从避讳原则。据《淳熙重修文书式》(据绍定礼部韵略)、《绍熙重修文书令》,宋仁宗

赵禎,其避字:楨、貞、偵、徵、旌、癥等二十六字。今检《宋本杜工部集》(下文卷数、页码都出自本书)发现,“貞”字全避,或阙末笔,或作“正”字。

阙末笔者6例,如下:

事迹无固必,幽貞愧双全。(《寄题江外草堂》)卷四,第161页上,“貞”字阙末笔。毛钞本。

长年已省拖,慰此貞良臣。(《敬寄族弟唐十八使君》)卷七,第195页下,“貞”字阙末笔。毛钞本。

密论貞观体,挥发岐阳征。(《八哀诗·赠左仆射郑国公严公武》)卷七,第191页上,“貞”字阙末笔。毛钞本。

颜回竟短折,贾谊徒忠貞。(《八哀诗·赠左仆射郑国公严公武》)卷七,第191页上,“貞”字阙末笔。毛钞本。

及乎貞观初,尚书践台斗。(《送重表侄王砅评事使南海》)卷八,第204页下,“貞”字阙末笔。毛钞本。

本朝再树立,未及貞观时。(《咏怀二首》其一)卷八,第205页上,“貞”字阙末笔。毛钞本。

作“正”字者亦6例,如下:

眇然貞观初,难与数子偕。(《夏日叹》)卷二,第137页下。“貞”作“正”字。毛钞本。

好学尚貞烈,义形必沾巾。(《八哀诗·赠太子太师汝阳郡王琎》)卷七,第191页下,“貞”作“正”字。毛钞本。

忠貞负冤恨,宫阙深旒缀。(《八哀诗·赠秘书监江夏李公邕》)卷七,第 192 页上,“貞”作“正”字。毛钞本。

翼亮貞文德,丕承戢武威。(《重经昭陵》)卷九,第 214 页上,“貞”作“正”字。毛钞本。

议堂犹集凰,貞观是元龟。(《夔府书怀四十韵》)卷十五,第 284 页上,“貞”作“正”字。毛钞本。

貞观铜牙弩,开元锦兽张。(《复愁十二首》其六)卷十五,第 291 页上,“貞”作“正”字。毛钞本。

可是“徵”字未全避,其阙末笔者 15 例,如下:

《苦雨奉寄陇西公兼呈王徵士》。卷一,第 126 页下,阙末笔。毛钞本。

补阙暮徵入,柱史晨征憩。(《送樊二十三侍御赴汉中判官》)卷二,第 142 页上,阙末笔。毛钞本。

徵起适遇风云会,扶颠始知筹策良。(《洗兵马》)卷二,第 143 页上,阙末笔。毛钞本。

玉杯久寂寞,金管迷宫徵。(《听杨氏歌》)卷七,第 185 页上,阙末笔。毛钞本。

朝发白帝暮江陵,顷来目击信有徵。(《最能行》)卷七,第 188 页上,阙末笔。毛钞本。

开视化为血,哀今徵敛无。(《客从》)卷八,第 200 页下,阙末笔。毛钞本。

福善理颠倒,明徵天莽茫。(《入衡州》)卷八,第 208

页上，阙末笔。毛钞本。

《别常徵君》，卷十四，第269页上，阙末笔。毛钞本。

近有风流作，聊从月窟徵。（《寄刘峡州伯华使君四十韵》）卷十五，第281页上，阙末笔。毛钞本。

白水青山空复春，徵君晚节傍风尘。（《寄常徵君》）卷十五，第281页下，阙末笔。毛钞本。

时徵俊乂入，草窃犬羊侵。（《提封》）卷十五，第286页上，阙末笔。毛钞本。

宠渥徵黄渐，权宜借寇频。（《奉送韦中丞之晋赴湖南》）卷十六，第295页下，阙末笔。毛钞本。

徵君已去独松菊，哀壑无光留户庭。（《覃山人隐居》）卷十六，第303页上，阙末笔。毛钞本。

北辰徵事业，南纪赴恩私。（《暮春江陵送马大卿公恩命追赴阙下》）卷十七，第309页下，阙末笔。刻本。

饥藉家家米，愁徵处处杯。（《秋日荆南述怀三十韵》）卷十七，第312页上，阙末笔。刻本。

“徵”字未避者3例，如下：

物微世竞弃，义在谁肯徵。（《棕拂子》）卷四，第160页上，未避。毛钞本。

非关使者徵求急，自识将军礼数宽。（《严公仲夏枉驾草堂携酒馔》）卷十二，第250页上，未避。吴若本。（按：出现在吴若本中的这一例，可以这样理解：太祖颁令避四代祖先，从宋仁宗到高宗，历英宗、神宗、哲宗、徽宗、钦宗，可以不避。）

已诉徵求贫到骨,正思戎马泪盈巾。(《又呈吴郎》)

卷十四,第276页下,未避。毛钞本。

在这里,"貞"字都避讳了,而"徵"字未全避讳;这些未避的例子都出现在毛钞本中。出现这样的问题,怎样解释呢?到底是王洙底本的疏忽,还是王琪覆刻时大意?还是毛钞本的笔下误?王洙生在仁宗朝,又长期为礼乐官,他比别人更懂得避讳之事、之礼。王琪亦生在仁宗朝,他得王洙家藏,只是对王洙本的卷数有压缩——从二十卷调整成十五卷,文字却是"覆刻",也不可能有此未避讳的失误。毛扆说他的钞本是由"影宋甚精"①的王为玉影写而成的,他这里所"影写"的"宋",恐怕不全是二王本的宋本,那是什么本呢?同样出自《棕拂子》诗有句"亦用顾盼称",此"用"字,以吴若本为底本的《钱注杜诗》卷五校云:"晋作'由'。"这个"晋"是什么意思?即后晋高祖天福二年(937)刘昫为宰相时刊印之《杜工部集》,后人称作"开运官书本杜集",如吴若《杜工部集后记》云:"凡称樊者,樊晃小集也;称晋者,开运二年官书本也。"②蔡梦弼《杜工部草堂诗笺跋》亦云:"凡校雠之例,题曰樊者,唐润州刺史樊晃小集本也;题曰晋者,晋开运二年官书本也。"这便是一个旁证,即说毛钞本至少是参校了后晋开运二年官书本。

---

① (明)毛扆:《杜工部集后记》,《宋本杜工部集》,商务印书馆1957年影印上海图书馆藏本,第349页上。

② (清)钱谦益注:《钱注杜诗》,上海古籍出版社1958年版,第715页引。

三、《宋本杜工部集》掺入了吴若本前后其他杜集的成分

研究吴若本对当朝皇帝赵構(构)的避讳用字问题,以此梳理其各个组成部分特别是毛钞本的补钞情况,也是一个捷径。“吴若本”今已失传,然而,据钱谦益说,他笺注《杜工部集》是以吴若本为底本,我们从《钱注杜诗》中可窥知吴若本的端倪。其《注杜诗略例》云:

> 杜集之传于世者,惟吴若本最为近古,他本不及也。题下及行间细字,诸本所谓公自注者多在焉。而别注亦错出其间,余稍以意为区别,其类于自者,用朱字;别注则用白字,从《本草》之例。若其字句异同,则一以吴本为主,间用他本参伍焉。①

如《钱注杜诗》附录吴若的《杜工部集后记》所说,这个版本是南宋绍兴三年(1133)吴若在建康府学刻行的杜集。《宋本杜工部集》有五卷是以吴若本为依据的,对此张元济先生在跋文中写道:

> 复考配本,间有“樊作某”“晋作某”“荆作某”“宋景

---

① (清)钱谦益注:《钱注杜诗》,上海古籍出版社1958年版,第5页。

> 文作某""陈作某""刊作某""一作某"等,与钱牧斋谦益笺注所载吴若《后记》云"凡称'樊'者,樊晃小集也。称'晋'者,开运二年官书也。称'荆'者,王介甫'四选'也,称'宋'者,宋景文也。称'陈'者,陈无已也。称'刊'及'一作'者,黄鲁直、晁以道诸本也。"若合符节,是必吴若刊本可无疑义。

吴若本是王洙、王琪本没有使用过的数种杜集与王洙、王琪本合校而成的,从详细记述文字异同这一点来看,其文献价值是很高的。吴若本至今并没有完整地保留下来,因此《钱注杜诗》成了考察吴若本原貌最重要的文献。

如上所言,利用避讳鉴定古籍版本,可以鉴定古籍的大体成书年限。在鉴定古籍版本时,要认真找寻每一个讳字,并确定其下限,即避讳至哪一个字为止。我们可以此来鉴定《宋本杜工部集》的大体成书年限和下限。此本掺杂了宋高宗前后二王本之外其他杜集的成分,这是从未全避高宗构字看出来的。其定型成书的底线是高宗朝,因为之后,即从孝宗之后就没有避讳用字的问题了。

据《淳熙重修文书式》(据绍定礼部韵略)、《绍熙重修文书令》,高宗構避字:遘、媾、覯、購、篝、韝、姤、詬、逅、鸜、句、鉤、岣、穀、彀、搆、够等五十五字。洪迈《容斋三笔》卷十一《帝王讳名》载:"本朝尚文之习太盛,故礼官讨论,每欲其多,庙讳遂有五十字者。"如宋高宗赵構就在"五十字者"之列,不仅要避正讳"構"字,而且与"構"同音乃至音近、形似者,如够、媾、沟、購、遘、觳、垢、覯、勾、岣等多至五十余字皆不能使用,陈垣谓

"此实空前绝后之例"①。下面以《宋本杜工部集》的先后来检测宋高宗赵構的几个关键用字。

"構"字阙笔者仅3例,如下:

新亭结構罢,隐见清湖阴。(《登历下古城员外孙新亭》)卷一,第124页上,"構"字阙末竖。毛钞本。

别来岁月周,胡羯仍構患。(《彭衙行》)卷二,第138页下,"構"字阙末竖。毛钞本。

栈云阑干峻,梯石结構牢。(《飞仙阁》)卷三,第152页下,"構"字阙末竖。毛钞本。

"構"字未避者6例,如下:

当今廊庙具,構夏岂云缺。(《自京赴奉先县咏怀五百字》)卷一,第130页下,未避。毛钞本。同诗"许身一何愚"之"愚"字,钱笺卷一、朱鹤龄注卷三、仇兆鳌注卷四:"樊作'过'。"[按:樊晃,唐句容(今属江苏)人,郡望南阳湖阳(今属河南)。曾辑杜甫诗为《杜工部小集》六卷,为杜诗选本最早者。吴若《杜工部集后记》即云:"凡称樊者,樊晃小集也。"蔡梦弼《杜工部草堂诗笺跋》亦云:"凡校雠之例,题曰樊者,唐润州刺史樊晃小集本也。"]

讲堂非曩構,大屋加涂塈。(《题衡山县文宣王庙新学堂呈陆宰》)卷八,第207页下,未避。毛钞本。

黄莺度结構,紫鸽下罘罳。(《大云寺赞公房二首》其

① 陈垣:《史讳举例》,上海书店出版社1997年版,第112页。

一)卷九,第220页下,未避。毛钞本。

伐竹为桥结構同,褰裳不涉往来通。(《陪李七司马皂江上观造竹桥即日成往来之人免冬寒入水聊题短作简李公二首》其一)卷十三,第265页下,未避。毛钞本。

落構垂云雨,荒阶蔓草茅。(《陪诸公上白帝城楼宴越公堂之上》)卷十四,第272页下,未避。毛钞本。

堂構惜仍亏,漫作潜夫论。(《偶题》)卷十五,第290页上,未避。毛钞本。

(按:这六个未避的"構"字都出现在毛钞本中。)

其他与"構"有关的避字,如"韝"字未避者5例,如下:

一生自猎知无敌,百中争能耻下韝。(《见王监兵马使说,近山有白黑二鹰,罗者久取,竟未能得。王以为毛骨有异他鹰,恐腊后春生,骞飞避暖,劲翮思秋之甚,眇不可见,请余赋诗二首》其一)卷十六,第297页下,"韝"字阙末竖。毛钞本。同诗"千人何事网罗求"之"千"字,蔡梦弼本卷四十四:"晋、谢皆作'干'。"钱笺卷十六:"晋作'干',或作'于'。"

豺遘哀登楚,麟伤泣象尼。(《夔府书怀四十韵》)卷十五,第284页上,未避。毛钞本。同诗"豺遘哀登楚"之"遘"字,钱笺卷十五、仇注卷十六:"一作'構'。"朱注卷十五:"晋作'構'。"

君不见韝上鹰,一饱即飞掣。(《去矣行》)卷一,第130页下,未避。毛钞本。

为君除狡兔,会是翻韝上。(《杨监又出画鹰十二扇》)卷六,第182页下,未避。毛钞本。

韝上锋棱十二翮,将军勇锐与之敌。(《王兵马使二角鹰》)卷七,第185页下,未避。毛钞本。

百宝装腰带,真珠络臂韝。(《即事》)卷十一,第245页下,未避。吴若本。

"鉤"字未避者7例,如下:

飘飘青瑣郎,文采珊瑚鉤。(《奉同郭给事汤东灵湫作》)卷一,第129页上,未避。毛钞本。

应手看捶鉤,清心听鸣镝。(《夜听许十诵诗爱而有作》)卷一,第129页下,未避。毛钞本。

少年别有赠,含笑看吴鉤。(《后出塞五首》其一)卷三,第148页下,未避。毛钞本。同诗"遂使貔虎士"之"貔"字,蔡本卷六、钱笺卷三、朱注卷五、仇注卷四:"樊作'螭'。"

到今素壁滑,洒翰银鉤连。(《陈拾遗故宅》)卷五,第163页下,未避。毛钞本。同诗"郭振起通泉"之"振"字,蔡本卷二十三、钱笺卷五、朱注卷九:"晋作'震'。"

他日辱银鉤,森疏见矛戟。(《郑典设自施州归》)卷七,第186页下,未避。毛钞本。

霜雪回光避锦袖,龙蛇动箧蟠银鉤。(《寄裴施州》)卷七,第188页上,未避。毛钞本。同诗"自从相遇感多病"之"感"字,蔡本卷四十一:"一作'减',一作'咸'。"钱笺卷六:"晋作'减'。"

达士如弦直,小人似鉤曲。(《写怀二首》其一)卷七,第 189 页上，未避。毛钞本。同诗"营营为私实"之"实"字，钱笺卷七、朱注卷十八："晋作'室'。"

由上举例证可见，避御名"構"字者仅仅三例，而多数没有避讳，而且都是出在毛钞本等非宋原刻本中。这与上举"徵"字未全避讳的例子一样，钞本本身出问题的可能性不是太大，因为毛钞本系"影钞本"，又称"影写本"，是用薄而细的洁白纸覆盖在原本之上，按照原本样式，一丝不苟地将文字、版匡、栏线、鱼尾乃至刻工等影描下来，力求保持原本面目，乃有"下真迹一等"之誉。而较为合理的解释是：毛扆等"影钞"的底本是吴若本之前或之后就在行世的杜集本子，而且"影钞"之时也没有遵循避讳的原则，与吴若本协调一致起来，上举七例都是有力的旁证——至少可以说毛钞本影钞了樊本和晋本。

当然，也有学者认为，宋刻于避讳用字不甚严格，如王欣夫先生在评论何焯手校《刘随州诗集》十卷、补遗一卷时，说到一个类似的问题：刘集卷二《送河南元判官赴河南御名当苗税充百官俸钱》，"御名"，宋本作"勾"，可证为高宗时刻本。但卷五《题萧郎中开元寺新构函寂亭》，"构"字不避，何义门以此为疑，"则不知宋刻于避讳字本有不甚谨严者也"①。可是，从宋政治避讳、科举避讳严得让后人不可想象看，宋人刻刊文献时的"不甚谨严"也是难以想象的。

《宋本杜工部集》成书的两个重要阶段是二王本与吴若本，研究这两个阶段对当朝皇帝的避讳问题，是考究其版本源

---

① 王欣夫：《蛾术轩箧存善本书录》上册，上海古籍出版社 2002 年版，第 222 页。

流的关键问题。在避讳制度严格的宋代，此本却出现未避讳的问题。这一方面可能是毛钞影宋补入时出了问题，一方面可能是所用底本即配本出了问题，而后者的可能性较大。我们不厌其烦地搜罗出其所避之字，就是为了说明此本的芜杂性。我们可以断定的是，毛钞本至少是参校了樊晃编的《杜工部小集》（六卷）、晋开运二年官书本。此外，当时还有不少杜诗的集子在社会上流行，王琪《杜工部集后记》说，“集无定卷，人自编摭”，“多或百余篇，少数十句”。孙仅的编本、苏舜钦的编本等也可能在流行中。而据王琪、裴煜的“苏州公使库本”翻刻的残本，一为浙本，不知何人所刻，一为南宋绍兴时吴若校补本，后来玉钩草堂本即出自吴若本，而《四部备要》本即据玉钩草堂本排印。而吴若本亦博采了时行于世的李端明本，且“以为善”，以及“抚属姚宽令威所传吏部鲍钦本”、王安石“四选”本、宋景文本、陈师道本、黄庭坚本、晁以道本等。其尚阙者，又经过了明汲古阁毛氏的影宋补充和张元济的再补（按：毛钞本可能参考了以上某本，只是目前还找不到确切的证据）。由上面的考辨可知，毛钞部分是问题的症结所在，希望研究者在使用这个最早版本时务必慎重。

杜甫《咏怀古迹五首》作地系年考辨*

杜甫的《咏怀古迹五首》(以下简称"组诗")一向被视为名篇,然而有两个互相关联的问题至今没有解决。一是对题目的理解,如朱鹤龄《杜工部诗集辑注》卷十三题注云:"吴本作《咏怀》一章,《古迹》四首。"①以为两题合而为一了。陈廷敬说:"此诗题曰《咏怀古迹》,有谓首章咏怀,余四古迹者。其说虽非,尚知'咏怀'二字不得专泥古迹,遂忘咏怀也。宋玉、昭君、先主、武侯遇皆不偶,是章章古迹,章章咏怀,宜知此。"②主"咏怀"兼及"古迹"和"咏怀"。杨伦《杜诗镜铨》说:"此五章乃借古迹以咏怀也。……或疑首章与古迹不合,欲割取另为一章,何其固也。"③王嗣奭《杜臆》:"五首各一古迹。……借古迹以咏怀,非咏古迹也。"④杨、王二说成为后世主流。20世纪

---

* 原载《杜甫研究学刊》2020年第1期。

① (清)朱鹤龄辑注:《杜工部诗集辑注》卷十三,清乾隆间金陵三多斋翻刻本第十一册,第33页。

② (清)陈廷敬:《杜律诗话》(下),《午亭文编》卷五十,文渊阁四库全书本。

③ (清)杨伦笺注:《杜诗镜铨》卷十三,上海古籍出版社1962年版,第649—650页。

④ (明)王嗣奭:《杜臆》卷八,上海古籍出版社1983年版,第279页。

末叶王运熙先生的观点是“歌咏怀念古迹”，主张区分其内容主旨和题目含义①，更趋合理。对诗题的理解直接关涉到诗的系年，因有第二个问题：组诗的作地系年有待甄辨。

夔州和三峡、江陵一带留有刘备、诸葛亮、王昭君、宋玉、庾信等人的古迹，组诗正是借游览这些古迹怀念古人，同时抒写自己的身世家国之感。我们通过对组诗及其有关材料的辨析，发现组诗非一时一地之作，时间跨度是永泰二年（766，该年十一月改元大历）暮春至大历三年（768）春末或稍后，地点是从夔州经归州至江陵，最终定稿于江陵。

一、组诗系年旧说未敢绕开夔州

根据历史时间系年最为可靠。永泰二年春（766）末，杜甫由云安迁往夔州（今重庆奉节），至大历三年（768）春末离开夔州前往江陵，居夔时间为两年。这对“长为万里客”②的杜甫来说，暂居时间是较长的，作诗较多，而且其四、五两首很有可能作于大历元年（766）的夔州（至迟也是酝酿构思于此时此地）。这应该是旧说绕不开夔州的原因之一。据此，古今注释家多认

---

① 王运熙先生说，《咏怀古迹》从内容主旨讲，确是借古迹以咏怀抱；从题目含义讲，则“咏怀”二字都是动词，意为歌咏怀念，题目含义就是歌咏怀念古迹；把诗的内容主旨和题目含义二者区别开来是必要的。参见王运熙：《杜甫〈咏怀古迹〉诗的题义和写作时间》，《杜甫研究学刊》1995 年第 1 期。

② （唐）杜甫：《中夜》，（清）仇兆鳌注：《杜诗详注》，中华书局 1979 年版，第 1461 页。本文所引杜诗均据仇注，只标诗题，不另出注。

为组诗作于本年,即大历元年(766),地点是夔州。如王洙《宋本杜工部集》(旧次)、高崇兰编次刘辰翁评点《集千家注杜工部诗集》与清人朱鹤龄、浦起龙、仇兆鳌等,势力强大。可是,钱谦益《钱注杜诗》是以诗体兼编年排列,将组诗置于《秋兴八首》与《诸将五首》之间,其《少陵先生年谱》中却未列组诗;可能是看到了王洙本大历元年(766)的局限,《杜诗赵次公先后解》《王状元集百家注编年杜陵诗史》《杜工部草堂诗笺》《杜工部范德机批选》等主大历二年(767),元姚桐寿《乐郊私语》云:“杜少陵集自《游龙门》至《过洞庭》诗目次第……大都一循少陵生平行迹,亦可以见其诗法升降,亦随其年,自少壮而老,愈入于细而化也。”①明显是着眼于杜甫“生平行迹”的。第三种情况是《杜诗阐》主大历元年(766)秋至二年(767)春作。第四种情况是《黄氏补千家注纪年杜工部诗史》云“大历元年至夔州后作”,《杜诗镜铨》系于“大历中”,即是大历年间作。黄鹤云:“诗咏三峡五溪,与宋玉之宅、昭君之墓、先主、孔明之庙,而怀其人,当是大历元年至夔州后作。”②黄鹤之言有两个问题需注意:一是回避庾信宅,二是“大历元年至夔州后作”应怎样理解?他不言庾信宅,可能是因其一的系年不好定;由此引发了第二个问题,即“大历元年至夔州后作”,而不言“大历元年至夔州作”,着一“后”字,可见黄鹤对组诗的系年煞费苦心。《杜诗镜铨》系于“大历中,公居夔州作”,是承黄鹤说而来。他也没有固守某一年,只是笼统说“大历中”,可见其敏锐

① 张忠纲:《诗圣杜甫研究》上引,上海古籍出版社 2015 年版,第 661 页。

② (宋)黄希、黄鹤注:《补注杜诗》卷三十,四库全书本。

的目光;然而仍定在"夔州作",还是没有"放眼亮"。可惜的是,后来注家多没有重视此"后"字,甚至干脆删掉了。如仇兆鳌定为"大历元年夔州作"①,这代表了多数注家的看法。从杜甫的活动来看,他永泰二年(766)春末,从云安移居夔州是没有问题的,其《移居夔州作》云:"伏枕云安县,迁居白帝城。春知催柳别,江与放船清。"《船下夔州郭宿雨湿不得上岸别王十二判官》云:"风起春灯乱,江鸣夜雨悬。"二诗明确交代了其时是"春",都是有力佐证。

其实,"大历元年至夔州后作"有歧解。一可解为大历元年(766)在夔州作,这样,"后"字没有着落;一可解作大历元年(766)至夔州以后作,"大历元年"是限制"至夔州"的时间的,而不是作诗的时间。黄鹤的意思可能是这样:这五首诗的写作经过了一个较长的过程,上限是刚来夔州的永泰二年(766),下限则不好定,所以下了一个"后"字。请参看黄鹤对与组诗系年编排相近却表达不同的例子:《览物》"当是大历元年夏在夔州见巫峡、蜀江而思华州也",十分确定。《奉寄李十五秘书二首》"是公大历元年在夔州作",《雷》"当是大历元年夔州作",均十分确定。《牵牛织女》"此诗但是公至夔之初年,因所见而赋之。梁权道亦编在大历元年",本不好确定,笼统说是"至夔之初年",斟酌再三还是从梁权道说是"大历元年"。《听杨氏歌》"诗云:'江城带素月,况乃清夜起。老夫悲暮年,壮士泪如水。'当是在夔。从旧次及梁权道编为大历元年作",亦明确是从旧说。上举多例意在说明,黄鹤能准确断定是大历元年(766)在夔州作的毫不含混,而于组诗则不好定度,只好笼统

① (清)仇兆鳌注:《杜诗详注》卷十七,中华书局1979年版,第1499页。

说是"大历元年后"。对组诗系年的考证是相当敏锐的、富有弹性的,只知始于大历元年(766),终于何年不确定,可惜后世学者少有察之者。

鲁訔在编《杜工部草堂诗笺》时干脆就系于大历二年(767)秋(见蔡乙本卷三十一),可他断言此时杜甫仍身在夔州。赵次公的观点与他相同,编在"大历二年八月在夔州、瀼西所存之诗"①。范梈《杜工部范德机批选》更是将组诗定在大历二年(767)秋在瀼西作。他们将组诗系年定于大历二年(767)秋,可能是考虑到了其二"宋玉宅"、其三"昭君村"的系年问题:杜甫永泰二年(766)春末方到夔州,他的行迹要远涉"宋玉宅""昭君村",乃至庾信宅,仅从时间上说也是做不到的。检杜甫行迹,从大历二年(767)春至冬,诗人从西阁移居赤甲、瀼西、东屯、江村,足迹一直未踏出夔州府,而归州宋玉宅、昭君村,乃至荆门、庾信宅等古迹此时是不可能亲历的,即使咏之,也是拟想之词(也咏不好)。这是诸旧说不敢离开夔州的主要原因,《杜律启蒙》因有此问:"信宅在荆州,于夔绝无干涉,何得阑入夔州怀古诗内?"(七言卷之三)我们反过来理解就对了:杜甫来到了荆州,瞻仰了庾信宅,写下此诗,确实是"于夔绝无干涉","阑入夔州怀古诗内"是很荒谬的。

对组诗系年持有新说的是近人高步瀛,他的《唐宋诗举要》系在大历三年(768)杜甫由夔州至江陵后所作,是对夔州诸说的有力反驳。他说:

---

① (宋)赵次公注,林继中辑校:《杜诗赵次公先后解辑校》(修订本),上海古籍出版社2012年版,第1063页。

> 大历三年，子美去夔出峡，至江陵、归州，即其所经之地，故江陵、归州、夔州古迹皆可托咏，前人泥定在夔时作，亦失之固矣。①

这一系年具有突破性。我们可以断定，诗中古迹必为杜甫曾经过甚至游览之地，或即时，或而后托之以咏怀。假若杜甫仍在夔州，足迹尚未履归州（秭归）、荆门、云溪、楚宫、江陵等地，则除第四首刘备的永安宫遗迹及第五首的武侯祠外，前三首的古迹仅能在杜甫想象之中，不可能写得那样活灵活现。如第二首咏宋玉宅，其中两句“最是楚宫俱泯灭，舟人指点至今疑”，就是亲历的语气，不是想象的语气。特别是“指点”这一动作，生动形象。杜甫为诗，不啻少陵自为年谱。

下面辨析大历元年（766）、二年（767）之不可行。将组诗系于大历元年（766），着眼点是在其四、其五的作年作地，可以理解，却置其他三首于不顾。而系于大历二年（767），应是看到了前者的局限，可是仍将立足点放在夔州，就不够科学了。于是，杨伦干脆系于“大历中”。洪业是力主“大历元年”的。他说，杜甫写庾信“仅仅是用庾信的故事来诉说自己的心声”，“至于他是否去过王昭君的故乡村落也是一个值得怀疑的问题”，而其他几个古迹也是“作为背景和引子”②。洪业一方面肯定杜甫“性喜寻访山水”，一方面又否定杜甫去过庾信宅（甚至否定诗中庾信宅的存在。按：若否定庾信宅的存在，则题目

---

① 高步瀛：《唐宋诗举要》下册卷五《七言律诗》，上海古籍出版社1959年版，第592页。

② ［美］洪业：《杜甫——中国最伟大的诗人》，曾祥波译，上海古籍出版社2011年版，第208页。

中的“古迹”便没有了着落。前人早有言庾信不及宅之说，如《杜律启蒙》）、宋玉宅、昭君村，这一矛盾产生的关键是，他将杜甫在大历前三年的活动与创作都局限在了“夔子之国杜陵翁”这一既定格局中，庾信宅、宋玉宅（归州和荆州的）、昭君村是不在“夔子之国”内的，那就只能说杜甫没去过了。因而，不管怎么说，庾信宅在江陵；宋玉宅，一在江陵，一在归州；昭君村，在归州的荆门（秭归）县。夔州、归州、荆州（江陵）三州之间渐去渐远，不离开夔州，途经归州，到达荆州，这二宅一村出现在组诗中都是不可想象的。宋人林亦之早就说过，“杜陵诗卷是图经”（《送蕲师》），相信杜甫不会把没去过的地方写得那么绘声绘色来欺骗后人。

二、大历前三年杜甫行迹与组诗写作的可能性

杜甫的行迹与所咏古迹密切相关。综合杜甫各种年谱，联系杜甫的有关诗章，我们大致可以理清杜甫大历前三年（766—768）的行迹。杜甫从成都到云安，途经嘉、戎、泸、渝、忠各州，均作有纪行诗。永泰二年（766）暮春，从云安移居夔州，住了不到两年的时间，主要是卧疾养病。先后移居四地：西阁[大历元年（766）秋]、赤甲[大历二年（767）春]、瀼西[大历二年（767）暮春]、东屯[大历二年（767）夏]。虽说换了四地，也不时到夔州城里转转，如大历二年（767）七月一日立秋日在奉节终县令家宴饮，作有《七月一日题终明府水楼二首》。从赤甲到瀼西，时间间隔很短，所谓“一春两迁居”是也。时至大

历二年(767)冬日,江村离群索居,写有《白帝城楼》《白帝楼》两诗,前诗有云:"夷陵春色迟,渐拟放扁舟。"后诗有云:"腊破思端绮,春归待一金。"流露出重要信息:一是初步决定明年一开春即出峡东游;二是重游白帝城诸胜,含有前来告别之志。而且在离夔之前,趁堂舅崔卿翁暂代夔州刺史之机,献《上卿翁请修武侯庙遗像缺落时崔卿权夔州》诗,请修补武侯庙中的遗像。可以肯定,在此之前,杜甫不止一次瞻仰先主祠、武侯庙了。同时,又作有《奉送卿二翁统节度镇军还江陵》,此"卿二翁"即崔氏舅。二舅回到江陵,那里自然又多了一门亲戚,对他移居江陵应有不小的触动。

同时不失时机地加强同江陵的联系,如夔州柏都督派田将军到江陵去问候阳城郡王荆南节度使卫伯玉,老杜曾作《送田四弟将军将夔州柏中丞命起居江陵节度使阳城郡王卫公幕》《奉贺阳城郡王太夫人恩命加邓国太夫人》。有了这样的准备,明年开春就可以携家往江陵了。老杜赴江陵还有一个重要触动,几乎是杜甫在同江陵联络的同时,接到杜观弟从蓝田把家眷接到江陵的消息,有《舍弟观赴蓝田取妻子到江陵喜寄三首》为证,并表达喜悦与相聚之意。这样,坚定了他尽快赴江陵的决心。其三有云:"庾信罗含俱有宅,春来秋去作谁家?"庾信宅即江陵宋玉故宅,在城北二里。罗含曾为桓温别驾,于江陵城西三里小洲上立茅屋而居。从此诗用词"卜筑"看,乃是拟想之辞。

大历三年(768)元宵节前后,老杜携家离夔东下。是年元日,作《元日示宗武》诗,云:"不见江东弟,高城泪数行。"原注:"第五弟漂泊江左,近无消息。"同日又作《远怀舍弟颖观等》,中有"荆南近得书"句。"荆南"指江陵。就在此前后,又接到杜观的信，说已在江陵东南的当阳找到了住处，请他携家前往，如《续得观书迎就当阳居止正月中旬定出三峡》云："自汝到荆府，书来数唤吾。"从诗句"禁火卜欢娱"看，估计三月初的寒食节就可相聚了。

大历三年(768)正月，出峡且船行甚速，很快抵达夔州城东七十二里的巫山县(今属重庆)，前汾州刺史时贬施州途经巫山的唐十八设宴接待老杜，老杜作《巫山县汾州唐使君十八弟宴别，兼诸公携酒乐相送，率题小诗留于屋壁》，与唐十八相别于巫山县。组诗其二所云"江山故宅""云雨荒台""楚宫"，其三中的"明妃村"等，应是路经巫山时所见；得以亲见，才有"岂梦思"的反问。此时此地，老杜已能遥望"荆门"了，因有"群山万壑赴荆门"之句。

大历三年(768)春，船到峡州(今湖北宜昌)。峡州，在夔州、归州与荆州之间，乃下峡必经之地。峡州至江陵水路三百多里(《通典·峡州》下说"南至江陵郡水路三百三十七里")，当地田侍御在津亭摆酒为老杜饯行，老杜作《春夜峡州田侍御长史津亭留宴得筵字》答谢。有云："始知云雨峡，忽尽下牢边。"乃记自己的行迹，即刚刚出峡。下牢边，即下牢关。下牢关就在三峡东尽处，应在宜昌南津关附近。从峡州到宜都，下一站就是松滋县(今湖北松滋)，《大历三年春白帝城放船出瞿塘峡久居夔府将适江陵漂泊有诗凡四十韵》称为"南畿"者。松滋属江陵府，肃宗以江陵为南都，故称。船到松滋城边，老杜作有《泊松滋江亭》等。此时已是大历三年(768)三月。

江陵将到，行至古城店，作有《行次古城店泛江作不揆鄙拙奉呈江陵幕府诸公》，原注："卫伯玉为江陵节度，时封阳城郡王。"希望得到卫氏的关照。老杜在夔州起身之前，一再致意以加强联系。此诗正照应彼处,可见老杜的“苦用心”。这时,老杜的族弟杜位正在卫氏节度府任行军司马。船一靠江陵岸,老杜就直奔杜位家去,写有《乘雨入行军司马六弟宅》,中云“春城带雨长”,交代时节为春天。稍后作《和江陵宋大少府暮春雨后同诸公及舍弟宴书斋》,提及杜观(或谓“舍弟”为杜位,不确);杜甫这次赴江陵,与杜观有约在先。杜甫写及在江陵应酬的诗还有多篇,可是我们至此没有发现杜甫的住处和他妻儿的信息。直到《短歌行赠王郎司直》才透露一点消息:“仲宣楼头春色深。”仲宣楼谓当年王粲登临之楼,即当阳城楼①,在江陵城东南隅。杜甫来江陵,可能是将家安置在当阳,自己只身在江陵城中活动,来往于江陵、当阳之间,这也回应了在夔州动身前杜观来信说已在当阳找到了住处、请他携家来住的前约(见《续得观书迎就当阳居止正月中旬定出三峡》),所谓“迎就当阳居止”。

这里还有一个佐证:“童稚频书札,盘餐讵糁藜。”(《水宿遣兴奉呈群公》)此两句,历来有多解:一谓老杜右臂偏枯,儿子代书(王嗣奭);一谓留舟中的儿子给偶经异县的老杜写信(李因笃);一谓粮绝致书亲友(张远);一谓故乡少辈来书促归(张溍)。我们以为,老杜初来江陵,就把家安置在了当阳。现在家中断炊,儿子频频来信求救,所以才有老杜大热天冒雨到异县求援的突发事件。然而,“异县惊虚往”,没有借到,只好求助于卫伯玉等人:“同人惜解携”,已是近乎乞求了。杨伦解

① 关于仲宣楼的地址有三说,盛宏之《荆州记》、郦道元《水经注》等认为是当阳城楼,《文选》五臣注说是江陵城楼,周绍稷《楚乘》、王世贞《仲宣楼记》断之为襄阳城楼。从其描写的地理环境看,应是当阳城楼。

此二句云："公在江陵时，妻子或留当阳，故家人以困乏来告。"①杨说近于诗意，透露"妻子或留当阳"的信息。而杜甫则依靠李之芳、郑审等人的关系，在荆南幕府中留住了半年左右，是较为可信的。杜甫虽一再致意于卫伯玉，卫氏却视而不见。待李之芳于大历三年（768）秋间去世，荆南幕府中已难容身。因而，《秋日荆南述怀三十韵》中"苦摇求食尾，常曝报恩鳃"二句是写诗人在江陵的处境，同庾信避难江陵一样，漂泊羁旅依旧，因有瞻仰庾信宅后的慨叹："庾信平生最萧瑟，暮年诗赋动江关。"此"萧瑟"，一语双关，明言庾信（《哀江南赋》："壮士不还，寒风萧瑟。"）暗合己身，而且不幸一语成谶。

三、组诗非一地之作

行踪中的"古迹"是诗人直接而真正的经验模式的写照，是时间与空间意识的交汇点——乍看几个孤立的"点"，恰好连成诗人生命的"线"。杜甫在这次堪称悲壮的行旅中写到几个颇具"文化遗产学"意义的胜迹，应是杜甫亲历的地方，直接关系到组诗的作时作地。"荆门"与"昭君村"的地理位置关乎组诗系年。杜诗的历来注解家逢"荆门"，多以"荆门山"解之，"群山万赴荆门"也无例外。其实，这是最大的误解。按一般方志的说法，荆门山在宜都县西北五十里，在长江南岸。昭君

---

① （清）杨伦笺注：《杜诗镜铨》卷十九，上海古籍出版社1980年版，第922页。

村在归州（今湖北秭归县）东北四十里，在长江北岸。秭归在荆门之西，其地址，即在今湖北秭归县的香溪，今属湖北宜昌。这是没有问题的。可是，将组诗中的“荆门”解成荆门山是大有问题的。

组诗其三（“群山万壑赴荆门，生长明妃尚有村”）应是杜甫离开夔州东下、途经秭归时所作。自白帝城至秭归，途经瞿塘峡和漫长的巫峡，有百余里之遥，杜甫不可能在夔州时东游秭归再回夔州写作此诗。也就是说，大历二年（767）以前不可能作此诗。又杜甫离夔州东下途中所写的《大历三年春白帝城放船出瞿塘峡久居夔府将适江陵漂泊有诗凡四十韵》诗有云：“神女峰娟妙，昭君宅有无。”提到昭君宅。昭君宅，当在昭君村。《太平寰宇记》“山南东道七·归州”云：“王昭君宅，汉王嫱即此邑之人，故云昭君之县，村连巫峡，是此地。”①“群山万壑赴荆门”两句诗可以佐证组诗其三当为途经归州时所作，是亲眼所见，亲身经历。不同的是，作“四十韵”时，可能离之较远，不能确定，用“昭君宅有无”的疑问语气；组诗用“生长明妃尚有村”，“尚”字是依然存在，已是十分确定了；未亲访，怎知其存在！

由秭归到宜都，中间要经宜昌、长阳两县境。如果将“群山万壑赴荆门”中的“荆门”解为荆门山，则昭君村与荆门山，既分在长江南北岸，又相去约百公里，杜甫便不可能把昭君村与荆门山连在一起。更何况，杜甫所说的“群山万壑”，应当是指长江北岸，由奉节、巫山趋赴宜昌这一带的群山万壑，绝不会

① （宋）乐史撰，王文楚等点校：《太平寰宇记》卷一四八《山南东道七》，中华书局2007年版，第2881页。

是趋赴到长江南岸的荆门山。荆门山虽然险要，可是，一个山无论如何是承担不了“群山万壑”的趋赴的。[1]

因此，我们认为其三所写的“荆门”，指的是与江陵相接的荆门镇（县）这一带。荆门县虽建置于唐贞元二十一年（805），距杜甫作此诗时的大历三年（768）迟后了三十五六年之久；可是，依中国置县的惯例，应当是先有荆门之地名，然后有荆门之县名。其实，早在建县二百多年以前，此地已设城镇，并有“荆门镇”称法，如《读史方舆纪要》卷七八《湖广四・荆州府》载：“隋开皇九年，杨素伐陈，克荆门。唐武德三年，萧铣戍荆门镇，峡州刺史许绍攻拔之。明年，李孝恭自夔州进攻铣前锋，拔其荆门、宜都二镇，孝恭进至夷陵是也。”此地“江山险阨，因置城于此为控守处。”[2]隋开皇九年（589），杨素伐陈事，详见《隋书・赵煚传》，赵煚“又以行军总管从杨素伐陈，与素破陈将吕仲肃于荆门”[3]。唐武德三年（620），许绍攻拔荆门镇事已明。四年（621），李孝恭拔荆门、宜都二镇事，详见《资治通鉴》“唐纪五・高祖武德四年”：“赵郡王孝恭帅战舰二千余艘东下，萧铣以江水方涨，殊不为备，孝恭等拔其荆门、宜都二镇，进至夷陵。”[4]两处明言“荆门镇”。可以说最晚自隋时起，荆门已是镇，至杜甫作此诗时当是名镇了。唐贞元时才置县并不掩盖它

---

① 参见徐复观：《从颜元叔教授评鉴杜甫的一首诗说起》，《中国文学论集续篇》，九州出版社2014年版，第165—178页。

② （清）顾祖禹撰，贺次君、施和金点校：《读史方舆纪要》卷七八《湖广四・荆州府》，中华书局2005年版，第3685页。

③ （唐）魏征等撰：《隋书》卷四六《赵煚传》，中华书局1973年版，第1262页。

④ （宋）司马光编：《资治通鉴》卷一八九，中华书局1956年版，第5933页。

的名气(据《新唐书·地理志》,荆门县属江陵府,即荆州南郡)。读万卷书、行万里路的杜甫,将此名镇写入诗中是很正常的事。

因而,诗中的"荆门",绝不是指的荆门山,而是泛指荆门镇一带。即如上言,由奉节而来的"群山万壑",一直到荆门镇这一带,至夷陵而开出江汉之间的一大盆地。此盆地与山地之交,特为险要,所以《读史方舆纪要》在"荆门州"(明清时为州)下说:"州环列重山,萦绕大泽,西控巴峡,扼其咽喉;东连鄢郢,为之襟带,信荆楚之门户,实襄汉之藩垣。"①只有这样的地势才可以承担得起"群山万壑"的趋赴。

下面我们来看杜甫笔下的"荆门"。粗检杜集,除"群山万壑赴荆门"外,检得"荆门"十处,其中指荆门山的仅有一例:"甲胄乘陵,转迅雷于荆门巫峡。"(《有事于南郊赋》)其他不是专指荆门山,而是具体各有所指,多指荆门地区,如"江水清源曲,荆门此路疑。"[《九日曲江》,天宝十二载(753)作于长安]此用孟嘉落帽典。江陵府的龙山有孟嘉落帽台,其地在荆门东。时杜甫在曲江作重九,而疑是龙山,是用荆门拟指龙山(在城西北十五里)。"高通荆门路,阔会沧海潮。"[《桔柏渡》,乾元二年(759)作]此言嘉陵江下流入长江,东下入渝、合,到达荆州。是用荆门代荆州。"建都分魏阙,下诏辟荆门。"[《建都十二韵》,上元元年(760)作]《旧唐书·肃宗纪》说,上元元年(760),"九月甲午,以荆州为南

① (清)顾祖禹撰,贺次君、施和金点校:《读史方舆纪要》卷七七《湖广三·荆门州》,中华书局2005年版,第3592页。

都，州曰江陵府，官吏制置同京兆”[①]。此以荆门代江陵。“应须理舟楫，长啸下荆门。”[《春日梓州登楼二首》其二，广德元年（763）作]此“下荆门”是指将由楚入吴，以遂思吴之志，即《逢唐兴刘主簿》所谓“扁舟下吴会”之意。“欲辞巴徼啼莺合，远下荆门去鷁催。”[《奉待严大夫》，广德二年（764）作]诗是将去阆州赴荆南，闻严武再镇蜀且待相见之作。此荆门代指荆南。“巫峡将之郡，荆门好附书。”[《寄李十四员外布十二韵》，大历三年（768）作]此诗作时作地有争议，以大历三年（768）作于江陵较近诗意。时李白和杜甫都在江陵，此“荆门”指荆州，即江陵。“蜀麻久不来，吴盐拥荆门。”[《客居》，大历二年（767）作]蜀中麻、吴中盐，两相贸易，以兵乱而阻，故拥荆门。试想，吴盐怎么会拥至荆门山上？此“荆门”指荆门地区。“剖符来蜀道，归盖取荆门。”[《奉汉中王手札》，大历二年（767）作]汉中王先时贬蓬州，待罢郡归朝，取道夷陵。此“荆门”指代夷陵，今湖北宜昌。“楚宫腊送荆门水，白帝云偷碧海春。”[《奉送蜀州柏二别驾将中丞命，赴江陵起居卫尚书太夫人，因示从弟行军司马位》，大历二年（767）作]此“荆门”专指楚都江陵。“荆门留美化，姜被就离居。”[《秋日荆南送石首薛明府辞满告别，奉寄薛尚书颂德叙怀斐然之作三十韵》，大历三年（768）秋即将离开江陵时作]诗中石首县在荆南[武德四年（621）置县]，县北有石首山，隶属于江陵。薛明府在石首县秩满告别，则“留美化”的“荆门”就指石首县。总之，杜甫诗文中的“荆门”都离荆州（江陵）不远，千万不可处处拘泥于“荆门山”，而是要结合具体的诗做具体分

---

① （后晋）刘昫等撰：《旧唐书》，中华书局2013年版，第259页。

析，看它指代什么。陈贻焮先生说："唐人多呼荆州（今湖北江陵县）为荆门，如王维《寄荆州张丞相》'所思竟何在？怅望深荆门'。此诗中的荆门亦然。"[①]同样，"群山万壑赴荆门"之"荆门"也不可局限在"荆门山"，而是以荆门镇为中心的广大地区。

荆门镇这一带，与秭归虽同在江北，但和昭君村在空间上仍有一段相当长的距离；那么，"群山万壑赴荆门，生长明妃尚有村"两句的解释就是：在群山万壑趋赴荆门地区的过程中，有多少人间故事，都在这荒荒莽莽的大自然中埋没掉了；也就在这荒荒莽莽的大自然中，却依然还（尚）保有明妃村的名号。由此可知明妃故事感人之深。只有这样的解释，才可把握到杜甫的"尚有村"的"尚"字，才能体认到杜甫作此诗时的感叹之声：若不是身经此地，只是道听途说，靠虚拟想象，是不会下一"尚"字的。这进一步证明了此诗是杜甫途经归州时或稍后所作。

五溪、宋玉宅、楚宫的地理位置亦关乎组诗系年。从字面上看，其一没有直接提到有关庾信的古迹，其实所咏古迹就是庾信宅，诗的体裁局限不一定点明。刘备、诸葛亮祠庙，昭君村在三峡地区，宋玉宅、庾信宅则在两湖地区。从这方面看，把咏庾信的置于五章之首，也是比较合适的，是五首中最后写成的。例如《杜臆》认为，古迹是指江陵的庾信宅，其言曰："盖庾信宅也。……荆州有庾信宅，江关正指其地。"[②]按庾信《哀江南赋》有云："值五马之南奔，逢三星之东聚。彼凌江而建国，始播迁

① 陈贻焮：《杜甫评传》下册，上海古籍出版社 1988 年版，第 1090 页。
② （明）王嗣奭：《杜臆》，上海古籍出版社 1983 年版，第 279 页。

于吾祖。……诛茅宋玉之宅，穿径临江之府。”①是说他的先祖庾滔遭西晋末年永嘉之乱，南奔江陵，居宋玉故宅。自己因避侯景之乱，从建康逃归江陵，亦居之。江陵有庾信宅，此篇咏庾信，当是杜甫到江陵后所作，而非预为之作。杜甫《送李功曹之荆州充郑侍御判官重赠》有云：“曾闻宋玉宅，每欲到荆州。”此诗作于大历元年（766）。从诗意看，诗人下一“欲”字，表示此时尚未来荆州（江陵）。比较二诗的语气，身在江陵与否已判然。

此诗第三、四句云：“三峡楼台淹日月，五溪衣服共云山。”是身在江陵，追忆其旅程所历地区：三峡、五溪。按《水经注·沅水》介绍“辰溪口”有云：“武陵有五溪，谓雄溪、樠溪、无溪、酉溪，辰溪其一焉。夹溪悉是蛮左所居，故谓此蛮五溪蛮也。”②其地在今湖南西部。此诗以五溪与三峡对称，用以指两湖地区。两诗句是杜甫叙述写此诗时的生活环境，明示杜甫此时已出峡来到湖南西部地区，北上即可达江陵。

理解其二的关键是对“江山故宅”“云雨荒台”“楚宫”的理解。这一系列圣迹有两种解释。如果“江山故宅”是归州（今湖北秭归县）宋玉宅，则“云雨荒台”在巫山县。“云雨荒台”，指宋玉《高唐赋》所赋之台。关于宋玉宅，宋赵次公曰：“玉归州有宅，而荆州又有宅也……此归州宅之证也。”③按宋

① （北周）庾信著，（清）倪璠注，许逸民校点：《庾子山集注》，中华书局1980年版，第104页。

② （北魏）郦道元著，陈桥驿校证：《水经注校证》，中华书局2007年版，第868页。

③ （宋）赵次公注，林继中辑校：《杜诗赵次公先后解辑校》（修订本），上海古籍出版社2012年版，第1089页。

玉《高唐赋序》载:“昔先王尝游高唐,怠而昼寝,梦见一妇人……王因幸之。去而辞曰:妾在巫山之阳,高丘之阻,旦为行云,暮为行雨,朝朝暮暮,阳台之下。”①宋玉所赋本为寓言,但后世形成传说。《太平寰宇记》“夔州·巫山”县记载:“楚宫,在县西北二百步,在阳台古城内,即襄王所游之地。”又载:“阳云台,高一百二十丈,南枕长江。楚宋玉赋云:‘游阳云之台,望高唐之观。’即此也。”②杜甫《入宅三首》其二有云:“宋玉归州宅,云通白帝城。”此诗作于大历二年(767)春,应是途经归州时所作。亦知,大历二年春,杜甫已到归州。这里还有一个旁证,陆游《入蜀记》:“访宋玉宅,在秭归县之东,今为酒家。旧有石刻‘宋玉宅’三字。”③假如组诗的宋玉宅在归州,荒台(阳台)、楚宫均在巫山县,那此篇当为杜甫舟行途经巫山、归州时所作。杜甫《夔州歌》有云:“巫峡曾经宝屏见,楚宫犹对碧峰疑。”楚宫也指巫山一带之楚宫,可为一佐证。

如果“江山故宅”指荆州之宋玉宅,即如《哀江南赋》所云“诛茅宋玉之宅,穿径临江之府”,则“云雨荒台”指云梦泽之台。按宋玉《高唐赋序》:“昔者楚襄王与宋玉游于云梦之台,望高唐之观。”李善注引张揖曰:“云梦,楚薮也,在南郡华容县,其中有台馆。”④华容县,在当时的江陵东南,今属湖南岳

① (南朝宋)萧统编,李善注:《文选》第二册第十九卷,上海古籍出版社1986年版,第875—876页。

② (宋)乐史撰,王文楚等点校:《太平寰宇记》卷一四八《山南东道七》,中华书局2007年版,第2876页。

③ (宋)陆游撰,蒋方校注:《入蜀记校注》卷四,湖北人民出版社2005年版,第223页。

④ (南朝梁)萧统编,(唐)李善注:《文选》第二册第十九卷,第875页。

阳。观宋赋，知巫山神女住在阳台，而楚王做梦，则在云梦泽之台。这个楚宫，就指江陵一带的楚宫。江陵为楚国都城（郢），其地当时有规模颇大的楚国宫殿。如果这样理解，那此篇是杜甫到达江陵以后所作。杜甫舟近江陵，舟人指点楚宫遗址，已疑不能明辨。注意杜诗"最是楚宫俱泯灭"，着一"俱"字，似是指庞大的宫殿群，则以指江陵之楚宫更为确切。其后入江陵城，目睹宋玉宅（即后来的庾信宅），有感于宋玉所赋云梦泽高唐观之事，因而写作此篇："摇落深知宋玉悲"，"江山故宅空文藻"。以上两种解释，不管是哪一种更准确，可以肯定的是此诗乃杜甫离开夔州以后或途经归州或抵达江陵后所作。

四、组诗写作时地的进一步梳理和总结

首先梳理一下组诗其四、其五的作年作地问题。第四首言及刘备崩于永安宫。永安宫在夔州永安县，《太平寰宇记》"山南道七·夔州"云："三国时，蜀先主为吴将陆逊败于夷陵，退屯白帝城，因改为永安。"又载："刘先主改鱼复为永安，仍于州西七里别置永安宫。"①《宋本杜工部集》卷十五有杜甫自注："殿今为寺庙，在宫东。"之后，赵次公《杜诗先后解》成帙卷七、《宋百家注》卷二十七、《宋九家注》卷三十、《宋分门集注》卷六等都有此注，可知永安宫之殿堂唐时在故址上已建立寺庙，即夔州先主庙，非成都之先主祠。杜甫亲至其地是没有问题

① （宋）乐史撰，王文楚等点校：《太平寰宇记》卷一四八《山南东道七》，中华书局 2007 年版，第 2871 页。

的，从他的自注和诗句“崩年亦在永安宫”之“亦”字都可以肯定（“亦”字，一方面是刘备未及抵成都而殁，即葬于此，另一方面也暗示杜甫身在地点）。第五首次句云，“宗臣遗像肃清高”，此诸葛遗像即为上首所云“武侯祠屋”中的塑像（带“迹”字）。此祠全称“诸葛武侯祠”，“在州城中八阵台下”①。准确地说，此指夔州诸葛庙，非成都武侯祠，杜甫《上卿翁请修武侯庙遗像缺落，时崔卿权夔州》云：“尚有西郊诸葛庙，卧龙无首对江渍。”明言夔州“西郊”。这两首诗当为杜甫在夔州游览古迹，目睹刘备、诸葛亮祠庙后所作，应作于同时，时间大致在大历元年（766）秋初至夔州到大历二年（767），与《诸葛庙》《谒先主庙》《八阵图》诗作于同时。《诸葛庙》云：“久游巴子国，屡入武侯祠。”“巴子国”，借指夔州。“屡入”，正呼应了上文所言不止一次两次之瞻仰。

总之，组诗非作于一时一地，较大的可能是杜甫初至夔州及自夔州赴江陵途中陆续写成（本文第二部分梳理杜甫行迹时已分析其可能性），最后写定则在到达江陵以后，时间跨度大致是永泰二年（766）暮春至大历三年（768）春。即永泰二年（766）春末，杜甫从云安移居夔州。其《移居夔州作》云：“伏枕云安县，迁居白帝城。”大历三年（768）正月，杜甫出峡，三月赴江陵，杜甫作有多诗可以证明。是年九月，杜甫已感到江陵人情凉薄，又将营之他去。这五首诗的写作不会晚于此时。如果非要说五首出于一时手笔，那时间应是大历三年（768）暮春。再揆之以情理，很可能出自寓居江陵时刻，先写下咏庾信宅后，

---

① （宋）祝穆撰，（宋）祝洙增订，施和金点校：《方舆胜览》卷五十七《夔州路·夔州·祠庙》，中华书局2003年版，第1015页。

追忆回去，编定了此五诗：庾信宅、宋玉宅、昭君村、永安宫、先主祠、武侯庙，请注意五诗的编排顺序。我们推测，杜甫初到江陵，虽未必真能住进庾信的故宅，但最先引起他对江陵兴味的却是庾信，所以第一首即将自己的“支离”“漂泊”，联系上庾信的“萧瑟”“平生”。庾信避难江陵时，即居住在宋玉的故宅，而宋玉又是杜甫素所倾倒之人，所以第二首即是咏宋玉。由江陵回溯上去即是归州，所以第三首便咏明妃。再回溯上去便是夔州，所以第四、第五首便咏刘备及诸葛亮。而不可能是在夔州为昭君村、江陵宋玉庾信宅预先落笔。这一现象，先贤时俊做过精辟的总结：“杜甫跳荡的思绪往复于祖国悠久的历史中，而由于自己的行踪到达了或接近了他非常熟悉、非常敬仰的五位历史人物所生活过的地区，他的心灵律动因而发生了新的震颤。”①

再从结构上看，组诗属于联章七律，每首分咏，并未单独立题，是一个有意编排、错落有致的整体，即在意与象的组合上、历史人物与文化遗迹的结合上，都是透过诗人独特的生命经验来完成的，其大旨不外叙故迹而咏怀，亦是伤感之意；而其文气一脉贯通。这说明一个问题：各诗写作时间间隔不远，如果是出于一时之手，则也有之前某时间对某“古迹”所打成的腹稿或草稿，定稿之时必经过了一番惨淡经营。如第一首交代写作动机，为组诗总冒，借庾信自况心境：均自伤欲归不得。由此首庾信（宅）而追怀第二首的宋玉（宅），乃是自然之情与自然衔接，因两处古迹，实为一地也。而宋玉宅有两处，由归州之宋玉

---

① 程千帆、张宏生：《晚年：回忆和反省——读杜甫在夔州的长篇排律和联章诗札记》，《中国社会科学》1986年第1期。

宅追怀到秭归的明妃村，亦属自然、合理。由明妃悲剧的造成者汉元帝，追怀到汉室后人刘备君臣及其相关遗迹。组诗就是这样一个整体，是由杜甫的生命经验组织起来的：有慨于庾信当年，有家难归，所寄托的情怀，五首同然：伤漂泊，悲失志，前后贯之，五首浑如一首。犹可注意者则是所怀五人，命运相似，客死他乡，无不失志：庾信"萧瑟"，宋玉"摇落"，王昭君"怨恨"，昭烈伐吴道崩白帝，武侯鞠躬尽瘁殁于五丈原，都是以"伤漂泊，悲失志"这一主旨贯穿在一起的。

西方有一种理论以为，"诗人造就了最好的地志学者"①。这是很有道理的。组诗创出以后，诗中有关五个主要"古迹"及有关次要"古迹"描写的诗句，每每为历代堪舆之书、史书，特别是地方志、地理志等引用，恰恰证明了以诗人行迹旅踪系年的可靠性。总之，如果此一考辨结果成立的话，组诗的系年需要重编，组诗的诠释需要重来。

① 转引自[英]阿兰·R. H. 贝克：《地理学与历史学——跨越楚河汉界》，阙维民译，商务印书馆 2008 年版，第 125 页。

风俗画卷与时代精神*

——杜甫节令诗论析(上)

风俗对诗歌创作具有重要影响;诗歌又在表述与深化着风俗。丹纳说:“要了解一件艺术品,一个艺术家,一群艺术家,必须正确地设想他们所属的时代的精神和风俗概况。这是艺术品最后的解释,也是决定一切的基本原因。”①这里,丹纳所说“时代的精神”或“风俗概况”是指某个时代大多数人的思想感情或精神状态。尽管此观点在其后不久就受到了批评,德国文论家、民俗学家格罗塞在《艺术的起源》中批评丹纳的观点只是“外表的优胜,实际并不清楚”②,但是丹纳的片面性中包含了部分真理,即“民俗习惯”“风俗情况”等,对艺术包括诗歌的产生、发展、繁荣的影响是客观存在的,这对我们研究杜甫的节令诗很具启发性,反过来讲,杜诗中专门描写风俗的并不多,而往往是将风俗事项作为抒写怀抱的诗料,但于其诗中,我们

---

* 原载《杜甫研究学刊》2000年第1期,人大复印报刊资料2000年第11期全文转载。

① [法]丹纳:《艺术哲学》,傅雷译,人民文学出版社1994年版,第7页。

② [德]E.格罗塞:《艺术的起源》,蔡慕晖译,商务印书馆1984年版,第11页。

同样可以看到一幅幅风俗画卷，并以此反映与深化他那个特殊岁月的“时代精神”。这里，我们不是靠“设想”，而是靠对杜诗的具体分析来说话，探讨杜诗与“时代精神和周围的风俗”的不同寻常的关系。

一、祛灾与祝福

中华民族多数节令都表现出驱除灾邪、祈求平安的主题，善于记历又善于记事的杜诗多有描写，如“逢迎少壮非吾道，况乃今朝更祓除”（《清明》）和“欹倒衰年废，招寻令节同。薄衣临积水，吹面受和风”（《上巳日徐司录林园宴集》）都写古老的上巳日“祓禊”习俗。关于祓禊风俗之始有三说：一是在周，一在郑，一在后汉；事有春禊、秋禊之别。其地点：周郑禊于溱洧，汉祓于灞水，唐则主要在长安乐游园、渭水和灞水。《乐府诗集》卷八十和《后汉书·礼仪志》等于此有详考：周昭王溺于江汉，二女延娟、延娱同没。江汉人思之，至上巳日禊集祠间，以食品沉水。这大概是较早的起源。关于其他诸说，宋王楙《野客丛书》卷十六有详细说明：“上巳祓除事，说者多端。沈约《宋志》谓旧记有郭虞者，有三女，三月三日俱亡，故俗忌此日，皆于东流水上，祈禳祓洁，挚虞引《续齐谐记》则曰‘徐肇有三女’云云，非郭虞也。蔡邕《章句》引‘暮春浴乎沂’，或者引韩诗：郑国之俗，三月上巳，于溱洧之上，祓除不祥。束皙引周公卜邑于洛，此礼已行，故《逸诗》曰‘羽觞随波’。则知上巳祓除，其来久矣。又观《汉书》‘八月祓于灞上’，故刘桢赋：‘素秋二七，天汉指隅，人胥祓除，国子水嬉。’是又用七月十四日。

因知汉人祓除，亦有在秋间者，不必春暮。自汉以前，上巳不必三月三日，必取巳日，自魏以后，但用三月三日，不必巳也。"[①]至唐，重春禊，也有记载，如《新唐书》卷八三《太平公主传》："始，主作观池乐游原，以为盛集。既败，赐宁、申、岐、薛四王，都人岁祓禊其地。"[②]而且留下了大量的诗作来描述此之俗。此俗具有拨动着骚客文人心弦的如此魅力，是因为三月时令很不平凡，随着阳气上升，一些自然灾害和疾病随之而来，远在周代就有"女巫掌岁时祓除衅浴"（《周礼·春官》）的记载，郑玄注之："岁时祓除，如今三月上巳如水上之类，衅浴，谓以香薰草药沐浴。"即每逢此时，要去水边祭祀，并用浸泡了香草的水沐浴，认为这样可以祓除疾病与不祥。祓禊这种来自上古的礼仪，在汉以后有了很大变化，人们来到水边已不仅仅是举行沐浴祓禊的仪式，而是把它当作宴饮游玩的好时光，更免不了赋诗行令。达官贵人或文人墨客还把酒杯放到弯曲环绕的小水渠，让它随波泛流，流到谁的面前谁就取来喝掉杯中酒，称之"曲水流觞"。如王羲之《兰亭集序》记的就是他和朋友们三月三日水边宴饮的盛况。至唐，皇家与民间都重视祓禊日的活动，皇帝经常在这一天赐宴、赐钱给文武百官，并且官修游船画舫，以助游兴。唐人为配合游赏、宴饮等活动，还改造引进了《祓禊曲》《回波乐》《上巳乐》等曲子，此"回波"即是"曲水流觞"之意。《隋唐嘉话》《本事诗》《朝野佥载》《乐府诗集》《唐两京城坊考》等典籍都有记载，唐人诗赋如王勃、卢照邻等人

---

① （宋）王楙：《野客丛书》卷十六，中华书局 1987 年版，第 174 页。

② （宋）欧阳修、宋祁等撰：《新唐书》卷八三，中华书局 1975 年版，第 3652 页。

的《三月曲水宴得烟字》、张籍《流杯渠》、徐凝《流杯亭》、韦处厚《渔杯渠》、姚合《泛觞泉》、陆环《曲水杯赋》等多有生动描述。只是身在飘零中衰老的杜甫来写此俗就别有一番滋味在心头了。

重阳节也是一个祛灾祈福、充满温情和诗意的节日。其起源,没有明确记载,其故事的流传可以追溯到西汉。刘歆《西京杂记》记,戚夫人的侍儿贾佩兰嫁给扶风人段儒为妻,常谈起她在宫内时,每到九月九日,佩茱萸、吃蓬饵、饮菊花酒等习俗(参卷三)。而吴筠《续齐谐记》将其事叙述得更为明白,费长房谓桓景曰:"九月九日汝南当有大灾,急令家人缝囊盛茱萸系臂上,登山饮菊花酒,此灾可消。""景如言,举家登山,夕还,见鸡犬牛羊一时暴死。长房闻之曰:'此可代也。'"由此可知重阳节的主要活动有登高、佩插茱萸、饮菊花酒等,其原始用意在于驱邪避灾。后又演化出插菊枝、赏菊花、游赏、怀思的内涵,杜甫九日诗无一不切合此俗,如:"缀席茱萸好,浮舟菡萏衰。""晚来高兴尽,摇荡菊花期。"(《九日曲江》)"坐开桑落酒,来把菊花枝。"(《九日杨奉先会白水崔明府》)"是节东篱菊,纷披为谁秀。岑生多新诗,性亦嗜醇酎。采采黄金花,何因满衣袖。"(《九日寄岑参》)"故里樊川菊,登高素浐源。"(《九日》)"明年此会知谁健,醉把茱萸子细看。"(《九日蓝田崔氏庄》)"缀席茱萸好,浮舟菡萏衰。"(《九日曲江》)杜诗这类诗中咏及陶渊明"采菊东篱""白衣送酒"的雅兴、趣谈暂且不论,菊能益寿延年、祛病去灾的自然属性,杜甫自有重视;茱萸的特性:"九月九日熟,味辛色赤,拆其房插头,可避邪气。"(《荆楚岁时记》)衰病中的杜甫也应该有比常人更深的体味吧。

中国传统节令中的祛灾功利往往与祈祥、祝福密不可分。尊老爱幼是中华民族的优良传统之一，这一传统首先表现在元日习俗中，杜诗说："飘零还柏酒，衰病只藜床。"（《元日示宗武》）此"柏酒"即是椒柏酒，元日饮此酒具有祝人长寿、祛病的功效。崔寔《四民月令》说："元日进椒柏酒。椒是玉树星精，服之令人却老。柏是仙药，能驻年却病。尊卑列次，以年少者为先，各饮毕，遂献尊氏寿。"宗懔《荆楚岁时记》也说："正月一日进椒柏酒。凡饮，次第从小起。"汉人以为"椒是玉衡星精，服之令人身轻却老，柏是仙药"（《荆楚岁时记》），因此饮椒柏酒，预祝人们新一年身体健康。《晋书·列女传》记，刘臻之妻，曾于正旦献"椒花颂"祝节，词中"标美灵慈，爰采爰献。圣容映之，永寿于万"，其所以"从小起"，是因为过年对年轻人而言是增加一岁，所以先饮酒贺之；对老年人来说，是又少了一年，所以后饮酒。杜甫在"飘零""衰病"中，在不平凡的日子里饮此酒，就更意味深长了。这一"从小起"的风俗又诱使杜甫写下了《又示宗武》一诗，这诗不是专训子的，还包含着长辈祝子孙富贵、聪明的习俗，只是表现不俗而已："觅句新知律，摊书解满床。试吟青玉案，莫羡紫罗囊。暇日从时饮，明年共我长。应须饱经术，已似爱文章。十五男儿志，三千弟子行。曾参与游夏，达者得升堂。"觅句摊书，宗武已知学，为漂泊中的老杜带来了不小的安慰。"青玉案"，本为珍贵食器，出自《文选》卷二十九张平子（衡）《四愁诗四首》其四："美人赠我锦绣缎，何以报之青玉案。"这里谓古诗，老杜诲其子"应须饱经术"，于此亦可见一斑。"紫罗囊"，一种纨绔子弟的服饰。《世说新语·假谲》记："谢遏年少时，好着紫罗囊，垂覆手。太傅

（谢安）患之，而不欲伤其意，乃谲与赌，得即烧之。”①谢遏即是在淝水之战中大败苻坚的谢玄。老杜这里很巧妙地引用此典来诲其子。而后六句更以孔子弟子曾参与游夏相激励，嘱托只有饱经术、法先贤方可升堂入室，方能达贵，老杜屡用诲人典故，其用心显见，那祝子富贵、聪明的习俗亦不难窥知。元稹的《酬复言长庆四年元日郡斋感怀见寄》与杜甫此诗表达了同样的情怀："富贵祝来何所遂，聪明鞭得转无机。休看稚子先拈酒，怅望平生旧采薇。"其"富贵祝来何所遂，聪明鞭得转无机"下自注云："祝聪明、鞭聪明皆正旦童稚俗法。"明确道出，这一风俗是侧重于童稚的：祝愿自己的孩子聪明、富贵，是天下父母的共同心愿。特别是老子"飘零""衰病""怅望平生""艾发衰容"的当儿，在一年复始的元日，做出这样的祝福，中国味也就特别浓了。

人日，俗称"人展"，又称"人胜节""人生节"，指农历正月初七。相传伏羲、女娲开天辟地之时即为元正，遂于正月初一造鸡司晨；初二造犬看门，初三、初四造羊、猪供食，初五、初六造牛马犁地拉车，初七造人主宰六畜，于是这一天成了整个人类的"生日"。晋人董勋《问礼俗》说："正月一日为鸡……七日为人。正旦画鸡于门，七日贴人于帐。"（《荆楚岁时记》引）传为东方朔《占书》说："七日人，清明，民安，君臣和。"是占世道；若占谷物，"其日晴，所主之物育，阴则灾"。杜诗说："元日到人日，未有不阴时。"（《人日二首》其一）正是天宝离乱，四方云扰，人物岁岁俱灾的现实的反映。这还嫌不足，诗人又写道："此日此时人共得，一谈一笑俗相看。樽前柏叶休随酒，胜里

① 徐震堮校笺：《世说新语校笺》，中华书局1984年版，第461页。

金花巧耐寒。”(《人日二首》其二)柏叶休随,言元日已过。此中道出了皇家元日赐柏叶的习俗。朝会这天,天子必赐柏叶给亲近大臣,以示恩赐。柏叶,乃取其避鬼祛邪、祝人长寿之意。例如,唐中宗景龙四年(710)正朔,中宗赐柏叶给近臣,赵彦昭、李乂、武平一等都有应制诗,三诗分别有云:“器乏雕梁器,材非构厦材。但将千载叶,常奉万年杯。”这里以“雕梁器”“构厦材”衬托“柏叶”,突出其“千载”“万年”的喻义(赵《元日恩赐柏叶应制》);“劲节凌冬劲,芳心待岁芳。偏令人益寿,非止麝含香”。在道出“柏叶”“凌冬”特质的同时,突现“偏令人益寿”的象征内涵(李《元日恩赐柏叶应制》);“绿叶迎春绿,寒枝历岁寒。愿持柏叶寿,长奉万年欢”(武《奉和正朔赐群臣柏叶》),也是在抓住“柏叶”“历岁寒”特点的同时,以“柏叶寿”喻示“万年欢”。而“胜里金花”又展示了这样的风俗:“正月七日为人日,以七种菜为羹,剪彩为人,或镂金箔为人,以贴屏风,亦戴之头鬓;又造华胜相遗。”(宗懔《荆楚岁时记》)杜公赡注云:“剪彩人者,人入新年形容改从新也。华胜起于晋代,见贾充李夫人《典戒》云:像瑞图金胜之形,又取像西王母戴胜也。”也就是所谓人胜是人形的饰物。“贴人于帐”是人日的标志性习俗。据新的研究发现,人日“剪纸和金箔人,则具有求子的目的”①。而人胜的具体图式,如“抓髻娃娃”“人日童子图”等,“抓髻娃娃”明显表示鸡人创世神话:莲、梅、桃形的“人胜”以莲喻女,表现莲生子,以梅、桃喻子,都是求子与生殖崇拜的象征,“金乌负日”人胜,表达创世意识,包括自然界的创世与

① 宋兆麟、李露露:《中国古代节日文化》,文物出版社1991年版,第20页。

生物的创世,并强调祈求生殖的意识。二者相合深化了人日创世神话的主题。① 杜甫在兵荒马乱中展示此期望人丁兴旺的风俗,其苦心可见!

立春为四时之始终,标志着冬季的结束、春季的开始,是一个非常重要的节令,此日礼俗甚为丰富,杜甫的《立春》为我们展示了“吃春盘”的习俗:“春日春盘细生菜,忽忆两京全盛时。盘出高门行白玉,菜传纤手送青丝。”所云“春盘”,即取生菜、果品、饼、糖等,置于盘中为食,取迎新、迎春之意。皇帝于立春前一日以春盘并酒赐群臣,民间也有相互馈赠。《唐摭言》曰:“晋李鄂,立春日命以芦菔、芹菜为盘,相馈贶。”《四时宝镜》云:“唐立春日食春饼、生菜,号春盘。”这里的“生菜”“青丝”都指韭菜。其所以言韭菜为“青丝”,得从这一风俗的源起找原因。从东汉开始就有皇家东郊迎春的礼俗,祭礼的对象是青帝(东方之帝、司春之神)及其助手勾芒。在迎春礼仪中参祭人员要穿青衣、戴青帻,所用礼曲在汉为《青曲》,在唐为《青郊迎神曲》,这样青就成了春天的象征,谓韭菜为“生菜”“青丝”就暗示着春意。这与杜诗《十月一日》所记蒸裹焦糖盘相似。秦时以此日为岁首,当为佳节。蜀沿秦俗,以此节物相馈。杜诗云:“蒸裹如千室,焦糖幸一柈。兹辰南国重,旧俗自相欢。”便记夔州民俗。“幸一柈”,以满柈遗赠为幸。《齐民要术》:“蒸裹方七寸准,豉汁煮秫米、生姜、橘皮、胡芹、小蒜、盐,细切熬糁,膏油涂箬,十字裹之,糁在上,复以糁屈牖籥之。”“煮白饧,宜缓火,火急则焦气。”《四民月令》也记:“十月先冰冻,作

---

① 参见常建华:《中国古代人日、天穿、填仓诸节新说》,《民俗研究》1999 年第 2 期。

京饧，煮暴饴。”（以上引文俱参仇注杜诗卷二十）杜甫在淳朴民俗的描写中表达出美好的祝愿。

七月七日，也称“七夕”“双星节”“乞巧节”“女儿节”。不管其起源如何，它的含义与活动方式，从现存文献中可以缕出脉络：“即由全民参与，由登高、曝衣、晒书、乞富、乞寿、乞子等等活动，逐渐归一化为仅由妇女们穿针引线、向织女乞巧、向月亮祷祝，以此诉说她们的隐曲深衷。”[①]起码，南北朝时期，此俗已趋单一化，至唐虽没有大发展，然已变成名副其实的女儿节（参同上）。杜甫的《牵牛织女》是他初至夔时亲见乞巧活动而作。虽以“牵牛出河西，织女处其东”，“何必秋遂逢”否定了牛女相会之俗传，他还是将其所见之乞巧活动生动地记了下来。“称家随丰俭，白屋达公宫”言贫富、朝野皆预，“膳夫玉鸣”言贵贱皆然。宗懔《荆楚岁时记》云：“七月七日，为牵牛织女聚会之夜。”[②]“是夕，人家妇女结彩缕，穿七孔针。或以金银鍮石为针，陈瓜果于庭中以乞巧，有喜子网于瓜上，则以为符应。”[③]杜诗“竭力机杼中”和“敢昧织作功”是写穿针、机杼之巧。在男耕女织的中国古代社会里，机杼之巧也是女子必备的。“蛛丝小人态，曲缀瓜果中”，是写蛛网乞巧。“曳月扬微风”和“初筵裛重露，日出甘所终”，是写拜月乞巧。当然，这种乞巧活动不管多么认真，多么用心，她们总还是“秉心郁忡忡”，怀有愁

---

① 程蔷、董乃斌：《唐帝国的精神文明——民俗与文学》，中国社会科学出版社 1996 年版，第 72 页。

② （南朝梁）宗懔著，谭麟译注：《荆楚岁时记译注》，湖北人民出版社 1985 年版，第 106 页。

③ （南朝梁）宗懔著，谭麟译注：《荆楚岁时记译注》，湖北人民出版社 1985 年版，第 109 页。

怨。其所以如此,因为女子的乞巧直接关系到她们的最为切身的利益,与她们婚姻之美满、家庭之幸福直接有关。正基于此,她们才向纺织能手织女乞巧,才向象征爱情忠贞、万古不渝的牛女双星拜伏祈祷。杜甫的“竭力机杼中”正可以看作是对天下女子的祝福与勉励。

二、归情与乐心

杜甫的节令诗还表现出浓郁的归乡思家之情及对安居乐业的渴望。如至德二载(757)寒食时作于长安的《一百五日夜对月》,《杜臆》的题解甚为深透:“诗题不云寒食对月,而云一百五日,盖公以去年冬至弃妻出门,今纪其日,见其已久也。”① 所云“无家对寒食,有泪如金波”,“牛女漫愁思,秋期犹渡河”,正表现对妻儿的思念之苦。寒食,因节日期间只吃冷食,又称“冷节”“禁烟节”,而清明是二十四节气之一。寒食节俗经上古至魏晋始成熟。唐代寒食风俗活动俱备,朝野士庶都视为重要节令。寒食的来历不管与介子推有无关系,其禁火习俗则是普遍的、共同的。去冬至以百零四日,民间称为“私寒食”,一百零五日为“正寒食”,一百零六日为“小寒食”。这三天为法定禁火日。因此到“私寒食”,便“普天皆灭焰,匝地尽藏烟”(沈佺期《寒食》)。“处处无烟火,人家似暂空”(许裳《奉天寒食书事》)。这种禁火是约定俗成的,不用人教的,所谓“惭愧四邻教断火,不知厨里久无烟”(伍唐珪《寒食日献郡守》)。

① (明)王嗣奭:《杜臆》,上海古籍出版社1983年版,第46页。

“日日冒烟尘,忽忽禁火辰”(薛逢《禁火》)。当然,这种悲凉冷寂的基调有时会与人生的飘零连在一起,使悲凉的气氛更加浓厚,如杜甫《小寒食舟中作》:“云白山青万馀里,愁看直北是长安。”仇兆鳌评之:“兴己之飘零”,“伤己之淹泊”①。这与上诗表达了同样的情怀。

八月十五又作“中秋节”,俗作“八月半”,因“十二度圆皆好看,其中圆极是中秋”“月到中秋分外圆”,故又称“月节”。中秋起源于何时,文献上找不到答案。有人以为与“秋报”(祀土地神祈求丰收)有关,可能是“秋报”的遗俗。有人以为中秋节源于古代祭月之风。中秋节是太阳经过秋分点最近的一个满月日,在秋高气爽的夜晚最宜赏月,先人把这一天定为祭月的日子。家人团圆的习俗可能是后起的,却极受看重,我们审视杜甫的《八月十五夜月二首》其一就会更添几分怜意,因为人间盼团圆,可是该团圆的时候却偏偏得不到团圆:身在夔州如“转蓬”的杜甫,仰望“满目明镜”,顿起思乡之情,但“归心折大刀”,又归不得,只好在“水路疑霜雪,林栖见羽毛”的凄凉中眺瞻白兔,“直欲数秋毫”了。

中秋节不得团圆,守岁之夜怎样?《荆楚岁时记》云:“岁暮,家家具肴蔌诣宿岁之位,以迎新年。相聚酣饮。留宿岁饭,至新年十二日,则弃之街衢,以为去故纳新也。”②这里的“宿岁”即守岁。《帝京岁时纪胜》云:“高烧银烛,畅饮松醪,坐以待旦,名曰守岁,以兆延年。”“酣饮”,《通俗编》卷三引《风土

① (清)仇兆鳌注:《杜诗详注》,中华书局1979年版,第2062页。

② (南朝梁)宗懔著,谭麟译注:《荆楚岁时记译注》,湖北人民出版社1985年版,第147页。

记》云："除夜祭先，竣事，长幼聚饮，祝颂而散。"唐人为此留下了大量的诗篇，杜甫《杜位宅守岁》："守岁阿戎家，椒盘已颂花。盍簪喧枥马，列炬散林鸦。四十明朝过，飞腾暮景斜。谁能更拘束，烂醉是天涯。"也能切合这些习俗，只是不能与家人与长幼"聚饮""酣饮"而为客他家。一年将尽，新岁将始，人之老矣，事业未就的悲愁油然而生，正道出了这种乡愁的普遍性，极易产生共鸣。因为除夕家人团圆自古以来就是以情境为中心的中国人最讲究的。

飘零中的杜甫在抒发归情的同时表达出对安居乐业的渴望，杜诗"朝来新火起新烟，湖色春光净客船"（《清明二首》其一）包含着多少期待！首句首先道出的是，"改木迎新燧"（张说《奉和圣制寒食作应制》）的习俗。这是在小寒食日取榆柳木钻火赐近臣戚里的习俗，《岁时记》云："唐于清明取榆柳之火，以赐近臣顺阳气也。"唐人在承继原型风俗，如《论语·阳货》："旧谷既没，新谷既升，钻燧改火斯可已矣。"与民间尊仰介子推奉主而辞荣华相结合的基础上，注入了新的内涵，显示出鲜明的时代特色。例如王起《钻燧改火赋》有这样的描述："乾坤设兮，其仪有二；寒暑运兮，其序有四。圣人则天而顺气，故改火钻燧。大矣其功，博哉其利。智以济物，时以作事。"又说："冠五行以斯用，审四时而是取。司方守赤，以备乎南北东西；利物济人，用配乎金木水土。……日月其逝，春秋相推。取舍有常，必假于人力。新旧迭用，无垂于天时。惟火之用，其则有顺。"[①]揭示了钻燧改火的三层意义：则天顺气、利物

---

① （宋）李昉等编：《文苑英华》卷一二三，中华书局 1966 年版，第 561 页。

济人、弃旧图新。也正是在这则天顺气、利物济人、弃旧图新的时候，杜甫无家可归，所谓“无家对寒食”，只能在“客船”上空想这种“惟新之恩”（武元衡《寒食谢赐新火及春衣表》）了。

不仅如此，杜甫面对着寒食、清明众游人的恣情欢乐：“著处繁华矜是日，长沙千人万人出。渡头翠柳艳明眉，争道朱蹄骄齿膝。”“金镫下山红日晚，牙樯掠舵青楼远。”（《清明》）他在流露艳羡之情的同时，想到的是“弟侄虽存不得书，干戈未息苦离居”。此一“苦离居”既显出离居的根源与无奈，又表达了团聚的渴望。可是，在家破人散、“此身飘泊无西东，右臂偏枯半耳聋”的悲苦中，他还是想到了“蹴踘”“秋千”两种娱乐活动：“十年蹴踘将雏远，万里秋千习俗同。”（《清明二首》其二）这里荡秋千之俗无须多说，只辨一下蹴踘之戏。此戏春秋战国时期已有，如《史记·苏秦列传》记：“临菑甚富而实，其民无不吹竽、鼓瑟、弹琴、击筑、斗鸡、走狗、营六博、踏鞠者。”踏鞠就是蹴鞠，以步打足踢为主。而击毬（或云打毬）则是乘马杖击，隋唐之际自西域传入，如《封氏闻见记》卷六说：“太宗常御安福门，谓侍臣曰：‘闻西蕃人好为打毬，比亦令习，会一度观之。昨升仙楼，有群蕃街里打毬，欲令朕见；此蕃疑朕爱此，骋为之。以此思量，帝王举动岂宜容易，朕已焚此毬以自诫。’”此游戏以骑马杖击为主。然而唐人记载多将二者相混，如蔡孚《打毬篇》序说：“臣谨按，打毬者，往之蹴鞠古戏也。黄帝所作兵势以练武士，知有材也。”便将外来的打毬与我国固有的蹴鞠相混。也有将打毬混为击鞠的，如《新五代史》卷十三梁家人传载：“太祖（朱温）东归，留友伦宿卫，伺察昭宗所为，友伦击鞠，坠马死。”而《资治通鉴》卷二四三《唐僖宗纪》载：“上好鞠毬，斗鸡，尤善击毬。”则是明确将二者分开了。不管怎样，都是以竞技、娱乐为主的。可是这些娱乐活动给“将雏远”的杜甫带来的只是“寂寂系舟双下泪”，因为这种娱乐已离他太远太远了。

三、唐特色宫俗

端午节的主要礼俗是“蓄兰沐浴”，故又称“浴兰会节”，本是民间驱除瘟疫的传统节日，自屈原于五月五日自沉汨罗后，又与纪念屈原挂上了钩。唐代此节主要习俗活动如赛龙舟、吃粽子、插艾蒿、饮艾叶酒、斗草、赐公服、赐金鱼、赐团扇、赐彩丝、荐衣扇、借裙襦、进龙镜、造百索等，对传统习俗有所发展，与日常生活都很切要。杜甫乾元元年（758）五月端午在拾遗时所作的《端午日赐衣》就为我们留下了珍贵的赐衣习俗见证：“宫衣亦有名，端午被恩荣。细葛含风软，香罗叠雪轻。白天题处湿，当暑著来清。意内称长短，终身荷圣情。”此“宫衣”为宫人所制之衣，也即所赐之衣。大历三年（768）在荆州所作的《惜别行送向卿进奉端午御衣之上都》又为我们留下了大臣进奉御衣的习俗，而且“麒麟图画鸿雁行，紫极出入黄金印”，更道出了汉唐服饰之演变。其所云“金印”即是“金紫”，具有很长的演变历史。《后汉书·冯衍传》记冯衍感慨自己的生平时说自己“经历显位，怀金垂紫”。而韩偓《怀恩叙恳诗》“声名煌赫文章士，金紫雍容富贵身”。这两处的“金紫”表高官显室的服章，但两朝却不一样：汉代指金印和紫绶，唐代指金鱼袋与紫袍。汉唐史书中都有记载，如秦末项氏叔侄起义入会稽时，“籍遂拔剑斩守头，项梁持守头，佩其印绶”。再如新莽末年，商人杜吴攻上渐台杀死王莽后，首先解去王的绶，而未先割去他的头。可见王莽的绶比他的头还重要。汉代官员必有一印，一印必随有一绶。唐代服饰制度在《旧唐书·舆服志》和《新唐书·车服志》规定甚细，屡有变动，然而三品以上始终服紫，而且佩有相应的金鱼袋。鱼袋之制宋以后已湮没无闻，明清人已不识此物。鉴于唐朝以前与以后的“金紫”变化如此之大，所以读书时不可不辨。

冬至在中国非常受重视。这天，太阳在某个时刻经过冬至点黄道最南端，所以又称“南至”，如《左传·僖公五年》云：“春，王正月，辛亥，朔，日南至。”《注》云：“周正月，今十一月，冬至之日，日南极。”处于北半球的中国此时白昼最短，夜最长。从此日起，昼夜的比例开始朝相反方向变化，所以又称“长至”，即冬至以后，日长一日。例如《礼记·郊特牲》：“郊之祭也，迎长日之至也。”又《史记·律书》：“气始于冬至，周而复生。”即是阴阳、日月、万物向其对立面转化的契机。唐人对冬至日非常重视，无论是皇家还是民间。皇家主要表现在先早朝，如杜诗《至日遣兴奉寄二北省阁老两院故人二首》所记：“忆昨逍遥供奉班，去年今日侍龙颜。麒麟不动炉烟上，孔雀徐开扇影还。玉几由来天北极，朱衣只在殿中间。”后“祀昊天于圜丘”(《唐会要》卷九上)其礼仪十分隆重又繁文缛节，如只所配乐章就有八首：《豫和》《太和》《肃和》《雍和》《寿和》《舒和》《凯安》《豫和》，即所谓的《祀圜丘乐章》(见《全唐诗》卷十)。从贞观二年(628)定下律令，经历高宗、武后、中宗、玄宗等，有唐一代终不衰歇。

腊日本是以祭祀、驱傩(驱逐疫鬼)为主的节日。唐人更讲实用，发展出如杜甫《腊日》诗所记朝廷赐“口脂”的特殊习俗："口脂面药随恩泽，翠管银罂下九霄。"据《景龙文馆记》云：（景龙）"三年腊日，帝于苑中召近臣，赐腊。晚自北门入于内殿，赐食，加口脂，盛以碧镂牙筒。"①又《酉阳杂俎》前集卷一云："腊日，赐北门学士口脂、蜡脂，盛以碧镂牙筒。"又《太平御览》引《卢公家范》云："腊日，上澡豆袋及头膏、面脂、口脂。"（《太平御览》卷三十三《时序部》十八《腊》）可知：唐代朝廷在腊日召近臣，赐口脂面药，即一种防口唇龟裂的油膏香药，并以精制的翠管银罂盛起来。

太岁日，是一个并不常见的节日，其具体来历已不清楚。太岁本来就是古天文学中假想的一颗星，与十二年一周天、将黄道十二等分、自西向东运行的岁星（木星）做相反运动的星，以每年太岁所在部分纪年，又配以十岁阳，六十干支纪年。杜甫此诗作于准备由夔州沿江而下时的大历三年（768）正月初三，可知当年太岁日在正月初三，而且与太岁禁忌相联系，从汉代起，数术家就认为太岁所在方位及与之相反的方位，均不可兴造、移徙、嫁娶和远行。诗以《太岁日》为题，证明唐代尚有此俗，从"阊阖开黄道，衣冠拜紫宸"可以看出此日大臣们要进宫向皇帝贺岁，其目的主要还是为了消除不祥。杜甫作此诗时，只因离朝廷兴盛遥遥无期，故在异地回想起当年在朝中太岁日进宫时的荣幸，感叹良多："病多犹是客，谋拙竟何人。"这诸多感慨恐怕与太岁日这一特定的不宜远行的节日习俗有关，因为此时的诗人正流滞夔江，行将老矣，而且"病多犹是客"。

中国帝王以生日为节，让普天同庆，据现有资料看，始于唐

---

① 贾晋华：《唐代集会总集与诗人群体研究》，北京大学出版社 2001 年版，第 240 页。

玄宗开元十七年(729)设置的“千秋节”(农历八月初五),那可真是“献寿成新俗,朝仪入旧章”(李隆基《千秋节宴》)了。每逢这天,全朝文武休假三日或二日或一日,“朝野同欢”。群臣奉上“万岁寿酒”,进贡大量宝物自不待说,《新唐书·礼乐志》还记载了上寿时的仪式,一般由侍中代表群臣跪奏:“称千秋令节,臣等不胜上庆,谨上千万岁寿。”皇帝则举酒答道:“得卿等所献寿酒,与卿等内外同庆。”然后,皇帝按等级赏赐王公大臣金镜、缣彩、珠囊、绢帛、银器等,而且赐宴百官,让他们观赏歌舞百戏,酒酣之时,君臣们赋诗助兴。

杜诗:“御气云楼敞,含风彩仗高。仙人张内乐,王母献宫桃。罗袜红蕖艳,金羁白雪毛。舞阶衔寿酒,走索背秋毫。”(《千秋节有感二首》其二)所记内容极为丰富:御楼受贺,彩仗迎风,于是梨园奏乐,太真献桃,舞阶之白马衔酒前来,走索之宫人红蕖高露,可谓恣情尊贵之至。两诗所记有特色的活动一是赐金镜:“宝镜群臣得,金吾万国回。”(《千秋节有感二首》其一)玄宗有《千秋节赐群臣镜》诗:“铸得千秋镜,光生百炼金。分将赐群后,遇象见清心。台上冰华沏,窗中月影临。更衔长寿带,留意感人深。”张说《奉和圣制千秋节宴应制》就是和玄宗上述之诗的:“高居帝坐出,夹道众官陈。朔杖洗清景,磬管迎秋曼。珠囊含珠落,金镜抱仙轮。”此诗一方面描写了玄宗接受朝拜的盛景,更重要的一方面是道出了皇帝颁赐珠囊、金镜的宫廷习俗。二是舞马:“舞阶衔寿酒,走索背秋毫。”(《千秋节有感二首》其二)《明皇杂录补遗》记千秋节舞马事:

> 玄宗尝命教舞马四百蹄各为左右,分为部目,为某家宠、某家娇。时塞外亦有善马来贡者,上俾之教习,无不曲

尽其妙。因命衣以文绣，络以金银，饰其鬃鬣，间杂珠玉。其曲谓之《倾杯乐》者数十回，奋首鼓尾，纵横应节。又施三层板床，乘马而上，旋转如飞。或命壮士举一榻，马舞于榻上，乐工数人立左右前后，皆衣淡黄衫，文玉带，必求少年而姿貌美秀者。每千秋节，命舞于勤政楼下。其后上既幸蜀，舞马亦散在人间。①

唐人留下了大量的歌咏舞马的诗章，如张说的《舞马千秋万岁乐府二首》《舞马词六首》，或写“马舞”，包括马闻乐而舞，闻歌而舞；或写“蹀马”，马必定经过特殊训练，更能登榻而舞，群马应节，动容舞踏；或写“马伎”，设高榻，人引其马或人骑马而上，或人举榻承马；或写人马并舞于榻上，是为马伎蹀马。郑嵎《津阳门诗》有八句描述“千秋节”舞马盛况，极为精彩：

千秋御节在八月，会同万国朝华夷。花萼楼南大合乐，八音九奏鸾来仪。都卢寻橦诚龌龊，公孙剑伎方神奇。马知舞彻下床榻，人惜曲终更羽衣。

其自注尤有资料价值：“上始以诞圣日为千秋节……又设连榻，令马舞其上。马衣纨绮而被铃铎，骧首奋鬣，举趾翘尾，变态动容，皆中音律。”与杜诗所言同妙，杜甫的高明之处在于写出了自己的身世之感，家国之忧：“湘川新啼泪，秦树远楼台。”“罇尊不重饮，白首独余哀。”（《千秋节有感二首》其一）

① （五代）王仁裕等撰，丁如明等校点：《开元天宝遗事》（外七种），上海古籍出版社 2012 年版，第 52 页。

丹纳说:“作品从属于时代精神与风俗。”[1]杜甫所处的唐代的“时代精神”是什么?昔日的浪漫乐观、自由开放、创造包容精神因安史之乱而让位于国破家亡、饥寒交迫、天涯漂泊,简言之就是悲剧时代与悲剧精神,而昔日继承发展起来的风俗的丰富性、开创性、兼容性并没有随战乱而消失,杜甫的节令诗是他所处“时代精神”与唐代风俗很好的写照,即“悲伤的时代,周围的人在精神上给他”的“只有悲伤的暗示”,他的经验常常“限于痛苦的感觉和感情”,并在“微妙的地方”“有所发现”。[2]仅从节令诗而言,杜诗也足称得起“诗史”的。

---

① [法]丹纳:《艺术哲学》,傅雷译,人民文学出版社 1994 年版,第 32 页。

② [法]丹纳:《艺术哲学》,傅雷译,人民文学出版社 1994 年版,第 37 页。

情圣的嗟叹与稷契之志*

——杜甫节令诗论析(下)

杜甫在其节令诗中,除了以其老劲之笔浓缩丰富多彩的风俗画卷,并以之表现与深化那个特殊时代——由盛唐转入中唐、由开宝盛世跌入安史之乱的时代精神外(据初检杜集,其节令诗大多数写于乱发后天涯漂泊之际),还集中表现了"情圣"思想深处的仁者之心与人生嗟叹背后的稷契之志这两个主题,而且是其节令诗旨归所在。

一、真情写照与仁者之心

大师梁启超曾云:"杜工部被后人上他徽号叫做'诗圣'。诗怎么样才算'圣',标准很难确定,我们也不必轻轻附和。我以为工部最少可以当得起情圣的徽号。因为他的情感的内容,是极丰富的,极真实的,极深刻的。他表情的方法又极熟练,能鞭辟到最深处,能将他全部完全反映不走样子,能像电气一般

---

* 原载《杜甫研究学刊》2000 年第 2 期,人大复印报刊资料 2000 年第 12 期全文转载。

一振一荡的打到别人的心弦上。中国文学界写情圣手，没有人比得上他，所以我叫他做情圣。”[①]梁氏所论甚是，而且所论范围极广且深，本文主要就其节令诗中表现的亲情、友情来加以说明。

杜甫写故园之思极为浓烈深厚。在“每逢佳节倍思亲”的九日，诗人开门见山忆起了故乡的菊与水：“故里樊川菊，登高素浐源。”并以自己“为客”夔州，面对群盗，欲归不得的“愁绝”苦况，猜想、遥问乡亲可安好：“他时一笑后，今日几人存。”（《九日五首》其四）为此，诗人在与人相邀之时、在“长为客”的情形下，又多想回故园看一下：“九日明朝是，相要旧俗非。老翁难早出，贤客幸知归。”（《九日诸人集于林》）可是又怎么可能呢？只好“忍泪已沾衣”。久在异国他乡，面对与故乡有关的一草一木，一切情事，也都会勾起故乡之思，如他看到南国的秋社活动：“九农成德业，百祀发光辉。”（《社日两篇》其一）仰望北飞而力竭的大雁，既感慨“北书不至雁无情”，又倍生北归之意。即使是在严武幕中，生活相对稳定的日子里，他仍没有忘记忆乡：“冬至至后日初长，远在剑南思洛阳。青袍白马有何意，金谷铜驼非故乡。”（《至后》）诗人虽身在剑南，但洛阳又遭战事蹂躏，故乡已被践踏得不像样子，自己又无用武之地，无力回天，所以“青袍白马”又有什么意思呢？诗人是在自我检讨与解剖，完全是真实感情的流露。也许是思家之情太为急切了，也许是漂泊的时间太久了，他警觉道：“云物不殊乡国异”，甚而“教儿且覆掌中杯”（《小至》）。

---

① 梁启超：《情圣杜甫》，《杜甫研究论文集》一辑，中华书局1962年版，第2页。

杜甫写人伦亲情更为深淳。杜甫与其妻感情之笃深，爱子心之真厚，向为人们称道。先看诗人对妻儿生活无着与苦况的担忧："老妻寄异县，十口隔风雪。"（《自京赴奉先县咏怀五百字》）"入门依旧四壁空，老妻睹我颜色同。"（《百忧集行》）"经年至茅屋，妻子衣百结。"（《北征》）"万里须十金，妻孥未相保。"（《奉赠射洪李四丈》）"妻子寄他食，园林非昔游。"（《过故斛斯校书庄三首》其二）再看诗人与妻儿的分别、隔绝之苦："从此出妻孥，相视涕阑干。"（《彭衙行》）"去年潼关破，妻子隔绝久。"（《述怀》）"妻孥隔军垒，拨弃不拟道。"（《雨过苏端》）然而，诗人更多的还是自责，为自己没有尽到人夫人父之责任而内疚："叹息谓妻子，我何随汝曹。"（《飞仙阁》）"何日兵戈尽，飘飘愧老妻。"（《自阆州领妻子却赴蜀山行三首》其二）等。这中间还有一首命题很特别的是至德二载（757）寒食时作于长安的《一百五日夜对月》，《杜臆》云："诗题不云寒食对月，而云'一百五日'，盖公以去年冬至，弃妻出门，今纪其日，见其久也。"①所言极是。诗人用自己曾经否定过的牛郎织女相会之事，来反衬不能与妻子的团聚，并突发奇想："斫却月中桂，清光应更多。"可是，退一步想，即使是"清光多"了，还不是"无家对寒食"吗？至于那首《又示宗武》里老父的谆谆教诲与祝福，上一文已有分析，兹不赘述。老杜这一联"汝啼吾手战，吾笑汝身长"（《元日示宗武》），可早就为鲁迅树立了榜样："无情未必真豪杰，怜子如何不丈夫！"（鲁迅《答客诮》）

我们从杜甫这类思家想妻儿的诗中所看到的正是父亲存在于儿子之中，儿子存在于父亲之中的父子亲情；夫存在于妻

---

① （明）王嗣奭：《杜臆》，上海古籍出版社1983年版，第46页。

之中，妻存在于夫之中的夫妻之情。老杜这类诗将亲情置于动乱岁月里、人人苟活的处境中，不仅透露出自己生命幸存的可贵，一家亲人相聚的不易，更强烈地透露出在极端非人性的背景中，人性的高贵和生命相依相赖的美。这类诗不是靠想象与美感交流的对话，而是直抵人性的深处，充分展现出杜甫的“仁者心”。

杜甫思念弟、妹的诗也很有特点，或以问候的方式，或遥想弟妹所在的空间，或揣测弟妹行踪的时间，或开篇即叙牵挂之情，都是置于战乱的大背景下，在亲情流注于空间与时间之际，将人伦之情丝编织成生命共同体的情茧。例如《元日寄韦氏妹》，作于至德二载（757）元日，是乱中思妹之作。韦氏妹，就是杜甫的妹妹。甫只有一妹，嫁钟离韦氏。诗云：“近闻韦氏妹，迎在汉钟离。郎伯殊方镇，京华旧国移。秦城回北斗，郢树发南枝。不见朝平使，啼痕满面垂。”钟离县、“郢树”，是妹妹所在；“秦城”，是杜甫所居。斗回枝发，点出元日春景；朝使路梗，道出哀音信莫通。特别是“郢树”化用《楚辞·哀郢》“望长楸而太息兮，涕淫淫其若霰”诗意，尤其加重了他们不得相聚之悲意，而且揭示出战乱为不得相聚之源。如果说上一诗抒发的主要是不得相聚之苦，那么“有妹有妹在钟离，良人早殁诸孤痴。长淮浪高蛟龙怒，十年不见来何时。扁舟欲往箭满眼，杳杳南国多旌旗。呜呼四歌兮歌四奏，林猿为我啼清昼”（《同谷七歌》其四）所表示的还多一层思念在里面，因为“十年不见”且其“良人早殁诸孤痴”。可是终因豺狼肆虐，不得相见，也不知妹妹托带着诸孤挣扎到了什么地步。两句“呜呼四歌兮歌四奏，林猿为我啼清昼”，千载以后仍催人泪下！

在不能同弟妹一起去插茱萸的重阳，诗人“独酌杯中酒”，

“抱病起登江上台”，感慨万千，愁情万种，首先想到的应是弟妹。然而，有酒不得同饮，有菊不能同赏，遥想弟妹在处应是：“殊方日落玄猿哭，旧国霜前白雁来。”（《九日五首》其一）真此处彼处两茫茫！再加上“干戈既侵，衰谢又迫，恐两相催逼，终无聚首时也”①，诗人才十分惨切地道出：“弟妹萧条各何在，干戈衰谢两相催。”（《九日五首》其一）在清明佳节里诗人道出了同样的情怀：“古时丧乱皆可知，人世悲欢暂相遣。弟侄虽存不得书，干戈未息苦离居。”（《清明》）——纵情恣游的人们晚归而去了，自己同弟侄一样在飘零中，再加干戈阻绝，音信全无，好生悲凉！然而现实毕竟是“梅花欲开不自觉，棣萼一别永相望”（《至后》）。按：“棣萼”，用《诗经·小雅·棠棣》典：“棠棣之华，萼不韡韡。凡今之人，莫如兄弟。”后常以此比兄弟友爱。“不见江东弟（原注：第五弟漂泊江左，近无消息），高歌泪数行。”（《元日示宗武》）亦是血泪倾诉“不见”之悲苦。这同《同谷七歌》其三“有弟有弟在远方，三人各瘦何人强。生别展转不相见，胡尘暗天道路长”一样表达“生别展转不相见”的凄凉。而“弟妹悲歌里，乾坤醉眼中”（《九日登梓州城》）所展示的家国两愁更为浓烈。

中国人性思想中自古以来就极重视友情，并列入五伦之中。朋友之伦的建立与其他生而有之或出于人的天性的人伦不同，它立足于人的自由选择与人情的真实关切。杜诗中所表现的友情深厚真诚、圆润广大，所谓“由来意气合，直取性情真”（《赠王二十四侍御契四十韵》），“同心不减骨肉亲”（《戏

① （清）仇兆鳌注：《杜诗详注》卷二十，中华书局1979年版，第1764页。

赠阌乡秦少翁短歌》)。例如他大历二年(767)寒露日作的《九月一日过孟十二仓曹十四主簿兄弟》有云:"黎杖侵寒露,蓬门起曙烟。力稀经树歇,老困拨书眠。"言过访朋友之诚。可能是预先有约,诗人虽"力稀经树歇",还是挽杖而去。"秋觉追随尽,来因孝友偏。清谈见滋味,尔辈可忘年。"则叙访友之故。诗人是遵循着"孝友偏"而来的。杜甫在高适去世六七年后,偶"开文书帙中,检所遗忘,因得故高常侍适往居在成都时,高任蜀州刺史,人日相忆见寄诗,泪洒行间,读终篇末。自枉诗已十余年,莫记存没,又六七年矣。老病怀旧,生意可知。今海内忘形故人,独汉中王瑀与昭州敬使君超先在。爱而不见,情见乎辞。大历五年正月二十一日,却追酬高公此作,因寄王及敬弟"。遂追酬一诗悼友兼自悼:"潇湘水国傍鼋鼍,鄠杜秋天失雕鹗。东西南北更谁论,白首扁舟病独存。"老杜所云"叹我凄凄求友篇"(《追酬故高蜀州人日见寄》)正道出他与高适交情之真醇。杜甫的《九日五首》其三亦是思故交的名篇。诗人用平实的文字写出了与故友苏司业、郑广文的友情:"野树歌还倚,秋砧醒却闻。欢娱两冥漠,西北有孤云。"亡故的两友在阴间里照常"欢娱",苟延残喘中的活者则为不能与之"欢娱"而悲愁,将友谊之深厚表达得甚为含蓄蕴藉。

梁启超曾说杜甫"是一位极热肠的人,又是一位极有脾气的人。从小便心高气傲,不肯趋承人"①,就是这样一位"摘花不插鬓,采柏动盈掬。天寒翠袖薄,日暮倚修竹"(《佳人》)的"绝代佳人"式的杜甫,曾为老友严武的安危而担忧:"九日应

---

① 梁启超:《情圣杜甫》,《杜甫研究论文集》一辑,中华书局 1962 年版,第 3 页。

愁思，经时冒险艰。不眠持汉节，何路出巴山。”（《九日奉寄严大夫》）又为不能一起采黄菊，与岑参饮酒论诗而“思君令人瘦”。面对大雨，又呼苍生、忧天漏：“吁嗟乎苍生，稼穑不可救。安得诛云师，畴能补天漏。大明韬日月，旷野号禽兽。”（《九日寄岑参》）不具有“仁者心”的人怎能这般“悲天悯人”！

杜甫的“仁者心”无限推广的力量是很大的，致使刚结识的朋友都变成了“仁里欢”：“晚定崔李交，会心真罕俦。每过得酒倾，二宅可淹留。喜结仁里欢，况因令节求。”（《晦日寻崔戢李封》）而究其原因就是彼此间存有“至情”。而“晚酣留客舞，凫舄共差池”（《九日杨奉先会白水崔明府》）所展示的晚酣留饮而醉舞差池的场面，也是“至情”使然。又会推进到老百姓中，他在《寒食》就写他与一位“田父”的友情。此诗一般认为作于上元二年（761）浣花溪畔。这时的杜甫依靠严武而生活稍趋安适，正是“老妻画纸为棋局，稚子敲针作钓钩”“昼引老妻乘小艇，晴看稚子浴清江”时期。所以他眼中的寒食之景是静穆和美的：“寒食江村路，风花高下飞。汀烟轻冉冉，竹日净晖晖。”招邀之人与被邀之人是性情醇美的：“田父要皆去，邻家问不违。地偏相识尽，鸡犬亦忘归。”以至于邀则赴：“馈问不辞，人情既相亲狎，至于鸡犬忘归，物性亦与之相忘矣。”①杜甫若没有这种真性情的培育，那些为天下寒士鸣不平的诗作如“三吏”、“三别”、《兵车行》等等的产生是很难想象的。

最后我们谈一下杜甫与李白的友谊。早在七十多年前，闻一多先生就主张杜李的相会应“大书而特书”：“因为我们四千

---

① （清）仇兆鳌注：《杜诗详注》卷十，中华书局 1979 年版，第 806 页。

年的历史里，除了孔子见老子（假如他们是见过的）没有比这两人的会面，更重大，更神圣，更可纪念的。”①不管李白集中寄赠杜甫的诗少是什么原因，李杜“情逾兄弟”（朱鹤龄语）的友情是存在的，我们从杜甫十首左右写李白的诗歌中可以看到，并能从中洞察杜甫至情的人格。这里我们姑且将杜甫的《冬日有怀李白》与《春日忆李白》看作节令诗，其所言“冬日”“春日”一般认为是泛指，诗中虽然也没有立冬、立春日的节候特征，但也不排除作于这两日。杜甫在前诗中所云：“更寻嘉树传，不忘《角弓》诗。”是以季武不忘韩宣子比拟自己与李白的友谊的。后一诗所云：“何时一樽酒，重与细论文。”更见出二人的交情之深厚。仇注引《杜臆》云：“公怀太白，欲与论文也。公与白同行同卧，论文旧矣。然于别后另有悟入，因忆向所与言，犹粗而未精，思重与论之。此公之笃于交谊也。”②另外，老杜的《梦李白二首》《天末怀李白》《寄李十二白二十韵》《不见》等所书，都能使上举二诗所叙之友谊更为饱满。对李白来说，杜甫也许不是他最亲密的朋友，而对杜甫来说，天下有真性情的人，都能成为他的最好的朋友，因为杜甫怀有的那颗“仁者心”是向天地间的各个层面无限延伸推广的。

梁启超论“情圣”杜甫云：“真事愈写得详，真情愈发得透。”③之所以如此，是因为杜甫始终“不失其赤子之心”，对健全人格、完美人性都有着执着、真挚的追求。如果再加以挖掘，

---

① 闻一多：《杜甫》，《唐诗杂论》，上海古籍出版社 1998 年版，第 143 页。

② （清）仇兆鳌注：《杜诗详注》卷一，中华书局 1979 年版，第 52 页。

③ 梁启超：《情圣杜甫》，《梁启超论中国文学》，上海书店出版社 2020 年版，第 353 页。

这就是“物微限通塞,恻隐仁者心”(《过津口》)放射出的光芒,即对孟子心学精义——“无恻隐之心,非人也”“恻隐之心,仁也”的感悟。杜甫将这颗无限扩充的心向人伦世界绵绵延伸,就不期然而然地酿成了天地间一段元气,将自己送上了“情圣”的宝座。这一“仁者心”如果推向君臣、推向世间,就变成了“天地良心”。

二、人生嗟叹与稷契之志

杜甫《中夜》诗云“长为万里客,有愧百年身。”蒋弱六评曰:“二句可知酿出一部杜诗。”(《杜诗镜铨》卷十四引)万云骏先生发挥说:“长为万里客者,不能回长安,不能实现自己的政治理想,因此,一生恐怕要虚度了。这是诗人谦虚的话。他实在是问心无愧,但还是说有愧。”①其所以“无愧”,就是因为希望实现理想,失败,坚持,再失败,再坚持,一直到死,这是杜甫一生的基本历程和一部杜诗的主旋律。这一论断切中肯綮。我们觉得,有了上文风俗文化底蕴的分析作为基础,拈用这两句来概括杜甫节令诗的另一个主题——人生嗟叹与稷契之志尤为恰切,因为在上述传统节令中,他作客叹老的悲情尤显浓烈。这一节令诗背后的苦难史中间没有“自欺”和“自瞒”,也没有回避与逃遁,而是展示了诗人自己和同时代人的真实的心灵。

---

① 万云骏:《诗词曲欣赏论稿》,中国社会科学出版社 1986 年版,第45—46 页。

翻开杜集，他写天涯漂泊、伤老叹病、忧国忧时的诗占相当大的比例，这类诗中所反映出来的主题，我们概括为“人生嗟叹”。其中含有常人的嗟叹，又多有超常人的嗟叹；这一嗟叹在其节令诗中更浓更重。下面按节令先后作一论述。

一看悲春。春天本是可爱、可惜的，春天里的人也应是欢娱的、充满生气的（当然，伤春一脉亦源远流长）。可是为客异乡的杜甫广德二年（764）正月晦日在阆州陪王使君泛江时，增添了无限悲愁：“结束多红粉，欢娱恨白头。非君爱人客，晦日更添愁。”（《陪王使君晦日泛江就黄家亭子二首》其一）而“不须吹急管，衰老易悲伤”（《陪王使君晦日泛江就黄家亭子二首》其二），进一步加强了这一“恨白头”之意。元日和七日本是国人最为看重的喜节，老杜却在“元日到人日，未有不阴时”的阴惨气象中增忧叹老：“云随白水落，风振紫山悲。蓬鬓稀疏久，无劳比素丝。”（《人日二首》其一）诗人为了增加其悲感，用了特殊色彩“紫”，达到了很好的表达效果，康定斯基说：“紫色在物理上和精神感觉上是一个被冷化了的红色，所以它是悲哀和痛苦的。”①而“旅雁上云归紫塞，家人钻火及青枫”（《清明二首》其二）更是以“紫”“青”并用，很好地烘托出“此身漂泊无西东，右臂偏枯半耳聋”的悲剧命运。另外，由思出峡、醉后拔剑鸣琴，强作江湖兴动，悲中取欢“直道无忧行路难”。上文已说，上巳日本是一个祓除不祥的日子，可是诗人在“鬓毛垂领白”“欹倒衰年废”的凄苦中，却反复体味着漂泊作客的种种悲愁，这一悲愁致使他“无劳问转蓬”了（《上巳日徐司录林

① ［俄］瓦·康定斯基：《论艺术里的精神》，吕澎译，中国社会科学出版社 1987 年版，第 86 页。

园宴集》)。这对此节的习俗是一种漠不关心呢?还是百般无奈呢?能启发我们做很多很多的推想,但有一点可以肯定,“转蓬”意象道尽了诗人难以言尽的辛酸!杜甫诗中九用“转蓬”,例如:“异县昔同游,各云厌转蓬。”(《赠苏四徯》)“壮节初题柱,生涯独转蓬。”(《投赠哥舒开府二十韵》)“岁晚仍分袂,江边更转蓬。”(《寄贺兰铦》)“关内昔分袂,天边今转蓬。”(《寄司马山人十二韵》)“金盘玉箸无消息,此日尝新任转蓬。”(《野人送朱樱》)“多少残生事,飘零已转蓬。”(《客亭》)“转蓬行地远,攀桂仰天高。”(《八月十五夜二首》其一)“转蓬忧悄悄,行药病将渗。”(《风疾舟中伏枕书怀三十六韵奉呈湖南亲友》)此一“转蓬”意象是用曹植《杂诗》“转蓬离本根”之随风任其转徙,有力加剧了“长为客”或“常作客”的悲剧内涵。

二看悲秋。中国诗歌中的悲秋主题源远流长。宋玉《九辩》“悲哉秋之为气也,萧瑟兮草木摇落而变衰”这一前无古人的悲吟,启迪了代代来者。它开汉武帝《秋风辞》先河,夺曹丕《燕歌行》先声不必多言,汉魏人那种“白杨多悲风”“高台多悲风”“高树多悲风”“江介多悲风”的吟唱,直承宋玉足音却是事实,“窃攀屈宋宜方驾”的杜甫于宋玉有戚戚之心,他说“摇落深知宋玉悲”(《咏怀古迹》其二)!而且在其节令诗中多有表现。“百年秋已半,九日意兼悲。”(《九日曲江》)仇兆鳌注云:“所感在身老,故有兼悲之叹。”“所伤在落魄,故有摇荡之嗟。”正如《杜臆》所云:“此章老去悲秋之意。”老杜其他九日诗如“老去悲秋强自宽,兴来今日尽君欢”,“明年此会知谁健,醉把茱萸仔细看”(《九日蓝田崔氏庄》),“世乱郁郁久为客,路难悠悠常傍人”(《九日》)等等,足以说明“老去悲秋”乃是杜诗常咏主题,更是其节令诗的髓脑。那首为黄生所赞“题作特书之体，记为客之岁月，便自具文见意”的《大历二年九月三十日》诗，有云“为客无了时，悲秋向夕终”“年年小摇落，不与故园同”也是抒为客悲秋之情。而向为人称道的《登高》诗可为这类悲秋情感作结：“万里悲秋常作客，百年多病独登台。”此诗明显是登高感伤情，这一悲秋之情，罗大经做过这样的总结：“万里，地辽远也。秋，时惨凄也。作客，羁旅也。常作客，久旅也。百年，暮齿也。多病，衰疾也。台，高迥处也。独登台，无亲朋也。十四字之间，含有八意，而对偶又极精确。”①堪为的论。

三看悲冬。“万里长为客”之人对寒冬的体味会深于他人，这里我们只引杜甫写冬至的诗就够了。老杜说：“何人却忆穷愁日，日日愁随一线长。”（《至日遣兴奉寄北省旧阁老两院故人二首》其一）两句奠定他冬至诗的基调。愁随日长，乃双关语。“穷愁日”句可与《夔州》诗所云：“年年至日长为客，忽忽穷愁泥杀人。”相对读。陈元靓《岁时广记·冬至》引《岁时记》云：“魏晋间宫中以红线量日影，冬至后日影添长一线。”《唐杂录》亦云：“唐宫中以女工揆日之长短，比常日增一线之工。”这种悲愁使他深感“云物不殊乡国异”，做出超乎寻常的举动：“教儿且覆掌中杯。”（《小至》）这类冬诗中有一种特殊现象，那就是无不紧扣一“愁”字。冬至已到或已过，年关将来，对杜甫或如杜甫一样处境的人来说，“怎一个愁字了得”！

四看悲人。杜甫的悲愁不是一己之愁，而是常同其忧国忧时相融通，如“不见定王城旧处，长怀贾傅井依然”（《清明二

---

① （清）仇兆鳌注：《杜诗详注》卷二十引，中华书局1979年版，第1766页。

首》其一),贾谊怀才不遇、忧国伤时的遭际与情怀常激起后世志士的共鸣,杜甫这里的“长怀”见其感慨之深,杜甫曾在多首诗中咏之且以自况,如《秋日寄题郑监湖上亭三首》其二有云:“官序潘生拙,才名贾谊多。”咏其多才;《别蔡十四著作》:“贾生恸哭后,寥落无其人。”咏其忧国伤时;《入乔口》:“贾生骨已朽,凄恻近长沙。”咏其怀才不遇、忧国殒身等。杜甫在他的节令诗中还为一个特殊人物唐玄宗而悲:“自罢千秋节,频伤八月来。……湘川新涕泪,秦树远楼台。……衢尊不重饮,白首独馀哀。”(《千秋节有感二首》其一)老杜伤今追昔,一伤现在的自己只能遥望秦中,遥想当年楼台之下独留白首书生,泪洒湘川,“满眼送波涛”;二伤唐玄宗当年为了一己之淫乐,乐极悲来,终酿大乱,造成“圣主他年贵,边心此日劳”(《千秋节有感二首》其二)、“壮观已尘埃”(《千秋节有感二首》其一)的惨局。

杜甫的逻辑可能是这样的,如果玄宗不骄奢淫逸,再如先前那样励精图治,天下就不会大乱,自己就不会流离失所,漂泊天涯。正因为如此,他才特别标举“客”这一意象。据统计,“客”,只是作为飘零或飘零之人独立使用,而不包括“逐客”“病客”“老病客”“浮客”“滞客”“江湖客”“江海客”等有附加成分的就有一百八十个左右,“长为客”及其近义的意象也有二十个左右,如“长为万里客”“万里悲秋常作客”“天边常作客”“不辞万里常为客”“飘零为客久”“孤魂久客间”“久嗟三峡客”“南征为客久”“为客无时了”“久客掩柴扉”“永作殊方客”“久客多枉友朋书”“飘零已是沧浪客”“久客多忧今欲疾”“久客惜人情”“几年长沙客”等等。飘零天涯,对任何人来说都是一种悲哀,对始终抱有稷契之志的杜甫来说,“长为万里客”就尤显悲壮。因为他身在漂泊中,心存魏阙志,这就自然出现了一批"归客"意象,如"秋帆催客归""江东客未还""春归客未还""久客羡归秦""山高客未归"等。而那种与"病""老"相连的"客"更加深了这层悲壮,如"卧病淹为客""病多犹是客""老病客殊方"等。理解了这一"客"的内涵,就不难领会这类节令诗了,如《太岁日》,杜甫作此诗时只因离朝廷兴盛遥遥无期,故在异地回想起当年在朝中太岁日进宫时的荣幸,感叹良多。他先感慨多病作客:"楚岸行将老,巫山坐复春。病多犹是客,谋拙竟何人。"后伤不与朝班:"阊阖开黄道,衣冠拜紫宸。荣光悬日月,赐与出金银。"这只是昔日的"荣光";他仍是念念不忘归京:"愁寂鸳行断,参差虎穴邻。西江元下蜀,北斗故临秦。"即使在潭州舟居,在凄怆中他还是抱有希望:"愁看直北是长安"(《小寒舟中作》),并借进京的朋友向朝廷诉说由衷的期待与不平:"卿到朝廷说老翁,漂零已是沧浪客。"(《惜别行送向卿进奉端午御衣之上都》)又从己身的漂泊,想到了两京的萧索:"巫峡寒江那对眼,杜陵远客不胜悲。此身未知归定处,呼儿觅纸一题诗。"(《立春》)而面对诸将的忘情游乐与逍遥、不以国事为重,则表达出了愤慨与担忧:"此都好游湘西寺,诸将亦自军中至。"(《清明》)

当然,这种心存魏阙的责任感与杜甫的稷契之志是紧密相关的,或者说这种责任感就是他稷契之志的表现形式。这在他的节令诗中有很好的展示:"白头趋幕府,深觉负平生。"(《正月三日归溪上有作简院内诸公》)仇兆鳌注云:"老趋幕府,不得遂其立朝素志,故云'深负'。"①可谓的见。天宝十五载

① (清)仇兆鳌注:《杜诗详注》卷一四,中华书局 1979 年版,第 1201 页。

(756)正月,正值安禄山寇潼关之际,诗人在“春气渐和柔”的晦日出游,眼见“草芽既青出,蜂声亦暖游”的春景,发出“思见农器陈,何当甲兵休”的疑问与“上古葛天氏,不贻黄屋忧”的期待(按:黄屋忧,指忧君忧国。黄屋本是皇帝乘坐的车子,亦代指皇帝。此“黄屋”与杜甫《将适吴楚留别章使君留后兼幕府诸公》中的“中原消息断,黄屋今安否”表示同样意思),并勉励自己不效阮籍等人“熟醉为身谋”,而且深叹自己与崔、李辈不能为天子分忧(《晦日寻崔戢李封》)。而广德二年(764)秋在严武幕中作的《立秋雨院中有作》,于自谦自愧中表现出不同凡响的抱负:“穷途愧知己,暮齿借前筹。”后一句在表现美人迟暮之感的同时颇能显出杜甫的自负。《史记·留侯世家》云:“臣请借前箸为大王筹之。”“前箸”也作“前筹”。裴骃《集解》引张晏语云:“求借所食之箸用指画也。”后以之喻代人策划。所以在“主将归调鼎,吾还访旧丘”的对照中尤见其酸楚之心。但诗人并没有消沉,仍在借歌咏终明府的“为政风流”以表现己志:“宓子弹琴邑宰日,终军弃繻英妙时。”(《七月一日题终明府水楼二首》其二)仍借史咏怀:“陈平亦分肉,太史竟论功。今日江南老,他时渭北童。欢娱看绝塞,涕泪落秋风。鸳鹭回金阙,谁怜病峡中。”(《社日两篇》其二)仇兆鳌注论云:“东方之遇汉武,曲逆之逢高祖,遭际盛时,名传千古。公以三朝遗老,流落江滨,因社日而追论前贤,慨古伤情,其自负原不浅也。”①真看透了老杜的心思与高志。

这一大志曾遭到宋人的非议,如《旧唐书·杜甫传》云:

---

① (清)仇兆鳌注:《杜诗详注》卷二十,中华书局 1979 年版,第 1750 页。

“甫放旷不自检，好论天下大事，高而不切。”葛立方也承袭此说，言少陵自比稷、契“过矣”，“史称：‘甫好论天下大事，高而不切’，岂自比稷、契而然耶？”[①]我们觉得宋人之议留下了不少商榷的空间。杜甫“窃比稷与契”，一方面是“盛唐气象”孕育出来的颇具盛唐时代特色或“时代精神”的思想性格与精神境界，盛唐人强烈的建功立业愿望，促使他们以出将入相自期，倾慕稷、契、范蠡、张良、谢安之类帝王师式的人格风范，而且成为盛唐人积极进取的最突出的表现。杜甫一方面饱受这一熏染，不管其实际政治才干如何，“窃比稷与契”并没有什么大惊小怪的；另一方面，我们又可视为杜甫生命的最高境界，用时髦的词语说，就是现实关怀与终极关怀的统一，即既将苍生社稷系挂于胸中，而且是“老大意转拙”，又是对孟子所云“稷思天下人饥，犹己饥之”这一最寻常、最真实意义的体悟。

从上面节令诗的另一主题的分析中，我们看到了杜甫如有人言“哭哭涕涕”的一面，即使是这样，“他的哭声”也“是三板一眼的哭出来，节节含着真美”[②]。我们以为这“哭哭涕涕”的背后隐藏着一种“担荷”，杜甫，也只有杜甫才“俨有释迦、基督担荷人类罪恶之意”[③]，又隐含着一种执着，一种坚守，即他一生忧国伤时漂泊风尘的苦咏的背后，始终贯穿着一颗“天地良心”，杜甫之所以能在血雨腥风、贫病交加的痛苦煎熬中挺

---

① (宋)葛立方：《韵语阳秋》卷八，(清)何文焕辑：《历代诗话》(下)，中华书局1981年版，第546页。

② 梁启超：《情圣杜甫》，《杜甫研究论文集》一辑，中华书局1962年版，第13页。

③ (清)况周颐、王国维：《蕙风词话　人间词话》其十八论李后主语，人民文学出版社1984年版，第198页。

立,正是以此两者作为他的精神支柱,杜诗境界的高不可攀也正基于此。尼采谓"凡一切已经写下,我只爱其人用血写下的。用血写然后你将体会到,血便是精义","谁写着心血,写着箴言,是不要人读过便完,却要人背诵的"①。一部杜诗正是"用血写下的","血"就是它的"精义",所以它没有"要人读过便完",而是世世代代让人用"血"去"背诵"!

---

① [德]尼采:《苏鲁支语录·读与写》,徐梵澄译,商务印书馆1994年版,第34页。

杜诗学研究（二）

圣贤寂寞与时代精神*

——大历前后部分诗人对杜诗的回应

杜甫在《梦李白》中这样哀叹老友："冠盖满京华，斯人独憔悴。""出门搔白首，若负平生志。""千秋万岁名，寂寞身后事。"事实上，这更适合杜甫自己。

一

关于唐人选唐诗不选杜诗的原因，至今难以有令人信服的解读。与之相联系，从开元、天宝诗人走上诗坛，直到德宗贞元时期(785—805)孟郊、韩愈等诗人登上诗坛前，杜甫很少被人提起，杜甫是寂寞的。同时代人中，高适有《赠杜二拾遗》云："草玄今已毕，此外复何言。"严武《寄题杜二锦江野亭》云："漫向江头把钓竿，懒眠沙草爱风湍。莫倚善题鹦鹉赋，何须不著鵕鸃冠。腹中书籍幽时晒，肘后医方静处看。兴发会能驰骏马，终须重到使君滩。"主要出于朋友之间的应酬，不是正面赞赏、评价杜诗。当时只有一个较不出名的任华，写了《杂言寄

---

* 摘自赵睿才主持的国家社会科学基金项目"唐音四变与民俗化新研究"(15BZW065)第三编《成熟而风韵：唐诗之秋与中唐民俗的化新》。

李白》《杂言寄杜拾遗》,特别推崇李、杜二人,虽然极为特识,但在当时只能算是个例外。较为重要的大历诗人中只有钱起《江行无题一百首》其十八说过:“不识相如渴,徒吟子美诗。”除了这两位诗人之外,不论是较早的刘长卿、郎士元,还是较晚的卢纶、李益等人都没提到过杜甫的名字,可见杜甫在他们的心目中没有留下什么印象。要说有什么回应的话,也都是间接的。不仅是杜甫,李白也被人抛在脑后了,如大历九年(774)甲寅科状元及第的杨凭《赠窦牟》诗云:

直用天才众却嗔,应欺李杜久为尘。南荒不死中华老,别玉翻同西国人。(《全唐诗》卷二九〇)

说的正是大历诗人不重视李杜这种情况。我们再看一下窦牟的回应——《奉酬杨侍郎十兄见赠之作》:

翠羽雕虫日日新,翰林工部欲何神。自悲由瑟无弹处,今作关西门下人。(《全唐诗》卷二七一)

诗中的翰林、工部,就是李翰林、杜工部。而窦牟(750—822)是出身士族的诗人,诞生那年杜甫三十九岁,杜甫亡故(770)时他已二十一岁。[①] 杨凭诗除了交代大历前后李杜同被冷落的意思之外,还含有夸赞窦牟“天才”的意思;而窦牟作为回报,同样以李杜之才拟比杨凭。自贞元初年(785),皎然作

---

① 关于窦牟的生卒年,参见陈尚君:《窦氏联珠集》前言,傅璇琮、陈尚君、徐俊编:《唐人选唐诗新编》,中华书局 2014 年版,第 714 页。

《诗议》《诗式》,引李白、杜甫诗各一例,已属难得。可是,同书则大量引用初唐沈佺期、宋之问、张九龄、王昌龄、王维等人诗句,甚至钱起、皇甫冉等大历诗人的诗句。可能是文学精神的时代的差异,致使李白和杜甫都被忽略了。

二

学者们一般将大历诗人划分为江南地方官诗人与台阁诗人两个群体,前者包括刘长卿、戴叔伦、韦应物、戎昱等人,后者即是钱起等"大历十才子"。此外还有方外诗人群体,可姑置不论。简单地从身份上来看,李白和杜甫这两位伟大诗人与他们身前身后所有这些诗人的不同之处就在于:他们既不是任何意义上的隐逸诗人或方外诗人,又不是真正的官僚诗人(二人尽管都有强烈的求仕欲望),在也许完全不自愿的情况下保持了难得的诗人独立人格(杜甫比李白保持得好),在一生中基本保持了自由和自主的写作状态。与诗艺才能因素相对而言,这也许是唯一值得一提的由许多偶然因素凑合而成的重要社会原因。大历诗人中颇有人精于吏治,如刘长卿"有吏干",曾被刘晏擢任为盐铁判官,戴叔伦任湖南、河南转运留后长达十年,他们以及张继等多人均参与了这一时期唐王朝经济秩序的重建,有长期守郡、为郎、入阁或至少是从幕的经历。他们参与实际政务和了解政治的程度,远在李白和杜甫之上。这当然又一次证明了政治经历和才能与文学才能和成就完全是两码事。但除此之外,大历诗人的这一身份特征还表明:首先,文坛权柄和文学写作的实际中心,这一时期都已回归于在任(但地位不够高)的官僚;其次,在安史之乱前开天时期曾经影响政坛的“吏能”与“文儒”之间的冲突,到此时也已不复存在。一方面,文学之士缺少张说、张九龄这样的大官大儒作为主盟领军者,写作者的身份似乎在矮化,对政治的影响力在减弱,“十才子”甚至皆因攀附权贵而进身;但另一方面,这其实意味着文学写作队伍的单纯化,台阁、地方官之类群体划分的意识形态意义和文学意义已十分淡薄。这确实预示了唐代文学走向的重要转折:文学重新回归于官僚文学,而且这个官僚阶层的内部分层也越来越模糊,对文学而言其意义越来越不重要。初盛唐文坛曾在各种政治力量、各种意识形态取向的冲突激荡下屡经撞击分化,最终孕育了李白、杜甫这样伟大的文学精神。大历以后的官僚文学日趋单纯简化,其内部缺少有着更多深刻社会内涵的分层、对立以及类似于鲶鱼效应(按:指鲶鱼在搅动小鱼生存环境的同时,也激活了小鱼的求生能力)的激励机制,当然也就很难产生或延续这种文学精神了。这或许是我们能够从作者身份和文学社会生产条件方面提出的一种说明。

三

大历前后,整个诗坛也不是与杜甫一点关系也没有,主要是与杜甫创作精神的呼应还很不够。据目前所知,除上举钱起诗句外,这种呼应尚有四次。若没有这四次呼应,毫不夸张地说,韩愈等人对杜甫极力推尊的时代就不会到来。

第一次呼应是在大历元年(766),杜甫在夔州读到道州刺史元结(719—772)的《舂陵行》《贼退示官吏》等作品,大为感动,立刻引为同调,称“不意复见比兴体制,微婉顿挫之词”,为作《同元使君春陵行》。元结,乃“中兴”功臣,韩愈《送孟东野序》有云:“唐之有天下,陈子昂、苏源明、元结、李白、杜甫、李观,皆以其所能鸣。”即谓唐之所能鸣其善鸣者之一。他编成《箧中集》,反对“拘限声病,喜尚形似”(《箧中集序》)之风气,要求诗歌要有“上感于上,下化于下”(《系乐府序》)的功能,进而“极帝王理乱之道,系古人规讽之说”(《二风诗论》),并且大力创作关心民生疾苦的新乐府——这也正是杜甫与之产生共鸣的基础。

当然,元结对杜甫的呼应,主要是在新乐府的创作上,如元结新乐府借“前世尝可称叹者”(《系乐府序》)以讽当代之事的范式。二人成果在有唐一代乐府发展史上都有里程碑式的意义,二人的新乐府,在创作时间上大致相同,书写的内容也基本相同,而且也是惺惺相惜,可是,在形态特色方面存在鲜明的差异(如杜甫长期处在社会底层,元结长期处于地方政府的上层,二人对民生疾苦体察的广度与深度都是有差异的)。元结的三十五首乐府诗与杜甫的六十五首乐府诗,同时出现于盛唐末的天宝后期,则更使新乐府有了突出的形象,在诗歌发展史上开始获致高度的关注。

杜甫古、近体诗中的讽喻,多以辅君忧国的高度,综观时局,综论得失;而其新乐府则承汉乐府之视角,低回于民间里巷,借由具体事例,以小见大,反映一种普遍现象。元结则详细阐述了新乐府“上感于上,下化于下”的规讽目的:

> 天宝辛未中,元子将前世尝可称叹者,为诗十二篇,为引其义以名之,总命曰《系乐府》。古人咏歌不尽其情声

者，化金石以尽之；其欢怨甚邪戏尽欢怨之声者，可以上感于上，下化于下，故元子系之。（《系乐府序》）

这是推本《诗经》风雅精神的创作思想。同时，又基于“系”于乐府的理念，而为新乐府概念专立了“系乐府”的称名。其后，白居易、皮日休等的新乐府诗论及“新乐府”“正乐府”的命名演进，均不离元结的论述主轴。按：此“天宝辛未”，疑有误。天宝无辛未，或是辛卯（751），或是乙未（755）。

为什么这样说？继元结以“系”于乐府的理念而命名为“系乐府”之后，中唐白居易继之就“因事立题”，“即事名篇，不复倚傍”等新变意义，标之为“新乐府”；晚唐皮日休又将可以“知国之利病，民之休戚”，“闻之足以戒乎政”的新乐府概念，更名为“正乐府”，以摒弃当时重回“魏晋之侈丽，陈梁之浮艳”的乐府诗。皮日休“正乐府”的命名，单书安有论文认为是对新乐府诗人理念的“最完美的说明”，“可以使元结‘系乐府’心照未宣的疆界明朗化”；也“可以使白居易‘新乐府’更确切、更具体”。① 元结新乐府又仿《诗经》之四言体及诗前小序的形式，并以其个人诗歌所擅长的组诗形态呈现之，以强化针砭效果。其《二风诗》《补乐歌》等四言体的组诗并序新乐府。

元结新乐府中的《闵荒诗》《二风诗》《系乐府》《春陵行》诸诗，虽早于杜甫新乐府而作，且杜甫也曾作诗盛赞《春陵行》与《贼退后示官吏》二诗之“比兴体制”与“微婉顿挫之词”（《同元使君春陵行》序），甚至“感而有诗”，即《同元使君春陵

---

① 单书安：《〈正乐府〉仿〈系乐府〉浅说》，《江海学刊》1989 年第 6 期。

行》,然而,元结诸诗的形式特征于杜甫新乐府中却未见影响之迹。

关于元结新乐府诸作与杜甫新乐府谁先谁后的问题,学术界有过一番争论。其实也没有什么可争议的,胡适早在《白话文学史》中就有定说:

> (元结)是一个最早有意作新乐府的人……(《闵荒诗》)是元结眼见当日运河流域百姓遭水灾后的愁苦,假托隋人的怨歌,作为此诗,这是“新乐府”最早的试作。①
>
> (元结)又有《系乐府》十二首……这真是有意作“新乐府”。②

事实上,元结的三十五首新乐府与杜甫的六十五首新乐府,虽同时出现于盛唐之末,共同揭启了中唐新乐府的创作风潮,然其二者的讽喻主题、形式特征与发展路线,却彼此迥异,也就是说从主题内容到形式特征都大不相同。

在主题内容的差异方面,元结多借古君道以讽今政,如《二风诗》《补乐歌》及《系乐府》的《思太古》《古遗叹》皆然;对于时事少有如杜甫史笔之具体指论,如《舂陵行》申诉道州州民于广德元年(763)遭蛮寇掠夺后不胜赋税,以及《系乐府·陇上叹》暗讽玄宗父子相互猜忌等具指时事之作极少(按:此为元结《大唐中兴颂》“二圣重欢”讽刺肃宗一旁证);类似杜甫经常贴近民间场景的疾苦反映,元结也仅有《闵荒诗》《舂陵行》《忝官引》,以

---

① 胡适:《白话文学史》上册,东方出版社 1996 年版,第 259 页。

② 胡适:《白话文学史》上册,东方出版社 1996 年版,第 260 页。

及《系乐府》中的《贫妇词》《农臣怨》等少数几首。

杜甫与元结原本都有忧黎元、悯兵燹的天性，加上开元年间崇儒复古学风的熏陶，造就了他们以济世为己任的襟怀。时逢天宝末年，烽烟突起，国势骤衰，激起他们欲复开天盛世的信念，遂以讽喻之诗，救衰乱之局。他们同时创作了为数可观而风格迥异的新乐府，使新乐府就此开展出双线传承的格局。

四

第二次呼应是大历二年（768），杜甫在荆南，年轻诗人戎昱前来谒见。关于此事，史料记载不很清晰，而且存有争议。据说不太出名的戎昱写过一首《耒阳溪夜行》，题下小注："为伤杜甫作。"关于此诗的归属问题，学术界一直有异说，如胡应麟《唐音统签》认为《耒阳溪夜行》为戎昱所作，所载自注"为伤杜甫作"不是伪造。又《杜诗详注》之《诸家咏杜续编》、闻一多的《少陵先生年谱会笺》、王达津《戎昱生平系诗》、傅璇琮《唐代诗人丛考·戎昱考》都一致作为戎显诗而加以征引。王达津先生认为：大历七年（772），戎昱三十八岁，似去桂林任职，路过耒阳，作有《耒阳溪夜行》诗。[①] 但是，此诗也收入张九龄集中，有学者考证是张九龄所作，不是戎昱作。[②] 之后，又有学者考证此诗作于开元十四年（726），张九龄奉朝廷之命祭南岳

① 参见王达津：《唐诗丛考》，上海古籍出版社1986年版，第144页。

② 参见萧涤非：《〈耒阳溪夜行〉的作者是张九龄》，《文史哲》1985年第5期。

和南海的旅途中所作。① 主张九龄者都没有解决"为伤杜甫作"是谁加上的问题,只简单地归于后人伪托,似乎没有说服力。戎昱谒见杜甫一事、《耒阳溪夜行》是否他作,都详见下文,此处暂且不辨。这里先看一下唐宣宗大中年间进士李节《过耒江吊子美》诗:

耒阳浦口系扁舟,红蓼滩头宿白鸥。半夜青灯千里客,数声寒雁一天秋。蛩吟隔岸情如诉,斗柄横江势欲流。惆怅杜陵老诗伯,断碑古木绕荒丘。(《杜诗详注》附《诸家咏杜续编》引《耒阳县志》。今亦见《全唐诗补编》)

李节,虽是晚唐人,可是这首"吊子美"与戎昱的"伤杜甫",正好前后呼应:"吊子美"和"伤杜甫",都是杜甫去世以后的事。

戎昱一事的文献依据是陈振孙《直斋书录解题》于《戎昱集》五卷下注:"唐虔州刺史扶风戎昱撰。其侄孙为序言:'弱冠谒杜甫于渚宫,一见礼遇。'集中有哭甫诗。"②我们以为,戎昱侄孙所作序今虽不见,宋人陈振孙应是亲眼见过,因而这个题解是较为可信的。有学者怀疑其真实性,并说"其侄孙之偶尔疏忽或陈氏之抄误","集中有哭甫诗"不应是此诗③,这似乎有些臆断。这里的渚宫,是楚国的宫名,故址在江陵。戎昱是

① 参见陶文鹏:《盛唐山水田园诗歌赏析》,广西人民出版社 1986 年版,第 15 页。

② (南宋)陈振孙:《直斋书录解题》卷十六《戎昱集》解题,上海古籍出版社 1987 年版,第 473 页。

③ 参见谭优学:《唐诗人行年考·续编》,巴蜀书社 1987 年版,第 86 页。

荆南（今湖北江陵一带）人，生于玄宗天宝初年，少年时曾经安史之乱。宝应二年（763）曾至长安应进士不第。同年颜真卿奉诏荆南节度，辟之为从事。后来颜真卿因事未就，戎昱也没去成。大历元年（766）戎昱曾由剑门之蜀拜见过诗人岑参，第二年出峡到江陵，为荆南节度使卫伯玉的幕僚。杜甫在大历三年（768）也来到江陵，因有谒见之事：从时间和二人的行迹看确有可能。这里再辨一下《耒阳溪夜行》的归属问题。署名戎昱的这诗有自注“为伤杜甫作”（《全唐诗》卷二七〇），而同题《耒阳溪夜行》重复出现在张九龄诗集中的没有此自注（《全唐诗》卷四八）。二诗诗句的差异仅在第二句，“缘源二转幽”是戎昱诗，张诗作“缘源路转幽”。我们以为，在没有解决“为伤杜甫作”的来历之前，作戎昱诗较为妥当。戎昱曾在湖南崔瓘幕府，有诗《上湖南崔中丞》。考《旧唐书》卷一一《代宗纪》：“大历四年七月己巳，以澧州刺史崔瓘为潭州刺史湖南都团练观察使。”“五年四月庚子，湖南都团练观察使崔瓘为其兵马使臧玠所杀，玠据潭州为乱。”然则诗言“为伤杜甫作”，应是杜甫卒后，即作于大历五年（770）以后。诗有“霜华衣上浮”句，可断定作于秋天。又按耒阳时属衡州，此诗盖为戎昱由湖南赴桂林幕中作［如上文王达津考为大历七年（772）］。又据傅璇琮先生《唐代诗人丛考·戎昱考》，戎昱有《哭黔中薛大夫》诗，薛大夫即薛舒，大历十年（775）四月卒，十一年（776）七月返葬于京兆，参见韦建《薛舒神道碑》。戎昱此诗即作于薛舒北返长安时，其时戎昱应在赴桂林途中。《耒阳溪夜行》诗亦或作于此时。这里虽相差了三四年，但都是由湖南赴桂林途中经耒阳溪时所作。因而，此诗应判戎昱作较为妥当。再看题下自注“为伤杜甫作”，则明确是指杜甫卒殁以后之事。考张九龄生于678年,卒于740年,而杜甫卒于770年,无论如何,张九龄无法见到杜甫的死,因此,断为戎昱之作的可能性更大;但前提是"为伤杜甫作"确为戎昱所加。

明人胡震亨《唐音癸签》说:"大历才子及接开、宝诸公相倡和者,未可缕指。钱起、司空曙之于王维,戎昱之于杜甫,其尤著者。"[①]沈德潜《说诗晬语》"诗中著议论"条,亦将戎昱放在杜甫之后一并讨论:进一步证明戎昱与杜甫有相似之处或有学杜的痕迹可寻。又如沈德潜在谈论"性情"与"议论"的关系时说,杜甫的《自京赴奉先县咏怀五百字》《北征》等作实有议论成分,唯须辅以情韵,而戎昱的《咏史》"社稷依明主,安危托妇人",是"议论之佳"者:还是杜戎的相似处。细玩戎昱留下的诗作,他对杜诗的学习乃至模仿的痕迹是可以寻得的,如《入剑门》诗,反映了战后蜀中的破坏严重,风格沉郁极类杜甫。"鸟鼠失穴""荆棘今时"类似杜甫反映安史之乱的"杀戮到鸡狗"的诗句。其他模仿,如《苦哉行》似学"三吏""三别"光景。从风格上看,《入剑门》颇类《岁晏行》,《谪官辰州冬至日怀》感情上有点近似《闻官军收河南河北》(虽然两人在思想深度、艺术造诣有差异)。[②] 戎昱可能没有见过杜甫,可是,戎昱决不会写诗悼念与自己素昧平生的人,何况杜甫当日的声望还不是很显。唐人选的唐诗集子,就没有选杜甫的诗,似可证明这点。我们知道大历三年(768)杜甫出夔州到江陵,也曾在荆南卫伯玉幕中淹留。此时戎昱也正在江陵,拜见杜甫并接受

---

① (明)胡震亨:《唐音癸签》卷二六,上海古籍出版社1981年版,第275页。

② 参见王定璋:《学海问津·文史沉思录》,巴蜀书社2013年版,第338—339页。

其有益的影响是完全可能的。有论者可能会说，目前尚无杜、戎二人交游的记载，杜甫本人没有一首作品提及戎昱，即使“为伤杜甫作”的《耒阳溪夜行》诗是戎昱经行杜甫葬处（也有可能是衣冠冢）有感而作，诗中并没有与杜甫相识、相知的信讯。① 可是，从诗人的情调和风格来比较：张九龄诗较含蕴幽独、风流自洒，而戎昱诗略显得沉郁婉丽，时或纤细、多愁、善感。从风格上看，《耒阳溪夜行》也当断给戎昱。

总之，戎昱在创作上极力追摹杜甫，“天涯忧国泪，无日不沾襟”，成为杜甫精神的继承人。但不论是元结还是戎昱，在当时都影响有限，对诗歌艺术的认识也不免偏执，如元结唯求“雅正”，排斥近体，戎昱则为才华所限，拙于造句，在同代诗人中被评为“最下”，艺术成就都难与杜甫相提并论。

五

第三次呼应是在大历年间，润州刺史樊晃辑杜甫诗为《杜工部小集》六卷，是杜诗选本最早者。“小集”有一序言，中说：

> （甫）文集六十卷，行于江汉之南。常蓄东游之志，竟不就。属时方用武，斯文将坠，故不为东人之所知。江左词人所传诵者，皆公之戏题剧论耳，曾不知君有大雅之作，当今一人而已。今采其遗文，凡二百九十篇，各以事类，分

---

① 参见傅璇琮：《唐代诗人丛考·戎昱考》，中华书局 1980 年版，第 343—344 页。

为六卷，且行于江左。

据当代学者考证，“小集”的编成当在大历五年（770）至七年（772）间，时樊晃正在润州刺史任上。① 樊晃，唐句容（今属江苏）人，郡望南阳湖阳（今属河南）。开元中进士，又登书判拔萃科。历硖石主簿，祠部、度支员外郎。天宝中，为汀州刺史，后为兵部员外郎。大历时，任润州刺史。工诗，与诗人刘长卿、皇甫冉友善，有诗唱和。殷璠汇次其诗入《丹阳集》。芮挺章《国秀集》（选收开元初至天宝三载唐人诗）收晃《南中感怀》诗一首。此序透露的信息是，此时，杜甫有文集六十卷，行于江汉之南。可是，江左词人能看到的是杜甫的“戏题剧论”，而“大雅之作”不易见到，可他知道杜甫有“大雅之作”。这里没谈及“不知”的原因；原因很复杂，主要原因可能是抄本传播慢，金开诚是这样说的：“由于当时社会动荡不安，印刷术也没有发明，手抄不易，即使在当时，这个六十卷本也是不易得到的，流传在人们中间的，大都是东鳞西爪。”②可想，樊晃在当时情况下，以一州刺史之力能收集到杜诗二百九十首，已属相当不易。仇兆鳌《杜诗详注》凡例说：“自唐刺史樊晃首编杜少陵诗集，行于江右。至宋，王介甫为鄞令，得未见者二百余篇。嗣后王原叔取中秘藏本及旧家流传者，定为一千四百五篇。黄伯思校本，则有千四百四十七篇。蔡傅卿《草堂诗笺》，取后来增益者，如卞圜、吴若、员安宇、裴煜辈所收，别为逸诗一卷。今依

---

① 参见张忠纲、赵睿才、綦维、孙微编著：《杜集叙录》，齐鲁书社2008年版，第2页。

② 金开诚：《历代诗文要籍详解·杜甫集》，北京出版社1988年版，第408—409页。

年次补入,不另置卷末,便省览也。"[1]正因有了"小集"的首辑之功及其流传,才有了杜诗在元和期间被元白、韩柳等人的接受,而且一直影响到宋代。因此,这次呼应,意义重大。

六

第四次呼应是韦应物和顾况在新乐府创作的精神上对杜甫的回应。我们回想一下已有的新乐府研究,学者们多于杜甫、元结之后即接论贞元时期的张籍、王建,而忽略了大历时期韦应物与顾况的分途承启。韦应物所传承的是杜甫的歌行诗型,表现为即事起叙、反差对立、诗末显旨、第三人称视角、以民间为场景等特色的新乐府;顾况承续的则是元结的四言和五言诗型,并以组诗并序为特色的新乐府。

韦应物创作的新乐府并不多,其主要内容是讽喻君王权贵的骄奢及其享乐背后百姓为之付出的牺牲。例如其新乐府《金谷园歌》,是借晋武帝灭吴一统天下后的欢宴度日,概括出君主奢靡对朝廷风气与国家命运的影响:"晋武平吴恣欢燕,余风靡靡朝廷变。嗣世衰微谁肯忧,二十四友日日空追游。"诗人以此借讽唐明皇因逸乐以致朝乱,何尝不是未能汲取教训的历史重演,正是李商隐概括的"历览前贤国与家,成由勤俭破由奢"(《咏史二首》其二)。韦应物另有《贵游行》《温泉行》《骊山行》《汉武帝杂歌三首》等新乐府,亦皆讽刺玄宗时贵妃姊妹的恩宠奢华。须知,韦应物曾做过玄宗的侍卫,所揭不虚。

---

① (清)仇兆鳌注:《杜诗详注》,中华书局 1979 年版,第 21 页。

与权贵奢华相对照的，是百姓血汗的付出，《采玉行》云："官府征白丁，言采蓝溪玉。绝岭夜无家，深榛雨中宿。独妇饷粮还，哀哀舍南哭。"农民被召赴蓝田采玉，苦役无止，化作舍中孤妇嘤嘤不绝的哭声，沈德潜评曰："苦语却以简出之。"①意指其淡写轻描，却情感沉重。此外，《酒肆行》讽刺酒馆仗恃名气而枉顾质量，投机取巧，从中谋利，这是中唐讽喻诗中的特殊题材："主人无厌且专利，百斛须臾一壶费。初醲后薄为大偷，饮者知名不知味。"相形之下，"深门潜酝客来稀"所卖的才是"终岁醇醲味不移"的实味美酒，诗意借此暗讽世人虚慕浮名，以致贤者恒常寂寞。

独孤及《左补阙安定皇甫公集序》曾顺次评价沈佺期、宋之问、十才子、崔颢、王维、皇甫冉等人的贡献，称初唐沈、宋之作"始裁成六律，彰施五色"，"缘情绮靡之功，至是乃备；虽去雅寖远，其丽有过于古者"；谓十才子之诗"大略以古之比兴，就今之声律；涵咏风骚，宪章颜谢"；又称崔颢、王维"复崛起于开元、天宝之间"，当代唯皇甫冉等"数人"得其门而入。② 在历数初唐以来的诗人队伍时，杜甫、李白又一次被遗漏，看来并非出于偶然。目前没有材料可以证明古文家对李、杜的评价与其他诗人有所不同，没有将李杜二人算入"去雅寖远"之中，已算是时人对二人的态度。李白、杜甫在这一时期虽完全被排斥在人们的视野之外，可是他们所代表的文学精神此时却不绝如缕，大历前后部分诗人对杜甫的间接回应，也证明了这一判断。

---

① （清）沈德潜选编，李克和等校点：《唐诗别裁集》卷三《五言古诗》，岳麓书社 1998 年版，第 74 页。

② 参见（唐）独孤及：《左补阙安定皇甫公集序》，（宋）李昉等编：《文苑英华》卷七百十二，中华书局 1966 年版，第 3677 页。

治杜的态度：了解之同情*

——闻一多先生的杜甫研究（一）

闻一多先生“是一个斗士。但是他又是一个诗人和学者。这三重人格集合在他身上，因时期的不同而或隐或现……学者的时期最长，斗士的时期最短。然而他始终不失为一个诗人；而在诗人和学者时期，他也始终不失为一个斗士”（朱自清《闻一多全集·序》）。朱自清先生的观点是辩证的、公允的。可是，五十多年来的闻一多研究中累积的重斗士轻诗人、重诗人轻学者的偏颇倾向，至今没有很好地得到矫正。本文仅选取“闻一多先生的杜甫研究”，借助陈寅恪先生的“了解之同情”这一论断，分两部分来探讨闻一多先生的杜甫研究态度与研究成果：一是治杜的态度——了解之同情，二是治杜的成果——真了解。

陈寅恪先生在其《冯友兰〈中国哲学史〉下册审查报告》中曾提出这样的论断：

> 凡著中国古代哲学史者，其对于古人之学说，应具了解之同情，方可下笔。盖古人著书立说，皆有为而发。故

---

* 原载《杜甫研究学刊》2004 年第 3 期。

> 其所处之环境，所受之背景，非完全明了，则其学说不易评论，而古代哲学家去今数千年，其时代之真相，极难推知。吾人今日可依据之材料，仅为当时所遗存最小之一部，欲借此残余断片，以窥测其全部结构，必须备艺术家欣赏古代绘画雕刻之眼光及精神，然后古人立说之用意与对象，始可以真了解。所谓真了解者，必神游冥想，与立说之古人，处于同一境界，而对于其持论所以不得不如是之苦心孤诣，表一种之同情，始能批评其学说之是非得失，而无隔阂肤廓之论。否则数千年前之陈言旧说，与今日之情势迥殊，何一不可以可笑可怪目之乎？但此种同情之态度，最易流于穿凿傅会之恶习。①

我们以为，陈先生之"了解之同情"说大致包括"同情之态度"与"真了解"这互为前提的两个方面。这里，同情之态度是真了解的前提，真了解是目的和结果。但这一过程不是单向的，而是双向的，即真了解亦反过来加深我们的同情之态度。因此既是同情之了解，又是了解之同情。由于主客观方面的种种原因，真了解古人学说不会是一次到位，而是不断接近的过程，同情之态度也是不断克服隔阂的过程。因此，同情之态度与真了解就会在互为前提的双向运动中不断走向接近古人学说本真的层次。我们以为，陈先生此说对于研究古代的文化遗产——古代的诗人及其创作等，具有普遍的指导意义，不仅仅是古人之学说。基于此，当我们拿此说来研究"作为诗人与学

---

① 陈寅恪：《陈寅恪史学论文选集》，上海古籍出版社1992年版，第507页。

者的闻一多的杜甫研究”的时候,就会感觉到此说尤具理论指导意义。当然,闻一多先生对杜甫之“同情”,是基于其爱国热情之共鸣及对诗歌艺术的无止境之追求的。如果说这种观点是正确的话,那么闻一多先生无疑是杜甫相隔千年后的知音同道。

闻一多先生的杜甫研究集中表现为《少陵先生年谱会笺》《少陵先生交游考略》《说杜丛钞》以及《杜甫》(未完)之作。“年谱”,虽属资料编排一类,却非仅限于文学活动,而是辑入了广阔的文化背景材料。《少陵先生交游考略》(据北京图书馆手稿整理后收入《闻一多全集》第六卷),共考杜甫生平交游计111姓358人之多,排比姓名(或官职、排行)全据仇兆鳌《杜诗详注》本之卷次,列出这些人所在诗的篇名。其中如画家王宰,引朱景玄《唐朝名画录》、张彦远《历代名画记》及钱大昕《十驾斋养新录》诸籍所载而铺张其事,不甚知名的田梁丘、任华、李舟、韦之晋、郗昂、郭英乂、鲜于仲通、严砺等人,皆广引各书以见其身世仕历。《说杜丛钞》(据北京图书馆所藏手稿整理后收入《闻一多全集》第七卷)引用清代及近人二十家著作,将涉及杜甫的内容钞出,其中既有笔记所载的名物、用语、人、事、字词之类,又有诗话所载的对杜诗之评论、赏析等内容,还有尚秉和《历代社会状况史》中对杜诗涉及史料的辨析、解释。《少陵先生交游考略》与《说杜丛钞》一列杜甫所交之人,一收杜诗所涉之字、所处之世,是作者全面研究杜诗、为杜甫作传的重要基础工作,与“年谱会笺”一起,构成杜甫研究的三鼎足。闻一多之所以选取杜甫作为研究对象,是因为“新文学运动以来,许多作者都认识了文学的政治性和社会性而有所表现,可是闻先生认识得特别亲切,表现得特别强调。他在过去的诗人中最敬爱杜甫,就因为杜诗政治性和社会性最浓厚"①。郭沫若先生在《闻一多全集·序》中对闻一多先生的古典文学研究作过这样的概括:"一多对于文化遗产的整理工作,内容很广泛,但他所致力的对象是秦以前和唐代的诗与诗人。关于秦以前的东西除掉一部分的神话传说的再建之外,他对于《周易》,《诗经》,《庄子》,《楚辞》这四种古籍,实实在在下了惊人的很大的工夫。就他所已成就的而言,我自己是这样感觉着,他那眼光的犀利,考索的赅博,立说的新颖而翔实,不仅是前无古人,恐怕还要后无来者的。"②我们以为闻先生这"前无古人""后无来者"的研杜实绩,是在其"同情之态度"下取得的。因为"同情之态度",按陈先生之意,就是用一种类似艺术家欣赏绘画等艺术品的眼光及精神,神游冥想,超越古今界限,从而实现与立说之古人处于同一精神与思想境界的状态,这时,我们对立说之古人其持论所以不得不如是之苦心孤诣,就会感同身受而情意相同或相通。由此可见,"同情之态度"也就是感同身受而重新体验领悟古人情意的态度。下面,我们以郭老的概括为纲,对闻一多先生杜甫研究的创新点作一叙述。

一、眼光的犀利

闻先生首先是一个诗人,他有诗人的犀利眼光。然而,正

---

① 朱自清:《中国学术界的大损失——悼闻一多先生》,《朱自清散文精选》,江西教育出版社 2020 年版,第 147 页。

② 《闻一多全集》(一),生活·读书·新知三联书店 1982 年版,第 1—2 页。

如朱序所云:“他觉得做诗究竟‘狭窄’,于是乎转向历史,中国文学史。他在给臧克家先生的那封信里说,‘我始终没有忘记除了我们的今天外,还有那二千年前的昨天,这角落外还有整个世界。’同在三十二年写作的那篇《文学的历史动向》里说起‘对近世文明影响最大最深的四个古老民族——中国、印度、以色列、希腊——都在差不多同时猛抬头,迈开了大步’。”① “他只能从中国文学史下手。而就是‘这角落’的文学史,也有那么长的年代,那么多的人和书,他不得不一步步的走向前去,不得不先钻到‘故纸堆内讨生活’,如给臧先生信里说的。于是他好象也有了‘考据癖’。”②一度是青年导师的他,渐渐被青年们遗忘了,青年们“想不到他是在历史里吟味诗,更想不到他要从历史里创造‘诗的史’或‘史的诗’。他告诉臧先生,‘我比任何人还恨那故纸堆,正因为恨它,更不能不弄个明白。’他要创造的是崭新的现代的‘诗的史’或‘史的诗’。”③这一大部头的文学史他虽然没有完成,但是十多年来也写出了一些片段。可是正统的学者觉得这些不免“非常异义,可怪之论”,就戏称他和一两个跟他同调的人为“闻一多派”。这却正见出他是在开辟着一条新的道路;而那披荆斩棘,不仅是一个斗士的工作,亦是一个具有现代学术思想与治学方法的学者的工作。

《少陵先生年谱会笺》发表于 1930 年。从其侧重于资料

---

① 《闻一多全集》(一),生活·读书·新知三联书店 1982 年版,第 15—16 页。

② 《闻一多全集》(一),生活·读书·新知三联书店 1982 年版,第 16 页。

③ 《闻一多全集》(一),生活·读书·新知三联书店 1982 年版,第 16 页。

的编排中,我们可以看出他学术眼光的非同一般。如他注意从音乐歌舞、绘画、天文历法、文献编纂及宗教典籍等资料,特别是在杜甫参与宗教活动的大文化背景上,“回到那时代”去,探讨杜甫的生平及其诗歌创作,以下举例进行说明。

第一,在音乐歌舞方面。开元二年(714),杜甫三岁时,据《唐会要》《雍录》等书,记设置教坊于蓬莱宫侧,玄宗亲自教以法曲,称为“皇帝梨园弟子”。开元五年(717)尝至郾城,观公孙大娘舞“剑器、浑脱”。开元十一年(723),初制《圣寿乐》,令诸女衣五方色衣,以歌舞之。

第二,在文献编纂方面。开元四、五年(716、717),连续记载了洛阳乾元院(后改丽正书院),辑集群书。开元十五年(727),徐坚纂修文艺性类书《初学记》成。天宝三载(970),芮挺章选开元迄天宝三载(744)诗为《国秀集》。天宝十二载(753),殷璠选永徽迄本年的《河兵英灵集》成。

第三,在绘画方面。开元十三年(725),封泰山还归潞州金桥,吴道玄等合制《金桥图》,以记“旗纛鲜洁,羽卫齐整”之威仪。开元二十年(732),吴道子作“地狱变相图”。

第四,在天文历法方面。开元九年(721),命僧一行造新历(即“大衍历”),梁令赞黄道游仪。

第五,在宗教典籍及参与宗教活动方面。崇玄学,开元二十一年(733),玄宗亲注《道德经》,令学者习之。开元二十三年(735)玄宗又注《老子》。开元二十九年(741),两京诸州置玄元皇帝庙,以《老庄文列》为“四子”,并作为科举考试明经举考(道举)的依据。天宝元年(742)二月,封庄子为南华真人、文子为通玄真人、列子为冲虚真人,其书悉号“真经”。天宝三载(744)三月,诸郡玄元庙改紫极宫。

年谱中又以较多的篇幅记载佛教的活动，如开元七年（719）《华严经》成，开元八年（720）印度金刚智、不空金刚来华（合善无畏称“开元三大师”），开元十八年（730）僧人智升撰《开元释教录》（此书为我国唐以前佛教经录之总汇），开元二十四年（736）五月名僧义福卒，赐号大智国师，七月葬于洛阳龙门之北，送葬者数万人，大臣严挺之为之作碑。

天宝三载（744），杜甫渡河游王屋山，谒道士华盖君，其人虽亡，有《忆昔行》《昔游》诗可证。闻先生是这样看待此事的，“二诗追述谒华盖君事至详尽”，“是时诗中屡言学仙，一若真有志于此者。今则渡大河，走王屋，将求华盖君而师事之，至而其人适亡”，“宜其历久不忘，一再追念而不厌也”。

在兖州时，李白偕杜甫同访城北范十隐居。约天宝四载（745），初遇元逸人及董炼师。

天宝八载（749）冬归东都，谒玄元皇帝庙，观吴道子所画壁，作有《冬日城北谒玄元皇帝庙》诗。至德二载（584），于长安从赞公苏端（大云经寺僧，尝以青丝履白毡巾赠公）游，作有《雨过苏端》诗。乾元二年（759），在秦州又与赞公相会，作有《宿赞公土室》《宿赞公房》《寄赞上人》等诗。

天宝四载（745）九月，诏改两京波斯寺为“大秦寺”，闻氏认为“此中土最古之天主教堂”，似不确，因为古波斯即以今伊朗为中心的伊斯兰帝国，此“大秦寺”很可能是伊斯兰教堂而非天主教堂。

第六，在文化交流方面。开元十九年（731），吐蕃求《毛诗》《礼记》《左传》《文选》，以经书赐与之。赵宋以来，为杜甫作年谱的不下几十家，但都没有像闻先生那样，把眼光投射于当时的多种文化形态，这种提纲挈领、突出文化背景的做法，是我国年谱学的一种创新,也为历史人物研究作出了新的开拓。这之后,他继续沿着这一治学方向前进,从整个文化研究着眼,着力探讨杜甫与唐代社会及整个思想文化的关系,探究杜诗是在怎样的社会环境、生活环境中产生、发展的,又是怎样同当时的文化环境(尤其是唐诗的繁荣)发生密切关系的。较之宋以来所作的数十家杜甫年谱,这种注重文化活动、成就,在历史文化背景中展现谱主生平的写法,堪称创格,为年谱学的更新作出了开拓性的贡献。总之,他是站在历史文化的高度,以历史的眼光观察与分析杜诗的发展变化,冲破了传统研究方法的某种狭隘性与封闭性。因为闻先生始终把文学看作一种历史运动,把文学发展作为动态来把握。

二、考索的赅博

郭序又说:“闻先生治理古代文献的态度,他是承继了清代朴学大师们的考据方法,而益之以近代人的科学的致密。为了证成一种假说,他不惜耐烦地小心地翻遍群书。为了读破一种古籍,他不惜在多方面作苦心的彻底的准备。这正是朴学所强调的实事求是的精神,一多是把这种精神彻底地实践了。唯其这样,所以才能有他所留下的这样丰富的成绩。但他的彻底处并不是仅仅适用于考据,他把考据这种工夫仅是认为手段,而不是认为究极的目的的。”①

① 《闻一多全集》(一),生活·读书·新知三联书店 1982 年版,第 3 页。

这就是朱序所说的，他在“故纸堆内讨生活”，第一步还得走正统的道路，就是语史学的和历史学的道路，也就是还得从训诂和史料的考据下手。在青岛大学任教的时候，他已经开始研究唐诗；他本是个诗人，从诗到诗是很近便的路。那时工作的重心在历史的考据上。

后来又从唐诗扩展到《诗经》《楚辞》，也还是从诗到诗。闻先生谨慎地走着这条正统的道路。可是他“很想到河南游游，尤其想看洛阳——杜甫三十岁前后所住的地方”。他说“不亲眼看看那些地方，我不知杜甫传如何写”。这就不是一个寻常的考据家了！

如考据杜甫与高适初次相会的时间地点非开元二十七年(739)的梁宋、天宝三载(744)秋的梁宋或天宝四载(745)的汶上，而是开元二十七八年间的山东，“窃谓开元二十七八年间，适尝至山东，因得与公相遇”，杜诗《寄高常侍》“汶上相逢年颇多”，“殆指也”。证据是高适《宋中送族侄式颜》诗注：“时张大夫贬括州，使人召式颜，遂有此作。”同时又作《送族侄式颜》有云：“我今行山东，离忧不能已。”按《旧唐书·玄宗纪》记张守珪贬括州，时在开元十七年(729)六月，“其时适方有山东之行。意其既在山东，与公相值，或在开元二十七八年之间：其时公方游齐赵，汶上地在齐南鲁北，二公邂逅于斯，正意中事耳”。而杜诗《别张十三建封》所记开元二十七八间与建封父张玠同游于兖及《登兖州城楼》所记开元二十八年(740)“趋庭”事，正与“逢高适之年分皆合，可资互证也”。

又如考证杜甫“从汝阳王琎，驸马郑潜耀游”的时间与地点亦相当精当。公与二人之游牵涉到杜甫由齐鲁归长安的时间问题，朱鹤龄以为“其归长安，当在天宝四五载间”，闻一多详辨其误,认为“当在五六载间”,因为杜诗《赠汝阳王二十韵》诗“所叙节候,实跨两载。此言初宴在秋,而客岁(天宝四载)秋日,公方在兖州”,因此,“从琎游,至早当自五载秋始,所云春夏,乃六载之春夏也”。而从郑潜耀游的过程中有一个撰《皇甫淑妃碑》的时间问题,此妃即郑氏妻母。黄鹤定此碑撰于天宝四载(745),闻先生据碑记“甫忝郑庄之宾客,游窦主之山林”而断定“撰碑之前,已从郑游”,又据《长安志》与《唐两京城坊考》而断定“郑庄”在长安而非洛阳,从而得出了此碑撰于天宝五载(746)的结论:“公未来长安前,不得游窦主之山林,即不得为郑庄之宾客矣。”“公五载始至长安,焉得四载为郑庄宾客,且为撰碑哉?”

再如辨“饫死之说”之“不实”亦相当有理有据。闻先生在广泛征引黄鹤、仇兆鳌等人的辨驳后,这样作断:

> 按《风疾舟中伏枕书怀呈湖南亲友》,题曰“风疾舟中”,诗又曰“羁旅病年侵”,是舟中构疾也。诗义曰“群云惨岁阴”,曰“郁郁冬炎瘴”,时在冬候也。公之卒,在大历五年冬,无疑。①

闻一多所作年谱及交游考,皆开径自行,各有拓展,比勘对照,用力甚勤,是以实证方法而求真,为作“知人论世”的研究打下了坚实的基础。朱自清《中国学术界的大损失——悼闻一多先生》一文是这样来概括闻先生的考据成就的:

---

① 闻一多:《唐诗杂论》,上海古籍出版社 1998 年版,第 92—93 页。

他最初在唐诗上多用力量。那时已见出他是个考据家,并已见出他的考据的本领。他注重诗人的年代和诗的年代。关于唐诗的许多错误的解释与错误的批评,都由于错误的年代。他曾将唐代一部分诗人生卒年代可考者制成一幅图表,谁看了都会一目了然。他是学过图案画的,这帮助他在考据上发现了一种新技术;这技术是值得发展的。但如一般所知,他又是个诗人,并且是个在领导地位的新诗人,他亲自经过创作的甘苦,所以更能欣赏诗人与诗。他的《唐诗杂论》虽然只有五篇,但都是精彩逼人之作。这些不但将欣赏和考据融化得恰到好处,并且创造了一种诗样精粹的风格,读起来句句耐人寻味。①

这种赅博的考据,既是乾嘉朴学的,又是近代科学的。

三、立说的新颖而翔实

朱自清《中国学术界的大损失——悼闻一多先生》有一段文字这样来评论闻先生的《唐诗杂论》:

可惜只有五篇,那经济的字句,那完密而短小的篇幅,简直是诗。我听他近来的演说,有两三回也是这么精悍,字字句句好似称量而出,却又那么自然流畅。他因此也特

① 朱自清:《朱自清小全集　荷塘月色》,四川人民出版社 2017 年版,第 287 页。

> 别能够体会古代语言的曲折处。当然，以上这些都得靠学力，但是更得靠才气，也就是想象。单就读古书而论，固然得先通文字声韵之学；可是还不够，要没有活泼的想象力，就只能做出点滴的饾饤的工作，决不能融会贯通的。这里需要细心，更需要大胆。闻先生能够体会到古代语言的表现方式，他的校勘古书，有些地方胆大得吓人，但却得细心吟味所得；平心静气读下去，不由人不信。①

这种由“细心”与“大胆”得来的“融会贯通”，可以从以下几个例子中看出。例如，《少陵先生年谱会笺》是这样为杜甫“天宝九载”“初遇郑虔”立说的：先引《新唐书·郑虔传》之说，天宝初因著书坐谪十年，则引《唐会要》之说“天宝九载七月，置广文馆，以虔为博士”，而推定“拜广文博士”，必是“自谪所甫归京师时事”，而且《新唐书》“天宝初”与“坐谪十年”必一者误，而“与公相遇而订交”必是“始得归京”的“天宝九载”，其证据是今存杜诗言及郑虔者“不曰‘广文’，即曰‘著作’，不曰‘著作’，即曰‘司户’，咸九载以后之作”，而“以二公相交之深，相从之密，何以九载以前，了不见过从酬答之迹”？再如，考订杜甫“自东都移家长安，居南城之杜城”的时间问题，据杜甫《桥陵诗》可知，“自长安移家至奉先”的时间是天宝十三载（754）秋后，则参以“三年门巷空”，“则知公眷属自东都至长安，必在天宝十三载正月以后，十月以前”。因为据《秋雨叹》（卢编在天宝十三载），“知是年秋，公已置宅长安，妻子亦

---

① 朱自清：《朱自清小全集　荷塘月色》，四川人民出版社2017年版，第285页。

俱至也”。而《夏日李公见访》,其时在十三载之夏,其地在杜陵,再联系十一二载写于长安的诸诗所展示的移家之心切而未移,则大体可以断定“移家长安,疑在天宝十三载之春”。

再如杜甫广德二年(764)秋作于成都的《送舍弟颖赴齐州三首》“两弟亦山东”中“两弟”为谁的考证。仇兆鳌认定“两弟谓丰与观”,然而仇氏忽略了这样一个事实:大历元年(766)杜甫有诗题:《第五弟丰独在江左,近三四载,寂无消息……》诗曰:“乱后嗟吾在。”“十年朝夕泪。”则知“丰自天宝乱后,至大历元年,流落江左,凡十年矣。丰既在江左,则本年诗云‘两弟亦山东’者,丰必不与。诗盖言赴齐后,并观为两弟在山东耳”。而且至大历二年(767)时“第五弟漂泊在江左,近无消息”(《元日示宗武》原注)。同年,杜甫作有《远怀舍弟颖观》诗云:“阳翟空知处,荆南近得书。”在这里,“以颖、观并提,知二人本同在一地,后乃分离,一往阳翟,一至荆南耳。此亦可作在山东者为颖与观之旁证”。

四、“了解”的超越:风格即是人

西洋文论上有一句名言,叫作“风格即是人”。反过来说人格即是风格,即是诗的风格。闻先生是受过西洋教育的学者、诗人、画家,自然懂得法国作家布封这句名言的含义,因此他给青少年时期的“诗圣”杜甫是这样来画像的:

> 子美第一次破口歌颂的,不是什么凡物。这“七龄思即壮,开口咏凤凰”的小诗人,可以说,咏的便是他自己。

禽族里再没有比凤凰善鸣的,诗国里也没有比杜甫更会唱的。凤凰是禽中之王,杜甫是诗中之圣,咏凤凰简直是诗人自占的预言。从此以后,他便常常以凤凰自比;(《凤凰台》《赤凤行》便是最明白的表示。)这种比拟,从现今这开明的时代看去,倒有一种特别恰当的地方。因为谈论到这伟大的人格,伟大的天才,谁不感觉寻常文字的无效?不,无效的还不只文字,你只顾呕尽心血来悬拟,揣测,总归是隔膜,那超人的灵府中的秘密,他的心情,他的思路,像宇宙的谜语一样,决不是寻常的脑筋所能猜透的。你只懂得你能懂的东西;因此,谈到杜甫,只好拿不可思议的比不可思议的。凤凰你知道是神话,是子虚,是不可能。可是杜甫那伟大的人格,伟大的天才,你定神一想,可不是太伟大了,伟大得可疑吗?上下数千年没有第二个杜甫(李白有他的天才,没有他的人格),你敢信杜甫的存在绝对可靠吗?一切的神灵和类似神灵的人物都有人疑过,荷马有人疑过,莎士比亚有人疑过,杜甫失了被疑的资格,只因文献,史迹,种种不容抵赖的铁证,一五一十,都在我们手里。①

在这里,闻先生对他最敬爱的诗人作这样的礼赞,是从心潮沸涌中喷射出来的滚烫的语言,不仅活现了风华正茂、年轻的“诗圣”风貌,亦是作为诗人的学者对“诗圣”的惺惺相惜之情的淋漓流露;这种充满热情的诗样的抒情,是建立在“同情之了解”的基础之上的。

---

① 闻一多:《杜甫》,《唐诗杂论》,上海古籍出版社 1998 年版,第 135—136 页。

朱自清先生曾称闻先生是抗战以前“唯一有意大声歌咏爱国的诗人”。闻先生自己在论文或讲课中也提出过新诗要“保存它的地方色彩”和“中国诗是世界文学的最高造诣”等看法,表现了高度的爱国热情。这种热情贯串在整个唐诗,特别是杜甫研究中,那就是立足于祖国优秀的文化传统来揭示唐诗的民族特色与杜诗的“穷年忧黎元”热情。他认为,诗格是人格的表现,例如他说:“西洋人不太计较诗人的人格,如果他有好诗,对诗有大贡献,反足以掩护作者的弊病,使他获得社会的原谅。……西洋人作诗往往借故事或艺术技巧来表现作者个性……(可是在中国)自从先秦士大夫发表了他们修养超人境界的议论以后,在我国人思想中便逐渐形成了理想完美人格的概念与标准,并且认为只要照着圣贤所指示的理想去做人,即令无诗,也算有诗了。”“自魏晋时代开始,就有人以人格来造诗境,要求谈吐必合于诗,然后以人格渗透笔底,如王右军的字即足以表现其为人,他的人格存在于他的字迹中……魏晋人只做到把人格表现在字中,至于把它体现在复杂的诗中则不十分成功。陶渊明在这方面的成就算是突出的,但又超出时代风气太远,不能引起当代人的重视和发生广泛影响。六朝人忽视人格之美,世风因以堕落,直到唐初,诗的艺术一直很少进步。盛唐时代社会环境变了,人们复活了追求人格美的风气,于是这时期诗人的作品都能活现其人格,他们的人格是否赶得上魏晋人那样美固然难说,但以诗表现人格的作风却比魏晋人进步得多。”①闻先生这一观点寄托到杜甫研究上,那就是“文学与良

① 郑临川记录,徐希平整理:《笳吹弦诵传薪录——闻一多、罗庸论中国古典文学》,上海古籍出版社 2002 年版,第 114—115 页。

心兼备”。闻先生又认为,就整个文化来说,诗人对诗的贡献是次要的,重要的是使人精神有所寄托。这种寄托就是以诗表现人格这一特色。不信,试看他怎样评价王维、李白、杜甫三大诗人便可了然。他说:“李、杜、王三位诗人的人格和诗境,都可以从他们在安史之乱考验中的表现作为判定高下的标准。”[①]他用三个有趣的形象比喻三位诗人在大乱中的表现:杜甫像丧家到处找娘的流浪儿,李白像不受拘管、任性闯荡的野孩子,王维像被迫受辱、隐忍苟活的“息夫人”式的弱女子。然后结论说:“杜甫一生的思想,是存在于儒家所提出的对社会的义务关系之中,这关系是安定社会的因素。太白却不承认这种义务关系,只重自我权利之享受,尽量发展个性,像不受管束的野孩子一样。王维则取中和态度,他的理想生活是不知生活而享受生活,他的生活态度极其自然,只求在平淡闲适生活中度此一生,这是庄子的一个方面。”[②]闻先生这样敬爱富于社会意识的政治诗人杜甫,是对唐诗民族特色的礼赞,是对民族文化传统的尊重与自豪,是对杜甫高尚人格和卓越诗格的倾倒;同时,表现了自己出于高昂爱国激情的文学观点。

研究古人、整理古籍为何要持“同情之态度”,做“同情之了解”呢?陈寅恪先生大致谈到三方面的原因:一是古人著书立说之环境与背景难明;二是古人学说皆年代久远,真相难知;三是古人学说之材料遗存至今已为残余片段,已非全部结构。因此,面对上述情况,要想真了解古人立说的对象用意,若采取

---

① 郑临川记录,徐希平整理:《笳吹弦诵传薪录——闻一多、罗庸论中国古典文学》,上海古籍出版社 2002 年版,第 122 页。

② 郑临川记录,徐希平整理:《笳吹弦诵传薪录——闻一多、罗庸论中国古典文学》,上海古籍出版社 2002 年版,第 122 页。

一种纯粹合理的逻辑分析之态度是不可能的，唯有采取“同情之态度”。有了这样一种态度，我们就可以超越残余片段，进入立说之古人的思想堂奥，以自己的情感体验领悟，或以智慧推知古人立说之对象与真正用意，及其学说的全部结构，从而获得本来意义的“真了解”。

治杜的结果：真了解*

——闻一多先生的杜甫研究(二)

综观闻一多先生的杜甫研究成果，我们可以说他是抱着“同情了解之态度”，对杜甫其人其诗是“真了解”了。这种“真了解”，是闻先生立足于整个中华文化与中国文学史，放眼于整个唐代文化思潮，实事求是地对杜甫及其思想历程进行梳理之后才得到的。作为一个典型的具有中西文化素养、深受“五四”新文化运动影响而成长起来的现代知识分子，闻一多先生的杜甫研究既是“朴学”的，又是科学的——这一研究的生命力在于，他将杜甫的思想资料置入其人生过程之中，并将其中的各种要素与研究者自己的思想之间构成一种平等的互动的对话关系，杜甫其人其诗才具有对话意义上的生命，闻一多先生的杜甫研究才具有思想史与学术史的双重价值。闻先生在其《人民的诗人——屈原》一文中说：“杜甫是真心为着人民的，然而人民听不懂他的话。”这是闻先生的研杜心得，这一心得突出地表现为：从作家的良心肯定了杜甫的悲天悯人思想，而悲天悯人只是在走出梦境、走向现实后才树立起的意识，“文学与良心二者兼备”是杜甫伟大之由。而且，立足于杜甫

---

* 原载《杜甫研究学刊》2004年第4期。

其人其诗的平民化，来探讨杜甫的人格即是其诗格，杜甫在新诗境的拓荒方面的贡献，以及李、杜交往的文化意义等问题，这些学术创新都是破天荒的。

一、文学与良心兼备

无须讳言，闻一多是新月派诗人，又是深具古典文学功底的学者与爱国主义的民主斗士。爱国主义是闻一多思想发展的主旋律。他自己认为“诗人最主要的天赋是爱。爱他的祖国，爱他的人民”。他将这种“爱”投入于他的唐诗理论研究时，就更显出一位诗人兼文学史家的慧眼诗心与远见卓识。他认为要读唐诗，先要懂得“诗唐”——诗的唐朝，即认识好诗多在唐朝；诗的形式和内容的变化到唐朝达到了极点；唐诗的体裁不仅是一代人的风格，实包括古今中外的各种诗体；从诗又分枝出后来新的散文和小说等文体。他又精辟地指出：“‘诗唐’的另一涵义，也可解释成唐人的生活是诗的生活，或者说他们的诗是生活化了的。……唐人作诗之普通可说是空前绝后，凡生活中用到文字的地方，他们一律用诗的形式来写，达到任何事物无不可以入诗的程度。”①闻先生在以文学进化论来阐述唐诗的发展历程与杜甫的贡献时，也有独到的见解，他说：“两汉时期文人有良心而没有文学，魏晋六朝时期则有文学而没有良心，盛唐时期可说是文学与良心兼备，杜甫便是代表，他

---

① 郑临川记录，徐希平整理：《笳吹弦诵传薪录——闻一多、罗庸论中国古典文学》，上海古籍出版社 2002 年版，第 74—75 页。

的伟大就在这里。”①这种“文学与良心兼备”的理论总结,是那颗“赤子”般的“爱”心的写照——是杜甫的,也是闻一多的。

关于杜甫之“文学”,是历代论述最多的。简言之,就是:杜甫是我国最伟大的诗人之一,他被尊为“诗圣”,诗被誉为“诗史”,是中国文学史上的一座丰碑。他上继中国诗歌的“风骚”传统,是中国古典诗歌的“集大成”者;他生当李唐王朝由盛转衰、整个中国封建社会由上升期转入下坡路的安史之乱这一转折关头,是下开中国诗歌的“新世界”及继往开来的诗人。同时,杜诗“沉郁顿挫”,无体不包,众体兼擅,是我国古典诗歌的范本;杜甫伟大的人格,是中华民族文人品格的楷模;杜甫“不薄今人爱古人”的博大胸怀,是成就一切事业者的榜样;杜甫“转益多师是汝师”的学习态度,是我们批判继承古今中外一切优秀文化遗产的表率。

闻一多先生把安史之乱作为唐诗转变的界线,认为关键在于诗人的成分有了大的改变,由贵族转变为士人。此一观点,闪烁着大学者的智慧。他推崇杜甫,因为杜甫吸取了六朝以来的文学精华,恢复了两汉文人关心生民哀乐的传统,突破了盛唐那种贵族诗人的风格,开启了中晚唐和后世绵延不绝的现实主义诗风。他指出“大历十才子”的诗“写的逼真,如画工之用工笔,描写细致;写的伤感,使人读了真要下同情之泪,像读后来李后主的词一样。用字的细腻雅致,杜甫比起他们都嫌太浑厚了”②。这一大胆的看法,是跟“诗必盛唐”的传统观点针锋

① 郑临川记录,徐希平整理:《笳吹弦诵传薪录——闻一多、罗庸论中国古典文学》,上海古籍出版社 2002 年版,第 108 页。

② 郑临川记录,徐希平整理:《笳吹弦诵传薪录——闻一多、罗庸论中国古典文学》,上海古籍出版社 2002 年版,第 124 页。

相对的。可以看出,他是把唐诗放在整个文学史发展的链索上、放在包括词曲在内的现代诗学体系中来考察研究的。闻一多将盛唐诗分为三个复古阶段:齐梁陈时期、晋宋齐时期、汉魏晋时期,第二期又分三派,李白、王维、杜甫分别代表之。在这里,闻一多敏锐地看到,自齐梁而晋宋而汉魏的过程,意味着向现实的回归,其间从作家的良知方面肯定了杜甫一派的悲天悯人,而悲天悯人只是在走出梦境、走向现实后才树立起的意识,"文学与良心兼备",杜甫的伟大正在其"调整了文学与人生的关系,认定了诗人的精神在中国诗坛是空前绝后的"①,而杜甫的贡献亦正在于他以其"诗史",突破了盛唐贵族诗人的局限,开启了中晚唐与后世绵延不断的现实主义诗风。此一意义正如程千帆、莫砺锋《杜诗集大成说》所说:"杜甫之'集大成'与孔子之'集大成'一样,最重要的意义不在于承前而在于启后。"②

关于杜甫之"良心",我们认为主要是其"仁者之心"——民胞物与、悲天悯人、己饥己溺之心。此心之培育,其关键源自杜甫那颗"赤子之心",对健全人格、完美人性都有着执着、真挚的追求。如果再加以挖掘,这就是"物微限通塞,恻隐仁者心"(《过津口》)放射出的光芒,即是对孟子心学精义——"无恻隐之心,非人也"(《孟子·公孙丑上》),"恻隐之心,仁也"(《孟子·告子上》)的感悟。杜甫将这颗无限扩充的"仁者心"向人伦世界绵绵延伸,就不期然而然地酿成了天地间一段元气。这一"仁者心"如果推向君臣、推向世用,就变成了天地

① 郑临川记录,徐希平整理:《笳吹弦诵传薪录——闻一多、罗庸论中国古典文学》,上海古籍出版社2002年版,第145页。

② 程千帆、莫砺锋、张宏生:《被开拓的诗世界》,上海古籍出版社1990年版,第23页。

良心、稷契之志。

二、其人其诗的平民化

闻先生研究杜甫,始终站在历史学家的高度,将目光投注于文学过程的发展变化与社会文化背景多层面的动态和影响,在庞大复杂的"杜诗学"中抓住"平民化"来审视杜诗,上下贯通,左右融汇,一些难题迎刃而解。

对于杜甫这位中国文学史上伟大的"诗圣",闻一多并未像前人那样,多从儒家思想出发论其忠爱之忱,或从诗法出发论其诗律之细,或从风格出发论其沉郁顿挫,无疑,这些都是杜诗学所涵盖的范围,但仍不足以彰显杜甫在文学史上的伟大地位、价值之所在,或者缺乏对杜甫其人其诗精髓的最根本的把握。闻一多研究中国古典文学,特别是研究杜甫,始终站在历史学家的高度,注目于文学全过程的发展变化,注目于社会文化背景的多层面的动态和影响,在庞大复杂的"杜诗学"中,抓住"平民化"来审视杜诗,上下贯通,左右融汇,这样一来,杜诗学中的许多难题都可由此疏通。如他在《诗的唐朝》中指出:

> 天宝大乱以后,门阀贵族几乎消灭干净,杜甫所代表的另一时代的新诗风就从此开始。宋人杨亿曾讥笑杜甫是"村夫子",恰好是把他的士人身份跟以前那些贵族作者形成了鲜明的对比。和杜甫同时而调子完全一致的元结编选过一部《箧中集》,里面的作品全带乡村气味,跟过去那些在月光下、梦境中写成的贵族作品风格完全两样。

> 从这个系统发展下去，便是孟郊、韩愈、白居易、元稹等人的继起。他们的作风是以刻画清楚为主，不同于前人标举的什么“味外之味”、“一字千金”那一套玄妙的文学风格。这一派在宋代还在继续发展。要问这一批人为什么在作品中专爱谈正义、道德和惯于愤怒不平呢？原因是他们跟上一时期贵族作者的身份不同，他们都是平民出身，平民容易受人欺负，因此牢骚也多，这样，诗人的成份很自然地由贵族转变为士人了。……而唐代士人也同样，必须靠自己的文才去争取一官半职，他们同早期贵族一样由平民出身，跟人民生活比较接近，因此他们能从自己的生活遭遇联想到整个民生疾苦。从这点来说，也可以解释杜甫的“三吏”、“三别”诸诗为什么会跟汉乐府近似，表现出一种清新质朴的健康风格。①

杜甫的“平民化”当然首先与其忧国忧民的思想分不开。历史上忧国忧民之士多矣，然他人多与个人的功业相联系，即如著名爱国词人辛弃疾亦曾高唱“了却君王天下事，赢得生前身后名”（《破阵子·为陈同甫赋壮语以寄》）；而杜甫则真正是将爱国体现在爱民之上，真正与人民同呼吸、共命运。他人多奉行“达则兼济天下，穷则独善其身”的哲学，顺境时激昂慷慨，逆境时消沉隐退；而杜甫则不仅忧之深切：“穷年忧黎元，叹息肠内热。”且始终如一，以饥寒之身仍怀忧民之志，处穷困之境犹作济世之想：“安得广厦千万间……吾庐独破受冻死亦足。”且

---

① 郑临川记录，徐希平整理：《笳吹弦诵传薪录——闻一多、罗庸论中国古典文学》，上海古籍出版社 2002 年版，第 77 页。

至死不变："葵藿倾太阳，物性固莫夺。"（《自京赴奉先县咏怀五百字》）他不仅广泛描写了社会各阶层人民痛苦的各个层面，也深刻揭示了他们的心理以及造成痛苦的社会根源。

对杜甫诗歌人民性形成的缘由，闻一多做了深刻的剖析和富有诗意的描述，这里有儒家传统的陶冶熏陶，也有良好家风的耳濡目染：

> 他的思想成熟得特别早，一半固由于天赋，一半大概也是孤僻的书斋生活酿成的。在书斋里，他自有他的世界。他的世界是时间构成的；沿着时间的航线，上下三四千年，来往的飞翔，他沿路看见的都是圣贤、豪杰、忠臣、孝子、骚人、逸士——都是魁梧奇伟、温馨凄艳的灵魂。……是的，那政事、武功、学术震耀一时的儒将杜预便是他的十三世祖；那宣言"吾文章当得屈、宋作衙官，吾笔当得王羲之北面"的著名诗人杜审言，便是他的祖父；他的叔父杜并是个为报父仇而杀身的十三岁的孝子；他的外祖母便是张说所称的那为监牢中的父亲"菲屦布衣，往来供馈，徒行悴色，伤动人伦"的孝女；他外祖母的兄弟崔行芳，曾经要求给二哥代死，没有诏准，就同哥哥一起就刑了，当时称为"死悌"。你看他自己家里，同外家里，事业、文章、孝行、友爱——立德、立功、立言的人物这样多；他翻开近代的史乘，等于翻开自己的家谱。这样读书，对于一个青年的身心，潜移默化的影响，定是不可限量的。①

① 闻一多：《杜甫》，《唐诗杂论》，上海古籍出版社 1998 年版，第 136—137 页。

对杜甫儒家世界观、人生观的形成，仍然从“时间的世界”即历史文化的积淀中寻找原因，这就是闻一多独有的研究方法。

当然，杜甫之所以成为中国诗歌史上最伟大的“人民诗人”，之所以开启了文人诗坛上平民化的写实潮流，更有着身世遭际方面的原因，特别是安史之乱中杜甫和广大难民一起颠沛流离，对时代、人民的苦难感同身受，因此他能够深切体会民众的痛苦，喊出人民的心声，表达人民的愿望。闻一多之所以将安史之乱中的表现作为评判诗人创作的标准，无疑是看到了它对于杜甫从一个贵族后裔成长为平民诗人的重要意义。

杜诗平民化不仅体现在为人民说话的内容上，很大程度也表现在其创作方法上：不再是盛唐前期以李白为代表的浪漫的主观幻想，也不是以王维为代表的贵族式的静观凝思，而是对现实中人民生活、心理的客观写实。他的融写景、抒情、议论为一炉的叙事手法，他的对人物语言、行动、心理的细节描写，都与盛唐前期重在“味外之旨”，重在自我表现的高情远韵大异其趣，而导向了中唐的“刻划清楚”，平易通俗。闻一多敏锐地从盛唐诗选本的标准发现并分析了这种现象：

> 奇怪的是盛唐诗的几种选本里没有一本选过杜甫的诗，可见他的作风在当时就跟《箧中集》相近，只因那还是太平时代，这种社会描写不太被人重视，如果杜甫不长于其他各种诗体的话，他的诗很有可能因此被埋没。①

---

① 郑临川记录，徐希平整理：《笳吹弦诵传薪录——闻一多、罗庸论中国古典文学》，上海古籍出版社 2002 年版，第 101 页。

将杜诗与“全带乡村气味,跟过去那些在月光下、梦境中写成的贵族作品风格完全两样”的《箧中集》相联系,共同点即是“平民化”的社会描写,闻一多指出《箧中集》作者都“是一批新的诗境拓荒者”①,杜甫则是这派拓荒者的先锋和翘楚。杜甫这一派的形成是有迹可寻的:“诗歌由写自然进为写天道,再进为写人事”②,此派就形成了,此为“承上”。杜甫的平民化写实作风不仅直接开启了中唐元、白诗派,也影响了宋代诗歌,“到了陆放翁便满纸村夫子气了”(这与“东坡的作风是和天宝之乱以前那一段时期相近”不同),并一直贯串到明、清:“从这种新作风的时代开始以后,平民跟文学的关系一天比一天密切,小说就跟着发达起来。”③

综上所述,闻一多先生将杜甫研究放置在唐诗在天宝前后两种不同的风格面目中加以论述,抓住“作者的身份和生活有了很大的改变”这一关键,通过对诗人诗风特点及其形成原因的论述,凸现了唐诗新文化背景的特征:从贵族文化的延续与消亡,到外来胡文化作为新兴力量跃上历史舞台,再到平民文化的开启和发展。而且在对李白、王维、杜甫三大诗人的对比评判中,剖析了唐诗三大风范的深刻内涵,引导我们对唐王朝三百年文化史作一巡礼,是绝非就诗论诗或就史论史者可及的。

---

① 郑临川记录,徐希平整理:《笳吹弦诵传薪录——闻一多、罗庸论中国古典文学》,上海古籍出版社 2002 年版,第 101 页。

② 郑临川记录,徐希平整理:《笳吹弦诵传薪录——闻一多、罗庸论中国古典文学》,上海古籍出版社 2002 年版,第 108 页。

③ 郑临川记录,徐希平整理:《笳吹弦诵传薪录——闻一多、罗庸论中国古典文学》,上海古籍出版社 2002 年版,第 77—78 页。

三、新诗境的拓荒者

在唐诗研究过程中,闻先生敏锐地观察到,从王维到李白再到杜甫诗风的变化,代表了盛唐诗歌各阶段的变化。而这种变化不是孤立的文化现象,而是“承前启后”的,即从中概括出了从六朝诗到宋诗的发展趋势。如前所述,闻一多将盛唐诗分为三个复古阶段,除“齐梁陈时期”实为初唐到盛唐之过渡外,“晋宋风格”和“汉魏风格”实是盛唐诗歌之典型风格,而王维和李白为晋宋之代表,杜甫则为汉魏之集大成者,“新诗境的拓荒者”,实为遥接汉魏乐府“缘事而发”的写实精神,在新的历史条件下形成的新的写实诗派。他指出:“唐诗在天宝前后完全是两种迥然不同的风格面目,这是因为作者的身份和生活前后有了很大改变的缘故。”①

据此,他甚至以天宝十四载(755)作为划分从建安到五四诗歌发展史的分水岭。不拘于传统的以朝代为划分标准,而是将盛唐划归为两个历史时期,正是看到了盛唐诗歌两种截然不同的创作倾向,从痛快淋漓的主观创意阶段到真实严谨的现实规范阶段,从高华雅逸的贵族气派到平易通畅的世俗风度。对闻氏这种观点,李泽厚《美的历程》做了进一步阐述:“如果都要说盛唐,那就应该是两种‘盛唐’,它们是两种不同的‘有意味的形式’,各自保有、积淀着不同的社会时代内容,从而各有

---

① 郑临川记录,徐希平整理:《笳吹弦诵传薪录——闻一多、罗庸论中国古典文学》,上海古籍出版社2002年版,第78页。

风貌特征,各有审美价值,各有社会意义。”①由对盛唐两个阶段不同创作倾向的来源走向的分析,闻一多归结出唐诗在整个文学史上的贡献:“从整个文学史来看,唐诗的确包括了六朝诗和宋诗,汇萃了几个时代的格调,兼收并蓄,发挥尽致,古今诗体,至此大备。”②

如果说,王维是六朝以来贵族诗歌的“最后明星”③,杜甫不仅是集其大成者,而且是唐诗平民化的开启者和宋诗格调的奠基者,李白则是盛唐中外文化融合而孕育的浪漫骄子。以“三才”作为唐诗不同风范的代表,立足于唐而又放眼六朝与宋,深刻广博而又举重若轻,正显示出文学史家闻一多运用历史文化方法研究唐诗的独到之处。

言杜甫是新诗境的拓荒者,还有一个例证,这就是他编的《唐诗大系》,从他的选诗标准中可以看出。此书选诗 90 首以上的 1 人,50 和 40 首以上的各 1 人,30 首以上的 3 人,20 首以上的 7 人,10 首以上的也才 27 人,其余各家选诗的数量都很少,可见裁汰的标准相当严格。从各家选诗的数量多寡来看,当以杜甫、王维、李白三家为最多,而杜甫又是跃居第一位(90 首)的。他评选杜诗的标准,跟一般选家特重杜诗的政治性、社会性不完全一样,他主要考虑的是杜诗在艺术上具有开启后代诗法(尤其近体律诗)多方面的造诣,而不单纯着眼于杜甫

① 李泽厚:《美的历程》,生活 · 读书 · 新知三联书店 2017 年版,第 133 页。

② 郑临川记录,徐希平整理:《笳吹弦诵传薪录——闻一多、罗庸论中国古典文学》,上海古籍出版社 2002 年版,第 78 页。

③ 闻一多:《四千年文学大势鸟瞰》,《闻一多全集》(十),湖北人民出版社 1993 年版,第 30 页。

作品的思想内容。因为按照闻先生向来的眼光，认为没有艺术就不能叫诗。从选诗的要求上来说，一首诗不仅要有艺术性，而且要有不同一般的独创性，如杜甫对古体诗和近体诗就有不少创格，还有他有意学习民歌的绝句，都表现了诗人多方面的艺术创造才能。对其余选诗次多的两家，采取的也是同一标准。比如王维诗比李白多出一首，此中似乎也存在着艺术较量，即“王维替中国诗定下了地道的中国诗的传统，后代中国人对诗的观念大半以此为标准，即调理性情，静赏自然，他的长处短处都在这里”①。而在另一篇发表的文章里评价“李太白本是古诗和近体中间的一个关键”②，然而他是“一位专仗着灵感作诗的诗人，粗率的作品，准是少不了的”③。何况后者诗的题材内容比前者确有广狭不同的差别，由此不难看出闻先生坚持以艺术原则取诗的态度。

闻先生的这个选本是早期的成果，不排除有“为艺术而艺术”的倾向。可是我们以为此处的重艺术，与他处的重政治、社会，两者合而为一，正表示了他对杜甫贡献的全面的认识：杜甫之为“诗圣”，之为“集大成”者，是继往开来的，是诗歌艺术、思想道德、传统文化、民族性格与民族精神等全方位的。

---

① 郑临川记录，徐希平整理：《笳吹弦诵传薪录——闻一多、罗庸论中国古典文学》，上海古籍出版社 2002 年版，第 121 页。

② 闻一多：《英译李太白诗》，《唐诗杂论》，上海古籍出版社 1998 年版，第 149 页。

③ 闻一多：《英译李太白诗》，《唐诗杂论》，上海古籍出版社 1998 年版，第 148 页。

四、李、杜交游的文化内涵

新中国成立前后关于李、杜之交游的研究成果是,李、杜一生过从三次:第一次时间在天宝三载(744)四月,地点在洛阳;第二次为天宝三载(744)秋,地点是梁宋;第三次为天宝四载(745)秋,地点在兖州。关于李白、杜甫两位大诗人碰面的时间,闻先生认为:李白"见公于东都当在(天宝三载)三五月之间"①,其意义:

> 我们应该品三通画角,发三通擂鼓,然后提起笔来蘸饱了金墨,大书而特书。因为我们四千年的历史里,除了孔子见老子(假如他们是见过面的),没有比这两人的会面,更重大,更神圣,更可纪念的。我们再逼紧我们的想象,譬如说,青天里太阳和月亮走碰了头,那么,尘世上不知要焚起多少香案,不知有多少人要望天遥拜,说是皇天的祥瑞。如今李白和杜甫——诗中的两曜,劈面走来了,我们看去,不比那天空的异端一样的神奇,一样的有重大的意义吗?②

对李、杜的结识和交游,唐诗研究者们都要提到甚至也要论述其意义,甚至还有不少的争论(特别是第一次见面的时

---

① 闻一多:《少陵先生年谱会笺》,《唐诗杂论》,上海古籍出版社1998年版,第49页。

② 闻一多:《杜甫》,《唐诗杂论》,上海古籍出版社1998年版,第143—144页。以下出自《杜甫》的引文不再单注。

间、地点问题)。但是,无论之前或之后,从未有人像闻一多这样满怀激情地“大书而特书”。固然这有其作为新诗人的浓郁的浪漫气质,用审美鉴赏的眼光来歌赞评价,但更多的是用文化审视的眼光,看待李、杜碰面的深层的文化意蕴。

第一,儒、道两家有时是可以互补的。

人们知道,唐代诗人中,李白为道家思想的代表,杜甫为儒家思想的代表;人们也知道,李、杜两人的交情非常深厚;人们还知道,杜甫对李白的诗歌才华非常钦佩。但人们是否知道李、杜友谊建立的最初基础是什么?李、杜两人志同道合是否也有过矛盾冲突?杜甫儒家思想的人生观中是否也有过道家的影响?闻先生曾研究了杜甫给李白的三次赠诗,他发现:

> 子美集中第一首《赠李白》诗,满纸都是企羡登真度此的话,假定那是第一次的邂逅,第一次的赠诗,那么,当时子美眼中的李十二,不过一个神采趣味与常人不同,有“仙风道骨”的人,一个可与“相期拾瑶草”的侣伴,诗人的李白没有在他脑中镌上什么印象。到第二次赠诗,说“未就丹砂愧葛洪”,回头就带着讥讽的语气问:“痛饮狂歌空度日,飞扬跋扈为谁雄?”依然没有谈到文字。约莫一年以后,第三次赠诗,文字谈到了,也只轻轻的两句:“李侯有佳句,往往似阴铿”,不是什么了不得的恭维,可是学仙的话一概不提了。……到不提学仙的时候,才提到文字,也可见当初太白的诗不是不足以引起子美的倾心,实在是诗人的李白被仙人的李白掩盖了。(闻一多《杜甫》)

由此闻一多推论:李、杜友谊的最初基础不是什么忧国忧民的志同道合,也不是诗歌才华的互相仰慕,而是对求仙访道神仙境界的共同追求。原因除了唐时炼药求仙的社会风气影响外,也和杜甫对城市生活的厌倦,对青春浪漫理想的企慕有关。

然而,尽管李、杜两人在求仙出世上曾有过一段志同道合的时期,“只是杜甫和李白的秉性根本不同:李白的出世,是属于天性的,出世的根性深藏在他骨子里,出世的风神披露在他容貌上;杜甫的出世是环境机会造成的念头,是一时的愤慨。两人的性格根本是冲突的。太白笑‘尧舜之事不足惊’,子美始终要‘致君尧舜上’。因此两人起先虽觉得志同道合,后来子美的狂热冷了,便渐渐觉得不独自己起先的念头可笑,连太白的那种态度也可笑了;临了,念头完全抛弃,从此绝口不提了”。(闻一多《杜甫》)

在这里,闻一多如此详述李、杜从最初爱好的契合到后来性格的分歧,究竟有什么意义呢?这实际上为我们展现了中国传统的儒、道两家思想虽相反而又并存,虽并存而又分流的真实状况。即使是在唐代这么一个思想开放活跃的历史时期,它们也仅仅是并存而未合流。而且,儒家思想始终占主导地位,它可以吸收道家的治身、佛家的治心来为儒家的治世服务,从而形成更完善的修身、养性、治国、平天下的思想体系,却不会被佛道同化而失去自己的根本原则。实际上,闻一多在后期对儒家思想也有过严厉的批判,但对道家思想的鞭挞更为无情:“讲起穷凶极恶的程度来,土匪不如偷儿,偷儿不如骗子,那便是墨不如儒,儒不如道。”①这种对儒、道的基本看法,在对李、

① 闻一多:《关于儒·道·土匪》,《闻一多全集》(二),生活·读书·新知三联书店 1982 年版,第 381 页。

杜叙述评价的态度上即可看出来。李白也有儒家入世精神，也存在着“愿为辅弼”的理想，但这种“君侧”情结与杜甫“葵藿倾太阳”的天性是不同的，他的建功立业往往是不切实际的浪漫幻想，连个文学弄臣也当不好，被赐金还山。闻一多大书特书两个伟大诗人碰面的意义，不仅仅是由于历史上文化巨人的产生往往是相隔多年甚至几个朝代，像李、杜只相差十一岁而会面并相交甚笃乃绝无仅有，故可与传说中的孔、老见面相提并论；也不仅仅是通过李白的衬托而对杜甫思想、人格的肯定，即对中国士大夫文人的济世精神加以肯定；而是引导我们进一步发现、认识儒与道、穷与达有时是互补的，就连孔圣人也有双重人格，这就是其根源，它对中国士人的影响是巨大的。

第二，确立了唐代文人交游的新范式。

中国文人的交往，多带集群性质，多以与大自然联系为特征。唐以前文人向山水亲和的集群交往，如以阮籍、嵇康为首的“竹林七贤”，王羲之、谢安、孙绰等其时清流共四十一人的“兰亭之会”，庐山高僧慧远导引包括僧众三十多人参加的石门之游等等，都有由欣赏自然而透视生命本体而又皈依自然的倾向。这种文人交游是魏晋时代特定的政治形势、哲学思想的特定产物。

唐代社会的开放，极大地改变了文人的生活方式，尤其是重视边功和科举取士为寒士提供了改变命运的条件。唐代文人的生活方式出现了三大热点：从政、科举、漫游。漫游是创作、应举、从政所不可缺少的重要环节，既可以通过遨游大自然得山川之助，陶冶情操，又可在漫游中广交朋友甚至名流，增长见识，扩大影响。因此，唐代大诗人大多有漫游经历，如李白、杜甫、高适、岑参等等，漫游中自然而然形成了文人集群性质的活动,如李白、杜甫、高适等人的“齐州盛会”,便在济南过了一段饮酒论诗、谈天说地、裘马清狂的交游生活,这种交游带有与前代文人集群活动的不同性质:不是为了向自然逃避,或怡情悦性,或探幽索微,而是带着青春期的蓬勃朝气和远大理想,或在天地山川之观览中开阔眼界:“会当凌绝顶,一览众山小。”(《望岳》)或在与朋友交谈中增进友谊,切磋诗艺:“何时一樽酒,重与细论文?”(《春日忆李白》)或是在不拘一格的游猎出行中驰骋自己的豪情:“放荡齐赵间,裘马颇清狂。春歌丛台上,冬猎青邱旁。呼鹰皂沥林,逐兽云雪岗。”(《壮游》)因此,李、杜的会面交游,正是盛唐文人最典型的交游范式,这对我们认识盛唐文人的生活方式、文化心理等都有深刻意义。①

第三,保存了天地间一段元气。

中国人文思想极为重视友情,并列入五伦之中。朋友之伦的建立立足于人的自由选择与人情的真实关切。杜诗中所表现的友情深厚真诚、圆润广大,所谓:“由来意气合,直取性情真。”(《赠王二十四侍御契四十韵》)“同心不减骨肉亲。”(《戏赠阌乡秦少翁短歌》)杜甫与李白兄弟般的友谊之诚挚,不只是中国诗史中的一段佳话,更应是中国文化中友道的典范。李白现存诗中,只有《沙丘城下寄杜甫》一首,而老杜集中,则有《冬日有怀李白》《春日忆李白》《送孔巢父》《梦李白二首》《天末怀李白》《寄李十二白二十韵》《不见》等诗篇,这究竟是因为李诗“什丧其九”(李阳冰语)呢?还是因为杜甫对朋友之情远为深厚呢?我们不可轻下断语。但是有一点却是可以肯定的,

---

① 以上两条参见邓乔彬、赵晓岚:《学者闻一多》,学林出版社 2001 年版,第 347—353 页。

那就是杜诗写出了老杜至性、至情的人格。譬如《梦李白二首》之一云："死别已吞声，生别常恻恻。"又云："故人入我梦，明我长相忆。"之二云："三夜频梦君，情亲见君意。"如此反复缠绵，如此魂梦牵萦，"千古交情，惟此为至。然非公至性不能有此至情，非公至文不能传此至性"（仇兆鳌评语）。再如他们在济南，常常"醉眠秋共被，携手日同行"（《与李十二白同寻范十隐居》），经常到朋友家去喝酒谈天，"往往谈到夜深人静，太白忽然对着星空出神，忽然谈起从前陈留采访使李彦如何答应他介绍给北海高天师学道箓，话说过了许久，如今李彦许早忘记了，他可是等得不耐烦了。子美听到那类的话，只是唯唯否否；直等话头转到时事上来……两位诗人谈着话，叹着气……"（闻一多《杜甫》）在李白，杜甫或许不能称其为最亲密的朋友，但在杜甫，天下有真性情的人，都能成其为最好的朋友，这是老杜对于中国人伦精神的不期然而然的实践与真实的体现。如果说中国文化中的友道乃是天地间的一段元气，如此看，才看得出杜诗精神的不朽。

夏中义先生将闻一多先生的学术理念与学术人格概括为"史诗之烈，诗史之哀"①，这从闻先生对杜甫的"真了解"的研究中尽可以表现出来。郭老称闻先生为"千古文章未尽才"，那罪恶的子弹若不是在他 47 岁时射向他，老天若再借一些时光给他，他的学术成就会是什么样子呢？最起码，他杜甫研究中的遗憾会少一些，系统性会多一些，理论性会强一些吧。

---

① 夏中义：《九谒先哲书》之七，上海文艺出版社 2000 年版，第 199 页。

筚路蓝缕，以启山林*

——冯至先生的杜甫研究

冯至先生是诗人、作家、学者，他在创作领域中既写旧诗、新诗和十四行诗，又写小说和散文；在研究领域内既研究德国文学，又研究中国文学。如果说他在德国文学研究中侧重于歌德，而且对这位德国的“奥林匹斯之神”的研究在我国具有开创性的意义，那么他在中国文学研究中则侧重于杜甫，而且对这位中国“诗圣”的研究在新的“杜诗学”研究中起了承先启后的作用。冯至先生的杜甫研究著述包括《杜甫传》《杜甫诗选》《中国大百科全书·中国文学卷·杜甫》，单篇文章包括《我想怎样写 部传记》《杜甫和我们的时代》《纪念伟大的诗人杜甫》《人间要好诗》《论杜诗和它的遭遇》《歌德与杜甫》，以及以与苏涣的交往为题材创作的小说《白发生黑丝》、为陈建根《诗人杜甫》日文版写的序等，其学术贡献是多方面的。

---

* 原载《杜甫研究学刊》2006年第3期。

一、把杜诗"当作一个整个的有机体来研究"

冯先生认为,杜甫从早年到晚年的诗作,其"忧国忧民的积极精神却是首尾一贯的","杜甫诗集所以能显示出这样的完整性和一贯性,主要是由于杜甫爱国爱民的政治热情是始终不渝的,他忠于艺术的创作热情是一生不懈的",他的政治热情和创作热情犹如"负载着杜甫的诗凌空飞翔"的"两扇羽翼"。因此,把杜诗"当作一个整个的有机体来研究"是十分必要的。

此观点的论述集中于《纪念伟大的诗人杜甫》一文中,冯先生说,杜甫的诗集从《望岳》到《登岳阳楼》写大自然的长幅画卷,从《兵车行》到《岁晏行》反映时代和社会矛盾的无数诗篇,从"致君尧舜上""穷年忧黎元"到"欲倾东海洗乾坤""落日心犹壮"等抒写理想和抱负的许多名句,从早年到晚年描写自然、社会和个人怀抱的诗作,"尽管是心情起伏,变化多端,他忧国忧民的积极精神却是首尾一贯的",杜诗的完整性和一贯性正是冯先生把杜诗"当作一个整个的有机体来研究"的依据。他形象地把政治热情和创作热情比喻为"负载着杜甫的诗凌空飞翔"的"两扇羽翼","杜诗的丰富的政治内容是依靠高度的艺术能力给表达出来的"。

此观点具体体现于其《杜甫传》中。此传以杜甫的诗文为根据,把杜甫的作品当作一个整体来研究,用质朴平易的风格,再现了唐代杜甫的形象。与当今很多人物传记的撰写不同,冯至在撰写该书时,没有杜甫的信札日记之类的资料可以参考,与杜甫同时代人有关杜甫的记载也只有几个人的赠答诗，在杜甫死后三四十年间，元稹、韩愈关于杜甫的言论也只是推崇和赞美。《新唐书》和《旧唐书》虽列有杜甫的本传，但好多处并不可信，冯先生为了真实地表现杜甫，以杜诗为对照，发现在《新唐书》和《旧唐书》总共仅有一千多字的本传里，差错竟有十几处之多。因此，他不轻信这些材料，凡是史书与杜甫诗文的不合之处，都以杜甫的诗文为根据。他虽然也认识到这可能会发生“诗与真”的问题，即杜甫的诗文是否处处可信，但他认为这问题不会在杜甫的诗里发生，否则，“就无异于否定杜甫所表现的世界”(《我想怎样写一部传记》)。冯至的这种推论是可信的，我们平常所称道的杜甫的“诗史”之价值也就在于此。所以他处处以杜甫的作品为根据，一步步推求杜甫的生活与环境，随后再返过来用自己所推求的结果去阐明杜甫的作品，而且在写的过程中，“极力避免杜甫的现代化”(《杜甫传·前记》，以下凡《杜甫传》的内容只用小题目)，而且比较真实地勾画了杜甫的形象。

冯先生《我想怎样写一部传记》里有这样一段话很耐人寻味：“从作品里认识作者，是最简捷的途径，用不着走什么迂途，并且除此以外似乎也没有其他的道路。但我们往深处一问：这诗人的人格是怎样养成的，他承受了什么传统，有过怎样的学习，在他生活里有过什么经验，致使他、而不是另一个人，写出这样的作品……文学研究者就应该怎样努力于揭开这个帷幕。”冯至是因为时代而认识杜甫的，之所以想撰写《杜甫传》，就是想全面地进一步地“揭开这个帷幕”。这其中也有如此之考量，即希望像西方的研究者那样，把诗人的作品当作一个整体来研究，而“中国人过去对于诗的研究，不外乎考据、注释、欣赏（这就是那一本又一本的诗话）三种。……对于一个有首有尾、有始有终、像长江大河似的杜甫写的那些诗篇则往往不免于以管窥天了”。这就是说，他想在杜甫的研究上走出一条有别于前三者的新路子。因此，《杜甫传》开创了用传记形式研究中国古代文学家的先例，打破了中国传统的考据、注释和欣赏的研究路数，不仅奠定了他在中国古典文学研究领域的地位，而且起到了承上启下的作用。

我们说冯先生把杜诗“当作一个整个的有机体来研究”，并不是说没有重点。以辩证的观点从政治激情和艺术追求来看杜甫的成就，是冯先生所侧重的。杜诗的成就，“只靠着高度的艺术修养是不够的，主要是决定于我们一再提到的爱祖国、爱人民的政治热情”（《纪念伟大的诗人杜甫》）。重视杜甫的政治热情，以及在《杜甫传》中一再提到的执着精神，在冯先生是一贯的。写于1945年的《杜甫和我们的时代》说，当时他觉得“杜甫不只是唐代人民的喉舌，并且好像也是我们人民的喉舌”。又说，杜甫“作人执著，作诗也执著”，“这里没有超然，没有洒脱，只有执著：执著于自然，执著于人生”。这篇差不多写于半世纪前的文章是冯先生研究杜甫的起跑点，由此可以看到他在数十年间执着的研究杜甫的出发点。综观冯先生的杜甫论著，使人想起他说的这句话，杜甫“全集的结构诗人早已设计好了似的”。当然，冯先生的全部杜甫研究论述也不是“早已设计好了”的。然而，可以肯定的是，他评论的出发点是始终一致的，他有关论述的观点是“完整”“一贯”的，这就是既重视杜甫的爱国爱民的政治热情，也重视他精心锤炼的创作艺术，但又总是把前者放在优先的位置上。他说：“杜诗最显著的特点是社会现实与个人生活的密切结合，思想内容和艺术形式的完美统一。”但最后又说:“杜诗的影响所及,不局限于文艺范围,更重要的是诗中爱国爱人民的精神感召着千百年来的广大读者,直到今天还有教育意义。”(《中国大百科全书·中国文学卷·杜甫》)这种始终一贯的正确态度和执着精神,是我们后学所应该师法的,特别是在心浮气躁、急功近利的当代。

二、开阔的学术视野

冯先生不仅将杜甫深置于唐代社会的政治、经济、哲学、伦理及道德风尚中进行研究,而且在广阔的世界文化背景上展开论述。如在叙述杜甫的生平和创作时,不仅区别他与同时代诗人如李白、高适、岑参、王维等的异同,而且与歌德进行比较研究,以凸显杜甫的特点及其创作的特殊价值,而杜诗真正的价值在于它全面、形象而深刻地反映出唐朝由盛而衰之际一个时代的社会生活,喊出了民众的痛苦和心声。

如其《杜甫传》显示出冯先生广博的唐代文化史与文学史知识。在《杜甫传》里,我们不仅可以看到唐代社会的政治、经济、哲学、伦理及道德风尚(如文人中盛行的游侠与求仙),而且对唐代的历史、文化习俗、长安的建筑、唐代的文艺发展概况也有一定的了解。冯至在叙述杜甫的生平和创作时,常常把他和他同时代诗人如李白、高适、岑参、王维等进行比较,区别异同,以凸显杜甫的特点及其创作的特殊价值。冯先生指出,杜甫同时代重要诗人的主要作品,多半是在安史之乱以前完成的,其现实性在于反映了富庶时代生气勃勃的、健壮的精神,安史之乱以后,他们的创作都进入了末期。而杜甫的作品反映的正是从繁荣到衰落以及衰落社会中的种种矛盾，从而与同时代的其他诗人的诗划了一条界线：他们表现了繁荣时期豪放的精神，杜甫却叙述时代的艰难、国家的危机、人民颠沛流离的生活。这表现了冯至对盛唐及中唐诗坛概况的鸟瞰式把握的文学史目光。《杜甫传》里对杜甫所受前人的影响以及对后代诗人影响的分析，不仅对我们了解中唐以后的诗坛，而且对于我们理解此后大半部中国诗歌史也很有意义。

《杜甫传》的写作明显地受到西方传记文学的影响。冯先生强调忠于史实、不作枯燥的考证、写出性格来的主张显然与此影响有关。冯先生曾谈过喜欢读擅长心理分析的奥地利传记作家茨威格的传记作品，也注意过安德烈·莫洛亚的传记作品。这些传记注重性格描画，对《杜甫传》的影响主要在形象性及文笔方面。但《杜甫传》有冯至自己的风格，它既不像莫洛亚的传记那样几乎是作者自由的创作，更不流于琐屑的考据，也不像茨威格那样专重心理分析，又不同于罗曼·罗兰侧重于精神世界的探索。它把学者的严谨与精深、诗人的虔诚与热情合理地融汇起来，既有客观的叙述，又有主观的分析，既有外在世界的描绘，又有内在灵魂的阐说，既有学术的考证，又有批评的判断，更出之以抒情的笔墨，因而《杜甫传》处处有着诗情的潺潺流淌，为它带来一部学术传记所难得的艺术感染力。

在这里，冯先生拿杜甫与同时代诗人如李白、高适、岑参、王维等进行比较且不多言，只用与歌德的比较研究来见识一下冯先生的“比较杜诗学”，主要是从“两个诗人的同和异”“诗与政治”“诗与自然”（《杜甫与歌德》）等方面展开的，如论二人的相似云：

如果进一步探索他们的内心世界和他们诗歌的遭遇，又会发现一些类似的地方。杜甫由于他生活在一个多灾多难的时代，面对祖国的危机、人民的贫困，看到山河破碎，田野荒芜，怀友思乡，经常有寂寞之感，“寂寞”两个字不断在他的诗中出现，是可以理解的。歌德的生活和杜甫相反，他享有荣誉与富裕，但是在他所处的环境里同样也感到寂寞。他一方面克制自己，适应魏玛行政和宫廷取乐的要求，一方面又觉得这是些与他的诗人气质格格不入的、无聊的负担。……内心十分寂寞。杜甫生计艰难，有时与当权的朝臣和地方官吏周旋，希望从他们那里取得一些援助；歌德身居要位，要用去许多时间与公侯贵族交往。这种周旋与交往，更增强他们的寂寞之感。……现在流传下来的唐代人编辑的唐诗选集，有的根本不选杜甫的诗，有的选了几首，但都是不关重要的。

通过对两位诗人的反复比较，冯先生发现了他们的最大的不同，这个不同让人感到惊奇：

歌德长期从事政治工作，参加过干涉法国革命的普奥联军，与当时的一些政治家、军事家、公侯贵族们交往，他的诗却很少谈到政治，直到他逝世前的几天他还为他不写政治诗辩解，并为有才华的诗人写政治诗而惋惜。与此相反，杜甫的政治生活非常短促，经常与田夫野老相处，但是他满怀热情地关心政治，唐代安史之乱前后的内忧外患，社会上的各种动向，几乎都在他的诗中得到反映。

这就是比较的结果。而在杜甫那里,没有什么空中楼阁,没有纯粹出自虚构可想象的旨趣,他的主题总是十分明确而且有重要意义的。

三、先进的文学史观

作为诗人兼学者的冯先生很善于将历史的化用材料与艺术的描绘人物二者有机结合起来,如其《杜甫传》以此法成功地描绘出一位古代诗人的生活图画、性格及形象,是先进的文学史观的表现。另外,关于杜甫的儒家思想问题、生平和创作的分期问题、在唐代的遭遇等问题的论述,亦都展示了值得借鉴的文学史观。

冯先生是一位优秀的诗人、作家。其《杜甫传》用优美而富有诗意的文笔为我们塑造了一个有血有肉、栩栩如生的唐代伟大诗人的艺术形象。冯至在写作中,对自己提出了这样的要求:“不作枯燥烦琐的考据……应当带有形象性,写出性格。”(《我与中国古典文学》)《杜甫传》完全符合这样的要求。冯先生是一位杰出的抒情诗人,他在写作中充分发挥了自己的长处。由于对有限的史料所持的慎重严谨态度,所有的基本材料都从杜诗中摄取——这实际上是一种将杜甫的诗“译”成散文的工作——而这是一般人所难以承担,更不易胜任的工作,它需要极高的艺术修养,冯先生以其独到的才华用优美的文笔圆满地完成了它。

如果说历史的化用材料与艺术的描绘人物结合起来,用以描绘古代诗人的生活图画、性格及形象,在现代学术史上也具有开创性的学术意义。那么，关于杜甫信仰问题、遭遇问题的阐述则表现出先进的文学史观。杜甫尊奉儒家思想，具有强烈的入世精神。如何考量并加以评价，是一个需要斟酌的问题。过去且不说，就是五四时期至《杜甫传》问世这段时间的一些杜甫研究论著，也很少做出令人满意的解答，而一些文章则不触及杜甫的儒家思想，或只强调杜诗"洋溢着爱国家、爱人民的热情"，或着重谈杜甫的现实主义，或否定苏轼兄弟推崇杜甫忠君的说法，却有破无立。另一些文章则走向另一极端，过分夸大杜甫的儒家思想，或虽然认为杜甫求仕为的是"致君泽民"，断言"葵藿倾太阳，物性固难夺"，表明"儒者效忠于君是超于'拥护'的一种爱戴"，"儒者虽希望君为爱国爱民之君，但'夙夜匪懈'，以事一人，仍属于第一义的"，而"涕泪授拾遗，流离主恩厚"等句"写君臣之爱如同父子之义"。或者说，"杜甫的思想属于中国正统的儒家"，"以一个诗人而完全体现了儒家思想论，这在历史上还没有第二人"，虽则也认为，杜甫生活在封建社会的鼎盛时期，他的一套儒家思想"是和当时一般人民的利益一致的"，如此等等，实际上没有具体分析杜甫的儒家思想的特点及其发展和变化，而且只着眼杜甫爱民思想的客观方面——符合人民利益，而没有看到诗人的主观方面。这一切说明正确评价杜甫的儒家思想的难度。在这个历史背景上观察冯先生的有关见解，有利于我们评价其独到之处。

冯先生还慧眼独具，从杜诗的遭遇，通过对历史资料的考证，较早发现并指出这样的事实：杜甫生前是很寂寞的，他的诗并不为同时代的人所欣赏和理解。而且从《戏为六绝句》看，诗中那些轻薄为文、嗤笑他人的"后生"可能正是杜诗的反对者,他们代表了一般的时尚。杜甫逝世后不久,樊晃编《杜工部小集》六卷,但从序文中知杜诗仅行于江汉之间。这当然与杜甫晚年漂泊荆湘有关。元和年间元稹、白居易、韩愈等也对他有所赞颂和尊崇,但他们的主张并未得到一般文艺界和社会的公认和支持。这在大多数唐人编的唐诗选中都没有选入杜甫的诗或他的代表性诗作也可见出。直到宣宗时代顾陶编的《唐诗类选》时才大量选入杜诗,这是杜诗为时人认可的证明,但此时距杜甫去世已经八九十年了。但顾陶及晚唐韦庄以杜甫开其端的《又玄集》虽选杜诗,却都没有选杜诗中最具进步意义和独创性的“三吏”“三别”等。冯先生认为这与当时的统治者和士林更欣赏流连风景、游心物外的风尚有关,因此既有高度的艺术造诣又能超越世俗的王维才被奉为典范。而北宋西昆体诗人杨亿称杜甫为“村夫子”,也显露出追求韵味和形式而脱离现实的士大夫诗人对不合他们标准的杜甫的贬低。显然,冯至很早就注意到了文学选本及有关集序所表现出的一个时代的审美时尚和兴趣爱好对于考察特定时期的文学思潮的意义:“我们若是在研究某些伟大作家和他们的作品的同时,能够把他们的作品在当时和在以后不同的时代里得到过什么样的待遇,什么样的评价,人们曾经怎样认识它们,理解它们,根据能够得到的资料,加以分析研究……”(《论杜诗和它的遭遇》)是很有意义的。这是一种值得重视的文学史观点,我们今天治文学史的人们能否从冯先生的这一卓见中汲取点什么呢?

四、不被烦琐的考证与论据所累又不轻视考据

冯先生是抒情诗人,文笔生动、热情洋溢,善于把杜甫的诗句融成自己的语言,写来娓娓动听,富于感染力,我们以为这主要得益于他受文学传记的影响;而不像有的同类论著那样,堆砌烦琐的引文和枯燥的分析,令读者望而生畏。冯先生说:"为了使读者不被烦琐的考证与论据所累,不曾把问题解决的过程写在里边,附注也尽量减少。"(《前记》)这就要求作者遣词造句力求简明易懂,在征引杜诗时总是精选最有代表性的句子,不专做考据文章。正是基于此种体认,这部浓缩为 10 万字左右的《杜甫传》,包含远远超过这个字数的内涵。文如其人,这里也反映了冯先生为人的平易朴实的风格。

不被烦琐的考证与论据所累,是非大手笔不能运用自如的。如关于杜甫和苏涣的关系问题。冯先生在《杜甫传》中虽也曾提及,但语焉不详,未能对此多加叙述。因此,1951 年春,夏承焘先生从杭州致函冯先生对《杜甫传》表示赞赏时,即提醒他注意。冯先生决定以杜甫与苏涣的交往为题材创作一篇小说,这就是《白发生黑丝》。冯先生的用意在于要说明杜甫在贫病交加、生活窘迫的晚年,还能欣赏苏涣那样的人物,可见其精神状态并不像一般人认为的那样衰颓。小说以杜甫的诗篇为根据,在杜诗所提供的素材基础上选取杜甫晚年漂泊湘江,与渔夫们及苏涣纯朴而真诚交往的几个生活片段,体现出杜甫思索自己的生活遭际、体会人世的无限温暖、反省自己怨

而不怒的诗歌创作，因苏涣的知遇使“百年歌自苦，未见有知音”（《南征》）的寂寞心怀感到很大的安慰，从一个侧面成功地描绘出了诗人杜甫晚年的生活剪影。小说用散文化的笔法写成，用量洗练，不枝不蔓，流畅优美，毫无冗赘之处，是“不被烦琐的考证与论据所累”的代表作品。

我们说，冯先生主张“不被烦琐的考证与论据所累”，并不是说他轻视考据。相反，他称从事这项工作为“造桥者”。我们说他不在考据上“做”文章，不是说他没有在这方面下功夫。他谦虚地说，有一些“个别问题”，“是作者自己给以初步的分析或解决”的。如杜甫的母系，是过去研究者所“忽略”而由他“解决”的。而如杜氏的世系、杜并的年岁、《剑器》舞诸问题，则是像他说的，是“采用了过去的和现代的杜甫研究者所下的结论”加以解决的（《前记》）。不过，且不说前人的结论并非唾手可得，而且这些结论既不完全可信，也非众口一词，采用或不采用，采用这种或那种，对此冯先生是在考证上认真下了功夫，“力求每句话都有它的根据”的。再如杜甫逝世的时间和地点，就有两种说法。一种是永泰二年（766）卒于耒阳，所据为《旧唐书》本传，此说较早见于《明皇杂录》，属于小说家言，宋人苏舜钦曾因杜诗有作于大历五年（770）者力辨此说之不可靠；宋人王洙在《杜工部集记》中可能也因此而断言杜死于大历五年（770），但似乎仍认为卒于耒阳。清代“熟于考订之学”“注杜垂三十年”的钱谦益也坚持这种说法。另一说法断言杜甫在大历五年（770）卒于潭岳途中，所据为元稹的杜甫墓志铭，所谓“扁舟下荆楚间，竟以寓卒，旅殡岳阳”。而《墓志》是元氏应杜甫之孙的请求而写的，较为可靠。清人黄瑄对此做了有力的论证。冯先生显然是经过比较研究而采用后一说。萧涤非先生20世纪70年代末曾到实地调查，做出的结论与此相近。

另一个例子是关于杜甫醉登严武之床、几为严武所杀的传说。其事虽见于《新唐书》，但自宋人洪刍、洪迈以来，许多人都指出《新唐书》依据的是《云溪友议》，不足置信。《杜甫传》显然因其无稽，略无片语提及。这个例子不仅证明冯先生的谨严学风，也表明他确实像他自己说的："处处以杜甫的作品为依据。"洪迈说"甫集中诗凡为（严）武作者，几三十篇"，不论作于严武生前或身后的都感情深厚，"若果有欲杀之怨，必不应眷眷如此！"（《容斋续笔》卷六）冯先生谨严的态度还有许多例子。如对《赠花卿》一诗不做臆测式的解释——"这绝句有人解释为语含讽意，说花敬定私人宴会不该用代表国家的礼乐，也可以理解为对花敬定的颂扬，但无论如何，我们读起来总觉得诗和人是很不相称的"（《成都草堂》）。不把杜甫的《杜鹃》（"四川有杜鹃"）诗曲解为"讥当时之刺史"——"这种羽毛惨黑、啼声凄苦的鸟是杜宇的化身。杜宇是蜀人古代的领袖，曾率领蜀人开垦田地，兴筑水利。一个英明的国王死后却变成这样可怜的哀鸟，引起杜甫无限的同情，所以他召成都时，每逢暮春听到杜鹃的啼声，便依从蜀人的习惯，起身再拜，表示敬意，如今他卧病旅中，不能起立，不觉便'泪下如迸泉'了"（《夔府孤城》）。

还有一个典型的例子就是对杜氏家世的考证：

> 杜甫是晋代名将杜预（222—284）的第十三代孙。杜预是京兆杜陵人。杜预的少子杜耽为晋凉州（甘肃武威）刺史，杜耽孙杜逊在东晋初年南迁到了襄阳，任魏兴（陕

> 西安康西北)太守,他是襄阳杜氏的始祖。逊子乾光的玄孙杜叔毗为北周硖州(湖北宜昌西北)刺史。叔毗子鱼石在隋时为获嘉(在河南省)县令。鱼石生依艺,为巩县令,迁居河南巩县。依艺生审言,为膳部员外郎,审言生闲,为奉天(陕西范县)县令,是杜甫的父亲。杜甫的远祖是京兆杜陵人,所以他自称"京兆杜甫";他又属于襄阳杜氏的支派,所以史书上说他是襄州襄阳人;他降生的地点则在河南巩县。(《家世与出身》)

由以上所述可以断定,冯先生并不是不善于考据,而是不愿为其所累而已。

五、"筚路蓝缕,以启山林"的开创之功

冯先生的杜甫研究,不仅完成了自己提出的任务——能离开杜甫的诗而"独立"存在,鲜明地呈现"诗人的图象",而且发挥了承前启后的作用,即程千帆先生所谓新的开始。

首先,《杜甫传》是一部颇多学术创见的著作。冯先生说,此传"力求每句话都有它的根据,不违背历史。由于史料的缺乏,空白的地方只好任它空白,不敢用个人的想象加以渲染"(《前记》)。在详尽地占有材料的基础上,爬罗剔抉,注意到了不少古代学者所没有发现或没有解决,但却为现代学者发现或解决了的若干细节问题,如上文所说的杜家的世袭,叔父杜并的年岁(684—699)、唐代风行一时的剑器、浑脱舞等。此不赘述。在分析和批判材料的基础上,冯至表现出他别具慧眼的学

术目光,提出不少在当时是新的、在现在亦立得住脚的一家之言。例如,恰当地评估了安史之乱在促使杜甫走向人民、迈向自己创作的新阶段的重要作用,指出杜甫前半生的诗并不具有很高的价值,同时更充分地评价了杜甫在人民苦难一天天加重的日子里由于正视现实而写出的《北征》、“三吏”、“三别”等后期诗篇的重要价值。在《侍奉皇帝与走向人民》一章中,叙及杜甫因受牵连被逐出长安,从此再也没有能够回到皇帝的身边。一般认为这对杜甫的政治前途是一个打击,冯先生则以为这一事件“对于他的诗的发展却是一个大的恩惠:他由此才得到机会,又接近战乱中的人民,认清时代的苦难,因此而恢复并且扩充了他的广大的诗的国土,从一个皇帝的侍奉官回到人民诗人的岗位上”。对照杜甫后来的生活和创作实际,这确是的评。又如,冯先生以为乾元二年(759)是杜甫一生“最艰苦的一年”,可是他这一年的创作,尤其是“三吏”“三别”,以及陇右的一部分诗,“却达到最高的成就”,是年杜甫 48 岁。这一观点为后来的杜诗研究者普遍接受和认同。冯先生把乾元二年(759)看作杜甫进步性的“顶点”,“此后他再也不能超越这个顶点了”(《悲剧的结局》)。这也是相当大胆的看法。

又如杜诗的分期问题。《杜甫传》之前,胡适的《白话文学史》(1928)把杜诗分为三个时期,即安禄山乱前(755 前),乱离之中(755—759),入蜀后至逝世(759—770)。郑振铎的《中国文学史》(1932)把杜甫生活及其诗一概分为三个时代,其各时代与胡适的时期是吻合的。这两种分期法的共同缺点是:把安史乱前的杜甫的生活与创作看作一个时期,是欠分析的。陆侃如、冯沅君的《中国诗史》稍有不同,把杜甫生平分为五个时期:712—735 年、735—755 年、755—759 年、759—765

年、765—770年；将杜诗分为四个时期：安禄山乱前（即上面第一和第二时期），乱离中（即上面第三时期），入蜀后（即上面第四时期），漂流湘鄂至逝世（即上面第五时期）。这个四分法和胡、郑一样，还是把安史乱前看作一个时期。其五分法，以杜甫赴京应举为分界线，把安史乱前的分为两个时期，说是因为他应举前的诗没有流传下来，这理由是不充足的。《杜甫传》虽然没有明确地标出分期，实际上是把杜甫生平分为四个时期：漫游时期、长安时期、安史乱中、入蜀以后—漂泊西南时期。等到冯先生为《中国大百科全书·中国文学卷》写《杜甫》部分时，就明确地这样划分了。这个分期法的一个重要贡献是：在安史乱前划分出一个长安十年时期，这十年“他得到的并不是显要的官职，而是对于现实的认识，由此他给唐代的诗歌开辟了一片新的国土”（《长安十年》）。这个四分法几成之后“杜诗学”分期的定论，《杜甫传》在这方面导夫先路是无疑的。

又如关于“诗史”的阐释。冯先生认为“诗史”的含义主要是叙事与纪当时事，而杜诗中“纯然叙事的诗并不多”，主要是“多纪当时事”。根据我国诗歌发展史，冯先生以为从汉乐府诗到《悲愤诗》《木兰词》等有不少叙事的杰作；与古希腊“史诗”不同，我国古代的抒情诗，同社会生活和时代的变化密切联系，这一来自《诗经》的优良传统，直到建安时代始终没有间断过。的确，即使严格地以纪“时事”来说，杜甫之前，汉魏之间就有古诗《十五从军征》，曹操的《蒿里行》《薤露行》，王粲的《从军诗》《七哀诗》，陈琳的《饮马长城窟行》，曹植的《送应氏诗》等。所以冯先生断言，只有说大量地歌咏时事自杜甫始，是可以的。他又谈到，杜甫的诗，作为时代的镜子，“所照映的事物，不是浮光掠影，也不是些烦琐细节，而多半是转变过程中带有关键性的重要事件”（《纪念伟大的诗人杜甫》）。这也就是说“诗史”不同于一般的叙事诗。冯先生进一步阐释“诗史”的特点：

> 诗史不同于历史，不能理解为用诗体写成的历史。一部好的历史同样需要作者能够认识时代的症结和重大问题的核心，同样可以写得很生动。可是作为诗史的杜诗则在深刻反映现实的同时，还通过多种多样的风格和具有独创性的表达方法处处体现出作者本人的形象，很少只是客观的描述。浦起龙说得好，“少陵之诗，一人之性情，而三朝之事会寄焉者也”（《读杜心解・少陵编年诗目谱》附记）。诚然，杜甫诗反映了玄宗、肃宗、代宗三朝的事迹和人民的生活，同时也浸透了作者的思想感情，使人感到诗人的性情活跃在诗的字里行间。这正是杜甫的诗史与一般历史不同的地方，如胡宗愈所说的，里面包涵着诗人的“出处去就，动息劳佚，悲欢忧乐，忠愤感激，好贤恶恶”（《论杜诗和它的遭遇》）。

冯先生是从另一角度阐释诗史与历史的差别的。他说，“作为诗史的杜诗”，“在深刻反映现实的同时，还通过多种多样的风格和具有独创性的表达方法处处体现出作者本人的形象，很少只是客观的描述”，而“少陵之诗”，像清人浦起龙说的：“一人之性情，而三朝之事会寄焉者也。”他进一步分析说：“杜甫诗反映了玄宗、肃宗、代宗三朝的事迹和人民的生活，同时也浸透了作者的思想感情，使人感到诗人的性情活跃在诗的字里行间。”而“这正是杜甫的诗史与一般历史不同的地方”。这就是说，历史是客观的叙述，而诗，如其《歌德与杜甫》所说，是“主观和客观”的“统一”。他说的“主观”不只是感情——像华兹华斯就认为“一切好诗”都只是“强烈情感的自然流露”，是思想和感情。同时，他只是说诗“很少”“只是客观的描述”。他说，杜甫与白居易不同。白氏《秦中吟》和《新乐府》都是优秀的诗篇，“但大抵只限于客观的叙述，使人感到其中缺乏杜诗里那种深刻而炽烈的思想感情”。而杜诗之所以如此“含有强烈的抒情”，则是因为诗人“个人不幸的遭遇与种种感触和国家的危机与人民的痛苦永远是胶漆般地密切结合，难以分割，这就使他大部分的诗篇充溢着个人的和时代的血泪，产生巨大的感人力量”（以上均见《论杜诗和它的遭遇》）。

杜甫诗被称为“诗史”，实际上是广义的政治诗；同时，不仅包括杜甫那些“多记当时事”的长篇古体诗以及经常联系时事的写景兼抒情的诗（多半是近体诗），也包括杜甫那些歌咏绘画、音乐、舞蹈、建筑、用具以及生产劳动的诗，它们“同样贯注了充沛的个人感情，并具有时代的气氛”，“可以看作是有声有色的文化史”。这实际上赋予“诗史”以新的更丰富的内涵。总之，对“诗史”作如此深刻与多方面的阐述，既判明“诗史”的内涵，“诗史”与历史的区别，又分析杜甫作为“诗史”的特点和他得以作为“诗史”的主观原因，是前所未有的精辟见解。

综观冯先生的杜甫研究，从 1945 年的《杜甫和我们的时代》到 1985 年的《日文版〈诗人杜甫〉序》，横跨 40 年，由于政治氛围、文化思潮的影响，难免留有时代的局限性，我们是不能苛求前贤的。冯先生在《杜甫传》的《前记》里说，“这部传记的目的是要把我们祖国第八世纪一个伟大的诗人介绍给读者，让他和我们接近，让我们认识他在他的时代里是怎样生活、怎样奋斗、怎样发展、怎样创作，并且在他的作品里反映了些什么事物”。不仅仅是一部《杜甫传》，冯先生的其他杜甫论述也都在试图解决这些问题。其学术贡献，在整个杜诗学中，可以概括为八个字：“筚路蓝缕，以启山林。”

百年杜甫研究平议*

在现代现实主义思潮的作用下，杜甫渐渐被转向“全写实派”，杜诗的“诗史”价值和精神也随着“现实主义”观念在各个时期表现出不同的意义，呈现出不同的思想和艺术内涵。大约自北宋起，“杜诗学”就逐渐成为一门历久不衰的“显学”。究其原因，主要在于，每一个历史时期都有各自关心的命题或新兴的研究方法灌注到该研究领域中，使得杜诗学的内涵远远超越了杜甫当时所创制的文本，而为历代研究者各取所需，并反映了诠释者所处的时代风貌，进而造就了其丰富的生命力。“文变染乎世情，兴废系于时序”。杜甫研究随时代而变，是学术发展的必然。如何推陈出新、不断结出新的硕果，焕发其持久的学术生命力，便成为杜甫研究绕不开的话题。谨以近百年杜甫研究试议之，以期有所启发。

一、后贤兼旧制，历代各清规

在对近百年杜甫研究进行平议与反思之前，有必要回溯此

---

* 原载《中国社会科学报》2014 年 5 月 7 日。

前的概况。怎样评价杜甫在唐五代的地位,古今论者动辄以唐人不选杜诗或少选杜诗来论事,其实失之片面。与杜甫同时的任华曾高度评价:“曹刘俯仰惭大敌,沈谢逡巡称小儿。”这绝非虚言,却往往为后世论者所忽视。这一时期杜集的编纂实绩,开创之功不容抹杀。宋代迎来了杜诗学的第一个高峰,出现了“千家注杜”的盛况。“老杜似孟子”是宋人推崇杜甫的思想基础,宋代诗文革新运动又为杜甫在宋代受尊起到了直接推动作用。以现存宋代注杜本而言,特别是《宋本杜工部集》刊刻以后,杜诗补遗、增校、分类、系年、笺释、批点、集注、汇评等研究成果蓬勃兴起,蔚为大观。而后的金元及明前期,杜甫研究进入相对低谷期。明末清初,王朝更替,学风大变,迎来杜诗学研究的第二个高峰,涌现出大批注杜、笺杜、解杜名作,如王嗣《杜臆》“以杜证杜”,钱谦益《钱注杜诗》“诗史互证”,朱鹤龄《杜工部诗集辑注》补钱注之漏与纠钱注之错,仇兆鳌《杜诗详注》“集大成”,浦起龙《读杜心解》“以心解杜”,杨伦《杜诗镜铨》注文简洁,等等,无不体现了广、专、深、细的特点,为杜诗学的建立奠定了坚实基础,与杜诗共趋不朽。

二、乃知盖代手,才力老益神

杜甫云:“未及前贤更勿疑,递相祖述复先谁。”20世纪的百年,我们“递相祖述”的是从李详撰《杜诗证选》到萧涤非主编《杜甫全集校注》这百余年间杜甫研究的成果。在中国(不含港澳台),百年间杜甫研究深受新旧文化、东西文化交互撞击及多次政治思潮的影响,以1949年、1976年为界呈现出三个时期,依次表现为三个特点:一是剥去封建时代加给杜甫的“圣化”外衣,只将其作为普通诗人来研究,将之视为时代的代言人;二是经历被送以“人民诗人”的桂冠到将“扬李抑杜”推到惊世骇俗地步的大转折;三是正本清源后全方位的复兴、总结及努力建构“杜诗学史”。在这一曲折的研究进程中,交织着“诗圣”的沉浮与“诗史”的反复诠释等核心问题。从梁启超提出“情圣”说,到胡适称杜甫“平民诗人”,到闻一多赞杜甫“良心与文学齐备”,再到20世纪五六十年代被冠以“人民诗人”,对杜甫的评价一路攀升,这些美誉都包含着道德意义。就在“人民诗人”被过度强调的同时,“诗圣”就渐渐沦落为“庸俗诗人”了,“文革”中“庸俗”到了“法家诗人”,甚至“封建卫道士”和“地主诗人”,这不能不激起群体性反思。随着人们对郭沫若抑杜倾向的批判,“诗圣”的荣耀也渐渐回归,杜甫不仅被看作儒家诗人,他的人格也被赋予更丰富的文化内涵,这就是“诗圣”的现代沉浮史。在“诗圣”沉浮的同时,“诗史”的阐释也与现代现实主义思潮密切关联。20世纪初,梁启超倡“小说界革命”之时,说杜甫只是一个“半写实派”。可是在现代现实主义思潮的作用下,杜甫渐渐被转向“全写实派”,杜诗的“诗史”价值和精神也随着“现实主义”观念在各个时期表现出不同的意义,呈现出不同的思想和艺术内涵。如1949年以前,“诗史”的阐释是以启蒙主义为前提的,杜甫成为“平民诗人”,是启蒙主义思潮重新审视古典诗歌的结果,“平民诗人”与“写实诗人”是统一的。1949年以后,“诗史”被纳入“革命现实主义”的范畴,便具有了“时代的镜子”的意义:它不仅要写现实,还要写理想。可是,当“革命的现实主义”与“革命的浪漫主义”被提升和融合的时候,“诗史”的内涵就不能完全满足将两者结合的价值诉求了。经过一段时间的拨乱反正，至20世纪80年代，“诗史”说渐渐淡出，而为杜诗的“诗性”研究所取代。另外，关于杜甫信仰、李杜优劣等问题，也都有了现代裁决。在这个百年，除中国大陆（内地）之外，中国台湾、港澳地区及世界其他国家和地区的杜甫研究也取得了令人瞩目的成绩。如台湾地区，杜甫研究成果呈现出量多、质高、精细、多样的特点，文献资料整理、综合研究、杜诗学语言研究、杜诗学思想研究、杜诗学批评研究、比较研究以及杜甫生平行迹研究等都日趋邃密、精深，可谓“旧学商量加邃密，新知培养转深沉”。港澳地区则重视杜诗的普及工作。国外杜甫研究以受中华文化影响较大的日本和朝鲜半岛的研究成果为丰，而欧美、东南亚国家的杜诗翻译介绍、研究也取得了可喜的成果，其中以洪业的成就最为显著，宇文所安等汉学家的研究方法和思路也为我们提供了有益启迪。总之，百年来海内外学者并驾齐驱，共同铸起“杜诗学”继宋和明末清初之后的第三个高峰。在这个时期，学者们既重杜诗文本和资料的整理工作，也重具体问题的研讨；既重材料的积累，也重理论的开拓；既重杜诗“史”的梳理，也重杜诗现代意义的挖掘，真正形成了“百花齐放、百家争鸣”的可喜局面，正可谓“挥翰绮绣扬，篇什若有神”。

三、何时一樽酒，重与细论文

“不薄今人爱古人”“转益多师是汝师”，是杜甫论诗的态度，也是我们研究杜甫应有的态度。以过去百年的研究积淀为基础，展望未来杜甫研究的趋势正当其时。杜甫当年期望与李白“重与细论文”，我们也期待着下个百年杜甫研究的大作宏文出现，以与同仁“细论”之。杜甫是历史的。杜甫研究是一个最适于“历史研究”的对象，新的百年会出现新的问题。以杜甫研究有待开拓的领域和解决的问题为研究的主要走向或课题，进一步增强研究的问题意识，既可避免重复研究，又可从总体上深化和提升杜甫研究水平。诸如杜甫研究资料汇编唐宋部之外的撰写、大杜诗学史的编写、有关出土文献的研究、杜集序跋整理研究、跨文明背景下的文化意义研究、杜甫与儒家思想研究、作为思想家的杜甫研究、杜诗词语辞典的编纂、李杜比较研究、杜诗与典章制度研究、杜诗与名物研究、杜诗与职官制度研究、杜甫研究怎样为现实服务，等等，都是值得进一步开拓和挖掘的。杜甫也是世界的。杜甫对世界文明的贡献不可低估，“世界文化名人”的桂冠当之无愧。杜诗博大精深的儒学思想、百科全书式的知识储备、众体兼备的精湛艺术和杜甫崇高的人格魅力，都将成为全人类的精神食粮。西方汉学家们喜爱杜甫，既看到杜甫的思想和人格，又看到杜诗的艺术。他们认为，杜甫关注的是“人的坚信、爱、宽宏大量、沉着和同情”，杜诗“富于人性并且和我们大家更亲近”（美国诗人翻译家雷克斯罗斯语）。可以预言：杜诗本身固有的价值与世界各国各地的研究成果，将共同促成“世界杜诗学”繁荣发展。

域外杜诗学研究

朝鲜李朝正宗李祘所纂中国文献类考*

朝鲜李朝历时约五百年(1392—1910),其正宗时期已是末期了(正宗,一般称“正祖”,可是,《正宗实录》称“正宗”,此以《实录》为准)。① 李祘(1752—1800),字亨运,英宗之孙,庄献世子之子。英宗二十八年(1752)秋九月二十二日丑时生于昌庆宫景春殿,即日定号为元孙。母惠嫔洪氏,籍贯丰山,领议正凤汉女。以英宗命为真宗大王之子,母妃孝纯王后赵氏,籍贯丰壤,左议政丰陵府院君文命女。三十五年(1759)春二月癸亥,册王世孙。四十年(1764)春二月壬寅,命以王孝章世子嗣,承宗统。五十一年(1775)冬十二月庚戌,代听庶政,受朝贺于景贤堂。五十二年(1776)春三月丙子,英宗薨。越六日辛巳,王即位于庆熙宫崇政门。正宗二十四年(1800)六月己卯,是日酉时,病逝于昌庆宫之迎春轩。秋七月丙戌,议政府馆阁诸臣议上谥号,曰文成武烈圣仁庄孝。庙号曰正宗。陵号曰健陵。1776—1800年在位,相当于清高宗乾隆四十一年至嘉庆五年。

---

* 原载《图书馆杂志》2010年第6期。

① 参见吴晗:《朝鲜李朝实录中的中国史料》卷十一引,中华书局1980年版,第4631页。

正宗政事之余勤于学术，著有《日得录》十八卷，其中涉及文学部分五卷。是书大概在正宗九年(1785)即清高宗乾隆五十年稍后编成。正宗以国主之尊爱好文学，此书记载他曾编撰一部五百余卷的中国诗歌总集。他对中国经、史、子、集都有研究，于朱熹之学用力最勤，编有朱子诗文《雅诵》八卷、《朱书百选》、《朱子书节约》、《纲目讲义》、《五经百篇》、《八子百选》、《四部手圈》等。另有《诗观义例》，洋洋洒洒数千言，观之可见其文学观念和选择标准。正宗还亲编《杜陆千选》《(杜陆)二家全律》，又命摛文院编《杜律分韵》，命弘文馆编《杜陆律分韵》，于研究杜甫、陆游诗，具有参考价值。就诗学而言，这个时期朝鲜对于唐音宋调，立论渐趋平和。因有杜、陆律诗之编选。特别是朱子之学自高丽末传入朝鲜之后，被东人奉为圭臬。而朱熹的哲学、文学思想对于朝鲜中、后期的政坛与文坛产生了深远的影响。

一、李祘好尚中国传统文化

朝鲜半岛文化深受中国文化影响是不争的事实。李朝正宗继位以后，他以帝王之尊重视并吸纳中国文化，是一件了不起的事情。从现有文献看，大致可以归纳为三个方面：一是朱子学说，二是儒家经传，三是其他方面(包括唐宋诸子、《图书集成》、《四部丛刊》等)。

朱子之书也属于儒家经传，可是为便于叙说，单独列出。朱子学说传入朝鲜后，经过多年的论争，到李朝中后期基本达成共识。于是，这里的哲学家们用朱子学的用语和理论体系来解释当时的社会问题，这种创造性的再诠释和再构成，形成了朝鲜理学思想的基础。我们知道，朱子学把万物之性规定为理，从价值论来看，理是所有道德性的基础原理，故万物可以看作是道德性的存在。中国儒学没有将其视为问题。进入朝鲜王朝后期，随着朱子学的整合，这便作为问题提出来了，《中庸》“天命之谓性”章和《孟子》“生之谓性”章的朱子的注释就成了论辩的核心点。朝鲜王朝时期儒学的特征是重视纯正的道德性，并且注重现实性制度和权利的追求，因而具有浓厚的实践主义色彩。表面上看来很纯粹的哲学论辩，实际上内含着很多政治性的问题。这与士大夫成为国家栋梁、建立并主导朝鲜这一新王朝前进的历史事实密切相关。因此，朝鲜王朝时期的儒学可以说是实践和理论、现实和理想的统一体，它作为朝鲜半岛的一种传统思想得到了确立和发展。

在此背景下，正宗一生喜欢朱熹之学也就不难理解了。正宗有关朱子的著述颇多，如十五年(1791)五月丁丑，他于日理万机之暇，“览朱子《资治通鉴纲目》，采其书法论断事实名物之有疑者，著为问日，凡六百九十五则，分授馆学生人各一则，使之条对。复命抄启文臣沈晋贤等删节对语，附之条问之下，裒辑成帙，名之曰《纲目讲义》”①，即编成《(朱子)纲目讲义》。

又如，十八年(1794)十二月戊寅，编成《朱书百选》。《正宗实录》二云：“上自春邸，喜读朱子书，就《大全》《语类》，手加汇选，为《选统》《会选》《会英》诸书，至是取其书牍，约之为《百选》。首之以上李延平书，尾之以与黄直卿书，以视道统之

① 吴晗:《朝鲜李朝实录中的中国史料》卷十一引，中华书局1980年版，第4834页。

受授，凡四编。命阁臣李晚秀、前承旨韩晚裕抄启，文臣崔光泰、户曹佐郎李始源校勘。人名地名，训诂出处，缀释于篇头。用丁酉字，开印于昌庆宫旧弘文馆，遂名其地曰监印所，后为铸字所，凡编书、印书皆于是。乙卯以后，以便近于所御迎春轩，诸臣引接，多由监印所出入。书成颁诸臣。又命湖南、岭南、关西营翻刻藏板。"①

又如，二十二年(1798)夏四月癸丑，与大臣会筵，他谈及自己的系列朱子著述云："夫子尝曰：'述而不作'，予之平生，工夫在于一部朱书。予年二十时，辑《朱书会选》，又与春桂坊抄定注解，又点写句读于语类，三十时编《朱子会统》，又证定故儒臣韩亿增所编朱书，又编《紫阳会英》及《朱书各体》。四十后编阅朱书者多，而近年又辑《朱书百选》。而昨年夏秋，取《朱子全书》及《大全》《语类》，节略句语，又成一书，名曰《朱子书节约》。"接着述及自己的设想云："近又留意于《朱子大全》及《语类》，与其外片言只字之出于夫子之手者，欲为集大成，编为一部全书，待其编成，将别构一室于宙合楼傍，奉安朱子真像，并藏全书板本于其中。予于朱夫子实有师事之诚，所以欲如是也。且《大学衍义补》，即治国之大经大法，其为书也诚为尽美。予之一生嗜好在此书，二十年前，手抄此书，近又更读更抄，与《西山衍义》合选，又以大学经文传文朱子章句载之各段之首，使抄启文臣等缮写。又令湖南儒生校录一本。此皆予近日工夫之大略，而要之则只为心神之有益也。"②对朱子极

① 吴晗：《朝鲜李朝实录中的中国史料》卷十一引，中华书局 1980 年版，第 4890 页。

② 吴晗：《朝鲜李朝实录中的中国史料》卷十二引，中华书局 1980 年版，第 4955 页。

为推尊。下面一段话更是将朱熹推到了极致，几与孔子平起平坐了。

> 二十三年(1799)秋七月壬申，谕赴燕使臣，教曰："朱夫子即孔子后一人也。尧、舜、禹、汤之道，得孔夫子而明；孔、曾、思、孟之学，得朱夫子而传。朱夫子尊，然后孔夫子始尊。为天地立心，为生民立命，为万世开太平，迪彝教于穷(宇)宙，陈常典于时夏，以之异端熄而民志定，即惟曰明斯道扶正学，而究其本，则尊我朱夫子是耳。顾予至诚，苦心对越，方寸之中，诵习其书，若亲謦咳(声欬)。尝于燕闲有暇，就一部《大全》，为日用厚生之菽粟茶饭，略之为《会英》，类之为《选统》，钞之为《百选》，概之为《节约》，集之为《会选》，而窃又有契于春秋之旨，拟成大一统文字，欲以《大全》《语类》遗书，与二经四书之传义章句集注，或间及启蒙家礼蓍卦之考误，昌黎之考异，以至魏氏之契，楚人之辞，通书、西铭、太极传解等群书，裒以稡之，作为全书，如明道之志康节、紫阳之状濂溪，则其于求端用力之方，造道成德之序，粲然焕乎，无相错糅。夫子之门墙堂室，于此考征，如日之丽天，如水之行地，庶几有补于风教之万一。鸠辑有年，行且就绪，待编成告于先圣之庙而印行。欲述朱夫子漳州故事，春秋之先刊、自有微意于大一统者存焉。但《语类》义例多舛驳，池、饶两本虽称精善，黄文肃尚不满其意。若其分门分部者，张敬夫之类言仁，赵忠定之类奏议，盖尝见正于考亭函丈之际，则微言大义，郁而未彰，是岂朱夫子本旨？泰山高矣，沧海深矣，见者想其仪刑(型)，闻者淑其绪理，似不待于序次编帙之中而

传。五章之补缺，即朱夫子大力量细工夫处。予所愿者，学朱子也。吾道之东，顾不在斯欤？考定之时，宜加详审，须与眉徽建安之本，而见得真面目，可以成其书。虽以《大全》言之，台州奏状不载于闽板，且如陆王之帖，梅花之赋，逸而不列。先儒不云乎：'穹壤弥道，疑之则存乎人。'今行进贺副使之特授者，以其素娴于编书，且与诸臣偕闻编辑之本意也。使行入燕之后，另购《大全》真本，与《语类》各本。"①

随后，朱子书购来。二十三年(1799)十一月辛未，正宗问滢修云："朱书觅来，而果有紧要耶？"滢修答曰："书下诸册遍问于藏书宿儒，而多不能辨其何等义例，惟礼部尚书纪昀洞悉其源流，如朱玉所编《大全韵编》，事实年条逐编注释，称为《大全》诸本中最善本。黎靖德所编《语录合编》乃是池、眉、饶、徽、建安诸本之合录者，故称为全本。而一在建宁，一在淮安，谓当次第觅来，此后使行，便鳞次付送，必当如约。今番所贸者，《朱子大同集》《朱子实纪》《后汉书》三帙。而《大同集》中《大全》所不载之句语，间多有之，全集裒辑之际，诚不可无此书矣。"正宗随后又云："黄李真本，则终不可得耶？"滢修答曰："黄李录书以后，屡经后人之重编，真本则必无见在者。南京等处，不知何如，而燕京求之无益，故专以诸录之无遗见收者广问矣。"正宗又曰："纪昀闻是陆学，能知尊朱否？"滢修再曰："纪昀之文学言语，尊尚朱子。且以近日俗学之背朱子，从小

① 吴晗：《朝鲜李朝实录中的中国史料》卷十二引，中华书局 1980 年版，第 4991 页。

品大，以为忧矣。”正宗最后云：“朱书如是绝贵，必因俗尚之宗陆而然，岂不可慨乎！”滢修答曰：“年来中原学术，果多宗陆，而朱书之绝贵，未必不因于此矣。”①

我们粗翻古朝鲜历史就知道，朝鲜王朝特别是中后期采取崇儒排佛的政策，并使朱子之学（性理学）成为官学。因而，上述正宗及其群臣的这些努力，是与朱子学说在朝鲜的勃兴密切相关的；反过来，又起到了推波助澜的作用。这种努力是学术的，更是政治的。

关于儒家经传问题。据史书记载，随着汉字的传入，中国儒家典籍就开始在朝鲜半岛传播。朝鲜三国时期儒学即得到国家承认，得以广泛流布。至若朝鲜朝，深受宋学，即程朱儒学影响，已如上言。朱子《四书》之外，儒家的《五经》对朝鲜产生了深远影响，包括朝鲜的社会政治思想、伦理道德思想、文化教育思想及人们的思想意识、生活习惯等方面。尤为可贵的是朝鲜帝王尚儒雅，好经术，喜与儒雅论经史。正宗李祘在这方面就有突出的贡献。

如正宗二十一年（1797）十二月乙卯，铸字所进新印《春秋》。正宗御便殿亲受。总裁官以下入庭行四拜礼，进书如仪。正宗曰：“《春秋》，圣人大一统书也。三王之心法，待孔夫子而明；夫子之笔法，待朱夫子而著。特以见行之书，经与传无别，我圣祖分命儒臣，厘例正义，经为纲而传为目，俾寓大一统之义，而未溃于成，何幸修述之于二百年未遑之余，今始完印，进书礼成，况值岁暮，益喜职复之渐，所进《春秋》书一本，藏于

---

① 吴晗：《朝鲜李朝实录中的中国史料》卷十二引，中华书局 1980 年版，第 5000 页。

春秋馆。监董诸臣,各颁一件。”①

又如二十二年(1798)五月丙寅,正宗曰:“圣经义当尊阁,欲便于晚来诵读,为此大板刻印,而字样遵启蒙集笺,今既告完。今次新印五经百篇,与甲寅新印三经、四书,及丙辰新印《春秋左氏经解》,藏奉于太学尊经阁之本当同藏。昔朱夫子知漳州,印《易》《诗》《书》,而《春秋》则只取左氏经文,别为一书,以踵三经之后,是谓四经。印役成,遣从事只告厥由于先圣之庙。甲寅本藏奉后,姑稽告仪,以待是书之成也。来朔焚香日,令泮长告此由于圣庙。仪节用《五礼仪》所载朔望祭礼,而祝文亲缀,亦当亲传。”②

再如二十二年(1798)六月辛卯,《五经百篇》成。正宗取五经中常所䌷绎而讽诵者,编为五卷,简其篇帙,大其字样,为便于轮诵。其中,《易》取五卦、二传;《书》取虞书五篇、夏书一篇、商书三篇、周书三篇;《诗》取国风二十一篇、小雅十九篇、大雅十七篇、颂十篇;《春秋》取十篇;《礼记》取《乐记》《大学》《中庸》三篇。总九十九篇。正宗以为,“朱子之文,其义理之渊深,辞法之粹正,可以直接四子之统,而继往开来之功,尤在于庸学章句,遂分附章句序于《大学》《中庸》之下,以仿《孟子集注》特附明道墓表之微意。经始于甲寅,考正于乙卯。至是命岭南道臣选营下吏工书者上送内阁,缮写刊印。盖取其体画之质朴也”③。

---

① 吴晗:《朝鲜李朝实录中的中国史料》卷十二引,中华书局 1980 年版,第 4946 页。

② 吴晗:《朝鲜李朝实录中的中国史料》卷十二引,中华书局 1980 年版,第 4955 页。

③ 吴晗:《朝鲜李朝实录中的中国史料》卷十二引,中华书局 1980 年版,第 4957 页。

这里特别需要注意的是,正宗及其臣子极重视《春秋》,当是看到其“微言大义”。这种春秋大义,当时的思想家宋时烈在理论上进行了阐述:“所谓修政事以攘夷狄者,孔子作《春秋》以明大一统之义于天下后世。凡血气之类莫不知中国之当尊夷狄之可丑矣。朱子有推人伦极天理以明雪耻之义,曰‘天高地下人位乎中天之道,不出乎阴阳之道,不出乎柔刚。’是则舍仁与义亦无以立人之道矣。然仁莫大于父子,义莫大于君臣,是谓三纲之要五常之本。人伦天理之至无所逃于天地之间者。其曰君父之仇不与共戴天者,乃天之所覆地之所载。凡有君臣父子之性者,发于至痛,不能自已之同情而非出于一己之私也。”①就是说中华与夷狄的概念不是以民族国家为标准,而是以道德文化为尺度。可是,文化的内容概念与国家的形式结合之后,朝鲜的华夷观念又反倒成为以国家为基准了。像宋时烈这样的名儒,对明朝的覆灭如丧考妣,他认为,清朝如何用中原文化改造自己仍改变不了原为夷狄的文化属性。宋时烈主张的崇明排清论就不无这种文化血统论的性质。他对一种先进文化的认识,对“德”之威力的信念已超出理性而近于信仰。这应当是当时朝鲜国内对《春秋》的普遍认识。明乎此,也就不难理解正宗注重编纂《春秋》,并阐释其大义了。

经学之外的史学、集学、子学,正宗也有用心,如正宗五年(1781)二月,将内阁藏书,盖仿有宋太清楼、皇明文渊阁遗制。或购求新书,或翻刻善本,藏之东二楼。又有私刊之书,令外阁

---

① [韩]宋时烈:《宋子大全》卷五《己丑封事》,韩国有振精版社1971年版,第197—198页。

官诸道臣随即印送。摛文院内藏书籍,华本藏皆有窝,东本藏西库。命原任提学徐命膺撰"奎章总目"。庚子,"奎章总目"成。上雅尚经籍,自在春邸,购求遗编,拓尊贤阁之傍而储之。取孔子"系易"之辞,名其堂曰贞赜。及夫御极,规模寖广。丙申初载,首先购求"图书集成"五千卷于燕肆。又移旧弘文馆藏本及江华府行宫所藏皇明赐书诸种以益之。又仿唐宋故事,撰"访书录"二卷,使内阁诸臣按而购贸。凡山经海志,秘牒稀种之昔无今有者,无虑数千百种。乃建阅古观于昌庆宫内苑,奎章阁之西南,以峙华本。又建西序于阅古观之北,以藏东本,总三万多卷。经用红签,史用青签,子用黄签,集用白签,汇分类别,各整位置。凡其曝晒出纳,皆令阁臣主之。在直阁臣或有事考览,则许令用牙牌请出。至是命阁臣徐浩修撰著书目,凡经之类九,史之类八,子之类十五,集之类二。"阅古观书目"二卷,"西序书目"二卷,总名之曰"奎章总目"。正宗五年(1781)六月甲申,御定《八子百选》成书,此即"唐宋八大家"文选。此选凡六编。取韩(愈)文三十篇,柳(宗元)文十五篇,欧(阳修)文十一篇,老泉(苏洵)五篇,东坡(苏轼)二十篇,颍滨(苏辙)五篇,曾(巩)文三篇,王(安石)文七篇。书成,颁印中外。二十二年(1798)十一月,正宗之《四部手圈》编成。正宗取《三礼》、《史记》、《汉书》、宋五子书、唐陆贽、"唐宋八大家"文课日轮读,每遇契意处,就手加圈批,并命内阁诸臣分誊出来,汇成三十卷,命名《四部手圈》。看来,正宗对中国的经、史、子、集都有研究,是"拿来主义"的高手。

二、李祘喜欢杜甫、陆游律诗

李祘喜欢中国文化,尤喜朱熹学说,已如上言。于中国诗歌,他则主要喜欢杜甫、陆游律诗。正宗同时代学者崔滋说:“言诗不及杜,如言儒不及夫子。”①可见杜诗在东国的地位与影响。正宗以为:

> 唐之杜律,宋之陆律,即律家之大匠。况少陵稷契之志,放翁春秋之笔,千载之下,使人激仰,不可但以诗道言;故近使诸臣序此两家全律,将印行之。或以陆诗之太圆熟雌黄之,而予之所取,政在于圆熟,比之明清噍杀之音,其优劣何如?此亦矫俗习之一助也。②

因而,他亲自或令文臣们编选关于杜甫、陆游律诗的集子,如《杜律分韵》,即朝鲜摛文院奉正宗李祘的教令汇编。属于生生字、整理字本。正宗二十二年(清嘉庆三年,1798)活字印刷。五卷二册。此书将杜律 777 首“以韵类编”而成。叶十行,行十八字,小字双行,四周双边。前四卷为五律,计分 28 韵部,收诗 626 首。第五卷为七律,计分 26 韵部,收诗 151 首。标题纸署“内阁新编　杜律分韵　戊午(1798)活印”。现藏于

---

① 《韩国诗话选·补闲集》,韩国汉城太学社 1983 年版,第 162 页。

② 邝健行、陈永明、吴淑钿编:《韩国诗话中论中国诗资料选粹·日得录》,中华书局 2002 年版,第 267 页。

高丽大学图书馆。此书版本甚多，仅《韩国所藏中国汉籍总目》著录者，即多达近三十种。有活字本（生生字、整理字混用），正宗二十二年（1798）活字印刷，上黑鱼尾，下白口。残存一册，卷一至三以外缺，现藏于高丽大学图书馆。有整理小字本，纯宗五年（1805）重印。残存一册，卷一至三以外缺，亦藏于高丽大学图书馆。有初铸整理小字本，纯宗五年（1805）刊行。此本题曰《杜韵》，刊记云"内阁新编乙丑重印"，现藏于成均馆大学图书馆。有"内阁新编乙未（1835）孟秋岭营重印"木版本，现藏于雅丹文库。有再铸整理小字本，此本刊记云"内阁新编乙丑重印"，亦藏于雅丹文库。有木活字本，此本高宗二年（1865）刊行，线装，题签"杜律"，刊记云"内阁新编乙丑（1865）重印"，现藏于东国大学图书馆。有整理字本，1798 年活印；又有庚戌（1850）仲秋完营新刊，其印记为"默容室藏外 14 种"，均藏于延世大学图书馆。有全史子本，内阁新编乙丑（1805）重印，外题"杜韵"，其印记为"默容室藏外 8 种"，亦藏于延世大学图书馆。有写本（写年未详），存三卷一册，线装，现藏于檀国大学图书馆。有全史子本（小字本），刊记云"内阁新编乙丑（1805）中人"，现藏于延世大学图书馆。有整理字本，正宗二十二年（1798）活字印刷，藏书记有"鼎足山城""太白山""内阁"，此即奎章阁韩国本。又有整理字本，正宗二十二年（1798）刊行，存卷一至四，有"帝室图书之章"印记；生生字本，正祖二十二年（1798）刊行，有"弘斋""万几之暇"之印；木版本，哲宗元年（1850）刊行，卷末刊记云"庚戌仲秋完营新刊"，有"集玉斋"之印，标题纸署"内阁新编"，均为奎章阁韩国本。又有 1974 年台湾大通书局据朝鲜 1798 年活字本影印《杜诗丛刊》本。

又如《杜陆律分韵》，此书亦朝鲜弘文馆奉正祖李祘的教令汇编。少陵五言六百二十六首，七言一百五十一首；以韵汇分，总五卷。放翁五言一千九百八十六首，七言二千八百九十一首；以韵汇分，总三十九卷。命阁臣李晚秀、沈象奎等校对，以整理字印颁。有奎章阁韩国本，当为最早版本。此书将杜律777首、陆（游）律4875首，“以韵类编”而成。四周单边，叶十行，行十八字，注双行。标题纸署为“内阁新编　杜陆律分韵　戊午（1798）活印”。为生生字本，正宗二十二年（1798）活字印刷。有“鼎足山城”“太白山”藏书记，有“奎章之宝”“史馆藏”“弘文馆”“帝室图书之章”“内阁”“侍讲院”等印。正宗亲撰《引》曰：

> 诗而取其律，律而分其韵，韵而知其法，以其律有浅深浓淡之别，韵有平涩硬顺之异，法有纵衡高低之分也。故取其律而后可以见其全体也，分其韵而后可以探其实用也，知其法而后可以详其真谛也。诗之以韵，盖自有虞氏之赓载。而其所以押韵，即不过“明”“良”“喜”“起”等字。降逮后世，如飞雁落雁之格，纷然杂出，而韵则一也。言人人殊，释氏所谓六窗一猴，这边叫也应，那边叫也应者。近之九州虽广，兆民虽众，千载虽远，其教既明，其政既成之后，所守者一道，所传者一说。《杜陆分韵》之活印，盖欲一之也。虽然，闻诸朱夫子曰：“读书乃学者第二事。”读书犹然，况月露风花之什乎？修养家有铅汞龙虎是我身内物之言，而朱子譬之于穷理格物之工。然则此编之作也，因其律而究其韵，究其韵而造其法，则亦未必不为穷格之一端云尔[《杜律分韵》五卷《陆律分韵》三十九卷

(刊本)]。①

《杜陆分韵》编成以后,正宗复取杜、陆二家近体诗,依本集序次而全录之,分上下格。书之句句相对,所以便观览也。《杜律》二卷,《陆律》十二卷,是为《(杜陆)二家全律》。并亲撰《引》曰:

> 《风》《雅》变而楚人之《骚》作,词赋降而柏梁之诗兴。魏晋以还,五言寖盛。有唐之世近体出。而及至赵宋,遂为诗家之上乘,谓之以律。律之云者,有二义焉:其一宫商徵羽之和也。其一制令典宪之严也。隔八而金石,用五而并匀,盖亦难乎为言哉!于唐得杜甫,于宋得陆游,然后发扬橐籥之妙,疏泄流峙之精;有如虞廷跄跄,皋夔按律,后来诸子,无敢有轩轾者,秩然凤韶之谐音也,凛然象魏之悬法也;渊乎盛哉!诗当以《三百篇》为宗,而《三百篇》取其诗中之一二字以名篇,故古人有言曰:"有诗而后有题者,其诗本乎情;有题而后有诗者,其诗徇乎物。"若所谓杜、陆者,真有诗而后始有题者也。予之所取在于此,而不在于声病工拙之间。葛洪不云乎?古诗刺过失,故有益而贵;今诗纯虚誉,故有损而贱。若使《石壕》《铁衣》之句出于司马氏之前,则其为抱朴之所赞美,居可知已。昔我宣陵盛际,命词臣谚解杜诗,即此义也。如放翁之富赡宏博,远出千古,而今之操觚弄墨者,骎骎乎南朝之绮丽,

① 邝健行、陈永明、吴淑钿编:《韩国诗话中论中国诗资料选粹·日得录》,中华书局2002年版,第237页。

棼棼乎西昆之脂韦，曾不窥放翁之樊蔽一步，而犹能厌然自命曰："放翁何可论此?"岂非萤爝增辉于太阳，蹄涔助深于巨壑者乎? 予所以拈出放翁于众嘲群笑之中，直配少陵，而悉取全稿载之。仍谓之二家者，盖亦光武封卓茂之微意也。此意要与会予意者道之。①

似仍嫌不足，正宗又亲选杜甫、陆游诗精华，编成《杜陆千选》，即《御定杜陆千选》。此书八卷四册，五孔线装，为丁酉字本，正宗二十三年(1799)十二月辛亥朝鲜内阁活字本印刷。此书四周单边，匡24.9厘米×17.8厘米。叶十行，行十八字。单栏。版心白口，单花鱼尾，上方记书名。有微卷，朱、蓝圈点。正文卷端题"御定杜陆千选卷之一"。署印为"竹下茂伯氏陆祉膺印"，藏印"国立中央图书馆收藏"朱文长方印，现藏于高丽大学图书馆。之后，此书出现多种版本。有雅丹文库所藏五册本。有奎章阁韩国本，八卷四册，藏书记有"华城行宫""弘文馆""鼎足山城""五台山""华城行宫零本"等，有"奎章之宝""史馆藏""摛文院""帝室图书之章""弘斋""荡川明月主人翁"等印。有藏于延世大学图书馆的"杜陆千选"本(刊于1799年)。有藏于"国立中央图书馆"、印记为"万川明月主人翁"本。有忠南大学图书馆所藏本，有"边滩八化""金钟翼印"等印。又有藏于延世大学图书馆的残写本。《杜陆千选》之成，即如正宗自己所言：

① 邝健行、陈永明、吴淑钿编:《韩国诗话中论中国诗资料选粹·日得录》，中华书局2002年版，第274页。

> 上以诗道,系于治教之污隆,而近代之诗,日就噍杀,思所以返之古淳。既选朱子诗为雅诵,又以朱子于唐独取杜工部诗,陆务观与朱子同时,而朱子许以和平粹美,有中原升平气像(象)。曰当今之时,求古之世,教其民而化其俗,舍杜陵奚以哉!乃选杜律五七言五百首,陆律五七言五百首,凡八编,名之曰《杜陆千选》。铸字所印进,颁赐诸臣。①

并且写了一首七绝《批选杜陆诗吟示二直学》:"唐宋文章几案间,纵横有批好开颜;浣花溪畔多春兴,分与红尘醉梦面。"他认为杜甫为"匡正诗道之律圣"(《杜律分韵》卷四跋),是"不待夫子之笔能帝蜀而寇魏"(《杜陆千选》卷八跋)者。此后,朝鲜的诗风从整体而言,是唐宋兼宗。因而,由于他的倡导,《杜律分韵》《陆律分韵》《杜陆分韵》等大、中、小各种版本迅速普及全国,因此被同时代诗人丁若镛赞为"圣人犹好草堂诗"。丁若镛(1762—1836)是朝鲜正宗时代学杜尚杜的典范诗人,他称赞杜甫是"诗中孔子",以其创作实践再现杜甫的批判现实主义精神,开创"忧时怜民,破邪显正,沉郁苍劲"的新风气。正宗与丁若镛同时喜好杜甫,可谓杜甫的隔疆知音。

---

① 吴晗:《朝鲜李朝实录中的中国史料》卷十二引,中华书局 1980 年版,第 5008 页。

古代乐观主义的恢复*

——吉川幸次郎的杜甫研究

吉川幸次郎(Yoshikawa Kōjirō,1904—1980)是二战之后日本中国古典文学最先锋的研究者,他把中国文学由过去作为爱好者的汉学,变成世界文学领域中的一部分,研究视野异常开阔;他又将文学研究与语言分析紧密结合起来,从文学即以语言为根本的内部条件出发研究中国文学,形成特有的学风。而杜甫是吉川幸次郎抱有近似"妃匹之爱"的中国诗人①,可谓情有独钟。他在退休演讲《杜甫的诗论与诗》(『杜甫の詩論と詩』)中将杜诗的倾向概括为"致密"与"超越",堪为的见。其实,这也是吉川幸次郎杜甫研究的学术特点:既有基于文献或历史资料的"致密"的考察,也有富于感性与想象力的"超越"的推理。

---

* 原载《国际汉学》2021 年第 3 期。

① [日]吉川幸次郎:《杜甫诗注》第 1 册《总序》,筑摩书房 1977 年版,第 3—4 页。

一、吉川幸次郎与杜甫的结缘

吉川幸次郎早在中学时代,就开始学读杜诗。吉川幸次郎出生于日本神户,而神户自古与中国畅通,为华侨集居之地,中学时代就开始读杜诗,“我念杜诗,已经有50多年了。我从20岁左右,还是京都大学的学生时,就开始学中国文学,最感兴趣的,就是杜诗”①。他手头上的杜诗读本有:到中国旅行时在杭州旧书店买到的清人浦起龙的《读杜心解》,大学时代从青木正儿(Aoki Masaru,1887—1964)处得到的石印本《杜诗详注》,森槐南(Mori Kainan,1863—1911)日文注释的《杜诗讲义》(『杜甫の詩に関する講義ノート』),还有老师铃木虎雄(Suzuki Torao,1878—1963)的《杜少陵诗集》。随着对杜诗阅读的增加,吉川幸次郎对杜诗的兴趣越来越浓厚。

游学中国,吉川幸次郎进一步迷上杜甫。1923年4月,他考入京都大学文学部,选修中国文学,师从著名汉学家、“京都学派”创始人狩野直喜(Kano Naoki,1868—1947)教授。1928年2月,随狩野直喜往赴中国而留学北京大学,拜杨钟义为导师,从马裕藻、钱玄同、沈兼士专攻中国音韵学。据其《我的留学记》和《中国印象追记》等文献记载,他与张元济、黄侃、朱希祖、赵万里、陈寅恪等40位左右的中国大学者有交往。他的收获是:“从文学作品来看,像中国这样只着眼于现实世界,而抑

① [日]吉川幸次郎:《我的杜甫研究》,《国外社会科学》1981年第1期。

制对神的关心的文学,在其他文明地域确实少与伦比。中国虽然没有产生莎士比亚,但是,西方也没有产生李白和杜甫。”①他对杜甫的推崇是他杜甫研究的动力,正如严绍璗先生所说,“20世纪50至70年代致力于杜甫研究,体现了‘吉川中国学’对中国文学最深沉的理性阐述”②。

吉川幸次郎喜爱杜甫有着深层的原因。20世纪的日本社会经历着多种思想的冲击,进行着巨大的社会变革。吉川幸次郎选择文学专业,走上了中国文学研究之路,在其学术走向成熟的后半生,更是致力于杜甫研究,取得了异常突出的学术成就。如他在为杜诗作注的时候,全身心地投入其中,有时一面躺在床上休息,一面背诵,几百字的长诗,两天左右就能背下来。等到诗的内容与其韵律合为一体存入脑海,再来作注。因而,杜注虽多,他在《杜甫诗注》里还是有一些新的解释和发现。如他对“感时花溅泪,恨别鸟惊心”的解读就与众不同,多数注者将落泪、惊心的主体都解释为作者杜甫。然而,吉川幸次郎认为主体是花和鸟:“如感时溅泪般缤纷散落的是花,恨别而惊心不已啼叫的是鸟。”“这是杜甫原来的意思,发现并把它传达出来,不就是忠实于杜甫?”③须知,吉川幸次郎对杜诗“语言的事实”是十分重视的;有了这一“致密”的语言解读,才

---

① [日]吉川幸次郎:《中国文学史》,《吉川幸次郎全集》第1卷,筑摩书房1968年版,第71页。中译本见[日]吉川幸次郎:《我的留学记》,钱婉约译,中华书局2008年版,第178页。

② 严绍璗为张哲俊《吉川幸次郎研究》所写《序言》,中华书局2004年版,第3页。

③ [日]吉川幸次郎:《中国文学与杜甫》,青木正儿、吉川幸次郎等著:《对中国文化的乡愁》,戴燕等选译,复旦大学出版社2005年版,第140—141页。

有可能达到“超越”的理解或结论。

二、全面而系统的杜甫研究

吉川幸次郎在京都大学讲析中国文学时，面向学生组织“小读杜会”，面向教师组织“大读杜会”，阅读讨论杜甫的诗①，可见其用心是极为良苦的。他以为文艺作品的内容与修辞艺术的鉴赏是战后日本对中国文学研究的新取向，以中国文人典型的杜甫与中国诗歌结晶的杜诗为例，展开文学内容的解说、修辞艺术的鉴赏与理论性分析，架构中国文学研究与文艺作品赏析的方法——杜甫诗理论性的研究，即理论架构的文学批评研究是中国文学研究的新途径，充分体现出“致密”与“超越”的学术思想。

（一）丰硕的研杜实绩

吉川幸次郎以大量的研杜注杜实绩来落实这一学术思想，他编著了杜甫著作八种：（1）《杜甫私记》②，此书的出版在战后日本杜甫研究史上具有划时代意义。（2）《杜诗讲义》③，是

---

① ［日］川合康三（Kawai Kōzō，1948—）语，参见《文学遗产》编辑部编：《学镜——海外学者专访》之《历史与现状——漫谈日本的中国古典文学研究》，凤凰出版社 2008 年版，第 72 页。

② ［日］吉川幸次郎：《读杜札记》，李寅生译，凤凰出版社 2011 年版。

③ ［日］吉川幸次郎：《杜诗讲义》（『杜甫の詩に関する講義ノート』），筑摩书房 1963 年版。

选已刊《读杜札记》中的杜诗名作五首加解说。(3)《杜甫诗传》[1],结合社会背景评述注释杜诗,即以杜诗来写杜传,以杜传来说历史背景与环境,有如展现时代画卷,对精美杜诗一一鉴赏。作者在序中曾这样高度评价杜甫与杜诗:“是过去人生最真诚的艺术,正是因为真诚,其诗虽隔一千二百年,却新如昨日。”遗憾的是,吉川幸次郎未能按原计划完成这一著作,可以与他的《杜甫诗注》相互对读。(4)《杜甫诗注》,生前只出版四册[2],是吉川幸次郎晚年着手进行的杜甫诗译注。第五册在他逝世后由后人整理出版。《杜甫诗注》原计划出全二十卷,按杜甫创作年代,依次对其全部作品进行详尽注释,虽“要与自己的寿命争时间来完成它”,终未竟而逝。此书未收入其全集,可是在吉川幸次郎自己看来分量极重,他曾说:“我的全集中所收的业绩都是为了完成《杜甫诗注》的,我的本貌全在《杜甫诗注》之中,所以没收入全集。”[3](5)《杜诗论集》[4],是从全集中选出的杜诗论考。该书是由诸多短文合而成书,由作品分析入手研究杜甫,介绍了杜甫生平重要行踪,分析了杜诗的渊源、影响和成就。(6)《华音杜诗抄》[5],是日本广播协会电视台(NHK)教育频道放映大学讲座《杜甫诗抄》的课本。

---

① [日]吉川幸次郎:《杜甫诗传》(『杜甫の詩』),筑摩书房 1965 年版。

② [日]吉川幸次郎:《杜甫诗注》(『杜甫の詩の注釈』),筑摩书房 1977—1983 年版。此书现注至第四册《收京三首》。

③ [日]伊藤正文:《日本研究中国文学的概况》,《中国古代、近代文学研究》1982 年第 23 期。

④ [日]吉川幸次郎:《杜诗论集》,筑摩书房 1980 年版。

⑤ [日]吉川幸次郎:《华音杜诗抄》,筑摩书房 1981 年版。

(7)《杜甫的诗与生平》[1],结合杜诗论述其生平,具有评传风格,可作信实的杜甫传读,也可作信实的杜诗解读。(8)《杜诗又丛》,是他主编的丛书。此前,著名学者黄永武编有《杜诗丛刊》,收录宋元至清代重要杜集三十五种,由台湾大通书局1974年影印出版。之后,吉川幸次郎又补选了七种,编为《杜诗又丛》,由中文出版社1976年10月影印出版。所选七种依次为:题宋王十朋编《王状元集百家注编年杜陵诗史》(三十二卷)、宋蔡梦弼撰《杜工部草堂诗笺补遗》(十卷,外集一卷)、清朱鹤龄撰《杜工部集辑注》(二十卷,末一卷,文集二卷)、日本度会末茂(Watarai Suesige 1675—1733)撰《杜律评丛》(三卷)、清沈德潜撰《杜诗偶评》(四卷)、清周春撰《杜诗双声迭韵谱括略》(八卷)和清史炳撰《杜诗琐证》(二卷)。

另外,所选《新唐诗选》收录杜甫诗15首[2],予以评论解说,重新启动二战以后日本关于中国古典文学研究。所撰《世界古典文学全集》第二十八、二十九卷之《杜甫》[3],是对青年时期到至德二载(757)杜诗加以译注。而二十七卷本的《吉川幸次郎全集》的第十五卷就是"杜甫篇"。

在以上著作中,吉川幸次郎结合杜甫的遭遇与杜诗的内容风格,将杜诗分为四个时期:旅食长安、长安监禁至秦州落魄、成都草堂、漂泊西南。在这四个时期中,杜诗的体裁、题材、风格随着杜甫一生的飘零而有显著的变化,至晚年而臻于圆熟。

---

① [日]吉川幸次郎:《杜甫的诗与生平》(『杜甫の詩と人生』),社会思想社1969年版,龙溪书舍1984年版。

② [日]吉川幸次郎:《新唐诗选》(『新唐詩アンソロジー』),岩波书店1952年版。

③ [日]吉川幸次郎:《杜甫》,筑摩书房1967、1972年版。

这在中国古典诗人中是较为少见的，如苏轼、陆游吟咏的事物虽有变化，其诗风大抵是不变的。因而，就研究意义而言，以传记的形式解读杜诗，掌握杜甫创作诗歌的生活空间和时代背景，才能正确理解杜诗题材、体裁、风格变迁的具体所在及其变迁原因。他以具体的诗例归纳分析杜甫的咏物诗（如《画鹰》）的体物之工与六朝不同：兼有忠实于文学传统的普遍性与“再生”古典新义的创造性。又如《夜宴左氏庄》《游何将军山林》等宴会冶游诗，自然与人事并叙，以情景交融而构成杜甫个人新的自然意象，同时又丰富了五言律诗的韵律，于既有的传统诗体极尽变化而作为感情抒发的新场域。又如长诗《自京赴奉先县咏怀五百字》以赋入诗，结合诗的“缘情”与赋的“体物”而丰富诗的题材，开拓诗的新领域。每一时期都有显著的变化。

吉川幸次郎又从杜诗体裁与诗风表现的关系上归纳杜诗有两个不同的方向：离心发散与向心凝集。前者主要以七言歌行来抒发，后者主要以五、七言律诗来表现。七言歌行用语自由，易于感情外放激发。五、七言律诗用语适切，易于情感内敛。由情感强烈的抒发到内敛的转变，应是杜诗成长的轨迹，杜诗的意境渐趋沉郁悲壮的圆熟。他在《我所最喜欢的中国诗人》中，进一步归纳了杜诗的最大特征：艺术性与现实性的融合。如分析《月夜》《月夜忆舍弟》有关“月”的吟咏，是将诗人的感情投入到自然之中，寄寓自身沉郁的感情，月的自然之美与人文自然的意义达成了和谐之美。吉川幸次郎又在《中国的古典与日本人》的演讲中①，进一步申说“露从今夜白，月

---

① ［日］吉川幸次郎：《中国的古典与日本人》，《岩波文库》创刊二十五周年纪念演讲会，1953 年 4 月 18 日。

是故乡明”的特质：这种“对于人类的广泛的爱”，“不仅是杜诗，而且也是中国诗歌中普遍存在的东西”[1]，其根本就是一种充满希望的存在的、乐观的、肯定的人生观。[2] 这一系列著作无一不是“致密”与“超越”结合的结晶。

（二）杜甫与松尾芭蕉的比较研究

为了进一步深化杜甫研究，吉川幸次郎在他的《中国诗史》[3]（『中国の詩の歴史』）中，将杜甫与松尾芭蕉展开比较研究[4]，具有独到的眼光和卓越的见识，深化了“致密”与“超越”结合的学术思想。

一是行旅漂泊的相近似。杜甫的一生基本上是在流浪漂泊中度过的。从长安十余年到秦陇，迁居四川成都，再乘舟顺扬子江东下，最后在湖南的船中辞世。这就是杜甫“长为万里客”的结局。杜甫《投赠哥舒开府翰二十韵》有云：“壮节初题柱，生涯独转蓬。”这是杜甫后半生无休无止行旅漂泊的写照。“这一点与松尾芭蕉极为相近。这种相近的生活，也使得他们的诗境颇为相似。”[5]如杜甫的《移居公安山馆途次所作》：“南

---

① ［日］吉川幸次郎：《我的留学记》，钱婉约译，中华书局 2008 年版，第 14 页。

② 参见［日］吉川幸次郎：《我的留学记》，钱婉约译，中华书局 2008 年版，第 191 页。

③ ［日］吉川幸次郎著，高桥和巳编：《中国诗史》，蔡清泉、陈顺智、徐少舟译，隋玉林校，山西人民出版社 1989 年版。

④ ［日］松尾芭蕉（Matsuo Bashō，1644—1694），日本德川时期著名的自然诗人，开创了“蕉风”俳句，被仰为“俳圣”。

⑤ ［日］吉川幸次郎著，高桥和巳编：《中国诗史》，蔡清泉、陈顺智、徐少舟译，隋玉林校，山西人民出版社 1989 年版，第 334 页。

国昼多雾，北风天正寒。路危行木杪，身远宿云端。山鬼吹灯灭，厨人语夜阑。鸡鸣问前馆，世乱敢求安。”这首五言律诗，与松尾芭蕉写奥州小道的一节却产生了共鸣：

> 此路旅人足迹罕至，引起关役猜疑，勉强过关。既登大山，日色薄暮，见封人之家而求宿。三日风雨颠狂，不得已逗留山中。①

作为羁旅诗人的松尾芭蕉在天涯漂泊中，总是在负笈中带着杜工部的诗集，更觉得杜甫的亲切，就连他自己的羁旅生涯也是因为受到了杜甫的影响。

二是漫游的不同点。吉川幸次郎说，松尾芭蕉的漫游是一蓑一笠，还有门人曾良；而杜甫的漫游则是携家带口的庞大旅行。杜甫从陕西到甘肃，从甘肃到四川，又从四川到湖北，再从湖北到湖南，“这与现代毛泽东所率领的中共红军从江西瑞金迂回到四川的深山，再到达陕西的所谓长征的路线恰好相反，在中国西部画下了一个巨大的半圆。在此期间，杜甫一直同妻子在一起”②。吉川幸次郎的意思是：两个长征都具“划时代”意义，他的着眼点是：“在中国社会进步的里程中，有一位划时代的人物，他就是杜甫。”③这一评价可谓登峰造极。

---

① ［日］吉川幸次郎著，高桥和巳编：《中国诗史》，蔡清泉、陈顺智、徐少舟译，隋玉林校，山西人民出版社1989年版，第335页。

② ［日］吉川幸次郎著，高桥和巳编：《中国诗史》，蔡清泉、陈顺智、徐少舟译，隋玉林校，山西人民出版社1989年版，第336页。

③ ［日］吉川幸次郎著，高桥和巳编：《中国诗史》，蔡清泉、陈顺智、徐少舟译，隋玉林校，山西人民出版社1989年版，第356页。

三是对行旅的判断不同而结局相同。杜甫说:“自古有行旅,我何苦哀伤!”(《成都府》)这是杜甫给自己的行旅所做的判断性的总结。与此类似,松尾芭蕉也有“古人亦有死旅中”。然而,“芭蕉是肯定并赞美死于旅途的,而杜甫对此则持嫌恶的态度。不过,两位诗人至少在最终‘死于旅途’这一点上是极为相同的”①。可是,杜甫远远地离开了长安,再也没有回来。直到最后,他仍然执拗地怀抱着最初那准备当一名政治家而立于人世的希望。这是一种令人讨厌的执着。这一执着支撑着他活下来,不至于轻死。比起松尾芭蕉来,杜甫要执拗得多,规模要大得多。

通过比较可知,吉川幸次郎喜欢杜甫,因为杜甫是受儒家思想影响最深的大诗人,是儒家文化的最杰出的体现者。而吉川幸次郎的研究方法也是“儒家式的文学研究方法”,他从儒家的价值观念出发,选取杜甫作为中国文学和中国文化的代表,以杜诗作为认识中国文学特质和中国文化传统的典型。若没有对杜诗的“致密”的解读,这种掷地有声的“超越”式的结论是无从谈起的。他对杜诗的评价,又通过教科书以及文学史研究论著等形式,最终确定了杜诗在日本人心中的典范地位。②

---

① [日]吉川幸次郎著,高桥和巳编:《中国诗史》,蔡清泉、陈顺智、徐少舟译,隋玉林校,山西人民出版社 1989 年版,第 344 页。

② 参见[日]吉川幸次郎:《杜甫在东洋文学中的意义》(『東洋文学における杜甫の意義』),转引自张伯伟《典范之形成:东亚文学中的杜诗》,《中国社会科学》2012 年第 9 期。

三、通变文学史观下杜甫研究的新开拓

吉川幸次郎喜爱杜甫,他以通古今之变的史学观,运用乾嘉考据学与欧洲东方学术研究的方法论研究杜甫,开拓新的研究领域,成为日本近代以来杜甫研究的泰斗。他认为,中国文学的根本特质是以人为中心的情意表现,此传统起源于“诗三百”,到杜甫而达极盛。他以杜甫流寓于蜀地时作的《倦夜》为例,说明中国文学至上独善意识的成因;又以考镜源流的历史观探究中国文学中人生观的推移:从《诗经》到李杜诗歌,都可看到古代的乐观主义。如杜甫的“人生七十古来稀”,未必没有青年荣华的眷恋;杜甫的“可惜欢娱地,都非少壮时”,却是超越绝望与悲观,以为理想社会可能实现的乐观,这就是盛唐诗歌的情境。

(一)“致密”与“超越”的互动

吉川幸次郎以杜诗为例将中国文学赖以成立的条件归结为“致密”与“超越”:“致密”是体察客观存在事物的方向,“超越”是抒发主观内在意象的方向;“致密”所刻画的是轮廓清晰的具象世界,“超越”所指涉的是起兴超越的抽象世界;“致密”犹“赋体物而浏亮”,“超越”则是“诗缘情而绮靡”;“致密”是被动的,“超越”则是主动的。如杜诗《胡马》《画鹰》的细微描写是“致密”的,《曲江》之孤独意象是“超越”的。二者的表现方式是互补式的,这一创作意识的自觉在杜甫壮年诗作中已经形成并体现出来了。

吉川幸次郎又以杜诗《月夜》《月夜忆舍弟》《倦夜》等分析"致密"与"超越"的运用情况：前二诗凝视人间社会与自然万象的视线是"致密"的极致，而《倦夜》中时间推移的无限空间与人间真实的感受则是"超越"的圆熟。他的结论是：主动的"缘情"超越要有致密的"体物"才能完备，被动的"体物"致密要有超越的"缘情"才能圆足。杜甫不但以赋入诗，由于"致密"与"超越"的并存互补而相互完成，"体物"就具有主动与被动、主观与客观融合的新的意义。当然，"致密"与"超越"互动关系赖以完成的条件是建立在对杜诗语言或文本的精读深析上的。他说：

> 所谓注释，是就著者的语言本身，把著者意识之中或意识之下的旨趣，尽量挖掘出来，尽量改用我们的逻辑加以述作的工作。……诗是感性的语言，正因为如此，更有待于逻辑解析或查证。①

有了这样的解读，才会有理性的"超越"。有了这种理论指导，吉川幸次郎的杜甫研究就有了新的突破：把杜甫的地位从中国文学史中凸显出来，冠以最高的荣誉，并成为普遍接受的意见，也是由他来完成的。吉川幸次郎对杜甫感兴趣，研究杜甫，除了杜甫是"诗圣"，杜诗是"诗史"，即杜诗在中国文学史上有非常重要的地位以外，以杜甫及其诗歌的注释与赏析引领日本战后中国文学研究的新取向，也是他研究杜甫的诱因之

---

① ［日］吉川幸次郎：《杜甫诗注》第1册《总序》，筑摩书房1977年版，第3—4页。

一。正如京都大学文学部教授川合康三所说，吉川幸次郎完全改变了“诗圣”“人民的诗人”这些“中国式的看法，他从文学、从诗本身出发，重新确定了杜甫的重要意义”①。

（二）考据与历史的方法

吉川幸次郎是在其中国学研究日趋成熟时开始杜甫研究的，且以深厚的中日文化修养和科学严谨的治学方法来理解杜甫，提出独到见解。例如以“致密”的方法观察杜诗思想情感时，吉川幸次郎发现了杜诗的日常性、政治性和希望乐观等特征，所用的研究方法是考据与历史的方法。这就是吉川幸次郎与乾嘉学派的方法。

问题的提出终究是为了问题的解决。在杜甫研究中，吉川幸次郎就广泛采用了实证考据的方法。例如《读杜札记》在“家系”一节，吉川幸次郎利用一些新数据，从新的角度去考证杜甫的家系，指出杜甫的“家族是纯粹的华北地域血统”，杜甫自然是地道的北方人，他的诗歌体现出的那种诚实、野性、愚直和雄浑的气魄正与他生长的自然与人文环境有关，这与长期生活在四川的李白不同。② 这种以地理差异解释文学差异的理论，可以看到法国的实证主义的间接影响。这种方法虽然不是吉川幸次郎首创，但他却是最早用于杜诗批评中的，在这种研究方法下拓展了杜甫研究的视野。

吉川幸次郎又抓住杜诗“无一字无来历”的特点，对杜甫

---

① 《文学遗产》编辑部编：《学镜——海外学者专访》，凤凰出版社2008年版，第66页。

② 参见［日］吉川幸次郎：《读杜札记》，李寅生译，凤凰出版社2011年版，第17—29页。

的诗歌展开了中国式考据,体现了吉川幸次郎深厚的中国学术功底,《杜甫诗注》便是这一研究方法的很好体现。杜诗的注本向来很多,宋代就有“千家注杜”之说,至明清,出现第二个注杜高峰。在当时的中国,郭沫若、冯至、苏仲翔、萧涤非、傅庚生等人的杜甫研究也非常有名。吉川幸次郎认为杜诗本身太伟大,研究可以层出不穷,已有的研究并不能令人十分满意,所以自己也参与到研究中,并且坚持自己的特色:注重宋人注解,注重杜诗与《昭明文选》的关系。如对《自京赴奉先县咏怀五百字》中“朱门酒肉臭”的注释,吉川幸次郎讲这是对贵族之家的奢侈状况的概括。然后对“朱门”“酒肉”“臭”分别展开注释。贵族之家的大门涂成朱红色,所以称为“朱门”,《文选》中郭璞的《游仙诗》有“朱门何足荣”。“酒肉”,是贵族们家门前堆砌的酒肉。《文选》所选的王粲的《从军诗》写到过“陈赏越丘山,酒肉逾川坻”。《左传》中也提到过“有酒如淮,有肉如坻”。“臭”,气也,香也。《后汉书·逸民传》中有一句“愍芳香兮日臭”。吉川幸次郎还联系到杜甫的另一首诗《奉送魏六丈佑少府之交广》,如“出入朱门家”“玉食亚王者”“行酒双逶迤”云云。① 对一句杜诗的阐释就可以看出吉川幸次郎的求根溯源、旁征博引的特点和精神。

结　语

吉川幸次郎以他深厚的学养和科学严谨的方法研究杜甫,

① 参见[日]吉川幸次郎:《杜甫诗注》,筑摩书房 1977 年版,第 545、546 页。

取得了举世瞩目的成就,闪烁着智慧的光芒。如杜诗以其日常性、政治性和希望乐观等特征完成了“超越”。首先,“写身边小事而关涉社会与政治”。以“致密”的描写,实现“以自身诚挚的人格,奉献于政治,使世上的一切都变得真诚起来”的理想追求。[①] 其次,“古代乐观主义的回归”。吉川幸次郎关注杜诗绝望中的希望、悲愁中的乐观:“他的诗充满忧郁和悲愤,而其本意是个人也好、社会也好本应该是幸福的,是古代乐观主义的恢复。”[②]“杜甫一生愁”深深吸引了吉川幸次郎。最后,以不复杂的手法表现社会良知。吉川幸次郎以为,像李白、杜甫这样的大文学家的风格“属于大众”,以不复杂的表现手法,传达大家熟视无睹的东西。如《新婚别》诗,通过将丈夫送到前线的年轻妻子的话,暗中批判了当权者。作为社会良心而提出抗议,也是诗人的责任。那首“五百字”是他“最喜欢的”,其中“朱门酒肉臭,路有冻死骨”的名句,内容非常深刻。[③]

总之,在“京都学派”影响下,吉川幸次郎坚持把中国作为中国来理解,推重实地考察、实证考据等治学方法,并以此进行杜甫研究,尽量准确地把握中国文化孕育下的杜甫及其诗歌,遂使他成为日本近代以来研究杜甫乃至中国文学的大家。

---

① 参见[日]吉川幸次郎:《中国诗史》,章培恒等译,安徽文艺出版社 1986 年版,第 238 页。

② [日]吉川幸次郎:《我的留学记》,钱婉约译,中华书局 2008 年版,第 213、221 页。

③ 参见[日]吉川幸次郎:《对中国的乡愁》,戴燕、贺圣遂选译,复旦大学出版社 2012 年版,第 142 页。

追求融汇和超越*

——程抱一先生的杜诗研究

法国汉学在西方汉学（特别是二战以前）中独树一帜，其特点是把唐诗作为多种艺术的完美构体来研究，正如法籍华人、法兰西学院院士程抱一①所说，所谓"诗成泣鬼神""笔补造化天无功""诗中画，画中诗"云云，不仅是彼时诗歌大家如杜

---

* 原载《汉籍与汉学》2018 年第 1 期。

① 程抱一（1929—），原名纪贤，华裔法国诗人、小说家、翻译家、艺术史家、学者。1948 年旅居法国。他在巴黎第九大学取得博士学位后，长期担任巴黎第三大学所属国立东方语言和文化学院中文系教授、高等社会科学研究院所属东亚语言研究所研究员。主要从事中国古代文学、现代文学和中国语言学、诗画艺术的教学及研究工作。译有《骆驼祥子》第二种法译本。主要文艺论著有：《用一些对比方式做出的展望：在中国传统中的一些宇宙论法和现实的表达方法》、《"比"和"兴"》、《中国诗语言研究》（1977 年）、《虚与实：中国绘画语言》（1979 年）、《梦的空间：千年中国绘画》（1980 年，获圣图尔奖）、《朱耷：笔划的天才》（1986 年）、《石涛：生命世界之真昧》（1998 年，获玛尔罗奖），还有汉诗法译《水云之间》（1990 年）。主要诗集有：《情歌三十六首》（1997 年）、《双歌集》（1998 年，获罗歇·卡约瓦奖）、《托斯卡情歌》（1999 年）、《生命的季节》（1993 年）、《歌声来处：宋代传统花鸟之道》（2000 年）、《谁来言说我们的夜晚》（2001 年）。长篇小说有：《天一言》（1998 年，获费米娜文学奖）、《此情可待》（2002 年）等。2002 年被评为法兰西学院终身院士，也是法国迄今唯一的一位亚裔院士。

甫、王维、李贺等为构建各自的艺术天地的经验之谈,也是他们为营造多种艺术构体所做的共同的美学追求。这也正是法国汉学家看重唐诗乃至杜诗的主要原因所在。

程抱一先生的杜诗研究,主要体现在他的《中国诗语言研究——附唐诗选》(1977)、《虚与实:中国画语言研究》(1979)、《水云之间》(1990)等专著与译著中,前两著合成《中国诗画语言研究》(选37位诗人的133首诗,其中杜诗23首),已出中文译本。他运用新批评方法、结构主义、符号学理论,选取中国古老哲学的"虚实""阴阳""天地人"概念来"透视"中国古典诗歌,使中国诗歌的传统研究别开生面。他分别用"虚实"研究诗的"词汇与句法成分",用"阴阳"研究诗的"形式与格律",用"天地人"研究诗的"意象",进而得出这样的结论:"虚实、阴阳和天地人构成相关的和分等级的三个轴,围绕着它们组织起一种建立在气的观念基础上的宇宙论思想。"①这一手段的成功运用大大弱化了传统的体裁与类别的划分,也正是结构主义者常用的方法。

一、诗词中的符号功能

程抱一将汉字视为唐诗的基础,认为诗中的每个字都是一个独立表意的"符号",所谓唐诗正是这些"符号"的排列组合。是的,汉字的这一特点,是拼音文字无法比拟的。他又说,对于

① [法]程抱一:《中国诗画语言研究》,涂卫群译,江苏人民出版社2006年版,第24—25页。

中国诗画中某些符号的神圣功能,诗人和画家是不可能无动于衷的,在组合排列这些汉字符号时,他们探寻到了宇宙中深藏的一些秘密,这就是杜甫所说的“诗成泣鬼神”。符号学的意义就在于一首诗的每个符号都在发挥其影响力,而诗人在创作此诗时,他们近乎神秘主义地寻找被称为“字眼”的关键字,就是为了照亮整首诗,泄露一个隐蔽世界的奥秘。中国诗歌史上无数个逸事趣谈每每讲述着“一字师”,这个一字之师点明了那个必不可少的绝对恰当的字,启发诗人完成了一首诗,并由此而“巧夺天工”①。

对于“字眼”的重要性,程抱一是这样解释的:“眼”这一意象在中国艺术中被异常重视,“画龙点睛”的故事就是很好的说明。这其实就是我们古人所说的“一篇之警策”之所在。接着,程抱一列举了杜甫两句诗“雷霆空霹雳,云雨竟虚无”(《热三首》其一),进一步阐释“字眼”的意义:运用了道士在描画神奇的符箓时所珍视的一种手法,罗列一些具有相同形旁的字,即带有“雨”字头的字:雷霆、霹雳、云(雲),仿佛是为了积聚由这个形旁所暗示的那种能量。有意思的是,诗句描写的是在一个骄阳似火的夏日对下雨的焦虑的期盼,可是最终希望落空,那神奇的符箓没起作用。为了增加“落空”后的失望,诗人在五个“雨”头字的后面紧跟了一个“无”字——“无”字以火为形旁的“灬”,落空的雨很快就被灼热的空气所吸收了。

所有这些排列起来的字,通过逐步进展(云的聚积、

① [法]程抱一:《中国诗画语言研究》,涂卫群译,江苏人民出版社2006年版,第12—13页。

预示着雨的霹雳、被火吸收的雨）和它们所造成的反差，创造出强烈的视觉效果。①

我们以为，杜诗在这里明显是学习了汉大赋的方法，看似不经意的落笔，却包含着“语不惊人死不休”的努力。程抱一的这个理解角度没有问题，而且很有新意；汉字表意文字的特殊构造，加强了汉字符号学特有的艺术效果，其贡献就在这“对中国诗特殊的语法结构的研究”。

二、虚实轴——诗的词汇层问题

程抱一用“虚实轴”探讨诗句内部如何构成的问题。依他的观点，构成唐诗的字词可分为虚、实两类；每一句唐诗在组合轴上都遵循着虚实结合、实词为主的原则，表现出省略虚词（包括人称代词、介词，表示比较的词和助词等）的倾向，而实词之间的相互碰撞又会诱发词性活化问题，使聚合轴上不同词性的实词相互替代，动词发生虚化（比如用介词代替动词）。由此，虚实的转换与灵活的词性极大拓展了唐诗表意的丰富性，使得每一句诗都成为“意义增值的场所”②。虽云“虚实轴”，然而实词与虚词并非相互对立，而是彼此交替、相互转化构成诗句。

---

① ［法］程抱一：《中国诗画语言研究》，涂卫群译，江苏人民出版社2006年版，第14—15页。

② ［法］程抱一：《中国诗画语言研究》，涂卫群译，江苏人民出版社2006年版，第30页。

（一）人称代词的省略

为了说明人称代词的省略问题，程抱一列举杜甫的《又呈吴郎》诗说，此诗是杜甫写给他的侄子吴郎的，杜甫离开夔州时把自己的财产留给了他，并嘱咐他不要在园子的西边栽种篱笆，因为这一举动会惊动西边的女邻，一位很贫穷的女人，她常常到那边采摘枣子充饥。诗是这样写的：

堂前扑枣任西邻，无食无儿一妇人。
不为困穷宁有此，只缘恐惧转须亲。
即防远客虽多事，便插疏篱却甚真。
已诉征求贫到骨，正思戎马泪盈巾。

程抱一是这样分析的，本诗中登场的共有三个人：诗人（我）、侄子（你）和那位女人（她）。在这里，诗的“主人公”不很确切，是“我”，是“你”，还是“她”？诗人通过省略人称代词这一手段，创造出一种“主体际的”意识：

诗人与这位或者那位人物相认同（三、五、七句关涉“她”，四、六句关涉“你”，最后一句关涉“我”或“我们”），仿佛他同时具备多个视点。从而这首诗显示为一位复数的人物的内心论辩，穿过他，叙述和故事微妙地交融在一起。①

① ［法］程抱一：《中国诗画语言研究》，涂卫群译，江苏人民出版社2006年版，第35页。

这里,吴郎"侄子"一说有待商榷,近现代中国的学者一般认为是杜甫的姻亲,但是不好确定,可以肯定的是他是杜甫的晚辈。此诗的确是借助省略人称代词的手法,让三人穿越时空对话的好例。杜诗中这一手法的运用(或天真或狡黠),俯拾即是。

我们还可以举一些其他的例子,如杜甫的《述怀》诗。杜甫在至德二载(757)夏,自贼中窜归凤翔行在所,曾经是:"麻鞋见天子,衣袖露两肘。"为了烘托他陷贼的悲惨状态和"见天子"这一庄严场合形成的反差,他并没有说"穿着麻鞋我拜见了皇帝",而是不无反讽地说了句"麻鞋见天子"。又如,杜甫的《新安吏》描写了战争带给人们的痛苦已经到了无以复加的程度,受苦的人们剩下的只有凹陷而无泪的眼睛,这就是诗的结尾所说的:"眼枯即见骨,天地终无情。"面对这些没有人称主语的诗句,读者可以从朦胧的诗意中发挥想象力,是谁看见?是看见谁?程抱一给了读者两种理解:

> 是诗人透过那些穷人干枯的眼睛,看见了他们沦为枯骨的脸;或者是那些穷人自己的眼睛,最终看到了"事物的本质":天地对注定要死的人没有怜悯。①

在这里,读者侧重的是两个切入点:从外部与从内部所看到的两种情况。这就是省略人称代词的艺术效果。

---

① [法]程抱一:《中国诗画语言研究》,涂卫群译,江苏人民出版社2006年版,第36—37页。

（二）介词的省略

“介词的省略”也是唐诗乃至杜诗中经常出现的。杜甫有一联诗非常典型：“星垂平野阔，月涌大江流。”（《旅夜书怀》）诗人创作这样的诗句，是为了有力地烘托地上的现象与天界之间的关系和相互作用，从而突出人类的命运在与大自然的较量中的沉浮。

很明显，这一联诗对仗工稳，每一句都是名词加动词有规律的组合排序。当然，动词是有及物与不及物之分的。如在下句诗中，第一个动词“涌”可以解释成“涌起”，也可以诠解成“掀起”；第二个动词“流”，可以诠释成“流动”，也可以译解作“托载”。请注意：“涌”和“流”都是水字旁的字，愈加强了诗句中“水”和“月”两个意象之间的交互作用。“水”和“月”这两个意象，曾由初唐张若虚在他的长诗《春江花月夜》里尽情发挥过：“月亮象征生命的盈虚以及人类命运，大江象征无限的空间与无尽的时间，它们之间又不断地相互吸引、相互激越。”①到了杜甫笔下，两句诗几乎囊括了《春江花月夜》大半首诗的内涵：“月涌大江，月涌而大江流，月涌大江而流，大江流月，大江流月而汹涌。”②很明显，诗句是以一种镶嵌方式构成的，可以进行回环式的阅读：月亮升起，升起后掀起江水；江水流动，流动托浮月亮。

我们以为，杜诗中的“水”和“月”是大自然的组成部分；同

---

① ［法］程抱一：《中国诗画语言研究》，涂卫群译，江苏人民出版社2006年版，第40页。

② ［法］程抱一：《中国诗画语言研究》，涂卫群译，江苏人民出版社2006年版，第40页。

时又具有高度的象征意义。程抱一在这里并不像其他汉学家那样进行翻译、串讲，诸如美国汉学家刘若愚（James Y. Liu）说：“群星低垂，原野辽阔；月亮涌动，大江奔流。”英国汉学家弗莱切尔（W. J. B. Fletcher）说：“流散的群星挂满苍天，月亮与江流竞澜翻。”美国汉学家肯尼斯·雷克斯罗斯（Kenneth Rexroth）说：“群星在广漠水域上绽放，月光流照奔涌大江。”而是从字词入手研究其象征意义。

（三）省略表示比较的词和动词

在中国诗歌那些内含比较的诗句里，读者看到的不仅是连词的省略，还有动词和系词等的缺席，对于这一问题，程抱一也有精辟的分析。如杜诗：“日月笼中鸟，乾坤水上萍。”（《衡州送李大夫七丈勉赴广州》）就是省略了表示比较的词（“如同”等）。

这一省略的艺术效果是明显的：它使双重阅读成为可能，而且可以造成一种既紧张又相互作用的关系。对于第一句诗的理解，两比较项可以是“日月”，也可以是一个暗藏的“我”。因而，这句诗可以译为“日月本身如同笼中之鸟”或者“在流逝的时间（汉语中：日月）中，我被囚禁，如同笼中之鸟”。我们以为，后一种理解更切合当时杜甫的身世。第二句诗可以用上述两种方法来理解：“在天地（乾坤）间，我如同水上浮萍”，或者“宇宙（汉语中：天地）本身变化不定，如同水上浮萍”[1]。同样，后一理解较符合杜甫彼时的处境，所谓“身世浮沉雨打萍”。

---

① ［法］程抱一：《中国诗画语言研究》，涂卫群译，江苏人民出版社2006年版，第40页。

（四）代替动词的虚词的用法

程抱一进一步考察中国古典诗歌,他发现诗人经常通过取消某些虚词,创造出词语之间的某种虚空的境界。有的时候,诗人们却是有意用一种特殊的手法,即用一个虚词代替一个实词(通常是个动词),可仍然是为了在诗句中引入“虚”,但却是“通过替换”。杜诗这方面的范例很是不少,其艺术技巧可见一斑,列举如下:(1)“老年常道路,迟日复山川。”(《行次古城店泛江作,不揆鄙拙,奉呈江陵幕府诸公》)这里的“常”“复”是代替动词的虚词。(2)“幽蓟余蛇豕,乾坤尚虎狼。”(《有感五首》其二)此处的“余”“尚”是代替动词的虚词。(3)“生理何颜面,忧端且岁时。”(《得舍弟消息二首》其二)这里的“何”“且”是代替动词的虚词。(4)“片云天共远,永夜月同孤。”(《江汉》)此处的“共”“同”是代替动词的虚词。(5)“一去紫台连朔漠,独留青冢向黄昏。”(《咏怀古迹五首》其三)这里的“连”“向”是代替动词的虚词。

总之,这类省略的最直接的艺术效果是减小了句法的约束,将其减至最少的几个规则。程抱一的分析与总结也是十分精辟。如果说字数较多的诗句更接近于文言文的话,那么短小的五言的诗句,实际上是遵从着两个规则发展的:一是在一个固定的句段中,它的限定词先于被限定词;二是在一个谓语是及物动词的诗句中,要遵从主语+动词+宾语的词序。在这里,程抱一强调了韵律节奏所起的作用是极其重要的,“它标示出词语的重新组合”。而在这些词语中,名词、动词(行为动词和性质动词)、某些副词在组合上,显示出极大的灵活性。例如五言诗句,由于其简洁的特点(不可另有附加成分),有时会显示出这样一种情况:在名词状态和动词状态之间“摇摆”。当然,“摇摆”不是“不定”,某些组合形式是可以“预知的”:在停顿之前是名词+名词、名词+动词、动词+动词、动词+名词,在停顿之后是名词+动词+名词、名词+名词+动词、动词+名词+动词、动词+名词+名词,这是一般规律。在很多情况下,这种“摇摆”会出现在一个词上。因为词本身是没有形态变化的,词的性质并不由词形标示,要视其所处的语境而定:“在一个句子结构中,一个词的性质取决于围绕它的成分(介词、连词、助词等),而这些成分的缺席常常使对它的鉴定更加困难。”①恰恰是这个“困难”有助于实现诗人的意图,即根据自己表达情感的需要,选择某一实词的状态:名词或动词。

三、阴阳轴——诗的句法层问题

在程抱一这里,“阴阳轴”是以诗句为单位的句法层,主要讨论诗句间的音韵与形式关系。他注意到,在音韵上,杜诗间的“重音与非重音”“平仄”关系总是相互呼应的;而形式上,杜甫律诗中的“对仗句”与“非对仗句”往往会穿插出现。对仗能使两联诗之间产生垂直联系,能够打断前文的线性叙述顺序,在时间维度上引入空间。因而,律诗能在对仗与非对仗的交替之间生发出隽永而深长的表意空间。“阴阳轴”观念的确立,正是以音韵的平仄、轻重和句式的对仗与否构建出的多彩的诗意空间。

---

① [法]程抱一:《中国诗画语言研究》,涂卫群译,江苏人民出版社2006年版,第47页。

这是将诗歌形式与阴阳对子建立的联系，是程抱一对中国古典诗歌（特别是律诗）研究的重要贡献。可以说，没有对中国古典哲学深入的理解与把握，是不可能做到这一点的。他甚至有些夸张地说，对中国人而言，阴阳交替代表了宇宙的根本节奏。在这本《中国诗画语言研究》中，他探讨了诗歌与其他艺术形式的关系，重点探讨了诗歌与音乐的关系，如杜甫在诗歌创作中大量使用"歌""行歌""长歌""高歌""浩歌""放歌""狂歌""放歌""悲歌""哀歌"之类词，可证明杜甫以诗为歌，具有较强的歌者意识。

（一）律诗的节奏/拍

在一首律诗中，一句诗可以是五音节的或七音节的，每个字就算一个音节。音节之间有停顿，一般情况下，一行五音节的诗句停顿出现在第二音节之后（二三式），一行七音节的诗句出现在第四音节之后（四三式），即是林庚先生所谓的"半逗律"。因而，停顿的两边存在着偶数（二或四）和奇数（三音节）的对比。关于它起的作用，程抱一是这样说的："停顿除了起到节奏的作用，它还扮演句法角色（这一点仍得到现代口语的证实），通过将一句诗中的词语重新组合为不同的小节，它们形成对比或有着因果关系。"①如杜甫的《春望》诗中有两句是"国破/山河在""感时/花溅泪"，两句都是以停顿来表示意象之间的鲜明对照：国家破碎了，河山依然存在；因时世而伤感，连花朵都在流泪。王维的"人闲/桂花落，夜静/春山空"（《鸟

---

① ［法］程抱一：《中国诗画语言研究》，涂卫群译，江苏人民出版社2006年版，第54页。

鸣涧》),是以停顿(它暗示了虚)来强调表面上看似互相独立的意象之间,却存在着微妙的联系。

(二)律诗的音乐效果

汉字是单音节文字,某些音节以及与它们相连的某些辅音声母和某些韵母,拥有特殊的唤起联想的力量,比如传统修辞学中的“双声”“迭韵”等,其音乐效果是非常明显的,诗人们也是喜欢运用的。对这一点,程抱一看得非常清楚,他说,语音价值不是孤立的,常常是通过彼此对比来表现的。比如,韵母“an”(我们刚刚指出它暗示忧郁)可以与“ang”形成对照,后者经常唤起一种激越的情感。比较而言,“ang”由于开口更大,而“战胜”了由“an”体现的忧郁。因而,杜甫在他的《闻官军收河南河北》诗中选择一连串的“ang”来歌唱解放后的欢乐,便不是偶然的事情了。下面请看这首著名律诗:

剑外忽传收蓟北,初闻涕泪满衣裳。
却看妻子愁何在,漫卷诗书喜欲狂。
白日放歌须纵酒,青春作伴好还乡。
即从巴峡穿巫峡,便下襄阳向洛阳。

此诗堪称“老杜生平第一首快诗”!

(三)律诗的句法层

律诗的句法方面,最重要的现象是对仗的诗句与不对仗的诗句的对比。在这方面,作为律诗大家的王维、杜甫的诗作堪称典范。为了对仗,诗人采用一种不同的词语秩序,创造出一个特殊的艺术世界。程抱一以其简略的方式加以探索,归结为以下三种类型:感知词序、倒装词序、打散的词序。值得注意的是,程抱一在这里多举杜诗例子是很有说服力的。

何谓"感知词序"?即诗人不用习惯的传统的句法,而是以其连续的观感的顺序来组织词语,比如一幅风景、一种感觉等。例如杜甫的祖父杜审言有一联"云霞出海曙,梅柳渡江春"(《和晋陵陆丞早春游望》),其词序是:初升的朝霞的意象和大江两岸植物的意象,植物的色彩显示着季节的变化,即诗人在行进过程中渐次捕获到的意象。这种词序的运用在杜甫手里异常娴熟,有时是一个场景,有时是一种色彩,有时是一种味道,它"引发"了诗人的感觉和记忆,如以下杜甫的三联诗:

(1)寺忆曾游处,桥怜再度时。(《后游》)

(2)青惜峰峦过,黄知橘柚来。(《放船》)

(3)滑忆雕胡饭,香闻锦带羹。(《江阁卧病走笔寄呈崔卢两侍御》)

第一联引发诗思的是"寺"与"桥"两个意象,所以加以强调,放在句首。第二联则是"青"和"黄"两种彩色,亦强调之。第三联又是"滑"与"香"两种感觉。如此等等,都是诗人在前面不曾预示的突出的意象,诗人的感觉和记忆是从这些意象中产生的。

同属"感知词序",在有的情况下,诗人所试图记录的是一种固定的状态,而不是一系列意象,如:"白花檐外朵,青柳槛前梢。"(《题新津北桥楼得郊字》)在这两句诗中,"檐外"和"槛前"的成分构成不连续的表意符号,从视觉上表现人的世界闯入了大自然;或者大自然侵入了人的环境。通过这种文字的安排,诗人再现了一幕映入他眼帘的场景。

所谓"倒装词序",就是由颠倒句子的主语和宾语而构成的词序,造成的艺术效果就不仅是对一种文笔效果的单纯追求,而是打乱现实秩序,创造出事物之间的另一种关系。对于这种"倒装词序",论者每每举杜诗的这一联,程抱一也没有例外:"香稻啄余鹦鹉粒,碧梧栖老凤凰枝。"(《秋兴八首》其八)读者在读杜甫的这联著名的诗句时,很快理解到并不是稻子啄食鹦鹉,也不是梧桐栖息在凤凰上。需要强调的是,恰恰是在对仗的诗句中诗人"敢于"进行这样的变形,诗句之间的互相印证去掉了可能显得"偶然"或"任意"的东西。

同程抱一从这种错乱中看到"打乱世界秩序,创造出事物之间另一种关系的愿望"一样,海外汉学家多数都看到了此诗的语法技巧,甚至是语法之外的东西,如同法国汉学家郁白这样说:

> 该诗的语法也有些混乱:中文诗中主宾倒置,似乎是香稻在啄鹦鹉,又似乎是碧梧栖息在凤凰身上;还有,鹦鹉真的有东西充饥吗,因为诗中说只有些"剩余"(不同版本中的"残"或"余")的米粒供它啄食?凤凰真能在"老"枝上栖息吗?麦克克劳指出,这些迹象至少暴露了诗人的精神状态(自从长安沦陷以来,连树的枝条也完全衰老了),即现在渗入并改变了过去。①

---

① [法]郁白:《悲秋:古诗论情》,叶潇、全志刚译,广西师范大学出版社 2004 年版,第 172 页。

实际上,杜甫在这里又一次自比鸟类,他觉得自己衰老了(“老”),成为多余的人(“残”或“余”)。

程抱一又举杜诗:“客病留因药,春深买为花。”(《小园》)他说,实际上,杜甫要表达的是:

> 因为经常生病,我在客居中存放了一些药品;我买了一些花,仿佛为了挽留正在离去的春天。主语和宾语的颠倒赋予诗句一种略带幽默的清醒色调。所谓“打散的词序”,即通过一种看似任意的词语组合方式,试图创造一种“整体”意象。如“绿垂风折笋,红绽雨肥梅”(《陪郑广文游何将军山林十首》其五),杜甫为了描绘这样一幅风景——在风中,竹笋断裂,绿色的竹叶悬垂在它们上面;浸透了雨水的梅花舒展她们粉红色的花瓣(请注意这一场面的性爱寓意)——他改变了词语的自然顺序,以便去掉所有先后的意念,由此重建了一幅瞬间的整体景象。①

程抱一在分析了律诗的上述特点后得出这样的结论:

> 由此看来,律诗显示为对一种辩证思想的再现。仿佛在我们眼前上演的,是一出拥有四个时段的戏剧,而这出戏剧的发展服从于空间-时间的生机勃勃的规律。②

---

① 参见[法]程抱一:《中国诗画语言研究》,涂卫群译,江苏人民出版社 2006 年版,第 65—66 页注释。

② [法]程抱一:《中国诗画语言研究》,涂卫群译,江苏人民出版社 2006 年版,第 68 页。

这个规律一般就是律诗第一联已定的时间—第二联静态空间—第三联动态空间—第四联敞开的时间。这就是传统规律。他进一步说：

只有很少的例子与规定相反，诗人以对仗的一联结束律诗，仿佛要将一种空间秩序维持到底。杜甫的《闻官军收河南河北》一诗包含了连续对仗的三联，而最后一联——诗人预想着将在朋友们的陪伴下进行的返乡旅行——意在延长一种欢欣的状态。①

杜甫的《闻官军收河南河北》就是一个例外，然不失为好诗。他的《咏怀古迹五首》其三又是什么样子呢？

群山万壑赴荆门，生长明妃尚有村。
一去紫台连朔漠，独留青冢向黄昏。
画图省识春风面，环佩空归月夜魂。
千载琵琶作胡语，分明怨恨曲中论。

汉元帝时，王昭君出塞的故事广为流传（出现大量的诗文戏曲作品）。杜甫的高明之处在于：

在此，诗人所着眼的，除了受挫的命运的思想，还有人在面对一种敌意的自然环境时的脆弱，以及穿过这一对

① ［法］程抱一：《中国诗画语言研究》，涂卫群译，江苏人民出版社2006年版，第68页。

峙，进入与一个别样的世界的交融；在那里，遗憾混合着奇妙。①

怎样“混合着”？诗的首联和尾联扣住女主人公按时序展开的生活：首联回顾了昭君在家乡的村庄度过的少女生活；尾联则写了她死后的生活，演变了的、在时间中流传的生活。首尾两联怎么连缀？由“万壑”加以强调，并被首尾中的“千载”回声般地再次重复。中间两联由对仗的诗句构成，通过几个突出的意象“记载”了那些标志着明妃的命运的“悲剧性”的事件。这些意象两两相对——或者互相对比，或者互相调换。但是在这两联之间，却存在着一重由静态到动态的转化关系。在这里程抱一分析得特别细致：

第二联（“一去紫台连朔漠，独留青冢向黄昏”）都是由动词形式（“一去”和“独留”）起始，后面跟着介词（“连”和“向”）的诗句组成。这一句法结构赋予句子一种被动的语调并确立了一种单一的走向：A→B，它恰如其分地传达出王昭君的命运，这一命运是由与她的意志不符的力量决定的。

在第三联（“画图省识春风面，环佩空归月夜魂”）中，每个句子的动词都被置于中间，联系起其他词语；人称代词和介词的省略消除了所有方向的意念。“画图”和“春风面”，正像“环佩”和“月夜魂”，被置于对等的平面上：A←→B，处于一种持续的往返关系中。由此可以有双重阅读：

---

① ［法］程抱一：《中国诗画语言研究》，涂卫群译，江苏人民出版社2006年版，第69—70页。

在环佩声中,人们重新找到明妃的灵魂。
明妃仍不断留恋地使她的环佩鸣响。

作为发生在对仗的两联(第二、三联)之间的句法转化的必然结果,意象的组织同样追随一种转化过程。在第二联中,四个彩色成分:紫台(等于皇宫)、朔漠、青冢(传说中王昭君在沙漠中的坟冢,始终保持常青)、黄昏,既互相对比同时又互相协调,并形成一幅面向第三联的画图,这联恰恰由这个词开始:画图。人们知道在王昭君的生活中一幅画所扮演的致命角色,但是她的生活本身,却并非一幅人工的图画,而是一个金色传奇中的意象。诗人借助约定俗成的意象("春风"=女子的面孔,"环佩"=女性身影,"月夜魂"=囚禁在月亮上的仙女嫦娥)——都是来自大自然中的现象,将明妃的身影巧妙地纳入一个充满了孤独的星体的宇宙,在那里,自然与超自然相混合。从而,过去和现在,这里和别处,似乎融合在一个充满活力的空间中,这一空间拒绝向时间的无情流逝让步。但是最后一联重新引入时间的意念。"遗憾与怨恨本身化作一支歌(王昭君在她生活在匈奴中间的一生里,成为一位杰出的琵琶弹奏家,琵琶是源自中亚的乐器),它的余音一直传入我们耳中。"①程抱一细致的分析让我们看到:杜甫的确是一个运用"承袭意象"的高手。

程抱一对杜甫古体诗《石壕吏》的分析也很有特点。先看原诗:

---

① [法]程抱一:《中国诗画语言研究》,涂卫群译,江苏人民出版社2006年版,第71页。

暮投石壕村，有吏夜捉人。老翁逾墙走，老妇出看门。吏呼一何怒，妇啼一何苦。听妇前致词，三男邺城戍。一男附书至，二男新战死。存者且偷生，死者长已矣。室中更无人，惟有乳下孙。有孙母未去，出入无完裙。老妪力虽衰，请从吏夜归。急应河阳役，犹得备晨炊。夜久语声绝，如闻泣幽咽。天明登前途，独与老翁别。

从叙事方面看，诗人是作为一位见证人在那里倾听的，这让诗人省去了一些不必要的交代。可是，这时的诗人不仅仅是一位看客或听客；全部的悲剧借由老妇人的话语传达，最终与诗人的话语融合在一起，而诗的悬念正是建立在这一暧昧基础上的。在“天明登前途”中，我们的第一感觉是想知道究竟谁将上路，是老妇人还是诗人？如果说那妇人以自己替换了其他所有人，那么，诗人则替换那妇人（她没有见到自己的丈夫就出发了）以向老翁告别。由此，“老妇人的话语，化入了诗人的话语，脆弱的却又千年后仍然震撼我们的话语”①。

从本诗的形式看，本诗尽管是按照古体诗的风格写的，却包含了近体诗的一些痕迹，特别是大量的对仗（从宽泛的意义上说）的运用，占到全诗的一半以上。程抱一说：“整首诗，由数联对仗的诗句构成，这些诗句被包含在不对仗的诗联中间，令人想到一首扩充了的、变了形的、仿佛是破碎了的律诗。”②程抱一进而分析了此诗的艺术结构。在由十二联组成的整首

① ［法］程抱一：《中国诗画语言研究》，涂卫群译，江苏人民出版社2006年版，第77页。

② ［法］程抱一：《中国诗画语言研究》，涂卫群译，江苏人民出版社2006年版，第76页。

诗的进展中，从内容和形式上看，第六联“存者且偷生，死者长已矣”是两个段落的分水岭（将诗划分为等篇幅的两个部分）。在第一部分中，老妇人努力抵挡前来征兵的官吏，她的理由是：“三男邺城戍。一男附书至，二男新战死。”诗人为了强调老妇人对这道威胁性的命令的抵抗的尝试，用了一系列的对仗的诗句，这是律诗的特点。

可是，在第二部分的开始一联（“室中更无人，惟有乳下孙”）中为了表情达意的需要，采用了古体诗的句式：

> 对仗发生了“退让”，变得“蹩脚”（要想让它完善，应该说：“室中更无人，乳下惟有孙”）。①

也正是从这一联开始，老妇人面对霸道的官吏，投入不可逃避的“替换”过程。应该由谁来代替谁出发？如果老翁成功地逃脱（因为征兵者原则上寻找的是男人），在家里除了她本人，只有她的儿媳和孙子。

> 在此请注意老妇人在辩解中为了挽救她的儿媳而采用的可怜的“计谋”：在第Ⅶ联中，她先是说，家里已经没有任何人，除了……一个待乳的婴儿，后来才揭示出母亲的存在，并且没有忘记马上补充说，她根本无法见人，因为她连一件完整的衣裙都没有。②

① ［法］程抱一：《中国诗画语言研究》，涂卫群译，江苏人民出版社2006年版，第76页。

② ［法］程抱一：《中国诗画语言研究》，涂卫群译，江苏人民出版社2006年版，第76页。

接下来的两联是:“老妪力虽衰,请从吏夜归。急应河阳役,犹得备晨炊。”诗的语气发生了改变,节奏也加快了不少。人们面对着突然出现的人称(“我”)叙述。因为最终老妇人决定自荐代替所有人跟随官吏而去。由此开始,一切都以一种严酷无情的方式加快进行。第十联(“急应河阳役,犹得备晨炊”)给出一个“蹩脚”的对仗的柔弱的回声;正是在此处老妇人试图表明自己的价值,她辩解到,她能够为士兵准备餐饮。官吏是否会带走一位妇人,更何况是一位老妇人?我们只是在最后一句诗中才得知结果,诗人说,第二天早晨,他与无人相伴的老翁辞别。

四、诗的篇章层问题——天地人

这是以意象为单位的篇章层问题,程抱一冠之以“天地人”之名,试图从整体上探讨诗歌中常用的比兴手法。程抱一借用“天地人”三才的概念,说明诗歌追求的“情景交融”,其实就是“人”在天地之间以自我之精神与自然融合,促进天地流转的过程。由此道出唐诗写作背后的审美趣味与终极追求。三才之中人更是成为天地之间的第三元,促进着情与景的交融,最终达到“天人合一”的理想境界。

(一)意象素材

程抱一对杜诗意象素材的研究也很独到。安史之乱期间,被扣押于长安的杜甫在一首题为《月夜》的诗中怀念远在他乡的妻子,想象她在月下独自长时间冥想的情景。其中有这样的诗句:“香雾云鬟湿,清辉玉臂寒。”“云鬟”和“玉臂”的意象是因袭的,这就是诗歌意象的承袭性。在中国诗歌传统中,人们根据女人头发轻柔飘逸的特征,将它比喻为卷云;玉的意象用来形容一位皮肤白皙柔滑的女子的臂膀。这些意象几乎是平庸的,非常陈旧的。但是,在这里,幸而有了与它们相伴的其他意象,它们显得非常清新,并且必不可少。在第一句诗中,“云鬟”与“香雾”相联结,这两个意象都含有大气的成分。它们共同的本性给人一种一个受另一个激发而生的印象。结束诗句的动词“湿”,非常恰当地烘托它们之间的联系,将它们融合成一个不可分的整体。同样,在第二句诗中,“玉臂”的意象自然带出“清辉”的意象;况且这由月亮(它也被称为“玉盘”“玉轮”)投射下的光辉,也可以看成是由女人裸露的臂膀散发的。展现月夜的动词“寒”,似乎也描述了人们在触碰一块玉时的感觉。因此,因袭的隐喻不但没有使诗句沦为“窠臼”,而且当它们被巧妙地组合在一起,反而得以创造出意象之间的一些内在的和必然的联系,而且从始至终将它们如此保持在隐喻层。这就是化腐朽为神奇。如果将我们的观察再推进一步,那么我们可以看到,这两句诗的意趣并不局限于隐喻的平面,它们还拥有将其传递的意象转化为“行为”的禀赋:

> 我们记得,这一夜,远离妻子的诗人,也站在月下,为雾霭所环绕。穿过雾霭,他感觉到实际上他可以通过毗邻而触摸到“云鬟”。并且总是通过毗邻,他可以从月亮的清辉出发,抚摩他妻子的“玉臂”。诗人越过客观描写,使人感到他那深切的打碎距离桎梏的欲望,以便通过符号的

> 非凡魅力，走向一个敞开的现在。①

杜甫十分擅长将“现成”的意象联结起来，以此造成一种既符合逻辑又出人意料的效果。如为人们津津乐道的：“朱门酒肉臭，路有冻死骨。”（《自京赴奉先县咏怀五百字》）通过描写贫富不均而揭露了社会不公。在这两句诗中，他将一些往往是因袭的意象加以对比：“朱门”=富人的住宅，“酒肉”=佳肴、宴饮，“路”或者“道路”=无家可归、流浪，“白骨”=无人掩埋的死者。第一句诗描写了富人家奢侈的生活排场，与第二句展现的穷人的状况形成强烈对比，采用的是一连串语言中常见的隐喻。

其实，这类“现成”的意象、因袭的意象，就是西方流行过的帕利-劳德理论中的现成用语或套语理论。杜甫以“语不惊人死不休”自命；不过，“读书破万卷，下笔如有神”的学习经历和创作实践，以及“转益多师是汝师”的学习态度，还是让杜诗中出现不少与帕利-劳德理论相吻合的地方。在这里：

> 令人触动的首先是两句诗中形成鲜明对照的意象：“朱门”和“（冻）路”根据内外关系形成对比，“肉”和“骨”则根据生死关系形成对比；最后，从整体上两句诗通过红白色彩反差形成对比。随后，人们的注意力受到意象的联缀的吸引：朱门的意象带出渗血的肉食的意象；正在腐烂的肉食似乎不过是穷人的正在解体的肉体（在汉语里：用

---

① ［法］程抱一：《中国诗画语言研究》，涂卫群译，江苏人民出版社2006年版，第88页。

同一个“肉”字指称肉食和肉体)。

朱门→血红的肉食→腐肉→解体的肉体→枯骨

这里涉及的是建立在联想和对比双重平面上、通过内在孕育而进展的一种隐喻语言。①

还有一类是杜甫巧妙运用各种修辞手法。如上举这两句诗中,“朱门”和“酒肉”的意象应该被看成是提喻,而“路或者道路”的意象则应归入换喻。又如他在成都写的《春夜喜雨》,最后一句描述了一场喜雨过后城市(鲜花盛开)的面貌,他非常恰当而幽默地利用了这个城市的另一个传统名字——“锦官城”(“晓看红湿处,花重锦官城”)。诗人通过“锦官城”这一专有名词,唤起这样一个意象,它一方面延伸了花的意象,另一方面暗示了他(流落的官员)参与鲜花盛开的春天的节日时的欢乐。在上举《月夜》中,“遥怜小儿女,未解忆长安”一句中“长安”一方面指唐朝的首都,一方面又有“长久平安”的意思:

> 诗句似乎强调,不无一种苦涩的反讽,这些在战争中长大的孩子们甚至不知道什么是和平。但当战争终于结束,杜甫身在四川,距离剑阁(这个名字的含义是剑门)城不远;他毫不犹豫地利用这个名字开始这首歌唱欢乐的诗:“剑外忽传收蓟北……”②

---

① [法]程抱一:《中国诗画语言研究》,涂卫群译,江苏人民出版社2006年版,第88—89页。

② [法]程抱一:《中国诗画语言研究》,涂卫群译,江苏人民出版社2006年版,第89页。

（二）诗作分析

中国诗歌史显示，中国诗人多数都会妙用一种隐喻语言，这种语言由一整套象征修辞手法构成。这些修辞手法凝结了整个民族的想象力和情怀，即通过赋予事物以人伦的含义，它们一方面创造出符号与事物之间别样的关系；另一方面，创造出符号与符号之间的联系，而这重联系恰恰取决于联结事物的自然联系。程抱一在分析这种特殊的语言现象时，采用了美籍符号学家罗曼·雅可布森（Roman Jakobson）所定义的隐喻和换喻的修辞概念，重在阐述一种由"内在孕育"方式进展的语言的机理：

> 一个形象引发另一个形象，不是按照叙述的逻辑，而是追随存在于它们之间的相似或矛盾（云鬟—香雾；玉臂—清辉；朱门—渗血的肉食等等）。隐喻形象，由于再现自然中的事物，因而比普通符号更富有"换喻潜力"（云鬟 > 头发；朱门 > 富人的住宅），更不用说它们所带来的简练（"朱门"而非"在富人的住宅里"；"玉阶"而非"在一位女子的住所前"）。①

这里的每一个意象，不是取自一个僵硬的链条中的一个零件，而是一个自由的整体；这个整体，由于其多重构成成分（语音、字形、通常的含义、象征的意象、在诸感应体系中潜在的内

① ［法］程抱一：《中国诗画语言研究》，涂卫群译，江苏人民出版社2006年版，第95页。

涵等等)而有了向着四面八方辐射的含义。中国古典诗歌,特别是作为经典的杜诗,其含蕴丰厚、博大、精深,隐喻或换喻是其构成手段之一。

程抱一的力作《中国诗画语言研究》在西方和中国都产生了巨大影响。其主要理论贡献是把对诗歌语言与一般语言不同的研究称为被动手段的研究,把对严格意义上的形式,如律诗和绝句中的节奏、韵律、音乐效果等称之为主动手段的研究。程抱一列举了杜甫、王维、李白、李贺、杜牧、李商隐等大手笔的大量诗篇,以说明中国诗歌语言往往用省却人称代词、介词、时间状语、比较词语和动词的手法,来表达其独特的情韵。特别是他在“诗歌的主动手段”一节中,从符号角度透彻分析了律诗、古诗等特有的结构形式。南京大学钱林森教授评论说:“法籍华人程纪贤先生是能够领悟唐诗之奥妙而又能精确地把它揭示给西方读者的为数不多的研究者之一……他在两部著作中运用欧洲的新的批评方法,为探求中国古诗的高峰——唐诗的奥秘,借他山之石,攻本国之玉,作出了可贵的、卓具特色的尝试。这一尝试,无疑为研究中国古典诗词拓开了一条新路。”①的确,这一尝试,即将杜诗为代表的唐诗拆分为字、句、章几个层次,又在每个层次上找到最小单位,诸如虚词与实词、重音与非重音、平与仄、对仗句与不对仗句,考察它们之间的组织方式。这一典型的结构主义方法论,不仅为西方,也为中国古典诗词研究拓开了一条可资借鉴的新路。

---

① 钱林森:《牧女与蚕娘——法国汉学家论中国古诗》,上海古籍出版社 1990 年版,第 375 页。

杜诗在朝鲜半岛的传播*

朝鲜半岛之人素来好读书,所读又多为汉籍,故而历史上汉诗学也颇为发达,而且以文献闻于中国,中国谓之“小中华”。汉诗学的发达,自然包括了作为东亚汉诗典范的杜诗学的繁荣(按:从地缘上说,这一区域常自称“东国”“东人”“海东”,历史上有“青邱”“高丽”“朝鲜”“韩国”之称。鉴于至今仍南北分治,我们这里称之为“朝鲜半岛”)。

一

杜甫诗歌何时传入朝鲜半岛,目前尚无确切时间。韩国学者李丙畴认为传入时间应该在新罗统一半岛前后(668),另一位韩国学者李昌龙认为时间应在11世纪左右。台湾学者李立信在《杜诗流传韩国考》中对这一问题进行了细致考证,他认为,杜诗传入韩国的时间应该在王洙本刊出(1039)之后,于林椿、郑知常、卢永缓等人去世之前(1135),从李奎报《吴先生德全哀词并

---

* 原载杜泽逊主编:《国学茶座》总第20期,山东人民出版社2018年版。题目原作《杜诗传播在朝鲜半岛》。

序》看,大致在 1100 年左右。不过,可以确证的是,根据《增补文献备考·艺术考》记载,高丽宣宗二年(1085),宋哲宗即位,向高丽赐《文苑英华》一书,而《文苑英华》即收录杜诗二百多首,杜诗自然随之传入。《增补文献备考·艺术考》虽然成书较晚——初成于正祖二十年(1796),最终成书于李太王十年(1906),可是《高丽史·宣宗世家》和《宋史·高丽传》都记有此事。因而,将杜诗传入的时间定在宣宗朝应是没有问题的。

二

高丽、朝鲜时期,半岛杜集书目大量翻刻与传播。

先谈杜诗诸本的大量翻刻。以往研究者多称朝鲜半岛之有杜诗刻本,始于高丽朝,根据是黎庶昌《古逸丛书》,自云得蔡梦弼《杜工部草堂诗笺》两种,一为南宋本,一为高丽本,后者即黄鹤《集千家注杜工部诗史补遗》十一卷。《古逸丛书》据南宋本影印《杜工部草堂诗笺》,又据高丽本影印《集千家注杜工部诗史补遗》。可是,根据傅增湘、稻叶岩吉、沈庆昊等人考证[①]其书乃太宗、世宗时代刊本。但进入朝鲜时代后,杜甫诗

① 参见傅增湘:《藏园群书题记·校宋残本杜工部草堂诗笺跋》;[日]稻叶岩吉:「古逸本杜工部詩史补遗に就て」,『青丘学丛』第 7 号,1932 年 2 月;[韩]沈庆昊:「李氏朝鮮における杜甫詩集の刊行について」,京都大学『中国文報』第 37 册,1986 年 10 月。傅增湘引德化李椒微言:“别藏宋刻十二行本,与高丽本正同。据此推之,则十一行者为宋代之初刻,十二行者乃坊市之陋刻,凡卷第淆乱,注文脱失,标题错出,皆自此坊刻始,请帖丽本即从兹出。黎氏所见必十二行本,宜其凌杂谬妄,如出一辙也。”

集大量刊行，既有覆刻的中国本，除上述两种外，另如《杜工部诗范德机批选》《虞注杜律》《赵注杜律》《读杜诗愚得》《须溪先生批点杜工部七言律诗》等；也有由朝鲜人新撰注、译、选本，如《纂注分类杜诗》《分类杜工部诗谚解》《纂注杜诗泽风堂批解》等。大致统计，朝鲜时代杜诗刊刻约有60次。

如果根据朝鲜时代的册板目录，除京城外，刊刻杜诗的地域分布亦颇为广泛。如忠清道德山、江原道旌善刊刻《杜律虞注》，黄海道海州、庆尚道丰基刊刻《杜诗》（以上见《考事撮要》）；庆尚道刊刻《赵注杜律》（见《庆尚道册板》）；忠清监营新昌刊刻《杜律四韵》，庆尚监营刊刻《杜诗》《杜诗批解》，清道刊刻《虞注杜律》（以上见《诸道册板录》）；忠清监营新昌刊刻《杜律四韵》，灵光刊刻《杜诗》，庆尚道营刊刻《杜诗批解》，清道刊刻《虞注杜诗》（以上见《完营册板目录》）；和顺、义城刊刻《虞注杜律》，岭南观察营刊刻《杜诗批解》（以上见《镂板考》）；大邱刊刻《杜律分韵》（见《各道册板目录》）。16世纪时，当群臣讨论是否应将赴京所购回诸书加以翻印，唯一被认为“不必印出”的即《杜诗注解》，原因也不是别的，就是“我国多有印本”。杜诗的大量印行，必然带来空前的普及，形成杜诗文坛典范的坚实基础。

次谈杜诗诸本的翻刻及新撰。此种活动往往是在王室的主导下完成的，反映了统治者的思想，最具代表性的有三次。第一次在世宗二十五年（1443），“命购杜诗诸家注于中外，时令集贤殿参校杜诗诸家注释会粹为一，故求购之”[①]。次年即

---

① 韩国国史编纂委员会编：《朝鲜王朝实录·世宗实录》第4册，二十五年四月丙午条，大韩民国驻日使馆1955—1958年影印本，第474页。

编成《纂注分类杜诗》,并在此后九次重印。该书是朝鲜人所撰第一部杜诗注本,影响颇大。第二次是成宗十二年(1481),上命柳允谦等谚解谚译杜诗,即后来成书的《分类杜工部诗谚解》,简称《杜诗谚解》,对杜诗在朝鲜半岛的传播起到了奠基作用。第三次是正祖时代,正祖先命朝鲜摛文院汇编《杜律分韵》、朝鲜弘文馆汇编《杜陆律分韵》,又"御定"《陆律分韵》(三十九卷)、《二家全律》(十五卷)、《杜陆千选》(八卷),并先后出版,正祖由此被赞为"圣人犹好草堂诗"。杜诗的典范地位,也就如此被"钦定"了。

在王室的倡导下,私人注杜也不断出现。除学术界较为熟知的李植《纂注杜诗泽风堂批解》之外,至少还有六种是可考的,这也从另一方面推动了杜诗在民间的流传。这一时期,读杜、拟杜、集杜风气大为盛行,同时,杜诗也成为女性创作的典范,可见杜诗传播面之广、影响之大。

再谈张伯伟主编《朝鲜时代书目丛刊》著录之杜集书目。该丛刊已由中华书局 2004 年 10 月出版。对其所收杜集书目爬梳整理,会有不少收获。

《朝鲜时代书目丛刊》收录朝鲜时代的大型书目凡二十六种,几乎种种载有杜集。其中《奎章总目》别集类收录杜集四种:《杜工部集》六本、《杜诗分类》五本、《杜诗详注》二十七本、《杜诗论文》十本等。奎章外阁《西库藏书录》"诗家类"著录杜集四种:《杜诗》一件十八册、《杜诗解》一件十七册、《杜律》一件二册、《杜诗批解》一件十四册(本朝李植)等。《大畜观书目》著录杜集四种:《杜工部诗集》一套六册、《老杜广选》二册、《杜诗》十八册、《杜律分韵》二帙各二册等。奎章阁所藏写本《隆文楼书目》第二架御定诸书著录:《杜陆分韵》二十三卷(第一佚又不帙十一卷)、《杜律分韵》四卷、《杜陆千选》二件合四卷,第六架集部著录:《杜工部文》一卷、《杜律》一卷、《杜诗会粹》十一卷(破伤)等。奎章阁所藏写本《书香阁奉安总目》著录:《杜陆千选》一件四册以上一匣、《杜陆分韵》一件十五册一匣等。奎章阁所藏写本《承华楼书目》著录《杜工部集注》二十二册。所载各本版式尺寸都非常具体而清晰。

另外,民族文化社影印万历十三年日本写本《书册市准》(崇祯九年版改为《书册印纸数》)著录:《杜诗谚解》(纸三十三卷)、《赵注杜诗》(纸二卷七张)、《虞注杜律》(纸三卷六张)等。

上层中央王室重视杜诗,刊刻不断,地方各道也时见杜集的刊印,上文已略见。如约成书于英祖六年(1730)的《庆尚道册板》著录《赵注杜律》一卷十二张三折。约成书于英祖二十五年(1749)的《诸道册板录》著录《杜诗批解》二十二束十二丈、《杜诗》二十束十三丈、《虞注杜律》五束等。成书于英祖三十五年(1759)的《完营册板目录》著录《杜诗》白纸四十五束、《杜律四韵》状纸八丈、《杜诗批解》白纸二十二束十二丈、《虞注杜律》等。成书于朝鲜宪宗六年(1840)的《各道册板目录》著录《杜律分韵》容入纸三卷十张。另外,朝鲜时代的书院和乡校素有藏书传统,如《岭南各邑校院书册录》著录杜集:《杜诗》十六卷、《杜诗》十卷、《杜诗》三十六卷。学者徐有矩奉正祖之命编的《镂板考》是当时中央与地方册板的总录,其别集类上著录:《虞注杜律》二卷,又录《杜诗批解》二十八卷。

当然,以私人之力撰写的书目中也有大量杜集在传播。如朝鲜纯祖至高宗时朴周钟撰写的《东国通志·艺文志》著录杜集:《杜诗注》(世宗命诸儒臣著,柳允谦以白衣参选)、《杜诗批解》十四卷(李植撰)、《杜诗谚解》十七卷(文庄公曹伟奉教注解)。又如弘文馆纂辑的《增补文献备考·艺文志》之《艺文考》四“御制”类著录《杜诗注》、《杜律分韵》五卷、《二家全律》十五卷、《杜陆千选》八卷。其《艺文志》五“文章类”著录:《杜律谚解》十七卷(文庄公曹伟撰)、《杜诗批解》十四卷(文靖公李植撰)等。金烋撰《海东文献总录》在“注解类”著录《杜诗撰注》,乃阙名之作。又在“中国诗文撰述”类著录《八家诗选》,乃朝鲜匪懈堂与诸儒生选李杜韩柳欧王苏黄之诗而成,朴彭年、李垲、成三问等皆有序。活动于正宗、宪宗的洪奭周为其弟宪仲编纂的读书目录《洪氏读书录》也著录了《杜诗》二十卷。李仁荣私人藏书目录《清芬室书目》第四卷著录以下杜集:《杜工部草堂诗笺》(零本,四册)、《黄氏集千家注杜工部诗补遗》(缺本,三册)、《杜工部诗范德机批选》(六卷,一册)、《纂注分类杜诗》(零本,二册),其第五卷著录《分类杜工部诗谚解》(残本,一卷一册)、《纂注分类杜诗》(残本,四卷一册),其第七卷著录《读杜诗愚得》(残本,二卷,二册),其第八卷著录《分类杜工部诗谚解》(二十五卷,十七册)等。

三

大量的朝鲜半岛诗话中的杜甫研究、杜诗传播,其文献之丰富(如韩国忠南大学赵钟业教授编纂《韩国诗话丛编》十七卷、蔡镇楚编《域外诗话珍本丛书》收录古代朝鲜诗话 40 种,全英兰《韩国诗话中有关杜甫及其作品之研究》的多种,蔡美花、赵季主编的《韩国诗话全编校注》之集大成),论述内容之广博且不待言,半岛的其他文献中的杜甫研究也很多,如李奎报的《论诗》、申纬的《论诗为锦舲》、李祘的《杜陆千选序》、崔瀣的《东人选》等。

下面重点谈一下韩国现当代杜甫研究情况。20 世纪 50 年代以后,杜甫已是韩国学术界关注的重点,先后出现了一大批杜诗的研究者,他们不但认真研读杜诗本身,而且把杜诗同韩国文学结合起来,探讨杜甫在韩国的传播以及杜诗对韩国诗歌的影响。

来看 20 世纪 80 年代以前的翻译、研究成果。据韩国学者统计,从 1950 年到 1979 年,共出版汉学论著 254 种。1979 年前的杜甫研究,主要是以介绍和普及性为主,兼及学术研究。如李丙畴的《杜诗谚解批注》《杜诗谚解抄》,张基槿译著的《杜甫》,梁相卿编译的《杜诗选》(时调译),李汉祚编译的《杜甫诗选》,赵容万的《杜诗选读》,李元燮译的《杜甫诗选》,张伯逸编译的《李白杜甫》,金钟润的《杜甫的生涯与文学》,张基槿的《生活诗人杜甫的本领》,许世旭的《李杜诗比较研究》,全在昊的《杜诗谚解论释》《杜诗谚解——国语学的研究》《杜诗谚解讲义》,张伯逸的《杜甫之生平与思想》等,都是这类著作。

其中,李丙畴是韩国现当代杜甫研究大家。他是韩国杜甫研究会会长,他的杜甫研究特点是:时间持久,著作多,质量高。李丙畴,本贯牛峰,京畿高阳人。1950 年毕业于东国大学国文系,1979 年获本校博士学位,博士论文的题目是《杜诗研究——以对韩国文学的影响为中心》。看来,他的杜甫研究起步较早。历任檀国大学专任讲师、东国大学国文系教授、研究生院院长等职,现为东国大学国文系名誉教授。曾任东国大学图书馆馆长、教育学院院长、东岳语文学会代表理事、国语国文学监事等职。并荣获国民勋章木莲章奖、汉城市文化奖。李教授致力于汉文学与韩国汉诗的研究,侧重于杜诗和《杜诗谚解》研究,著有《杜诗谚解批注》《杜诗谚解抄》《杜诗研究》《老杜集览考》《诗人杜甫》《韩国文学上的杜诗研究》《杜诗的比较文学的研究》《诗圣杜甫——以诗歌读杜甫的生涯》《杜甫研究论丛》《杜甫与李白》《古典的散策》《韩国汉诗选》等。杜甫研究论文有《杜甫的舞蹈诗——以乐府诗为中心》《杜甫的爱怜与家长的自存》《杜诗谚解的经纬及其声价》《李杜比较论分析》《杜甫的生活与文学》《杜诗之东渐》《杜甫的溯源》《韩国文学上的杜少陵》《韩国之杜诗》《杜诗表现的佛教观》等,都有较高的学术价值。20 世纪 80 年代以后,李丙畴先后出版《诗圣杜甫——以诗歌读杜甫的生涯》《杜甫研究论丛》《杜甫与李白》等专著,继续着他杜甫研究的猛烈势头。韩国现当代杜甫研究成果丰硕,李丙畴堪为代表。

除李丙畴之外,重要成果还有许世旭的《李杜比较研究》,全在昊的《杜诗谚解论释》《杜诗谚解——国语学的研究》,梁相卿编译的《杜诗选》(时调译),张基槿译著的《杜甫》,李元燮译的《杜甫诗选》、金钟润的《杜甫的生涯与文学》等。还有义庵书堂讲读会编撰的《杜甫诗的理解》、孙宗燮的《李杜诗新评》、李贤熙等人的《杜诗与杜诗谚解》、李永朱编译的《杜甫》(李氏又有合著《杜甫——初期诗译解》《杜甫——至德年间诗译解》)、韩国精神文化研究院人文研究室编撰的《杜诗与杜诗谚解研究》等,对杜诗的普及与传播作出了贡献。

进入 21 世纪以后,杜甫依然是韩国学者的研究重点,据不完全统计,自 2000 年至 2012 年,韩国公开发表的专题论文约有 50 篇,以杜甫作为研究对象的学位论文有 10 多篇,介绍杜甫生平和阐释杜甫诗歌的专著有20多部。与20世纪相比,研究视角和研究方法都发生了很大的变化,具体表现在下面即将介绍的几部专著中。

从学术史、文学史角度研治杜甫水平较高的著作,例如全英兰的《杜甫:忍苦的诗史》,朴英燮的《初刊本杜诗谚解对译语研究》;从语言学角度研究《杜诗谚解》的赵南浩的《杜诗谚解:汉字语言研究》;专门研究"杜诗学的渊源与发达"的高真雅的《对于杜甫与杜诗的爱情历史的研究——杜诗学的渊源与发达》;专门从"音乐"角度研究杜诗的崔南圭的《杜诗的音乐世界》;从诗学角度进行研究的代表作有全英兰的《韩国诗话中有关杜甫及其作品之研究》等,都是这类著作。

这一时期,关于杜诗艺术的探讨涌现了大量的论文。关于杜诗章法探讨的如李永朱的《杜诗章法研究》,关于杜甫的律诗的如崔南圭的《杜甫五言律诗类型研究》、姜旼昊的《杜甫排律成就小考》、卢又祯的《杜甫七律的成就研究》等。这时期的韩国学者对杜诗研究的内涵扩大,如张俊宁的《杜甫咏物诗的精神世界》;又有论文对杜甫一生中各个阶段的重要作品进行了分析,如郑镐俊的《杜甫秦州时期诗的变化》。全英兰的《杜甫青壮年时期南北游历及作品研究》和《杜甫齐鲁燕赵游历时期的旅程和作品》则写杜甫壮年时期南北游历的背景。此外还有地域、行迹研究的论述,如郑镐俊的《杜甫的入蜀纪行山水诗小考》等。

关于杜甫接受史的探讨也取得了可喜成果,如韩国著名学者柳晟俊的《〈岁寒堂诗话〉的诗论主题与杜甫诗的优越性考》、高真雅的《清代沈德潜的杜甫诗认识考察》、具本衎的《李安讷对韩愈、杜甫诗学习的情况和理解》、朴禹勋的《韩国诗话中的李白、杜甫、韩愈》、王克平的《韩国古代诗论家眼中的诗圣杜甫》等,已是非常前沿的研究。

当然,杜诗在朝鲜半岛的传播研究,还有很大的研究空间。它不仅与杜甫思想、杜诗内容及其艺术有关,还与朝鲜半岛某一时期的统治思想有关。长期以来,儒家思想(包括其变相的性理学)是这里的统治思想,作为"醇儒"的杜甫与作为"集大成"的杜诗对朝鲜半岛的影响之大有时是超乎想象的,如朝鲜正祖李祘重视杜诗就是一个鲜活的例证。

津阪孝绰《杜律详解》与《夜航诗话》互证类考*

日本江户时期著名汉学家津阪孝绰①，撰有《孝经发挥》、《皇和通纪》、《津修录》、《夜航诗话》六卷（以下简称《诗话》）、《夜航馀话》二卷、《杜律详解》（以下简称《详解》）等。《详解》是津阪孝绰在伊贺讲学时所撰教材，分三卷，以明邵傅《杜工部七言律诗集解》为底本，选杜七律133首，正文及注释为汉字，夹有日文，诗末多附有考辨。此书注释详略得当，注解评论多引他人语，已见亦杂其间。诗末考辨，驳斥前人误谬，间有新见。本文依据《杜诗丛刊》本②。《诗话》，池田四郎编《日本诗话丛书》③第二卷收录，本文依据蔡镇楚编《域外诗话珍本丛书》本④。《诗话》是一部以中国古典诗文为重要考释对象的经典诗话著作，辨诗坛之流弊，驳诗论之谬误，考诗句之出处，列

---

* 原载《华夏文化论坛》2018年第1辑（总第19辑）。

① ［日］津阪孝绰（1757—1825），名孝绰，字君裕，号东阳，生于三重县四日市。宽政年间，曾在伊贺讲学，后任督学。

② 《杜律详解》有日本津藩有造馆刻本，刻成当在天保六年（1835）。台湾大通书局1974年据天保六年本影印，列入《杜诗丛刊》本。

③ 东京文会堂书店1920—1921年出版，1972年由东京株式会社凤出版重印。

④ 北京图书馆出版社2006年版。

举中国古典诗文中或疑难或习见易误字词,察其本义、用法,旁征博引,论述甚详。其中多以杜诗为例。

《诗话》卷四有云:"少陵之卒,在十月之交,余详诸《杜律解》,其证尤明。"由此可以断定,《详解》的写作、完成时间要早于《诗话》。因而,在谈论同一问题时,《诗话》有因袭《详解》的地方。本文意在找出二书互证之处,并加以归类,以梳理出津阪氏治杜的基本思路:重视艺术形式技巧,阐释精益求精;博采众家之长,以佐己说。而看重杜诗的艺术形式技巧,就在杜诗有规矩法度,可学。

一、论对偶

对偶(或对仗),从内容和形式上说都是律诗的核心,它要求句式整齐、节奏铿锵、声律和谐。细加区分,可分出多类。就《详解》与《诗话》而言,可归纳为以下几类(文中所引,因《诗话》篇幅较小,所以只注卷数;《详解》注卷数也注页码)。

(一)自对/当句对

《诗话》 一句中本自为对偶,谓之自对体,亦曰当句对。就句中对,方板中用活时用之。杜甫:"白狗黄牛峡,朝云暮雨祠。""小院回廊春寂寂,浴凫飞鹭晚悠悠。""桃花细逐杨花落,黄鸟时兼白鸟飞。""楚宫腊送荆门水,白帝云偷碧海春。""去马不如归马逸,千家今有百家存。""枫林橘树丹青合,复道重楼锦绣连。""长年三老遥怜汝,捩舵开头捷有神。""古往今来皆涕泪,断肠分手各风烟。""竹寒沙碧浣花溪,橙刺藤梢咫尺

迷。”此皆出于自然，故工而无痕，强著意效之，失于破碎矣。（卷二）

《详解》 “小院回廊春寂寂，浴凫飞鹭晚悠悠。”（《涪城县香积寺官阁》）寂寂，赏其远嚣尘；悠悠，静适意。上句阁中所有，佛地幽深。下句江中所见，水鸟自得。此联就句对，春字犯。（卷中，第126页）

《详解》 “桃花细逐杨花落，黄鸟时兼白鸟飞。”（《曲江对酒》）句中各自为对偶，谓之当句对，亦曰自对体。（卷上，第54页）

《详解》 “去马不如归马逸，千家今有百家存。”（《白帝》）自句对格（按：“去马”对“归马”）。去，一作“戎”，今从《辑注》正之。（卷中，第211页）

《详解》 “长年三老遥怜汝，捩舵开头捷有神。”（《拨闷》）长，上声。此亦当句对格（按：“长年”对“三老”）。（卷中，第177页）

《详解》 “古往今来皆涕泪，断肠分手各风烟。”（《公安送韦二少府匡赞》）是当句对（按：“古往”对“今来”，“断肠”对“分手”）。（卷下，第284页）

《详解》 “竹寒沙碧浣花溪，橘刺藤梢咫尺迷。”（《将赴成都草堂途中有作先寄严郑公五首》其三）橘刺伤手不可近，藤蔓缠足不可行，故特举之（按：“橘刺”与“藤梢”是当句对）。（卷中，第147页）

（二）虚实对/轻重对

《诗话》 虚实对，或谓轻重对，亦避板活手段也……杜甫：“自惊衰谢力，不道栋梁材。”“天子多恩泽，苍生转寂寥。”

"社稷堪流涕,安危在运筹。""老被樊笼役,贫嗟出入劳。""筋力交雕丧,飘零免战兢。""耕凿安时论,衣冠与世同。""已拨形骸累,真为烂漫深。""徒将迟暮供多病,未有涓埃答圣朝。""春来准拟开怀久,老去亲知见面稀。""推毂几年惟镇静,曳裾终日盛文儒。""盘涡鹭浴底心性,独树花发自分明。""紫气关临天地阔,黄金台贮俊贤多。"宋明诸家用此法尤多,不可胜举也。(卷二)

《详解》 "徒将迟暮供多病,未有涓埃答圣朝。"(《野望》)迟暮,犹言老衰。《楚辞》"恐美人之迟暮",是其出处,故有顾影自惜之意。借,犹言委也。涓,小流滴也。埃,尘也。谦言甚少,犹云尺寸也。答,酬报也。前联思家,此则思国,盖此生老衰,夙志蹉跎,男儿七尺之躯徒借病度日,无复有能为昔虽通籍朝廷,忝备近侍之官,未尝有尺寸之功,报答圣主之恩,不胜遗憾之至,窃惭愧自叹也。夫以稷契辈人而使老弃闲旷,非唯不形怨望,且惓惓如此,忠厚之至也。"迟暮","涓埃",虚实对,亦曰轻重对。(卷上,第110页)

《详解》 "春来准拟开怀久,老去亲知见面稀。"(《十二月一日三首》其三)春来,紧承前四句,待如是烂漫拟欢娱遣兴,而老境无聊,亲知皆各天即莺燕花柳,亦奚以为哉!"准拟","亲知",虚实对法。邵注谓之假对,误矣。假对者,借声对也。(卷中,第195页)

《详解》 "推毂几年惟镇静,曳裾终日盛文儒。"(《又作此奉卫王》)一联赞文武具美,所以乐享斯楼。而上句应起句,下句以生结句。"镇静","文儒"是虚实对。胡夔亭云,上界赋楼已足,此联归重楼主,言受推毂重寄节度大邦有年,威德所服惟镇静清宁,不必用武一方赖以晏然。于是文雅风流,多曳裾

之儒客，高楼之宴，诗酒交欢，终日逍遥兴殊不浅，而吾亦得厕其中，喜承恩之幸也。（卷下，第282页）

《详解》　“盘涡鹭浴底心性，独树花发自分明。”（《愁》）底，何也。涡水，旋流也。峡中水波圆折者，名曰盘涡。此峡流最险之处，不宜浴鹭，而鹭乃攸然若得其所者，公出峡之志欲翼而飞，彼则羽翰自在，何天不可飞而不肯去？是何心性自得乃尔？殊可怪耳。与“独鹤不知何事舞”同一感叹。独树著花，灿烂自与他木分色，殊有得意扬扬之态，亦使人不忿也（按：“心性”与“分明”为虚实对）。曰底曰自，并有在彼而不关我之意，盖巫峡风土之恶，非所宜久居，而公留滞于此，不堪郁郁之叹，因愁之切，痴情咎物也。（卷中，第199页）

（三）借对/活对

“借对”，又称“假对”“假借对”“活对”等，可分为借字、借音两类。这种形式美的追求，显然是受了民歌的影响，委婉含蓄，机智幽默。

1. 借字

《诗话》　真假取对，谓之借对，亦曰活对。杜甫：“旌旆日暖龙蛇动，宫殿风微燕雀高。”“江上小堂巢翡翠，苑边高冢卧麒麟。”“云断岳莲临大路，天晴宫柳暗长春。”“竹叶于人既无分，菊花从此不须开。”“欲辞巴徼啼莺合，远下荆门去鹢催。”“朱帘绣柱围黄鹤，锦缆牙樯起白鸥。”（卷四）

《详解》　“旌旆日暖龙蛇动，宫殿风微燕雀高。”（《奉和贾至舍人早朝大明宫》）一联极写春朝和暄光景，见时和物育，泰平气象。“龙蛇”，“燕雀”，真假取对，谓之借对。宫殿燕雀，暗用大厦成而燕雀贺之意。时禄山乱后，殿阁新修也；不然和

人用燕雀，不免唐突矣。（卷上，第40页）

《详解》“江上小堂巢翡翠，苑边高冢卧麒麟。”（《曲江二首》其一）江上小堂，盖贵游所设亭馆处，处傍岸有之也。巢翡翠，以其荒凉无人，竟视为栖息之所也。苑，即芙蓉苑。冢，知陇反。高冢，尊贵所葬。卧，倾倒也。秦汉间公卿墓以石麒麟镇之，盖唐时亦或设此也。……“翡翠”，“麒麟”，真假取对。（卷上，第51页）

《详解》“云断岳莲临大路，天晴宫柳暗长春。”（《题郑县亭子》）云断，云开也。西岳华山峰如莲花，故曰岳莲。《华山记》：山顶有池，生千叶莲花，因名曰华山。妄矣。明王履《华山玉女峰记》：西峰东面窊隆如莲花，此所谓莲花峰也。盖天气快晴，各处明朗，独长春宫故址杨柳郁茂而暗，物色浑然也。“莲”，“柳”，真假对。（卷上，第61页）

《详解》“竹叶于人既无分，菊花从此不须开。”（《九日二首》其一）竹叶，谓酒。“竹叶”，“菊花”，真假对（亦流水对）。（卷下，第265页）

《详解》“欲辞巴徼啼莺合，远下荆门去鹢催。”（《奉待严大夫》）巴徼，谓阆州，欲辞巴徼，言将为荆南之游。合，犹云遍。啼莺合，言彼此相和，到处绵蛮，谓春已深也。鹢，音逆，水鸟，能避风，故江头人彩色画于船头以为饰，因谓船为鹢。去鹢催，言舟已欲发也。公自之去，在蜀无所依，乘啼莺合之候方欲辞巴徼而远下荆门。去鹢旦夕将发，适当是之时闻武再镇蜀，遂不果行，留以待之，盖欲彼此相失而幸得不龃龉，亦自喜之词也。去鹢，借对（即与“啼莺”借对）。（卷中，第174页）

《详解》“朱帘绣柱围黄鹄，锦缆牙樯起白鸥。”（《秋兴八首》其六）此叙昔日曲江游观水陆繁华之盛，绕岸诸家亭馆，织珠为帘,刺绣蔽柱,多为仙鹤宛转之形,故曰围黄鹄。《西京杂记》:昭阳殿柱俱雕黄鹄文。此用之。……起白鸥,暗翻用海上翁事。言其繁华喧阗也。“黄鹄”,“白鸥”,真假对。(卷下,第230页)

2. 假音

《诗话》 假对,即借声对,以音取对也。然非较著者不为也。李白:“水春云母碓,风扫石南花。”楠,与男声同。杜甫:“次第寻书札,呼儿检赠诗。”(《哭李常侍峄二首》其二)第,音通弟。“信宿渔人还泛泛,清秋燕子故飞飞。”渔,音通鱼。“胡来不觉潼关隘,龙起犹闻晋水清。”胡,音通狐。“峣关险路今虚远,禹凿寒江正稳流。”(卷四)

《详解》 “信宿渔人还泛泛,清秋燕子故飞飞。”(《秋兴八首》其三)一联感在“还”“故”二字,盖渔人、燕子皆当去而且滞,以况己之飘泊不定。(按:渔,音通鱼,故渔、燕假对。)(卷下,第222页)

《详解》 “胡来不觉潼关隘,龙起犹闻晋水清。”(《诸将五首》其二)胡来,谓回纥为仆固怀恩所诱,与吐蕃连兵入寇……龙起,谓高祖创业。(按:胡,音通狐,则胡、龙为假对。)(卷中,第183页)

《详解》 “峣关险路今虚远,禹凿寒江正稳流。”(《舍弟观赴蓝田取妻子到江陵喜寄三首》其一)峣,音尧。“峣关”,“禹凿”是假对。(卷下,第273页)

《诗话》 余《咏人影》诗:“旅馆寒灯向隅坐,秋郊斜日先身行。”以身对隅,或者讥之。范石湖诗:“一冈邑屋旧河滩,却望河身百里间。”陆放翁诗:“旋粜街头数升米,黄昏看上店身灯。”身谓中央,此其所以对“隅”也。杜诗:“生理只凭黄阁老,

衰颜欲付紫金丹。”生理，资生经理之事，然借賸理以对“颜”也。（卷五）

《详解》 “生理只凭黄阁老，衰颜欲付紫金丹。”（《将赴成都草堂途中有作先寄严郑公五首》其四）生理，资生经理之事。黄阁，即黄门。先朝改门下省曰黄门省，严武尝为黄门侍郎，故称黄阁老。今公虽得归草堂，素无产业，何以养妻子？故曰只凭黄阁老，只仰给严公而已。付，委托也。紫金丹，道家仙方，服之令人不老不死。自悲衰暮，扶衰无术，将求济仙丹，亦不得已之至也。以“理”对“颜”，借賸理也。与沈佺期“姓名虽蒙齿录，袍笏未换牙绯”同真假取对，谓之借对，亦曰活对（按：“齿录”，“牙绯”，为借对。杜甫诗：“饮子频通汗，怀君想报珠。”以“饮子”对“怀君”，亦“齿录”“牙绯”之比也）。（卷中，第 149 页）

（四）流水对

“流水对”，又称作“串对”或“走马对”。其出句和对句在意义上是一气贯注的，一联表达一个完整的内容。宋人所谓“十字对”“十四字对”，即“五言流水对”“七言流水对”。从形式上说分为单句流水对和复句流水对，后者表现为承接、因果、假设、转折等关系。概言之，表现为三个特点：文意连贯，浑然一体；对仗工稳，逻辑性强；活泼流走，富于变化。

《诗话》 联中有两句一连流走直下者，谓之流水对，老杜好用此法。“喜无多屋宇，幸不碍云山。”“直愁骑马滑，故作放舟回。”“所向无空阔，真堪托死生。”“花径不曾缘客扫，蓬门今始为君开。”“竹叶于人既无分，菊花从此不须开。”“忆昨赐沾门下省，退朝擎出大明宫。”“怅望千秋一洒泪，萧条异代不同时。”“但使闾阎还揖让，敢论松竹久荒芜。”皆直述其事，意脉一贯，昔人所谓作文字如写家书者。又：“羞将短发还吹帽，笑倩旁人为正冠。”将一事翻作两句，融化妙绝。“涧道余寒历冰雪，石门斜日到林丘。”倒装而流水对法，尤妙。（卷六）

《详解》 “花径不曾缘客扫，蓬门今始为君开。”（《客至》）二句一连流水对法。闲居曾不引客，故任落花埋径，是不惟懒慢，抑亦惜花也。今为君过，临始开门相迎，盖好客跫音屣履而出也。蓬门葺以蓬者，盖入园小门也，曰今始不开久矣，曰为君特延迎也。（卷上，第97页）

《详解》 “竹叶于人既无分，菊花从此不须开。”（《九日二首》其一）竹叶，谓酒。张协：七命豫北之竹叶，注：酒名也。人，公自谓也。无分者，以病不能饮，故无复交分也。不须开，言其无用。渊明所谓“尘爵耻虚垒，寒华徒自荣”也。盖九日登高饮菊花酒，自古佳节之例，今不能饮菊亦何为？故言自今以后不须复为重阳开耳。两句一连流走直下，所谓流水对。竹叶，菊花，亦真假对（见前）。（卷下，第265页）

《详解》 “怅望千秋一洒泪，萧条异代不同时。”（《咏怀古迹五首》其二）此联流水对，但惜失粘落平侧。《渔隐丛话》云，如老杜此篇，与严武“漫向江头”、韦应物“夹水苍山”自是一体。（卷下，第240页）

《详解》 “但使闾阎还揖让，敢论松竹久荒芜。”（《将赴成都草堂途中有作先寄严郑公五首》其一）须一气读（按：流水对方有此效果）。（卷中，第144页）

《详解》 “羞将短发还吹帽，笑倩旁人为正冠。”（《九日蓝田崔氏庄》）晋桓温九日游宴龙山，参军孟嘉从之。风吹嘉帽落，而酩酊不知。温命孙盛为文嘲之。短发，秃颅也，正承老字来。此将一事翻腾作一联,十四字一气读下,谓之流水对。意紧承上尽欢来,见风流盛欢,旷达快活,乘兴尤剧。(卷上,第69页)

《详解》　“涧道余寒历冰雪,石门斜日到林丘。”(《题张氏隐居二首》其一)上句所历之境,入山渐深,涧道尚寒,冰雪未融。下句所到之候山益幽静。林邱、石门,夕景深窅。两句串读,然错综成句,倒装而流水对法,尤奇。盖侵馀寒、历涧道之冰雪,至斜日到林邱之石门也。石门或以为山名,见其与涧道为对,不必实指其地。(卷上,第22页)

二、论字义

杜诗精于用字,所谓“语不惊人死不休”。其艺术经验主要有三点:其一,锤炼浅易之字,于浅易中蕴深意;其二,锤炼活字,使笔下物象具有蓬勃生机;其三,锤炼虚字,虚中蕴实,使诗句劲健有力。用字之工,导致杜诗无论叙事写人、描景状物、抒情写意,均达到炉火纯青的艺术境地。

《诗话》　泥,去声,训滞。诗家所用犹言恼也,亦作詑,或作昵。杜甫:“年年至日长为客,忽忽穷愁泥杀人。”(卷二)

《详解》　“年年至日长为客,忽忽穷愁泥杀人。”(《冬至》)泥,去声,粘滞之意,谓缠身不去也。(卷下,第271页)

《诗话》　诗家每用沧洲,盖取沧浪为名,只称沧海之境,对朝市而言已,不必指仙岛也。杜甫《曲江对酒》:“吏情更觉沧洲远,老大徒伤未拂衣。”亦因水乡游望,感而思为江散人也。夔州《西阁》作:“懒心似江水,日夜向沧洲。”见蜀江之水东流向湖海，感其欲归中土之心日夜无已时也。《江涨》诗："轻帆好去便，吾道付沧洲。"亦言乘涨南下，放浪江湖也。《刘少府画山水障歌》："闻君扫却赤县图，乘兴遣画沧洲趣。"言不图中原物色，而画江海风景也。《题玄武禅师屋壁》："何年顾虎头，满壁画沧洲？"而通篇只言江海景趣，未尝涉仙境事。杜甫："玄圃沧洲莽空阔，金节羽衣飘婀娜。"此则谓神仙事。然非直斥仙岛，亦泛言其缥缈之境耳。（卷二）

《详解》 "吏情更觉沧洲远，老大徒伤未拂衣。"沧洲，谓江湖隐逸之境，或以为海中仙境，谬矣。陆云《泰伯碑》："沧洲寄迹，箕山辞位。"《南史·张冲传》："飞竿钓渚，濯足沧洲。"袁粲诗："访迹虽中宇，循寄是沧洲。"谢朓诗："既欢怀禄情，复协沧洲趣。"皆言汗漫之境，已未尝涉仙境之事也。此特用沧洲以江上之游也。远，谓其境之旷远也。夫仕宦栖隐境界固别，乃宦况局促之不胜俗，逾更觉沧洲汗漫之好也，极是厌此羡彼之辞于更远二字见之。（卷上，第 55 页）

《诗话》 朝廷贵官多以清称，言其居清高而不喧浊也。故司马相如《谏猎书》："犯属车之清尘。"颜师古注言："清者，尊贵之意也。"杜甫："绝域长夏晚，兹楼清宴同。""将军魏武之子孙，于今为庶为清门。"杜甫梓州《九日》："酒阑却忆十年事，肠断骊山清路尘。"此则天子事也。（卷二）

《详解》 "酒阑却忆十年事，肠断骊山清路尘。"明皇骊山离宫，每十月临幸，至岁晚乃还。疑九日尝幸，公或扈从也。御路，曰清路。凡言清禁、清问，天子之事皆以清称之。曹植《七哀》："君若清路尘，妾若浊水泥。"此谓当时清跸之路行尘之扬，俯仰繁盛之状。盖公因佳节登高，置酒遣兴自慰，既而饮罢，怅然相感，追思先帝骊山游幸，诚为太平盛事，今已十年，怕

惚如梦,不可再见,凄其欲绝也。(卷中,第132页)

《诗话》 兼,训与,然本义并也,故不可指相反者而言也,须照本义用之。少陵:“露翻兼雨打,开拆渐离披。”“日兼春有暮,愁与醉无醒。”“桃花细逐杨花落,黄鸟时兼白鸟飞。”但赵嘏:“胡沙兼汉苑,相望几迢迢。”殆不成义,恐偶误耳。(卷三)

《详解》 “桃花细逐杨花落,黄鸟时兼白鸟飞。”(《曲江对酒》)兼,犹与也,言有时苑外黄莺与江头白鹭相映而飞度波上也。一联并写苑外江头,申说醉中霏微,盖曲江胜景时属盛春落花飞鸟,光彩绣错而乘醉玩赏霏微望迷,真是身在画中,所以坐不归也。(卷上,第54页)

《诗话》 不分,六朝以来语,分,通忿。加岂字看,训岂不忿,言不胜忿也。……老杜:“不分桃花红似锦,生憎柳絮白于绵。”仇注言,不能分辨也。东厓《秉烛谈》谓不自知己分也。俱未之深考耳。盖骂其恼人,犹谚谓可爱者反曰可憎也。(卷三)

《详解》 “不分桃花红似锦,生憎柳絮白于绵。”(《送路六侍御入朝》)不分,俗语,分与忿通,加岂字看,训岂不忿,言不胜忿也。《古世说》:于法开与支公争名,后精渐归支,意甚不分。颜之推《还魂记》:昔枉见杀,实所不分。皆甚愤意,盖六朝语也。注家或引李夫人语,亦伪苏注杜撰耳。生憎,亦俗语甚意。凡言生怕、生嫌、生恨,皆是也。(卷中,第128页)

《诗话》 无赖,本谓无所聊赖也。《史记·高祖本纪》:“大人常以臣无赖,不能治产业。”陈徐陵《乌栖曲》:“唯憎无赖汝南鸡,天河未落犹争啼。”此为骂辞,后世因转为难为怀之辞,亦以可爱为可憎之意。老杜:“韦曲花无赖,家家恼杀人。”“剑南春色还无赖,触忤愁人到酒边。”段成式《杨柳词》:“长恨

早梅无赖极，先将春色出前林。”是也。（卷三）

《详解》　“剑南春色还无赖，触忤愁人到酒边。”（《送路六侍御入朝》）无赖，藉也。因骂恼人者曰无赖。“韦曲花无赖，家家恼杀人。”亦是也。春色可以娱人，而反引愁，故曰还无赖。酒筵，原是欢会，今以恨别，含愁凄然，花絮乃飘落于宴间，以忤心触愁，令人不胜感怆，何其无赖也。（卷中，第128页）

《诗话》　纡，训屈，唐诗多用之。如张九龄：“道在纡宸眷，风行动睿篇。”李适之：“凤楼纡睿幸，龙舸畅宸禁。”崔泰之：“饯送纡天什，恩荣赐御衣。”宋之问：“河日纡真果，复来入帝京。”是也。独少陵“三分割据纡筹策”，本当用“运”字，为声律替代耳。虞注云：“鼎立之计屈曲而费心思。”可笑。《焦氏笔乘》训“未伸”，其说尤迂。（卷三）

《详解》　“三分割据纡筹策”（《咏怀古迹五首》其五），纡，是纡轸，谓劳思虑。本当用“运”字，为声律替代也。《瑯琊代醉编自序》：“执讯明刑，易纡筹，折冲难。”亦可以见其义矣。盖当三国割据之时，武侯劳思运筹，欲以光复汉祚，所谓鞠躬尽瘁，其费心力剧也。……旧说：纡，训屈，谓不尽展其所蕴。（卷下，第248页）

《诗话》　同训字见句中，如杜甫“天宇清霜净”“础润休全湿”“柴门空闭锁松筠”“江阁邀宾许马迎”“云物不殊乡国异”。（卷四）

《详解》　“柴门空闭锁松筠”（《崔氏东山草堂》），乃为尘缨所绊，而庄门空锁，徒掩松筠，不能遂其乐，愧崔氏多矣。（卷上，第68页）

《详解》　“江阁邀宾许马迎”（《崔评事弟许相迎不到，应虑老夫见泥雨怯出，必愆佳期，走笔戏简》），江阁，称崔所居。诸注以为公西阁，不通。邀，招请也。起坐，谓夙兴候迎，亦用倒句法，此责其不来迎。崔弟约邀我于江阁，许遣马来迎，故自天明起坐以俟，直至午时而不见其来迎也。（卷下，第 258 页）

《诗话》　诗用碧字，多称鲜明之貌，非谓色也。杜诗“冰浆碗碧玛瑙寒”“竹寒沙碧浣花溪”“清江碧石伤心丽”，皆谓其清丽尔。白云白桃，曰碧云碧桃，亦此义也。（卷四）

《详解》　“冰浆碗碧玛瑙寒”（《郑驸马宅宴洞中》），碗碧，亦称碗中之物。碧，谓鲜明之貌，非称色也。东坡诗“一朵妖红翠欲流”，亦谓鲜明尔。不然，既曰红矣，又曰翠，可乎？（卷上，第 24 页）

《详解》　“竹寒沙碧浣花溪”（《将赴成都草堂途中有作先寄严郑公五首》其三），起句谓前溪依旧，景境清丽。（卷上，第 147 页）

《详解》　“清江碧石伤心丽”（《滕王亭子二首》其一）碧义见前。（按：即上文“碧，谓鲜明之貌，非称色也”）（卷中，第 133 页）

《诗话》　粉亦不必谓白，转称花之艳丽。杜少陵诗：“波漂菰米沈云黑，露冷莲房坠粉红。”白香山诗：“巫女庙花红似粉，昭君村柳翠于眉。”韩致光诗：“绿搓杨柳绵初软，红晕桃花粉未干。”是也。（卷四）

《详解》　“波漂菰米沈云黑，露冷莲房坠粉红。”（《秋兴八首》其七）坠粉红，言落红散于波际也。粉，称花之丽艳，不必谓白色。白香山诗：“菡萏红涂粉，菰蒲绿泼油。”又：“巫女庙花红似粉，昭君村柳翠于眉。”其义可见已。或说红者，所谓陈陈红腐，坐粉为白莲，致此牵强矣。（卷下，第 232 页）

三、论句法、章法、字法

所谓“句法”,是指一句或几句诗的组织法或结构法。所谓“章法”,是指一首诗或连章诗的布局谋篇法。所谓“字法”,是指遣词造句之法。杜甫极其重视此三法,原因就在:“夫人之立言,因字而生句,积句而成章,积章而成篇。篇之彪炳,章无疵也;章之明靡,句无玷也;句之清英,字不妄也。振本而末从,知一而万毕矣。”(《文心雕龙·章句》)

《诗话》 老杜:“惯看宾客儿童喜,得食阶除鸟雀驯。”雍陶:“初归山犬翻惊主,久别江鸥却避人。”吴融:“见多邻犬遥相认,来惯幽禽近不惊。”句法相袭而反其义,所谓换骨脱胎之法也。(卷三)

《详解》 “惯看宾客儿童喜,得食阶除鸟雀驯。”(《南邻》)惯,熟也。宾客,公自谓也。公数过其家,故儿童亦惯见而喜其至,盖本言主人喜客,却以儿童之喜,形出其喜也。堂前庭曰除。山人常施食驯禽游阶除,了无惊猜,悠然忘机,尤见野趣,不必称其行惠及于禽兽也。(卷上,第93页)

《诗话》 凡一题而赋数首者,不唯宜各换意境,亦须格局变化不肯雷同,譬如观演居,每出改观,若篇篇体裁同一机轴,略无变易,令人欠伸耳。观少陵《秋兴八首》《何将军山林十首》,首尾布置,有起有结,每章各有主意,或赋景,或写情,错综变化,用正用奇,不可方物也。(卷四)

《详解》 凡一题数首作,合数首为章法,有起有结,有伦序有照应,气脉相承,线索一串,故读者须连看局法变化、意思断续,方见妙,是其要诀也。此八首,自是古今绝调。钟伯敬斥之孙山拗甚,《随园诗话》亦以为不足喜,可笑不自量耳。(卷下,第237页)

语言是文学的工具。杜甫是开一代风气的优秀的语言大师。杜甫"语不惊人死不休"的理想,绝不是以"立言"换取浮名的少年意气的表露,而是他破万卷之后对当代文学所深切体验到的一种重大使命感的结果。

《诗话》 眼字隋而稳,殊可吟玩(五言第三字,七言第五字谓之眼字)。五言,唐太宗:"云凝愁半岭,霞碎缬高天。"王维:"泉声咽危石,日色冷青松。"杜甫:"峡云笼树小,湖日荡船明。""云气嘘青壁,江声走白沙。""竹光团野色,舍影漾江流。""石角钩衣破,藤梢刺眼新。"……七言,杜甫:"返照入江翻石壁,归云拥树失山村。"……浑然圆妥,工而无痕。眼字亦谓之响字,要活,活则自响。(卷五)

《详解》 "返照入江翻石壁,归云拥树失山村。"(《返照》)岸头石壁倒映水中,反景摇波,岩影翻转。山村树色,反景分明,归云拥蔽,庄屋失去。此联字字著意,以翻字写返照,以失字写归云,两字所谓诗眼。盖云影断续归去,反景乍见乍灭也。(卷下,第261页)

《诗话》 敢论、肯信、忍能、忍更、可堪、可无、可能、得非,诸如此类,皆不用岂字,而势自相反。……杜甫:"久客得无泪?故妻难及晨。""将军不好武,稚子总能文。""起晚堪从事,行迟更学仙。""云近蓬莱常五色,雪残鳷鹊亦多时。""绣衣屡许携家酝,皂盖能忘折野梅?""舞石旋应将乳子,行云莫自湿仙衣。""短墙若在随残草,乔木如存可假花。"……亦皆加岂字看,盖古人多以语急而省其文者,如书不慎其德,虽悔可追。又

“我生不有命在天”，如《左传》：若爱重伤，则如勿伤；爱其二毛，则如服焉。（卷五）

《详解》　“云近蓬莱常五色，雪残鳷鹊亦多时。”（《宣政殿退朝晚出左掖》）蓬莱，即大明宫，高宗时改曰蓬莱宫，取殿后蓬莱池为名，以拟海上仙山，后复为大明宫。此仰见朝霞映宫，因言云成五色，仙寰瑞气以其近蓬莱，故常然也。常者，不独今朝也。沈约《宋书》：“庆云五色者，太平之应也。”暗用此意以寓祝。鳷鹊，汉宫观名，借用以对蓬莱，谓深宫殿阁亦多时，加“岂”字看，言当不日消融也。（卷上，第43页）

《详解》　“绣衣屡许携家酝，皂盖能忘折野梅？”（《王十七侍御抡许携酒至草堂，奉寄此诗，便请邀高三十五使君同到》）绣衣，指王侍御。皂盖，指高使君。折梅，用陆凯诗语（按：即其《赠范晔》诗）。公所居江边有梅，见《和裴迪》诗。盖高尝既过草堂，当梅花之时折折枝赏玩，故言此以促之。今复烂漫方盛，能不忆曾游之兴邪？（卷上，第108页）

《详解》　“短墙若在随残草，乔木如存可假花。”（《舍弟观赴蓝田取妻子到江陵喜寄三首》其三诗句）随残草，言随草莱而埋没也。残，衰残也。时冬，故曰残草。可假，犹言何须可假花，言何必假花，然后始赏也。时未及春，故云。二句并歇后语也。公想江陵古迹，未知两贤故宅何如，即旧墙或存，亦恐荒庭草蔓相随，废坏而已。幸古木尚在，虽未著花，而爱可敬也。（卷下，第276页）

《诗话》　杜诗：“且看欲尽花经眼，莫厌伤多酒入唇。”虚字斡旋之妙，圆转如珠走盘。然学者好效此，则不胜破碎矣。盖诗用虚字，犹构舍之用椭也，若不善用，动摇欲颓，岂可浪用乎！（卷六）

《详解》　“且看欲尽花经眼，莫厌伤多酒入唇。”（《曲江

二首》其一)二句看他用虚字之妙,语势圆转,如珠走盘。然学者好放(效)此,则邻女效颦矣。(卷上,第50页)

四、论用典实

用典实是中国古典诗歌创作中的一个重要手法,可以简驭繁,使作品含蓄典雅。杜甫用典精切过人,法门万千,《岁寒堂诗话》所谓"诗以用事为博,始于颜光禄,而极于杜子美"。

(一)用典

《诗话》 "羞将短发还吹帽,笑倩旁人为正冠。"人只知吹帽为孟嘉事,而不知正冠亦用《家语》子路语。"伯仲之间见伊吕,指挥若定失萧曹。"伯仲之间,取诸《典论》,因用《陈平传》"天下指挥则定对之"。"宠光蕙叶与多碧,点注桃花舒小红。"宠光,《诗·小雅》语。点注,见钟会《孔雀赋》。"五更鼓角声悲壮,三峡星河影动摇。"声悲壮,本于祢衡《渔阳挝》,故星动摇亦取诸《汉武故事》,正得斤两相称。诗律之细如此,真无一字无来历,杜诗岂可轻读乎哉?"盍簪喧枥马,列炬散林鸦。""途穷那免哭,身老不禁愁。"此并下句偏枯,偶失之也。邵注引孔伸年老,失意不禁愁恨,伪苏所捏造耳。如"子云清自守,今日起为官。"用借对法,假"云"对"日",两句一意,故不病偏枯,非后人所敢学也。(卷五)

《详解》 "羞将短发还吹帽,笑倩旁人为正冠。"(《九日蓝田崔氏庄》)余按:吹帽既用典故,若正冠无出处,则偏枯矣。盖亦用《家语》子路语,正得斤两相称,此良工心独苦处,读者

昆仑吞枣,良可叹也。(卷上,第68页)

《详解》　"伯仲之间见伊吕,指挥若定失萧曹。"(《咏怀古迹五首》其五)伯仲之间,言甚近似……魏文帝《典论》:傅毅之于班固,伯仲之间耳。张辅《名士优劣论》:睹孔明之忠,奸臣立节矣。殆将与伊吕争俦,岂徒与乐毅产伍哉!《蜀志》本传:执白羽扇指挥三军。《汉书·陈平传》:"天下指麾则定矣。"……一联用典层叠而浑然融化无迹,若天成自然,岂不尤妙邪!(卷下,第249页)

《详解》　"宠光蕙叶与多碧,点注桃花舒小红。"(《江雨有怀郑典设》)宠光,《诗·小雅》语。此言雨师润泽之惠如蒙宠爱恩光也。蕙,兰属也。与多碧,雨与之色而增深碧也。点,雨点也。魏钟会《孔雀赋》:"五色点注,华雨参差。"此转用,言雨点所注也。舒小红,桃花始小开也。(卷下,第297页)

《详解》　"五更鼓角声悲壮,三峡星河影动摇。"(《阁夜》)五更,寅时也。城楼近晓,击鼓吹角,以警戍卒,是阁上所闻时,属雪后霜空肃然,故其声殊悲壮也。后汉祢衡善击鼓,为《渔阳掺挝》,声节悲壮,听者莫不慷慨,此暗用其语。是时崔旰之乱未息,故警备犹严也。三峡之水,阁上所下瞰,天汉星映波,的皪随流动摇,亦将晓之景也。《汉武故事》:星辰动摇,东方朔谓民劳之应,此亦用其语,故与前句斤量相称。然只是即景语,不必取其意也。或引《天官书》:星动为用兵之象,泥矣。未必太平时,星光不动也。蔡绦《西清诗话》云:作诗用事,要如释语,所谓水中著盐,饮水乃知咸味。如少陵此联,人徒见陵轹造化之工,不知乃用故事。此说,诗家秘藏也。(卷下,第253页)

《诗话》　作诗,审于用事,不可貂续偏枯。……《丹铅录》亦云:"少陵《滕王亭》诗:'春日莺啼修竹里,仙家犬吠白云中。'修竹,用梁孝王事。犬吠云中,用淮南王事,人皆知之矣。但怪修竹本无莺啼字也。偶见孙绰《兰亭诗》啼莺吟修竹,游鳞戏澜涛。乃知杜老用此也。读书不多,未可轻议古人。"此皆至论精密,为后进合录之。(卷六)

《详解》 行云流水对法。此登山顶所见,端是王宫气象,殆非人间世界。亦见山高境幽,且双夹道观,妙甚。《汉书》:梁孝王筑平台,苑中有修竹园。《神仙传》:淮南王安丹成升天,余药在中庭,鸡犬舐啄之,皆仙去,鸡鸣天上,犬吠云中。此用其事,而构句自然浑化无痕,止觉俊丽,似非用事。公《禹庙》诗:空庭垂橘柚,古壁画蛇龙,系禹王事,与此同一法。(卷中,第132页)后引《丹铅录》语。

(二)虚用史实

《诗话》 杜诗"奉使虚随八月槎",唐彦谦亦云"烟横博望乘槎水"。此盖唐人所惯用。然据《史记》《汉书》,并无张骞乘槎之事。张华《博物志》止载近世有人居海上,每年八月见槎来,不失期。遂赍粮,乘之到天河。宗懔作《荆楚岁时记》,乃附会穷河源与到天河,以为张骞事,后人遂袭其杜撰耳。《尚书故实》记司马道士承祯白云事,末云:至文宗朝,并张骞海槎,同取入内,不知是物果为何等,殊可怪也。(卷四)

《详解》 "奉使虚随八月槎"(《秋兴八首》其二),引《史记》《博物志》《荆楚岁时记》考据更详,最后说:"此即八月槎,而奉使竟无涉。故诸注以为公误,混用。然公又有'乘槎消息断,无处觅张骞'之句。""此虽荒唐附会,公亦承袭用之尔,点八月字,取诸《博物志》,因时秋也。虚随,翻古事也。夫八月槎,意能到天河,今公不得归朝,是乘槎之事徒作虚随矣。胡夔亭云,虞注以为公自比张骞,则公流落之客,奉使二字属无谓。或又妄谓是时吐蕃入寇,遣御史大夫李之芳使虏,为所留,公盖伤之,此尤无涉,绝不通。上下线索,从横处插出,不顾死活矣。细测其意,奉使,暗指严武节使来蜀,而公随之,原欲借其仙槎以达天朝。公立秋院中之作云'主将归调鼎,我还访旧邱',此乃素志。何期郑公中殁,竟虚随八月之槎耳。"(卷下,第220页)

五、论用韵

《诗话》 杜诗《崔氏东山草堂》用"真"韵,内押"芹"字,盖出韵之失。当时诸家往往有之,皆一时趁笔之误耳。《随园诗话》云,余祝人诗,"七虞"内误用"馀"字,意欲改之。后见唐人律诗,通韵极多。因历举唐诗以为一法,予竟不以为然也。夫通韵,古诗所用。唐人韵法极严,何敢于近体用古韵!此犹王右军书帖多误字,岂可为典要乎?后学以是为口实,效尤文过,不思之甚也。(卷六)

《详解》 "盘剥白鸦谷口栗,饭煮青泥坊底芹。"……"芹"韵,走入十二文,盖一时趁笔之误耳。或谓当作"蒪",然"蒪"岂可作饭耶?且非"蒪"之时也。盖出韵之失,当时诸家亦动有之。(卷上,第68页)

六、谈礼制

《诗话》 王阮亭《香祖笔记》云,杜诗"户外昭容紫袖垂”。盖唐制:天子临朝,则用宫人引至殿上,至天祐二年始诏罢之。是全盛之时,反不如衰乱之朝为合礼也。又郎官直亦有“侍女新添五色香”之句(按:此乃李颀《寄司勋卢员外》诗句“归鸿欲度千门雪,侍女新添五夜香”)竟不晓侍女是何色人也。宋明以来乃为严重矣。予按,韩退之《红桃花》诗:“应知侍史归天上,故伴仙郎宿禁中。”亦指此事,是禁中宿妓也。杜诗又有“辇前才人带弓箭”之句。唐制:天子游幸,宫女骑马扈从,不典尤甚。彼方男女之别特严,而朝廷之间却多此风流,何也?(卷二)

《详解》 “户外昭容紫袖垂,双瞻御座引朝仪。”(《紫宸殿退朝口号》),昭容,女官,位正二品,为九嫔之第二。唐制:天子临朝,宫人引至殿上,左右相并,面内却行,以雉尾扇障翳天颜,升座之后乃开去,不欲使众人见宸仪升降之容也。垂,谓亸袖也。百官列立,庭上刮目以待朝仪。既而天子出御,便先认昭容,垂紫袖而出,先见于户外者,以其先于天子也。(卷上,第44—45页)

《诗话》 杜诗“麒麟不动炉烟上”,言大明宫朝仪。炉元不动,不须言,而特曰“不动”者,言其势殆欲活动,而帖然能不动也。(卷三)

《详解》 “麒麟不动炉烟上,孔雀徐开扇影还。”(《至日遣兴,奉寄北省旧阁老、两院故人二首》其二)拆用麒麟炉、孔雀扇。麒麟,瑞兽,御炉所铸。不动二字妙,见器之重大,铸之巧妙。言其势殆欲活动,而帖然能不动也。且未言炉,只曰麒麟,是活物,则当动而不动,语法尤工,又与“上”字有开合,亦妙。(卷上,第75页)

七、考杜甫卒月

《诗话》　少陵之卒，在十月之交，余详诸《杜律解》，其证尤明。（卷四）

《详解》　尝见顾修远说，曰："公《长沙送李衔》诗：'与子避地西康州，洞庭相逢十二秋。'末云'朔云寒菊倍离忧'，公自乾元己亥避地于同谷，至大历庚戌，实十二秋矣。公是年卒，'朔云寒菊'，应是秋尽冬初。公之卒月不可考，据是诗当卒于冬。"此以诗为断最确，但恨其忌日终靡得而详焉。（卷上，第18页，《诗圣杜文贞公传》）（按：顾修远即顾宸。所引顾氏语见其著《辟疆园杜诗注解》七律卷五《长沙送李十一衔》诗题解，文字略异）

综上所述，作为诗歌理论著作，《诗话》谈论杜诗最多的是其技巧，如形式多样的对偶、句法章法、用字用韵法、用事法等，而《详解》则专解杜甫的七律，是看到了杜律这样的特点："诗法莫严于七律，起结照应，开阖顿挫，不得缺一，此即古文之法。若能依是而通斯法则，亡论近体，虽驯致之古风，七纵八横，以卷海潦不失其性情之正，故先生特注此以诱掖学者也。"①《诗话》所详谈者，正是《详解》所解之"诗法"。

---

① ［日］伊势小谷薰：《东阳先生杜律详解·后序》，见《杜律详解》第314页。

唐诗与民俗关系研究（二）

中晚唐茶、诗关系发微*

《文心雕龙·时序》云："文变染乎世情，兴废系于时序。"唐诗自然也随着"世情"的变化而变化，而关乎唐朝"兴废"的安史之乱，不仅大大影响了李唐王朝的祚运，也使唐人的审美观念发生了变化：初盛唐的生命昂扬之美渐趋于中唐以后知性反省的凝练沉潜之美，其艺术特质表现出奔腾与内敛的差异——奔腾是指性情率意而行为激越狂烈，内敛则指冷静观照与凝练内省。在这一转变过程中，茶渗入唐人的生活与诗中，起着不可忽视的作用，正如酒之与盛唐诗风的形成一样。当然，茶与诗的关系不仅仅是"受动"的，而往往是"能动"的，即茶有助于由奔腾到内敛诗风的转化，而内敛、清新的诗歌有助于茶的禀性的开掘——中唐以后，随着文人饮茶风尚的形成，文人饮茶模式逐渐从禅寺文化的依附中分离出来，形成了独特的形式、品格与内涵，文人的禅悦风尚与僧人的诗悦崇尚在品茗习俗中找到了交接点，茶的特质进一步渗透到诗中，促使诗体、诗材、诗味、诗境等发生了深刻的变化，呈现出与盛唐不同的风貌——清、寒、瘦、硬、苦的特性，对宋诗产生了直接影响。

---

* 原载《文史哲》2003 年第 4 期。

一、中唐好茶风尚的形成

茶与诗的结合,基本上可以说是盛唐以后的事,因为盛唐以前,文人的饮茶既没有形成文人群体阶层的普遍风尚,也没有自觉地与文学艺术活动发生密切关系。进入中唐以后,茶成为城乡贵贱“无异米盐”“难舍斯须”①的日常生活饮料,这是与禅寺茶风的兴盛密切相关的,如《封氏闻见记》卷六载:“开元中,泰山灵岩寺有降魔师,大兴禅教。学禅务于不寐,又不夕食,皆恃其饮茶。人自怀挟,到处煮饮,以此转相仿效,遂成风俗。”②可知,禅寺是茶艺发展的中心,是文人茶文化教育的发祥地。中晚唐好茶风尚主要表现在三个方面。

第一,茶会的兴起是文人饮茶活动发达的一个明显标志。其内容大致先由主持人亲自调茶,以示对客人的敬意,然后献茶,接茶,闻茶香,观茶色,品茶味。茶过三巡之后评论茶的品第,称颂主人道德,以及赏景叙情、行文作诗等等,即如钱起所说的“玄谈兼藻思”。粗检《全唐诗》,叙及之的就有鲍君徽《东亭茶宴》,武元衡《资圣寺贲法师晚春茶会》,刘长卿《惠福寺与陈留诸官茶会》,钱起《与赵莒茶宴》《过长孙宅与朗上人茶会》等诗篇以及周贺《赠朱庆余校书》“树倚池岛鹤,茶会石桥僧”等诗句。皎然《晦夜李侍御萼宅集招潘述、汤衡、海上人饮茶

---

① (宋)王溥:《唐会要》卷八十四《杂说》载长庆元年左拾遗李珏奏文,上海古籍出版社1991年版,第1831页。

② (唐)封演:《封氏闻见记》,中华书局2005年版,第51页。

赋》、颜真卿等人《五言月夜啜茶联句》当是中唐茶会的一种主要形式。而皎然、陆羽等组织的大型茶会——杼山茶会，实际上是一种大型诗会。不敢说上举二诗属于杼山茶会，但它向我们透露的主要信息是：中唐茶会基本已成风俗，即使不约集正式的茶会，文人也好与僧人品茗赋诗，并以此为清雅之举，正如杜荀鹤所说"满添茶鼎候吟僧"（《春日暮途穷山中对雪有作》）、李中所说"有进乘兴寻师去，煮茗同吟到日西"（《赠上都先邺大师》）等等。于是，这种文人的禅悦风尚与僧人的诗悦崇尚在共同的生活习尚——品茗中寻到了交接点，诗客、僧家以茶为轴心，构成三位一体，题名元稹的《茶》诗便有"诗，慕诗客，爱僧家"的精当概括，即茶禅一味，禅诗一味（"诗是文字禅"），诗茶一味。

第二，大量颇具诗意的茶的别名的出现证明茶已进入诗人的审美领域。从典故而得来的别名有"瑞草"，杜牧首先引入诗中："山实东南秀，茶称瑞草魁。"（《题茶山》）有"甘露"①，柳宗元《巽上人以竹间自采新茶见赠酬之以诗》："犹同甘露饭，佛事薰毗耶。"有"涤烦子"②，施肩吾五言散句："茶为涤烦子，酒为忘忧君。"有"苦口师"，《清异录》卷下载："皮光业最耽茗事。一日中表请尝新柑，筵具殊丰，簪绂丛集。才至，未顾尊罍而呼茶甚急，径进一巨瓯，题诗曰：'未见甘心氏，先迎苦口

---

① 《茶经》引《宋录》：南北朝时期，南朝刘宋"豫章王（刘）子尚，诣昙济道人于八公山，道人设茶茗。子尚品之曰：'此甘露也，何言茶茗？'"甘露遂成为茶的别号。

② （唐）李肇《唐国史补》卷下云："常鲁公（常伯熊，极嗜饮茶）使西蕃，烹茶帐中，赞普问曰：'此为何物？'鲁公曰：'涤烦疗渴，所谓茶也。'"上海古籍出版社 1983 年版，第 66 页。

师。'众嚎曰:'此师固清高,而难以疗饥也。'"[1]诗中的"甘心氏"指酒,"苦心师"便是指茶了。而从茶叶形状及烹茶时的声态而来的别号就更多了。如"旗枪",因嫩茶如旗似枪而得之,齐己《闻道林诸友尝茶因有寄》:"旗枪冉冉绿丛园,谷雨初晴叫杜鹃。"如"雀舌",因茶芽至嫩而得之,刘禹锡《病中一二禅客见问》:"添炉烹雀舌,洒水净龙须。"如"鹰嘴",因茶之嫩芽细小而得之,刘禹锡《尝茶》:"生拍芳丛鹰嘴芽,老郎封寄谪仙家。今宵更有湘江月,照出菲菲满碗花。"此诗除题外,诗内无一茶字,只有首句"鹰嘴"和最后一个"花"字前后辉映。而从茶的赞词而得的别号如"云腴""云华""乳花"等等就不在话下了。这些别名的得来,既可看出唐人对茶的喜爱程度及茶的品位的提高,又可看出茶已成为文人的重要审美意象。

第三,一批好茶文人的雅号出现证明唐代的"茶人"已经"成熟"。一如陆羽,以其《茶经》的贡献被尊为"茶神"[2]。《茶经》首次把饮茶当作一种艺术过程,包含着浓厚的美学境界,即把"精神"贯穿于茶事之中,强调茶人的品格、思想情操,把饮茶看作"精行俭德",进行自我修养、锻炼志向、陶冶情操的方法,把儒释道文化与饮茶过程融为一体,开创中国茶道精神。

---

① (宋)陶谷:《清异录》卷下《茗荈》,上海古籍出版社 2012 年版,第 103 页。

② 《唐国史补》卷下载:"江南有驿吏,以干事自任。典郡者初至,吏白曰:'驿中已理,请一阅之。'刺史乃往,初见一室,署云'酒库',诸酝毕熟,其外画一神,刺史问:'何也?'答曰:'杜康。'刺史曰:'公有余也。'又一室,署云'茶库',诸茗毕贮,复有一神,问曰'何?'曰:'陆鸿渐也。'刺史益善之。……"[(唐)李肇:《唐国史补》卷下,古典文学出版社 1957 年版,第 65 页]

二如白居易,他一生爱茶,自称是个“别茶人”:“故情周匝向交亲,新茗分张及病身。红纸一封书后信,绿芽十片火前春。汤添勺水煎鱼眼,末下刀圭搅麹尘。不寄他人先寄我,应缘我是别茶人。”(《谢李六郎中寄新蜀茶》)无论穷通行止,茶与琴始终都是诗人的伴随者,操琴品茗是诗人最惬意的享受。三如卢仝,以他的一首“饮茶歌”而获茶中“亚圣”美称。他那一至七碗的感受“巧妙地表现了他内心世界的变化。只有感到周身生清风,才能够无己无他,梦幻般地勇进。我们由此可感受到中国人自古所追求的神仙思想,明确了喝茶不是只出自茶的药用效果”①。四如杜牧,他掌贡茶期间,于美丽的茶山中品尝着美味的新茶,飘飘然有“茶仙”之感:“谁知病太守,犹得作茶仙。”(《春日茶山病不饮酒因呈宾客》)而且其“今日鬓丝禅榻畔,茶烟轻飏落花风”(《题禅院》)中的“茶烟”不是指烹茶的炊烟,而是指沏茶时茶汤升腾的蒸汽,直接影响了宋代的茶道②,而宋代茶道自然也影响着内敛、尚理的宋诗风格的形成。

中唐好茶风尚是相对于盛唐嗜酒风尚而言的。作为诗国高潮的唐代,茶、酒与唐诗的关系值得深入研究。文人群体与酒的结缘当始于魏晋名士,他们的纵酒主要表达的是对人的生命意义、人生价值标准的深层探索,是对礼法的毁弃与对人的真性的恢复——“对酒当歌,人生几何”是彼一时代精神的强音。唐代“嗜酒风尚”的形成,特别是“盛唐之音”与酒的紧密相随,其原因主要来自盛唐社会的开放、士人精神的解放

① [日]千宗室:《〈茶经〉与日本茶道的历史意义》,萧艳华译,南开大学出版社 1992 年版,第 24 页。

② 如苏轼《安国寺寻春》:“病眼不羞云母乱,鬓丝强理茶烟中。”陆游《寄仲高》:“行遍天下今老矣,鬓丝几缕茶烟里。”

及士人的豪迈性格，因为“酒酣胸胆尚开张”，即酒能激发他们的高昂热情，酒能孕育他们的奇妙幻想，酒能触发他们的万古情思，酒也能浇灭他们的“万古愁”……因而，李杜被尊为“酒仙”“酒圣”绝不是偶然的。重要的是，同样是饮酒，盛唐与中晚唐亦有不同，李杜“酒仙”与“酒圣”的分别就已隐约透出了“盛唐之音”与渐成“秋声”的中唐诗歌的分流，而随着高扬的时代精神、豪放的盛唐士风的退去，低迷的时代精神、内敛的中唐士风的出现、形成，好茶风尚便代嗜酒风尚而起，诗风亦随之变化。

酒入盛唐，浇开了浪漫的青春之花，成为“盛唐之音”及其时代精神不可或缺的组成部分，李白堪为代表。因为李白是一座青春的偶像，为青春而生，为青春而死；盛唐造就了李白，李白为盛唐增色——以其自由不羁的本真生命唱出了一曲“酒神颂”，把整个盛唐带上了青春诗意的顶峰。在李白这里，诗、酒、青春更成为三位一体、互相促生的生命形式，青春的光彩由酒来激发、由诗来张扬，诗因青春的魅力和醇郁的酒香具有了恒久的活力，酒因注满了青春和诗意而获得了生命的品格。在李白这里，三者都把各自的文化意蕴发挥到了有史以来的最高点。那么，什么是李白的青春？首先是他一生从未循规蹈矩、低眉俯首而表现出一贯的狂傲的鲜明个性：“李白斗酒诗百篇，长安市上酒家眠，天子呼来不上船，自称臣是酒中仙。”（杜甫《饮中八仙歌》）对皇帝老子尚不买账，何况王侯？至于圣贤，李白也以酒来对抗：“古来圣贤皆寂寞，唯有饮者留其名。”（《将进酒》）李白由于太过突出，很难与俗世沟通，因而往往是孤独的，但他仍以酒和诗追询天地宇宙：“青天有月来几时，我今停杯一问之。”（《把酒问月》）李白因无法在现实中展示自己高洁的人格、实现远大的理想，他又往往是悲郁莫名的："停杯投箸不能食，拔剑四顾心茫然。"(《行路难三首》其一)但他仍以酒来消解这种浓烈的悲剧意识："三杯通大道，一斗合自然。"(《月下独酌四首》其二)从而获得了一种超越，与自然冥然齐一："且向洞庭赊月色，将船买酒白云边。"(《陪族叔刑部侍郎晔及中书贾舍人至游洞庭五首》其二)人生到了这份上，也真称得上达到了冯友兰先生所说的"天地境界"了。然而，当李白的青春浪漫过后，传统文化的浪漫激情也随着盛唐之音的消亡而一去不复返了。

中唐以后，时代精神已不在马上，而在闺房；不在世间，而在心境，"不是对人世的征服进取，而是从人世的逃遁退避"(李泽厚《美的历程》)，他们"退避"之后自然亦以酒消解心愁，更重要的是以茶消遣自适，洞察人生。与李白为代表的盛唐士子以王者师自居的风范不同，以白居易为代表的中唐士子便没有了这种王者师风范——虽然裴度、韩愈谋划了平淮西事，白居易谋划了平王承宗事，但充其量不过是书生干预军事、为帝王尽自己的职责而已；与李白"自称臣是酒中仙""斗酒诗百篇"不同，白居易却在诗、酒、琴、茶中徜徉，特别是经历了"志在兼济，行在兼济"之后，"志在兼济，行在独善""志在独善，行在独善"的两个阶段尤其如此。如他那操琴品茗的惬意的享受："游罢睡一觉，觉来茶一瓯"，"从心到百骸，无一不自由"(《何处堪避暑》)，与闲适相伴，以茶获取"自由"；"或吟诗一章，或饮茶一瓯。身心一无系，浩浩如虚舟。富贵亦有苦，苦在心危忧。贫贱亦有乐，乐在身自由"(《咏意》)，以茶陶冶性情，安贫乐道。而"乐天"的第一步应是先"无忧无乐"，饱食终日，无所用心，这需求诸茶："食罢一觉睡，起来两瓯茶。"(《食后》)之后才是求“身安妥”,也求诸茶:“睡足心更慵,日高头未裹。徐倾下药酒,稍爇煎茶火。”(《郡斋暇日辱常州陈郎中使君早春晚坐水西馆书事诗十六韵见寄亦以十六韵酬之》)因此,当他面对美景又“不宜昏”时,是“聊将茶代酒”(《宿蓝溪对月》);当他身感“老病”时亦企图借助茶来祛衰:“老去齿衰嫌橘醋,病来肺渴觉茶香。”(《东院》)平日里也是借茶来打发日子:“暖床斜卧日曛腰,一觉闲眠百病销。尽日一餐茶两碗,更无所要到明朝。”(《闲眠》)似乎于“无所要”中显出一份寂寞,但是他还是我行我素,与友人分享这份安逸:“地润东风暖,闲行蹋草芽。呼童遣移竹,留客伴尝茶。”(《新居早春二首》其二)白氏这种于无奈中表现出的“独善其身”的心闲乐天思想,与李白的“大道青如天,我独不得出”的呐喊,形成了鲜明的对照——茶主和谐的特性与酒主愤激的特性的差异,自然造成了盛唐诗奔腾、中唐以后诗内敛的分野。

这种分野表现为盛唐诗歌奔腾、天然、昂扬风格向中唐内敛、锻炼、低沉风格的转变。表面看来,嗜酒与好茶的变化,好像是酒茶两种饮料的简单易位,亦好像是盛唐人与中唐人口福之需的变化——其实中唐以后的“茶人”多数也不排酒,所谓“爱酒不嫌茶”(白居易《萧庶子相过》);也许由于身份的关系,有的“茶人”对茶才如此偏爱:“一饮涤昏寐,情来朗爽满天地。再饮清我神,忽如飞雨洒轻尘。三饮便得道,何须苦心破烦恼。此物清高世莫知,世人饮酒多自欺。”(皎然《饮茶歌诮崔石使君》)然而这种变化从本质上说是世风、士风变化的必然结果。

二、茶之清新与诗之变新

清，作为一个重要的美学范畴是由魏晋的人物品评引入诗歌领域的。如钟嵘《诗品》评范云诗："范诗清便宛转，如流风回雪。"属柔美。《诗品》评刘琨、卢谌诗"自有清拔之气"，属壮美。而《文心雕龙·风骨》又以"风清骨峻"将"清"与"风骨"联系起来了。时至唐代，李白以"清水出芙蓉"倡导清新诗风。承盛唐而启中晚唐的杜甫又变李白之"清"或"清真"，用"清"或"清新"评论前人或同时代人的诗歌，具有相当强的理论指导意义。如"诗清立意新"（《奉和严中丞西城晚眺十韵》）、"清新庾开府"（《春日忆李白》），极为重视清新之美。中唐以后，这种清新便同品茶作诗联系在了一起。随着"风俗贵茶"①的兴起，茶与诗融合更紧，于是形成了以"清"为基调的一系列特征——清寒、清苦、清瘦、清硬等。其中清新是茶的精神和本质，也是诗歌求新发展的催生剂。

茶之清新首先表现在其别号上——这些别名的得来，不仅可看出唐人对茶的喜爱程度及茶的品位的提高，更可透出时代的影子及茶道与诗理的关系（可参上文）。其次表现在对茶之清新的具体挖掘上。如权德舆不仅咏其清新如朝露，而且饮之能激发出"新诗"："烹茶含露新……发函捧新诗，慈诲情殷勤。"（《伏蒙十七叔寄示喜庆感怀三十韵因献之》）

---

① （唐）李肇：《唐国史补》卷下，古典文学出版社1957年版，第60页。

作为“别茶人”的白居易对茶之清新自有深刻的体悟，他不仅直咏茶汤如乳：“瓯泛茶如乳”（《江州赴忠州至江陵已来舟中示舍弟五十韵》），而且以“新茶”“招客”：“疏散郡丞同野客，幽闲官舍抵山家……深炉敲火炙新茶。”（《北亭招客》）又以“新茶”送友人：“留饧和冷粥，出火煮新茶。”（《清明日送韦侍御贬虔州》）当他不能赴友人茶会时，便想到了以茶“斗新”的诗情画意：“遥闻境会茶山夜……青娥递舞应争妙，紫笋齐尝各斗新。”（《夜闻贾常州、崔湖州茶山境会想羡欢宴因寄此诗》）当他手揭朋友赠茶时，既惊其清新，又亟待解其“酒渴”：“蜀茶寄到但惊新，渭水煎来始觉珍。满瓯似乳堪持玩，况是春深酒渴人。”（《萧员外寄新蜀茶》）其他一些“茶人”的想象也甚为奇妙，或喻其斟杯时一刹那的清新景象鲜如“彩霞”：“山茗煮时秋雾碧，玉杯斟处彩霞鲜。”（刘真《七老会诗》）或喻其叶为“琼英”、汤如“钟乳”：“山上褐来采新茗，新花乱发前山顶。琼英动摇钟乳碧，丛丛高下随崖岭。”（李涉《春山三褐来》其二）或直咏其清香：“腊高松叶换，雪尽茗芽新。一自传香后，名山愿卜邻。”（马戴《送宗密上人》）或由茶之清香而添“幽兴”：“箧重藏吴画，茶新换越瓯。……触目成幽兴，全家是胜游。”（郑谷《送吏部曹郎中免官南归》）或以月之清新而衬品茶之清新：“联句逢秋尽，尝茶见月生。”（贾岛《再投李益常侍》）如此等等，茶之清新难以掠尽，诗之清新深寓其中。

当然，茶、诗之清新追求是社会心理及生活的折射。新，在中唐是一种具有时代共同性的趋尚。经安史之乱而入中唐，在智性思省中，重建社会秩序、贞定人生意义、体现生命意义的要求酿就了中唐“哲学的突破”，这是中唐诗歌变新的哲学基础。基于这一基础,中晚唐诗人对诗歌创新是十分敏感的。可是综观他们的创新努力,主要还是侧重于形式方面。不论是“争为新文章”(孟郊《吊卢殷》),还是“文变骚人体”(严维《赠别刘长卿时赴河南严中丞幕府》),还是“感深更见新诗丽”(权德舆《送张仆射朝见毕归镇》),还是白居易归结的“诗到元和体变新”(《余思未尽加为六韵重寄微之》),无不如此。因之,这种“变新”首先表现为对诗歌形式的选择与偏爱。文学史告诉我们,中唐的偏于近体,其古体的偏于清新,是中国诗歌体格的一大新变。而律诗体轻,便于弄巧,与茶的特质,即体清、质清及制茶、烹茶、斗茶、分茶之精巧密切相关,这正与盛唐以酒文化所代表的崇尚醇厚的趣味相反——酒是诸谷酿成,其味厚;茶是嫩叶焙成,其味澹。酒之历史悠久,其厚也“陈”,而茶是近世才大兴的饮料,其澹也“新”——与清、巧相联系的是,茶具有细的特点:芽细、末细、品细……处处见细,而“细”正是中唐诗歌有别于盛唐诗歌的又一特征,即相对于盛唐诗的豪放、沉郁、醇厚,中唐以后诗味转向澹薄。因为茶以它芳洌、清神的特性,激起文人墨客无穷的雅兴,即如薛能《留题》所云:“茶兴复诗心,一瓯还一吟。”这说明茶与诗有着某种微妙的内在联系:茶使人在冷静中反思现实,产生感慨与联想,而不同于酒的使人亢奋激动,所以茶似乎成了激发人们创作灵感的“女神”;而诗正是这种“灵感”的载体。至此,我们可以说,如果酒之“尚陈”代表了厚重典雅的古典美,则茶之“尚新”代表了浅近轻灵的近世美,这正与盛唐、中唐诗美的转型相对应。

三、茶之清灵与诗之苦思

茶自进入人类的饮食生活起就被视为神灵之物，上述茶的别号都突出了茶“清灵”的特性——这种特性易于诱发诗思灵感是不争的事实；然而，灵感往往是处心积虑、偶然得之的，这就是苦思。下面分其自然属性及由此而产生的诗思灵感两方面论述。

茶的清灵首先表现在其自然属性上，如《东溪试茶录》云：“庶知茶于草木为灵最矣。”除上述美称外，或被誉为“玉英”，是因为“琼浆驻容发，甘露莹心灵”（李华《云母泉诗》）；或“玉花”，因为它能“救此病劣躬”（孟郊《凭周况先辈于朝贤乞茶》）；或“灵芽”，因为它能“涤虑发真照，还源荡昏邪”（柳宗元《巽上人以竹闲自采新茶见赠酬之以诗》）；或“草中英”，因为它“香且灵”，且“能令睡思清”（郑遨《茶诗》），如此等等。茶之所以具有这种“百草让为灵，功先百草成”（齐己《咏茶十二韵》）的神灵的特性，就在于它的“灵味”、它的“洁性”，它能“涤尘烦”：“洁性不可污，为饮涤尘烦。此物信灵味，本自出山原。”（韦应物《喜园中茶生》）在于它能“调气”“伐邪”“祛老疾”：“茗饮暂调气，梧丸喜伐邪。幸蒙祛老疾，深愿驻韶华。”（包佶《抱疾谢李吏部赠诃黎勒叶》）在于它能“除睡眠”：“摘芳为药除睡眠。”（李咸用《谢僧寄茶》）在于“采茶饮之生羽翼”“祛我疾”（皎然《饮茶歌送郑容》）……总之，这种清灵的特性不仅有利于身心健康，有助于参禅，更易于诗歌创作灵感的产生。

灵感的产生是有许多诱发因素的，可是，自从茶的清灵的特性介入诗歌创作以后,煎茶、品茶的“逸兴”自然就会成为酝酿诗兴的一个重要手段,正如日本千宗室解释晚唐诗人李中的“新试《茶经》煎有兴,旧婴诗病舍终难”(《赠谦明上人》)时所说:表面上看是写借助《茶经》理论,进行煎茶实践的“逸情”与雅兴;然而重要的是,这两句透出了诗兴与茶兴的关系:“作为酝酿诗兴的精神情趣的手段,茶是非常适宜的,同时还可以认为饮茶所酿成的甚至可以称其为精神上的恍惚状态,便更进一步促进吟诗时的饮茶。”①由饮茶而产生的这种诗思灵感,中晚唐诗人一般称之为“茶兴”:“更怜茶兴在”(韩翃《同中书刘舍人题青龙上房》)、“茶兴留诗客”(薛能《新雪八韵》),正是这种“茶兴”,才使得诗人们“静虑同搜句”(李中《宿青溪米处士幽居》),才使得他们“茶爽添诗句,天清莹道心”(司空图《即事二首》其一),甚至是“味击诗魔乱,香搜睡思轻”(齐己《尝茶》)。一个“搜”字已透出他们的“苦用心”。

与盛唐的自然浑成、兴象玲珑不同,中晚唐诗人刻意追求人工之美。其实,处在转折点上的杜甫早以“语不惊人死不休”的苦吟“导夫先路”了。他不仅以“清省”自警,而且以之评论诗人,如评阴铿、何逊诗:“阴何尚清省。”(《秋日夔府咏怀》)评张九龄诗:“诗罢地有余,篇终语清省。”(《八哀诗》)“清省”就是爽朗简练,其影响应是巨大的。如皎然《诗式·取境》:“或曰:‘诗不假修饰,任其丑朴,但风韵正,天真全,即名上等。’予曰:‘不然。无盐阙容而有德,曷若文王太姒,有容而有德乎?’”皎然这种以修饰丽藻而致高情远韵的艺术追求,与

① [日]千宗室:《〈茶经〉与日本茶道的历史意义》,萧艳华译,南开大学出版社1992年版,第45页。

大历诗人追求自然与丽藻的统一如出一辙，代表了那个时代的审美主流。它连同韩孟诗派“笔补造化”的诗学努力，深深影响了中晚唐的多数诗人。而在这一追求过程中，“茶兴”的激发作用当然要大于“酒兴”。

什么是“茶兴”？茶能“荡昏寐”（《茶经》），反过来说就是“破睡见茶功”（白居易《赠东邻王十三》）。这一“茶功”能使诗思清晰，如秦韬玉《采茶歌》：“洗我睡中诗思清，鬼神应愁歌欲成。”即说明茶之清思具有冷静的特点。茶的兴奋与酒不一样，酒的兴奋是由于血液循环加剧，心搏加快，体温上升所致，表现为意气情感的摇荡勃发；而茶则主要是大脑的兴奋，大脑越兴奋，情绪越平静。酒是一种热性的兴奋，茶是冷性的兴奋。酒后作诗，“百川皆乱流”，诗思如惊风急雨，飘忽无端；茶后作诗，能沉思静虑，安排精密。如李中《宿青溪米处士幽居》：“静虑同搜句，清神旋煮茶。”即是写茶后清神静思去“搜句”的冷静创作状态。由于创作思维的冷静沉潜，故而作诗不是天马行空式的虚浮，而是细致入微，将创作注意力集中到细微处，对句、字悉心琢炼——这种茶兴已是苦思了。

那么怎样苦思？他们或是“茶瓯对说诗”（李嘉祐《赠王八衢》），或是“新诗酌茗论”（严维《奉和独孤中丞游云门寺》），或是“吟诗老不倦”（朱庆馀《夏日题武功姚主簿》），或是“研露题诗洁”（姚合《寄元绪上人》），或是“布水宵煎觅句茶”（杜荀鹤《题衡阳隐士山居》），或是“野客乞诗归”（姚合《寄张徯》）等等，总之是刻意搜肠刮肚、绞尽脑汁，将诗情、茶兴凑泊在一起：“还是诗心苦，堪消蜡面香。碾声通一室，烹色带残阳。”（齐己《谢灉湖茶》）一个“诗心苦”算是道破了天机，而这种苦思的直接结果是诗歌的清寒瘦硬。

四、茶之俭德清形与诗之清寒瘦硬

上文已言,中唐诗风已变盛唐之奔腾、天然、昂扬为内敛、锻炼、低沉。若就其骨相而言,中唐以后之诗渐改盛唐的雄壮粗犷而变得工秀小巧、清寒瘦硬。如大历十才子之诗“清气中时露工秀”(《岘傭说诗》),“矫入省净一途”(《唐音癸签》卷七),这种“省净”其实就是剪刻内敛,其气骨中衰,风力自降。以皇甫冉、严维、张继、刘长卿、李嘉祐为代表的大历江南诗人“窃占青山白云、春风芳草以为己有”(《诗式》卷四),不仅表现出清婉柔秀的风格共性,而且明显带有诗歌变新的趋势。以皎然、顾况、灵澈等为代表的吴中诗派,在皎然“体变未必道丧”“复古通变”及“精思结撰”“状飞动之趣,写真奥之思”的理论指导下,共同创造了“清而狂”的艺术风格,以其“化险为奇”“由险而得”的两种创新路数启迪了韩孟、元白两大诗派。特别是元白律诗、郊岛五古,其形之轻俏浅俗、寒酸清瘦,被苏轼《祭柳子玉文》称之为“元轻白俗,郊寒岛瘦”,可谓一语中的。而韩孟的“横空盘硬语”,其实就是在“硬”字上下功夫,虽有骨骼大小之别,但都属于瘦硬之美。如果说大历十才子的清形以工秀为特点,中唐元和长庆之际的清形以瘦硬为特点的话,降至晚唐则以寒俭为特点了,并且显示出枯涩、寒苦、幽僻、细弱之形态。苏轼《书司空图诗》评司空图诗“恨其寒俭有僧态”,“寒俭”,即僧之清,而韩偓等尖新清弱的诗形,更宛如女性线条的形制了。

茶形的特点与诗形相通,而茶的“俭德”“清形”的特性无疑促进了上述清寒、瘦硬诗格的形成。葛晓音《诗变于盛衰之际》一文论述钱起诗“剪刻省净”的几种程式时指出，一是通过“残”“背”“入”“低”“隔”“深”等动词的提炼，加强景物的层次感，一是“情景接合，移情于景”①。其实，不仅仅是钱起，大历之后的诗人们多数都会运用这两种手法，盛唐之自然天成已荡然无存。中唐诗人的那些“茶诗”尤为明显——不仅是“省净”，更是惯用一些低调、清寒之词。如戴叔伦“远访山中客，分泉谩煮茶”，访友罢后而归时这样移情于景：“归路逢残雨，沿溪见落花。”（《春日访山人》）他在《题横山寺》诗中也是这样想象：“老衲供茶碗，斜阳送客舟。”孟郊《与王二十一员外涯游昭成寺》诗虽以“游僧步晚磬，话茗含芳春”渲染出几分热意，可是结句一下子又冷了下来：“顾惭馀眷下，衰瘵婴残身。”其《宿空侄院寄澹公》也是以“夜坐冷竹声”来衬托“茗碗华举举”，而“茗碗”激起的诗思却是“空愁予”，其人其诗之寒瘦状跃然纸上。而张籍则是以“多病逢迎少”来衬托“茶过卯时煎”（《夏日闲居》），卢仝也是以“正干枯”之“客身”想象“煎茶厄”（《萧宅二三子赠答诗二十首·客谢竹》），白居易“夜茶一两杓，秋吟三数声”（《立秋夕有怀梦得》），正道出了中唐诗的那份“秋意”。

已入“冬季”的晚唐诗怎样？上文已言晚唐之诗已降为寒俭、清弱的形态，而他们的“茶诗”则更显“僧态”，几乎全与僧院、僧人有关：或是以“寒天”、清夜之孤更声及“山茶”状写上人房之寒苦（周贺《同朱庆馀宿翊西上人房》），或以“白昼寒”

---

① 本书编辑部编：《唐代文学论丛》总第5辑，陕西人民出版社1982年版，第149—153页。

“夕雨”及“茶疾”以写昼公院之枯涩(周贺《题昼公院》),或以“沈沈”“一溪月色”“满洞松声”及“煮茶烟”渲染愿公院之幽僻及“禅心”之凄寒(杜荀鹤《宿东林寺题愿公院》);或以“茶烟”“鹤迹”“孤磬”“灵山”“白云”寄托禅人、禅心之清幽(郑巢《送琇上人》),或以“病披青衲重,晚剃白髭寒。烘壁茶烟暗,填沟木叶干”遥想禅师“昔年”修禅之苦(李中《寄庐岳鉴上人》),或是乍看似有禅悦之心:“一秋同看月,无夜不论诗。泉美茶香异,堂深磬韵迟。”而接着以“猿苦叫霜枝”透出禅境之清寒(李中《寄庐山白大师》)等。尘世之人眼中的佛界若是,茶无疑深化了其清寒之境。那佛中人借茶而写出的禅境、禅心与诗理当是更深一层,如:“诗虽清到后,人更瘦于前……何时重一见,谈笑有茶烟。”(贯休《归故林后寄二三知己》)其“诗清”“人瘦”“茶烟”,便是诗、茶、禅一味而同形的写照。而齐己亦是借茶来体悟禅趣,来搜求奇诗句:“别后知何趣,搜奇少客同。几层山影下,万树雪声中。晚鼎烹茶绿,晨厨爨粟红。”(《寄旧居邻友》)这类僧侣“茶诗”的清瘦、幽涩之态亦若是。

前文已言,安史之乱重创了唐人的心灵,盛唐培育起来的那种豪放的气质、浪潮般的热情、鸿鹄之志、大海般的胸襟都已不再,而转入低落、沉思、内向,那种以开朗豪迈的情怀纵酒狂歌的时代已经逝去,而代之以啜茶品茗、体味人生的时代(他们也饮酒,但伴随的不是放歌,而是悲吟)。而茶之清渗入诗境,主要表现为清寂与清幽——都是清寒瘦硬的表现。

静是茶道修习的必由之径,因为茶道是修身养性、追寻自我之道。如何从小小的茶壶中去体悟宇宙的奥秘?如何从澹澹的茶汤中去品味人生?答案只有一个——静。道家之“坐忘”、禅佛之“直心”都是“静”的表现;而因为有了茶的加入,即当茶事配合佛道的修行时，茶的清香便静静地浸润释子道士的心田，他们的心灵会在虚静中显得空明，他们的精神便在虚静中升华净化，形成一种宁静的氛围和空灵虚静的心境，这种心境就是“清寂”的境界：茶禅一味、茶道一味；当用诗刻画这种清境时，便是茶诗一境、一味了。

因此，得此清寂的首先是僧道之人，清贺贻孙《诗筏》：“唐释子以诗传者数十家……尝见刘梦得云：‘释子诗因定得境，故清’。”“定”，即禅定。定境之清即是清寂、空寂。对空寂清美的崇尚，是中晚唐文人心胸浅狭、崇雅尚格的体现，所谓“诗无僧字格还俗”（郑谷《自贻》）。如贯休《题灵溪畅公墅》之描写：“境清僧格冷，新斩古林开……岚飞黏似雾，茶好碧于苔。但使心清净，从渠岁月催。”其“茶好碧于苔”作为“境清”的一个组成部分，使其禅心“清净”。齐己的两联：“茶影中残月，松声里落泉”（《寄江西幕中孙鲂员外》）、“煮茶尝摘兴何极，直至残阳未欲回”（《与节供奉大德游京口寺留题》），极现清寂之境。而俗世之人也有自己清寂的感受：“静得尘埃外，茶芳小华山。此亭真寂寞，世路少人闲。”（朱景玄《茶亭》）不外“静”“寂寞”“闲”之类。

为了更好地阐释这一清寂，我们再以晚唐“茶诗”做进一步说明。因为由秋入冬的晚唐诗以其萧条、凄凉、绝望之美再现了清寂之境。如皮、陆的松陵唱和，司空图的韵外、味外的审美追求，易同茶道趋于一途。如皮日休《临顿为吴中偏胜之地陆鲁望居之不出……奉题屋壁》，其疏篱、绿槿、乱檐、黄茅、静窗、闲壁等都是为了渲染此屋之幽僻，“压酒移谿石，煎茶拾野巢”一联才引出人的活动，最后慨叹：“支遁今无骨，谁为世外交。”看来皮陆也并不是一味闲适。如果说友人之居还没有清寂到“灭”的程度，那么上人旧居的清寂则更加浓了一重：“龛上已生新石耳，壁间空带旧茶烟。”一“新”一“旧”用得相当有力，以至于“疑禅”了（皮日休《过云居院玄福上人旧居》）。司空图则是由“中宵茶鼎沸时惊，正是寒窗竹雪明”而有所悟，甘愿寂寞一生：“甘得寂寥能到老，一生心地亦应平。”（《偶诗五首》其五）诗人笔下的这种清境的产生都是与茶的禀性的刺激分不开的，所以诗境与茶性是相融通的。

皎然在论“取境”时主张“采奇于象外，状飞动之句，写冥奥之思”，“成篇之后，观其气貌，有似等闲不思而得，此高手也”（《诗式·取境》），这种境界就是“至苦而无迹”（《诗式·诗有六至》），就是“禅中境”：“诗情聊作用，空性惟寂静。”（皎然《答俞校书冬夜》）这一美学追求对中晚唐诗歌创作产生了不可忽视的影响。由于茶本身的特点与之有许多相通之处，中唐以后的好茶风气便自然而然地融于这种审美趣味之中。他们为了寻求这一清幽之境，常用“幽”“闲”“茶烟”“茶香”“竹”“松”“云”“泉”等诗歌意象，而且常常是连用。如：“看画长廊遍，寻僧一径幽。小池兼鹤净，古木带蝉秋。客至茶烟起，禽归讲席收。”（刘禹锡《秋日过鸿举法师寺院便送归江陵》）池鹤、秋蝉、归禽连同茶烟等意象深化了净幽、清幽之境。再如：“竹暗闲房雨，茶香别院风。谁知尘境外，路与白云通。”（戴叔伦《与友人过山寺》）以竹暗、闲房雨、茶香渲染近境之清幽，以“路与白云通”拓出远境之清幽。直接点出清幽之境的，如“尝茶近竹幽”（贾岛《雨中怀友人》）、“穿松孤鹤一声幽”（林嵩《赠天台王处士》）等，而以茶香、竹、泉等塑造清幽之境的，如“茶香竹里泉”（张乔《题友人林斋》）、“野泉烟火白云间，坐饮香茶爱此山”（灵一《与元居士青山潭饮茶》）、“种竹岸香连菡茗,煮茶泉影落蟾蜍”(齐己《过陆鸿渐旧居》)等,而直接以茶烟造此境者,其诗例也很多,如“茶烟岩外云初起”(林嵩《赠天台王处士》)、“茶烟朝出认云归”(李中《题柴司徒亭假山》)、“帘卷茶烟萦堕叶”(贯休《将入匡山宿韩判官宅》)等。我们以为,为了塑造这种清幽之境,诗人们惯于使用的这一系列意象,一方面可能是妙手偶得,另一方面深深烙有中晚唐的时代印记。如权德舆《送灵澈上人庐山回归沃洲序》评价灵澈“静得佳句,然后深入空寂,万虑洗然,则向之境物,又其蕙稗也”,道出了其得失:“空寂”(含部分清幽)之境成为中晚唐较普遍的审美追求;然而毕竟失去了盛唐的浑然天成,不是情景交融而是移情于景,所谓“向之境物”,即非好诗了。

清寒瘦硬发展到一定程度必透出一份酸涩,这是与中晚唐人由神圣转入平凡以后苦涩而新鲜的心理体验相关联的,他们的心理体验是这样的:“还是诗心苦,堪消蜡面香。”(齐己《谢灉湖茶》)闻一多《唐诗杂论》论贾岛诗说:“初唐的华贵,盛唐的壮丽,以及最近十才子的秀媚,都已腻味了,而且容易引起一种幻灭感,他们需要一种清凉,需要一种酸涩来换换口味。”中唐时开始出现苦吟诗人,而苦吟诗人的诗多追求清苦味,所谓“酸吟尚极清”(贾岛《病蝉》)。这种苦吟的结果一如苦思,必然导致诗歌的清寒瘦硬。

五、好茶风尚的影响

中唐形成的好茶风尚对晚唐及宋代的诗歌产生了深远的影响。士子、僧侣举行茶会时免不了清谈赋诗,这正是他们争奇斗胜的好时机、好场合。中唐以后大盛的文字宴，即分韵赋诗或联句等肯定离不开茶与酒，署名元稹的《一字至七字诗·茶》可能就是茶会上的创作，即七人联句。而联句诗在大历以后的勃兴是一个值得研究的问题（初检《全唐诗》和《全唐诗补编》共得联句诗140首左右）。特别是鲍防任浙东行军司马时的浙东联唱和颜真卿任湖州刺史时的浙西联唱。究其原因，除天时、地利、人和之外，与茶会亦有一定的关系：联唱的内容、形式与茶会的内容、形式是极为相似的，共同表现了自然、放适的生活情趣。如颜真卿等人的《五言月夜啜茶联句》：

泛花邀坐客，代饮引情言。——陆士修
醒酒宜华席，留僧想独园。——张荐
不须攀月桂，何假树庭萱。——李萼
御史秋风劲，尚书北斗尊。——崔万
流华净肌骨，疏瀹涤心原。——颜真卿
不似春醪醉，何辞绿菽繁。——皎然
素瓷传静夜，芳气清闲轩。——陆士修

他们于茶、酒、自然山水中寻求精神栖遁的场所，暂时逃避了板荡不宁的尘嚣世界，让精神得到片刻的放松，心灵痛苦暂时得以平息。

而中晚唐的文学团体或“诗社”乃至流派之多恐惧是空前绝后的。值得注意的是，它们或多或少与茶会有关，因为茶会本身就带有“诗社”的性质。如晚唐的皮日休、陆龟蒙，共同的好茶兴趣是形成以皮陆为代表的晚唐流派之一的重要诱因。陆龟蒙嗜茶好酒，不喜与流俗交往，唯好放扁舟，挂篷席，携束书茶壶笔床钓具,泛游太湖中。据说他在顾渚山下经营了一座茶园,每年收取租茶,自斟自品,并为茶分出了等级,他曾著有《品茶书》,可惜早已亡佚。皮日休嗜酒癖诗,同时又好茶,他的《茶中杂咏》十首,用诗的形式表述了茶事,其序文概述了茶史及自周至唐的茶事,高度评价了陆羽的《茶经》,并说明这十首诗是以诗的形式和语言来记述茶事的。皮陆的唱和分别歌咏了"茶坞""茶人""茶笋""茶籝""茶舍""茶灶""茶焙""茶鼎""茶瓯""煮茶"十题。在"茶舍""茶灶""茶焙"诗中描绘了唐代制茶的工艺过程:"焙前蒸紫蕨","乃翁研茗","中妇拍茶","左右捣凝膏","方圆随样拍",等等,在我们面前展现了唐代饼茶制造过程的全幅画面。十题之中的"茶鼎""茶瓯""煮茶",侧重吟咏抒发烹煮和品茶的情趣。其中皮陆两人的"煮茶"诗,一唱一和,最具特色:"香泉一合乳,煎作连珠沸。时看蟹目溅,乍见鱼鳞起。声疑松带雨,饽恐生烟翠。倘把沥中山,必无千日醉。"(皮诗)陆诗则说:"闲来松间坐,看煮松上雪。时于浪花里,并下蓝英末。倾馀精爽健,忽似氛埃灭。不合别观书,但宜窥玉札。"这些诗句将煮茶时的闲适心态及饮茶的神奇功效,特别是煮茶的火候描写得细致微妙。

如果说盛唐诗崇尚情感的自然流露,中晚唐诗则崇尚理趣的着意刻画。而茶是"至灵之物",趣是性灵的闪光,是靠灵性去妙悟的,诸如理趣、意趣、物趣、野趣等,都是诗人对审美客体的一种灵性独具的解会与妙悟,从而生发出新鲜而具有启示性的趣味。

为了表达理趣,诗人们常以茶与"琴""竹""松""棋""鹤"等诗歌意象连用,以增强其清趣。我们知道,上述诗歌意象在中国几千年的文化积淀中都有其象征意义:或高洁,或挺拔,或清闲,或祥和,洋溢着无限的情趣与理趣。如:"茶烹松火红,酒吸荷杯绿。解佩临清池,抚琴看修竹。"(戴叔伦《南野》)茶、松、琴、竹合用,在二十个字中浓缩这四个意象,可知酒力再大也敌不过一个"清"字,其清趣真耐人寻味。再如:"竹声输我听,茶格共僧知。……险事销肠酒,清欢敌手棋。"(郑谷《咏怀》)茶、竹、棋合用,此二十字浓缩三意象自不必多说,而"销酒肠"者必是茶,此"清欢"必是茶、竹、棋带来的,其清趣显见。其他如"雪长松柽格,茶添语话香"(齐已《寄孙辟呈郑谷郎中》),为"清吟"增添了无限情趣。又如"琴弹三峡水……竹风来枕簟,药气上衣巾。茶谱传溪叟,棋经受羽人。清虚虽得趣,献替不妨陈"(李中《献中书潘舍人》),茶、琴、竹、棋四意象的连用,道尽了无限"清虚趣"。而"策杖寻幽客,相携入竹扃。野云生晚砌,病鹤立秋庭。茶美睡心爽,琴清尘虑醒"(李中《访山叟留题》),不仅以"竹扃""病鹤""茶美""琴清"透出了耐人寻味的清趣,还以"琴"道出另一层寓意,即道教所谓"琴心三叠舞胎仙"(《黄庭内景经 · 上清章》),指通过身心的修炼,达到心和神悦的境界,其清趣似乎又深了一层。正因为如此,诗人才直呼"趣无穷":"岸帻栖禽下,烹茶玉漏中。形骸忘已久,偃仰趣无穷。"(刘得仁《夏夜会同人》)才于"茶中见鸟归":"饭后嫌身重,茶中见鸟归。"(薛能《寄终南隐者》)才能"千古见清机":"栋危猿竞下,檐回鸟争归。烟冷茶铛静,波香兰舸飞。……琼瑶一百字,千古见清机。"(吴融《和睦州卢中丞题茅堂十韵》)在这里,薛、吴两诗自然包含了陶渊明"山气日夕佳,飞鸟相与还"诗意。也许,诗人们正是从上述真趣中悟出了人生真谛。在这里,诗人由"一片新茶破鼻香",深切体悟到"莫合九转大还丹,莫读三十六部大洞经";因为有茶在,就足以"长生",

何须去“求神仙”:“闲来共我说真意,齿下领取真长生。不须服药求神仙,神仙意智或偶然。”(卢仝《忆金鹅山沈山人二首》其二)这也许就是杜荀鹤所谓的“悟了然”:“浮生自是无空性,长寿何曾有百年。罢定磬敲松罅月,解眠茶煮石根泉。”(《题德玄上人院》)正因为大彻大悟了,诗人才这样说:“书幌飘全湿,茶铛入旋融。……高才兴咏处,真宰答殊功。”(黄滔《和吴学士对春雪献韦令公次韵》)这一“殊功”应有茶的一份吧!

这种崇尚理趣的艺术追求对凝练沉潜、以理为主的宋诗产生了深远的影响,“诗外别有事在”成为多数宋人的共识。上文我们谈过中晚唐“哲学的突破”主要表现为三教重新被反省、宇宙本质、人的处境、历史文化的发展等主题。可是这一突破并未完成,因为当时的知识阶层在宦官、贵族、藩镇的夹击下流离陨灭,无法构成政治文化上的中心势力,“会昌法难”又摧毁了这一突破所依据的三教思想基础。因而真正的突破是由宋初知识分子来完成的——知识阶层的兴起、建立新秩序的要求、传统文化的肯定等,都与贞元元和情况相似,反省回眸之际特有会心。从宋初的以贾岛为典范到李商隐的西昆体的出现,再到欧梅推尊韩李不谈老杜,再到王安石的推杜抑李,最后老杜定于一尊,宋诗改革正式完成。可是,宋诗虽尊杜甫为“祖”却往往是通过中晚唐诗而学之的(如王安石即是通过韩愈、李商隐而学老杜),已初露尚理尚意倾向的中晚唐诗有助于宋诗特点的形成:它外示枯槁,无风云月露之点缀;它力涉理路,借言论道——呈现出主意主理的创作形态与知性反省的时代精神。当然,宋诗自有它自己的特点,但不可忽视的是:中唐才出现的茶诗一味、茶诗一理不仅为彼一时代的诗人体悟人生真谛提供了一个易得的法门,而且直接启迪了宋诗。

在功名与学术之间*

——李唐士子习业山林寺观之文化解读

在政治与学术的相互依违中，中国的士人们一直在孜孜不倦地寻求赖以安身立命的地方，追求道德与学术独立的理想，希望那种不太受政治干扰的私人学术自由可以延续下去，渴求那种超然独立的学人人格可以流芳百年。这种希望和理想贯穿在中国两千多年的教育与社会生活中，在在体现着一个重要的传统和特色，这就是士人的自觉。然而，这种自觉"自汉代经学与利禄相结合以后，学术思想的领域便很难维持它的独立性，而成为通向政治的走廊"①。这种自觉，在唐代突出表现在士人读书习业于寺院山林的风尚上，虽然与科举、政治有直接关系，带有极强的功利性；可是，它不再是满腹经纶的儒生们所标榜的特立独行，也脱下了狂歌酣醉的士人愤世嫉俗的外衣，唐代的学术主要是靠他们维持下来的。

---

* 原载《阅江学刊》2018 年第 3 期。

① 余英时：《士史论衡》，上海文艺出版社 1999 年版，第 29 页。

一、山林讲学之溯源

下面先从唐以前的私人讲学传统谈起。一般说来,中国私人讲学的传统是由孔子开创的,他的"有教无类"思想与重视道德行为教育的做法,不仅具有划时代意义,还产生了深远的影响。早在战国时代,"百家争鸣"的自由学术气氛营造了中国第一个私人讲学的黄金时代。到了汉代,这一传统出现了一个新特点,有些学者喜欢隐居在人迹罕至的地方,如樊英"隐于壶山之阳,受业者四方而至"①,如公沙穆"隐居东莱山,学者自远而至"②。而且自己设立学馆,模仿公学的规模及教学内容,寻觅山林密闭之处教授,这种传统从东汉已确立下来,如郑玄"游学十余年乃归乡里。家贫,客耕东莱。学徒相随已数百、千人"③。不过,这时的私学往往是依赖于官学才得以生存、流传的,如服虔、马融、郑玄等经学名宿皆如此,然而其势力之大与规制之严是空前的:"其耆名高义,开门受徒者,编牒不下万人,皆专相传祖,莫或讹杂。至有分争王庭,树朋私里,繁其章条,穿求崖穴,以合一家之说。"④值得注意的是,这私人讲

---

① (南朝宋)范晔撰,(唐)李贤等注:《后汉书》卷八二上,中华书局2013年版,第2721页。

② (南朝宋)范晔撰,(唐)李贤等注:《后汉书》卷八二下,中华书局2013年版,第2730页。

③ (南朝宋)范晔撰,(唐)李贤等注:《后汉书》卷三五,中华书局2013年版,第1207页。

④ (南朝宋)范晔撰,(唐)李贤等注:《后汉书》卷七九下,中华书局2013年版,第2588页。

学的地方，亦有了“精舍”这一专名，如刘淑“立精舍讲授，诸生常数百人”[①]；檀敷“立精舍教授，远方至者常数百人”[②]；包咸“因住东海，立精舍讲授”[③]；李充“遭母丧”，“服阕，立精舍讲授”[④]。这一“精舍”不仅是唐宋以后书院的前身，而且与佛教中的“精舍”有密切关系。

佛教传入中国以后，与中国文化交互激荡，产生了许多新气象，如在教育方面，僧人不仅用了“精舍”的名称，重要的是佛教的一些信念和传教方法也同中国的传统教学法相互影响，如佛教的传教方法——讲经的制度因适应中国的需要，除经师之外，还设“都讲”，有类于今日的助教，便是学习中国的讲学作风发明出来的。因此，佛教与中国山林讲学的传统有着相互推波助澜的功用，如早在魏晋南北朝时，佛寺就已开放给俗人作为讲学之所了，例如著名隐士何点曾在佛寺“建讲”。何点，庐江人，刘宋时征聘不就，与孔稚珪为莫逆友，曾“在吴中石佛寺建讲”[⑤]，这一举动在中国学术史上具有开创性的意义，因为这种山林讲学扮演了一个承先启后的角色；隋唐以后终于变成了一个重要的传统。

不仅如此，唐代更是出现了佛教长老以儒学教授求学士子

---

① （南朝宋）范晔撰，（唐）李贤等注：《后汉书》卷六七，中华书局2013年版，第2190页。

② （南朝宋）范晔撰，（唐）李贤等注：《后汉书》卷六七，中华书局2013年版，第2215页。

③ （南朝宋）范晔撰，（唐）李贤等注：《后汉书》卷七九下，中华书局2013年版，第2570页。

④ （南朝宋）范晔撰，（唐）李贤等注：《后汉书》卷八一，中华书局2013年版，第2685页。

⑤ （唐）姚思廉：《梁书》卷五一，中华书局1973年版，第733页。

的现象，如唐昭宗乾宁时代的永安院，在有名的高僧如义领导下，大力兴学，方便学者。他除了“缔建精舍”，还“以《诗》《礼》而接儒俗，以衣食而求孤恂”，“来者安之，终者葬之。其间羁旅书生，咸成事业”①。请注意此处的“儒俗”，寺院之接纳“儒俗”，一方面说明唐代佛教的进一步世俗化；另一方面亦可见儒释之说互补、调和的路数——在“儒俗”的冲击下，佛教为了自身的发展而有选择地吸纳儒与俗的东西，这本是符合其“求善”的教理的：这种寺院教学是普通人在没有赀财、缺乏家学的情况下寻求教育的极佳途径。严格说来，我们不能说佛教创造了现代人所说奖学金的观念，但是隋唐以降，除了政府之外，能够以雄厚的资财来大规模支持普通教育的恐怕也只有寺院了。在门第社会解体的过程中，新的家族观念和制度又没有建立起来，佛教的寺院就自然地扮演了重要的私学角色。特别是韩愈、刘禹锡、柳宗元等人将佛学诸子化以后，不仅推进了传统子学的哲学层次，重要的是促进了儒与释的互补，他们对天人之际的关注不再限于天命有无的问题，而开始涉及人的终极价值与精神本体的问题，这是他们在佛学思潮的熏陶下产生的新的“子学”意识。由于诸子学受到重视，一些佛教学者也多引用诸子思想阐释佛学原理，他们将佛学也视为诸子的一种，显示出一种不守一经、独创一说的“子学”精神，这是唐代学术思想的一个重要特点。

---

①　（唐）陆元浩：《仙居洞永安禅院记》，（清）董诰等编：《全唐文》卷八六九，中华书局 1983 年影印本，第 9100 页。

二、唐代山林教育的基本格局

习业山林寺院,是唐代特别是中唐以后私人讲学的主要形式。这种以求学为主体的活动,与从前的讲学略有不同,但同样是属于私人教育的活动。这种活动不仅打破了官学对教育的垄断,更是推进了教育的普及化,这种自觉在文化史、学术史上是了不起的贡献。首先应指出的是,唐人之读书于山林与读书于寺院一样,都在中唐以后转盛,而他们最喜欢的去处是名山古刹,主要集中在以下几个地区:

一、终南山、华山及长安南郊区
二、嵩山及其近区诸山
三、中条山、太行(今太行山脉南段)
四、泰山及其近区诸山
五、庐山
六、衡山及长沙附近寺观
七、罗浮山,蜀中诸山寺观
八、九华山
九、扬州寺院及淮南其他诸寺山
十、慧(惠)山寺及浙西其他诸山
十一、会稽剡中及浙东其他诸山
十二、福建诸山寺
十三、敦煌诸寺院

十四、其他①

粗略检阅一下其分布情形可以看山，唐代习业山林寺院的风气已经普及于当时比较重要的文化区域，而且与唐代文化思想的重要组成部分，即佛学与道教中心之地理分布密切相关。我们觉得，唐代佛学思想异常强大，又以禅宗为各派之首，遍及大半个中国，而道教则主要分布在以下几个地区：北方以嵩山、中条山、终南山为中心，四川为青城山，江南以天台、衡山、罗浮诸山为中心，其总体趋势跟佛教一样，是南盛于北。观上文所列地区，一、二、三、五区为一般士子所喜读书之山区，而嵩山又为佛、道传法讲学之地，佛教讲学集中于二、六、十三区，而湖北及两浙亦盛，道教传法讲学盛于一、二、三、六、七、十区，而不限于偏僻地方。当然，这些士子们的志向一般以取得功名利禄为读书的最高鹄的，因此，他们就读的山林寺观就有了一定的讲究，如终南山，距长安一百余华里，唐高宗以后，历代祭祀不断；嵩山少室，近东都洛阳；中条、王屋，近北都太原，是中原富庶的河内之地；泰山，临兖州曲阜，唐帝常莅此封禅、释典；会稽的剡中、蜀中的青城等，皆繁华都会，如此等等。就在这十几个（或与之毗连的）地区，出现了一大批地方或私人书院：

1. 桂岩书院，在江西高安县调露乡洪城。唐幸南容创建。

2. 皇寮书院，在江西永丰。唐吉州通判刘庆霖流寓永

---

① 刘岱主编：《中国文化新论·学术篇》，生活·读书·新知三联书店 1991 年版，第 375—376 页。

丰,建以讲学。

3. 景星书院,在江州郡治东。唐李渤长庆中刺史江州时建。

4. 东佳书院或义门书院,在江西德安县东佳山下。唐义门陈衮建。

5. 鳌峰书院,在崇泰里熊墩。唐尚书熊秘建。

6. 草堂书院,在福宁府福鼎县。唐林嵩读书处。

7. 松洲书院,在漳州府二十四都。唐陈珦与士民讲学处。

8. 梁山书院,在福建漳浦县。唐潘存实读书处。

9. 孔林书院,在南雄府城东一百里。唐宪宗时,曲阜孔戣为岭南节度使,因家焉。后其孙振玉始建书院。

10. 丽正书院,在浙江会稽县。唐开元十一年置。

11. 光石山书院,在湖南攸邑。

12. 天宁书院,在湖南桃川宫东北,相传创于唐时。

13. 杜陵书院,在湖南耒阳县北,祀杜甫。唐建。

14. 韦宙书院,在湖南衡山县南十五里。宙为永州太守,退居,创书院于净福山。

15. 邺侯书院或明道书院,在衡山县西。唐李泌子蘩建,有泌手书"极高明"三字。又泌故居有明道山房,亦称明道书院。

16. 石鼓书院,在衡山县北二里石鼓山。

17. 卢藩书院,在衡山紫盖峰。卢藩隐居于此建。

18. 西溪书院,在陕西长安县龙首峰西。唐隐士姚敬栖遁之所。

19. 张说书院,在河北保定抱阳山。张说建。

20. 瀛洲书院，在陕西蓝田县治南。唐李元通建。

21. 丹梯书院，在巴州治南书案山。状元张曙读书处。

22. 南溪书院，在叙州府南溪县西北。唐诗人杨发有《南溪书院》诗。

23. 凤翔书院，在南溪县北半里，唐进士杨发读书处。

24. 张九宗书院，在今四川遂宁县书台山。唐贞元间建。

25. 李公书院，在今山东临朐县西南，李靖读书处。①

由上文的两则材料可知，习业山林寺院风尚与大量出现的地方性（或私人）书院，在唐代中叶以后变成了中国私人教育的主流，也成了私人教育的理想，这一转变不只代表两汉以来经师讲学及门第教育的结束，更代表了山林教育理想的崛兴，以及科举制度对教育的影响。要了解中国书院教育的背景和意义，要了解唐代特别是中唐以后知识分子的自觉，一定不要忽视习业寺院山林的私学理想。因为山林讲学与山林读书，有时表面上看好像是一种遗世独立的逃避心理，这类学人的真正目的可能不尽相同，可是它代表了唐代士人追求道德与知识独立的理想——这种自觉在思想史、学术史上具有承前启后的意义。这些书院比起宋以后的书院来不够规范，不够典型，可是就师生关系、学业的精进与德操的修养而言，应是共通的，这就是学术与道德的双重自觉，学术与政治的双重自觉。

如上所述，读书山林活动在汉世早已有之，若说成为一种

---

① 参见陈谷嘉、邓洪波主编：《中国书院史资料》上册，浙江教育出版社1998年版，第3—9页。

风尚,加上佛教"遗世"的信念而沾染了清高的理想,则在唐代才形成,其意义自然是深远的。如贾岛诗说:"家辞临水郡,雨到读书山"(《送独孤马二秀才居明月山读书》),就给我们一种十分洒脱的清高感。又如元和末进士刘轲在其《上座主书》中说:"元和初,方结庐于庐山之阳……农圃馀隙,积书窗下,日与古人磨砻前心。岁月悠久,寝成书癖。"[①]这种自由而超然的学术活动真令人神往,深叹其学术精神的独立与自觉。因而习业山林并非只是形势与学术氛围使然,它似乎代表着一种希望由主流超逸而返主流的心灵渴求,这样的渴求必须标榜独立与自由,但也因此免不了沽名钓誉之浮滥了。据说,当时这种风气兴盛,使一些利欲熏心的人也不能不假装到名山古刹去读书,弄得路上人潮汹涌,甚至相传终南山、嵩山少室山是特别"神"的地方,要考试成功最好去那里朝拜,所谓"终南、嵩少捷径",无怪乎史书说:"高尚之节丧焉。"[②]事物都是一分为二的,我们现在来探讨这一文化现象应抓其主要方面、主流趋势,并不能以这少数"丧节"之举而否定了整个习业山林、寺院活动的积极意义。

值得注意的是,此时的学人已逐步走出严守家法与注重师承的学术模式,他们的学术氛围较为自由,他们的知识结构大为扩充,不再局限于诗赋与经学二科,而是更加注重知识的广博。虽然,在政治上他们在慨叹书生无用,但是在现实生活中他们仍是迷信读书万能,视读书为基本的生存手段。这种职业

---

① (清)董诰等编:《全唐文》卷七四二,中华书局 1983 年影印本,第 7673 页。

② (宋)欧阳修、宋祁等撰:《新唐书》卷一九六,中华书局 1975 年版,第 5594 页。

化的观念，又与初盛唐时的传家学、继师门的学术观念有所不同，中唐以后，士人对知识的渴求远胜于对道德的修炼，他们的价值观也由守道传道的复古意识转向博识多学，其文化取向也更倾向于知识的积累。这样，势必会带来唐代学术一定的繁荣与自觉。

三、科举与学术的关系

科举考试以国家意志的形式引导了学术的功利化倾向，官学无疑成了科举的附庸。可是，中唐以后，随着文化阶层的扩大、知识观念的改变、知识的积累、士人角色的转换，士子们的学术与政治思想都出现一定程度的自觉，这是中唐以后知识化人格范式的形成、尚学之风普及与科举热产生的重要因素，这势必促进习业山林、寺院的勃兴。现依上列十多个名山古刹顺序，简要举例说明。如《太平广记》卷一八〇引《卢氏小说》记：

> 唐德宗微行，一日夏中至西明寺，时宋济在西明寺过夏，上忽入济院，方在窗下，犊鼻葛巾抄书。上曰……上又问曰："作何事业？"兼问姓行，济云："姓宋第五，应进士举。"又曰："所业何？"曰："作诗。"①

唐德宗称其"大坦率"，后见礼部放榜无济名，即曰"宋五

① （宋）李昉等编：《太平广记》，中华书局1961年版，第1338页。

又坦率”,人称“宋五坦率”。此西明寺在长安。又有资料说,宋济在大历末年,与苻载、杨衡等同隐青城山读书——两者都没离开寺院、山林。此所谓“过夏”,李肇《唐国史补》卷下说,下第举人“退而肄业,谓之过夏;执业而出,谓之夏课”。即云有些举子得知落第后不再回家,而是住在长安习业叫过夏:把这期间作的诗文拿出干谒,叫夏课。韩偓有《夏课成感怀》诗:“别离终日心切切,五湖烟波归梦劳,凄凉身事夏课毕,漫落生涯秋风高。”此一“宋五坦率”,虽有些寒酸、凄凉,而这正是唐代士人自觉的一种表现。

再如盛唐诗人阎防“放旷山水”,读书于终南山丰德寺和崇济寺,刘昚虚有《寄阎防》一诗,自注云:“防时在终南丰德寺读书。”诗中极写寺之清幽寂静:“深路入古寺,乱花随暮春。纷纷对寂寞,往往落衣巾。”同时劝勉友人“应以修往业,亦惟此立身”。阎防在崇济寺读书时,岑参也居终南山高冠草堂,相与为邻,曾携琴酒访阎防,写有《携琴酒寻阎防崇济寺所居僧院》一诗,既叙深山古殿之清净,又述“弹琴醒暮酒,卷幔引诸峰。事惬林中语,人幽物外踪”之乐。

崔署“苦读书,高栖少室山中”①,且作有《早发交崖山还太室作》:“东林气微白,寒鸟急高翔。吾亦自兹去,北山归草堂。”再如张諲“初隐少室下,闭门修肄,志甚勤苦,不及声利”②,王维《戏赠五弟諲三首》其二云:“张弟五车书,读书仍隐居。染翰过草圣,赋诗轻《子虚》。闭门二室下,隐居十年

① 傅璇琮主编:《唐才子传校笺》卷二,中华书局 1987 年版,第 278 页。

② 傅璇琮主编:《唐才子传校笺》卷二,中华书局 1987 年版,第 59 页。

余。宛是野人也，时从渔夫鱼。”言其“仍隐居”，其地当为少室山。王维诗第一首又云：“吾弟东山时，心尚一何远。日高犹白卧，钟动始能晚。领上发未梳，床头书不卷。清川兴悠悠，空林对偃蹇。”亦可见其隐居时的生活情状。而孟郊“少隐于嵩山”①、李渤“励志于文学，不从科举，隐于嵩山，以读书业文为事”②，也都是读书于嵩山的好例。

又如王起“在河中，于中条山谷中起草堂，与山人道士游”，其子龟“于龙门西谷构松斋，栖息往来，放怀事外”③，及徐彦伯“结庐太行山下”④，便是在太行、中条一带习业修炼。也许崔从和他的二哥崔能苦心读书于太行山更有说服力：“（崔从）少孤贫。寓居太原，与仲兄能同隐山林，苦心力学。属岁兵荒，至于绝食，弟兄采梠拾橡实，饮水栖衡，而讲诵不辍，怡然终日，不出山岩，如是者十年。贞元初，进士登第。”⑤十年如一日讲诵不辍，直到考上进士为止。

又如著名诗人李绅，初居无锡惠山寺攻读，后又居会稽剡川佛寺苦读。另一诗人尹纵之于仙游寺读书，白居易有《秋霖中过尹纵之仙游山居》一诗，称赏云：“林下有志士，苦学惜光

---

① （后晋）刘昫等撰：《旧唐书》卷一六○，中华书局 2013 年版，第 4204 页。

② （后晋）刘昫等撰：《旧唐书》卷一七一，中华书局 2013 年版，第 4437 页。

③ （后晋）刘昫等撰：《旧唐书》卷一六四，中华书局 2013 年版，第 4281 页。

④ （宋）欧阳修、宋祁等撰：《新唐书》卷一一四，中华书局 2013 年版，第 4201 页。

⑤ （后晋）刘昫等撰：《旧唐书》卷一七七，中华书局 2013 年版，第 4577 页。

阴。”因其“岩鸟共旅宿，草虫伴愁吟”之寂寞，所以诗人“怜君寂寞意，携酒一相寻”。王建有《秋夜对雨寄石瓮寺二秀才》诗：“秋山夜雨满空廊，灯照堂前树叶光。对坐读书终卷后，自披衣服扫僧房。”这也是唐人读书山寺的写照。

又如莆山灵岩寺，则有陈蔚、黄楷、欧阳碣等居寺读书十年（见黄滔《莆山灵岩寺碑铭》）。其他诗人如李埴读书嵩岳寺、李玫习业龙门天竺寺、刘树读书东林寺等等。又，李嘉祐有《送王正字山寺读书》诗，王正字生平不详，当是为秘书省正字之官后再读书山寺，诗中说：“欲究先儒教，还过支遁居。山阶闲听法，竹径独看书。”同时还要工正字在读书之余，不忘作诗。颜真卿虽然自称“予不信佛法”，但他“好居佛寺，喜与学佛者语”①，在出仕前，“读书讲学恒在福山寺”，以后又在海印、万福、天宇诸寺读书与授徒。

而由僧还俗并考取进士也是唐代士人自觉的一个有趣现象。最著名的是贾岛，这是大家熟知的例子。又如与白居易在江州时有过交往的刘轲，早年也曾为僧。《唐摭言》卷十一《反初及第》云：“刘轲，慕孟轲为文，故以名焉。少为僧，止于豫章高安县南果园。后求黄老之术，隐于庐山。既而进士登第。”开成元年（836）进士及第的蔡京，也是僧人出身，而且在僧人中地位是较为低微的，令狐楚为义成节度使时，于道场中见之，爱其聪慧，令其还俗读书。宋人蔡宽夫《诗话》说“唐缙绅自浮屠易业者颇多”，是有一定根据的。至于曾为道士，后还俗应举的，唐人著名的有“大历十才子”之一的吉中孚，《新唐书·

① （唐）颜真卿：《泛爱寺重修记》，（清）董诰等编：《全唐文》卷三三七，中华书局1983年影印本，第3419页。

艺文志》著录其诗一卷,称其"始为道士,后官校书郎,登宏辞"。《唐才子传》卷四小传也载他"初为道士",后"第进士,授万年尉"。又有晚唐诗人曹唐,也曾为道士,大中时举进士不第,懿宗朝为使府从事。也以能诗名于当时,《诗人主客图》列之为"瑰奇美丽主"之入室者。

中国士人的潜意识里,政治是第一义的,学术思想是第二义的。唐代的士子也不例外,他们悠游山寺禅院,或于寺观读书,是他们精神文化生活的重要内容——或为"金榜题名时"的到来,或为"终南捷径"的打通,或许还有其他目的;作为唐代比较突出的一种文化现象或风俗习惯,则是唐朝"时代精神"的一种反映。可是,他们在清苦而宽松的环境里苦读或受业于个人或群体切磋,在学习科考技巧之外,注重自身的品格修养,激发智慧,积累知识,就不期而然地成了文化学术的钻研者与传播者。

四、山林习业与"子学"的勃兴

唐代私人讲学显出不同于以前的特点,具有划时代的意义。而书生苦读于山林寺院风尚大盛于唐世,学者严耕望《唐人习业山林寺院之风尚》一文曾作详细考论。严先生认为,士人入居习业寺院的原因有三:一是取其清静安宁,可专心读书以应科举,故愿付膳宿费,或替寺院作文书工作以偿;二是清贫士子可获寺院同情而给予免费膳宿的优待;三是寺院藏经阁中除了庋藏佛经之外,更有儒家经史,可供士人借阅。而从寺院方面言之,也有多方面的考虑:一是士子长久居于伽蓝,日夕与沙门交接，或暇时到藏经阁阅读儒书之余兼浏览佛典，久之他们会倾向佛教而皈依。二是据严先生文中提及的文士有二十人终晋身宰辅，而这二十位宰相中有七人曾在微时读书于佛寺(其他人则结庐山林或寄食道观)，寺僧对士人如此慷慨，大抵他们认为当士人微时予以厚待，则其人一朝得志，当会感恩而成佛门护法，或作财物布施的大檀越。反过来说，士人在失意时受到苛遇可能在日后加以报复，如李绅寄食寺院时为寺僧所侮，后来发迹官拜郡守，虽然任所在另一地区，但他为了对佛门报怨，对治下僧人犯法者均予最重判，虽然这一郡僧人并未得罪过他，但他也利用职权泄愤，这是寺院的住持们不能不加以注意的。三是由于古代寺院对披剃的小沙弥是先教儒书，再习佛典的，虽然教授外学的老师仍是年长的沙门，但有士人在寺中读书，则这读书人也可成为小沙弥执卷问难的儒学导师。总之，大批士子习业寺院，当然是以科考博取功名为主要目的，而科举重视文学，文学崇尚抒发性灵，重视个性的发扬，不重师承，故而从一个侧面反映出文学与学术的自觉。而优容书生是寺院当局的顺俗措施，这本身可视为寺院的自觉。有了士人与寺院的双重自觉，则风尚成矣。

安史之乱之前，私人传学已甚多，如王恭、张士衡、尹知章、解琬、王义方、卢鸿、元德秀等，大都是讲学于山林中，表现出不同于以前的特点，由此体现的唐代知识分子的自觉已初步萌芽。而安史之乱以后，儒学消沉，官学渐趋式微，私学有了较大的发展——私学的繁荣与文化开放、学术争鸣等密切相关。白居易云“诗到元和体变新”，其实，不仅仅是诗，中唐以后的学风亦出现新变的特点。大致说来，这一特点是由啖助、陆质、赵匡的《春秋》学开始的，它微起于天宝末，中晚唐成为一大显学，由一家私学进入科场文化中，取得官学地位，儒学因此而获得新生命。其影响，主要是作为一种新学在思想与方法上施加给学人的，此时的学人面临一个直接的学术背景，如韩愈、柳宗元、吕温等直接与这一学派有渊源关系，而贞元、元和时期，由于科举的关系，元稹、白居易等人也接触到这一学派思想。而韩愈、柳宗元、刘禹锡等思想家掀起的“子学”研究之风，亦是《春秋》学影响的结果，它带来了中唐思想与学风的新变，亦可以说是唐代知识分子自觉的最为辉煌的时期。

韩、柳、刘等人直接仿效先秦诸子学究天人、自立一说的人格范式，发扬光大了诸子独立的学术精神与学术思维，不仅促成了中唐思想与学风的新变，而且为学人讲学或读书于山林或书院直接起到了推波助澜的作用。如果撇开政治、经济的因素，此一非凡举动便是在“子学”勃兴的大背景下，“独立的学术精神与学术思维”的现实表现，或者说二者是相互借鉴与促进的。特别是他们将佛学诸子化以后，在诸子独立的学术精神与佛学思维的影响下，中唐学人也不只是强调儒学的政治功利，而且力图将自己的见解建立在一种哲学本体论上，追求学术文化的哲学层次，将诸子求道之心建立在形而上的逻辑空间里。他们不仅像诸子那样提出为“王者师”的政治见解，而且更注重探究自己的安身立命的人生哲学，其中很多见解已涉及精神本体问题。

中唐儒学再兴，不是对汉儒经学的复归，而是先秦理性意识重振，它在佛学思潮作用下向心性之学方向发展。相对于初盛唐儒学中的仪礼之学与义疏之学而言，中唐士人更重对儒学道德本体的理性思考。这一学术趋向引导了唐人知识结构的变化，也引导了唐人思维方式的变化。唐代士人知识体系的中心是诗赋，在前期对于一般举子而言，主要内容是记诵孔疏、《文选》、史钞。他们学习这些知识主要目的是为了应付科场，也为诗赋创作积累素材，故其知识形态与思维形式也都是偏重于文学化与审美型，其主要特点是对具体现象的感觉与想象，其归趣则是求得情绪的满足。在这种审美化的创作过程中，较少对现象之外的抽象玄理做深入的思考，这是辉煌的盛唐诗歌的一个特点，也是其成功的一个原因，它在思维上体现了一种青春朝气。但是从整个学术文化看，这一文化倾向也带来了一代文化在理性思维上的顿滞。中唐之后，随着诸子学说地位的上升，学人的重点已由抒情开始转向了说理的变化，士人理性化思维也获得了发展。文人学士的这种学术自觉与人格自觉使得隐居读书、习业山林寺院的风尚更炽于以前。

与韩、柳、刘等领袖人物倡导的学风的新变相适应，此一时期的教育渐趋普及和多元化，以前以经师为中心的大规模的讲学风气逐渐衰落，代之而起重视自修、利用自然山林或佛教寺院规模小而地域广的教育活动。这种新的教育活动常常是一小群读书人以寺院或山林为依托，相互激励劝勉，相互切磋长进，而不再千里迢迢，聚众讲学了。我们知道，寺观本不是正式的教育机构，而由纯宗教知识的传播扩大而及于普通知识之传授，就足以表明唐代社会之转变及由之带来的文化趋向的转化。特别是安史之乱以后，魏晋以来的世家大族渐趋式微，平民寒士逐渐抬头，其政治地位亦渐提高，寺观无形中就成了为寒士而设的官吏培养所，这是一种在社会激变、教育制度解体的过程中产生的有趣文化现象。寺院教学虽然只是一种过渡的现象，但毕竟把资助学费的方法大规模加以推行，这是佛教教育对中国教育的另一个贡献。这个贡献本身更能说明唐代知识分子的自觉。

综上所述,从士人的知识观念与人格取向来说,唐代士人的人格偶像大致经历了"圣人型""才子型""学者型"三种类型。中晚唐学风与初盛唐相比,有一个比较突出的现象,这就是没有像前期那样出现一批一流的学术大师,如经学上的孔颖达、《汉书》学上的颜师古、《文选》学上的李善、史学上的刘知几等大家,但是士人论学与著述风气远盛于前期,这是以较为自由的学术气氛为前提条件的,其人格观念中知识化倾向亦愈来愈突出,而习业山林、寺院、书院是其知识化的重要途径之一。这一知识化倾向是相对于前期士人专注于汉儒经疏与诗赋之学而言的,他们的知识结构不再只是"诵读五经"与"熟精文选理",而是开始了在子部与史部之学上的创新与发展,追求学究天人、博古知今的人格理想,这也就是追求思想的深刻性与知识的丰富性,他们以这种知识优势重新充实了儒家的"学而优则仕"的人格思想。这一种人格范式的形成,除了"子学"之兴以外,还与士人阶层自身的发展及元和以来学术观念的新变有关。随着一大批科场之士进入到权力中心与由科场文化造就的士人队伍越来越大,读书治学已不再是少数专家之事,"民间学者"的增多,改变了此前士人对文才天赋盲目崇拜心理:从士人自身角度看,由于知识型官僚的增多,士人经世致用意识的增强,仕与学的关系也更加密切,这些因素都使得他们的知识观念也随之变化,他们已不再满足于记诵辞章与辞赋,而开始以广博的知识体系构建一种知识型的士人形象。随着进士科队伍的不断膨胀,科场的竞争更加激烈,选人的标准也随之苛严,对士人学识水平的考察也是进士科文化中的一项内容。因此,辞章之才与博学之能的结合成了当时最主要的标准,进士科队伍亦由辞赋型向学人型转变。在这种转变中,山林寺院之苦学所起的作用,是其他教育方式不能替代的,此一风尚集中体现了李唐王朝的"时代精神",这就是士人的自觉。

唐诗:唐人文化生活与生活文化的结晶*

——民俗学视角看唐诗

林语堂论中国的诗歌时说了一段话很是发人深省:“吾觉得中国的诗在中国代替了宗教的任务,盖宗教的意义为人类性灵的发抒,为宇宙的微妙与美的感觉,为对于人类与生物的仁爱与悲悯。宗教无非是一种灵感,或活跃的情愫。中国人在他们的宗教里头未曾寻获此灵感或活跃的情愫,宗教对于他们不过为装饰点缀物,用以遮盖人生之里面者,大体上与疾病死亡发生密切而已。可是中国人却在诗里头寻获了这灵感与活跃的情愫。”①我们觉得,用这段话来体味唐诗与唐代民俗风情的关系,定会悟出不少的东西来:开放的唐代虽各种宗教自由发展,涌现了不少名道高僧与大量的佛道藏经,但就对唐人生活特别是精神生活影响而言,它们无一过于唐诗者,其关键在于,他们在唐诗里“寻获”而寄托了“一种灵感,或活跃的情愫”,这

---

* 原载赵睿才:《唐代文学隅论》,上海古籍出版社 2014 年版,第105—131 页。

① 林语堂:《吾国与吾民》,中国戏剧出版社 1990 年版,第 222 页。

一点同严格意义上的“宗教意义”——“为人类性灵的发抒,为宇宙的微妙与美的感觉,为对于人类与生物的仁爱与悲悯”,是很相似的,然而毕竟是任何一种中国式宗教所无法替代的。唐人生活与唐诗关系如此密切,我们从唐人的生活习俗入手来解析唐诗就更切实际,就更能揭示出它作为文学艺术所蕴含着的深厚的内在的东西;唐诗与民俗的契合点应是唐人的生活(物质的与精神的)。

一、民俗学视角的可操作性

文艺理论中有一个为人熟知的命题:文学来源于生活,又高于生活。我们现在来考察唐人的“生活”是难度较大的,也是较“虚”的,似乎不如“民俗生活”来得更直接、更“实”一些,因为传统中国民俗在文化发达的唐代基本上做一总结,那聪明的唐人在继承传统的同时又有革新,如唐人的节令诗,其贡献不仅仅在于保存下了这些传统民俗节日,而主要在于它使这些节日获得了时代性内涵和某些新的形式,让这些节日活动为一度高度繁荣富足的社会生活增添了诱人的色彩和情调,集中而鲜明地体现了唐人乐观豪迈、积极向上、尽情享受人生的处世态度。唐人过节,一方面保存了传统的仪式和内容;另一方面又加以变革,增强其游艺娱乐的性质:自汉魏以来,以禁忌、迷信、祓禊、禳除为主要特征的节令风俗,开始转变成娱乐型和礼仪型,成为或名副其实或一定意义上的佳节良辰。例如,在元旦,爆竹的驱鬼驱邪的传统文化意义渐趋淡化,而成为除旧岁、庆新年的娱乐喜庆活动,击鼓驱鬼除瘟疫的祭祀形式——驱傩，虽仍含有浓厚的宗教色彩，但娱乐的成分已大大增强，成为一种“娱神又娱人”的歌舞。再如，元宵节娱神灯火变成了供人们游观的花灯；上巳节的祓禊变为以踏青为主的游赏；中秋节的拜月礼仪变成了文人墨客赏月、玩月的消遣；门神神荼、郁垒由尉迟敬德和秦叔宝及再后的钟馗所取代，敦煌春联也代古桃符而出现；晦日送穷更反映唐人欲摆脱贫穷生活、过上美满幸福日子的渴望；唐德宗时，“三令节”由正月晦日、三月三日、九月九日改定为二月初一中和节、三月三日上巳节和九月九日重阳节，更是皇家与民同乐的节日；寒食的扫墓活动更反映唐人熙悦与孤寂同在的“慎终追远”情绪；端午、腊日的赐衣、进奉御衣、赐“口脂面药”习俗所展示的重实用的人文精神（从杜诗《端午日赐衣》《惜别行送向卿进奉端午御衣之上都》《腊日》三诗，可以看出衣物、脂粉与节候的密切关系，与人生切要的程度以及唐人对端午、腊日驱除瘟疫原始习俗的继承与发展）；等等。更重要的还是唐人在节令诗中处处表现着友谊、亲情，以及借以表达“人生之嗟叹”。而自唐玄宗将八月五日定为“千秋节”后，唐代皇帝除德宗至敬宗未专起节日名称外，都有自己的生日名称，颇具中国封建特色。唐代民俗对后世的影响也是深远的，可以说，没有唐代承前启后的一环，中华民族的传统民俗就会难以继续，更会暗淡无光。因此，选取民俗学视角应是可行的。

那么，什么是“民俗”？什么是“民俗学”？高丙中教授将“民俗”放在人们的“生活世界”中来加以研究与界定，有其相当强的通融性与科学性，他说：“民俗事实上构成了人的基本生活和群体的基本文化，任何人、任何群体在任何时代都具有充分的民俗。有生活的地方就有丰富的民俗。因此，民俗之

‘民’可以指任何群体、任何人。”这“任何人都是‘民’,并且都是充分意义上的‘民’”,而“‘类型的’才是民俗的本体属性,也就是它的质的规定性”。经过了“民”与“俗”的界定,他将“民俗”定义为:“具有普遍模式的生活文化和文化生活。”以这一论断考察唐诗与唐人生活定是有规律可循的。我们知道,在整个唐代,从帝王将相到一般黎庶各色人等都会作诗,他们既是“民俗”中人,他们的诗歌自然就是“民俗”的表现或云反映了“民俗”。可是,这是不够的,因为民俗学最终要解决的是“在更高层次上研究人把‘俗’融会进自己的活动而呈现的民俗生活”,我们将唐人的这种“民俗生活”逆推回去,即通过他们的“民俗生活”探测他们是怎样把唐诗“融会进自己的活动”的,定会有不少收获;虽有一定难度,但必定具有一定的可行性。①

这种跨学科的研究,打破了偏重于在唐诗内部作文章的传统研究格局,正如傅璇琮《唐代科举与文学》、葛景春《李白与中国传统文化》、戴伟华《唐代幕府与文学》以及程蔷、董乃斌《唐帝国的精神文明——民俗与文学》等成功的尝试一样,不仅有其可操作性与必要性,而且会带来唐诗研究的新突破:以前的许多研究方法与命题并不能涵盖丰富多彩的唐诗全貌,有些研究领域也难以深入开拓;因为诗歌在唐代并不只是“文化圈”内有限的诗人所独享的“生活世界”与艺术世界,而是唐代重要的文化事件,也是整个唐代文化所围绕的核心之一;它是属于全体唐人的。正因为诗歌创作在唐人的“生活世界”中拥

---

① 本段引文引自高丙中:《民俗文化与民俗生活·内容提要》,中国社会科学出版社 1994 年版,第 12 页。

有丰富的内涵,把唐诗研究从较为狭隘的文学范畴中生发出来,发掘出唐诗在唐人“生活世界”中扮演的角色是可行的,也是必要的。这种民俗学视角,就是让唐诗尽量回归到它原有的生活真实中去;这一视角比传统研究方法来得更直接、更生动。运用这一视角,我们可以重新考量唐诗在动态的生活真实与历史真实中所起的作用,思考诗人在其中的身份定位;运用这一视角,我们可将一些文学内部、外部的问题,放在生动广阔的民俗文化学背景中加以阐释,进而更直接地洞察唐诗繁荣的原因及其本质。这种民俗学的视角,与 20 世纪一二十年代的“民俗学运动”不同,与 50 年代以来的社会学研究也不是一回事,而是既将研究的视野从“民间文学”扩大到整个唐诗,又避免把文学内部规律简单地对应为政治、社会中的条条框框的作法,又能开拓到传统研究方法未及的领域。所以,我们强调民俗学视野,是把唐诗理解为唐代社会生活中的“事件”,活生生的“民俗事件”,从它参与民俗生活及其与其他社会因素之间的互动关系来进行考察。而这一“民俗事件”是根植于唐人的“生活世界”的,这生活世界毕竟是他们的基本的世界,而民俗毕竟构成了他们的基本生活。

从唐诗与民俗的关系着眼,民俗学视角也存在着相当强的可操作性。法国哲学家丹纳说:“要了解一件艺术品,一个艺术家,一群艺术家,必须正确地设想他们所属的时代的精神和风俗概况。这是艺术品最后的解释,也是决定一切的基本原因。”①在这里,丹纳并没有就艺术与民俗关系做辩证的分析,

① ［法］丹纳:《艺术哲学》,傅雷译,人民文学出版社 1994 年版,第 7 页。

可是从他所谈的艺术与时代精神和风俗概况的关系看,他还是谈出了艺术与民俗的关系的,而且将“风俗概况”与“时代精神”并列,有意对民俗(他所说的“风俗概况”无疑是民俗的一个组成部分)加以强调。这里的“时代精神”是指某个时代大多数人的思想感情或精神状态,实际上也是民俗的一部分;因为这大多数人是“民俗”之“民”,他们的思想感情或精神状态自然也是“类型性”的“俗”。而“民俗有两种存在形态:文化的和生活的。如果民俗作为文化而存在,那么,它表现为符号,表现为累积的知识和文明的成果……总之,作为文化的民俗呈现为事象,如果民俗作为生活而存在,那么,它表现为活动,表现为知识的运用和文明的事件,它是动态的,它是人正在进行的……总之,作为生活的民俗呈现为过程”①。这两种形态往往是不可分的:“首先,民俗既作为文化而存在,也作为生活而发生,它们正可以各擅其长,各自侧重民俗的一种形态。其次,它们合作的必要性是由它们各自所造成的问题和缺陷所决定的。”②唐诗,作为唐人文化与生活的结晶,自然侧重的是“文化”这一“形态”。

丹纳与高丙中的理论留给我们这样的启示:民俗对诗歌创作具有重要影响;诗歌又在表述与深化着民俗——唐诗犹如一幅幅民俗画卷,不仅表述着唐人的生活方式与生活艺术,而且反映与深化着唐代特有的“时代精神”。正鉴于此,本文要做的不是单纯的唐诗或唐诗史的研究,也不是单纯的民俗学或民

① 高丙中:《民俗文化与民俗生活》,中国社会科学出版社 1994 年版,第 7 页。

② 高丙中:《民俗文化与民俗生活》,中国社会科学出版社 1994 年版,第 8 页。

俗史的研究,而是试图以民俗学为立场,即以唐代民俗的丰富性、开创性、兼容性为突破口来研究唐诗(当然仅靠一篇小文来完成这一浩大而艰巨的工作也是不可能的,本文只能作一“椎轮大辂”式的勾勒而已)。这样一来,有些在唐诗内兜圈子的传统的研究方法解决不了,特别是被忽略的问题将有新的解答;因为民俗学视角更能接近丰富多彩的唐人生活与风格多样的唐诗。当然,这种民俗性的学术考量离不开研究主体的积极参与。这种参与,主要表现为选取什么样的民俗资料来研究唐诗,进而来搞清唐诗的真实面貌的问题。而这些资料既有唐人对传统的优秀民俗的“承”,也有自由开放、注重个性张扬的“革”。本文的民俗资料主要来源于唐诗,旁及两《唐书》为主的正史与历代笔记小说等文献;之所以以唐诗为主,是因为唐诗蕴含的民俗内涵不仅是生动可感的,而且往往能补充一些文献记录的不足。只有这样选材,才能对唐诗进行历史的还原与定位——这当然是一种尝试,是努力的方向,能做到什么程度还受不少主客观条件的制约。我们选取民俗学这一视角,其本身就是主体性的高扬。

一部《全唐诗》,如果按编年重新编排起来再加以梳理,无疑是一个生动可感而且有内在联系的诗化的唐代民俗史的雏形。但是,唐人的生活(特别是文化生活)纷繁多样,民俗在其生活中的表现也极为复杂,现存的唐诗本身就是一座文化“武库”,因此,欲想面面俱到谈论唐诗与民俗的关系是根本不可能的。所以,本文试图从中抽出几个聚焦点,即与人生最为切要的衣、食、住、行、婚姻、丧葬、祭祀等方面,从宏观上展开论述;即使在上述各大块中,也是选取较能反映唐朝的“时代精神”的方面来展开论述。又,岁时节令在人们的“生活世界”中扮演着重要角色,同时蕴含着极为丰富的民俗物象与价值,因此也作为一大块来论述。以唐诗印证唐代的风俗或以唐代的风俗诠释唐诗的"互证法"只是我们的初步目标,而以这一"互证法",将唐朝的"时代精神"尽可能多地、分块状地理出来,进而试图得出一些规律性的东西,才是唐诗研究的真正意义之所在。

二、唐诗直接源于唐人的民俗生活

林语堂通过对"吾国与吾民"多方面的探察,发现"生活的艺术对于他们是第二本能和宗教"①。作为遥远时代"吾民"的唐人,他们在服饰、饮食、居行、婚姻、丧葬祭祀、节令等方面的生活习俗与生活艺术的确证明了这一点:那生动形象的唐诗反映深化着唐人的生活艺术,而这种丰富多彩的生活艺术又在孕育着唐诗——在这里,唐诗的内在本质与具有普遍模式的唐人生活艺术(唐代民俗)存在着许多契合点。因为民俗本来就同时拥有"文化的和生活的"两种形态,所以作为"文化的"唐诗与作为"生活的"唐人生活艺术的结合自是情理中事。

唐人的生活艺术表现在服饰习俗上,那种以紫、绯、绿、青四色及相应佩饰定官品高卑的章服制度,直接引发了"唐人重服章"的现象:

> 唐人重服章,故杜子美有"银章付老翁","朱绂负平

① 林语堂:《吾国与吾民》,中国戏剧出版社 1990 年版,第 319 页。

> 生","扶病垂朱绂"之句。白乐天诗言银绯处最多,七言如:"大抵著绯宜老大","一片绯衫何足道","暗淡绯衫称我身","酒典绯花旧赐袍","假著绯袍君莫笑","腰间红绶系未稳","朱绂仙郎白雪歌","腰佩银龟朱两轮","便留朱绂还铃阁","映我绯衫浑不见","白头俱未著绯衫","绯袍著了好归田","银鱼金带绕腰光","银章蹔假为专城","新授铜符未著绯","徒使花袍红似火","似挂绯袍衣架上"。五言如:"未换银青绶,唯添雪白须","笑我青袍故,饶君茜绶新","老逼教垂白,官科遣著绯","那知垂白日,始是著绯年","晚遇何足言,白发映朱绂"。至于形容衣鱼之句,如:"鱼缀白金随步跃,鹄衔红绶绕身飞。"①

这一现象是空前绝后的。而统治者一方面在服制上严分等级,一方面又拿作为显赫身份的"绯""紫"乱赐于人,如为大家熟知的罗隐《感弄猴人赐朱绂》记录了一个非常滑稽的故事,此诗有注云:"《幕府燕闲录》云,唐昭宗播迁,随驾伎艺人止有弄猴者,猴颇驯,能随班起居,昭宗赐以绯袍,号'孙供奉',故罗隐有诗云云。朱梁篡位,取此猴,令殿下起居。猴望殿陛,见全忠,径取其所,跳跃奋击,遂令杀之。"罗诗云:"十二三年就试期,五湖烟月奈相违。何如买取胡孙弄,一笑君王便著绯。"一句"一笑君王便著绯"真可入木三分。不过,作为已经政治化了的服饰,在上层统治者眼里化作了一种手段,他们卖官鬻爵都不在话下,赐他几件绯衣、紫袍便是小打小闹了。

---

① (宋)洪迈:《容斋随笔》卷一,上海古籍出版社 1978 年版,第 14 页。

高层统治者的卖官鬻爵突出表现在“斜封官”上,所谓“斜封”就是未经中书门下省正式宣署,而由内廷直接以皇帝手书而任命。这种“斜封”以唐中宗朝为甚,史书多有记载,如《旧唐书·后妃传上》载:“时上官昭容与其母郑氏及尚宫柴氏、贺娄氏,树用亲党,广纳货赂,别降墨敕,斜封授官,或出臧获屠贩之类,累居荣秩。”次于皇后与公主的嫔嫱上官昭容与其母郑氏及尚宫柴氏、贺娄氏等都如此猖獗,那炙手可热的韦后及太平公主、安乐公主等人之滥施“斜封”便是家常便了(参见《新唐书·选举志下》)。而有唐一代“斜封官”时罢时复,终未衰歇,所以唐史中“罢墨赦斜封官”“复墨敕斜封官”屡屡出现。难怪黄滔《寓题》这样说:“纷纷墨敕除官日,处处红旗打贼时。竿底得璜犹未用,梦中吞鸟拟何为。损生莫若攀丹桂,免俗无过咏紫芝。两岸芦花一江水,依前且把钓鱼丝。”此一“纷纷墨敕”道尽了卖官鬻爵者的丑态。美国学者爱尔乌德在论“衣服和身体装饰中的虚荣观念”时说:“如果所谓虚荣心的意义,就是社会赞许之爱好,那末,我们必须承认它是文化全体中的最强烈动机之一……在它的表现中,是屈服于文化的支配……但是它也能表明它自己是适应于最高道德的,理性的和审美的标准。”从而构成了“文化发展所趋向的目的之一部分”。[1] 此说若正确的话,则唐代的高层统治者们一方面借森严的服饰制度来强固其“虚荣心”,另一方面又为了某种政治目的,滥赐高贵的绯、紫,在泯灭着这种“虚荣心”,就不期然而然地形成了一个服制史上的“悖论”。

---

① [美]爱尔乌德:《文化进化论》下编,钟兆麟译,世界书局1930年版,第1页。

可是，那个森严而繁复的服制与紫绯滥赐的悖论，并没有妨碍女性服饰在雍容与瑰奇大前提下的绚丽多彩的审美追求。不论是作为审美意象的裙——尚红的“石榴裙”或“窣地”的长裙或袒胸露乳的裙装，是其雍容之美、优游闲适生活的反映，也是“思无邪”的审美观的表现；还是唐代妇女，特别是宫廷妇女喜着男装与戎装，从而形成干练雄性之美；还是多样的眉饰：蛾——言其像蛾一样纤细动人，翠、黛、绿、黑等——言其色之美妙，月——言其弯曲可人，柳——言其柔媚可爱，山——言其连娟淡远，无不表现出含蓄之美，特别是那种来于异族的“黄眉佛妆”最能打破古来绿蛾黑黛的成规——如果说卢照邻“纤纤初月上鸦黄”“鸦黄粉白车中出”(《长安古意》)和王涯“宫样轻轻淡淡黄”(《宫词》)都是有感于长安或宫中黄眉而发的话，那么，“微汗欲销黄”(杨巨源《美人春怨诗》)、“额畔半留黄”(吴融《赋得欲晓看妆面》)、“依约残眉理旧黄”(张泌《浣溪沙》其四)等等，则是广及宫外了；还是那精彩纷呈的髻鬟——博征唐人诗句，唐人鬟髻可大致分为高髻、垂髻二种，高髻是飞动的，垂髻是含蕴的；还是那较能表现飞动之美的饰以鸟类、蜻蜓、鱼等形象的钗饰，如“雀钗”“鸾钗”“蜻蜓钗”“鱼钗”“凤篦”等；还是那尚红的面饰与口饰：所谓“美人红妆色正新”(岑参《敦煌太守后庭歌》)、“朱唇一点桃花殷”(岑参《醉戏窦美人》)、“檀口消来薄薄红”(韩偓《余作探使以缭绫手帛子寄贺因而有诗》)等，可谓争奇斗艳，目不暇接。因此，我们认为，进入了审美状态的服饰本质上是一种物化了的人的意志和精神，具有一种活的心理导向性。这种导向性，在“生活文化和文化生活”多元化的唐代社会里，必然表现出多种审美情趣，正如唐诗表现为多种风格一样，既是健康向上的，又是标新立异的。当我们将之放在整个中国封建社会的服饰史中(庄重、含蓄而略显呆板的古典美)来加以考量的时候,发现这种审美为唐代所独有,这正是人类个性充分得到张扬的产物。

这种追求不仅表现在吉服、凶服、舞服等伦理规范的体系中,还表现在唐代民族服饰民俗的“异化”(“胡服”成“时服”)上。这一“异化”至唐集其大成。不论是大别于华夏族传统的“上衣下裤”的袴褶——这种服饰本是便于游牧民族游牧、骑射、涉草的,汉族人看到其便利与美观,便“拿来”,简直成了“时服”——不仅是“五陵年少轻薄客,蛮锦花多春袖窄”(张碧《游春引》),他们还制出了窄袖的裘,或是“皂裘”:“貂帽垂肩窄皂裘,雪深骑马向西州。”(张籍《送元宗简》)或是“花褐裘”:“对织芭蕉雪毳新,长缝双袖窄裁身。”(王建《花褐裘》)女子更流行“禿襟小袖”“香衫袖窄”,如果说元稹笔下的这位胡笳女所著之“窄袖”:“何时窄袖短貂裘,胭脂山下弯明月。”(《小胡笳引》)还不失其“胡”的本色的话,那么下面的这些描写就已是汉化十足的“胡服”了,如韩偓《美人》:“袅娜腰肢淡薄妆,六朝宫样窄衣裳。”这里虽云六朝,唐实已发扬光大之,如白居易《上阳白发人》:“小头鞋履窄衣裳,青黛点眉眉细长。”并且点明了是“天宝末年时世妆”。又白氏《柘枝词》:“绣帽珠稠缀,香衫袖窄裁。将军拄毬杖,看按柘枝来。”这种专供打毬用的“香衫袖窄”已近似于戎装了。还是用来束腰、以佩带各种日常生活小物品的蹀躞带——唐人也自觉“拿来”,已像胡人一样,几乎骑马必有“蹀躞”,如僧皎然《长安少年行》:“纷纷半醉绿槐道,蹀躞花骢骄不胜。”是写长安少年出行用之。乔知之《羸骏篇》:“万里铁关行入贡,九重金阙为君开。蹀躞朝驰过上苑,趁趩暝走发章台。”是臣子赴朝用之。武平一《幸梨园观打毬应制》："令节重遨游，分镳应彩毬。骖驔回上苑，蹀躞绕通沟。"是写骑马打毬用之。而贾至笔下的"蹀躞"与"紫连钱"名马及"金鞭"边用，就更显其珍贵可爱："白马紫连钱，嘶鸣丹阙前。闻珂自蹀躞，不要下金鞭。""蹀躞"在唐代的普及，不仅在于它的实用，更在于它的美观可人。还是由帷帽、席帽、卷檐虚帽等组成的胡帽；还是已成官服的胡靴——有高统、短靿等样式，有皮、绵、丝等多种面料，又有尖头、圆头、平头等形式，靴底或软或硬，有的装饰极为考究，都是看到了它洒脱实用的优点而"拿来"。唐人喜爱"胡服"，直接原因应是"胡服"重实用兼有审美功能、较少政治等级意义和社会礼仪功能以及胡服重颜色的特点。这对唐人自具其强大的吸引力，所以他们改造与利用"胡服"，以与其章服并行不悖，相得益彰；这种"胡气"是唐朝"时代精神"的充分表现——"拿来"与"异化"相互碰撞与交融的产物，这需要"拿来"者兼收并蓄、充满自信的胸怀，还需要"异化"者有"异化"的力量；唐人正确处理了"胡服"与"今服"的关系，表现出足以启迪后人的大智慧。

表现在饮食习俗上，正如林语堂所说："惟吾人所可为诸君告者，吾人对于滋味，全国有同嗜焉，而任何明理之论，苟从中国人食桌上取肴馔而食之，可无庸内疚于心。"①其所以"无庸内疚"者，是因为饮食艺术对国人的文化心理结构具有重要影响，富足的唐人常常能从饮食中体悟到人生的乐趣与动力，如杜甫《病后遇王倚饮赠歌》云："长安冬菹酸且绿，金城土酥

① 林语堂：《吾国与吾民》，中国戏剧出版社 1990 年版，第 312—313 页。

净如练。兼求畜豪且割鲜,密沽斗酒谐终宴。故人情义晚谁似,令我手足轻欲旋。”即是从平平常常的饭菜中汲取到生活的动力。而且,他们的“优容食品一如他们优容女色与生命”①,这就是唐人(不仅仅是唐人)饮食文化习俗的特色。

其表现之一是饮食的丰富多彩。这是靠他们的“偏私”“吃”出来的,无论是民俗意味浓重的汤饼与药粥、富有诗意的饭——香饭、青精饭与雕胡饭,还是雅俗共“尝”的鲙、羹、菜,无不如此;不仅仅是口福之特写,更有一份审美趣味在其中。如汤饼,俗称“长寿面”,一般是在喜庆之日食用。唐玄宗的皇后王氏因武惠妃专宠,曾泣对帝忆昔日事云:“陛下独不念阿忠脱紫半臂易斗面,为生日汤饼邪?”②(按:阿忠,即皇后父王仁皎)可见唐时过生日有吃面以祈福寿的风俗。刘禹锡《送张盥赴举诗》其一:“引箸举汤饼,祝词天麒麟。”以汤饼为举子饯行,明显带有祝福之意。刘禹锡笔下的“汤饼赐都尉,寒冰颁上才”(《翠微寺有感》)与罗隐笔下的“鸡省露浓汤饼熟,凤池烟暖诏书成”(《郑州献卢舍人》)则成了恩赐之物,后者自注:“时本官王令公收复两京后。”又带有庆功之意。《荆楚岁时记》云:“六月伏日,并作汤饼,名为辟恶。”李颀《九月九日刘十八东堂集》写道:“风俗尚九日,此情安可忘。菊花辟恶酒,汤饼茱萸香。”以汤饼与菊酒、茱萸连用,显出其“辟恶”的功效——九日食汤饼是唐诗中罕见的风俗记录。杜甫大历年间在夔州曾写过一首《槐叶冷淘》:“青青高槐叶,采掇付中厨。

① 林语堂:《吾国与吾民》,中国戏剧出版社1990年版,第315页。

② (宋)欧阳修、宋祁等撰:《新唐书》卷七六《王皇后传》,中华书局2013年版,第3491页。

新面来近市,汁滓宛相俱。入鼎资过熟,加餐愁欲无。碧鲜俱照箸,香饭兼苞芦。经齿冷于雪,劝人投比珠……”所谓“槐叶冷淘”就是用槐芽槐叶挤出的汁和面,然后切成面条,在沸汤中煮好后,捞入准备好的凉汤中,捞出拌以佐料而食之,是夏令季节的应时美食,所以宫中要为百官添此一味食品。从“经齿冷于雪”看,这“冷淘面”是够凉的。

再如,那类显示民俗与时代特色的“药粥”,或是“云母粥”:“何以解宿斋,一杯云母粥。”(白居易《晨兴》)或是“黄耆粥”:“黄耆数匙粥,赤箭一瓯汤。”(白居易《斋居》)或是“地黄粥”:“酥暖薤白酒,乳和地黄粥。岂惟厌馋口,亦可调病腹。”(白居易《春寒》)这类“药粥”诗从一个侧面反映了唐代的服食风气——当然与服丹不同,看来真能起到养生护生的作用,如《云仙杂记》卷五引《金銮密记》云:“白居易在翰林,赐防风粥一瓯。”唐人在清明、寒食日食用的“杏粥”(或杏酪粥)、“饧粥”也在“药粥”之列。唐人在此二佳节中是必然食用的,如韦应物因不能与诸弟同食而徒增几份惋惜:“杏粥犹堪食,榆羹已稍煎。”(《清明日忆诸弟》)崔橹描写寒食日的所见所闻是:“一百五日又欲来,梨花梅花参差开。……杏酪渐香邻舍粥,榆烟将变旧炉灰。”(《春日即事》)曹松在“惜春”时也是抓到了寒食节特有的民俗物项“杏子粥”与“榆火”:“可怜时节足风情,杏子粥香如冷饧。无奈春风输旧火,遍教人唤作山樱。”(《钟陵寒食日郊外闲游》)白居易送友人外贬时也以之相待:“寂寞清明日,萧条司马家。留饧和冷粥,出火煮新茶。”(《清明日送韦侍御贬虔州》)从李商隐的《评事翁寄赐饧粥走笔为答》:“粥香饧白杏花天,省对流莺坐绮筵。今日寄来春已老,凤楼迢递忆秋千。”又可知“饧粥”可作礼物赠送。这类诗往往以“杏粥”(或杏酪粥)、“饧粥”与清明、寒食节其他的民俗物如“秋千”“榆火”“榆羹”等相并提,一方面突出了此粥在二节中的重要性,一方面反映了一种祛邪避灾、期盼生活幸福甜美的民俗心理。

在新滋味的容受中,无论是美不可言的胡饼、鲜美异常的乳酪,还是香美的炮肉与甜美的葡萄(酒),唐人也有偏爱,并习以为常,证明他们在吃上也善于“拿来”。如胡饼,长安辅兴坊的胡饼在当时最负盛名,白居易在《寄胡饼与杨万州》诗中,以自家所制与之相比:“胡麻饼样学京师,面脆油香新出炉;寄与饥馋杨大使,尝看得似辅兴无?”诗中“辅兴”二字即指京城辅兴坊。当时白居易正在忠州任刺史。杨万州,指万州刺史杨归厚。万州治所在今重庆万州,与忠州毗邻,所以白居易将家中自制的胡饼派人送去还不至于变质。“新出炉”的胡饼“面脆油香”是其特色,而“样学京师”道出了京师胡饼的名气。其影响是不小的,以至身在千里之外的白居易,不仅自做自享,而且寄给朋友杨归厚分享,以略解思念京师之苦,而诗末特意提及长安辅兴坊,其“退亦忧”的用意也隐含其中。皮日休《初夏即事寄鲁望》云:“胡饼蒸甚熟,貊盘举尤轻。茗脆不禁炙,酒肥或难倾。”这里更是将“胡饼”与“貊盘”对举,“胡”气尤重。

表现之二是嗜酒风尚的形成。它不仅表现在社会各阶层的饮酒习俗中,以醇儒著称的杜甫,酒几乎成了他的生命或生命的重要一部分,其他仕宦之嗜酒可想而知;嗜酒风尚还与酒令艺术的繁荣、饮妓的参与、酒肆旗亭的林立密切相关;那多样的宴会,特别是士子的出仕宴、文字宴等,更为嗜酒风尚推波助澜。如杜甫之嗜酒,如果说“二公化为土,嗜酒不失真”(《寄薛三郎中》)是颂友人虽“嗜酒”而不失性情之“真”,那么《寄李十二白二十韵》中的“剧谈怜野逸，嗜酒见天真”则是与李白惺惺相惜。他“嗜酒爱风竹”（《寄题江外草堂》），甚至让“稚子”“夜赊”（《遣意二首》其二），连“酒债”高筑也在所不辞：“酒债寻常行处有”（《曲江二首》其二）；他不仅赊酒，有时还“乞酒钱”：“世已疏儒素，人犹乞酒钱。”［《所思（得台州郑司户虔消息）》］所以说酒几乎成了他的生命或生命中的重要一部分，或言“平生一杯酒”（《有怀台州郑十八司户》），或言“应须美酒送生涯”（《江畔独步寻花七绝句》其三），他晚年“老病”中又发这样的牢骚：“不堪祗老病，何得尚浮名。浅把涓涓酒，深凭送此生。”（《水槛遣心二首》其二）当他“潦倒新停浊酒杯”的时候，是多么痛楚啊！原来他的嗜酒，一者是为了“论文”“题诗”“读书”：“何时一樽酒，重与细论文。”（《春日忆李白》）“把酒宜深酌，题诗好细论。”（《敝庐遣兴奉寄严公》）“读书难字过，对酒满壶频。”（《漫成二首》其二）其《徐步》诗描述得更为形象生动：“把酒从衣湿，吟诗信杖扶。”此间“把酒”“吟诗”“杖扶”三个细节勾勒出“酒中圣”“诗中圣”的形象。所以他才常常“诗酒”并提，“诗酒尚堪驱使在”（《江畔独步寻花七绝句》其二）、“行酒赋诗殊未央”（《章梓州橘亭饯成都窦少尹》），甚至是“说诗能累夜，醉酒或连朝”（《奉赠卢五丈参谋》）。一者是为了忧国忧民或自愁：“岂无成都酒，忧国只细倾”（《八哀诗·赠左仆射郑国公严公武》）是谓“忧国”；“且看欲尽花经眼，莫厌伤多酒入唇”（《曲江二首》其一）是谓自愁。他自愁之后，又以之“宽心”：“宽心应是酒，遣兴莫过诗。”（《可惜》）一者为抒写豪情：“把臂开尊饮我酒，酒酣击剑蛟龙吼。”（《相逢歌赠严二别驾》）“性豪业嗜酒，嫉恶怀刚肠。”（《壮游》）“吾为子起歌都护，酒阑插剑肝胆露。”（《魏将军歌》)一者为着交友:“伊昔临淄亭,酒酣托末契。”(《八哀诗·赠秘书监江夏李公邕》)“忆与高李辈,论交入酒垆。”(《遣怀》)但又“常恐性坦率,失身为杯酒。”(《将适吴楚,留别章使君留后,兼幕府诸公,得柳字》)有时为了忆旧:“酒阑却忆十年事,肠断骊山清路尘。”(《九日》)“对酒都疑梦,吟诗正忆渠。”(《远怀舍弟颖、观等》)一者为着喜悦:“白日放歌须纵酒,青春作伴好还乡。”(《闻官军收河南河北》)“朋酒日欢会,老夫今始知。”(《和江陵宋大少府暮春雨后同诸公及舍弟宴书斋》)“自吟诗送老,相劝酒开颜。”(《宴王使君宅题二首》其二)而更为感人的还是下面几类,一为酒病对举:“比年病酒开涓滴,弟劝兄酬何怨嗟。”(《舍弟观赴蓝田取妻子到江陵,喜寄三首》其三)“老人因酒病,坚坐看君倾。”(《季秋苏五弟缨江楼夜宴崔十三评事、韦少府侄三首》其一)“飘零还柏酒,衰病只藜床。”(《元日示宗武》)二与“白发”连用:“白发烦多酒,明星惜此筵。”[《春夜峡州田侍御长史津亭留宴(得筵字)》]三与“漂泊”对用:“漂泊犹杯酒,踌躇此驿亭。”(《巴西驿亭观江涨,呈窦使君二首》其二)总之,杜甫的饮酒极为复杂,喜悦时不失其“本真”;痛楚时既不失其“本真”,又不失其高尚。

表现之三是好茶风尚的形成。同饮酒与唐代诗人千古流芳的吟唱结为一体一样,好茶风尚成为唐代饮食生活的一个突出现象,这主要表现在茶与文人的结缘上,茶的品味从而得到了提高,茶的禀性得到了深层的开掘,茶便成了诗魂:清思、清形、清境的特性都有助于诗人性灵的生发。特别是中唐以后,茶的特性与趋新求奇的诗风相表里,是一种了不起的生活艺术与文化现象。

表现在居行习俗上,首先考虑的是“堂”与“庭”这一对中国住宅中最珍贵的空间。从家庭空间的分布与位序来看,中国合院制度与家庭观念息息相通,而集中体现于庭堂这一中国文化的象征与建筑的核心上,其明堂、高堂、北堂、东堂、影堂等都有其象征意义——分别是权力、亲情、母爱、皇恩与教义的象征;作为天地象征的"庭"则既可填补"堂"的不足,又可以和谐"堂"的单调;其画堂以其强烈的人文意象与富丽堂皇之美,实践了"富有""充实"的审美观念,反映出本民族对美的品味与唐代的风采,这正如林语堂所说,中国建筑中的"象征主义另有一种功用,它在几种传统的意匠中包含着民族年龄与希望的思想。它激起了我们的幻想,引导我们走入缄默无言的思想境界……因为这种民族的思想是太伟大,非言语所能传达"①。可是唐人还是以唐诗"传达"出了惊人的"思想"。其次表现出住宅、别业豪奢风尚的追求,这一追求自有其内在心理动机与民俗诱因。在这里,李唐皇族和外戚、贵族有着带头示范作用,这突出表现在两个别业集中点上:长安东郊浐灞两河流域与南郊的樊川。如《旧唐书·玄宗纪》载,开元十八年(730)四月丁卯,"侍臣以下谯于春明门外宁王宪之园池。上御花萼楼,邀其回骑,便令坐宴,递起为舞"。又《册府元龟·宰辅部·褒宠门》记:"李林甫为右相,天宝中任遇大重……城东有薛王旧别业,林沼幽邃,当时第一,特以赐之。"可见这一地区,由于皇族和权要的奢侈生活,曾盛极一时,灞浐之间,有所谓"三辅胜地"之称。天宝时楼颖有《东郊纳凉诗》,序言中说:"仆三伏于通化门东北数里避暑之地,地即故倅天官顾公之旧林,今贰宰君李公之别业。右抵禁篽,斜介沁园。云水相挥,步虹桥而下

① 林语堂:《吾国与吾民》,中国戏剧出版社1990年版,第295页。

视;竹林交映,弄仙棹而傍窥。足涤烦襟,陶蒸暑,独往成兴,恨不与诸公共之。”刘禹锡《城东闲游》诗:“借问池台主,多居要路津。千金买绝境,永日属闲人。竹径萦纡入,花木委曲循。斜阳众客散,空锁一园春。”从以上两段诗文看,当时唐长安城东郊,灞浐之间实际是在皇族和权要官僚意图下布置成的游览区。唐代诗人多有游城东的诗,钱起有《太子李舍人城东别业》《陪考功王员外城东池亭宴》《仲春宴王补阙城东山池》诗,杜甫有《怀灞上游》,白居易有《城东闲游》诗等。长安东郊之外,其南郊的樊川,亦山庄林立,豪奢一时。其性质,和东郊的基本相同,但有某些区别,即这一带是唐代韦、杜两姓世代聚居之处,依靠封建门第传统势力保护,比较稳定。这一地区的庄园主要供个人优游逸居的别墅别业。此类庄园持续的时间久,和士大夫知识分子接触多,因而更多见于唐代诗文的吟咏记述称扬,而名耸益著,后世人不断前往寻访而成为名胜古迹,如何将军山林(杜甫《陪郑广文游何将军山林十首》)、郑驸马池台(杜甫《郑驸马宅宴洞中》《郑驸马池台喜遇郑广文同饮》)、牛僧孺樊乡郊居(《新唐书·牛僧孺传》)、杜佑城南别墅(《旧唐书·杜佑传》)等。他们之所以选择这两个风景区,是因为“中国建筑的最后和最重要的原则永久是保持与自然的调和。地位的选择,珍视过于拱壁……最优美的建筑是以融和而混入自然风景中,成为风景之一分子,亦即属于风景而不可分离”①。唐人的这种审美选择是生活的,又是哲理的。

而士人读书山林寺观并蔚成风尚是唐代一大风俗,其主要原因是佛、道鼎盛,寺观众多,环境清幽,加之各寺观名僧高道,

① 林语堂:《吾国与吾民》,中国戏剧出版社 1990 年版,第 297 页。

除精通佛道典籍外，多能诗文，也通儒学，所以诗人乐于从游。另外，名山寺观除藏佛典外，也有史书及儒家典籍，为士人研习提供了方便；重要的是寺观经济的相对独立与富庶，也为清苦士子们提供了食宿的保障。从诗人主观方面看，唐代诗人多读佛典道藏，又有漫游名山大川、寻僧访道之习，乐在寺观读书，也是很自然之事。总之唐代诗人悠游山寺禅院，或于寺观读书，是他们精神文化生活的重要内容——或为“金榜题名时”的到来，或为“终南捷径”的打通，其功利目的或有不同，但作为唐代特有的一种文化现象或风俗习惯，则是唐朝“时代精神”的一种反映。

而有唐一代普遍的服食风气带来了炼丹热潮，道观为其提供了方便与基地，这也是唐代一大风俗。唐代服食风气乃承魏晋南北朝之流风余韵，是统治阶级尊崇道教的结果，是精神追求的产物。唐代的帝王显贵醉心于丹药自不待多言，那些文人学士的趋之若鹜值得一说，如杜甫向来是被视为醇儒的，可是他早在《赠李白》中就谈道：“苦乏大药资，山林迹如扫。李侯金闺彦，脱身事幽讨。亦有梁宋游，方期拾瑶草。”他虽认识到炼药还丹是破费的事，但还是希望与李白“方期拾瑶草”。他晚年的《风疾舟中伏枕书怀》又说：“葛洪尸定解，许靖力难任。家事丹砂诀，无成涕作霖。”在去世前还是羡慕葛洪练就了金丹而成了仙，而叹息自己炼丹未成，成仙无望，伤心流涕。李白相信服了丹药可以长生不老、生羽翼而高飞：“安得生羽毛，千春卧蓬瀛？”（《天台晓望》）“安得不死药，高飞向蓬瀛？”（《游泰山六首》其四）问题的答案便在其《题雍丘崔明府丹灶》中：“九转但能生羽翼，双凫忽去定何依？”只要有了“九转神丹”，服用了便能生出羽翼，可以载着人白日自由飞升。为此，李白认真炼过丹,而且异常神气:“闭剑琉璃匣,炼丹紫翠房。身佩豁落图,腰垂虎鞶囊。仙人驾彩凤,志在穷遐荒。”(《留别曹南群官之江南》)“弃剑学丹砂,临炉双玉童。寄言息夫子,岁晚陟方蓬。”(《流夜郎半道承恩放还兼欣克服之美书怀示息秀才》)他在炼丹时把心爱的剑丢在一边,满以为丹炼好了,服之成了仙,便可以远游于蓬莱、方壶等所谓海上仙山了。所以他才多次说:“炼丹费火石,采药穷山川。”(《留别广陵诸公》)“五岳寻仙不辞远,一生好入名山游。”(《庐山谣》)他遍游大半个中国的名山,其目的之一恐怕是为了采药寻仙。其他诗人如韩愈、元稹等也雅好服食,白居易有诗曰:“退之服硫黄,一病讫不痊;微之炼秋石,未老身溘然;杜子得丹诀,终日断腥膻;崔君夸药力,终冬不衣绵;或疾或暴夭,悉不过中年。”(《思旧》)文人学士情趣好尚炼丹服药,也反映了唐代服食风气之盛。韩愈曾针对唐代炽烈的服食之风大声疾呼:“余不知服食说自何世起,杀人不可计,而世慕尚之益至,此其惑也!”(《故太学博士李君墓志铭》)“蕲不死,乃速得死,谓之‘智’,可不可也!”他喟然长叹:“呜呼！可哀也已,可哀也已!”虽如此切齿,他自己也难逃服食“硫黄”而殒身之劫难,真是一个令人深思的矛盾!

唐代居行文化的多元化还表现在胡式居俗上。白居易的“毡帐诗”告诉我们:诗人对都市毡帐生活的欣赏态度,违背了情理之常;但这种悖理正是了解唐朝“胡风”的绝好材料。而作为贫而简的卧具毡席与小巧轻便的胡床深得唐人的喜爱,又可窥见唐文化的开放性、兼容性特点。中国的驿馆制度至唐代臻于成熟,就在这些驿馆中,诗人们以多种形式表现着“行路难”“望乡”等多种主题,表现出唐代的风俗民情。同时,唐代水运发达，以长江为首，所以，以商人的海上运输工具舟船为视角、以长江为中心以察其生活习俗很具典型性，因为“天下货利，舟楫居多”，而“瞿塘贾”更具民俗内涵。“利”字当头的经商活动给唐代民俗带来了正、负两方面的影响，其中一个副产品就是商人妇的闺怨。而唐人的拜别方式多种多样，如果从民俗学视点加以观照，主要有祖送、折杨柳等形式，较为突出地反映出国人重情的传统文化内涵。就表情达意而言，以酒饯行的悲壮激烈之情，恰好与以柳送别的缠绵悱恻形成鲜明对照；就表现伤别的民俗而言，二者又走到了一起，而折杨柳方式更具民俗内涵。因为在民俗传统中，柳具有驱邪避鬼、护佑生灵的功用，柳因之称为“鬼怖木”；折柳相送，明显带有希望亲人、友人一路平安之用意。

表现在婚俗上，不仅体现在富有人文精神的奠雁——取其守信、守节、顺阴阳往来的象征意义中，还体现在颇具诗情画意的设帐、催妆、障车、撒帐、却扇、合卺、观花烛等婚礼程序中。如其“撒帐”——不管是以谷豆与草禳三煞，还是以得果多兆得子多，都是以图吉祥如意；其“障车”——那些障车者将福德、康强、儿女满堂、位至将相等美好的祝愿奉献给新婚夫妇和他们的家庭，既满足了结婚之家讨吉利的心理，也满足了自己的心理要求或物质需要；其“设帐”之帐又叫“百子帐”，如陆畅《云安公主下降奉诏作催妆诗》所云“催铺百子帐，待障七香车”，其名来源于鲜卑族称“毡庐”，此俗在中唐时已广泛流行于社会各阶层；其“催妆”，本是鲜卑婚礼仪式的遗风，唐人却津津乐道，并将其诗意化，如黄滔《催妆》诗：“北府迎南郡来，莫将芳意更迟回。虽言天上光阴别，且被人间更漏催。烟树迥垂连蒂杏，彩童交捧合欢杯。吹箫不是神仙曲，争引秦娥下凤台。"不仅借秦女箫史典故写婚姻的美好,还将"连蒂杏"和"合欢杯"将其更具体化,这都证明唐人的善于"拿来"与唐代人文精神的高扬。其间尤其可注意者,就是唐人婚礼的整个过程都洋溢着欢乐与诗歌,这正是唐诗繁荣在婚礼中的表现。我们从婚礼与诗的结合中,看到了唐人是怎样或是多么会"纯洁而健全的享受人生"!这正是中国人文精神在唐代婚礼上的淋漓尽致的表现。

可是,浮华的士风直接导致了浮华的婚恋之风(与婚礼上的人文主义并不相悖)。其表现之一是"婚娶高门"的风气;表现之二是浮华的浪漫的恋情——近乎"畸形恋"或"婚外恋",其中,文士的青楼恋情则是唐人一大特色,为娼妓文学的典型。唐代文士的婚姻生活虽重世家门第,以自高身价,但他们多由进士出身,喜风流自赏,在合乎礼教的婚姻生活中,将感情放纵的对象转向艺妓,而艺妓声歌诗艺又颇能投文士之所好,由此产生一种浪漫的爱情。然而,其中女主角的命运往往是凄凉、幽怨的。而唐代公主的婚嫁极能反映本时代的民俗——畏尚公主现象是空前绝后的,主要是公主婚礼与婚后生活有悖礼俗,有违人性;多数公主热衷于政治,驸马难有人身自由与生命保障;多数公主任性纵欲,再嫁或三嫁现象极为突出(《新唐书·诸帝公主传》记有公主211人,据其所记与新的研究成果,得其再嫁、三嫁者28人,且有3人三嫁),可在当时并未遭受非议:这固然是鲜卑婚俗影响的结果;从人性上说,这也许正是个性解放的胜利,仅仅用妇女地位的提高是说明不了问题的。其"和亲"政策也是空前绝后的,决策者的政治意图常常使公主们的婚姻显示出无奈,"和蕃"成了她们婚姻的一部分,这种现象,在儒家思想兴盛或成为桎梏的时代,是不可想象的。

我们知道,中国历代封建皇宫中的恨与怨都是存在的,唐代的表现尤为突出,这里试图作一民俗性的解读。如热诵于“王公妾妇牛童马走之口”(元稹白集序中语)的《长恨歌》,此诗主要写现实世界的情爱与死后世界的缺憾,将阴阳二界所呈露的爱情悲剧反复传达。这种“长恨”自有其现实基础,特别具其民俗基础。它与民间广为流传的爱情故事如牛郎织女的七夕鹊桥相会、刘兰芝焦仲卿之化鸳鸯、梁山伯祝英台之化蝶出于同一民俗机枢:这是古人对美好爱情的渴求在审美王国中淋漓尽致地抒发,是人们生活的希望之光,是古老的华夏民族最真实的心灵与情感的结晶;遂为“长恨”留下一个较为光明的尾巴。如果对唐代的宫怨诗作一民俗观照,我们发现,这类表现宫女没有着落的爱情的较好形式——宫怨表露了一群帝王时代女子的凄凉命运。那些深闭宫中的宫人们,其得宠也忧,其失宠也怨,甚至是恨,其根本原因在于嫔妃制度本身对人性的压抑与摧残。而这些宫人出宫以后,其怨仍未了:在宫中“怨”,被放出宫后也是“怨”。因为被放出去的宫女,或回家,“任归亲戚”或“任其婚配”;或出家入道,如杜牧《出宫人二首》其一云:“闲吹玉殿昭华管,醉折梨园缥蒂花。十年一梦归人世,绛缕犹封系臂纱。”将其宫中的十年喻为一梦,而且将其入道称为“归人世”,那宫中想必是“非人世”的,那“梦”也定当是噩梦;或沦为“厮养卒妇”:“妾本崇台女,扬蛾入丹阙。自倚颜如花,宁知有凋歇。一辞玉阶下,去若朝云没。每忆邯郸城,深宫梦秋月。君王不可见,惆怅至明发。”(李白《邯郸才人嫁为厮养卒妇》)或无家可归,任自飘零:“歌舞梁州女,归时白发生。全家没蕃地,无处问乡程。宫锦不传样,御香空记名。一身难自说,愁逐路人行。”(张籍《旧宫人》)其焉得不“怨”!

唐代婚俗中有一朵奇葩,那就是敦煌婚歌。其“奇”表现在:喜用吉利数字、惯用植物以通媒通情,传达出白头偕老、矢志不渝、子孙满堂、年年兴旺等多种主题。如一、二之用,具有“合二为一”的意思。像进行婚礼时新人合唱的“撒帐诗”有“一双青白鸽,绕帐三五匝”(《论开撒帐合诗》),“一双”就是二,即成对。催妆时所唱“两心他自早相知,一过遮阑故作迟”(《催妆》),“两心”“早相知”,亟待成一心。牵巾时要唱“束带结凝妆,牵绳入此房”(《下女夫词》),此“带结”须扎成“双同心结”,正如宋吴自牧《梦粱录》卷二十云:“男执槐简,挂红绿彩,绾双同心结,倒行,女挂于手,面相向而行,谓之‘牵巾’。”也是“合二为一”。进入洞房,去帽或去襆头时唱“昔日双蝉鬓,寻常两发垂。今宵来入手,结发赴佳期”(《去襆头》),昔日之“双鬓”而结为一发髻,自然也是“合二为一”。进洞房脱衣时要唱“山头宝径甚昌杨,衫子背后双凤凰。褴裆双袖双鸦鸟,罗衣接继入衣箱”(《婚事程式·脱衣诗》),出现两次“双”。最后婚礼成功读愿文,也要诵双对,如《祝愿新女婿》中有“今日结亲以后,恒愿鸾凤同鸣。愿其郎忠孝两全,文武双菱”,还要“门宠南国之荣,二亲庆北堂之喜”,特别是《下女夫词》,通过新妇新郎相为问答展示了来女家就婚的习俗,这是北方胡族与汉族婚俗相结合的产物,表现出既古朴又活泼的特有婚风;通过其富有诗情画意的婚礼程序的论析,看到了敦煌民间少女的尊贵与敦煌人卓越的婚礼艺术的创造力——每一个环节都使用诗歌,这些诗歌又都具有相当的概括力与象征性,是颇具“时代精神”的珍贵的“婚歌”。

表现在丧葬祭祀习俗上,先是由帝王、权臣、富豪“扇”起的厚葬之风,这是他们炫耀权力、财富的表现,也是生前奢侈享乐生活的延续。特别是把君主坟墓比作崇高的山陵,本质上是至高无上的皇权的一种表现。而与唐朝皇帝豪奢的葬俗形成鲜明对照的是大批守陵宫女的悲惨命运与身后之寂寞,她们死后的去处是“宫人斜”。上有所好下必甚焉,这是自古而然的真理。民间的厚葬之风主要受儒家葬礼精神——慎终追远与佛教带来的六道轮回观及道教地狱托生之说的影响。而六朝已盛的相墓之术,至唐几乎成了上层与民间丧俗的传统。就在上层与民间展开厚葬大赛的时候,一些有识之士也在大声疾呼:惩厚葬。而且身体力行薄葬,那些厚葬的倡导者们并未加怪罪,可见唐代的自由开放程度。

唐代墓地广植松柏与大树碑铭不仅是厚葬的一种表现,也是民俗文化作用的结果。墓地中多植松柏,不仅仅是以松柏之长青象征墓主之不朽,更有民俗文化积淀的诱因,即以之震慑食人恶魅。同时,墓地大树碑铭是“立功、立德、立言”三不朽的标志,特别是追求精神不朽的象征;虽然真正不朽者并不多。同时,唐代丧仪中出现了一种特殊的文化现象,就是成熟挽歌的出现,而且趋于程式化。综合考量这些挽歌,从传统的思想标准与艺术标准着眼称不上好诗,千百年来也没有引起研究者的注意。可是如果从民俗学的角度来加以研究,其价值是不可低估的。唐人的挽歌本质上说就是赠献挽诗,其题材兼顾抒情与实用,具体哀悼某个人的死亡;从形式上说,多用五律一体——均趋于程式化。这一现象的出现,是唐人对前代挽诗创作与理论沿革的结果;而挽歌本身的内容也极大地限制了它的创新,难免出现程式化现象。不过挽歌这一体裁在唐人手里获得成熟,是值得庆幸的。

唐人的祭祀,大致可分为雅祀与俗祀。雅祀主要指皇朝与官方的祭祀,而俗祀主要指民间祭祀。其祖祭是为了慎终追远。经过人文精神的洗礼后,祖先祭祀由祭神灵转变成"报本反始"与"慎终追远"等人文精神极为浓郁的伦理观念。而较能体现"慎终追远"精神的不是礼仪化的皇家祖祭,而是民间的祖祭:百姓借祭祖以维系家族的凝聚、长幼之伦的确立,并抒发缅怀先人、慎终追远的心境,进而祈求佑护赐福;遍及全年的祭祖规制足以说明传统中国之重孝道,从而表现出一种人文精神与伦理观念相互交辉下的极致,特别是在祭扫活动中,纸钱的运用更现唐代人文精神。其土地神祭祀一方面表现出对养育自己的国土乡土的感激之情与国泰民安的渴望,一方面更接近人情、人性的本原,因而具有更丰富的民俗价值:民间的社日活动表现为集体性的祭祀与娱乐这两大主题,成为社会富庶太平的标志,特别是鼓与酒两个颇具民俗内涵的意象成为社日公共娱乐的两大要素。而以迎送神、赛神风俗为代表的民间杂祀,主要是文化性、娱乐性的行为,其间都有歌舞相伴,传达出丰富的风俗文化意义:或反映民间祀神祈祷丰年、祈求平安的朴素意识,或是既娱神又娱人的风俗活动,这正是唐朝"时代精神"的表现。

表现在节令习俗上,透过唐代的节令诗,我们可以看到唐人的贡献不仅在于保存下了传统民俗节日,而主要在于它使这些节日获得了富有时代性内涵及某些新的形式,让这些节日活动为一度高度繁荣富足的社会生活,增添了诱人的色彩和情调,首先集中而鲜明地体现了唐人乐观豪迈、积极向上、尽情享受人生,充实生命价值的处事态度。这主要表现在驱除灾邪、祈求平安的主题中,同时,这种功能与祈祥、祝福密不可分:不论是元日的饮柏叶酒、祝富贵、鞭聪明,还是元日的吃胶牙饧;

不论是立春剪戴春胜、人日贴戴人胜，还是七夕的一系列乞巧活动；不论是清明的插柳或戴柳，还是重九的登高、佩插茱萸、饮菊花酒，亦无不如此。其次表现在人生嗟叹与魏阙大志的诗化浓缩中。作品从属于时代精神与风俗，唐人在其节令诗中，常常突现出他们的人生嗟叹与魏阙大志。在这方面杜甫堪称代表，其节令诗一方面表现出浓郁的归乡、思家之情及对安居乐业的渴望，一方面集中表现了“情圣”深处的仁者之心与人生嗟叹背后的稷契之志这两个主题，显示着对健全人格、完美人性执着、真挚的追求，是健康的、蓬勃向上的中国特色的“人情味”的浓缩。同时，林语堂说：“倘不知道人民日常的娱乐方法，便不能认识一个民族，好像对于个人，吾们倘非知道他怎样消遣闲暇的方法，吾们便不算熟悉了这个人。”[①]唐人的“娱乐方法”主要体现在其庆贺节令的娱乐、游赏中。当我们对它作风俗性考量时，发现上巳日的出游、祓除，寒食与清明节的踏青、打毬游戏、拔河游戏，端午节赛龙舟等是养生保健性的；仲秋赏月、九日登高则是怡情悦志的；元宵节的狂欢，正展示了华夏族性格中奔腾豪放的一面，他们并非只会含蓄内敛。

唐代宫俗甚为丰富，既有则顺天地阴阳、人畜无灾无殃、五谷丰登的渴望，又现济物利人、吐故纳新的用心及君臣相济、与民同乐的气象，其“时代精神”在这里得到了淋漓尽致的展现。如果说东郊迎春、中和节、冬至中的活动都是祈天保佑及重农事的重要祭典，那么寒食改火、元日赐柏叶则重在行人事，而端午日的赐衣、进奉御衣与腊日赐口脂面药习俗，则是唐人对其驱除瘟疫原始习俗的继承与发展，是中国人文精神重实用的重

① 林语堂：《吾国与吾民》，中国戏剧出版社1990年版，第299页。

要显现。通过对千秋节的风俗性解剖,特别是对赐镜与舞马风俗的解析,我们看到了普天同庆、与民同乐的背后蕴蓄着盛世王朝的巨大凝聚力。

总之,唐人的生活艺术甚为丰厚,一篇小文难以掠尽,但不可怀疑的是,个中"有一种集中现实的诚信,一种佳妙的风味",因为他们"精神的价值还没有跟物质的价值分离,却帮助人们更热情享乐各自本分中的生活","从不想逃免这个现世的生命而寻索未来生命的意义"。① 而作为文化武库的唐诗正是这种生活艺术的生动写照,正如林庚所说:"唐诗的可贵处就在于它以最新鲜的感受从生活的各个方面启发着人们。它的充沛的精神状态,深入浅出的语言造诣,乃是中国古典诗歌史上最完美的成就。"②可见唐诗与唐代民俗生活血肉相连的关系。我们深入地研究唐诗与民俗的关系,不仅可以尽可能地还原唐诗的本来面目,进而认识唐人的诗——生活的诗与文字的诗一样——怎样"替中国文化保持了圣洁的理想";更可以开阔胸怀,领会历史赋予我们的使命——剔除其封建性的糟粕,吸收其民主性的精华,既可陶冶健全人的性情,又能疗救不健全的灵魂。

---

① 林语堂:《吾国与吾民》,中国戏剧出版社1990年版,第320页。

② 林庚:《唐诗综论》,人民文学出版社1987年版,第1—2页。

唐诗与民俗关系研究（二）

“纸钱”考略*

纸钱，又作阴钱、寓钱、拟钱，即剪纸为钱形者。也有较大的纸钱，上凿若干钱形者。至于出现于何时，难以断然下一结论。综合考量，纸钱应出现在魏晋时期。纸钱之功用，可以概括为祀鬼、敬神两种，其目的主要是人们借此行为同神鬼世界取得沟通，如同阳间的货币一样，纸钱是阴间使用的有价证券。因此，“烧纸钱”是人间借着祭祀行为，送达阴间专用货币给特定的神祇、祖先或鬼魂使用的一种宗教行为。此一民俗物象的出现，反映了世俗对“幽冥世界”的普遍信仰及财富的占有欲和托庇于祖先的心理。大致说来，古代祭祀，原用玉币（帛），汉代多以真钱随葬，称为“瘗钱”，此时祭祀当用驹时已出现以木寓马（木制马形）代替的现象，而魏以下民间渐以纸寓钱替代“瘗钱”。至唐代开元年间，纸钱始用于朝廷祠典。经历了如此漫长的过程，纸钱的产生与使用，比用真币、冥币都要文明得多，它影响了中国上千年的祭祀文化。

---

* 原载《民俗研究》2005 年第 1 期。

一、纸钱的起源

纸钱,作为一种民俗物象,它的出现不会早于纸的发明。关于其起源,有不少传说附会的故事,一说与蔡伦有关。蔡伦初造纸时,技术尚未成熟,纸张仍显粗糙,为促成销售,遂与其夫人设想诈死,由其夫人焚送预先裁成的"纸钱"给已赴阴间的蔡伦,当遇鬼差索贿刁难时,纸钱纷从天降,此即冥国钱币,蔡伦得以还阳。与之相联系的,还有一种说法,蔡伦之兄蔡莫学造纸,学艺不精,所造之纸品质低劣,没有生意上门,于是蔡莫令妻子慧娘诈死,蔡莫给慧娘烧纸,慧娘活了过来,蔡莫造的粗纸被当作纸钱卖得很好。两个故事有异曲同工之妙:都是由蔡伦造纸附会而来。另一说是因"李世民游地府"的故事传扬开来的。东海龙王敖广犯滔天大罪,婉请唐太宗救他。龙王与魏征下棋,当魏征打瞌睡流汗时,龙王为他扇风,结果为魏征斩杀。龙王以为太宗"金收楼拆",到地府告他,乃有太宗游地府一幕。阎王以为太宗阳寿不该绝,令太宗承诺派人到天竺取真经为龙王超度后即放他回阳,他一路上受到许多鬼魂的阻挠,幸遇豆腐、豆腐婆,得两老存于冥府银行纸钱的帮助,太宗以回阳后归还为条件,先借出金银散发众鬼魂,始得平安回阳。无疑,这些传说都是纸钱产生并广用于民间之后附会而成的。

关于纸钱的演变过程,唐宋以后有不少人做过考辨,如唐之封演,宋之高承、洪兴祖,清之赵翼等,考辨的过程与结论大同小异,如高承是这样说的:

> 寓钱,今楮镪也。《唐书·王玙传》曰:玄宗时,玙为祠祭使,专以祠解中帝意,有所禳祓,大抵类巫觋。汉以来,葬者皆有瘗钱,后世里俗稍以纸寓钱为鬼事,至是玙乃用之。则是丧祭之焚纸钱,起于汉世之瘗钱也。其祷神而用寓钱,则自王玙始耳。今巫家有焚奏禳谢之事,亦自此也。注云:汉葬者有昏寓钱,谓昏晚埋钱于圹中,为死者之用,至唐王玙,乃于丧祭焚纸钱以纸代之也。①

楮镪,即是纸钱、纸币。所谓"以纸寓钱",即以纸作钱形寓钱之意者,也就是纸钱。值得注意的是《汉书·郊祀志下》云:

> 明年(太初二年),有司言雍五畤无牢孰具,芬芳不备。乃令祠官进畤犊牢具,色食所胜而以木寓马代驹云。及诸名山川用驹者,悉以木寓马代。独行过亲祠,乃用驹,它礼如故。②

即说明西汉时已出现用驹时以木寓马(木制马形)代替的情形。刍马能以木马替代,是文明的表现。既然西汉祭祀时可以木马代驹,则纸张发明以后,以纸钱代替玉帛金钱的可能性是有的:只是推测而已。而"丧祭之焚纸钱,起于汉之瘗钱",为较普遍的看法。这一"瘗钱"为何物呢?《史记·酷吏列传》云:"会人有盗孝文园瘗钱。"裴骃集解引如淳曰:"瘗埋钱于园

① (宋)高承:《事物纪原》卷九"寓钱",中华书局1985年版,第480页。

② (汉)班固:《汉书》卷二五《郊祀志下》,中华书局2013年版,第1246页。

陵以送死。"即埋于葬处之钱。这种钱币跟其他随葬品一起埋入墓中。前已言之,"瘗钱"之前用玉帛,如《诗·大雅·云汉》云:"旱既大甚,蕴隆虫虫;不殄禋祀,白郊徂宫:上下奠瘗,靡神不宗。"毛传云:"上祭天,下祭地,奠其币,瘗其物。"高亨注:"把祭品埋在地下以祭地神为瘗。"此处在祭祀天地之时祭奠所用之币,当是纸钱的直接源头。而《周礼·秋官》中记载以"金版"祭献上帝的仪俗——"旅于上帝,则共其金版。飨诸侯,亦如之",此"金版"上涂有一层象征黄金的黄色物,与后世使用的黄色纸钱的象征意义应是相同的,这对金银纸钱的产生或许具有直接的启迪意义。

关于"纸钱"的起源与发展,南宋李济翁《资暇录》曾引洪庆善《辨证》云:

> 南齐东昏侯好事鬼神,剪纸为钱,以代束帛。李淳风盛行其事。唐书王玙传:汉以来葬者,皆有瘗钱,后世以纸当钱为鬼事,至是玙乃用禳祓。则是丧葬之焚纸钱,冈于汉世之瘗钱。其祷神而用纸钱,则起自殷长史,盛行于李淳风、王玙也。①

这里提到了与纸钱有关的四个人物:殷长史、南齐东昏侯、李淳风和王玙。他们在纸钱的发展过程中起过作用是可能的,纸钱之花样越来越丰富,其功用越来越繁缛也是可信的。殷长史,南齐人,与江淹有过交往,善于炼丹,江淹写有《灯夜和殷长史诗》与《赠炼丹法和殷长史》。南齐东昏侯,即萧宝卷,他

① (清)徐乾学:《读礼通考》卷九十六引,四库全书本。

"偏信蒋侯神(子文),迎来入宫,昼夜祈祷"(《南史·齐本纪下》),致使误国失国。李淳风,生跨隋、唐两代,"明天文、历算、阴阳之学"(《旧唐书·李淳风传》)。王玙,少习礼学,博求祠祭仪注时。唐玄宗时,王玙上言请筑坛东郊祀青帝,擢为祠祭使;肃宗朝"以祭祀妖妄致位将相"。《旧唐书·王玙传》又云:"专以祀事希幸,每行祠祷,或焚纸钱,祷祈福佑,近于巫觋,由是过承恩遇。"其间他改革和完善了民间丧祭中的焚纸钱之俗,使其具有官言礼仪的性质,以至于后人误以为丧葬丧祭中的焚纸钱之俗起于唐代的王。其实,纸钱之出现,应是民俗积累与淘汰的结果,而非殷长史、南齐东昏侯、李淳风、王玙等某一人的发明创造。

我们以为,纸钱起源于祖先崇拜,是对死者的人道关怀的一种表现方式,蕴含着每个时代的特色与风俗。从现存的文献资料与出土文物来看,应该出现在魏晋时期,唐代封演《封氏闻见记》卷六"纸钱"条记载:

> 今代送葬,为凿纸钱,积钱为山,盛加雕节,舁以引柩。按,古者享祀鬼神有圭璧币帛,事毕则埋之。后代既宝钱货,遂以钱送死,《汉书》称"盗发孝文园瘗钱"是也。率易从简,更用纸钱。纸乃后汉蔡伦所造,其纸钱,魏晋以来始有其事。今自王公逮于匹庶,通行之矣。凡鬼神之物,取其象似,亦犹涂车、刍灵之类。古埋帛金钱,今纸钱则皆烧之,所以示不知神之所为也。①

① (唐)封演著,赵贞信校注:《封氏闻见记校注》,中华书局2005年版,第60—61页。

封演，主要生活于天宝至贞元末年，天宝十五载（756）登进士第，长期在魏博田承嗣父子手下为职，所著《封氏闻见记》记录了不少可资征信的资料，纪晓岚谓之“此书独语必征矣”（《四库全书总目》）。所谓“其纸钱，魏晋以来始有其事”，可信度较大。一来，“封演，唐德宗时人，去六朝未远，所见必非无据，则纸钱之始于魏、晋无疑也。”（赵翼《陔馀丛考》卷三十“纸钱”）二来，有出土文物为证。我们以为，早期的纸钱，很可能是作为“明器”使用的，如 1959 到 1969 年间，新疆吐鲁番地区发掘了多座古墓葬，出土了“莲花图案剪纸”、“对猴团花图案剪纸”（北朝）、“人胜剪纸”（唐朝）、“车轮（火轮）形剪纸”（北朝）、“菊花形剪纸”（北朝）多件①，除一件“人胜剪纸”属于唐代西州时的作品，其余均为麴氏高昌王国时的作品。麴氏高昌王国，是我国中古历史上建立在今新疆吐鲁番市，以汉族人为主体组成的王国。这个王国从麴嘉承平元年（502）起，经南北朝、隋、至唐贞观十四年（640）为唐太宗统一，立国 139 年。此处民众“俗事天神，兼信佛法”，“其刑法、风俗、昏姻、丧葬与华夏小异而大同”（《北史·西域传》）。这批剪纸从色彩区分，有土黄色纸六件，蓝色纸一件，其所用纸张很可能是吐鲁番本地造。我国是发明纸的国家，近代考古学家找到了西汉时代的纸，时代在蔡伦造纸以前，而且集中在西北地区，可见西北是我国纸的发源地。魏、晋以后，北方战乱频仍，秦凉诸州秩序较中原安全，文化世家多奔凉州避难，故此地文化学术的保存也较中原为多。陈寅恪先生指出：“秦凉诸州西北一隅之地，其文

---

① 新疆维吾尔自治区博物馆：《新疆吐鲁番阿斯塔那北区墓葬发掘简报》，《文物》1960 年第 6 期。

化上续汉、魏、两晋之学风,下开(北)魏、(北)齐、隋、唐之制度,承前启后,继绝扶衰,五百年间延绵一脉。”①高昌麴氏系金城榆中人,西北一隅保存的中原文化又赖其在吐鲁番建立的高昌王国得以继续发扬。因此,作为早期的纸钱形式——剪纸,不论是此地的发明,还是发明于中原而由此地保留下来,其文化价值都是不可低估的。而黄色是五色中的正色,古时凡神圣、庄重的物品常饰以黄色,诏书文告、重要典籍等都取黄色,民间宗教用纸也常用黄纸,其象征黄金的用意是统一的。吐鲁番出土的剪纸,自然属于随葬的宗教用品——将人世间用于祈祥、驱邪的剪纸直接用于阴间,再次证明了上文所言的“幽冥世界”信仰。

吐鲁番麴氏高昌王国时期的墓葬出土的这些纸质明器,可视为纸钱的早期形式。它在中国丧葬史上具有特殊的意义。民俗史上以冥币事鬼的习俗起源甚早,最初以价值低廉的陶土(少量用铅、石)仿金属真币制成。战国楚墓中,已发现此种冥币。经过了汉代的“瘗钱”,魏晋时期冥币始用纸钱,至唐代纸钱遂使用于官礼、流行于民间。这批剪纸的民俗功效不外乎招祥纳福和辟邪驱怪两种,所谓“厌胜”。团花剪纸大都贴在门窗上,因而镂空和透明是其必要条件。吐鲁番出土的六件团花剪纸的图案,应该说都是墓主生前装饰门窗的窗花图案,只是颜色可能为红色。对鹿和对猴的象征意义已如上述,是作为吉祥物使用,具体说是祈求福禄。莲花图案剪纸作为窗花主要取其“丰饶-富裕”的含义,引申为连生贵子、长寿健康,可以说是一种求寿的吉祥物。菊花图案团花剪纸,是求寿辟邪的吉祥

① 陈寅恪:《隋唐制度渊源略论稿》,上海古籍出版社 1982 年版,第 41 页。

物:车轮图案剪纸贴在门上,为“轧恶人脑”,主要功能是辟邪驱怪,也有招财进宝的含义。那个“人胜剪纸”亦具消灾压邪、企图大吉大利的民俗寓意。弄清了吐鲁番出土剪纸在阳世生活中的功能,其在葬俗中的意义便迎刃而解。古人相信,与人世间相对的还有一个阴间世界。一个人的死亡意味着死者从阳间到了阴间,其生活方式并无不同,故古人在安排死者的葬仪、随葬明器以及祭祀活动时,都按照“事死如事生”的原则进行。麴氏高昌王国时期的剪纸作为明器的功能首先是辟邪,使死者在阴间世界免受伤害;其次是祈福,使死者在阴间世界生活美好;最后是希望死者永生、复活。

纸钱在南北朝时虽已产生,但并不普遍,仍有用实钱的,如《南史·隐逸传下》云:

> (赵)僧岩,北海人。寥廓无常,人不能测。与刘善明友。善明为青州,欲举为秀才,大惊,拂衣而去。后忽为沙门,栖迟山谷,常以一壶自随。一旦,谓弟子曰:“吾今夕当死。壶中大钱一千,以通九泉之路;蜡烛一挺,以照七尺之尸。”至夜而亡。时人以为知命。①

二、纸钱的称谓与计量

在探讨纸钱的称谓与计量之前,先谈一下中国古钱币的形

---

① (唐)李延寿:《南史》卷七十六,中华书局2013年版,第1888—1889页。

制和名称。中国古代货币形制十分复杂,仅用作货币的币材就不下几十种,如铜、铅、铁、金、银、玉、龟、贝、牲畜、皮革、谷帛、纸张等。但沿袭几千年的基本形态是方孔圆形铜钱,其标准式样是西汉元狩五铢、上林三官钱及唐初开元通宝,轻重适中,重约 4 克,肉好皆有周郭。此外,也有圆形圆孔、圆形无孔、铲形、刀形、长方形(钱牌)、不规则椭圆形等形式。同一钱形,又有大小、轻重、成分、质料、版别、钱面文字、钱背符号、有郭或无郭、重轮、重好、四出、决文、传形等区别,有合背、合面、剪边、磨边、对读、旋读、覆文等不同情况,按钱币性质分,又有记重钱、记值钱、年号钱、国号钱、记号钱、纪年钱、镇库钱、纪数钱、厌胜钱、庙宇钱、撒帐钱、罗汉钱、对钱、母钱、祖钱、开炉钱、样钱等,这些情况又时有两种以上并存现象,名目繁多,不胜枚举。而以圆钱(分圆孔圆钱和方孔圆钱两种)为通用,方孔圆钱从秦始皇开始就已成为中国货币的主要形式,一直沿用两千多年。纸钱既已为“钱”,则其称谓与计量应与真钱同。纸钱在唐代“通行”,可以找到许多例证,如唐临《冥报记》卷上《眭仁蒨》说:

> 鬼所用物,皆与人异,唯黄金及绢为得通用。然亦不如假者,以黄金涂大锡作金,以纸为绢帛,最为贵上。

唐临,两《唐书》有传,为初唐大官僚,该书成于唐高宗永徽年间,这说明纸钱的使用,至迟不会晚于这个时期。此处既点明何以用金帛供奉鬼之所需的原因——人与鬼“唯黄金及绢为得通用”,又求纸钱之逼真——涂成黄色的“大锡”作金与“以纸为绢帛”,此类纸钱“最为贵上”;实质上就是“金银纸钱”。纸钱，除这类黄色、白色的之外，唐代还产生了供鬼使用的“素钱”：

唐杨相国收，贬死岭外。于时郑愚尚书镇南海，忽一日，客将报云：“杨相公在客次，欲见郑尚书。”八座惊骇，以弘农近有后命，安得此来？乃接延之。杨相国曰：“某为军容使杨玄价所谮，不幸遭害。今已得请于上帝，赐阴兵以复仇。欲托尚书宴犒，兼借钱十万缗。”荥阳诺之，唯钱辞以军府事多，许其半。杨相曰：“非铜钱也，烧时幸勿著地。”荥阳曰：“若此，则固得遵副。”从容间，长揖而灭。荥阳令于北郊具酒馔素钱以祭之。杨相犹子有典寿阳者，见相国乘白马，臂朱弓，捻彤矢，有朱衣天吏控马，谓之曰：“上帝许我雠杀杨玄价，我射著其脚，必死也。”俄而杨中尉暴染脚疾而殂。①

“素”在古时本有专指，是一种纯白丝织物，因而这里的“素钱”有可能是使用丝织品制作，也有可能就是“白纸钱”，如《太平广记》云，窦德玄，贞观人也，“买好白纸作钱，于净处咨白天曹吏，使即烧却”（卷七一）。晚唐诗人李山甫又有诗句：“墙外素钱飘似雪，殿前阴柏吼如雷。”（《雨后过华岳庙》）似乎还是在说传统的纸钱。

而五代时，又出现了印有文字的供鬼使用的纸钱：

---

① （五代）《北梦琐言》卷九《杨收相报杨玄价》，中华书局 2002 年版，第 185 页。

显德六年，世宗庆陵攒土发引之日，百司设祭于道。翰林院楮泉大若盏口，余令雕印字文，文之黄曰“泉台上宝”，白曰“冥游亚宝”。（《清异录》卷下《泉台上宝冥游亚宝》）

说明纸钱发展到五代，又开始翻出新花样，即制作冥宝了。后世祭祀之俗中所焚烧的黄白（或金银）纸钱即本于此：黄者为金，白者为银，名曰冥宝，然皆纸钱之属也。可以断定，这是受“钱文”的启发而制成的。钱文亦称“面文”，泛指钱面所铸文字。如战国币钱文“半两”为大篆，秦朝币钱文“半两”为小篆。据《旧唐书·高祖纪》载，武德四年（621），“废五铢钱，行开元通宝钱”，结束了秦汉以来以重量“铢”“两”定名的钱币体系，开创了唐宋以后以“文”为单位的镌有年号的宝文体系铜铸币。“开元”有创始、首创之意，“通宝”即流通的宝货。其在重量单位上有大突破，古代衡法二十四铢为一两。“开元通宝”开创十进位制，每枚重二铢四为一文钱，积十文钱重一两，即十钱一两“以钱代铢”。唐以“文”计数，以“钱”“两”为重量单位的宝文钱体系沿袭到清朝，历时千年。

而纸钱既已为钱，则亦用钱的数量单位，如文、贯（缗）等称之。铜钱最普通的形制是小平钱，即一文钱，上又称“平钱”，它是使用铜钱时代的最小货币单位，在行文中常常省略，而以“钱”称。然而多用“贯”，一千文为一贯，贯与缗一样大，亦称“缗”。纸钱毕竟是纸张做的，故也称“张”。

唐天宝五载夏五月中，左清道率府府史李思元暴卒，

> 卒后心暖，家不敢殡。积二十一日，夜中而才苏，即言曰："有人相送来，且作三十人供。"又曰："要万贯钱与送来人。"思元父为署令，其家颇富，因命具馔，且凿纸为钱。馔熟，令堂前布三十僧供。思元白曰："蒙恩相送，薄馔单蔬，不足以辱大德。"须臾若食毕，因令焚五千张纸钱于庭中。又令具二人食，置酒肉，思元向席曰："蒙恩释放，但怀厚惠。"又令焚五千张纸钱毕，然后偃卧，至天晓，渐平和。①

我们从中可以看到当时纸钱的一种计量方法，其基本单位是贯和张。而一张相当于二贯，如这里"要万贯钱"，而焚两个"五千张"，可知。称纸钱为"贯"，表明当时的纸钱应该是模仿圆形方孔钱的形式，所谓"凿纸为钱"也正是这个意思。随着纸钱使用的普及，唐时制作纸钱已成为一门职业：

> 开元中，长安县尉裴龄，常暴疾数日，至正月十五日夜，二更后，堂前忽见二黄衫吏持牒，云："王追。"龄辞已疾病，呼家人取马，久之不得，乃随吏去。……王言："此人尚有数政官录，不可久留，宜速放去。若更迟延，恐形骸毁坏。"因谓龄曰："令放君回，当万计修福。"龄再拜出。……复往别吏。吏云："我本户部令史。"一人曰："我本京兆府史，久在地府，求生人间不得。君可为写《金光明经》《法华》《维摩》《涅槃》等经，兼为设斋度，我即得生

① （宋）李昉等编：《太平广记》卷一〇〇《李元思》条引《纪闻》，中华书局1961年版，第670页。

人间。”龄悉许之。吏复求金银钱各三千贯，龄云：“京官贫穷，实不能办。”吏云：“金钱者，是世间黄纸钱。银钱者，白纸钱耳。”龄曰：“若求纸钱，当亦可办，不知何所送之。”吏云：“世作钱于都市，其钱多为地府所收。君可呼凿钱人，于家中密室作之，毕，可以袋盛，当于水际焚之，我必得也。受钱之时，若横风动灰，即是我得。若有风扬灰，即为地府及地鬼神所受，此亦宜为常占。”①

这里提到唐时在市井里有专门制作供阴间鬼使用的纸钱的作坊，从事此业的人就叫“凿钱人”。从裴龄的故事中可知，在大都市的市场上有专门制作冥钱的“凿钱人”。在市场上做的纸钱，有时会被地府收去，而祭奠的对象却得不到。为了确保冥钱不被截留，可以将凿钱人唤至家中，在密室中制作，制作完毕，将纸钱用袋子装起来，在水边焚烧。阴吏还告诉裴龄说：“鬼常苦饥，烧钱之时，可兼设少佳酒饭，以两束草立席上，我得映草而坐，亦得食也。”这些叙述透露了当时焚烧纸钱风俗中的一些具体特点，而且已出现了有区别的“金钱”“银钱”：“金钱者，是世间黄纸钱。银钱者，白纸钱耳。”

上文封演所谓纸钱之“通行”只是大概言之，亦有不用或非之的，如赵翼云：

《通鉴》亦谓玙用纸钱类巫觋，习礼者羞之。此又为

① （宋）李昉等编：《太平广记》卷三八一《裴龄》条引《广异记》，中华书局1961年版，第3033—3034页。

> 朝廷祀典用纸钱之始，盖自昔但里俗所用，而朝廷祭祠用之，则自玙始耳。然曰习礼者羞之，则其时尚有不用者。《唐书》范传正言，颜鲁公、张司业家祭，不用纸钱。至宋，钱邓公犹不烧楮镪，盖古人祭祀，本用玉币，汉以来始用钱，后世鬼神事繁，乃易以纸。故一二守礼之士非之，以其起于祈祷以徼福也。其实律以《檀弓·明器》之义，则纸钱固未尝不可。①

总的说来，纸钱起源于造纸术发明后是可信的，但使用纸钱的观念只不过是新石器时代以来陪葬或献祭仿制货币的延续。中国自古以来，都以为人死之后便是鬼，所以《说文解字》说“人所归为鬼”。人死既为鬼，拟想鬼的世界也同人间一样，故以为鬼也需要生活，也需要用钱，所以就用钱币殉葬。也许，后来有人觉得用真的钱币太可惜了，便用纸剪成钱的形状，以火烧了给鬼用。虽然献祭的内容形式一直因时代而改变着，但其中的精神与目的却是大同小异。基于心灵的欲求和物质、精神的需要，人类便借由仪式，向不可知的神秘寻求安慰和希望，这才是纸钱由来的精神。

三、纸钱的功用

运用纸钱是传统中国宗教习俗中，与鬼神灵祇之间维系关

① （清）赵翼：《陔馀丛考》卷三十《纸钱》，商务印书馆 1957 年版，第 633 页。

系的一个重要的仪式，是人们对神明表达感谢之意，以及抚慰死后生活在地府的灵魂的一种传统方式，大致可以概括为祀鬼、祀神两种有别的活动。

先言祀鬼活动中的纸钱（以唐时为例）。纸钱之用于祭奠死者的仪式中，首先用于送葬中，如王梵志诗云：“死得纸钱送”，“只得纸钱送，欠少元不知。门前空言语，还将纸作衣”，“空得纸钱送”。王梵志，大约生于隋时，初唐时尚在世，其诗以说理劝世为主，常寓哲理于对世态人情之揶揄讥讽之中，语近俚俗，民俗价值尤高。王诗所昭示我们的是：至少在初唐以前，纸钱已广泛应用于民间，而且出现了“纸衣”的明器，这说明广义上的“纸钱”在这时已相当发达。

祭奠死者可归之于祀鬼活动中（祭祖情况见下文），上文在考察纸钱的称谓时，已谈到了鬼索要纸钱的事——鬼索要，人焚给之，亦属祀鬼活动。而鬼可分为善鬼、厉鬼，自己的祖先当然属于前者，而那些游魂野鬼常属后者。下面举一个例子，看看厉鬼是怎样要钱的：

> 太和四年十二月九日，边上从事魏式暴卒于长安延福里沈氏私庙中。前二日之夕，胜业里有司门令史辛察者，忽患头痛而绝，心上微暖。初见有黄衫人，就其床，以手相就而出。既而返顾本身，则已僵矣。其妻儿等方抱持号泣，噀水（炙）灼，一家仓惶。察心甚恶之，而不觉随黄衣吏去矣。至门外，黄衫人踟蹰良久，谓察曰：“君未合去，但致钱二千缗，便当相舍。”察曰：“某素贫，何由致此？”黄衫曰：“纸钱也。”遂相与却入庭际，大呼其妻数声，皆不应。黄衫哂曰：“如此，不可也。”乃指一家僮，教察以手扶

其背，因令达语求钱。于是其家果取纸钱焚之。察见纸钱烧讫，皆化为铜钱，黄衫乃次第抽拽积之。①

这些鬼物索要金钱的故事包含着浓厚的宿命论、因果报应的东西，是毋庸置疑的。但是人们以微薄的纸钱（相对于真正的金帛与冥币），来获取心灵的安慰，其意义不是用“迷信”所能概括了的。不管时代如何进步，科技如何发达，人类慎终追远的情愫与祈求、答谢神明的诚意，亘古不变，“纸钱”是人类送与鬼神、祖先的“所费”“供养”，其实就是“伴手”与“红包”。

祀神活动中亦大量使用纸钱（亦以唐时活动为主）。对于神祇的崇祀一般分为灵魂与自然崇拜两大类，如拜天公、土地公、大树公、文昌帝君、玄天上帝和石头公等，属于对自然的崇拜，这样的崇拜来自人类最早对于大自然的敬畏，即是以神灵化的自然物、自然力和自然现象为崇拜对象的民间信仰，就如原始人类因落日而崇拜太阳神一样；而拜关公、岳飞、王爷公等属于灵魂崇拜范畴，源于人类祭拜自然之后，不相信灵魂的存在，认为一切事物都具有超自然的灵性和奇异功能，并主宰着人类的命运，自然与灵魂崇拜两相融合，形成多神信仰的模式与体系。人们借由祭拜神灵的仪式，来祈求风调雨顺、平平安安的生活。如《封氏闻见记》卷九“则正”载，狄仁杰以冬官侍郎“充江南安抚使。吴楚风俗，时多淫祀，庙凡一千七百余所，仁杰并令焚之。有项羽神号为楚王庙，所祷至多，为吴人所惮。仁杰先放檄书，责其丧失江东八千子弟，而妄受牲牢之荐，然后

① （宋）李昉等编：《太平广记》卷三八五《辛察》条引《河东记》，中华书局1961年版，第3073页。

焚除”。其实,这种“淫祀”是焚而不绝的,因为一方面可见神灵崇拜已深入人心,一方面自有其民俗价值。

这种祀神活动包括迎神、送神两个过程,其间都有歌舞相伴与焚烧纸钱。如王叡《相神歌·迎神》:“蓪草头花椰叶裙,蒲葵树下舞蛮云。”李贺《神玄曲》:“画弦素管声浅繁,花裙綷粲步秋尘。”描写的就是迎神仪式中的女巫舞蹈。值得注意的是,在这种活动中少不了纸钱,如白居易《黑潭龙》:“神之来兮风飘飘,纸钱动兮锦伞摇。神之去兮风亦静,香火灭兮杯盘冷。”所云“纸钱动”是“神之来兮”的情景,即迎神时的场面描写。再如李贺《神弦曲》“海神山鬼来座中,纸钱窸窣鸣旋风”与李建财《迎神曲》“阴风窣窣吹纸钱,妖巫瞑目传神言”,亦都是迎神时焚纸钱的情景。而王叡《祠渔山神女歌二首》其二:“枨枨山响答琵琶,酒湿青莎肉饲鸦。树叶无声神去后,纸钱灰出木绵花。”则是送神后的描写,纸钱焚后,唯余灰烬而已。

这些迎神、送神歌辞及其仪式,具有突出的风俗文化内涵:吴楚巴渝都有祀神风俗;它们即情即事而作,反映了民间祀神祈祷丰年、祈求平安的朴素意识,同时描写了祀神的具体过程;迎送神风俗在民间有悠久的历史,有频繁的活动,有大体稳定的风俗节目:这些风俗节日总是有歌舞伴随,而且有一个被称为“女巫”的专门表演者主持这些活动。这种赛神,是既娱神又娱人的一项风俗活动,即是在“神”的名义下所进行的民间燕乐。如《事物纪原》卷八《岁时风俗部第四十二》“赛神”条:“郑康成谓十二月索鬼神而祭祀,则党正以礼,属民而饮酒,劳农而休息之,使之燕乐,是君之泽也。今赛社则其事尔,今人以岁十月农功毕,里社致酒食以报田神,因相与饮乐。世谓社礼,始于周之蜡云。”①

当然，上述的赛神活动往往是离不开道士、僧人的参与的，他们的法事中自然也伴有纸钱：

> 至宋高宗梓宫就道，百官奠用纸钱差小，孝宗不悦，谏官云：“纸钱乃释氏使人以过度其亲者，本非圣主所宜。”孝宗曰：“邵尧夫何如人，祭先必用纸钱，岂生人处世，如汝辈能一日不用钱乎？”则此亦相传故事。②

此为宋代的事情。从谏官的话可知，佛教中国化以后，在“过度其亲者”时亦用纸钱，尤其是在“盂兰盆会”仪式上，故此谏官与许多人一样，以为纸钱源于此。因此，唐代敦煌写本《大目乾连冥间救母变文》云：“号啕大哭终无益，徒烦搅纸作钱财。寄语家中男女道，劝令修福救冥灾。”对后代之滥焚纸钱，而不重视“修福”之行为提出了“劝令”。又，《庐山远公话》云：“烧钱解禁，狂杀众生，如是之人，堕于地狱。”此处又在诅咒那些一面供着菩萨，一面荼毒生灵的可笑之辈。

焚烧纸钱并不是万能的，佛家提出警告，道士亦有不同的声音：

> 南岳道士秦保言威仪，勤于焚修者，曾白真君云：“上仙何以须纸钱？有所未喻。”夜梦真人曰：“纸钱即冥吏所

---

① （宋）高承：《事物纪原》，中华书局1989年版，第439页。

② （明）沈德符：《万历野获编》卷二《大行丧礼》，中华书局1959年版，第60页。

籍,我又何须?”由是岳中益信之。[1]

总之,中国是一个儒、释、道三合一的宗教社会,不过烧纸钱同神灵沟通,基本上偏向于道教,同释、儒扯不上太大关系,儒家倡“慎终追远”,但“不语怪力乱神”,不用多说;佛教不认为人死之后即是鬼,做鬼仅有六分之一的可能。原始佛教并不相信经过焚烧之后的纸库锡箔能够供鬼受用,只相信死人的亲属可以用布施、供佛、斋僧的功德,回向亡灵、超度亡灵,主张虔诚心的感应,如果心力到了,不用焚纸,必然有用。

四、祭祖中的纸钱

祭祖活动属于广义的祀鬼的范畴。平民社会,由于受种种礼俗的限定,一般百姓只能利用祭祖礼俗,以维系家族的凝聚、长幼之伦的确立,并抒发缅怀先人、慎终追远的心境,进而祈求佑护赐福。此一活动极为重要,因此从纸钱的功用中单独析出。

祭祖仪式自古以来多以春秋二祭为主(《大戴礼·盛德》),汉代以后,祭祖与社祭成为一般百姓生活中及心灵上的寄托,祭祖礼俗成为全年岁时节令中不可或缺的行为,不再限于二时。若以岁时、节令排比,元日、二月二、寒食、清明、端午、夏至、六月六日、七月七日、七月十五、十月初一、冬至、腊八、除

① (五代)孙光宪:《北梦琐言》卷一二《王潜司徒烧纸钱》,中华书局 2002 年版,第 261 页。

夕等均有祭祖的习惯,这些遍及全年的祭祖活动足以说明传统中国之重视孝道,而且祭祖也不是一种单纯的宗教行为,而表现出一种人文精神与伦理观念相互交辉下的极致:“慎终追远,民德归厚矣。”(《论语·学而》)

民间的祭祖突出表现在寒食、清明、七月十五、十月初一等追怀亡人的节日中。古人早就认为,人死为鬼,鬼有善恶,作为逝去的先人,自然是善鬼一类,需要得到虔诚的奉祀。在四时祭祀中,祖先祭祀一直是主要的祭祀内容,“鬼”字旧释为“归”,如果从信仰的角度分析,大概是当时人认为,人死后回到原来的地方去了。人鬼只是与自然神灵相对的鬼灵,因此祖先不称“人鬼”,而称为“祖神”。在上述四大悼亡节中,寒食、清明为首(按:唐代的寒食扫墓寖以成俗,官方亦定之为法定的扫墓日)。因为地域性及与清明甚近或相连等原因,唐人已有将二节活动混而为一的现象,因有清明扫墓之习,这从唐宋典籍与唐诗中都可找到大量证据。而后世一般不直称寒食、清明为“鬼节”,而对于中元、十月朔则普遍以“鬼节”名之。其中的细微区别在于,寒食、清明重在祭墓祭祖,表达孝思,其他二节重在祭亡,对孤魂野鬼也一并关照,希望通过祭祀来安抚鬼灵,防止游魂为祸。

下面以寒食、清明节俗的扫墓活动为例,以唐诗为重点,进一步谈一下纸钱的运用。挂纸烧钱之俗在唐代已很普遍,但因寒食期间禁火,墓祭不能火化纸钱,人们便将纸钱插、挂在墓地或墓树之上,压在坟头一项是不能缺的,祭祀当日在坟头“压墓纸”,象征盖厝瓦,也意味着该坟冢拥有子孙为之祭祀。墓纸的压放以奇数为主,以石块压住,祈求吉祥之运。这种因禁火而改变的祭祀习俗在当时曾受到一些人的质疑:“三日无火烧纸钱，纸钱那得到黄泉。”（王建《寒食行》）但民间习惯一经形成，就往往成为一种民俗传统，它在后世已不禁火的环境下仍然流传，挂钱成为寒食、清明墓祭的特色之一，正是“清明纵便天使来，一把纸钱风树杪”（薛逢《君不见》）。随着寒食禁火习俗的松懈，寒食、清明祭墓的流行，人们不再忌讳烧纸钱，再说清明本来就是钻取新火的日子，“神前新火一炉香”，自然有它的灵应。烧纸钱与挂纸钱的习俗并存，而且极为普遍，这正如张籍《北邙行》言：“寒食家家送纸钱，乌鸢作窠衔上树。”是“家家送纸钱”。寒食、清明的这种祭扫活动在传统的宗法社会里的确不能等闲视之，民间也有一套自发形成的习俗压力，“清明不祭祖，死了变猪狗”的俗谚，正是对试图不履行祭祖义务的人的告诫。所以对无人祭扫的孤坟才生出几分怜意：“嘉兴郭里逢寒食，落日家家拜扫回。唯有县前苏小小，无人送与纸钱来。”（徐凝《嘉兴寒食》）这种纸钱虽经风吹雨打而“坟前碎纸斜”（喻凫《樊川寒食》），甚至是“风吹旷野纸钱飞”（白居易《寒食野望吟》），也在所不辞。也许在活人看来，他们的孝道早已尽到了——寒食与清明处在生气旺盛、阴气衰退的时节，人们一方面感念祖先亲人的恩惠，同时以挂纸烧钱的形式显示后代的兴旺。祖先在坟墓里安住，关系到子孙的繁荣，子孙的兴旺又能保证祖先的安宁与香火的延续，这是一种“互惠关系”①。这样，祖先墓地不仅是生命之根，同时也是情感之结。在传统社会里，人们无论走到哪里，都牵挂着乡里庐墓。因此，我们仅从寒食与清明祭祖之风俗活动中就可以看到，在

① ［日］渡边欣雄：《汉族的民俗宗教》，周星译，天津人民出版社1998年版，第31页。

民间社会里，祭祖不仅是传统“慎终追远”伦理观念的发扬，亦是慰藉心灵的一剂良方。由此，我们可以说，祭祖经过长期的沿革变迁后，汇为一股传统，历代相袭，虽偶有节枝增减，但是主流之势已形成，而民间的祭祖习俗及变迁过程更可对纸钱的人文精神作一注释。

本文考察了纸钱的源起、计量与称谓及其功用，而风俗习惯与宗教信仰难免有许多穿凿附会的传说，然而仪俗的形成必是经历了世代的沿袭与考验，各类宗教活动也均有其历史演变的渊源，之所以留存与绵延，自然有其存在的意义和必然性，就连科学如此发达的今日，亦尚难以理性的观点说清楚。可是，纸钱存在的意义是不可置疑的：它是尊崇意念的传达，也是天人意识交流的象征，它又代表了人与鬼神之间的期约承诺，以及人对未来的不确定感、不安全感。因此，期约越重，不安全感与不确定感也越重，也许，这可以解释出今天我们仍大量烧纸钱的真正含义。

赠献挽诗之程式化*

——解读唐代挽歌

法国人类学家列维·斯特劳斯在《野性的思维》一书"可逆的时间"一章中，对悼念仪式的功能作了精辟论述："悼念性仪式对应着一种相反的程序：不是以活人体现远祖，这些仪式的目的在于使不再活着的人复回为祖先。于是可以看到，仪式系统的功能在于克服和综合三种对立：历时性与同时性的对立；在历时性与同时性两方面均可表现出来的各种周期性或非周期性的对立；最后，在历时性内部，可逆时间与不可逆时间的对立。"①唐人正是在"克服和综合"这三种对立的过程中，改造北朝赠献式挽诗，创造出属于自己朝代的挽歌。综合考量，这些挽歌具有明显的程式化现象。从传统的思想标准与艺术标准看，这些诗歌称不上好诗，千百年来也没有引起研究者的注意，可是从民俗学角度来加以研究，其价值是不可低估的：既是具有普遍而雷同模式的唐代丧葬习俗的反映，也是唐人重友情的时代精神的写照。

---

* 原载《唐代文学研究》第12辑，广西师范大学出版社2008年版。

① ［法］列维·斯特劳斯：《野性的思维》，李幼蒸译，商务印书馆1987年版，第270页。

一、唐人挽歌实质上是赠献挽诗

我们认为,唐人的挽歌从本质上说是赠献挽诗。赠献挽诗,首先是诗,记丧葬礼仪与表哀悼的诗,但从唐人留下的挽歌诗题中有的书为"挽歌辞"来看,也可能是歌。为了弄清这种赠献挽诗的特点,有必要对唐以前的挽歌加以梳理,所谓有比较才有鉴别。

(一)唐以前挽歌之回眸

挽歌的雏形在春秋时代已经产生,如《左传·哀公十一年》云:"将战,公孙夏命其徒歌《虞殡》。"杜预注:"虞殡,送葬歌曲,示必死。"[①]而汉以后,挽歌已成为皇家丧礼中的一个组成部分,从"引棺挽歌""执绋者挽歌"之类的大量记载中,可以看出其葬礼使用挽歌已为惯例,可是其时的挽歌则如任半塘先生的推测是"主声不主文"的,即只要有相应的曲调用以助哀即可,对文辞并不讲究,即如《蒿里》《薤露》,看重的恐怕还是其音乐之哀。这与重文辞的唐人挽歌不同。

而魏晋时期产生的拟挽诗是纯粹的抒情诗,与葬礼挽歌有本质的不同,因为这类拟挽诗所挽的对象是不确定的,死者的身份也是模糊的,诗人所关心的是生死问题的本身,而不是哀悼某个具体的人的死亡,这个特征从缪袭《挽歌》开始

① (晋)杜预注,(唐)孔颖达疏:《春秋左传注疏》,《十三经注疏》,中华书局1980年影印本,第2166页。

已有显露,到陶渊明发展到极点。如陆机《挽歌》往往以“死者”的口吻来自述,诗中的“死者”多数具有普泛性。而其连章体结构则对唐人挽歌产生了直接影响,因为唐人挽歌以三首连章为多。时至南朝,其自挽诗,往往是从死者的角度来审视存亡,把拟挽诗的普泛性导向个体化,更关心个人切身的死亡,如鲍照的《松柏篇》《代蒿里行》《代挽歌》等,很接近于临终诗。

而唐代的挽歌则是在内容与形式上直承北朝实用型挽歌——文人挽歌与葬礼挽歌合流,如温子升《相国清河王挽歌》和卢思道《彭城王挽歌》《乐平长公主挽歌》等,其题材由拟挽诗的纯抒情回归到实用上,具体哀悼某个人的死亡,即为专人所作,其针对性极强;当然也不排除悼亡之情。因此,文人挽歌与葬礼挽歌的由分到合,经历了拟挽诗、自挽诗到赠献挽诗这三个类型的变化,直到唐代赠献挽诗的成熟,其发展脉络是很清晰的,唐人的贡献也是不小的。

(二)唐人挽歌产生的礼俗基础

唐人赠献挽歌的产生,是与其丧葬礼俗密不可分的。从挽歌所挽对象看,他们大多是皇室成员或是王公贵族,几乎没有一般士人与百姓。这种特有的文化现象说明,此一时期的皇室或贵族丧礼可能有了新的规定,即需为死者撰写专人的挽歌歌词,所以才出现了文臣们竞相赋写挽歌的现象。

事实上,史文中留下的一些有关记载也表明赠献挽诗的出现与丧葬礼仪直接有关。唐代的丧仪承袭前代,除官方必需的礼仪之外,雇用专门的“凶肆”人员参加,前者侧重于礼,后者侧重于俗。如中唐人白行简《李娃传》中的荥阳生落魄为“殡葬徒”后，在东西二肆的“胜负”较量中，先“歌《白马》之词”，后“歌《薤露》之章”，以其善讴让东肆大胜。文人的赠献挽诗与这种挽歌虽然不同，可是有的很可能在丧礼上令挽士歌之，有的则可能书写后挂在凶帐内，以表达悼亡之情。如《旧唐书·后妃传下》载，唐代宗皇后独孤氏丧，“诏常参官（衮）为挽歌，上自选其伤切者，令挽士歌之”，可以作为注脚。又《新唐书·十一宗诸子传》载，肃宗之子倓“葬顺陵……（李）泌为挽词二解，追述倓志，命士挽唱”，亦是例证。而《新唐书·诸帝公主传》记卫国文懿公主，“帝既素所爱，自制挽歌，群臣毕和”。可惜的是两书所记之挽歌都没有留下来，难以知晓其真面目；不过从常衮悼独孤皇后的哀词“招帝子于北渚，从母后于东陵”中略可窥出些端倪：招魂、哀悼。

从下面的奏折中可知其挽仪的具体规定，如卢文纪有《请禁丧制逾式奏》叙中唐葬仪情形：三品以上，挽歌三十六人，并练布深衣①；五品以上，挽歌一十六人；九品以上，挽歌一十六人。无名氏有《请减山陵挽郎选数奏》（太和元年五月礼部）叙晚唐情形：山陵挽郎准光陵（唐穆宗陵），合补二百二十人，取前宏文馆、崇文馆生及已考满太庙斋郎充；如人数不足，取前明经充。② 无名氏又有《请申定官民丧葬仪制奏》（长兴二年十二月御史台）叙后唐情形：五品至六品升朝官，挽歌八人，练布深衣；七品至八品升朝官，挽歌六人，练布深衣；六品至九品非升

---

① 参见（清）董诰等编：《全唐文》，中华书局 1983 年影印本，第 8976 页。

② 参见（清）董诰等编：《全唐文》，中华书局 1983 年影印本，第 10027 页。

朝官,挽歌四人,练布深衣。[1] 品级不同,挽歌人数亦异,且一律"练布深衣"。我们所应注意的是,唐人的挽诗多数都直接描述了这种丧仪。反过来说,这种丧仪是这种挽诗产生的直接素材,有的被挽士歌之亦很有可能。

因此,我们认为这种礼规导致了赠献挽歌的大量出现,以明人张之象编集的《唐诗类苑》为例,即收唐代挽歌 208 首,其中只有七首是题为《古挽歌》《挽歌词》的拟作,其余均为赠献挽歌,而且体裁也是整齐划一的五律诗。又据任二北先生统计:"普查《全唐诗》,得各体之挽歌约二五四首……而五律一体,竟有二三七首之多,占百分之九三强。"[2](按:据《全唐诗》,今存各体挽歌共 152 题 283 首)这一"五律一体"奠定了五言八句挽歌的基本样式。这种形式,从客观上看是由于礼仪的需求,即皇室权贵的葬礼上需使用针对专人的挽歌歌词,因而挽歌的实用性一面被再度强调了出来,从而导致了赠献挽歌的大量出现,而且出现了较为明显的程式化倾向。

二、程式化的具体表现

什么是程式化? 简言之,就是特定的法式化。赠献挽诗的程式化就是其内容与形式诸方面都有特殊的规则和格式。关于其形式的程式化现象即如律诗一样,兹不多谈,下面就其内

---

① 参见(清)董诰等编:《全唐文》,中华书局 1983 年影印本,第 10076 页。

② 任半塘:《唐声诗》(上),上海古籍出版社 1982 年版,第 424 页。

容方面详论之。

（一）广用典实、故事以谀美

谀美是一切碑传、诔铭、悼亡诗词的共性，挽歌亦不例外。同样是谀美，则有名分、男女之别。如贾曾《孝和皇帝挽歌》中“梦游长不返，何国是华胥”，元稹《宪宗章武孝皇帝挽歌词三首》其一中“方丈言虚设，华胥事眇然”，都是借黄帝梦游华胥国事①，分咏孝和皇帝（中宗）、宪宗之仙逝。此典只能用于帝王的挽歌。而用于皇后的挽歌则常用娥皇、女英哭舜而悲亡事：“象物行周礼，衣冠集汉都。谁怜事虞舜，下里泣苍梧。”（宋之问《则天皇后挽歌》）所谓“事虞舜”“泣苍梧”就是明显化用上述典故，此典具体内容可参见汉刘向《列女传》卷一，《山海经》之《海内南经》《海内经》及《述异记》等。这种谀美既安慰了逝者，亦安慰了自己。

用于其他贵夫人的挽歌也有专门的而且是切合死者身份的典故，其谀美之意是不难窥见的，其雷同现象非常严重，粗略归纳，不外以下几个。或用“椒花颂”典②：“黄鹤悲歌绝，椒花清颂余。”（上官仪《江王太妃挽歌》）借咏江王（太宗子李嚣）太妃的“聪辩能属文”；或用前秦窦滔妻苏蕙织 840 字回文旋图诗赠滔之典③：“鸾死铅妆歇，人亡锦字空。”（宋之问《邓国太夫人挽歌》）苏氏用“词甚凄婉”的回文诗打动了丈夫，挽回

---

① 参见杨伯峻集释：《列子集释 · 黄帝二》，《新编诸子集成》，中华书局 2018 年版。

② 参见（唐）房玄龄等撰：《晋书 · 列女传》，中华书局 1974 年版，第 2517 页。

③ 参见（唐）房玄龄等撰：《晋书》，中华书局 1974 年版，第 2523 页。

了爱情,可是宋氏之挽歌以“人亡锦字空”言人既已亡,则“锦字”再美也无用了,此“空”字应前面的“死”“亡”字。或用“半死桐”典①(枚乘《七发》),如李峤《天官崔侍郎夫人吴氏挽歌》:“箪怆孤生竹,琴哀半死桐。”——古者以琴瑟喻夫妇感情融洽,典出《诗·周南·关雎》云:“窈窕淑女,琴瑟友之。”《诗·小雅·常棣》亦云:“妻子好合,如鼓瑟琴。”唐人亦多咏之,如杜甫《送大理封主簿五郎新事不合却赴通州》:“风波空远涉,琴瑟几虚张。”以“琴瑟虚张”表未能成为夫妇。鲍溶《古意》:“肃肃羔雁礼,泠泠琴瑟篇。”表女主人公婚后夫妻和谐。或合用“潘鱼”“陈凤”两典:“偕老言何谬,香魂事永违。潘鱼从此隔,陈凤宛然飞。”(沈佺期《天官崔侍郎夫人卢氏挽歌》)先化用潘岳《悼亡诗》:“如彼翰林鸟,双栖一朝只。如彼游川鱼,比目中路析。”潘氏《悼亡诗》以感情真挚著称,诗中以“翰林鸟”“比目鱼”喻夫妻相亲相爱,又以“一朝只”“中路析”喻妻子亡故。沈诗即以“潘鱼”为典悼,亡天官崔侍郎夫人卢氏。同时用“陈凤宛然飞”典——《左传·庄公二十二年》记,春秋时,陈大夫懿氏为嫁女给陈国公子敬仲而占卜,得“凤皇于飞,和鸣锵锵”的吉卦——以颂崔卢夫妻和美、婚姻美满兼哀卢氏之去世。

男性贵族挽歌的用典也出现较为严重的程式化倾向,看似纷繁多样,归纳起来也不多。其运用较多的不外“剑化”典②、“挂剑”典③,以喻人死。如张说《右侍郎集贤院学士徐公挽词

① 参见(唐)李善注:《文选》,中华书局 1982 年版,第 1562 页。

② 参见(唐)房玄龄等撰:《晋书》,中华书局 1974 年版,第 1075—1076 页。

③ 参见(汉)司马迁:《史记》,中华书局 1982 年版,第 1459 页。

二首》其一:“徒悬一宝剑,何处访徐公。”用“悬剑”典异常贴切。张九龄《眉州康司马挽歌词》:“刘桢徒有气,管辂独无年。谪去长沙国,魂归京兆阡。从兹匣中剑,埋没罢冲天。”则是连用四典,“剑化”一典自无须多说,其“刘桢徒有气,管辂独无年”两句连用“刘桢有逸气”典①与“管恪不寿”典②,“谪去长沙国”用贾谊贬长沙而死典③,一颂康司马之才气横溢,一悲其英年早逝。这一“剑化”挽歌自然含有友情的一个层面,与之相类似的还有“任安重义”典的运用④:“谁当门下客,独见有任安。”(骆宾王《乐大夫挽词五首》其一)骆诗引此典深叹乐大夫(彦玮)身后之凄凉。骆氏与乐大夫的友谊可能非同一般,所以在同题其五中又云:“忽见泉台路,犹疑水镜悬。……独嗟流水引,长掩伯牙弦。”便是用“伯牙绝弦”典(《吕氏春秋·孝行览第二》),深悼亡友。

以多用典故伤悼、谀美亡友可视为唐挽歌的一大类,不容忽视。这类之外,广用典实以颂皇家恩宠的挽歌也不少,也可视为一大类。如崔融《户部尚书崔公挽歌》化用“雍门子周说孟尝君”或“薛县池平”典故⑤、汉章帝题济南剑赐赠陈宠事⑥,苏颋《赠豆卢府君挽歌》直接运用东汉胡广丧礼之隆重为汉臣

---

① 参见(唐)李善注:《文选》,中华书局 1982 年版,第 1897 页。

② 参见(西晋)陈寿:《三国志》,中华书局 1959 年版,第 826 页。

③ 参见(汉)司马迁:《史记·屈原贾生列传》,中华书局 1982 年版,第 2491—2504 页。

④ 参见(汉)司马迁:《史记·卫将军骠骑列传》,中华书局 1982 年版,第 2938 页。

⑤ 参见(汉)刘向:《说苑·善说》,中华书局 1987 年版,第 281 页。

⑥ 参见(汉)刘珍等撰:《东观汉记·章帝纪》,上海古籍出版社 1987 年版,第 78 页。

之首的典故[1]、晋人贺循葬时“帝素服举哀,哭之甚恸”典[2],苏颋《故右散骑常侍舒国公褚公挽词》用“东园”(即“东园梓器”)典[3],宋之问《范阳王挽词二首》化用“杨伯起哀荣”典故[4],等等。因其民俗价值逊于前者,故不作详述。对挽歌出现的这种谀美现象,我们不能苛求之,它表达的心理诉求是多方面的,对死者是安魂,对死者家属是吊慰,对自己尽朋友之谊或寄伤情。

（二）借箫、笳、鼓声以寓悲

箫、笳、鼓声在葬仪中的运用是自古而有的,只是唐人将之毫无斧凿痕迹地化入挽歌中,并以之寄寓难言的悲哀,这则是空前绝后的,如张说挽吏部侍郎用“箫鼓”:“返葬长安陌,秋风箫鼓悲。”(《故徐州刺史赠吏部侍郎苏公挽歌词三首》其三)刘禹锡挽相国用“箫鼓”:“池台乐事尽,箫鼓葬仪雄。”(《故相国燕国公于司空挽歌二首》其一)可是女流葬仪是否用鼓吹却引发过一场争论[5](《唐会要》卷三十八“葬门”),后世还是常有越礼现象,如元稹写恭王故太妃葬礼用“箫鼓”:“文卫罗新圹,仙娥掩暝山。雪云埋陇合,箫鼓望城还。”(《恭王故太妃挽歌

---

① 参见(南朝宋)范晔撰,(唐)李贤等注:《后汉书·胡广传》,中华书局2013年版,第1510—1511页。

② 参见(唐)房玄龄等撰:《晋书·贺循传》,中华书局1974年版,第1830页。

③ 参见(汉)班固:《汉书·百官公卿表上》,中华书局1962年版,第731页。

④ 参见(南朝宋)范晔撰,(唐)李贤等注:《后汉书·杨震传》,中华书局2013年版,第1767页。

⑤ 参见(宋)张溥:《唐会要》,中华书局1955年版,第691页。

词二首》其二）可见讲排场、讲名分的习惯势力之大。葬礼用鼓箫，有令不行；其他乐器，无令定会猖獗。如箫、笳乐器，此两种乐器本身具有的悲音，非常适合葬礼，如上官仪《高密长公主挽歌》："凤逐清箫远，鸾随幽境沉。"诗中之"箫"一关悲境，二关弄玉随箫史升仙事；二义叠加，深化了"公主挽歌"的内涵。再如宋之问《鲁忠王挽词三首》其三："故人悲宿草，中使惨晨笳。"于"晨笳"前加一"惨"字，突出了鲁忠王葬礼的"悲"意。其他挽歌，不论是李峤《马武骑挽歌二首》中的"吹箫弄紫霞"（其二），骆宾王《乐大夫挽词五首》中的"昔去梅笳发"（其三）；还是张说《李工部挽歌三首》中的"凄凉箫挽悲"（其一），刘长卿的"箫声将薤曲，哀断不堪闻"（《故女道士婉仪太原郭氏挽歌词》其二），都无不为本来就凄怆的葬礼涂上一层深深的哀色。众多挽歌而使用大致相同的诗歌意象，很能说明挽歌的程式化倾向。

（三）借松柏以寄不朽、以衬悲

墓地树松，是以长青象征不朽。墓地树松之俗周已有之，至唐尤盛。如杜诗写昭陵的松柏有规划地分布着——"松柏瞻虚殿"（《行次昭陵》）、"再窥松柏路"（《重经昭陵》），而且"霜气入松楸"（朱子奢《文德皇后挽歌》），自不必多言，那桥陵的"云阙虚冉冉，松风肃泠泠"（杜甫《桥陵诗三十韵因呈县内诸官》），元陵的让人"唯闻木斧和寒松"（包佶《朝拜元陵》），也当是实景写照。如果这还不能尽现皇家陵墓的树松风尚的话，那么乾陵的"松上景云飞"（崔融《则天皇后挽歌二首》其二）、高安公主墓的"霜吹入悲松"（苏颋《故高安大长公主挽词》），则一现皇家独有的"景云飞"气象，一表极度的悲凉气氛。皇陵是这样，大臣墓地的松柏怎样呢？也许在气派上有些许的差别，大臣墓地的松柏不如皇家陵墓的松柏气派，但其用意是一致的。在这里，既有寒生其中的松柏：“日落桑榆下，寒生松柏中。”（崔融《韦长史挽词》）又有阴森不知春的松柏：“草闭坟将古，松阴地不春。”（苏颋《赠豆卢府君挽歌》）既有哀之又哀的松风：“草露当春泣，松风向暮哀。”（骆宾王《乐大夫挽词五首》其四）又有暮景中苍苍的松槚：“漠漠佳城幽，苍苍松槚暮。”（上官仪《谢都督挽歌》）——松与槚，其材可制棺，古人常植之于墓地，亦用来代指墓地。既有那“长暮泣”的“松扃”：“短歌伤《薤曲》，长暮泣松扃。”（李峤《武三思挽歌》）又有那靡费甚巨的“松门”：“蒿里谁家地，松门何代丘。”（骆宾王《乐大夫挽词五首》其二）所谓“松门”即是以松柏扎成的凶门。此俗由来已久，魏晋时期已经大盛。[①] 从上举“松扃”“松门”例看，唐代此俗当亦盛行，不仅渲染了其悲悼用意，而且深具其“时代精神”。

更为重要的是借松柏以衬悲，如刘长卿《故女道士婉仪太原郭氏挽歌词》其[illegible]云：“淮王哀不尽，松柏但萧萧。”这“萧萧”的“松柏”进一步将“哀”形象化、具体化。有鉴于此，松柏在唐人挽歌中往往能将“悲”这一抽象的东西实在化。如崔融以“寒生松柏中”遥对“切切有悲风”（《韦长史挽词》），使“悲风”来有所自；也许，这“悲风”正是从“寒松”中生出的。苏颋直言“悲松”：“宁知落照尽，霜吹入悲松。”（《故高安大长公主挽词》）张说向青松挥泪：“无由接神理，挥涕向青松。”（《李工部

---

① 参见（唐）房玄龄等撰：《晋书·礼志上》，中华书局 1974 年版，第 633 页。

挽歌三首》其二）以松柏写悲可谓直截了当。而骆宾王“唯余松柏垅”之慨叹（《丹阳刺史挽词三首》其二），王维“松柏暗平原”之伤嗟（《达奚侍郎夫人寇氏挽词二首》其二），也都较为含蓄地传达出悲情。

（四）用旌碑以表招魂与不朽

唐代官宦丧葬礼仪中广设铭旌，其高度有严格的规定，可参《唐会要》卷三十八“葬门”。“铭旌”是什么？指的是灵柩前书写死者姓名官衔的旗幡，唐诗中常出现的“旌旐”也指“铭旌”。至于为什么要设铭旌，恐怕也有其民俗或传统的深刻用意，正如宋李如篪《东园丛说·三礼说·丧制》所云：“盖以旌招魂而欲其复……其旌今世俗谓之兆，揭于竿，及置于墓者是也。”原来此铭旌是用以“招魂而欲其复”的，所以送葬时必设铭旌。因之，唐人“铭旌”诗中的“铭旌”，不管是亲眼所见，还是想象，都具有招魂的民俗功效。如皇帝的葬礼是“凤翣拥铭旌”（刘禹锡《德宗神武孝文皇帝挽歌二首》其二），太子的葬仪是“铭旌向月翻”（白居易《赠悼怀太子挽歌辞二首》其二），达官贵人的送葬也是“山晚铭旌去”（岑参《故河南尹岐国公赠工部尚书苏公挽歌二首》其二）。一般人家也有招魂的习俗，如王建《北邙行》云：“高张素幕绕铭旌，夜唱挽歌山下宿。”在这类诗中，为自己的朋友招魂用“旌铭”，如杜甫哭李之芳用“江雨铭旌湿”（《重题》），耿沣哭张融用“繐帐尘空暗，铭旌雨不飞”（《哭张融》），而代人酬献挽歌以招亡魂也用“旌铭”：“夕阳迷陇隧，秋雨咽笳箫。画翣无留影，铭旌已度桥。”（顾况《晋公魏国夫人柳氏挽歌》）为朋友赠献挽歌以招魂更用“旌铭”：“铭旌官重威仪盛，骑吹声繁卤簿长。”（白居易《元相公挽歌词三首》其一)其形式难以言尽,下面以刘商的《哭韩淮端公兼上崔中丞》作一小结:“铭旌敛归魂,荆棘生路傍。门柳日萧索,繐帷掩空堂。”诗中明言“铭旌敛归魂”,正道出了这类“旌铭”诗的民俗内涵——招魂亦为了不朽。

随着时代的演进,那种起先可能是为了表明墓主身份,以防在战乱中湮没流失的“墓志”,到后来变成歌颂墓主功德学行的谀墓之词。这种风气至隋唐仍盛行不衰,这是墓葬中显示的“立功、立德、立言”三不朽的观念,汉代盛行的使墓主肉体不朽的努力渐被放弃,由肉体不朽转移为精神不朽,而“墓志”就是追求精神不朽的象征。立碑本欲不朽,如戴叔伦《曾游》所谓:“碑留太史书,词刻长公调。绝粒感楚囚,丹衷犹照耀。”可是从唐人留给我们的多数“碑”诗来看,并非如此。不管是“墓庭人已散,祭处鸟来过。碑石生苔藓,荣名岂复多”(张说《李工部挽歌三首》其三)的慨叹,还是“窅然长夜台,举世可哀哉。……石碑填驳藓,珠服聚尘埃”(张说《赠工部尚书冯公挽歌三首》其三)的惋惜,抑或是“碑传门客建,剑是故人留。……古来钟鼎盛,共尽一蒿丘”(沈佺期《秦州薛都督挽词》)的无奈,都是欲不朽而不得!当然,逝者的不朽与否不是挽者说了算的,他们只是借以表达一种主观愿望而已,这里侧重的是一个“情”字。

三、唐人挽歌的贡献

如上所述,唐代的挽歌业已成熟,而且出现程式化。这种现象的出现,是唐人对前代挽诗创作实践与理论沿革的结果;

而挽歌本身的内容也极大地限制了它的创新,这样就难免出现程式化现象。不过挽歌这一题材在唐人手里获得成熟,是值得庆幸的。谈到唐人对前代的沿革,我们想到了颜之推对挽歌的类型的那段很有意味的论述:

> 挽歌辞者,或云古者《虞殡》之歌,或云出自田横之客,皆为生者悼往告哀之意,陆平原(机)多为死人自叹之言,诗格既无此例,又乖制作本意。①

这段话中包含着极为重要的理论内涵,即他提出挽歌诗有其题材所特定的格式("诗格")和固有的创作意图("本意"),而这"诗格"和"本意"又是必须遵守的,也就是说对挽歌题材必须按一定的模式、一定的规范去创作。因而他一面对陆机式的拟挽诗表示不满,一面追根寻源,认为"生者悼往告哀"才是挽歌诗应有的创作本意,从而把葬礼挽歌确立为挽歌诗的正格。可以说,唐人的挽歌创作正是这一理论的完好的实践。

当然,挽歌作为诗国高潮中的一小部分,它的沿革、繁荣以至程式化,是深根于唐代政治、经济、文化特别是丧葬文化的土壤的,舍此土壤是不可能培育的,如同样是规模盛大的皇室的送葬仪式,东汉在太常跪曰"请拜送"以后是这样的:

> 载车著白系参缪绋,长三十丈大七寸为挽,六行,行五十人。公卿以下子弟凡三百人,皆素帻委貌冠,衣素裳。

---

① (北齐)颜之推撰,王利器集解:《颜氏家训集解》卷四《文章第九》,上海古籍出版社 1980 年版,第 264 页。

校尉三百人，皆赤帻不冠，绛科单衣，持幢幡。候司马丞为行首，皆衔枚。羽林孤儿、《巴俞》擢歌者六十人，为六列。①

这时用的挽歌并不是专门的，而是借用巴渝之地的歌舞曲《巴俞》（又作《巴渝》）与舟子之歌《擢歌》（疑为《棹歌》）；而唐代则大为不同了（参上文）。唐代挽歌本是一个小题材，是煌煌唐诗的一分子，它的繁荣是在沈佺期、宋之问等人使律诗特别是五律成熟以后，它的兴衰是与整个唐诗同步的，因此透过它我们可以揣测到唐诗特别是其五律脉动的一些规律和特征；同时，唐代挽歌又是唐人厚葬之风的产物，是与唐代纷繁复杂甚至近乎繁文缛节的丧葬礼俗相始终的，因此透过它我们可以看到唐代丧葬礼俗的某些特点。

当然，程式化是一把双刃剑，不能用好坏作为衡量的尺度。唐人挽歌的程式化，正如律诗或京剧的程式化一样，既成程式化，就有其得与失，我们只有客观地加以分析，才有发言权。

---

① （南朝宋）范晔撰，（唐）李贤等注：《后汉书》卷十六《礼仪志下》，中华书局2013年版，3045页。

敦煌写本《下女夫词》的民俗解读*

随着敦煌这座文化宝库的不断开发,我们对深藏于其间的唐人诗歌特别是有关婚俗的诗歌才有认识的机会。我们在对以《下女夫词》为代表的敦煌唐人的“婚歌”加以梳理的时候,会发现这里面蕴藏着丰厚的敦煌民俗文化——华夏族的、少数民族的,堪称“婚俗奇葩”。其“奇”表现在以下几个方面。

一、喜用吉利数字

数字具有较强的神秘性与民俗性。敦煌婚歌中常用数字有“一”“二”“四”“九”及其变相说法。一、二之用,具有“合二为一”的意思。如“合卺”就是“合二为一”。又如,进行婚礼时新人合唱的“撒帐诗”有“一双青白鸽,绕帐三五匝”,“一双”就是二,即成对。催妆时所唱“两心他自早相知,一过遮阑故作迟”(《催妆》),“两心”“早相知”,亟待成一心。牵巾时要唱“束带结凝妆,牵绳入此房”(《下女夫词》),此“带结”须扎成“双同心结”,正如宋人吴自牧《梦粱录》卷二十云:“男执槐简,

---

* 原载《名作欣赏》2005 年第 11 期。

挂红绿彩,绾双同心结,倒行,女挂于手,面相向而行,谓之'牵巾'。"也是"合二为一"①。敦煌民俗惯用谐音法。如喜庆时要唱"四",以谐"事",也是一个吉祥与圆满的概念(与今"四"谐"死"颇为不同,这个用法很晚才有),如新郎新娘至"堂基"要唱:"琉璃为四壁,磨玉作基阶。"宣扬富丽堂皇。至"堂门"要唱:"堂门筑四方,里有四合床。"都暗喻"四四如意"。婚礼成,夫妻双双"去离心",要唱:"四畔傍人总远去,从他夫妇一团新。"也是"四"字当头。"四"为圆满的概念,贯彻到与婚俗有关的喜事中,就出现了"久旱逢甘雨,他乡遇故知,洞房花烛夜,金榜题名时"的"四喜"诗。如"九",与"久"谐音,在其婚俗中常用,如在合卺婚礼中,要咏韭菜:"舍后一园韭,刈却还如旧。即问二姑嫂,因何行药酒?"(《下女夫词》)"韭"谐音"九",代表"久"之意。以"韭"谐音"久",寓意"长久",来源甚古,周代将韭菜列为祭品,故《诗经·豳风·七月》云:"四之日其蚤,献羔祭韭。"汉代将韭菜列为仙药,旧传《汉武内传》云:"西王母曰:仙次药有八阮赤韭。"《说文》云:"菁,韭华也。""韭,菜名一种而久者,故谓之韭。"韭谐音"久"。这些婚歌以其朴实无华的形式传达出浓郁的情爱。

二、惯用植物以通媒、通情

敦煌婚俗自然与植物颇有密切关系。据《婚事程式》载:在订婚送的彩礼中就必须有"果子""椒姜""葱蒜"等植物作

---

① (宋)吴自牧:《梦粱录》,浙江人民出版社1984年版,第189页。

媒。“果子”象征未来家庭幸福，多子多孙之意。“椒姜”象征意义更为有趣：“椒”者象征“男女结情好也”①，“姜”象征“姜桂之性，到老愈辣”②；合起来即为白头偕老、忠贞不渝。“葱蒜”象征“葱蒜为媒”。以植物为媒介体现于婚礼全过程，所采用的植物主要有以下数种：

一为树。在唐代之敦煌，新郎迎请新娘，进女家大门要念《论女家大门词》：“柏是南山柏，将来作门额。门额长时在，女是暂来客。”“南山柏”之民俗沿南山寿而来③，用于婚俗即表示建立永久家庭，故云“长时在”；同时表明敦煌唐人流行着一种用柏木做门额的风俗，以期新家长时吉安，这是婚俗与居住风俗相交织的例证。敦煌唐人，新娘娶回来，新郎为她梳头时要念《梳头诗》：“月里娑罗树，枝高难可攀。暂借牙梳子，筭发却归还。”娑罗树以其“子似椒”，而“椒”象征男女结情好，故用之。

二为花。敦煌唐人婚礼程式中用花朵的艳丽烘托青春的美好，用花朵的浓香象征人的生活之甜美。如去扇时须咏花：“青春今夜正方新，红叶开时一朵花。分明宝树从人看，何劳玉扇更来遮。”（《下女夫词·去扇诗》）将新娘赞为艳丽的花。在去帽、去花婚礼中都要咏花。如：“璞璞一颈花，濛濛雨鬓遮。少来鬓发好，不用帽或遮。”（《下女夫词·去帽惑诗》）再如：“一花却去一花新，前花是假后花真。假花上有衔花鸟，真

---

① （唐）欧阳询等编：《艺文类聚》卷八九《木部下》“椒”引毛诗，上海古籍出版社1965年版，第1535页。

② （元）脱脱等撰：《宋史》卷三八一《晏敦复传》，中华书局2013年版，第11739页。

③ 参见《诗经·小雅·天保》：“如南山之寿，不骞不崩。”

花更有采花人。”(《下女夫词·去花诗》)总之,花与婚俗不可分割,花将婚俗点缀得更加美丽。

三为果子。如“撒帐”时的索果子、撒金银之俗。撒后还有祝愿:“从兹祝愿已后,夫妻寿命延长。”撒果子象征新的家庭往后子孙满堂,年年兴旺。

三、男子就妇家成婚

敦煌写本《下女夫词》采用新妇、新郎相互问答的形式,主要反映的是晚唐时期的敦煌民俗,简言之,是北方胡族与汉族婚俗相结合的产物。有些研究者认为《下女夫词》是一种“愿嫁歌”——它的主要特征不是一个“哭”字,而是一个“愿”字。这是不错的。我们的着眼点不在这里,而是侧重于男子来就女家,一切婚礼都在女家举行的有趣的婚俗,可以说这是最具敦煌特色的。请看下面这段对话:

女答:本是何方君子,何处英才?精神磊朗,因何到来?

儿答:本是长安君子,进士出身。选得刺史,故至高门。

女答:既是高门君子,贵胜英流,不审来意,有何所求?

儿答:闻君高语,故来相投,窈窕淑女,君子好求!

女答:金鞍骏马,绣褥交横,本是何方君子,至此门庭?

儿答:本是长安君子,赤县名家,故来参谒,聊作荣华。

女答:使君贵客,远涉沙碛,将郎通问,体内如何?

> 儿答：刺史无才，得至高门，皆蒙所问，不胜战陈。①

通过这彬彬有礼的少女的询问与男子彬彬有礼的回答，我们可以看到，这位少男是"远涉沙碛"来"参谒"这个姑娘的。"参谒"这个词，固然显示了这位敦煌少女地位的尊贵，受到男子高度的尊敬，重要的是表示这位男子是来女家的，所谓"得至高门"。这种来女家就婚的习俗，同我们今天的"上门女婿"虽不完全相同，可是，它表现的正是敦煌特有的婚姻风俗；所谓"下女夫"，其称呼本身大概已标明了这里的婚姻是以女子为中心的。

这里可以用敦煌 S. 1725 号书仪来加以印证。此书仪中有一段解释妇女与夫家的人通信时所用的名称——"相识曰书，不相识曰疏"。妇女怎么会与夫家的人"不相识"呢？书仪云：

> 妇人亲迎入室，即是于夫党相识。若有吉凶覲问，曰即作书也。近代之人多不亲迎入室，即是遂就妇家成礼，累积寒暑，不向夫家。或逢诞育男女，非止一二。道途或远，不可日别[?]通参舅姑。其有吉凶，理须书疏。妇人虽已成礼，即于夫党元不相识，是名疏也。②

这种"遂就妇家成礼，累积寒暑，不向夫家"的婚俗，与今天女婿倒插门有一定的不同，但它跟中原地带以男子为中心的

① 王重民、王庆菽等编：《敦煌变文集》上集，人民文学出版社 1984 年版，第 273—274 页。

② 周一良、赵和平：《唐五代书仪研究》，中国社会科学出版社 1995 年版，第 290 页引。

婚姻风俗是大为不同的。又,P. 3442 号杜友晋《吉凶书仪》舅姑丧告答夫书云:“先舅(先姑)年虽居高,以某患疹(按:若不见病人,不用此语),冀就痊除。何图不蒙灵佑,以某月日奄钟弃背。”(按:若身不在夫家,即云“年虽居高,冀延遐寿。何图不蒙灵佑,奄遘凶祸”)所谓“身不在夫家”,当与“累积寒暑,不向夫家”意同,这是母系氏族社会婚俗的遗风。《下女夫词》从新婿叩门的话“贼来须打,客来须看,报道姑嫂,出来相看”开始,到婚礼过程各细节完毕后,“四畔旁人总远去,从他夫妇一团新”,“征[?]心欲拟观容貌,暂请旁人与下帘”结束,整个婚礼过程都在女家举行,这正是“妇家成礼”婚姻形式的写照。这从唐人小说与敦煌壁画中可以找到佐证,如《游仙窟》写男子投到女子家中,结为夫妇,也是“不亲迎入室”“就妇家成礼”风俗的反映。再如晚唐 12 窟的《婚礼图》描绘新婚夫妇拜天地时,男拜女不拜,又可以作为一个例证。这种婚俗其实是北朝胡族(特别是鲜卑族)的遗风——在具有“劳务婚”传统的胡族中,他们的婚礼都是在女家举行的,这是他们的传统婚俗,它反映了母权制的残余。这一点在举行婚礼时也能得到确证:

女答:何方所管?谁人伴换?次第申陈,不须潦乱。
儿答:敦煌县摄,公子伴涉,三史明闲,九经为业。
女答:夜久更阑,星斗西流,马上刺史,是何之州?
儿答:金雪抗丽,聊此交游,马上刺史,本是沙州。
女答:英髦荡荡,游称阳阳,通问刺史,是何之乡?
儿答:三川荡荡,九郡才郎,马上刺史,本是敦煌。
女答:何方贵客,浸宵来至,敢问相郎,不知何里?
儿答:天下荡荡,万国之里,敢奉来言,具答如此。

女答:人须知宗,水须知源,马上刺史,望在何川?

儿答:本是三州游奕,八小英贤,马上刺史,望在秦川。①

这段对话的思想性强自不必说,也是以女子为中心的:她首先命令她的意中人对她"次第申陈,不须潦乱"。其次,她又询问他是什么州什么乡的人。最后,她以教训的口吻严肃提出"人须知宗,水须知源"问题——这里包含着一个民族标准问题,也就是提醒男方,不要忘记自己的汉祖唐宗,不要忘记自己是炎黄的子孙。新郎官是汉族人,对于这位尊贵的姑娘来说还是不够放心的,因此还要追问他"望在何川",也就是提醒她意中人每时每刻心系故土,当这一切得到亲口满意的答复以后,她才确定"请君下马来","展褥铺锦床",和他永结百年之好。当然,在这种以女子为中心的婚礼中,自然也有华夏文化的深远影响,"三史""九经"云云,便是例证。总而言之,敦煌民间婚俗是中国古老的光辉灿烂的历史文化与胡族遗风的产物,二者的结合,使它表现出既古朴又活泼的特有婚风。这种婚俗所体现的高度文明与特殊的民俗风格是那样优美、雅致,每一个环节都使用诗歌,这些诗歌又都具有概括力和象征性,具有明显的民间文学价值,是唐代珍贵的"婚歌"。也许,只有在诗国高潮的唐代才能孕育出这样既颇有敦煌民俗特色,又颇具唐朝"时代精神"的"婚歌"。

---

① 王重民、王庆菽等编:《敦煌变文集》上集,人民文学出版社 1984 年版,第 274—275 页。

释“槐花黄,举子忙”*

“槐花黄,举子忙”,此一谚语或俗语出现在唐代。可是,自古至今没有全面而准确的解释,本文试解之。要解决此问题,应搞清三个基本的问题:一是唐代科举考试特别是进士、明经考试与放榜的时间;二是槐花的花期;三是“举子”是泛称,并非专指应试进士或明经者或其他类应试者。后二问题较为简单;前一问题比较复杂,涉及两个方面:一是地方政府推荐性质的考试时间和申送举子到京城的时间,二是尚书省正式考试与放榜的时间(主要指进士与明经考试)。搞清了这些问题,解释好“槐花黄,举子忙”就不难了。

一

回顾一下槐文化。“槐”在上古时期是官职的代称。如《周礼·秋官·朝士》中记载:“朝士,掌建邦外朝之法,左九棘,孤卿大夫位焉,群士在其后。右九棘,公侯伯子男位焉,群

---

* 原载杜泽逊主编:《国学茶座》总第 19 期,山东人民出版社 2018 年版。

吏在其后。面三槐，三公位焉，州长众庶在其后。"棘树，取其有"赤心而外刺"；槐之言怀，表"怀来人于此，欲与之谋"。于是，就有了与三公有关的"槐棘""槐铉""槐鼎""槐位""槐卿""槐衮""槐望""槐绶""槐岳""槐宸""槐掖""槐宫""槐府""槐第""槐堂"等称谓。

槐树跟读书人挂钩是在汉代。西汉出现了"槐市"，《艺文类聚》卷三八引《三辅黄图》上记载："去城七里，东为常满仓，仓之北为槐市，列槐树数百行为队，无墙屋。诸生朔望会此市，各持其郡所出货物及经传书记、笙磬乐器，相与买卖，雍雍揖让，论义槐下。"①后来以"槐市"泛指讲学场所。如庾信《预麟趾殿校书和刘仪同》："碧池寒水落，学市旧槐疏。"骆宾王《帝京篇》："钩沉肃兰所，璧沼浮槐市。"元稹《学生鼓琴判》："期青紫于通径，喜趋槐市；鼓丝桐之逸韵，协畅熏风。"武元衡《酬谈校书长安秋夜对月寄诸故旧》诗云："蓬山高价传新韵，槐市芳年挹盛名。"隋唐之际，槐与科举及第已密切相关了。

这里的"槐"是指国槐，不是洋槐。槐树，豆科，落叶乔木，奇数羽状复叶，小叶卵形至卵状披针形，夏季开花，蝶形花冠，黄白色，圆锥花序。不过，解此谚的人们往往忽视了槐花花期很长的特点，所以目前见到的解释都是含混不清的。它的花期从农历的五月已经开始，持续到八、九月，甚至一边结实一边开花。如范成大《五月闻莺》诗："老尽西园千树绿，却怜槐眼正迷离。"这里的"槐眼"就是槐的花蕾。可知，农历五月，那小槐花已长出了。

---

① (唐)欧阳询：《艺文类聚》卷三八《礼部上·学校》，上海古籍出版社1965年版，第692页。

“举子忙”中的举子就是举人，是一个泛称，非专指某一类考生。它既可以是常科进士科考中的“生徒”和“乡贡”，也可以其他常科如秀才、明经、俊士、明法、明字、明算等科中的考生，也可以是参加制科的考生。其中“国子六学”（国子学、太学、四门学、律学、书学和算学）、崇文馆、弘文馆以及各州县学馆中的学生为“生徒”，而“乡贡”是不在馆学而举者，即是推荐的。因而，这里的“举子”是一个异常庞大的集体，应是“诸色举人”。在“学而优则仕”的年代影响很大，因有“槐花黄，举子忙”这一谚语的产生，而且为后世津津乐道。可是，唐宋之后的人们在引此谚语时往往侧重整个科举过程的一个方面。

二

举子赴举之时的“槐花黄”。明人徐应秋说过这样一个谚语组合：“槐花黄，举子忙；文选熟，秀才绿；枇杷黄，医者忙；橘子黄，医者藏；树头红，田里空；涂额之蜂黄，写书之蒸青；汗青王夷甫，口中雌黄老。”（《玉芝堂谈荟》卷三十一《五色赋》）此“槐花黄”，指的是举子忙于准备考试的季节，即举子准备赴考时的槐花，所谓“踏槐花”，即“槐之方花乃进士赴举之时”。苏东坡有诗说得很形象：“强随举子踏槐花”，“槐花还似昔年忙”（《和董传留别》《景纯复以二篇仍次其韵》其二）。黄山谷也有类似诗句“槐催举子着花黄”（《次韵徐文将至国门见寄二首》其一）。

下面从唐的“岁之常选”说起。据《新唐书·选举志》云：“唐制，取士各科多因隋旧，然其大要有三。由学馆者曰生徒，由州县者曰乡贡，皆升于有司而进退之……此岁之常选也。”此“岁之常选”即“常科”，区别于“天子自诏”的“制举”。就进士科而言，徐松《登科记考·凡例》云：“其应举者，乡贡进士例于十月二十五日集户部，生徒亦以十月送尚书省，正月乃就礼部试。试三场，先杂文，次帖经，次答策。每一场已，即榜去留。通于二月放榜，四月送吏部。”①大致没有问题，把整个进士科考试的过程交代清楚了。

徐松“乡贡进士例于十月二十五日集户部，生徒亦以十月送尚书省”云云，透露以下重要信息：乡贡进士十月二十五日由“朝集使”护送来户部报到，生徒于所在学校考试合格后，直接送往尚书省参加考试。乡贡需要举子“怀牒自列于州县”，经资格审查合格后，由所在州县进行逐级考试，合格后被“朝集使”送到京城参加尚书省的考试。当然，京城之外那些合格的举子们为赴京这趟行旅也要做些准备，一般在七、八月起程，也应了“槐花黄，举子忙”。每年，举子们为应考来年正月的进士试或明经试，有的花在从家乡到长安（偶尔洛阳）之间路途上的时间就达半年之久。因此，晚唐李中在《夕阳》诗中这样写道：“影未沉山水面红，遥天雨过促征鸿。销魂举子不回首，闲照槐花驿路中。”刘沧的《下第东归途中书事》说得更明白：“峡路谁知倦此情，往来多是半年程。”不得不早日起程。

这里想到了《唐才子传》卷十记晚唐翁承赞的故事：

翁承赞，字文尧，乾宁三年礼部侍郎独孤损下第四人进士，又中宏词敕头。承赞工诗，体貌甚伟，且诙谐，名动

---

① （清）徐松：《登科记考·凡例》，中华书局1984年版，第3页。

> 公侯。唐人应试,每在八月,谚曰:“槐花黄,举士忙。”承赞《咏槐花》云:“雨中妆点望中黄,勾引蝉声送夕阳。忆得当年随计吏,马蹄终日为君忙。”甚为当时传诵。①

材料之中“唐人应试,每在八月”的“应试”不是进士试,而是地方政府的或中央学馆的资格考试。如文宗大和八年(834)八月,因“秋末虫旱相因,恐致灾荒”,尚书省的考试“递延一月”(《唐会要·贡举中·缘举杂录》)。这是八月份地方考试前后,举子们正为赴京做准备之时,因虫旱推迟尚书省考试时间而提前下发的通知。而翁承赞的《咏槐花》诗则是写进士及第以后的感受。承赞同时代的诗人(亦其友人)黄滔有诗《寄文尧拾遗》云:“龙头凤尾前年梦,今日须怜应若神。”黄滔自注:“滔卯年冬在宛陵,梦文尧作状头及第。”“卯年”即是“乙卯年”之省,乃昭宗乾宁二年(895)。来年果然应验,承赞虽未中状元,却是高中第四人,时目以“探花使”。

这里有一首诗可以隐约透露翁承赞进士及第前“忙”的情况。影印本《诗渊》第一册第七三六页存承赞《寄圭峰寂公》诗:“屈指闲思癸丑年,共师曾听翠微泉。高梧疏冷月才上,古屋荒凉人未眠。别后青云虽寄迹,乱馀白发欲垂肩。无端贫病莲峰下,一半乡心属暮蝉。”此诗,《全唐诗》未载。“癸丑年”为昭宗景福二年(893),时承赞已至长安以南之圭峰,与寂公同游问禅。他乾宁三年(896)进士及第,则景福二年(893)之入长安,殆为应试而来,其《擢探花使三首》之一云“长安虚过四

① 傅璇琮主编:《唐才子传校笺》(四),中华书局1990年版,第349—351页。

年花”与此合。他《咏槐花》中的雨望槐花、“勾引蝉声”，也与“一半乡心属暮蝉”有关。季候虽同，可是着上“忆得当年”“终日为君忙”，揣测是他及第后回忆未第时的辛苦之作。正所谓“槐花黄，举子忙”这一俗语亦有所自。宋人洪适《槐》诗：“花黄秋欲半，昔岁一番忙。”既说了此时的忙，也透露去年（“昔岁”）放榜之后的忙。

举人们到户部报到之后转礼部，办理考试手续。礼部考试（常科中的进士、明经试等）的时间一般是在正月。如贞元二十一年（805）权德舆知贡举时写下《贡院对雪，以绝句代八行，奉寄崔阁老》诗，有云：“寓宿春闱岁欲除，严风密雪绝双鱼。”说明主考官入闱的时间正值“岁欲除”，则实际考试时间就在随后的正月初。另有二月说、三月说，还有约在三、四月说。如武则天曾于二月举行过殿试：“载初元年二月十四日，试贡举人于洛成殿前，数日方毕。殿前试人，自兹始也。”（《唐会要・贡举中》）这是唐代少有的殿试记录，其实就是进士考试。三月说和约三、四月说，只是由暮春“槐花黄”附会出来的，没有依据。

徐松说：“通于二月发榜。”①发榜时间是进士试的重要组成部分。二月发榜为多，如：“（会昌）四年二月，权知贡举、左仆射、太常卿王起，放及第二十五人，续奏五人堪放及第……五年二月谏议大夫权知贡举陈商放及第三十七。”也有正月发榜者，如“大中元年正月，礼部侍郎魏扶放及第二十三人，续堪放及第三人”（《唐会要・贡举中》）。也有三月发榜的，如盛唐诗人王泠然《与御史高昌宇书》：“去年冬十月得送，今年春三月

① （清）徐松：《登科记考・凡例》，中华书局1984年版，第3页。

及第。”盛唐时就有三月放榜的例子。中唐时期也有确切的记载,如贞元二十一年(805)权德舆知贡举时,有《上巳日贡院考杂文不遂赴九华观祓禊之会以二绝句申赠》:“三月韶光处处新,九华仙洞七香轮。”三月非常明确。

还有一种“别头试”,也是三月放榜。唐科举制度中为避免嫌疑而采取的措施,称为“别头试”。唐时的进士科考试,一般由礼部侍郎主持,若应试者与侍郎有亲戚故旧关系的,或当朝高官之子弟,则由考功员外郎主试,或由翰林重考,叫作“别头试”。如上举会昌四年(844)二月试的那榜,恩旨令翰林重考,杨知至(刑部尚书杨汝士之子)、窦缄(故相窦易直之子)、杨严(监察御史杨发之弟)、郑朴(河东节度使崔元式女婿)、源重(故相牛僧孺之甥)复考,只放杨严及第,余并落下,至三月放榜。这就是“别头试”。上举会昌五年(845)那榜,“物论以为请托”,“其年三月,敕户部侍郎翰林学士白敏中重试,复落七人”。复落七人:张渎、李玗、薛忱、张觌、崔凛、王谌、刘伯刍等,也是“别头试”。

如果是三月放榜,那么吏部试就会顺延一个月,由四月延到五月了。五月以后,槐花从孕育开始变黄,便是应了“槐花黄,举子忙”。

三

举子下第以后和新举子争取考试资格之时,都经历“槐花黄,举子忙”的阶段。举子肄业准备阶段,必经历“槐花黄,举子忙”的时期。又分两种情况:刚下第举子的准备“夏课”和新举子的争取应试资格之时,或通过地方政府的考试,或争取免试入选,即“拔解”。

李峤《咏槐》诗有云“鸿儒访业来”,明显是写准备学业。又观罗邺《槐花》诗:“愁杀江湖随计者,年年为尔剩奔波。”罗隐《寄郑补阙》诗:“别来愁悴知多少,两处槐花马上黄。”则又与上举翁诗同意,即为应进士科考,在“槐花黄”的季节“奔波”着。钱易《南部新书》乙卷云:

> 长安举子,自六月以后,落第者不出京,谓之“过夏”,多借静坊庙院及闲宅居住,作新文章,谓之“夏课”。亦有十人五人醵率酒馔,请题目于知己,朝达谓之“私试”。①

“夏课”和“秋卷”实际上彼此相连的两件事:

> 七月后,投献新课,并于诸州府拔解。人为语曰:“槐花黄,举人忙。”②

这几句当本于唐李绰《秦中岁时记》:“进士下第,当年七月复献新文求拔解,故语曰:槐花黄,举子忙。”七月早已是秋季,所以当年七月后复献新文谓之“秋卷”。如《唐语林》卷二:

> 刘禹锡曰:牛丞相奇章公初为诗,务奇特之语,至有“地瘦草丛短”之句。明年秋卷成,呈之,乃有“求人气色

---

① (宋)钱易:《南部新书》乙卷,中华书局2002年版,第22页。
② (宋)钱易:《南部新书》乙卷,中华书局2002年版,第22页。

沮,凭酒意乃伸”,益加能矣。明年乃上第。①

这里的“夏课”和“秋卷”并不是进士科举人在礼部试前的投呈干谒之作(按:行卷一般指进士试而言,也不局限于进士试),而是举子为了获取京兆府或州府的荐送向名公贵仕呈纳之诗文,即《南部新书》《秦中岁时记》等书所谓“拔解”。何谓“拔解”,乃免试入贡。《唐国史补》卷下云:“外府不试而贡者,谓之拔解。”(然拔解亦须预托人为诗赋,非谓自荐)如五代后梁“开平元年六月诏,近年诸道贡举人当籓方秋荐之时,不亲试者,号为拔解”(《册府元龟·贡举部·条制第三》)。拔解,就是推免。《唐摭言》卷一《会昌五年举格节文》:“准开成三年五月三日敕落下者,今缘自不送所试以来,举人公然拔解。”与之类似的还有“觅解”说:“举场每岁开于二月,每秋七月,士子从府州觅解纷纷,故其时有‘槐花黄,举子忙’的谚语。”(《唐音癸签·诂笺》“进士科故实”条)“取解”说:“天成元年八月敕,应三京、诸道,今年贡举人可依常年取解,仍令随处量事,津送赴阙。”(《旧五代史·选举志》)取解的时间一般在秋七、八月间。如:“(元和六年京兆韦词)秋八月,果有取解,(韦词)具名投刺。”(《太平广记·韦词》)在考试制度极不正常的情况下,居然出现“无解进士”:“唐相令狐绹子滈,招权纳贿,不拔解而就试,天下号‘无解进士’。”(《实宾录》卷一)当时,令狐父子极其猖狂:“绹既公然进状,请试春官。滈则元在京都,不经举进,明言拔解,傍若无人。”(《册府元龟·谏诤部·直谏》)这取解的

① (宋)王谠撰,周勋初校证:《唐语林校证》卷二《文学》,中华书局1987年版,第135页。

七、八月，槐花最黄，举子最忙，最符合此谚："槐花黄，举子忙。"

总之，七、八月是举子们最忙的时候。生徒忙于所在学馆的考试，或如令狐绹的儿子为谋求"拔解"（免试）而走关系。乡贡则为赴举而忙于投牒。或忙于"乡饮之礼"，如欧阳詹在《泉州刺史席公宴邑中赴举秀才于东湖亭》："贞元癸酉（793）……秋七月，与八人者乡饮之礼既修，乃加之以宴。"时谚"槐花黄，举子忙"，主要是指这些情况。

四

关试以后，也会有一段"槐花黄，举子忙"的经历。上文《登科纪考》说"四月送吏部"。一般情况下，吏部的铨选是在四月。唐制，唐进士及第之后要参加吏部的铨选，合格者方可授官，这就是吏部试。由于进士考试的时间在唐代不像明清那样固定，那么吏部试的时间也会随之变化。当然，特殊情况要特殊对待，如上文所举文宗太和八年（834），进士试推迟一个月，则是二月，送吏部也会相应推迟到五月，这就更应验了"槐花黄，举子忙"之谚。

唐代礼部试进士、明经，及第后称"出身"。须经吏部考试合格后，才能配官，称为"释褐"。而吏部主持的这次释褐试称为"关试"或"春关"。胡震亨说："关试，吏部试也。进士发榜敕下后，礼部始关吏部，吏部试判两节，授春关，谓之关试。始属吏部守选。"（《唐音癸签》卷十八《进士科故实》）这个"关"是关白的意思，即礼部将及第举子的姓名及有关材料移交吏部，吏部试判两节，这叫"关试"。吏部颁发的有关凭证也称

“春关”。其时间在暮春,如无可《送邵锡及第归湖州》云:“春关鸟罢啼,归庆浙烟西。”大约已延至四月底五月初。此时,未中选者,要为来年的“关试”做准备,还要来一番“槐花黄”时的“举子忙”。有的为了生计,可能要入幕府,一边工作,一边准备下次铨选。如韩愈“三选于吏部卒无成”后,贞元十二年(796)、十五年(799)先后入董晋幕和张建封幕,直至十六年(800)除四门博士。可是为了参加来年的吏部试,也仍然须下一番“槐花黄”时的“举子忙”的功夫。这里还有一种情况,通过了礼部试,“关试”也合格,可是仍未授官,这时要应试作为“制科”的博学宏词科或书判拔萃科。如果及第,一般即授予官职。当然,这两种制科,应试不一定在“槐花黄”的时节;如果在,也应了此谚:“槐花黄,举子忙。”

另外,关于明经科的考试时间和放榜时间。徐松《登科记考·凡例》云:“明经亦试三场,先帖经,次口试,次答策三道。其试期史无明文。《河东记》载韦丹举五经,元长史言于明年五月及第,疑试明经在进士放榜后。”徐松怀疑明经考试时间是在进士放榜之后,是揣测之言。据《唐摭言·杂记》记,高祖武德四年(621)四月十一日,敕诸州参加明经、秀才、俊士试的举子们也是通过应有的选拔考试后,“每年十月随物入贡”(按:“十月”可能是“十一月”之误),即与应进士试的举子一样,同时由“朝集使”送至尚书省,“斯我唐贡士之始也”。关于明经科考试、放榜时间文献记载很少,徐松因有五月放榜之说。其实,《河东记》记韦丹中明经五月及第事,是小说家言,不足为据。我们以为,明经科的考试时间亦在正月。这里有一则材料:“(宪宗元和)六年正月癸丑,礼部奏:国子监学生郭东野怒决棘篱,折明经墨义榜,毁裂诏。杖东野五十,配流韶州。”

(《册府元龟》卷一百五十三《帝王部·明罚第二》)明经考试时令士子笔答经义,谓之“墨义”(一般十余条)。从“折明经墨义榜”看来,其墨义一场已在正月癸丑放榜;不放榜,哪来“折”?则证明明经试亦在正月。这是一则非常重要的材料。我们又从《唐会要》中找到了另一则材料,可以佐证之:“至(上元)二年正月十四日,明经咸试《老子》策二条,进士试帖三条。”(《贡举上》)上元二年是675年,是唐高宗年号;元和六年是811年,是唐宪宗年号。从这两则材料可以断定:在有唐近一百四十年间的明经科与进士科考试时间都在正月。这两则材料,《登科记考》未见之,因有五月放榜之说。傅璇琮先生《唐代科举与文学》未见之,只好推测与进士科同时。既已证明正月考试,放榜时间也应与进士放榜同时或相近。黄滔《送人明经及第东归》诗有云:“亦从南院看新榜,旋束春关归故乡。”“亦”字是承礼部南院放进士榜而来,即说明经榜也是在南院放的;“新榜”是区别于此前作为进士榜的“旧榜”。随后通过吏部试(明经出身也要过吏部试才能授官),拿着吏部颁发的凭证归故乡了。体会黄诗可知,明经的放榜时间比进士放榜略晚:可能先是进士科放榜,接着是明经。这两科考试应是由礼部统一组织的,不可能是另行安排。当然,不论中选与否,都与进士试的举子们一样,两度经受“槐花黄,举子忙”的磨炼。

从本年七、八月的为赴京赶考做准备,这时正是“槐花黄”的季节;到来年五、六月落第举子的过夏、做夏课和秋卷,准备新一年的考试,这时也是“槐花黄”的季节。因而,从时间上说这两个过程几乎是一个首尾对接的循环,是前后两个阶段,每个阶段都能赶上“槐花黄”的时候,这应是对“槐花黄,举子忙”较为全面的理解。

唐诗与唐史互证蠡测

《教坊记》作者崔令钦生平事迹新考[*]

任半塘先生说："《教坊记》，今日之传本虽残留二千余字，但其时间代表初、盛唐，其述伎艺兼及音乐、歌唱、舞蹈、戏剧、百戏。"[①]其学术价值不可低估。然而关于其作者崔令钦的文献资料记载却极为稀见和零碎，目前各种典籍对其生平事迹的叙述仍很模糊，现考补几则材料，有内证，也有外证，让其生平履历渐趋明朗，不当之处，敬请行家指正。

崔令钦，生卒年不详，唐博陵安平（今河北安平）人。关于其生平履历，比较权威的说法是：开元年间，以父荫为左金吾卫仓曹参军，后转著作佐郎。尝为丹徒令。天宝末，避地江南。肃宗时，迁官礼部员外郎，任仓部郎中。肃、代之间，又转主客郎中。大历初，出任万州刺史。任满返回长安时，路过绵阳彰明，为陇西院作记。返朝后，迁国子司业。肃宗宝应年间著《教坊记》。[②]

---

* 原载赵睿才：《唐代文学隅论》，上海古籍出版社 2014 年版，第 406—414 页。

① 任半塘笺订：《教坊记笺订 · 唐代音乐文艺研究发凡》，中华书局 1962 年版，第 4 页。

② 参见周祖譔主编：《中国文学家大辞典》（唐五代卷），中华书局 1992 年版，第 695 页。

其实,我们进一步考索有关文献,会有一些新发现。

崔令钦之占籍世系,《新唐书·宰相世系表二下》"博陵安平崔氏第二房"有之,知为博陵安平人。表列其祖"茂,袁州刺史",父"斑,合州刺史",兄"锐,起居舍人"。而关于崔令钦的仕履行迹,《教坊记》自序云:"开元中,余为左金吾仓曹,武官十二三是坊中人,每请禄俸,每加访问,尽为予说之。今中原有事,漂寓江表,追思旧游,不可复得,粗有所识,即复疏之,作《教坊记》。"而且交代了《教坊记》的写作情况。这一记载虽甚简略,然亦提供了一个可供进一步考索的依据。

关于崔令钦生活的时代,静安先生《唐写本云谣集杂曲子跋》考证云:

> 《唐书·宰相世系表》有国子司业崔令钦,为隋宏农太守宣度之五世孙。则其人当生玄、肃二宗时。《教坊记》记事讫于开元,亦足推其时代。①

静安先生《唐写本春秋后语背记跋》也有类似考证。任半塘《教坊记笺订·弁言》也持此观点:"今知崔令钦之身世,确在玄、肃两代。"这是较权威的传统观点。可是,任半塘在其修订版中改变了此看法,下推到了代宗、德宗朝。不过只是推测之词,证据尚嫌不足。

下面我们在梳理他的生平事迹的时候,会插入一些新材料,进一步证实崔令钦的确活到了代宗、德宗两朝。

---

① (清)王国维:《观堂集林》卷二十一,中华书局1959年版,第1022页。

《古今说海》收录《教坊记》,末题"唐崔令钦撰",小字注:"著作郎";《说郛》收录该书,则于著者"崔令钦"名下注:"著作佐郎"。《古今说海》编者陆揖、《说郛》编者陶宗仪,均为明人,而宋本《教坊记》并无此注,故崔令钦是否曾为著作局官,尚须进一步考证。

李华《润州鹤林寺故径山大师碑铭》①、赞宁《唐润州幽栖寺玄素传》②称崔令钦"礼部员外郎",知其遭世乱漂寓润州前尝官礼部员外郎无疑。其时在肃宗时(按:上举李华、赞宁两文献中都出现过李舟,舟,或作"丹",而且都排在崔令钦之前)。李舟的生平状况,可以拿来参照崔令钦的生平。李舟(740—787),字公受,排行第七。郡望陇西成纪(今甘肃秦安),洛阳(今属河南)人。天宝十四载(755),以黄老学登第。乾元元年(758),授弘文馆校书郎。杜甫《送李校书二十六韵》、岑参《送弘文李校书往汉南拜亲》、刘长卿《送李校书赴东浙幕府》和《送李校书适越谒杜中丞》诗中的"李校书"都是李舟。宝应元年(762)为金吾卫大将军掾。广德二年(764)为湖南观察使孟皞从事、兼监察御史。大历元年(766)为湖南宣慰使贺若察佐僚。二年,为婺州东阳县令。丁母忧。四年,为宣州宣城县令。五年,为宣歙观察使崔昭从事、兼监察御史。崔

---

① 李华说:"故采访使润州刺史徐峤、故采访使常州刺史刘同升、故润州刺史韦昭理、故给事中韩赏、故御史中丞李丹、故泾阳令万齐融、礼部员外郎崔令钦,道流人望,莫盛于此。"(《唐文粹》卷六四)

② 赞宁说:"受菩萨戒弟子吏部侍郎齐澣、广州都督梁卿、润州刺史徐峤、京兆韦昭理、给事中韩赏、御史中丞李舟、礼部崔令钦,并道流人望,咸欸师资,亦尝问道于径山。"(《宋高僧传》卷九,中华书局 1987 年版,第 203 页)

昭迁浙东观察使，随往。建中元年（781），赴山南、湖南宣慰。四月，泾原别驾刘文喜据州叛，命舟往使。迁金部员外郎。转吏部员外郎，出为汴滑节度使张镒从事、检校吏部郎中、兼侍御史。镒未赴，遂退耕于洛阳之郊。复起为峡州刺史。建中四年（783），改虔州刺史。散官累加至朝请大夫，封陇西县男。兴元元年（784），受代解官，卜居躬耕于饶州余干。德宗贞元三年（787）以痼疾卒。

从李舟的生卒年，特别是卒年（787）看，崔令钦的寿命底线很可能晚于此年。当然，李华所处的时代要略早于崔令钦，只是记自己生前知道的信息——李舟可能略长于崔令钦，不可能记其身后之事。可是，赞宁去唐不远，直接将李舟置于崔令钦之前，则李舟、崔令钦的生卒信息应该是能较准确把握的。

稍后，即安史之乱中崔令钦为丹徒令。李华《润州天乡寺故大德云禅师碑》云："乾元初，奏请天下一十五寺，长讲戒律，天乡即其一焉，尔后率同心愿善缮理。礼部员外郎崔令钦常为丹徒，宗仰不怠。"①长老卒、碑立于永泰二年（766），知令钦乾元后（758 后）尝为丹徒令，亦知《教坊记序》之"中原有事，漂寓江表"，即安史乱中漂寓江外之润州丹徒，而且是在为官礼部员外郎之后。很可能，在这时期为《李白写真》署题，这是考其事迹的重要材料。

宋周必大《二老堂杂志》提道："秘阁画有小本《李白写真》，崔令钦题，苏轼书赞。"此画《宋中兴馆阁续录》中亦著录，但云"不知名氏"，是指作者而言。"苏轼书赞"见于《东坡后

---

① （宋）李昉等编：《文苑英华》卷八六一，中华书局 1966 年版，第 4546 页。

集》卷四,题作《书丹元子所示李太白真》,是北宋时此画犹未入秘阁。同时人饶节《倚松老人集》卷一《李太白画像歌》:"宣州长史粉黛工,谁令写此人中龙。"周昉曾任宣州长史。陈师道《后山集》卷三有《和饶节咏周昉画李白真》,可确信此画为周昉写真,崔令钦署题。

周昉是唐代杰出的人物画家。据《唐朝名画录》的有关材料看,他于大历中曾任越州长史、宣州长史,创作活动主要在大历、贞元年间,生卒年无可考。但他是张萱的学生,张萱于开元年间任史馆画值;他的哥哥周皓天宝年间曾随哥舒翰出征吐蕃。因此,最迟在天宝末叶,他应已开始创作,而且是"神品中一人",善"写真""真仙"。从李白晚年行踪来看(按:天宝十四载,游皖南,回宣城,与宣城太守赵悦交游),作画像的时间当以安史之乱爆发前夕为宜。《李太白全集》卷二十八有《宣城吴录事画赞》,"吴录事"即李白《赵公西候新亭颂》中的"录事参军吴镇"。吴镇画像是否周昉所作,无从稽考。但据此可知,李白与吴同游之时,确有画师(极可能是周昉)在宣城,如同时为李、吴二人写真,李白为吴镇像作赞,实属情理中事。

可是,这里的问题是:周昉为李白写真、崔令钦署题,是否是同一时间进行的?答曰:不一定。如果说李白写真是安史之乱爆发前夕作,即天宝十四载(755)的事,那么,崔令钦署题则晚于此时,当是崔"中原有事,漂寓江表"时,即是安史之乱中,其落脚点是为润州丹徒令。因而,崔的署题可能晚于写真。但我们不能由此题记就轻易断定崔令钦与李白一定有什么交往。

至于崔令钦与李白是否有过交游,目前还找不出确切的证据,李白文集出现的"崔钦"与崔令钦是否为同一人,也没有可靠的证据。有学者考证,《李太白全集》卷二十八《赵公西候新亭颂》中提到的“宣城令崔钦”，与卷十二《经乱后将避地郯中，留赠崔宣城》和卷十九《江上答崔宣城》中提的“崔宣城”，应该就是《教坊记》的作者崔令钦。[①] 此说只是推测而已，有待进一步考证。退一步说，崔、李二人即使没有机会交游，崔令钦为李白写真署题也是可能的，那隔代的苏轼还为其写“赞”呢。

肃宗时，崔令钦任仓部郎中，《全唐文》卷三九六崔令钦小传谓“肃宗朝迁仓部郎中”。肃、代之间，又转主客郎中（详见下文）。

大历初，崔令钦尝为万州刺史，刘长卿写有《寄万州崔使君令钦》诗。[②] 刘氏此诗作于乾元二年（757）。长卿与令钦至德间在浙西有过从。而诗云“摇落秋江暮”，必贬南巴过岳州时作。诗云：“时艰方用武，儒者任浮沉。摇落秋江暮，怜君巴峡深。丘门多白首，蜀郡满青襟。自解书生咏，愁猿莫夜吟。”明确其时在广德元年（763）安史之乱平息前，二、六句见崔、刘有青襟同师受业之旧。杜甫有《送鲜于万州迁巴州》诗，为送鲜于炅作，仇兆鳌《杜诗详注》卷一八谓“夔州作”，附于大历元年（766）后。鲜于炅大历元年（766）前为万州刺史，则崔令钦至迟当于广德、永泰间去万州任，即在鲜于炅之前为万州刺史。

崔令钦很可能自万州刺史征为朝官。其为朝官可征者，除上述左金吾卫仓曹、礼部员外郎之外，《新唐书》卷七二下《宰相世系表二下》载：“令钦，国子司业。”岑仲勉《郎官石柱题名新考订》主客郎中《删补》中于张巡、姚沛下有崔令钦。据《旧

① 参见陈尚君：《李白崔令钦交游发隐》，《复旦学报》1980 年第 4 期。

② 参见（清）彭定求等编：《全唐诗》卷一四八，中华书局 1960 年版，第 1505 页。

唐书·职官志》:主客郎中,从五品上;国子司业,从四品下。岑仲勉考谓"顺题名次序而下,令钦官主中当在肃、代之间"①,则其官国子司业更在其后,即代宗大历年间。

崔令钦的事迹还没有结束。宋郑樵《通志·艺文略·史部·编年类》载:"《唐历》十卷,唐柳芳撰,起隋恭帝义宁元年,讫建中三年。《唐历目录》一卷,唐崔令钦撰,据柳芳历,钞其事目。"南宋高似孙《史略》卷三也有相同记载。高似孙《史略》卷三《唐历》:"[唐]肃宗诏柳芳与韦述缀辑吴兢所撰《国史》。会述死,芳续成之。叙天宝后事,弃取不伦,史官病之。后坐事,贬黔中。从高力士质开元、天宝及禁中事,仿编年法为《唐历》四十篇,颇有异闻。然不立褒贬义例,为诸儒讥讪。按:《唐历》,起隋义宁元年,讫建中三年。又《续唐历》二十二卷,又有《唐历目录》一卷,唐崔令钦撰。"②

可知《唐历》记事的下限是唐德宗建中三年(782)。崔令钦据《唐历》写《唐历目录》,必定是在《唐历》全部完成之后,即是必然要在《唐历》完成的下限建中三年之后。唐代不可能有第二个崔令钦。可以断定,《教坊记》作者崔令钦不仅是生活在玄、肃宗二朝,而且是横跨玄、肃、代、德宗四朝的人。

我们说崔令钦建中三年(782)之后尚在世,还可以找到几个佐证。《唐尚书省郎官石柱题名考》卷二十五"主客郎中"条中,张巡、姚沛、庾准之后是崔令钦,崔氏之后是丘为。我们比照一下庾准和丘为的生活年代,约略可以推知崔令钦的生活下

---

① 岑仲勉考订:《郎官石柱题名新考订》,上海古籍出版社 1984 年版,第 181 页。

② (宋)高似孙著,王群栗点校:《高似孙集》(上),浙江古籍出版社 2015 年版,第 316—317 页。

限,因为"题柱考"是以壁记顺序为列的。《新唐书·庾准传》记:

> 庾准者,常州人。无学术,以柔媚自进,得幸于王缙,骤至中书舍人,时流蚩薄之。再迁尚书右丞。缙得罪,出为汝州刺史,复入为司农卿。又善(杨)炎,故炎使节度荆南,(刘)晏已诬死,引为尚书左丞。建中三年卒,赠工部尚书。①

由庾准"建中三年卒"推知,崔令钦生活年限应晚于庾准。《新唐书·艺文志》"丘为集"下云:

> 苏州嘉兴人,事继母孝,尝有灵芝生堂下。累官太子右庶子,时年八十余,而母无恙,给俸禄之半。及居忧,观察使韩滉以致仕官给禄所以惠养老臣,不可在丧为异,惟罢春秋羊酒。初还乡,县令谒之,为候门磬折,令坐,乃拜,里胥立庭下;既出,乃敢坐。经县署,降马而趋。卒年九十六。②

关于此事,《太平广记》卷四九五引《谭宾录》有云:

> 丘为致仕还乡,特给禄俸之半。既丁母丧,州郡疑所给,请于观察使韩滉,滉以为授官致仕,本不理务,特令给

---

① (宋)欧阳修、宋祁等撰:《新唐书》卷一四五,中华书局 2013 年版,第 4727 页。

② (宋)欧阳修、宋祁等撰:《新唐书》卷六〇,中华书局 2013 年版,第 1605 页。

禄,以恩养老臣,不可以在丧为异,命仍旧给之,唯春秋二时,羊酒之直则不给。虽程式无文,见称折衷。①

丘为,大致生活在703—798年间。天宝二年(743)进士及第,时年约五十岁。历仕主客郎中、司勋郎中。迁太子右庶子,以左散骑常侍致仕。与王维、刘长卿友善,时相唱和。则推知,崔令钦生活年代的下限应早于丘为的798年。

这里还有一则重要的材料需加以辨析。宋吴曾《能改斋漫录》卷五“匡山非庐山”条引《杜田拾遗》云:李白“宅在清廉乡,后废为僧房,号陇西院,盖以太白得名。院有太白像及唐绵州刺史高忱及崔令钦记”。按:杜田,字时可,一字汝耕。宋安岳(今属四川)人。生活于南北宋之交。以文章孝行举临江府教授。官终大邑县丞。《杜田拾遗》,即杜田的《注杜诗补遗正缪》,此书今不传,只散见于各家集注本中,郭知达《九家集注杜诗》所引最详,约五百余条,在九家注中仅次于赵次公《新定杜工部古诗近体诗先后并解》,居第二位。赵次公、郭知达在引杜田之书时,或称《补遗》,或称《正谬》,故或疑为二书。

任半塘先生认为崔令钦作记在官万州后,时为游客。以游客身份而为李白旧居作记,或为景慕其人其诗,或为曾与交游,或为其他原因。其时应在大历年间。然而,我们遍查高忱其人,没有找到文献依据。曾作绵州刺史,按理说应有不少文献记录,可是我们没有找到。这儿有几种可能,一是有唐一代没有高忱此人,二是《能改斋漫录》引文有误,三是我们查的文献不够全

① (宋)李昉等编:《太平广记》卷四九五《丘为》,中华书局1961年版,第4065页。

面。这里还有一则材料，见《唐诗纪事》卷十八“李白”条，其内容与《能改斋漫录》大同小异：“东蜀杨天惠《彰明逸事》云……今大匡山犹有读书台，而清廉乡故居遗地尚在，废为寺，名陇西院，有唐梓州刺史碑（失其名）及绵州刺史高柷记。”①

按：杨天惠，四川郪县（今四川三台）人，元丰间进士，曾任邛州学官、双流县丞、彭山县丞、彰明县令。后入“元祐朋党”被免。又后闲居郫县（今属成都）。所著《彰明逸事》记录了他采访李白青少年时在彰明留下的多则传闻故事和诗作，是研究李白的珍稀历史资料。

又按：“唐梓州刺史碑”，据《太平寰宇记》卷八三《绵州彰明县》云：“有李白碑，在宁梵寺门下，梓州刺史于邵文。”于邵何许人？《旧唐书·于邵传》云：“出为道州刺史，未就道，转巴州。时岁俭，夷獠数千相聚山泽，围州掠众……邵儒服出城，盗罗拜而降，围解。节度使李抱玉以闻，超迁梓州，以疾不至，迁兵部郎中。西川节度使崔宁请留为支度副使。”于邵被任命为梓州刺史，其时约在大历六年（771），而且未到任。虽未到任，亦不妨作李白碑文。唐人有壮游的习惯，于邵也许先于崔令钦而游李白故居而作此碑文。又按：高柷为绵州刺史，大约在僖宗中和、光启年间，即在崔令钦身后百余年了。崔致远《桂苑笔耕集》卷四《谢弟柷再除绵州刺史状》：“绵州刺史高柷。”“右件官是臣堂弟……依前授绵州刺史者。”看来，高柷作记是没有问题的。

以上是我们的内证和外证，合而证明崔令钦是生跨玄、肃、代、德宗四朝的人，他的生平事迹大致可以搞清楚了。

---

① 王仲镛校笺：《唐诗纪事校笺》，巴蜀书社1989年版，第479页。

利在舟中*

——唐诗视域下的长江水运贸易

中国大规模船运最早的文献记载是晋惠公四年(前647)。时晋国内闹饥荒,求救于秦国,秦"输粟于晋,自雍及绛相继,命之曰泛舟之役"①。这里,雍,指秦国都。绛,是晋国都。秦代以前,三峡郁山县的盐就有大量外运的情况。西汉三国时期,巴蜀、吴楚之间的船运业更趋繁荣。到了唐代,客运、货运均趋兴盛。唐初,崔融曾说:"天下诸津,舟航所聚,旁通巴汉,前指闽越,七泽十薮,三江五湖,控引河洛,兼包淮海。弘舸巨舰,千轴万艘,交货往还,昧旦永日。"②元和年间,李吉甫说:"自扬、益、湘南至交、广、闽中等州,公家漕运、私家商旅,舳舻相继。"③至晚唐时,甚至有"江淮商贾,业在

---

* 原载赵睿才:《唐代文学隅论》,上海古籍出版社 2014 年版,第253—267 页。

① (晋)杜预注,(唐)孔颖达疏:《春秋左传注疏》卷一二,《十三经注疏》,中华书局 1980 年版。

② (后晋)刘昫等撰:《旧唐书》卷九四《崔融传》,中华书局 2013 年版,第 2998 页。

③ (唐)李吉甫:《元和郡县图志》卷五《河南道》,中华书局 1983 年版,第 137 页。

舟船”①之说。李肇《唐国史补》卷下对于唐代水运发达的情形则有更详尽的描述：

> 凡东南郡邑无不通水，故天下货利，舟楫居多。转运使岁运米二百万石输关中，皆自通济渠（即汴河也）入河而至也。江淮篙工不能入黄河。蜀之三峡、河之三门、南越之恶溪、南康之赣石，皆险绝之所，自有本处人为篙工。大抵峡路峻急，故曰：“朝发白帝，暮彻江陵。”四月、五月为尤险时，故曰：“滟滪大如马，瞿塘不可下；滟滪大如牛，瞿塘不可留；滟滪大如襆，瞿塘不可触。”扬子、钱塘二江者，则乘两潮发棹。舟船之盛，尽于江西，编蒲为帆，大者或数十幅，自白沙泝流而上，常待东北风，谓之潮信。七月、八月有上信，三月有鸟信，五月有麦信。暴风之候，有抛车云，舟人必祭婆官而事僧伽。江湖语云：“水不载万。”言大船不过八、九千石。然则大历、贞元间有俞大娘航船最大，居者养生送死嫁娶，悉在其间，开巷为圃，操驾之工数百，南至江西，北至淮南，岁一往来，其利甚博，此则不啻载万也。洪鄂之水居颇多，与屋邑殆相半。凡大船必为富商所有，奏商声乐，从婢仆，以据柂楼之下，其间大隐，亦可知矣。②

这段引文将唐代长江、黄河、运河、钱塘江、西江、赣江的水

---

① （清）董诰等编：《全唐文》卷八九《车驾还京师德音》，中华书局1983年影印本，第926页。

② （唐）李肇：《唐国史补》，古典文学出版社1957年版，第62—63页。

运状况概略齐全。另外,还昭显出许多重要的史实,例如大船载重不能超过八、九千石,即可知道船的载重量在 562—635 吨以下,较前代为大。此外,文中提到“天下货利,舟楫居多”,也显示出经由水运的货运量相当可观。而这时长江流域,特别是巴蜀与吴楚之间的水运贸易已经是十分兴隆。

长江流域水系庞大,水运也就异常复杂。大体上说,有两种情况:一是长江上游与下游沿江城市之间的来往,如吴蜀之间,有各色船只上江下峡,成都江面上就有很多来自吴越的船只,杜甫居成都时,就曾看到“门泊东吴万里船”(《绝句》)。成都合江亭是一个重要的繁华地,“在府城东南(桐、睦)二江合流处,唐韦皋建,宋吕大防记,亭为唐人宴饯之地,名士题诗往往在焉。俯而观之,沧波渺然,东山翠麓与烟林篁竹列峙于前,鸣濑抑扬,鸥鸟上下,商船渔艇,错落游衍,一府之佳观也”①。“唐符载云:‘一都之奇胜也。’是亭鸿盘如山,横架赤霄,广场在下,砥平云截,而东南西北敻然矣。”②而“蜀人入吴者,皆自此登舟,其西则万里桥”③。唐时蜀中水运之盛,可见一斑。一是长江与其支流之间的联系。如建中四年(783),德宗被围于奉天,形势危急,戴叔伦即从江西观察使府押送物资至奉天,行程便是洪州→九江→安陆→均州→房州→邓州,先水后陆,沿长江支流而上。简言之,唐代长江主干的水运,大致

① (清)蒋廷锡等纂:(乾隆)《大清一统志》卷二九二成都府卷《古迹目》,乾隆九年武英殿刻本。

② (明)曹学佺撰,杨世文校点:《蜀中广记》卷二《名胜记第二·成都府二》,上海古籍出版社 2020 年版,第 30—31 页。

③ (宋)范成大:《吴船录》卷上,丛书集成初编本,中华书局 1985 年版,第 1 页。

可以概括为“三点一线”。即以长江为主线，自东向西连缀三个异常繁华的大城市：扬州、江陵、益州。

一、扬州——富甲天下

扬州，早在隋代，运河的修建就为它带来了工商业的日趋繁荣。武则天时代，“扬州地当冲要，多富商大贾，珠翠珍怪之产”①。当地金银铜器、锦彩绫绵、米、糖、药材等业十分兴旺，冶炼铸造也有较高水平。那里常常停泊着大量船舶，玄宗天宝十载八月的一次大风，翻覆大小船只数千艘。中唐以来，“诸道节度观察使以广陵当南北大冲，百货所集，多以军储货贩，列置邸肆，名托军用，实私其利息”②。那时，在扬州，“侨寄衣冠及工商等多侵衢造宅，行旅拥弊”③，“十里长街市井连，月明楼上看神仙”④（张祜《纵游淮南》）；“八方称辐凑，五达如砥平”（权德舆《广陵行》）；“富商大贾，动愈百数”⑤等等，便是其繁华景象的形象写照。《资治通鉴》卷二五九记曰：“扬州富庶甲天下，时人称扬一、益二。”无数国内外商人群集扬州，商贸盛

① （后晋）刘昫等撰：《旧唐书》卷八八《苏瑰传》，中华书局2013年版，第2878页。

② （宋）王溥：《唐会要》卷八六《市》，中华书局1980年版，第1582页。

③ （后晋）刘昫等撰：《旧唐书》卷一四六《杜亚传》，中华书局2013年版，第3963页。

④ （清）彭定求等编：《全唐诗》卷五一一，中华书局1979年版。本文所引唐诗只标注作者和诗题。

⑤ （宋）李昉编：《太平广记》卷二九〇《吕用之》，中华书局1961年版，第2304页。

况空前,成为唐代著名的外贸港市之一。如江淮、荆湖、岭南、四川等地的米、茶、丝及各地的土特产,特别是东南的海盐,大多在扬州集散。扬州的铜镜、毡帽、织锦名扬海内外。

唐肃宗以后,历代唐帝王所要解决的重点问题,便是京师的粮食供应和以军事开支为主的庞大国库支出。为解燃眉之急,唐政府曾在安史之乱平定之初,先期"遣御史康云间出江淮,陶锐往蜀汉,豪商富户,皆籍其家资,所有财货畜产,或五分纳一,谓之'率货',所收巨万计,盖权时之宜"①。显然,这样做并非长远之计。于是,乾元初年,唐肃宗接受第五琦建议,在重要商业都市设盐铁转运使。不久即派第五琦以度支郎中兼盐铁使身份进驻扬州,这为扬州的商业经济繁荣提供了大好契机。第五琦在扬州并没有采取杀鸡取卵的办法,而是采取了有效的榷盐制度:

> 于是始大变盐法,就山海井灶,收榷其盐,立监院官吏。其旧业户洎浮人欲以盐为业者,免其杂役,隶盐铁使。常户自租庸外无横赋。人不益税,而国用以饶。②

之后,刘晏接任为江淮转运租庸常平使,驻节扬州,他在第五琦的基础上,进一步完善了榷盐制度。《旧唐书·食货志》又说:

> 洎晏掌国计,复江淮转运之制,岁入米数十万斛以济

① (唐)杜佑:《通典》卷一一《杂税》,中华书局1984年版,第250页。

② (后晋)刘昫等撰:《旧唐书》卷四九《食货志下》,中华书局2013年版,第2116页。

关中。代第五琦领盐务，其法益密。初年入钱六十万，季年则十倍其初。大历末，通天下之财，而计其所入，总一千二百万贯，而盐利过半。①

刘晏还创立了以盐税雇人漕米的办法，基本解决了京师地区的粮食供应。刘晏之后，杜佑、李吉甫等又相继接任驻扬州的江淮青苗使、淮南节度使之职，从而保证了前后政策的连贯性。在此背景下，扬州在中唐以后已不虚为“广陵大镇，富甲天下”②“雄富冠天下”③的头衔了。养鸡取卵，富了扬州，补了国库。下面再看一下唐代的诗人们是怎样描绘的。王建《江南三台》云：

扬州桥边小妇，长干市里商人。
三年不得消息，各自拜鬼求神。

武元衡为剑南节度使时作《古意》诗，前四句云：

蜀国春与秋，岷江朝夕流。
长波东接海，万里至扬州。

---

① （后晋）刘昫等撰：《旧唐书》卷四九《食货志下》，中华书局2013年版，第2118页。

② （后晋）刘昫等撰：《旧唐书》卷一八二《秦彦传》，中华书局2013年版，第4716页。

③ （宋）欧阳修、宋祁等撰：《新唐书》卷二二四下《高骈传》，中华书局2013年版，第6404页。

唐敬宗宝历二年(826),刘禹锡罢和州(治所在今安徽和县)刺史任返洛阳,同时白居易从苏州归洛,两位诗人在扬州相逢,白氏在筵席上写了一首《醉赠刘二十八使君》给刘氏,刘便作《酬乐天扬州初逢席上见赠》作为酬答,因有名句:

沉舟侧畔千帆过,病树前头万木春。

李绅作有一首《宿扬州》:

江横渡阔烟波晚,潮过金陵落叶秋。
嘹唳塞鸿经楚泽,浅深红树见扬州。
夜桥灯火连星汉,水郭帆樯近斗牛。
今日市朝风俗变,不须开口问迷楼。

这首诗描写了扬州的夜景。扬州商业的繁荣,还有一个重要的表现便是"胡店"的出现。商胡在扬州多以经营珠宝、香料、药材而闻名。唐人笔记小说中也多提及扬州的"胡店",有的商胡在扬州经商已逾二十年,年迈以后还"思归江都"。据中国有关史籍统计,自永徽二年(651)至贞元十四年(798),大食王国先后遣使来华者达三次之多。他们的到来加强了文化间的交流,也带来了异域文明。中国的瓷器、丝绸与茶叶等也经大食商船或唐朝商船从扬州运往西方,扬州因此成为海上"丝绸之路"的起点之一。而处于成都平原上的益州,土地肥沃,灌溉便利,早已有"天府之国"的美誉。

二、益州——天下繁侈

战国秦汉以来,蜀中已是沃野千里,号称“陆海”,成为全国有名的经济富庶地区。《汉书·食货志》记,成都是全国六大都市之一(其他五都为长安、洛阳、邯郸、临淄、宛)。左思《蜀都赋》云:“亚以少城,接乎其西,市廛所会,万商之渊。”刘逵注称:“少城,小城也,在大城西,市在其中也。”这说明蜀汉时,在城西少城内设市贸易。隋统一全国后,在益州设蜀郡,由杨秀(杨坚第四子)领之。唐初改蜀郡为益州,后置西南道行台,寻改剑南道,治所一直在今成都。

唐代成都称为“蜀之奥壤”。宣宗时,卢求说,成都有“伎巧百工之富……其地腴以善熟,较其要妙,扬不足以侔其半”①。宋韩琦亦云其“天下繁侈”②。隋唐时的地理志都记蜀郡成都十万余户,杜甫、崔慎由等人都说,“成都十万户”——杜甫《水槛遣心》:“城中十万户,此地两三家。”此“城中”即成都;《北梦琐言》卷五《中书蕃人事》云:“近日中书尽是蕃人……(崔慎由)遽托疾离镇,有诗曰:‘成都十万户,抛若一鸿毛。’亦博陵之比也。”段成式《酉阳杂俎·续集》记成都有东市、西市,杜光庭《道教灵验记》载成都有新南市、新北市,都可以约略看出成都市的商贸活跃发展概况。特别是朝廷重臣严

---

① (清)董诰等编:《全唐文》卷七四四《〈成都记〉序》,中华书局1983年影印本,第7702页。

② (宋)韩琦撰,李之亮笺注:《安阳集编年笺注》卷二一《扬州厅壁题名记》,巴蜀书社2000年版,第711页。

武、高适、韦皋、李德裕、高骈等都曾任剑南西川节度使等职，驻节成都，为益州发展创造了有利的环境。

而锦江穿流其间，为其繁荣创造了有利条件。锦江原名南河，秦太守李冰修都江堰时，曾开凿了两条河，这便是“穿两江于成都之中”的“郫江”和“检江”。唐僖宗时(875)西川节度使高骈大规模修建罗城，将郫江人工改道流经成都北、东两面，形成了今天的“府河”；而“检江”的下游是清水河，它在流经成都草堂寺龙爪堰分水后进入成都市内，被称为“南河”。府河和南河进入成都后，围绕成都旧城流淌，然后在锦官驿旁交汇，融为一处东流而去。在两河交汇之处、今九眼桥南白寺附近锦官驿的右面，便有一座“合江园”，它由韦皋任西川节度使时所建。园内曾有“合江亭”“芳华楼”等建筑，与其隔江相望又有“赵园”，大诗人陆游曾多次至两园游赏并作《自合江亭涉江至赵园》一诗，只是宋朝以后，此两园便逐渐荒废了。

由于锦江水系可通过岷江而与川江沟通，使古代成都得以因水而繁荣。九眼桥所在地附近长期以来就是成都著名的水码头，西汉后期，这里便是蜀中特产云集之地，丝绸、茶叶、井盐、药材、竹器、铁器等，多由此通过水路运往国内各地；当时蜀中产品的主要出路，便是由成都经水路顺长江，经湖南湘江过灵渠，达岭南，再出海的。到唐、宋时，从这里出发运往外地的成都物产则主要有蜀锦、生丝、生蜡、麻、盐、茶、中药材、漆器等等。其中，蜀锦与蜀绣并称为“蜀中之宝”。唐、宋时期蜀锦生产的规模和技艺均有较大发展。唐代蜀锦以其质地厚重、艳美华丽而深为人爱，并成为皇室贡品，当时京城的达官贵人亦莫不以蜀锦制袍为荣。唐代蜀锦中的团花纹锦、赤狮、凤纹锦较有特色，此外还有龟甲、格子、莲花、对禽、对兽、翔凤等纹饰，有的蜀锦还六色并用称“晕色”。当时蜀锦的主要特点为:织物以团窠内置以动物纹饰为主,讲究对称;图案色彩丰富;织物的结构沿袭汉锦仍以经线显花为主等。当时的码头上,林舟楫立排列数里,杜甫诗云“门泊东吴万里船”,便是其繁荣景象的最好见证。

下面再谈一下“扬一益二”的来历。益州成为仅次于扬州的另一个商业重镇,因有“扬一益二”的记载与美誉。其中有代表性的记载如以下几说。

《全唐文》卷七四四《〈成都记〉序》曰:

> 大凡今之推名镇为天下第一者,曰扬、益。

《资治通鉴》卷二五九“唐昭宗景福元年”:

> (杨行密)至广陵,表田頵守宣州,安仁义守润州。先是,扬州富庶甲天下,时人称“扬一益二”。及经秦(彦)、毕(师铎)、孙(儒)、杨(行密)兵火之余,江、淮之间,东西千里,扫地尽矣。①

洪迈《容斋随笔》卷九《唐扬州之盛》条曰:

> 唐世盐铁转运使在扬州,尽斡利权,判官多至数十人,商贾如织。故谚称“扬一益二”,谓天下之盛,扬为一而蜀

① (宋)司马光编撰:《资治通鉴》,中华书局1956年版,第8430—8431页。

次之也。[1]

以上三说,《全唐文》和《资治通鉴》没有说明“扬一益二”状况出现的时间上限。《容斋随笔》则指出这种情况的出现是在唐于扬、益等地设置盐铁转运使以后。不过,《资治通鉴》指出了“扬一益二”的时间下限。从中可以推断,扬州和益州作为唐代数一数二的大商业都市的繁荣时限是在8世纪中叶至9世纪晚期,大约持续了一百多年时间。

三、江陵——南都佳丽

江陵地处长江中游,先秦时已是著名的政治中心,也是东晋南朝以来的重镇所在。唐代是南北东西的重要转运中心。颜真卿说:“荆南巨镇,江汉上游,右控巴蜀,左联吴越,南通五岭,北走上都。”[2]文宗诏称,“荆门,东南巨镇,江山重险,舟车要冲”[3]。懿宗敕令,江陵“凑舟车之都会,控湖岭之要冲”[4]。由是,高季兴在唐末得以据其地建国。南汉、闽、楚诸国向华北诸王朝“岁时进奉”以及南来北往的不少商人都要经由江陵,

① (宋)洪迈:《容斋随笔》,上海古籍出版社1978年版,第122页。

② (唐)颜真卿:《颜鲁公文集》卷二,上海古籍出版社1992年版,第14页。

③ (宋)宋敏求编:《唐大诏令集》卷五三,商务印书馆1959年版,第281页。

④ (宋)李昉等编:《文苑英华》卷四五二,中华书局1966年版,第2296页。

荆南国便从中获利。刘禹锡指出,江陵“自古如今要路津……风天气色属商人”(《自江陵沿流途中》)。早在南齐时,商人“于江陵买货,至都(建康)还换”①,可大获利。李白说,“南都(江陵)信佳丽……万商罗鄽阛”(《南都行》)。杜甫一再说,江陵“地利西通蜀……舟楫控吴人”(《最能行》),“大儿结束随商旅……朝发白帝暮江陵”(《客居》),“蜀麻久不来,吴盐拥荆门……商旅自星奔”(《江陵望丰》)。其时,“江淮租赋山积于江陵”②,那里聚集着中外商人。《南部新书》卷四记城内有“高丽坡底(坊)”,有“寄住蕃客”——“江陵有士子游于交广间,而爱妾为太守所取,纳于高丽坡底。及归,因寄诗曰:‘惆怅高丽坡底宅,春光无复下山来。’守见诗,遂遣还”。《清异录》卷上载“荆楚贾者与闽商争宿邸”于其中。《南楚新闻》记江陵郭七郎,“其家资产甚殷……江淮河朔间,悉有贾客仗其货买易往来者”③。在那里,有牲口买卖市场,卖马、驴,获取货币。《新唐书·地理志》记天宝初,江陵三万户。元和时,“城中百万家”(元稹《遣兴》),晚唐以前,“江陵城下旧三十万户”④,充分反映出江陵在中唐后有很大发展。下面集中谈一下长江一线上“三点”的船运贸易情况。

---

① (唐)李延寿:《南史》卷四三《萧映传》,中华书局1975年版,第1079页。

② (后晋)刘昫等撰:《旧唐书》卷一〇七《李璘传》,中华书局2013年版,第3264页。

③ (宋)李昉等编:《太平广记》卷四九九引,中华书局1961年版,第4097页。

④ (宋)司马光编撰:《资治通鉴》卷二五三“乾府五年”,中华书局1956年版,第8195页。

四、米、盐、麻等贸易

从上面沿江三个繁华都市的介绍中,我们已约略看到长江水运贸易的发达情况,下面再借沿途的米、盐、麻等贸易情况,集中谈一下长江的舟、利关系。长江三峡号称"天险",上举《唐国史补》以之与三门峡并称。《水经注》对三峡险情更有生动描述。唐人《异闻集》云:"峡路深僻,上下数百里皆无居人"①。李白《荆州歌》云:"白帝城边足风波,瞿塘五月谁敢过。"大历三年(768),杜甫行经三峡,他说:"摆阖盘涡沸,欹斜激浪输,风雷缠地脉,冰雪耀天衢。鹿角(滩名)真走险,狼头(滩名)如跋胡,恶滩宁变色,高卧负微躯。……滟滪险相迫,沧浪深可逾。"(《大历三年春白帝城放船出瞿塘峡久居夔府将适江陵漂泊有诗凡四十韵》)他撰《夔州歌》云:"瞿塘险过百牢关。"百牢关在梁州西县,是栈道险处。从其比喻亦可知三峡舟行艰险。

蜀中由于地形特点,和外界交往极不方便。三峡虽然险阻,江水深而有力,人们仍借以通航。陈子昂说,蜀地"人富粟多,顺江而下,可以兼济中国"②,便是指的水运。卢纶《送何召下第后归蜀》云:"褒斜行客过,栈道响危空。……水程通海货,地利杂吴风。"可见出入三峡比北方的栈道较为安全。"水程通海货"自是通过长江航运进入蜀中的。杜甫《夔州歌》云,

---

① (宋)李昉等编:《太平广记》卷七八《白皎》引,中华书局 1961 年版,第 494 页。

② (后晋)刘昫等撰:《旧唐书》卷一九〇中《陈子昂传》,中华书局 2013 年版,第 5022—5023 页。

“蜀麻、吴盐自古通，万斛之舟行若风”。又写《柴门》诗，“风烟渺吴蜀，舟楫通盐麻”，都同样表明是经由三峡进行运输的。杜牧咏扬州，“蜀船红锦重”，蜀船到扬州自是通过三峡东下的。黄巢农民军攻克长安，僖宗出奔成都后，高骈一再上书请僖宗东去扬州，说他本人镇守过成都，“俯察时情”，“荆州道路，群寇将侵，蜀国封疆，微灾似起。……乌合蚕食之徒，占据江陵，把断峡路，则列镇贡赋，无计流通；行在诏书，亦难传降。若见东西阻绝，固当遐迩动摇。伏惟陛下断自宸衷……早移仙跸，直幸扬都”①。非常清楚，僖宗逃奔成都期间，大批来自东南的物资是经江陵越三峡进入川蜀的。《唐国史补》卷下记“近代杜邠公自西川除江陵，五月下峡，官舟千艘，不损一只。旧语曰：‘五月下峡，死而不吊。’此特邠公之洪福，自古未之有也”。大批官船浩浩荡荡自是通航三峡的。《北梦琐言·逸文》卷四云：“景福、乾宁之时（892—897），三川兵革，虎豹昼行，任土贡输，梗于前迈，西川奏章，多取巫峡。”那就是唐末社会大乱时，三峡仍然通航不断。

总的说来，随着唐代社会经济的恢复和发展，大大推动了内河航运事业的活跃。武则天执政后期，崔融上疏已说，“且如天下诸津，舟航所聚，旁通巴、汉，前指闽、越，七泽十薮，三江五湖，控引河洛，兼包淮海，弘舸巨舰，千轴万艘，交贸往还，昧旦永日”②。说明当时的内河航运事业，南自闽越，东起淮海，西达蜀汉，北向河洛，也就是珠江、长江、淮河、黄河等水域都有

① ［新罗］崔致远撰，党银平校注：《桂苑笔耕集校注》卷二《请巡幸第二表》，中华书局2007年版，第58页。

② （后晋）刘昫等撰：《旧唐书》卷九四《崔融传》，中华书局2013年版，第2029页。

商船通行,商贸往来,十分热闹。

如杜甫在成都写的《绝句四首》其三有云“门泊东吴万里船”;在夔府作的《秋风二首》其一又有云:“吴樯楚舵纤百丈,暖向成都寒未还。”——言吴楚的商船遇战事被阻或被扣留,经历了半年以上还不见回航。其《白盐山》:“白榜千家邑,清秋万估船。”亦写夔州商船之多。长江中商船往返的频繁,可以想见。杜甫还有《最能行》一诗,写三峡中滨江的人们不重读书而重操舟行贾的风气;诗的开头六句是:“峡中丈夫绝轻死,少在公门多在水。富豪有钱驾大舸,贫穷取给行艓子。小儿学问上《论语》,大儿结束随商旅。”又有《滟滪》一诗,写三峡中外来的“估客胡商”。杜甫告诫他们:“滟滪既没孤根深,西来水多愁太阴。……寄语舟航恶年少,休翻盐井掷黄金!”可见唐时峡中重要的码头上万商云集,而商品的重要一项便是盐与米。商贾们把这种生活必需品运往两湖、江南的口岸,再转运到内地供应。杜甫《解闷十二首》其二又曰:“商胡离别下扬州,忆上西陵故驿楼。为问淮南米贵贱,老夫乘兴欲东流。”是记将米运往内地。是谓长江上的米利。

下文再谈其盐利。上举刘禹锡《贾客乐》序引云:“五方之贾,以财相雄,而盐贾尤炽。或曰‘贾雄则农伤。’予感之作是词。”所说“盐贾尤炽”可由杜甫与白居易等人的诗歌来证明。从有关史籍中得知,食盐政策是唐代政治上的一大问题,从中也可以了解唐代商人的生活习俗。韦应物早就在《送唐明府赴溧水》诗中说过:“鱼盐滨海利,姜蔗傍湖田。”对杜甫这样一个时刻关心着国计民生的诗人来说,他以敏锐的目光注视着食盐贸易,自是情理中事。他在云安作《客居》诗云:“蜀麻久不来,吴盐拥荆门;西南失大将,商旅自星奔。……舟子候利涉,亦凭节制尊。”(按:吴盐品质很高,李白在《梁园吟》中曾说“吴盐如花皎白雪”)既点出商人的经营物品是“蜀麻”与“吴盐”,又指出其“候利”的实质。从他在夔州作《柴门》诗云:“风烟渺吴蜀,舟楫通盐麻。”与其《夔州歌十绝句》其七所曰:“蜀盐吴麻自古通,万斛之舟行若风。”可知“吴蜀”间的商贸重在“盐麻”,不仅“通古今”而且是大船运输。杜甫自秦州赴同谷道中作有《盐井》诗云:“卤中草木白,青者官盐烟。官作既有程,煮盐烟在川。……自公斗三百,转至斛六千;君子慎止足,小人苦喧阗。我何良嗟叹,物理固自然!”从中看出奸商在弄虚作假,从中渔利。难怪那“四十五十无夫家”的负薪女亦在“筋力登危集市门,死生射利兼盐井。”(《负薪行》)那“溪女”在“负盐出井”:“寒轻市上山烟碧,日满楼前江雾黄。负盐出井此溪女,打鼓发船何郡郎。……楚客唯听棹相将。”(《十二月一日三首》其二)那奸商不惜“翻盐井横黄金”:“寄语舟航恶年少,休翻盐井横黄金。”(按:横黄金指横费黄金,指盐舟翻于恶浪)(《滟滪》)上举三诗老杜主要是在悯蜀民冒生命危险运贩私盐,然而从中我们可以看出盐民的生活习俗。

老杜以后,诗人注意此事的并不多,白居易可为代表。白氏《新乐府》有《盐商妇》曰:“盐商妇,多金帛,不事田农与蚕绩。……婿作盐商十五年,不属州县属天子;每年盐利入官时,少入官家多入私;官家利薄私家厚,盐铁尚书远不知。……盐商妇,有幸嫁盐商。终朝美饭食,终岁好衣裳。”此诗主旨是写江淮盐商与天子争利,但我们从一个侧面看到了此盐商的投机取利现实与“盐商妇”的暴发户心态。白居易之所以如此关注盐业,就是因为他看到了盐利实在不小:“利饶盐煮海,名胜水澄湖。”(《和微之春日投简阳明洞天五十韵》)希望天子亟惩盐弊以利国计民生,可参他的《议盐法之弊论盐商之幸》一文。此文首先肯定“盐之利厚矣”,“利厚则奸生,奸生则利薄”。“无厌之商趋之”的理由在“盐羡”。盐之大利使得“自关以东,上农大贾,易其资产,入为盐商。率多藏私财,别营稗贩,少出官利,唯求隶名。居无征役,行无榷税。身则庇于盐籍,利尽入于私室”①。白氏的论析极为痛切。我们如果撇开其政治的用意,看到的是盐商如何钻了“国法”的空子,如何盈利的,商人们趋之若鹜的贩盐生意背后自有其民俗价值。

在长江上游的贸易活动中,其兴盛还可从“瞿塘贾”这一意象看得出来。李白在其《江上寄巴东故人》诗中云:“汉水波浪远,巫山云雨飞。东风吹客梦,西落此中时。觉后思白帝,佳人与我违。瞿塘饶贾客,音信莫令稀。”因而“瞿塘贾”在唐代成了一个熟语,如李益《江南曲》:“嫁得瞿塘贾,朝朝误妾期。早知潮有信,嫁与弄潮儿。”这里“瞿塘贾”与“弄潮儿”对举,“瞿塘贾”自然是长江上游的商人。李白的《长干行二首》其二又云:“忆妾深闺里,烟尘不曾识。嫁与长干人,沙头候风色。五月南风兴,思君下巴陵。八月西风起,想君发扬子。去来悲如何,见少离别多。湘潭几日到,妾梦越风波。……那作商人妇,愁水复愁风。”(其二)其《巴女词》亦云:“巴水急如箭,巴船去若飞。十月三千里,郎行几岁归。”《江夏行》:“谁知嫁商贾,令人却愁苦。自从为夫妻,何曾在乡土。去年下扬州,相送黄鹤楼。眼看帆去远,心逐江水流。只言期一载,谁谓历三秋。使妾肠欲断,恨君情悠悠。东家西舍同时发,北去南来不逾月。

① 朱金城校笺:《白居易集校笺》卷六三《策林二》,上海古籍出版社1988年版。

未知行李游何方，作个音书能断绝。适来往南浦，欲问西江船。”所咏的也都是瞿塘贾。不仅如此，又将之扩大到整个“蜀客”，如王建《送人》诗云：“蜀客多积货，边人易封侯。”从中我们正可看出当时“瞿塘贾”的生活习俗。这从一个侧面反映了长江上游贸易活动的兴旺发达。

总体说来，从益州到扬州，这条沿长江上、下游的水道，不仅能把以益州为中心的川内物资输出，同时也能把长江中下游地区的物资输入，在商品的流通上，在经济的发展上，起着重要的作用。社会学家和历史学家一般都承认这样一个史实：安史之乱前夕，唐代的经济重心已渐趋南移，这个南移的经济重心就是以江陵、扬州两座重镇为核心的长江中下游地区，这个重心成了李唐王朝平定安史之乱的重要经济支柱，也是之后李唐王朝还能够维持百余年统治的重要经济支柱。这个重要的变化，与长江流域水运贸易的繁荣是分不开的。

实录·追忆·反思*

——唐代诗人对安史之乱的书写与反思

李唐王朝建立以后出现过两个盛世——“贞观之治”和“开天盛世”，后者是指以“开元之治”为基础，以开元、天宝两个时期为时空范围的大盛世，包括了整个唐玄宗时代。盛极必衰是自然法则，也适用于人类社会，安史之乱的爆发就是个应验。至于安史之乱对唐王朝的巨大冲击，平乱立下大功的郭子仪在《请车驾还京奏》中曾向代宗这样陈述：

> 夫以东周之地，久陷贼中，宫室焚烧，十不存一。百曹荒废，曾无尺椽，中间畿内，不满千户。井邑榛棘，豺狼所嗥，既乏军储，又鲜人力。东至郑汴，达于徐方，北自覃怀，经于相土，人烟断绝，千里萧条，将何以奉万乘之牲饩、供百官之次舍？①

史家一般认为此乱是唐王朝的转折点，甚至是中国封建社

---

* 摘自《唐音四变与民俗化新研究》之第四编《凋落而凄清：唐诗之冬与晚唐民俗的化新》。

① （清）董诰等编：《全唐文》卷三三二，中华书局1983年影印本，第3366页。

会的转折点，它不仅彻底破坏了社会秩序，而且留下了很多后遗症，诸如藩镇割据、宦官干政等，严重动摇着大唐的基业。

唐代诗人吟咏安史之乱的诗歌，随着历史的推移，离之越远，评价越趋客观、理性。这说明：无论当时发生多大历史事件，改变了王朝的运祚，改变了多少人的命运，一旦纳入历史洪流中，经由大浪淘沙，当初所有的主观情绪，如亲历者的愤恨、悲伤，统统定格于一定的时空之中，留下较为客观的历史书写，有待后来者评点之。从亲身经历安史之乱的杜甫，到追忆马嵬事变的白居易和元稹，再到晚唐诗人的大量吟咏反思，他们的主观情感的变化正好可以诠释上述观点。下面依次分盛唐（也即安史之乱发难中）、中唐、晚唐三个历史阶段，紧扣一个“变”字写起，而且分别总结为实录、追忆和反思。

一、实录：杜甫那一代诗人笔下的安史之乱与马嵬之变

闻一多先生说，李白、杜甫、王维“三位诗人都同时经历了安史之乱，他们处乱的态度正足以代表各人的诗境。杜甫诗如：‘麻鞋见天子，衣袖露两肘。’（《述怀》）‘影静千官里，心苏七校前。’（《喜达行在所》之三）表现他爱君的热忱，如流亡孩子回家见了娘，有说不出的委屈和高兴”①。而且以其史笔写下《悲陈陶》《悲青坂》《北征》《哀江头》《哀王孙》《羌村三首》

① 郑临川记录，徐希平整理：《笳吹弦诵传薪录——闻一多、罗庸论中国古代文学》，上海古籍出版社 2002 年版，第 121 页。

《述怀》《留花门》《洗兵马》及“三吏”“三别”等不朽诗篇，堪称“诗史”。这一代其他诗人与杜甫一样都是事变的亲身经历者，甚至是参与者，如元结、颜真卿等，因而他们的书写基本上具有“实录”的性质。

（一）杜甫对安史之乱的书写

杜诗，仅从他对安史之乱的书写看，便足以担得起“诗史”的称号，然而，诗与史毕竟有所不同。如亚里斯多德说：

> 显而易见，诗人的职责不在于描述已发生的事，而在于描述可能发生的事，即按照可然律或必然律可能发生的事。历史学家与诗人的差别不在于一用散文，一用“韵文”；希罗多德的著作可以改写为“韵文”，但仍是一种历史，有没有韵律都是一样；两者的差别在于一叙述已发生的事，一描述可能发生的事。因此，写诗这种活动比写历史更富于哲学意味，更被严肃的对待；因为诗所描述的事带有普遍性，历史则叙述个别的事。①

杜甫、元结等人能以诗人的直觉，投入到历史事件与社会情境中，并将事件与情境转化为审美意象。然而，历史毕竟更重实录及因果联系。可以说，杜甫以诗歌的方式呈现出历史的舞台化，而历史使杜诗更真实、沉郁。如杜甫的《北征》这样写马嵬事变：

---

① ［古希腊］亚理斯多德：《诗学》，罗念生译，上海人民出版社 2006 年版，第 39 页。

忆昨狼狈初，事与古先别。
奸臣竟菹醢，同恶随荡析。
不闻夏殷衰，中自诛褒妲。
周汉获再兴，宣光果明哲。①

“忆昨狼狈初”，是指玄宗仓皇奔蜀之事。《资治通鉴》卷二一八《唐纪三十四·肃宗至德元载》：“乙未，黎明，上独与贵妃姊妹、皇子、妃、主、皇孙、杨国忠、韦见素、魏方进、陈玄礼及亲近宦官、宫人出延秋门，妃、主、皇孙之在外者，皆委之而去。”真是仓皇之极！这里的“奸臣”“同恶”是指杨氏兄妹及其同党，“马嵬兵变”时同时被诛杀。《旧唐书·杨国忠传》：

翌日，至马嵬，军士饥而愤怒，龙武将军陈玄礼惧乱，先谓军士曰：“今天下崩离，万乘震荡，岂不由杨国忠割剥甿庶，朝野怨咨，以至此耶？若不诛之以谢天下，何以塞四海之怨愤！”众曰：“念之久矣！事行，身死固所愿也。”会吐蕃和好使在驿门遮国忠诉事，军士呼曰：“杨国忠与蕃人谋叛！”诸军乃围驿擒国忠，斩首以徇。是日，贵妃既缢，韩国、虢国二夫人亦为乱兵所杀。御史大夫魏方进死，左相韦见素伤。良久兵解。②

---

① 萧涤非主编：《杜甫全集校注》，人民文学出版社 2014 年版，第 945—946 页。

② （后晋）刘昫等撰：《旧唐书》卷一六〇《杨国忠传》，中华书局 2013 年版，第 3246 页。

“不闻”两句，杜诗说得很含蓄：没有听说夏朝和周朝衰落的时候，他们自己就处置了祸乱的根源妲己和褒姒。言外之意，处死杨贵妃似乎不是唐玄宗本人的意思，明显是回护。可见，杜甫在《北征》中更直接地模仿史书写法，所谓“史笔森严”。至于《丽人行》刺杨氏兄妹骄奢淫逸，不发议论，而讽意自见。

高适的《酬裴员外以诗代书》中也有几句与马嵬事变有关，可以与《北征》互参：“乙未将星变，贼臣候天灾。胡骑犯龙山，乘舆经马嵬。千官无倚着，万姓徒悲哀。诛吕鬼神动，安刘天地开。”其中说到马嵬事变的经过，用“诛吕”代指杨贵妃被杀，又用“安刘天地开”之句表示从此朝廷迎来一番新的气象。杜甫和高适都是马嵬事变的同时人，他们的话要考虑舆论的影响，也避免招祸——元白时期可以写《长恨歌》《连昌宫词》，杜甫这时可能不敢——自然把祸乱的责任推到杨贵妃身上，对玄宗能自行了结此事的行为大唱赞歌。杜甫《哀江头》云：“明眸皓齿今何在，血污游魂归不得。”这一句中“血污”二字很关键，如果杨贵妃是被缢死的，那就不可能见血，似乎诛杀杨贵妃的方式不是缢杀，而是死于刀枪之下。

可是，诗歌总有抒情和夸张的成分，不一定是准确的史料，上文所引《诗学》理论正是谈此。这些诗有一个共同的信息，就是杨贵妃死于马嵬驿。关于杨贵妃的人生归宿的说法林林总总，无论是哪一种，最终都要回归到兵变的问题上。兵变的幕后推手是太子李亨，兵变是他一手策划的，他与陈玄礼煽动诛杀杨贵妃，实际上矛头直接指向了唐玄宗。就当时混乱躁动的局面来说，不是唐玄宗一个人能控制的，他连自身的安全都无法保证，怎么可能精心策划杨贵妃逃跑？李商隐说：“如何四纪为天子,不及卢家有莫愁?”就是对玄宗当时处境的反思。坊间所谓的“缢杀不死”或“调包计”仅仅是一种因为传说杨贵妃未死而衍生出的推测,或者是对失败者的同情。在当时极度危急的情况下,杨贵妃必死无疑。她死后,太子李亨和陈玄礼等人煽动军士要求查验杨贵妃的尸体。如果缢死的不是杨贵妃本人,或者她还有一口气,太子集团便可以此为借口加害唐玄宗。太子集团很清楚,对于玄宗来说,杀死杨国忠是可以容忍的,但要杀死杨贵妃,要经过一场痛苦和激烈的思想斗争。现在是“众怒难犯”,受到胁迫而又没有一人为之开脱的唐玄宗别无选择,只能赐死杨贵妃。一个统治大唐帝国“四纪”的天子,最终却没有能力保住一个爱妃的生命。当天傍晚,杨贵妃的尸体被埋葬在驿亭西一里远的路旁土坡下,军士们的怒火得以平息,所有的人山呼万岁。唐玄宗没有一丝宽慰和半点喜悦。他和陈玄礼等将士有一席谈话,谈话中只提及杨国忠,而没提到杨贵妃之死,他已经悲伤得无法言喻了。这个结局有些凄婉和哀伤,可历史是无情的。

杜甫反映安史之乱现实的诗篇还有很多。可是,同样是这类诗歌,杜甫古、近体诗中的讽喻,多以辅君忧国的高度,总观时局,综论得失;而其新乐府则承袭汉乐府,低回于民间里巷,借具体事例以小见大,反映一种普遍现象。如以郭子仪九节度使兵溃相州为题材的讽喻诗,五言古诗《遣兴》追忆途中所见而兴讽诸将军败,致兵卒无还:“老弱哭道路,愿闻甲兵休。诸将已茅土,载驱谁与谋。”是以登高总望的视野,感忧时局。五律《秦州杂诗》也是以简笔总括邺城一溃,壮士丧尽,万马阵没:“东征健儿尽,羌笛暮吹哀。”(其八)“南使宜天马,由来万匹强。浮云连阵没,秋草遍山长。”(其五)与前述《遣兴》同为总括其事,概抒忧思的手法。

与上述诸例不同,杜甫以“三吏”“三别”这样的个别家庭事件由小见大,具体反映邺城兵溃对民间的广泛影响。六诗写于唐肃宗乾元二年(759),即安史之乱发生(755)后的第五个年头。当时郭子仪等九节度之师与安史叛军交战于相州,当时不立元帅,以中官鱼朝恩为观军容宣慰使,唐军溃败于城下。东都震动,诏郭子仪留守洛阳,征兵应急。时杜甫自洛阳省亲复归华州,途经新安、石壕、潼关等地,耳闻目睹百姓饱受战乱的苦痛,感事抒怀,乃赋成诸篇。需要注意的是,诗人不是作为一个纯粹的旁观者出现的,而是在诗中事件情节发展中有参与、有介入,十分注重细节真实。如《悲陈陶》写房琯率官军与叛军在陈涛斜一战的情况,在叙及唐军战败、叛军无比猖狂时,便写出两唐书无法亲历的细节:“群胡归来血洗箭,仍唱夷歌饮都市。”同样表现叛军得胜后的骄横,在《悲青坂》中换了另一种写法:“黄头奚儿日向西,数骑弯弓敢驰突。”“黄头”指黄头室韦,《新唐书》卷二一九《北狄传》云:“室韦,契丹别种。”“数骑弯弓敢驰突”,修辞亦生动形象,具有强烈的画面感。另如《北征》叙及北归途中回首而望:“回首凤翔县,旌旗晚明灭。”《唐诗归》评曰:“看景入细入微”;沈德潜《唐诗别裁集》则评曰:“一幅旅行名画。”细节真实,既是写实,有时是以人物的对话代替作者的主观叙述,例如《新安吏》除了“客行新安道,喧呼闻点兵”两句,故事其余部分就是“客”与新安吏的对话;《潼关吏》前四句乃行动描写,接下去基本是“我”与潼关吏的对话;《石壕吏》除了交代事情的前因后果,主要故事是老妇对石壕吏的哭诉。《兵车行》主要的篇幅也是对话。对话,便是令主角自己说话,以无添加的方式呈现真实,此乃史书无法企及的第一手资料的生动性所在。

同样是反映和再现安史之乱现状的“三别”，在写法上与“三吏”中作者自叙见闻并与诗中人物对话不同，“三别”主要是以诗中主角的独白形式表现出来。例如《新婚别》重写新妇内心的独白，道出她对丈夫出征的无奈与挂念；《垂老别》重点渲染四郊烽火未宁、子孙阵亡殆尽、夫妻垂老诀别的人生境遇，都透过从军的老翁之口来叙述，更增伤感；《无家别》则是突出一个败战逃归的老兵对人事已非、无以为家的感慨。独白的写作手法，直接展现出诗中主角的内心世界，而他们的内心世界实来自外在现实世界的触发，即诗人在《三别》中借由诗中人物的口客观地反映了现实生活的样貌。可是，诗人的主观情感是通过诗中主角之口自然流露出来。如《垂老别》云：“四郊未宁静，垂老不得安。……何乡为乐土，安敢尚盘桓。”是对老翁遭逢战乱、不复以身家为念的认同。战乱之苦，如家破人亡，颠沛流离，这一切杜甫是亲身经历了的，所以才真切，才痛心！《新婚别》：“暮婚晨告别，无乃太匆忙。……人事多错迕，与君永相望。”是揣摩新妇之语道出对夫妻新婚即被迫离别的无奈与愤慨。梁启超评价说：“因为他对于下层社会的痛苦看得真切，所以常把他们的痛苦当作自己的痛苦。”[①]并指出：“这一层的可怜人那些状况，别人看不出，他都看出；他们的情绪，别人传不出，他都传出。他著名的作品‘三吏’‘三别’，便是那时代社会状况最真实的影戏片。”[②]“五百字”与《北征》一样，亦是

① 梁启超：《情圣杜甫》，《杜甫研究论文集》一辑，中华书局 1962 年版，第 5 页。

② 梁启超：《情圣杜甫》，《杜甫研究论文集》一辑，中华书局 1962 年版，第 4 页。

诗歌与史笔结合的细节描写的佳构。

无疑,杜甫这一代诗人,在绝大多数情况下还是回护朝廷和君王的,这一点不同于元稹、白居易这一代诗人,更不同于晚唐的诗人。如《潼关吏》云:“请嘱防关将,慎勿学哥舒。”是对哥舒翰率兵出关为贼所破之事的惋惜,进而对桃林之败加以反思:避免重蹈覆辙。“慎”字下得意味深长,它不是简单地指责哥舒翰的无能或失策,而是深刻地总结了多方面的历史教训,表现了诗人久久难以消磨的沉痛悲愤之感。《石壕吏》云:“暮投石壕村,有吏夜捉人。老翁逾墙走,老妇出看门。吏呼一何怒,妇啼一何苦。”既写征役驱迫之苦,行文间亦可见作者对平凡百姓不平遭遇的同情。

总之,安史之乱对杜甫的人生、诗歌的影响是广而深、大而远的。胡适赞赏的“社会诗”与此乱有莫大关系。

(二)李白对安史之乱的书写

闻一多先生说,李白、杜甫、王维“三位诗人都同时经历了安史之乱,他们处乱的态度正足以代表各人的诗境。……太白在乱中的行动却有做汉奸的嫌疑,或者说比汉奸还坏,试想当时安禄山造反,政府用哥舒翰和封常清去抵御他,遭了大败,国家危机非常严重,所倚靠只有江南的财富和军队,而永王璘却按兵不动,妄想乘机自立,太白被迫接受伪署,还作诗歌颂他,岂不糊涂透顶!”[①]他对李白的评价过于主观化。他所依据的材料主要是新旧《唐书·李白传》的相关记载,以及李白自己

---

① 郑临川记录,徐希平整理:《笳吹弦诵传薪录——闻一多、罗庸论中国古代文学》,上海古籍出版社2002年版,第121页。

的部分诗文。须知,这些材料都是有问题的:一者正史记录有误,一者李白本人的有关诗文前后存在矛盾。先看《新唐书·李白传》:

> 安禄山反,转侧宿松、匡庐间,永王璘辟为府僚佐。璘起兵,逃还彭泽;璘败,当诛。初,白游并州,见郭子仪,奇之。子仪尝犯法,白为救免。至是子仪请解官以赎,有诏长流夜郎。会赦,还寻阳,坐事下狱。时宋若思将吴兵三千赴河南,道寻阳,释囚辟为参谋,未几辞职。①

关于宋若思救释李白之事,前人已辨《新唐书》之误,如曾巩在《李太白文集后序》中说:"新书又称白流夜郎,还寻阳,坐事下狱,宋若思释之者,皆不合于白之自叙,盖史误也。"②又如《旧唐书·李白传》:

> 禄山之乱,玄宗幸蜀,在途以永王璘为江淮兵马都督、扬州节度大使,白在宣州谒见,遂辟从事。永王谋乱,兵败,白坐长流夜郎。③

按新旧《唐书》的记录,永王璘辟用李白;李白"谒见"永

---

① (宋)欧阳修、宋祁等撰:《新唐书》卷二〇二《李白传》,中华书局2013年版,第5763页。

② (清)王琦注:《李太白全集》附录,中华书局1977年版,第1479页。

③ (后晋)刘昫等撰:《旧唐书》卷一九〇下《李白传》,中华书局2013年版,第5053—5054页。

王,是李白自愿而不是“胁迫”入永王幕府的。则永王是“乱党”,李白自然也是“乱党”。可是,李白自己的诗文如《为宋中丞自荐表》云:“属逆胡暴乱,避地庐山,遇永王东巡胁行。”说自己是被“胁行”,即非己之本愿。又如《经乱离后天恩流夜郎忆旧游书怀赠江夏韦太守良宰》:“半夜水军来,浔阳满旌旃。空名适自误,迫胁上楼船。徒赐五百金,弃之若浮烟。辞官不受赏,翻谪夜郎天。夜郎万里道,西上令人老。”表达同样的意思,“迫胁上楼船”,是“迫胁”,也不是自愿。这里,李白的诗文明显有为自己开脱之嫌,而且与下狱前的诗文存在不一致性,如“永王正月东出师,天子遥分龙虎旗”(《永王东巡歌》其一),“天子遥分龙虎旗”,即指天宝十五载(756)六月玄宗下诏令,以李璘为四道节度使、采访使,江陵郡大都督等职。“诸侯不救河南地,更喜贤王远道来。”(其五)“贤王”,指永王。“君看帝子浮江日,何似龙骧出峡来?”(其八)“龙骧”,是用王濬伐吴之事喻永王之师也可以平定中原。

下面我们重点考察一下天宝十四载(755)至至德二载(757)李白被捕前的诗歌,一者挖掘有关安史之乱的书写,一者为“谋逆”正名。至德元载(756)七月甲子,李亨在灵武匆忙继位。可是,玄宗仍然以皇帝的身份下了军权分配的诏令,这道诏令竟成了李璘“逆谋”江东的原因之一。《资治通鉴》详记了这道诏令:

> 丁卯,上皇制:以太子亨充天下兵马元帅,领朔方、河东、河北、平卢节度都使,南取长安、洛阳。……永王璘充山南东道、岭南、黔中、江南西道节度都使。……应须士

马、甲仗、粮赐等并于当路自供。①

李诗“天子遥分龙虎旗”，正是指的此诏令。肃宗继位以后，玄宗怎么还在发诏呢？胡三省注云：“盖道里相去辽远，蜀中未知之也。”当时，玄宗对肃宗继位的态度是什么情况？《资治通鉴》说：

丁酉，制：“自今改制敕为诰，表疏称太上皇。四海军国事，皆先取皇帝进止，仍奏朕知；俟克复上京，朕不复预事。”己亥，上皇临轩，命韦见素、房琯、崔涣奉传国宝玉册诣灵武传位。②

看来，是玄宗不想让出权力。

至德元载(756)十二月，永王东巡，主要是声讨李希言“平牒”的以下犯上。李白入永王幕，是此次起兵之后的事。李白《答杜秀才五松山见赠》：

浮云蔽日去不返，总为秋风摧紫兰。
角巾东出商山道，采秀行歌咏芝草。
路逢园绮笑向人，两君解来一何好。
闻道金陵龙虎盘，还同谢朓望长安。

① (宋)司马光编撰：《资治通鉴》卷二一八《唐纪三十四》(肃宗至德元载)，中华书局1956年版，第6983—6984页。

② (宋)司马光编撰：《资治通鉴》卷二一八《唐纪三十四》(肃宗至德元载)，中华书局1956年版，第6993页。

李白入永王幕，身在金陵，心在长安——“还同谢朓望长安”。李白在天宝十一载(752)冬天，曾游幽州，目睹了安禄山的庞然坐大：

十月到幽州，戈鋋若罗星。
君王弃北海，扫地借长鲸。
呼吸走百川，燕然可摧倾。(《赠江夏韦太守良宰》)

李白看到了玄宗的玩火行为，玄宗一味信任安禄山，把当时三分之一的天下送给了他，谓“君王弃北海”，安禄山的强大，安禄山的骄横，安禄山的一呼一吸都会使百川沸腾，就连燕然山都会被摧成飞灰。当然，责任在“君王”。玄宗的一厢情愿，终酿恶果。天宝十四载(755)，李白的担心变成了现实，安史之乱终究爆发了。玄宗本想借安禄山而“扫地”，现在轮到自己被扫了。安禄山仅仅用了三十三天，即攻占东都洛阳，真是摧枯拉朽，使“天下横溃”。当然，大乱的局面让整个中原陷入了生灵涂炭之中，李白目睹了这混乱场面，写下了《经乱后将避地剡中留赠崔宣城》诗，这是一首写实的诗作。面对战乱，李白忧心如焚，希望能请缨上阵，杀敌报国。“何意上东门，胡雏更长啸。中原走豺虎，烈火焚宗庙”是写乱状。“苍生疑落叶，白骨空相吊”，李白也在忧国忧民。他在《赠江夏韦太守良宰》更是追忆了大乱造成的惨状：

炎凉几度改，九土中横溃。
汉甲连胡兵，沙尘暗云海。

草木摇杀气，星辰无光彩。
白骨成丘山，苍生竟何罪。

郭沫若说："经过乱离之后，全国人口只有一七九〇万强，比天宝十三年减少了将近十分之七。"[1]李白随后又追想了潼关失守的惨状与后果：

函关壮帝居，国命悬哥舒。
长戟三十万，开门纳凶渠。
公卿如犬羊，忠谠醢与菹。
二圣出游豫，两京遂丘墟。

到了至德元载（756）初，李白携妻子仓皇南奔，《奔亡道中五首》[2]写下其当时的窘状：

苏武天山上，田横海岛边。
万重关塞断，何日是归年。（其一）
亭伯去安在，李陵降未归。
愁容变海色，短服改胡衣。（其二）
谈笑三军却，交游七贵疏。
仍留一只箭，未射鲁连书。（其三）
函谷如玉关，几时可生还。

---

① 郭沫若：《李白与杜甫》，人民文学出版社1971年版，第52页。

② 关于组诗的系年，学术界有争议。如王琦和詹锳都主作于至德二载（757），是永王兵败，李白奔亡时所作。此取之。

洛阳为易水，嵩岳是燕山。
俗变羌胡语，人多沙塞颜。
申包惟恸哭，七日鬓毛斑。（其四）
淼淼望湖水，青青芦叶齐。
归心落何处，日没大江西。
歇马傍春草，欲行远道迷。
谁忍子规鸟，连声向我啼。（其五）

李白眼见整个国家崩坏于朝夕之间，自己也处在危难之中，只好力图保全妻子，向南逃亡。又如《扶风豪士歌》：

洛阳三月飞胡沙，洛阳城中人怨嗟。
天津流水波赤血，白骨相撑如乱麻。
我亦东奔向吴国，浮云四塞道路赊。
…………
张良未逐赤松去，桥边黄石知我心。

诗中所写分明就是天宝十五载（756）三月，安禄山占领洛阳时的情景：血流成河，白骨如麻。他在《猛虎行》中，一方面继续写战争的残酷，一方面为自己的奔亡说明原因：

旌旗缤纷两河道，战鼓惊山欲倾倒。
秦人半作燕地囚，胡马翻衔洛阳草。
一输一失关下兵，朝降夕叛幽蓟城。
巨鳌未斩海水动，鱼龙奔走安得宁。
…………

有策不敢犯龙鳞，窜身南国避胡尘。

奔亡，当然是为了逃命，“胡马翻衔洛阳草”，说明安禄山已占领洛阳。于是拼命南逃，为了“避胡尘”：“窜身南国避胡尘”。郭沫若因此评：“这时的逃避却是万万不能使人谅解了。他即使不能西向长安，为什么不留在中原联结有志之士和人民大众一道抗敌？”[①]郭沫若不止一次地批判李白的逃避：“在国难临头的时候，求仙固然不应该，‘奔亡’也同样不应该。这种退攖逃跑的思想到后来一直纠缠着他。安禄山叛变时，他正采取了‘奔亡’的道路，应该说是李白一生中所犯的最大的错误。”[②]的确，李白在安史之乱的前期，他在“奔亡”逃避，没有为朝廷积极献计献策。话虽这么说，当时的李白已被“赐金放还”十多年，一方面对玄宗很失望，另一方面可能也是报国无门。

不过，我们从他的诗歌中还是可以看到他当时的心迹。随着乱事的扩大，玄宗避蜀，肃宗在灵武继位，李白对国事深感忧虑，于是向友人求助，希望得到任用，参与到平乱战事中去。他的《赠友人三首》中其二是以荆客刺秦王为喻，《赠友人三首》中其三一方面明言自己有“匡君长策”，能够虎伏净胡尘，另一方面借用《庄子·外物篇》的寓言，希望得到友人的提携，迫切之情溢于言表。

在安史之乱中，李白流离失所，可是他不止一次地表示过

---

① 郭沫若：《李白与杜甫》，人民文学出版社 1971 年版，第 54 页。

② 郭沫若：《李白与杜甫》，人民文学出版社 1971 年版，第 53—54 页。按：郭老在这书里并不是一味回护李白，百般挖苦杜甫。

有人提携的期待，如《赠常侍御》："登期若有言，为访南迁客。"是以贾谊事自况。然而现实是，他得到的回音，每次都令他失望。在他近于绝望的时候，他遇到了永王璘。永王派他重要的幕僚韦子春到庐山游说李白（"王命崇重"），劝他入幕，而且是"辟书三至，人轻礼重"①，并写有《赠韦秘书子春》诗记下这一重要时刻，这与他下狱后动辄言"胁迫"，正好形成对照，"胁迫"与否，不言自明。从另一方面讲，李白在永王璘身边敢写出这样的诗句，也能说明问题：

试借君王玉马鞭，指挥戎虏坐琼筵。
南风一扫胡尘静，西入长安到日边。（《永王东巡歌》其十一）

"长安日边"自然是皇帝身边，"谋逆"的罪名是不成立的。可知，李白的忠君之心也没因入永王幕而有所改变。如果永王璘真的有谋反之心，真的是胁迫李白，他不会容许李白写出这样的诗句。

（三）颜真卿《祭侄文稿》记下的安史之乱

与李白侧面描写安史之乱不同，颜真卿的《祭侄文稿》直接记下了抗乱英雄的壮烈殉国。此稿写于乾元元年（758）九月三日，目的是为了奠祭死于安史之乱的侄儿颜季明（？—756），我们可以看到季明之威武不屈和颜氏一门之忠烈（颜氏

---

① 李白：《与贾少公书》，《李太白全集》下册，中华书局1977年版，第1234页。

一门在这一动乱中先后有三十多人壮烈殉国），以及安史乱军之凶残。

颜季明为杲卿之幼子，而杲卿为真卿之堂兄，此三人于安史之乱中皆奋勇御敌，无奈杲卿、季明父子皆于唐玄宗天宝十五载（756）正月相继殉国，唯鲁公得以幸存。唐肃宗至德二载（757）安禄山遭刺身亡，史思明率军降唐，唐军因而得以收复河北故土。唐肃宗乾元元年（758），鲁公为蒲州刺史，其时河北情势暂得舒缓，鲁公便命侄儿，也就是杲卿之子泉明，至洛阳、常山寻找亲人遗骸，可惜只找回了季明的头颅，其余肢体皆不复见。鲁公在见到泉明带回了杲卿的遗骨及季明的头颅时，必极度悲伤，是怀着如此沉重的心情，写下了《祭侄文稿》，字里行间一再展露由衷的悲恸。

祭文的程式是开头即写作者官职和祭祀对象“亡侄”。接下来，叙季明之德行及殒没过程，这是祭文重点：

> 惟尔挺生，夙标幼德，宗庙瑚琏，阶庭兰玉。每慰人心，方期戬谷，何图逆贼间衅，称兵犯顺。尔父竭诚，常山作郡；余时受命，亦在平原。仁兄爱我，俾尔传言。尔既归止，爰开土门，土门既开，凶威大蹙。贼臣不救，孤城围逼，父陷子死，巢倾卵覆。天不悔祸，谁为荼毒？念尔遘残，百身何赎？呜呼哀哉！①

这一段反复运用“宗庙瑚琏”“阶庭兰玉”典故叙述季明德行之高洁。无奈季明正值青春年华，就遇上战乱，还来不及大

① 《颜鲁公集》卷十，上海古籍出版社1992年影印四库本，第69页。

展抱负,便已遭贼人所害。于是鲁公继续写道:“方期戬谷,何图逆贼间衅,称兵犯顺。”从这句话就可看出鲁公对叛军嫉恶之深切。“逆贼称兵犯顺”之时,即天宝十四载(754)十一月安史之乱爆发之时,季明之父杲卿为常山太守,鲁公为平原太守,故曰:“尔父竭诚,常山作郡;余时受命,亦在平原。”二人并起与安禄山周旋。杲卿先受安禄山提携而担任常山太守,后反戈一击,以寡敌众而断贼北路,遭围城粮断井竭而不投降,诚为国之忠臣,故祭文用“竭诚”突显杲卿忠贞至诚之高节。

是时欲断贼后路,须赖于常山、平原二郡联合。《祭侄文稿》云:“仁兄爱我,俾尔传言。”可证季明正是杲卿派遣往返常山与平原之间的密使。待季明完成任务,自平原返还常山之后,杲卿遂开土门关,率军杀敌,此举大挫贼寇之锐气,而且截断了西进安军的后援,故祭文曰:“尔既归止,爰开土门。土门既开,凶威大蹙。”遭断后路的安禄山,只得回师再次夺取土门关,并令史思明率军攻打常山。常山于天宝十五载(755)正月初遭到史思明所率之大军围困,杲卿只能告急于太原尹王承业,然承业不但窃取杲卿擒杀贼将之功,更是拥兵自固、作壁上观,不愿出兵相救,故曰:“贼臣不救,孤城围逼。”是月初八,常山城破,史思明以季明之性命为威胁,逼迫杲卿降于安氏之大燕政权,杲卿始终坚毅不屈,不愿屈服于贼寇,终导致季明遭到斩首,而其余颜氏子弟及守城官吏被斩杀者亦是无数,故曰:“父陷子死,巢倾卵覆。”然而父子的表现是:“天不悔祸,谁为荼毒。”虽惨遭毒手,身首异处,“不悔”也,故曰:“念尔遘残,百身何赎。呜呼哀哉!”其内心之哀痛,实是难以言表。

祭文随后写寻访遗骨的过程及未来之期望:

吾承天泽，移牧河东。泉明比者，再陷常山，携尔首榇，及兹同还。抚念摧切，震悼心颜。方俟远日，卜尔幽宅，魂而有知，无嗟久客。呜呼哀哉！尚飨！

这是祭文的重中之重，也是整部作品行笔最为激昂的部分。至德二载(757)四月，鲁公于凤翔(今陕西省凤翔县)授宪部尚书，十一月出为冯翊(今陕西省大荔县一带)太守，乾元元年(758)三月再迁蒲州刺史。① 可见，此时的情势暂时得到舒缓，寻访遗骨成为可能。又泉明有家眷多人流落河北，鲁公于是令泉明前去寻求失联的亲族及逝者的遗骸。然而，情势随时亦有变化，故鲁公言“再陷常山”，而不言“再至常山”，为泉明在洛阳及常山寻获杲卿的尸骨及季明的头颅平添了困难。《旧唐书·忠义列传》云：

至德二年冬，广平王收复两京，史思明以河朔归国。时真卿为蒲州刺史，乃令泉明于河北求访血属。……泉明求其父尸于东都，得其行刑者，言杲卿被害时，先断一足，与履谦同坎瘗之。及发瘗得尸，果无一足，即日与履谦之尸各为一柩，扶护还长安。②

由此记载，可知杲卿尸骸缺了一足，季明仅存一头颅，其形更为惨烈。鲁公见着侄儿的惨状，必然是悲恸不已，于是写道：

---

① 参见(宋)司马光编撰：《资治通鉴》，中华书局 1956 年版，第 9—10 页。

② (后晋)刘昫等撰：《旧唐书》卷一八七下，中华书局 2013 年版，第 4898 页。

"抚念摧切,震悼心颜。"面对着尸骨残缺不全的侄儿,鲁公所能做的事,就是将其好好安葬而已,因而再写道:"方俟远日,卜尔幽宅。"似是期许和平之日能早日到来,惆怅之情亦更加显著。鲁公接着再写道:"魂而有知,无嗟久客。"只期待季明若死后有知,不会为了久客异乡,而无法立即返回故土这件事感到难过。根据《新唐书·忠义列传》的记载,杲卿与季明的遗骨最终都送回家乡,并安葬于长安凤栖原。①

(四)元结、韦应物对安史之乱的书写

元结、刘长卿、韦应物,都几乎是杜甫同时代的诗人,可是文学史上常常把他们往后排,弄到大历或中唐去。其中的元结,杜甫与之有互动,写有《同元使君春陵行有序》,有云:

> 览道州元使君结《舂陵行》兼《贼退后示官吏作》二首,志之曰:当天子分忧之地,效汉官良吏之目。今盗贼未息,知民疾苦,得结辈十数公,落落然参错天下为邦伯,万物吐气,天下少安可得矣。(《全唐诗》卷二二二)

杜诗一方面是写读《舂陵行》及《贼退示官吏》二诗后的感受,一方面是对元结的期待,希冀更多的类似元结的干臣出现,以解民倒悬。

从元结的有关诗文中可知,他作为处在一线的地方官员,

① 《新唐书·忠义列传》云:"后泉明购尸将葬,得刑者言,死时一足先断,与履谦同坎瘗。指其域得之,乃葬长安凤栖原。季明、逖同茔。"[(宋)欧阳修、宋祁等撰:《新唐书·忠义列传》,中华书局2013年版,第5532页]

对于安史之乱的印象之深,超出时人。在诗中,他常有意计算他写诗文的年份与安史之乱爆发年份的时间差。如其乾元二年(759)充山南东道节度参谋,参与军事活动,在《寄源休》《忝官引》等作品中就提到"忽然向三岁,境外为偏帅""尔来将四岁,惭耻言可尽",两诗的作年分别为上元二年(761)和宝应元年(762),以古人的虚年计算,诗中数字刚好符合。具体参下表:

元结所写诗文年份与安史之乱爆发年份时间差

诗题	诗(文)句	系年	距安史之乱年限(755年,虚年)
《寄源休》	忽然向三岁,境外为偏帅。	761	7
《忝官引》	尔来将四岁,惭耻言可尽。	762	8
《酬孟武昌苦雪》	兵兴向九岁,稼穑谁能忧。	763	9
《喻旧部曲》	兵兴向十年,所见堪叹哭。	764	10
《刘侍御月夜宴会》	兵兴以来十一年矣。(诗序)	765	11
《招陶别驾家华阳作》	海内厌兵革,骚骚十二年。	766	12

诗人在其诗歌中,表达了明确的厌战情绪,这也是人之常情。元结的性格本是"山野性所安,熙然自全顺"(《忝官引》),对山野风光充满向往。然而战争破坏了其宁静的生活,迫不得已而南迁,"昔年苦逆乱,举族来南奔"(《与瀼溪邻里》),一个"苦"字将诗人逃难的辛酸形容毕尽。在经历抵御叛军的战争后,诗人更是明言"况曾经逆乱,日厌闻战争",厌恶之情溢于言表。诗人亦曾劝自己的旧部抛弃争斗、远离军

旅,甚至望其"烧戎服"(《喻旧部曲》)。诗人的厌战情绪,一方面是由于个人和家庭被迫逃亡,人生走向因战争而转变;另一方面,诗人在战乱期间目睹了战争给人民带来的巨大伤害,悲悯之情难以挥却,故其厌战情绪也代表了有良知的知识分子在目睹战争残酷后的共同心声。另外,诗人对战乱中的投机摇摆甚至"附逆"者也表示了厌恶:"时多尚矫诈,进退多欺贰。"(《寄源休》)

这里再谈一下与安史之乱密切相关的《大唐中兴颂》。元结曾两次出任湖南道州刺史,政绩斐然。他五过浯溪,对浯溪的山水十分喜爱,留下了不少诗文。其中最有名的就是颜真卿为之书丹的《大唐中兴颂》。因而就有了《大唐中兴颂》的元次山文、颜鲁公书,与这境象清绝的山光岚气组成了"三绝",《大唐中兴颂》又被称之为"三绝碑"。不计题名款署,序颂共有263字:

天宝十四载,安禄山陷洛阳。明年,陷长安。天子幸蜀,太子即位于灵武。明年,皇帝移军凤翔。其年复两京,上皇还京师。於戏!前代帝王有盛德大业者,必见于歌颂。若今歌颂大业,刻之金石,非老于文学,其谁宜为!颂曰:

噫嘻前朝,孽臣奸骄,为昏为妖。
边将骋兵,毒乱国经,群生失宁。
大驾南巡,百寮窜身,奉贼称臣。
天将昌唐,繄晓我皇,匹马北方。
独立一呼,千麾万旟,我卒前驱。
我师其东,储皇抚戎,荡攘群凶。
复服指期,曾不逾时,有国无之。

事有至难，宗庙再安，二圣重欢。
地辟天开，蠲除妖灾，瑞庆大来。
凶徒逆侍，涵濡天休，死生堪羞。
功劳位尊，忠烈名存，泽流子孙。
盛德之兴，山高日升，万福是膺。
能令大君，声容沄沄，不在斯文。
湘江东西，中直浯溪，石崖天齐。
可磨可镌，刊此颂焉，何千万年！①

序用散句，字数极少，却把安史之乱的来龙去脉交代得清楚明了。颂文承继了秦峄山刻石、泰山刻石的用韵法，三句一韵，并能根据内容需要变换韵脚。《浯溪志》将前人对《大唐中兴颂》文章的评价总结为四点：一是颂词高简古雅，得雅颂之遗；二是义正词严，忠肝义胆，是左氏之遗绪；三是金石之音，星斗之文，云烟之字；四是这是稀有的雄文，更是元结的得意之作。

就在安史之乱基本结束的这年，历经离乱之苦的元结感到“地辟天开，蠲除妖灾，瑞庆大来”，乘兴写下了这篇颂文，所谓“歌颂大业，刻之金石”是也。亲身经历战乱、曾经领军平叛的元结，理所当然地对战乱平息表达了欢欣鼓舞之情。碑文后署“上元二年秋八月撰，大历六年夏六月刻”，摩崖上的衔名“尚书水部员外郎兼殿中侍御史荆南节度判官”，正是元结此时的官职。从撰文到刻碑，过去了整整十年光阴，只是这时的元结似乎不再像当年那样激动了，刻碑前夕所增的颂文末尾六句稍

① 孙望校：《元次山集》卷七，中华书局1960年排印本，第106—107页。

显勉强,“末篇三章颇辞费,笔力未能复铿锵”。作为中兴功臣,在参与平定安史之乱的战争结束后,一度退隐祁阳,悉心研究唐王朝的盛衰历史,撰写了著名的《大唐中兴颂》一文,以为后人警策。

《大唐中兴颂》内容涉及唐玄宗、唐肃宗的评价,自赵宋以后一直存有争议。主流观点是:赞扬了肃宗讨伐安史叛逆,收复两京,迎接玄宗返回长安,使得大唐得以中兴的丰功伟绩,谴责了叛乱边将和失节奉贼的可耻行径。《唐才子传》称“《中兴颂》一文,灿烂金石,清夺湘流”①。作者之旨乃在“歌颂大业,刻之金石,非老于文学,其谁宜为”(《大唐中兴颂序》),其强烈的道德责任感以及文与书的完美结合,使这件作品成为那个时代道德精神的一个象征。可是,由于词旨晦涩,有观点以为元结是利用春秋笔法贬斥唐肃宗,宋代就有此观点。而颜真卿左行书写(从左往右)的特点,更增加了解决这一问题的难度。下面分说之。

争议首先起于黄庭坚。崇宁二年(1104),黄以“幸灾谤国”的罪名从鄂州(治所在今湖北武昌)贬往宜州(治所在今广西宜山)。这年春天,他途经祁县,泛舟浯溪,亲见《中兴颂》石刻,写下这篇名作《书摩崖碑后》,其中有云:“明皇不作苞桑计,颠倒四海由禄儿。九庙不守乘舆西,万官已作乌择栖。抚军监国太子事,何乃趣取大物为?事有至难天幸耳,上皇跼蹐还京师。内间张后色可否?外间李父颐指挥。南内凄凉几苟活,高将军去事尤危。臣结《春陵》二三策,臣甫《杜鹃》再拜

① 傅璇琮主编:《唐才子传校笺》(一),中华书局1987年版,第519页。

诗。安知忠臣痛至骨,世上但赏琼琚词。”①

其中“臣结《春陵》二三策”四句,指的是元结《春陵行》与杜甫《杜鹃》诗。黄庭坚由碑文联想到当时的历史情形,认为后人只知欣赏《大唐中兴颂》的精工词句,而忽视元结的怨恨之情。洪迈的观点更为果断,他认为《大唐中兴颂》乃对肃宗的贬斥,他在《容斋随笔》“诸公论唐肃宗”条中云:

> 唐肃宗于干戈之际,夺父位而代之。然尚有可诿者,曰:“欲收复两京,非居尊位,不足以制命诸将耳。”至于上皇还居兴庆,恶其与外人交通,劫徙之西内,不复定省,竟以怏怏而终。其不孝之恶,上通于天。是时,元次山作《中兴颂》,所书天子幸蜀,太子即位于灵武,直指其事,殆与《洪范》云“武王胜殷杀受”之辞同。其词曰:“事有至难,宗庙再安,二圣重欢。”既言重欢,则知其不欢多矣。杜子美《杜鹃》诗:“我看禽鸟情,犹解事杜鹃。”伤之至矣。颜鲁公《请立放生池表》云:“一日三朝,大明天子之孝;问安视膳,不改家人之礼。”东坡以为彼知肃宗行愧于是也。黄鲁直《题磨崖碑》尤为深切:“抚军监国太子事,何乃趣取大物为?事有至难天幸耳,上皇局脊还京师;南内凄凉几苟活,高将军去事尤危。臣结《春陵》二三策,臣甫《杜鹃》再拜诗。安知忠臣痛至骨,世上但赏琼琚词!”所以揭表肃宗之罪,极矣。②

---

① (宋)任渊、史容、史季温注,刘尚荣校点:《黄庭坚诗集注》,中华书局 2003 年版,第 689—690 页。

② (宋)洪迈:《容斋随笔》,上海古籍出版社 1978 年版,第 827—828 页。

洪迈认为,唐肃宗乘乱篡位,事亲不孝,《大唐中兴颂》"天子幸蜀"即暗指此事。根据"二圣重欢"可知,二人此前不欢,矛盾颇深。最后,洪迈又以黄庭坚《书摩崖碑后》作为证据,认为元结撰写《中兴颂》实是为了揭露肃宗的罪状。有意思的是范成大,他先在《书浯溪中兴碑后》有云:"三颂遗音和者希,丰容宁有刺讥辞。绝怜元子春秋法,都寓唐家清庙诗。"认定这是一桩"罪案"。后来,他在《骖鸾录》中,修正了这一观点,以为《中兴颂》并非以《春秋》笔法讥讽肃宗,而是颂体之正者。杨万里在第一次到浯溪时也写过一篇《浯溪摩崖怀古》,责难"肃宗灵武何仓皇"。

当今学者中邓小军力主"罪案"一说。他发表《元结撰、颜真卿书大唐中兴颂考释》一文说:"颜真卿书《大唐中兴颂》,采取左行正书以隐喻和宣示孝道之义,配合《大唐中兴颂》贬天子之不孝,气势磅礴,章法奇特,是一篇创造性的微言书法。"① 我们以为,元颂从主调上说是歌颂,从二圣关系的描述上说是"婉词含讥",理解此颂的关键是"二圣重欢",彼一段历史事实也可以证明。

韦应物出身贵族,安史之乱爆发的时候,他正在给玄宗当近侍。他对于盛唐的记忆集中表述于《逢杨开府》诗,活现其桀骜得意之态。安史之乱爆发以后,他避乱逃亡,生活从天上一下子跌落到地上。因而,他对安史之乱的描述,比一般诗人要全面一些、深刻一些,如他对骊山、温泉、函谷关等行宫关隘的书写。这些描写,多数是借胜迹的乱前乱后由盛而衰的对比

---

① 邓小军:《元结撰、颜真卿书大唐中兴颂考释》,《晋阳学刊》2012年第2期。

中,表现自己的沧桑之感、黍离之悲。如《酬郑户曹骊山感怀》一诗追忆了华清宫昔日的优美、皇家仪仗的严整,进而展现皇都的恢弘气势和国家祥和宁静、百姓安居乐业的景象,以及今日的“一望双涕零”。又如对洛阳、睢阳城的书写。韦应物在安史战乱刚刚平息之后即赴洛阳为丞,此时的洛阳已饱受战火的摧残,“宫室焚烧,十不存一”。这些触目惊心的场景让诗人深刻感受到战争的残酷和破坏,写下了《广德中洛阳作》《登高望洛城》等诗,如前一诗云:

> 生长太平日,不知太平欢。今还洛阳中,感此方苦酸。饮药本攻病,毒肠翻自残。王师涉河洛,玉石俱不完。时节屡迁斥,山河长郁盘。萧条孤烟绝,日入空城寒。蹇劣乏高步,缉遗守微官。西怀咸阳道,踯躅心不安。(《全唐诗》卷一九一)

诗中描写洛阳战后的残破的诗句集中在“萧条孤烟绝,日入空城寒”两句,对此则是“踯躅心不安”。诗人在《登高望洛城》中叙述完洛阳的地理战略地位后,也类似地描写道:“十载构屯难,兵戈若云屯。膏腴满榛芜,比屋空毁垣。”可见战后洛阳人烟稀少、房屋破败的场景,都具有“诗史”性质,可与《旧唐书·郭子仪传》中的记述等史载相参看。值得注意的是,诗人在此对唐廷借兵回纥的措施表达了自己的意见:“饮药本攻病,毒肠翻自残。王师涉河洛,玉石俱不完。”即以饮鸩止渴来比喻借兵这一行为,这跟杜甫《留花门》所说“花门既须留,原野转萧瑟”,属于同一远见。

关于张巡守睢阳事的记述,最著名的是韩愈《〈张中丞传〉

后叙》一文,其实韦应物集子中早有《睢阳感怀》诗提及:

豺虎犯天纲,升平无内备。
长驱阴山卒,略践三河地。
张侯本忠烈,济世有深智。
坚壁梁宋间,远筹吴楚利。
穷年方绝输,邻援皆携贰。
使者哭其庭,救兵终不至。
重围虽可越,藩翰谅难弃。
饥喉待危巢,悬命中路坠。
甘从锋刃毙,莫夺坚贞志。
宿将降贼庭,儒生独全义。
空城唯白骨,同往无贱贵。
哀哉岂独今,千载当歔欷。(《全唐诗》卷一九一)

诗中所涉张巡之事迹可与韩愈文及两《唐书》有关内容参看。此处主要分析诗人对安史之乱的认识以及对张巡其人其事的评价:在"宿将降贼庭""救兵终不至"的关键时刻,张巡却做到了"莫夺坚贞志","儒生独全义",这取决于:"张侯本忠烈,济世有深智。"诗人认为张巡坚守睢阳的一个功劳是"远筹吴楚利",即认为阻挡了叛军向江淮地区渗透的趋势,保护了唐王朝重要的物资供应来源,亦即韩愈所谓的"蔽遮江淮,沮遏其势"。诗人看到的睢阳城已是"空城唯白骨",只好表达对无数勇者的"哀哉歔欷"。文天祥《正气歌》所说的"为张睢阳齿",那是看重其壮烈而不屈的精神了。

安史之乱及中间的一个插曲马嵬事变对李唐王朝的影响

是全方位的，作为当朝的文士诗人，他们或亲身经历，或听老一代人说起，或从前代记录中获取，从盛唐历中唐，再到晚唐，距之越远，评价越趋客观了，可以看出唐朝诗人对安史之乱的认识是很清晰的：后宫、勋戚、宦官，尤其是各地藩镇，都很有可能造成混乱的局面，直接将国势扭转。杜甫一代诗人，由于都是亲历者，有的甚至是参与者，他们对这次大事变的书写具有"实录"的性质。

二、追忆：元白那一代诗人对马嵬之变的书写

在贞元元和诗坛上，历史追忆主题是不可或缺的一页。从大历到贞元的几十年间，由于安史之乱大伤元气，唐王朝一直处于风雨飘摇之中，战乱攻伐不断，民生哀怨，这种社会背景在大历以外的诗人作品中也有透露，这种例子不胜枚举，如司空曙《梁城老人怨》、皇甫冉《太常魏博士远出贼庭江外相逢因叙其事》、李嘉祐《题灵台县东山村主人》等，虽然只是一些零星的片段，却提供了这段历史的若干真实图景，在痛苦和无奈中将眼前瞥到的这些破碎图景记录下来；虽然没有像杜甫创作那样在展现历史图景时浸透着强烈的诗人关怀甚至是人文关怀。可是，这类历史回忆题材，诸如安史之乱、皇帝播迁、乱臣贼子僭位等一直萦绕在诗人心头。大历诗人毕竟是这些事变的亲历者，他们的个人命运也完全被这一社会巨大变动所左右，在回首往事、追忆逝去年华时他们不能不为王朝兴衰而感喟，由此进一步导向更深沉的历史思考。如顾况的《听刘安唱歌》、

李益的《过马嵬二首》和《过马嵬》七绝、刘禹锡的《马嵬行》等诗，追思开天盛世、总结反思王朝兴衰的原因逐渐成为诗歌的流行题材。因此，在元和时期，讽喻诗和历史题材的创作达到高潮，骊山华清宫、长生殿、马嵬、霓裳羽衣曲、梨园弟子等题材特别为人所关注：

元和元年(806)，白居易作《长恨歌》，与陈鸿《长恨歌传》相配合；

元和初，李绅(772—846)原唱、元稹(779—831)续和《新题乐府》组诗，其中《上阳白发人》《华原磬》《法曲》《立部伎》《胡旋女》诸首言天宝时事；

元和四年(809)或稍后，白居易又续和并扩充为《新乐府》五十首，增加了《新丰折臂翁》《时世妆》等篇；

元和十三年(818)，元稹作《连昌宫词》，从天宝世乱一直写到宪宗平定蜀、吴和淮西之叛，可以算是这一题材的总结之作。

此外，元稹还有一首《代曲江老人百韵》，也是这一题材的杰出之作，原题注："年十六时作。"据此，当作于贞元十年(794)。但其中疑点颇多，很可能是元稹本人提供了不可靠的时间说明，此诗亦当作于元和年间。

如白居易的《长恨歌》很有代表性，其中描写马嵬事变的一段："翠华摇摇行复止，西出都门百馀里。六军不发无奈何，宛转蛾眉马前死。花钿委地无人收，翠翘金雀玉搔头。君王掩面救不得，回首血泪相和流。"将杨贵妃被杀的场面描写得十分悲惨凄凉，将唐明皇的无奈也描绘得淋漓尽致，作者对李、杨二人的同情跃然纸上。《长恨歌》的描写对后世影响甚大，从而确立了咏写马嵬事变的基本情调——"长恨"。关于《长恨歌》的主旨基本上有爱情主题说、讽刺或暴露主题说、爱情讽刺双重主题说。从古代的思想文化传统、心理素质、民族性格等方面表现出的“生活文化和文化生活”看，进入《长恨歌》中的李、杨形象必然透露着人民群众心灵深处的某些资讯，成为作者与民间流传者共同创造的一种艺术形象，而作为《长恨歌》悲剧抒情的主旋律——“天长地久有时尽，此恨绵绵无绝期”，也就变成了人们直截了当地投射、交流自己类似体验的一种高度凝练的情感范例：分为人间的、天上的结构，一为现实世界的情爱，一为死后世界的缺憾，将阴阳二界所呈露的爱情悲剧反复传达。前半部分铺叙史实，将贵妃塑造为“温泉水滑洗凝脂”的女子，属于肉体的、人间的，具有无穷的生命、性感的挑逗与激荡，因此，“芙蓉帐暖度春宵”“春从春游夜专夜”“玉楼宴罢醉和春”的爱情，才是温暖的、湿润的，其季节象征为“春”。后半部分转进入奇幻世界，由神话、传说组成，其背景是玄宗的道教信仰，所以妃子也被仙化、圣化，但仍带有生前之情。在“山在虚无缥缈间”的奇幻仙境中，“风吹仙袂飘飘举”的太真已是异界的女子，所以只能“回首下望人寰处”。阴阳阻隔的爱情，已是“秋雨梧桐叶落时”“西宫南内多秋草”“鸳鸯瓦冷霜华重”，其季节象征为“秋”，这出汉宫秋，已是冷然的、未完成的爱情——因此构成了“长恨”。①

白居易生活的时代，曾在开元天宝年间生活过的人还有很多人在世，因此，他能听到很多故事。《长恨歌》之外，他还以长篇歌行的形式写了很多故事，比如《上阳白发人》《新丰折臂

---

①　参见赵睿才：《唐诗与民俗关系研究》，上海古籍出版社 2008 年版，第 392 页。

翁》《江南遇天宝乐叟》等。诗中人物将那场梦娓娓道来，如上阳人“玄宗末岁初选入，入时十六今六十”；“妒令潜配上阳宫，一生遂向空房宿”。正如杜甫所说，那是一个“炙手可热势绝伦，慎莫近前丞相嗔”的时代。白诗题下自注：“天宝五载以后，杨贵妃专宠，后宫无复进幸矣。六宫有美色者，辄置别所，上阳是其一也。贞元中尚存焉。”白居易在《新丰折臂翁》中则侧面表现了杨国忠当权时的穷兵黩武，以致国力大伤，安禄山得以乘机起兵，发动叛乱：“又不闻天宝宰相杨国忠，欲求恩幸立边功。边功未立生人怨，请问新丰折臂翁。”《江南遇天宝乐叟》则是从一个在华清宫随侍的乐人的视角，表现华清宫今昔的巨大不同，感慨唐王朝的盛衰变迁，从“禄山未乱入梨园”到“贵妃宛转侍君侧”的兴盛，最后寥落到：“唯有中官作宫使，每年寒食一开门。”乐叟的经历不禁让人想起杜甫的《江南逢李龟年》，无论是“岐王宅里”还是“崔九堂前”，想必都已如华清宫一样，早已“如荒村”。

与白居易齐名的元稹，在白居易写下《长恨歌》(806)后十余年，写了另一首著名的长篇叙事诗《连昌宫词》(818)，以老翁的经历描写了连昌宫的今昔变迁，中间穿插记录了杨国忠、杨玉环兄妹弄权的过程，接着称赞朝廷的拨乱反正，用意可谓明显。元稹这首诗写于唐宪宗时期，国家有中兴气象，元稹带来一些积极的看法，其中不免也有对唐玄宗和杨贵妃的描写，只不过“朱栏今已朽，何况倚栏人”，“如梦复如痴”的人仍有很多，正如元稹的另一首诗《行宫》所言：“寥落古行宫，宫花寂寞红。白头宫女在，闲坐说玄宗。”这位白头宫女的经历可能比之前那位上阳人要好上一些，应该在行宫的一次迎驾活动上见过唐玄宗，从此“如梦复如痴”，到了老年还在念叨着玄宗。

除此之外，元稹还有一首关于“上阳人”的诗——《和李校书新题乐府十二首·上阳白发人》，正好跟上举白诗相呼应。在这里，“上阳人”已经成了深宫弃妇的代称：“宫女三千合宫弃。”

总的来看，文人笔下的这一题材在缅怀唐王朝极盛时代的同时，理性的历史思考精神日趋明显，越来越占主导地位。研读这些诗作，我们发现，这类诗文中的历史追忆主题，其关注重点和百写不厌的题材已沦为一些符号化的历史人物或其他文化要素，这是由文学想象活动的内在特点所决定的，因此也不宜太过认真地把它们视同真正的政论或史论。

三、反思：晚唐诗人对安史之乱的书写

晚唐诗人对安史之乱的书写大不同于前两个时期。晚唐，安史之乱已经过去近八十年，时局每况愈下，日趋衰颓。这一时期，诗人书写安史之乱的皇室忌讳、主观的东西在减退，往往遵从这样的理念：

> 历代兴亡亿万心，圣人观古贵知今。
> 古今成败无多事，月殿花台幸一吟。（周昙《吟叙》，《全唐诗》卷七二八）

既不同于杜甫一代诗人的“实录”，也不同于元白一代诗人的“追忆”，而是从较为理性的角度来评说安史之乱，以期给当代有益借鉴。天宝乱起，原因复杂，其中最为核心的仍然是唐玄宗宠爱杨贵妃，荒废朝政，以致权奸用事，种下祸根。因

而,李杨爱情实与国运兴败息息相关,呈现出爱情与政治剪不断、理还乱的纠葛,诗人这时期的有关创作,比起杜甫、元白时期更趋多元化、理性化。

（一）谴责明皇荒淫失政

唐末人高彦休曾就马嵬题材诗发表过看法:

> 马嵬佛寺,杨贵妃缢所。迩后才士文人,经过赋咏,以导幽怨者,不可胜纪,莫不以翠翘香钿委于尘土,红凄碧怨,令人伤悲。虽调苦词清,而无逃此意。独丞相荥阳公畋为凤翔从事日,题诗曰:"肃宗回马杨妃死,云雨虽亡日月新。终是圣明天子事,景阳宫井又何人?"后人观者,以为真辅相之句。①

谴责明皇昏庸误国者仍是这类诗歌的主流。权奸弄权、朝纲不振、政治腐败、民不聊生,一方面源于玄宗宠爱杨贵妃、荒怠朝政,造成中枢空虚;另一方面,玄宗盲目信任安禄山,致使给他可乘之机,甚至是准备时间。如杜牧《过华清宫绝句三首》,第一首便从杨贵妃奢侈生活之一的嗜食荔枝写起:"一骑红尘妃子笑,无人知是荔枝来。"很有深意。据《新唐书·杨贵妃传》:"妃嗜荔枝,必欲生致之,乃置骑传送,走数千里,味未变已至京师。"此诗看似写出妃子获明皇宠遇之深,实质是不着议论地鞭挞玄宗的行为,有言外之旨、弦外之音。这里用

① (唐)高彦休:《唐阙史》卷上《郑相国题马嵬诗》,陶敏主编:《全唐五代笔记》第3册,三秦出版社2012年版,第2343页。

“妃子笑”，更让读者自然联想到周幽王的为博褒姒一笑，点燃烽火，以致国亡的类似事件。第二首则专写明皇受安禄山蒙蔽，未察其狼子野心，尚与妃子“一晌贪欢”，故用一“破”字（舞破中原始下来）——即惊破其温柔乡里的美梦，其讽刺之意自见。第三首以玄宗跳胡旋舞为诗材（云中乱拍禄山舞），与安禄山恣意游乐，毫无戒防之心。总之，这组诗选取的诗歌意象各首不同，每一首一个主题——其一是“妃子笑”和“荔枝”，其二是“渔阳鼙鼓”和“霓裳一曲”，其三是“万国笙歌”“禄山舞”和“峦下笑声”，可是，表达的是同一个主旨：谴责玄宗的荒淫误国。再看李商隐的《马嵬二首》，其第二首选取一个侧面来写玄宗幸蜀途中一突发事件——马嵬兵变：“此日六军同驻马，当时七夕笑牵牛。”李杨爱情宣告结束，“六军同驻马”，即白居易《长恨歌》的“六军不发无奈何，宛转蛾眉马前死”。“七夕笑牵牛”即《长恨歌》的“七月七日长生殿，夜半无人私语时”。这样，就只好盼来生再续前缘；然而来生却是无法预知的，不管前生是如何盟誓，如陈鸿《长恨歌传》云，李杨有“世世为夫妇”之盟誓：“昔天宝十载，侍驾避暑骊山宫。秋七月，牵牛织女相见之夕……上凭肩而立，因仰天感牛女事，密相誓心，愿世世为夫妇。”（《白氏长庆集》卷十二引）白居易形诸《长恨歌》中，将这一盟誓写得更为坚贞：“临别殷勤重寄词，词中有誓两心知。七月七日长生殿，夜半无人私语时。在天愿作比翼鸟，在地愿为连理枝。”所以商隐诗才说：“海外徒闻更九州，他生未卜此生休。”结联“如何四纪为天子，不及卢家有莫愁”，表面是同情玄宗，实际上是讽刺。这两句的深义，还可以联系史书来理解，如《新唐书·玄宗纪赞》曰：

方其励精政事，开元之际，几致太平，何其盛也！及侈心一动，穷天下之欲，不足为其乐，而溺其所甚爱，忘其所可戒，至于窜身失国而不悔。考其始终之异，其性习之相远也至于如此。可不慎哉，可不慎哉！①

李诗末两句正可与此纪赞相互发微，而李诗的妙处在于隐括不露，深得风人之旨，何其沉痛！又如张祜《马嵬坡》诗云："旌旗不整奈君何，南去人稀北去多。尘土已残香粉艳，荔枝犹到马嵬坡。"其诗意略同于李商隐的《马嵬二首》其二，结尾一句还不忘嘲讽一下：杨妃早已香消玉殒，荔枝即便送到马嵬坡来也没有用了。又如吴融作有《华清宫四首》，都是绝句，其二云："渔阳烽火照函关，玉辇匆匆下此山。一曲羽衣听不尽，至今遗恨水潺潺。"此"羽衣"，即当时著名大曲《霓裳羽衣曲》（或舞）。此诗讽意也很明确，"渔阳烽火"的爆发，直接促成了唐王朝的一蹶不振，这是王朝最大的"遗恨"；而唐明皇的"遗恨"，或许是一曲《霓裳羽衣》没能听完。杜牧《华清宫三十韵》云：

月闻仙曲调，霓作舞衣裳。
雨露偏金穴，乾坤入醉乡。
玩兵师汉武，回手倒干将。
鲸鬣掀东海，胡牙揭上阳。
喧呼马嵬血，零落羽林枪。

---

① （宋）欧阳修、宋祁等撰：《新唐书》卷五，中华书局2013年版，第154页。

倾国留无路，还魂怨有香。（《全唐诗》卷五二一）

从这段诗句可以略知安史之乱及杨贵妃魂断马嵬坡的信息，其间重要的是描述唐玄宗的纵情声色，醉生梦死，因而宋人评曰：

小杜作《华清宫》诗云："雨露偏金穴，乾坤入醉乡。"如此天下，焉得不乱！（宋许顗撰《彦周诗话》）

陶宗仪进一步分析说："盖以明皇宠幸妃族，赏赉无极，君臣终日酣宴，所以兆渔阳之变耳。"（明陶宗仪撰《说郛》卷十九下）由于君王耽于逸乐，故天下不得不乱，而玄宗立本是寿王妃的杨氏为贵妃，致有"聚麀"①之讥。李商隐有《龙池》诗云：

龙池赐酒敞云屏，羯鼓声高众乐停。
夜半宴归宫漏永，薛王沉醉寿王醒。（《全唐诗》卷三三三）

玄宗夺子媳，致使父子生隙，一个"醒"字包含无限怨愤而又难言之意，明人王鏊《震泽长语》卷下说："余读《诗》，至《绿衣》《燕燕》《硕人》《黍离》等篇，有言外无穷之感，后世唯唐人诗尚或有此意。如'薛王沉醉寿王醒'，不涉讥刺，而讥刺之意溢于言外。……得风人之旨矣。"（《文章》）唐玄宗的另一个失

① 《礼记·曲礼上》："夫唯禽兽无礼，故父子聚麀。"郑玄注："聚，犹共也。鹿牝曰麀。"

误是盲目信任安禄山,毫无戒心,安禄山运用各种手段在范阳坐大,从容布置,一旦发难,唐王室仓促间无法形成有力反击。如张祜《华清宫和杜舍人》诗有云:

> 兔迹贪前逐,枭心不早防。
> 几添鹦鹉劝,频赐荔支尝。
> …………
> 祸乱根潜结,升平意遽忘。
> 衣冠逃犬虏,鼙鼓动渔阳。(《全唐诗》卷五一一)

安禄山早有不轨之心,即如"兔迹""枭心",不但没有"早防",而且频频赐给好处,养痈成患。又如崔橹《华清宫三首》其二云:

> 障掩金鸡蓄祸机,翠华西拂蜀云飞。
> 珠帘一闭朝元阁,不见人归见燕归。(《全唐诗》卷五六七)

诗中的"金鸡"是有来历的,《旧唐书·安禄山传》云:

> (玄宗)为置第宇,穷极壮丽,以金银为筹筐笊篱等。上御勤政楼,于御座东为设一大金鸡障,前置一榻坐之,卷去其帘。[1]

---

① (后晋)刘昫:《旧唐书》卷二〇〇上,中华书局2013年版,第5368页。

皆言玄宗优宠安禄山之厚,但他仍“蓄祸机”。又如郑嵎《津阳门诗》有云:“禄山此时侍御侧,金鸡画障当罘罳。”“异谋潜炽促归去,临轩赐带盈十围。忠臣张公识逆状,日日切谏上弗疑。”此诗前有小序云:“津阳门者,华清宫之外阙,南局禁闱,北走京道。开成中,嵎常得群书,下帷于石瓮僧院,而甚闻宫中陈迹焉。今年冬,自虢而来,暮及山下,因解鞍谋餐,求客旅邸,而主翁年且艾,自言世事明皇。夜阑酒余,复为嵎道承平故实。翼日,于马上辄裁刻俚叟之话,为长句七言诗,凡一千四百字,成一百韵止,以门题为之目云耳。”其史料价值不可低估。明人杨慎说:

> 曾子固云:“白乐天《长恨歌》、元微之《连昌宫词》、郑嵎《津阳门诗》,皆以韵语纪常事。”郑嵎诗世多不传,余因子固言,访求得之。其诗长句七言,凡一千四百字,一百韵,止以门题为名,其实叙开元陈迹也。……其事皆与杂录小说符合。然其诗则警策清越不及元、白多矣。①

郑诗先写开元盛况,那时杨妃受宠有加,安禄山亦备受玄宗礼遇,几首诗中都出现了“金鸡”,呈现一片荣华承平景象。可是,到“忠臣张公识逆状,日日切谏上弗疑”,诗为之一转,突显张九龄的远见卓识。据《资治通鉴》:

> 张守珪使平卢讨击使、左骁卫将军安禄山讨奚、契丹

① (明)杨慎:《升庵诗话》卷六,丁福保辑:《历代诗话》(中),中华书局 1983 年版,第 761—162 页。

> 叛者，禄山恃勇轻进，为虏所败。夏四月，辛亥，守珪奏请斩之。禄山临刑呼曰："大夫不欲灭奚、契丹邪，奈何杀禄山！"守珪亦惜其骁勇，欲活之，乃更执送京师。张九龄批曰："昔穰苴诛庄贾，孙武斩宫嫔，守珪军令若行，禄山不宜免死。"上惜其才，敕令免官，以白衣将领。九龄固争曰："禄山失律丧师，于法不可不诛。且臣观其貌有反相，不杀必为后患。"上曰："卿勿以王夷甫识石勒，枉害忠良。"竟赦之。①

玄宗未采纳张九龄的忠谏，遂有幸蜀之灾。其晚年不纳忠言之人格缺陷，贯休的《读〈玄宗幸蜀记〉》亦有所揭露：

> 宋璟姚崇死，中庸遂变移。
> 如何游万里，只为一胡儿。
> 泣溻乾坤色，飘零日月旗。
> 火从龙阙起，泪向马嵬垂。
> 始忆张丞相，全师郭子仪。
> 百官皆剽劫，九庙尽崩隳。
> 尘扑银轮暗，雷奔栈阁危。
> 幸臣方赐死，野老不胜悲。
> 及霤飘沦日，行宫寂寞时。
> 人心虽未厌，天意亦难知。
> 圣两归丹禁，承乾动四夷。

① （宋）司马光编撰：《资治通鉴》卷二一四《唐纪三十》"玄宗开元二十四年"，中华书局1956年版，第6814页。

因知纳谏诤，始是太平基。（《全唐诗》卷八二九）

诗言“始忆张丞相”就是写张九龄忠谏事，而“野老不胜悲”则是指玄宗赐死杨氏兄妹后，行至咸阳望贤宫，有老父郭从谨向玄宗进言：

禄山包藏祸心，固非一日；亦有诣阙告其谋者，陛下往往诛之，使得逞其奸逆，致陛下播越。是以先王务延访忠良以广聪明，盖为此也。臣犹记宋璟为相，数进直言，天下赖以安平。自顷以来，在廷之臣以言为讳，惟阿谀取容，是以阙门之外，陛下皆不得而知。草野之臣，必知有今日久矣。但九重严邃，区区之心无路上达。事不至此，臣何由得睹陛下之面而诉之乎？①

郭从谨之言是在批评玄宗受奸臣蒙蔽，耳听皆阿谀奉承之辞，目见不外谄媚之状，以致天下之人皆知安禄山必反，唯独明皇仍坚信其忠诚；然而，已有忠臣谏诤，若有君王能察纳良言，灾祸庶可免。贯休因为这样的总结：“因知纳谏诤，始是太平基。”同属于追忆马嵬往事的李商隐的《行次西郊作一百韵》，则是寓史论于抒情叙事之中，更为详细地探讨了唐代国家致乱之因，下面是中间一段：

降及开元中，奸邪挠经纶。

① （宋）司马光编撰：《资治通鉴》卷二一八《唐纪三十四》“肃宗至德元载”，中华书局 1956 年版，第 6972—6973 页。

晋公忌此事，多录边将勋。
因令猛毅辈，杂牧升平民。
中原遂多故，除授非至尊。
或出幸臣辈，或由帝戚恩。
中原困屠解，奴隶厌肥豚。
皇子弃不乳，椒房抱羌浑。
重赐竭中国，强兵临北边。
控弦二十万，长臂皆如猿。
皇都三千里，来往同雕鸢。
五里一换马，十里一开筵。
指顾动白日，暖热回苍旻。
公卿辱嘲叱，唾弃如粪丸。
大朝会万方，天子正临轩。
采旂转初旭，玉座当祥烟。
金障既特设，珠帘亦高褰。
捋须蹇不顾，坐在御榻前。
忤者死艰屦，附之升顶颠。
华侈矜递衒，豪俊相并吞。
因失生惠养，渐见征求频。
奚寇西北来，挥霍如天翻。
是时正忘战，重兵多在边。
列城绕长河，平明插旗幡。
但闻虏骑入，不见汉兵屯。
大妇抱儿哭，小妇攀车轓。
生小太平年，不识夜闭门。
少壮尽点行，疲老守空村。

生分作死誓，挥泪连秋云。
廷臣例獐怯，诸将如羸奔。
为贼扫上阳，捉人送潼关。
玉辇望南斗，未知何日旋。
诚知开辟久，遘此云雷屯。
送者问鼎大，存者要高官。
抢攘互间谍，孰辨枭与鸾。
千马无返辔，万车无还辕。
城空鼠雀死，人去豺狼喧。
南资竭吴越，西费失河源。（《全唐诗》卷五四一）

这首诗，李商隐作于唐文宗开成二年（837），时诗人由兴元（今陕西汉中）返回长安，途经长安西郊，因目睹国计贫乏，民不聊生，有感而作。诗中追述了唐代百年以来社会的兴衰，大胆揭露王室的腐败，严厉谴责执政者不仅无法解决藩镇割据之祸，以致民生日困，而且掌权者多小人，由各州郡招募的地方兵士，怠忽职守，不捕盗却扰民，诸多现象令诗人痛心。这里摘取的一段主要是写安史之乱的。诗人指出，由于李林甫为杜绝功勋大将升为宰相之途，遂奏请玄宗任用藩将，并且提拔他们为牧伯，中原地区从此多事，故而何焯评云："宰相不选牧伯，是此诗发愤大旨。"按：牧伯，是汉以来州郡刺史的别称，冯浩说：

自古有叛臣，必由于权奸；而牧令失人，元气日削，民生日蹙，尤为致乱之本。（《玉谿生诗集笺注》卷一）

玄宗大权旁落，不问朝政，倖臣与贵戚皆可随意任命官员（称“斜封官”①）。更危险的是，自开元以来，又宠信安禄山，致其“指顾动白日，暖热回苍旻。公卿辱嘲叱，唾弃如粪丸”，安禄山盛气凌人之骄横可见；更是拥兵自重，入侵中原，凡此种种皆归咎于玄宗昏庸失政，未尽君责所致。

（二）归咎于杨妃祸国

传统中国历代皆深信“红颜祸水”，凡是君王迷恋美人而亡国者，都怪罪此姝，莫不视之为覆国之祸水、妖姬，如妲己、褒姒都是耳熟能详之显例。唐人当然也不无例外地承继了这一传统，认为安史之乱肇自杨妃，如李商隐的《华清宫》：“华清恩幸古无伦，犹恐蛾眉不胜人。未免被他褒女笑，只教天子暂蒙尘。”此诗谓玄宗之宠杨妃，犹幽王之嬖褒姒。然而，玄宗曾创“开元之治”，唯天宝以后渐始怠荒，则明皇不至于沦为幽王，而杨妃犹输褒姒一筹——玄宗幸蜀而不至灭亡。此诗深戒色荒，意最警策。而温庭筠《过华清宫二十二韵》这样写，先述开元盛况，当是时也，玄宗英年有为，而杨妃恩宠正浓，正当他们耽于享乐时，安禄山已筹划完善，以强势兵力反于范阳，迅速入侵两京，迫使玄宗仓皇逃蜀，由于“内嬖陪行在”，故而陈玄礼有锄奸之举，此诗的主旨自然也是视杨妃为祸水。持此看法，还有大量作品。如温庭筠《龙尾驿妇人图》“何况亲逢绝世人”，罗隐《马嵬坡》：“从来绝色知难得，不破中原未是人。”苏拯《经马嵬坡》：“一从杀贵妃，春来花无意。此地纵千年，土香

① 按：所谓“斜封”，就是未经中书门下正式宣署，而由内廷直接以皇帝的手书而任命，即“于侧门降墨敕封授官”（《新唐书·选举志》）。

犹破鼻。宠既出常理,辱岂同常死。一等异于众,倾覆皆如此。”上举各诗都在表达这样的主题:杨贵妃迷惑君主,才使玄宗不理朝政,国事日下,卒启安史祸端,仍有回护君王的用意。

（三）以翻案论事

晚唐以安史之乱或马嵬事件为题材的诗歌多是谴责玄宗、杨贵妃误国,可是也有诗人以写翻案诗歌,如郑畋《马嵬坡》:

> 肃宗回马杨妃死,云雨虽亡日月新。
> 终是圣明天子事,景阳宫井又何人。(《全唐诗》卷五五七)

此诗中的“肃宗”,一作玄宗,用肃宗好。“肃宗回马”及杨贵妃死,才开启唐室中兴的可能,所谓“日月新”。“终是”两句赞扬玄宗顾全大局,忍痛赐死爱妃以稳定军心,且使肃宗即位,国脉得存,较之陈后主仓皇携张丽华躲入宫井,难逃亡国命运,当然是明智很多。

与前文中批判唐明皇的角度不同,李商隐还写过为杨妃喊冤的诗作,如《马嵬二首》,其一有代表性:

> 冀马燕犀动地来,自埋红粉自成灰。
> 君王若道能倾国,玉辇何由过马嵬。(《全唐诗》卷五三九)

“冀马”两句意义很明确,即交代安史乱起,贵妃魂断马嵬之事。“君王”两句意义较为隐晦,一方面谴责明皇不能防患于未然，终致酿成安禄山之乱、马嵬之变；一方面则是为杨贵妃抱不平。这类诗作还有徐夤《开元即事》：

曲江真宰国中讹，寻奏渔阳忽荷戈。
堂上有兵天不用，幄中无策印空多。
尘惊骑透潼关锁，云护龙游渭水波。
未必蛾眉能破国，千秋休恨马嵬坡。（《全唐诗》卷七一〇）

此诗也是讽玄宗不能善察纳言，又听信小人，以致酿成大乱，责任在昏君奸臣，故而皇舆的播迁不该全然怪罪杨贵妃，对此诗人也有微词，如崔道融《马嵬》诗云："二百年来事远闻，从龙谁解尽如云。张均兄弟皆何在，却是杨妃死报君。"

这里并没有责怪杨贵妃，反而认为她是替罪羊——"却是杨妃死报君"，当此国难之际，诸臣子干什么去了？张均兄弟，即张均、张垍，都是宰相张说之子。禄山之乱起，张说长子张均受伪命为中书令，掌贼枢衡。张说次子张垍，尚宁亲公主拜驸马都尉，垍与陈希烈为贼宰相，垍死于贼中。张均兄弟，指代的是受着皇恩、领着皇禄的官员，去投降安禄山，这才是该口诛笔伐的对象。还应注意，这时期的诗人尚有借时事替杨贵妃翻案的，如韦庄《立春日作》诗：

九重天子去蒙尘，御柳无情依旧春。
今日不关妃妾事，始知辜负马嵬人。（《全唐诗》卷六九六）

韦庄身处衰颓末世，时朝廷腐败无能，官军残害百姓，藩镇拥兵自重，又值黄巢起义，僖宗步他老爷爷的后尘，亦仓皇出逃成都。诗人认为，黄巢起义、安禄山之乱的起因是一样的，无关女宠，并进一步推论：当年枉杀杨贵妃，试为其雪冤！罗隐《帝幸蜀》诗的认识与韦庄此诗略同：

马嵬山色翠依依，又见銮舆幸蜀归。
泉下阿蛮应有语，这回休更怨杨妃。（《全唐诗》卷六八八）

此诗明显是为僖宗还京而作。诗意通俗易懂，僖宗幸蜀、回归亦经过马嵬，他的老祖宗直接教训他——“这回休更怨杨妃”！讽刺意味尤浓，真有风人讽刺之度。又有诗人引用天命观入诗，如黄滔《马嵬》诗：

锦江晴碧剑锋奇，合有千年降圣时。
天意从来知幸蜀，不关胎祸自蛾眉。（《全唐诗》卷七〇六）

此诗是说玄宗幸蜀乃是“天意”，“不关胎祸自蛾眉”。这个“天意”有所指：

玄宗幸东都，偶然秋霁，与一行师共登天宫寺阁，临眺久之。上遐顾悽然，发叹数四。谓一行曰：“吾甲子得终无患乎?”一行进曰：“陛下行幸万里，圣祚无疆。”西狩初至成都，前望大桥，上举鞭问左右“是桥何名?”节度崔圆跃马前进曰:"万里桥。"上因追叹曰:"一行之言,今果符之,吾无忧矣。"①

这就是当年玄宗在洛阳,僧一行跟他说的"行幸万里",不是杨贵妃祸国殃民。

(四)以涉及安史之事入诗

安史之乱对唐人影响之大,还表现在晚唐人在追忆开元往事的时候经常提及。如薛逢《开元后乐》:"邠王玉笛三更咽,虢国金车十里香。一自犬戎生蓟北,便从征战老汾阳。"杜牧《感怀诗》(时沧州用兵):"旄头骑箕尾,风尘蓟门起。胡兵杀汉兵,尸满咸阳市。"温庭筠《鸿胪寺有开元中锡宴堂楼台池沼雅为胜绝荒凉……成四十韵》:"一旦紫微东,胡星森耀芒。凭陵逐鲸鲵,唐突驱犬羊。纵火三月赤,战尘千里黄。殽函与府寺,从此俱荒凉。"刘景复《梦为吴泰伯作胜儿歌》:"太平之末狂胡乱,犬豕崩腾恣唐突。玄宗未到万里桥,东洛西京一时没。"司空图《剑器》:"楼下公孙昔擅场,空教女子爱军装。潼关一败吴儿喜,簇马骊山看御汤。"罗隐《酬丘光庭》:"祸生有基妖有渐,翠华西幸蒙尘埃。三川梗塞两河闭,大明宫殿生蒿莱。"罗隐《中元甲子以辛丑驾幸蜀四首》其一:"子仪不起浑瑊亡,西幸谁人从武皇。四海为家虽未远,九州多事竟难防。已闻旰食思真将,会待畋游致假王。应感两朝巡狩迹,绿槐端正驿荒凉。"高骈《蜀路感怀》:"蜀山苍翠陇云愁,銮驾西巡陷几

① (宋)李昉等:《太平广记》卷一三六《万里桥》引《松窗杂录》,中华书局1961年版,第975页。

州。”等等，诗人或游故地而作，或因时事而思往事，皆于诗中平平道来，传达淡淡悲情。

晚唐诗人歌咏安史之乱诗歌的内容，不仅与盛、中唐人仅归咎杨贵妃的看法不同，而且试图为杨妃脱罪，而一向被视为圣主明君的唐玄宗，诗人亦敢持质疑态度，甚至加以讽刺与鞭挞。凡此种种，都展示了此一时期诗人的观点已趋多元化，评价标准也较为客观。晚唐诗人对安史之乱的书写，除了一部分发览古抒怀等具有沧桑之感的作品以外，他们评论史实尚能做到知性与感性并重，知感交融，没有落入纯知性的探讨，诗味犹存，诚属难得。

总之，诗人们在诗中记录的事件和表达的想法，是十分宝贵的，如晚唐诗人罗隐说：“泉下阿蛮应有语，这回休更怨杨妃。”批评得深刻。最后再提一首清代袁枚的《马嵬》诗：“莫唱当年长恨歌，人间亦自有银河。石壕村里夫妻别，泪比长生殿上多。”这算是后人对马嵬事变与安史之乱简捷而客观的评价了。赵翼《题遗山诗》说：“国家不幸诗家幸，赋到沧桑句便工。”可以这么理解：安史之乱引发了国家的灾难与社会的动荡，是大不幸；可是，它孕育了大量的诗人和诗作，又是不幸中的幸事。

山东大学儒学高等研究院教授自选集

◎王绍曾　《文献学与学术史》
◎吉常宏　《古汉语研究丛稿》
◎龚克昌　《中国辞赋学论集》
◎董治安　《先秦两汉文献与文学论集》
◎孟祥才　《学史集》
◎张忠纲　《耘斋古典文学论丛》
◎徐传武　《古代文学、文化与文献》
◎马来平　《追问科学究竟是什么》
◎郑杰文　《墨家与纵横家论丛》
◎冯春田　《〈文心雕龙〉研究》
◎孙剑艺　《里仁居语言论丛》
◎王学典　《史料、史观与史学》
◎黄玉顺　《生活儒学与现象学》
◎张其成　《国学之心与国医之魂》
◎杨朝明　《洙泗文献征信》
◎戚良德　《〈文心雕龙〉与中国文论话语》
◎李平生　《中国近现代史研习录》
◎赵睿才　《唐诗纵横》
◎杜泽逊　《文献探微》
◎叶　涛　《民俗文化与民间信仰》
◎张士闪　《民俗之学：有温度的田野》
◎宋开玉　《语文丛考》

◎徐庆文　《儒学的现代化路径》
◎王承略　《古典文献与学术史论丛》
◎刘　培　《历史、思想与文学》
◎聂济冬　《汉唐文史论集》
◎周纪文　《和谐美散论》
◎赵卫东　《道教历史与文献研究》
◎何朝晖　《书与史》
◎孙　微　《杜诗的阐释与接受》
◎陈　峰　《重访中国现代史学》
◎王加华　《农耕文明与中国乡村社会》
◎龙　圣　《山河之间：明清社会史论集》